De paardenfluisteraar

NICHOLAS EVANS

De paardenfluisteraar

Vijftiende druk

dB

1997 – De Boekerij – Amsterdam

Oorspronkelijke titel: The Horse Whisperer
Vertaling: Irving Pardoen
Omslagontwerp: Hesseling Design, Ede
Foto auteur: Richard Blanchard
Omslagillustratie: Robert Vavra en Jim Arndt

CIP-GEGEVENS KONINKLIJKE BIBLIOTHEEK, DEN HAAG

Evans, Nicholas

De paardenfluisteraar / Nicholas Evans ; [vert. uit het Engels: Irving Pardoen]. –
Amsterdam : De Boekerij
Vert. van: The horse whisperer. – New York : Dell, 1995.
ISBN 90 225 2000 5
NUGI 301
Trefw.: romans ; vertaald.

Voor Jennifer

De volgende mensen ben ik veel dank verschuldigd:
Huw Alban Davies, Michelle Hamer, Tim Galer, Josephine Haworth, Bob Peebles & gezin, Tom Dorrance, Ray Hunt, Buck Brannaman, Leslie Desmond, Lonnie & Darlene Schwend, Beth Ferris & Bob Ream en twee vrachtwagenchauffeurs, Rick en Chris, met wie ik mee mocht rijden in een zogenoemde 'miereneter'.
Mijn grootste dank gaat uit naar mijn drie goede vrienden Fred & Mary Davis, Caradoc King en James Long; en ook naar Robbie Richardson, van wie ik het eerst iets hoorde over paardenfluisteraars.

Raak niet verstrikt in de uiterlijke verwarring,
blijf niet hangen in de innerlijke leegte.
Wees kalm in de eenheid der dingen,
dan verdwijnt de tegenstrijdigheid vanzelf.

Uit: 'Over de vrede in het hart'
Seng-t'san (†606 na Chr.)

Deel 1

I

Het begon met de dood, zoals het ook zou eindigen met de dood. Maar of het meer was dan alleen een vluchtige schaduw daarvan, die over de droom van het meisje was gegleden en waarvan ze wakker was geworden op die verre van alledaagse ochtend, was iets wat ze nooit te weten zou komen. Het enige dat ze wist toen ze haar ogen opendeed, was dat alles er nu op een of andere manier anders uitzag.

De rood oplichtende cijfers van haar wekker gaven aan dat ze nog een halfuur had tot hij zou aflopen, op het tijdstip waarop ze hem had ingesteld. Ze tilde haar hoofd niet op, maar bleef doodstil liggen en probeerde erachter te komen wat er nu precies anders was. Het was donker, maar niet zo donker als het eigenlijk hoorde te zijn. Aan de andere kant van de slaapkamer kon ze duidelijk de flauwe weerschijn zien van de prijzen die ze met paardrijden gewonnen had. Daarboven tekenden de gezichten zich af van de popsterren om wie ze ooit had gedacht te moeten geven. Ze luisterde. De stilte in huis was ook anders, vol verwachting, en deed denken aan de korte onderbreking die er is als iemand al heeft ingeademd, maar nog niet met spreken begonnen is. Het zou nu niet lang meer duren voordat het gedempte loeien van de ketel van de centrale verwarming in de kelder weer op zou klinken en de vloerplanken van de oude boerderij het dagelijkse krakende geklaag weer zouden laten horen. Ze gleed het bed uit en liep naar het raam.

Er lag sneeuw. Voor het eerst deze winter. Aan de dwarslatten van het hek bij de vijver kon ze zien dat er een centimeter of dertig moest liggen. Doordat er geen wind stond, lag de sneeuw overal prachtig gelijkmatig, met kegelvormige ophopingen bij de zes kerseboompjes die haar vader verle-

11

den jaar geplant had. Eén enkele ster fonkelde in de donkerblauwe reep lucht boven het bos. Het meisje keek omlaag en zag dat zich onder aan het raam een ijsricheltje gevormd had. Ze hield er een vinger tegenaan, waardoor het ijs smolt en een putje ontstond. Ze huiverde, niet van de kou, maar van opwinding, omdat deze nieuwe wereld nu even helemaal van haar alleen was. Toen draaide ze zich om en begon zich aan te kleden. Grace Maclean was de vorige avond met haar vader vanuit New York hier aangekomen. Ze waren maar met z'n tweeën. Ze genoot altijd van de tocht, die tweeëneenhalf uur op de Taconic State Parkway, lekker knus in de grote Mercedes. Dan draaiden ze cassettebandjes en kletsten ze gezellig over school of over een nieuwe zaak waar hij mee bezig was. Ze hield ervan om hem onder het rijden te horen praten, om hem voor zichzelf te hebben en om te zien hoe hij zich langzaam ontspande in zijn verzorgde vrijetijdskleding. Haar moeder moest zoals gewoonlijk naar een diner of een partijtje of iets dergelijks en zou vanochtend de trein nemen naar Hudson, wat ze toch al liever deed. Het drukke verkeer van de vrijdagavondspits maakte haar altijd prikkelbaar en ongeduldig en als reactie daarop ging ze dan de baas spelen en tegen Robert, de vader van Grace, zeggen dat hij langzamer moest gaan rijden, of juist sneller, of dat hij een andere weg moest nemen om files te vermijden. Hij nam nooit de moeite om tegen haar in te gaan, maar deed gewoon wat hem gevraagd werd. Af en toe zuchtte hij alleen even of hij wisselde via de achteruitkijkspiegel een spottende blik met zijn dochter, die verbannen was naar de achterbank. De relatie tussen haar ouders was al lang een raadsel voor haar. Ze vond het een moeilijk te doorgronden rollenspel, waarin macht en inschikkelijkheid nooit precies zo gescheiden waren als op het eerste gezicht leek. Grace wilde er niets mee te maken hebben en trok zich liever gewoon terug in haar eigen wereldje, met haar walkman op haar hoofd.

In de trein werkte haar moeder altijd de hele reis onafgebroken door; ze liet zich door niets en niemand afleiden. Grace was laatst eens met haar meegereisd en had zich toen verbaasd dat ze geen enkele keer uit het raam keek, behalve dan misschien met een glazige, niets ziende blik als een of andere bekende stukjesschrijver of een van haar meer ambitieuze redacteuren haar via haar draagbare telefoon opbelde.

Het licht op de overloop voor de deur van Grace's kamer brandde nog. Ze liep op haar tenen langs de half openstaande deur van de slaapkamer van haar ouders en wachtte even. Ze hoorde het tikken van de wandklok in de hal beneden en toen ook het geruststellende zachte snurken van haar vader. Ze liep de trap af en kwam beneden in de hal. Er hingen geen gordijnen voor de ramen en op de azuurblauwe muren en het plafond was al een gloed te zien door de weerkaatsing van het licht in de sneeuw. In de keuken dronk ze in één teug een glas melk leeg en at ze een chocoladekoekje terwijl ze op het notitieblok naast de telefoon een berichtje neerkrabbelde voor haar vader. 'Ben gaan paardrijden. Terug om ongeveer 10 uur. Kus, G.' Ze nam nog een koekje en at dat op terwijl ze door het gangetje naar de achterdeur liep, waar ze altijd hun jassen en bemodderde laarzen achterlieten. Ze deed haar wollen winterjack aan en met het koekje in haar mond trok ze haar rijlaarzen aan, waarbij ze steeds elegant op een been hinkte. Ze trok de rits van haar jack op tot aan haar kin, deed haar handschoenen aan en pakte haar ruitercap van de kapstok. Ze vroeg zich even af of ze Judith zou bellen om te vragen of ze nog wel zin had om te gaan rijden nu het gesneeuwd had. Maar dat vond ze niet nodig. Judith zou het vast net zo spannend vinden als zij. Toen Grace de deur opendeed en de vrieskou instapte, hoorde ze in de kelder de centrale verwarming aanslaan.

Wayne P. Tanner keek over de rand van zijn koffiekopje mistroostig naar de met sneeuw bedekte vrachtwagens die naast elkaar voor het wegrestaurant geparkeerd stonden. Hij had een grondige hekel aan sneeuw, maar hij had er een nog veel grotere hekel aan om voor gek gezet te worden. En dat was hem binnen een tijdsbestek van maar enkele uren twee keer overkomen.
Die agenten hadden er uitgebreid van genoten, typische hufters uit het Noorden. Het was hem niet ontgaan dat ze achter hem waren gaan rijden en daar een paar kilometer waren blijven hangen, terwijl ze heus wel wisten dat hij hen gezien had. Ze hadden er gewoon van zitten genieten. Toen hadden ze hun zwaailichten aangezet en hem tot stoppen gedwongen. Als een pauw was die kleine macho met de Stetson op zijn hoofd naar hem toe komen lopen; hij leek verdomme wel een smeris uit een film. Hij had gevraagd het rijtijdenboekje te mogen zien en Wayne had het voor hem opgezocht, het aan hem gegeven en was blijven kijken hoe het agentje het bestudeerde.
'U komt uit Atlanta, hè?' zei de agent, terwijl hij de bladzijden omsloeg.
'Ja, agent,' had Wayne geantwoord. 'En daar is het een stuk warmer, dat kan ik u wel vertellen.' Op die manier slaagde hij er meestal in het ijs te breken bij de smerissen; wel respect tonen, maar je ook kameraadschappelijk opstellen, laten doorschemeren dat je toch beroepsmatig dicht bij elkaar stond, altijd zo op de weg. Maar het agentje keek hem niet aan.
'Ja, ja. U weet toch dat die radarverklikker die u daar hebt, verboden is, hè?'
Wayne keek naar het zwarte doosje dat aan het dashboard geschroefd zat en overwoog even of hij zou doen alsof hij van niets wist. In de staat New York mocht je zo'n verklikker niet op je wagen hebben als die zwaarder

was dan acht ton. De zijne was drie tot vier keer zo zwaar. Maar als hij deed alsof hij het niet wist, dan zou dat ettertje misschien nog valser worden. Hij trok een gezicht alsof hij zich betrapt voelde, maar dat had hij net zo goed niet kunnen doen: het agentje keek hem nog steeds niet aan. 'Of niet soms?' drong hij aan. 'Tja... ja, eigenlijk wel, ja.'

De politieman sloeg het rijtijdenboekje dicht en gaf het terug. Nu keek hij hem ten slotte wel aan. 'Oké,' zei hij. 'En nu het andere.'

'Hoe bedoelt u?'

'Het andere rijtijdenboekje. Het echte. U denkt toch niet dat ik hier in trap?' Wayne kreeg een wee gevoel in zijn maag.

Vijftien jaar lang had hij, net als duizenden andere vrachtwagenchauffeurs, twee rijtijdenboekjes bijgehouden, eentje waarin naar waarheid de gereden uren, kilometerstanden, rusttijden en zo stonden, en een ander, speciaal voor dit soort situaties, waaruit bleek dat hij zich aan alle wettelijke beperkingen gehouden had. En in al die jaren was hij God mag weten hoeveel keren gecontroleerd, in het hele land, en nooit had een smeris hem dit geflikt. Shit! Praktisch iedere vrachtwagenchauffeur die hij kende, hield er een nepboekje op na. Het 'moppenboekje' noemden ze het voor de grap. Als je alleen reed en geen maat had om mee te wisselen, hoe kreeg je het dan in godsnaam voor elkaar om op tijd te zijn? Hoe moest je dan in 's hemelsnaam je brood verdienen? Verdomme. Bij alle bedrijven wisten ze ervan; ze deden alleen net of hun neus bloedde.

Hij had geprobeerd tijd te rekken, te doen alsof hij beledigd was, zelfs even wat verontwaardiging getoond, maar het hielp allemaal niets, merkte hij. De collega van het agentje, een grote vent met een stierenek en een grijns op zijn gezicht, was uit de politieauto gestapt; hij liet zich het lolletje ook niet graag ontgaan. Ze hadden tegen hem gezegd dat hij er maar uit moest komen, dan zouden ze zelf wel gaan zoeken. Het was duidelijk dat ze de hele cabine overhoop zouden halen, dus had hij maar besloten zich gewonnen te geven, het boekje tevoorschijn gehaald uit de geheime bergplaats onder zijn kooi en het hun overhandigd. Uit wat erin stond, was op te maken dat hij vijftienhonderd kilometer gereden had in vierentwintig uur, met maar één onderbreking, en dan nog maar voor de helft van de wettelijk verplichte acht uur.

Dat betekende dat hij een bekeuring van duizend of zelfs wel dertienhonderd dollar tegemoet kon zien. Misschien nog wel meer, als ze hem ook wilden pakken voor die verdomde radarverklikker. Ze zouden zelfs zijn groot-rijbewijs in kunnen nemen. De agenten hadden hem een heel pak papier overhandigd en waren voor hem uit gereden naar dit chauffeurscafé. Ze hadden hem gewaarschuwd dat hij het maar beter niet in zijn hoofd kon halen te vertrekken voor het ochtend werd.

14

Hij had gewacht tot ze vertrokken waren, was toen naar het tankstation gelopen en had daar een oudbakken broodje kalkoen en zes blikjes bier gekocht. Hij had de nacht doorgebracht in zijn kooi achter in de cabine. Die was best ruim en comfortabel en na een paar blikjes had hij zich wat beter gevoeld, maar toch had hij zich een groot deel van de nacht zorgen liggen maken. En toen was hij wakker geworden en bleek het gesneeuwd te hebben en had hij ontdekt dat hij weer de lul was.

Op die zachte ochtend in Georgia, twee dagen geleden, had Wayne er niet aan gedacht na te gaan of hij wel sneeuwkettingen bij zich had. En toen hij die ochtend in het kastje keek, bleken die rotdingen er niet te liggen. Hij kon het gewoon niet geloven. Een of andere zak zou ze wel geleend hebben, of gestolen. Wayne realiseerde zich dat het op de snelweg wel goed zou gaan; de sneeuwruimers en strooiwagens zouden waarschijnlijk al uren geleden uitgerukt zijn. Maar de twee reusachtige turbines die hij vervoerde, moesten afgeleverd worden bij een papierfabriek in een klein plaatsje dat Chatham heette. Hij zou de tolweg moeten verlaten en via allerlei kronkelige landweggetjes moeten doorsteken en die zouden nog niet sneeuwvrij zijn gemaakt. Wayne vloekte nog een keer in zichzelf, dronk zijn koffie op en legde een biljet van vijf dollar op tafel.

Buiten bleef hij stilstaan om een sigaret op te steken. Hij trok het honkbalpetje van de Atlanta Braves wat dieper over zijn ogen, tegen de kou. Hij hoorde het geronk van de vrachtauto's die de snelweg al op reden. Toen hij over het parkeerterrein naar zijn wagen liep, kraakten zijn laarzen in de sneeuw.

Er stonden een stuk of veertig, vijftig vrachtwagencombinaties naast elkaar, allemaal achttienwielig, net als de zijne. Over het algemeen Peterbilts, Freightliners en Kenworths. Die van Wayne was een zwarte Kenworth Conventional met veel chroom; 'miereneters' werden ze genoemd, vanwege de lange, schuin aflopende neus. En al zag hij er beter uit als er een gewone hoge koelwagen aan vastgekoppeld zat in plaats van de dieplader met die twee turbines die er nu achter hing, toch vond hij zijn wagen de fraaiste op het hele parkeerterrein. Hij bleef er even met genoegen naar staan kijken terwijl hij zijn sigaret oprookte. Die jonge chauffeurs van tegenwoordig kon het geen moer schelen, maar hij zorgde altijd dat zijn truck er blinkend uitzag. Hij had zelfs alle sneeuw eraf geveegd voordat hij was gaan ontbijten. Maar toen schoot hem ineens weer te binnen dat zíj die rottige sneeuwkettingen niet vergeten waren, en hij wel. Wayne Tanner trapte zijn sigaret uit in de sneeuw en hees zich in zijn cabine.

Twee paar voetsporen kwamen bij elkaar aan het begin van de lange oprijlaan naar de stallen. Alsof het zo afgesproken was, kwamen de meisjes daar praktisch tegelijkertijd aan, waarna ze samen de heuvel op liepen. Hun gelach klonk door het hele dal. Al was de zon nog niet boven de horizon, de witte hekken die aan weerszijden langs het pad liepen, staken vaal af tegen de sneeuw, net als de hindernissen in de velden erachter. Het pad dat de meisjes volgden, liep met een kromming naar de top van de heuvel waar het verdween tussen een paar lage bouwsels, die dicht tegen de grote rode stal aan bescherming leken te zoeken. Daar stonden de paarden in. Toen Grace en Judith de stal binnenkwamen, schoot er een kat weg die een spoor achterliet in de maagdelijke sneeuw. Ze bleven even naar het huis staan kijken. Er was geen teken van leven. Mevrouw Dyer, de eigenares van de manege, die hen beiden had leren paardrijden, was gewoonlijk om deze tijd al wel op.

'Vind jij dat we haar moeten vertellen dat we naar buiten gaan?' fluisterde Grace.

De twee meisjes waren samen opgegroeid en zagen elkaar zo lang ze zich konden herinneren altijd hier in het weekend. Ze woonden in dezelfde chique buurt in de stad, hun scholen lagen dicht bij elkaar en hun vaders waren allebei advocaat. Maar het was nooit bij hen opgekomen dat ze elkaar door de week ook zouden kunnen opzoeken. Hun vriendschap hoorde hier thuis, bij hun paarden. Judith was net veertien, bijna een jaar ouder dan Grace, en belangrijke beslissingen als deze, waarbij ze een uitbarsting van de makkelijk ontvlambare mevrouw Dyer riskeerden, liet Grace graag aan haar over.

Judith snoof en trok een zuinig mondje. 'Nou, nee,' zei ze. 'Dan foetert ze ons alleen maar uit omdat we haar wakker gemaakt hebben. Kom, laten we gaan.'

De lucht in de stal was warm en vervuld van de zoete geur van hooi en mest. Een tiental paarden keek met de oren naar voren gestoken toe hoe de meisjes met hun zadels binnenkwamen en de deur sloten. De paarden hadden in de gaten dat er buiten iets ongewoons aan de hand was, net zoals Grace dat bij het wakker worden had gemerkt. Het paard van Judith, een zachtmoedig ogende, kastanjebruine ruin, die luisterde naar de naam Gulliver, hinnikte toen ze naar zijn box toe kwam en stak zijn hoofd naar voren om zich door haar over zijn neus te laten aaien.

'Hallo, lieverd,' zei ze. 'Hoe is het vandaag met je?' Het paard deed behoedzaam een stapje naar achteren zodat Judith de box in kon komen met het tuig.

Grace liep door. Pilgrim, haar paard, stond in de laatste box, achter in de stal. In het voorbijgaan noemde ze de namen van de andere paarden en praatte ze zachtjes tegen hen. Ze zag Pilgrim staan. Hij hield zijn hoofd omhoog en keek onbeweeglijk hoe ze naderbij kwam. Het was een vierja-

16

rige Morgan, een ruin met een vacht zo donker dat die bij een bepaalde lichtval wel zwart leek. Haar ouders hadden hem de vorige zomer met enige aarzeling voor haar gekocht. Ze waren er bezorgd over geweest dat hij te groot en te jong voor haar zou zijn, te veel een echt paard. Maar voor Grace was het liefde op het eerste gezicht geweest.

Ze waren naar Kentucky gevlogen om hem te bekijken en toen ze bij het weiland kwamen waar hij stond, was hij meteen naar het hek toe gekomen om te kijken wat voor iemand ze was. Hij liet zich niet door haar aanraken, maar snoof alleen even aan haar hand terwijl hij daar zachtjes met zijn snorharen overheen streek. Toen wierp hij als een hooghartige prins zijn hoofd naar achteren en rende hij weg; zijn lange staart wapperde achter hem aan en zijn vacht glinsterde in het zonlicht als gepolitoerd ebbehout.

Van de vrouw die hem te koop had aangeboden, had Grace hem mogen berijden en pas toen hadden haar ouders elkaar aangekeken en wist ze dat zij hem wat hun betrof mocht hebben. Haar moeder had sinds haar kinderjaren niet meer paardgereden, maar ze was wel iemand die oog had voor kwaliteit. En kwaliteit had Pilgrim zeker. En het was ook duidelijk te zien dat hij iets weerbarstigs had en heel anders was dan de andere paarden die ze bereden had. Maar toen Grace op hem zat en voelde hoeveel leven er in hem zat, wist ze dat hij in wezen goedig was en niet gemeen, en dat ze het goed zouden kunnen vinden samen. Ze zouden een goed span vormen.

Ze wilde hem omdopen en hem een naam geven die wat meer fierheid uitstraalde, Cochise of Khan bijvoorbeeld, maar haar moeder, als altijd tiranniek in haar ruimdenkendheid, had gezegd dat Grace het natuurlijk zelf moest weten, maar dat het volgens haar geen geluk bracht als je een paard een andere naam gaf. Dus bleef hij Pilgrim heten.

'Hé, stuk!' zei ze, toen ze bij de box kwam. 'Mooie knul van me!' Ze stak haar hand naar hem uit en hij stond haar toe het fluweel van zijn snuit aan te raken, al was het maar eventjes. Toen tilde hij zijn hoofd op en draaide hij zich van haar af. 'Wat ben je toch een verleider. Kom, we gaan je optuigen.'

Grace ging de box binnen en nam de paardedeken van hem af. Terwijl ze het zadel op zijn rug legde, deed hij een stapje opzij zoals altijd, en zei ze gedecideerd tegen hem dat hij stil moest blijven staan. Ze vertelde hem wat een verrassing hem buiten te wachten stond terwijl ze de singel losjes aansnoerde en hem het hoofdstel aandeed. Vervolgens haalde ze een hoefkrabber uit haar zak en verwijderde ze zorgvuldig het vuil van zijn hoeven. Ze hoorde dat Judith al bezig was Gulliver uit zijn box te halen en haastte zich de singel vaster aan te snoeren zodat zij ook klaar waren om te gaan.

Ze leidden de paarden naar buiten en lieten ze daar even staan om aan de sneeuw te wennen. Judith sloot ondertussen de staldeur achter hen. Gulliver boog zich naar omlaag, snoof aan de sneeuw, en besloot algauw dat hij het spul al honderd keer eerder had gezien. Maar Pilgrim was zeer verbaasd. Hij schraapte even met een hoef en schrok toen de sneeuw in beweging kwam. Hij probeerde eraan te ruiken, zoals hij het oudere paard had zien doen, maar hij deed het te onbeheerst en moest luid niezen, waardoor de meisjes in lachen uitbarstten.

'Misschien heeft hij nooit eerder sneeuw gezien,' zei Judith.

'Dat kan toch haast niet? Hebben ze dan geen sneeuw in Kentucky?'

'Weet ik veel. Zal wel niet.' Ze keek naar het huis van mevrouw Dyer. 'Hé, kom. Laten we gaan, voordat we die draak wakker maken.'

Ze liepen het erf af naar het weiland op de heuvel, waar ze de paarden bestegen en vervolgens in een langzaam omhoog lopende traverse naar het hek reden dat toegang gaf tot het bos. Ze lieten een haarzuiver diagonaal spoor na op het maagdelijk witte vierkant van het weiland. Toen ze bij het bos aankwamen, kwam eindelijk de zon boven de heuvelrug uit waardoor overal in het dal achter hen langwerpige schaduwen te zien waren.

Een van de dingen waaraan de moeder van Grace in de weekends altijd een hartgrondige hekel had, was de berg kranten waar ze zich doorheen moest worstelen. Tijdens de werkweek groeide die aan als een soort kwaadaardige lavastroom.

Elke dag voegde ze onbekommerd weekbladen en katerns van de *New York Times* aan de stapel toe die ze niet ongelezen durfde weggooien. Op zaterdag was de stapel dan zo bedreigend geworden dat ze niet meer kon doen alsof hij niet bestond, en als ze dan bedacht dat er ook nog een paar ton papier van de zondagseditie van de *New York Times* aan zat te komen, wist ze dat als ze nu niets ondernam, ze eronder bedolven zou raken. Al die woorden die op de wereld werden losgelaten. Al die moeite. En je voelde je er alleen maar schuldig onder. Annie gooide weer een blad op de grond en raapte vermoeid de *New York Post* op.

Het appartement van de familie Maclean lag op de achtste verdieping van een sierlijk oud gebouw aan Central Park West. Annie zat met opgetrokken voeten op de gele bank bij het raam. Ze droeg een zwarte legging en een lichtgrijze trui. Haar kortgeknipte kastanjebruine haar, in een kort staartje opgebonden, leek wel in brand te staan doordat het van achteren met zonlicht overgoten werd. Op de identieke bank aan de andere kant van de woonkamer tekende haar schaduw zich af.

De kamer was rechthoekig en de overheersende kleur was lichtgeel. Aan de ene kant stonden boekenkasten, Afrikaanse kunstvoorwerpen en een

18

glimmende concertvleugel, waarvan een kant nu beschenen werd door schuin invallende zon. Als Annie zich had omgedraaid, zou ze hebben kunnen zien hoe meeuwen paradeerden op het ijs van de vijver die door de gemeente als waterreservoir was aangelegd. Zelfs nu, op de vroege zaterdagochtend, en met al die sneeuw, liepen er mensen zwoegend hun rondjes te joggen, zoals zij straks ook zou gaan doen, als ze klaar was met de krant. Ze nam een slok uit haar beker met thee en wilde net de *New York Post* wegleggen toen haar oog viel op een onopvallend berichtje op een bladzijde die ze gewoonlijk oversloeg.

'Verdorie!' zei ze hardop. 'Jij kleine rat!'

Ze zette de beker met een klap op tafel en stond snel op om de telefoon uit de gang te gaan halen. Toen ze de kamer weer inkwam, liep ze het nummer al in te toetsen. Ze ging bij het raam staan en tikte met een voet op de vloer terwijl ze wachtte tot er opgenomen werd. Aan de zuidkant van het reservoir strompelde een oude man op ski's en met een idioot grote walkman op zijn hoofd met wilde gebaren in de richting van de bomen. Een vrouw liep te foeteren op een stel aangelijnde hondjes met identieke gebreide jasjes, die zulke korte pootjes hadden dat ze sprongetjes moesten maken en zich moesten laten voortglijden om vooruit te komen.

'Anthony? Heb jij de *New York Post* gelezen?' Annie had haar jonge assistent duidelijk wakker gebeld, maar het kwam niet bij haar op zich daarvoor te verontschuldigen. 'Er staat een stukje in over mij en Fiske. Die kleine onderkruiper zegt dat ik hem heb ontslagen en dat ik de laatste oplagecijfers heb aangedikt.'

Anthony zei iets aardigs tegen haar, maar aardigheid was niet waar Annie op uit was. 'Heb jij het nummer waar Don Farlow in het weekend te bereiken is?' Hij moest het gaan opzoeken. Buiten in het park had de vrouw met de hondjes het opgegeven en nu sleepte ze de beestjes weer naar de straat. Anthony kwam terug en gaf Annie het nummer. Ze noteerde het.

'Mooi,' zei ze. 'Ga nu maar weer slapen.' Ze verbrak de verbinding en begon onmiddellijk het nummer van Farlow in te toetsen.

Don Farlow was de jurist die de uitgeversgroep inschakelde als er gevochten moest worden. In de zes maanden die waren verstreken sinds Annie Graves (in haar beroep was ze altijd haar meisjesnaam blijven gebruiken) binnengehaald was om als hoofdredacteur het blad, dat het paradepaardje was van de groep, te redden, was hij een bondgenoot en haast een vriend van haar geworden. Samen hadden ze de oude garde eruit weten te werken. Er was bloed bij gevloeid – nieuw bloed was in de plaats gekomen van oud bloed – en de pers had daar verlekkerd verslag van gedaan. Onder degenen die zij en Farlow de wacht hadden aangezegd, bevonden zich verschillende schrijvers met goede relaties in het wereldje, die dan ook meteen wraak hadden genomen via de roddelrubrieken, waardoor zij al een zekere faam genoot.

Annie kon wel begrip opbrengen voor hun verbitterdheid. Sommigen waren zo lang aan het blad verbonden geweest dat ze hadden gemeend rechten te kunnen doen gelden. Om eruit gegooid te worden was op zich al vernederend, maar het was onverdraaglijk om eruit gegooid te worden door een vrouw van drieënveertig die nog maar pas kwam kijken en bovendien een Engelse was. Maar de sanering was nu bijna rond en Annie en Farlow waren er inmiddels handig in geworden afvloeiingsregelingen op te stellen waarmee de vertrekkenden zich verplichtten hun mond te houden. Ze dacht dat dat ook goed gelukt was met Fenimore Fiske, de bejaarde en onuitstaanbare filmrecensent van het blad, die nu praatjes over haar rondstrooide in de *Post*. De rat. Maar terwijl Annie wachtte tot Farlow de telefoon zou opnemen, stelde ze zich gerust met de gedachte dat Fiske een grote vergissing had gemaakt door haar hogere oplagecijfers als bedrog te kenschetsen. Er was geen sprake van bedrog en dat kon ze bewijzen ook.

Niet alleen was Farlow al op, hij had ook het stukje in de *New York Post* gelezen. Ze spraken af elkaar over twee uur op haar kantoor te treffen. Ze zouden die oude smeerlap voor het gerecht slepen en hem elke cent van zijn afvloeiingsregeling ontnemen.

Annie draaide het nummer van haar man in Chatham, maar hoorde haar eigen stem op het antwoordapparaat. Ze sprak een boodschap in waarin ze Robert zei dat het tijd was om op te staan, dat ze een trein later zou komen en dat ze niet langs de supermarkt zou gaan voordat ze aankwam. Toen nam ze de lift naar beneden en voegde zich in het besneeuwde park bij de andere joggers. Alleen, Annie Graves jogde natuurlijk niet. Ze liep hard. En al scheelde het niet merkbaar in snelheid of techniek, voor Annie was het onderscheid even kraakhelder als de koude ochtendlucht waarin ze zich nu stortte.

Op de snelweg liep alles op rolletjes, zoals Wayne Tanner had verwacht. Het was zaterdag en er was niet al te veel verkeer. Hij had bedacht dat hij maar het beste snelweg zevenentachtig kon volgen tot hij bij de negentig kwam, om daar de Hudson over te steken en dan vanuit het noorden richting Chatham te rijden. Hij had de kaart bestudeerd en geconcludeerd dat dit misschien niet de kortste weg was, maar dat hij op die manier zo weinig mogelijk gebruik zou hoeven maken van secundaire wegen, die misschien niet sneeuwvrij gemaakt waren. Hij hoopte alleen dat de weg naar de fabriek niet een onverhard weggetje zou zijn, gezien het feit dat hij zijn sneeuwkettingen niet bij zich had.

Toen hij in de buurt van snelweg negentig gekomen was en in oostelijke richting was afgeslagen, begon hij zich langzamerhand wat beter te voelen. Het landschap zag eruit als een kerstkaart en met een bandje van Garth Brooks op en het op de machtige neus van de Kenworth weerkaatsende zonlicht leek alles niet meer zo somber als gisteravond. Verdomme, in het ergste geval, als hij zijn groot-rijbewijs zou verliezen, dan kon hij toch altijd weer monteur worden. Daarvoor was hij tenslotte opgeleid. Alleen zou hij dan minder verdienen. Het was verdomme een schandaal hoe weinig je verdiende na zo'n lange opleiding, terwijl je bovendien voor tienduizend dollar je eigen gereedschap moest aanschaffen. Maar de laatste tijd werd het steeds maar langs de weg zitten hem ook een beetje te veel. Misschien was het wel prettiger om meer thuis te zijn bij zijn vrouw en kinderen. Nou ja, hij zou wel zien. In ieder geval had hij dan meer tijd om te gaan vissen.

Plotseling zag Wayne de afslag naar Chatham voor zich opdoemen en ging hij aan het werk. Hij remde pompend en schakelde een voor een de negen versnellingen terug zodat de zware 425 pk Cummins-motor gierde. Terwijl hij de afslag nam, zette hij de knop om waarmee de vierwielaandrijving werd ingeschakeld, waardoor nu ook de voorwielen van de truck werden aangedreven. Vanaf dat punt was het niet meer dan acht of negen kilometer naar de fabriek.

In de beboste heuvels hing die ochtend een stilte alsof het leven zelf opgeschort was. Er verroerde zich geen enkel dier en er was geen vogel te horen. Alleen klonk af en toe een zacht ploffend geluid als de sneeuw van te zwaar beladen takken naar beneden viel. Door het esdoorn- en berkenbos heen was in deze wachtende leegte het verre gelach van de meisjes te horen. Ze bestegen langzaam het zigzaggende pad. Ze lieten het aan de paarden over hoe snel ze wilden lopen. Judith reed voorop en zat half omgedraaid, met één hand steunend op de opstaande rand van het zadel van Gulliver. Ze keek achterom naar Pilgrim en lachte.
'Je moet met hem naar het circus,' zei ze. 'Als clown is hij een natuurtalent.'
Grace moest zo hard lachen dat ze niet in staat was iets uit te brengen. Pilgrim liep met zijn hoofd omlaag en schoof met zijn neus als een bulldozer door de sneeuw. Af en toe wierp hij een hoeveelheid sneeuw de lucht in en draafde hij een klein stukje, alsof hij ervan geschrokken was.
'Hé, houd daar eens mee op. Zo is het wel genoeg,' zei Grace, terwijl ze de teugels aanhaalde en hem onder controle bracht. Pilgrim liep weer stapvoets verder en Judith schudde nog nagrijnzend haar hoofd terwijl ze zich weer omdraaide in de rijrichting. Gulliver was onderwijl gewoon doorge-

lopen en had volstrekt geen acht geslagen op de klucht die zich achter hem had afgespeeld. Hij bewoog zijn hoofd op het ritme van zijn stappen.

Langs het pad waren ongeveer om de twintig meter helder oranje aanplakbiljetten aan de bomen gespijkerd waarop gedreigd werd met gerechtelijke vervolging van eenieder die betrapt werd op jagen, stropen of het zich bevinden op verboden terrein.

Op de top van de bergkam die de twee dalen van elkaar scheidde, bevond zich een kleine open plek, waar ze normaal gesproken, als ze die omzichtig benaderden, herten of wilde kalkoenen konden aantreffen. Maar toen de meisjes vandaag uit het bos te voorschijn kwamen en het zonlicht inreden, vonden ze slechts een bloederige afgerukte vleugel van een vogel. De vleugel lag bijna precies in het midden van de open plek. Het leek wel een naald van een of ander primitief soort kompas. De meisjes stopten en keken ernaar.

'Wat is het? Van een fazant of zo?' zei Grace.

'Zoiets, ja. Maar dan wel een voormalige fazant. Een stuk van een voormalige fazant.'

Grace fronste haar voorhoofd. 'Maar hoe is die hier gekomen?'

'Geen idee? Door een vos, misschien.'

'Dat kan niet. Waar zijn dan zijn sporen?'

Die waren er niet. En ook was er geen spoor van een strijd. Het leek wel of de vleugel in zijn eentje naar de plek toe was gevlogen. Judith haalde haar schouders op.

'Misschien heeft iemand hem er wel afgeschoten.'

'En de rest dan? Die is dan zeker doorgevlogen met maar één vleugel.'

Ze dachten allebei even na. Toen knikte Judith alsof zij de oplossing gevonden had. 'Een havik. Een overvliegende havik heeft hem laten vallen.'

Grace dacht na. 'Een havik? Oké, laten we het daarop houden.' Ze spoorden hun paarden weer aan om door te lopen.

'Of een vliegtuig.'

Grace moest lachen. 'Ja, dat moet het zijn,' zei ze. 'Hij doet me denken aan de kip die ze serveerden toen we vorig jaar naar Londen vlogen. Alleen ziet dit er lekkerder uit.'

Als ze naar deze bergkam toe reden, lieten ze meestal de paarden even in galop over de open plek lopen, waarna ze langs een omweg via een ander pad weer teruggingen naar de stal. Maar vanwege de sneeuw en de heldere ochtendlucht wilden de meisjes vandaag een stukje verder gaan. Ze besloten iets te doen wat ze maar één keer eerder gedaan hadden, een paar jaar geleden, toen Grace Gypsy nog had, een kleine, stevige Palomino. Ze moesten dan het volgende dal in, het bos door, en dan langs de Kinderhook Creek helemaal om de heuvel heen rijden. Dat betekende dat ze een paar wegen moesten oversteken, maar Pilgrim leek nu gekalmeerd en bovendien zou er zo vroeg op de zaterdagochtend en met al die sneeuw toch maar weinig verkeer zijn.

Toen ze de open plek achter zich hadden gelaten en weer in de schaduw van de bomen reden, zwegen Grace en Judith. Aan deze kant van de bergkam stonden notebomen en populieren, waartussen geen duidelijk pad te onderscheiden was, zodat de meisjes regelmatig moesten bukken om onder de takken door te rijden. Al gauw waren zij en de paarden bedekt met een laagje stuifsneeuw. Voorzichtig zochten ze hun weg langs een beekje, aan de boorden waarvan de ijspegels naar beneden hingen, zodat je maar af en toe een glimp opving van het water dat daaronder naar beneden stroomde. De helling werd steeds steiler. De paarden bewogen zich voorzichtig voort en keken goed hoe ze hun hoeven neerzetten. Gulliver gleed een keertje uit op een onder de sneeuw verscholen steen, maar herstelde zich zonder in paniek te raken. Het schuin door de bomen invallende zonlicht veroorzaakte grillige schaduwen op de sneeuw en verlichtte de wolken condenserende adem bij de paardeneuzen. Maar geen van de meisjes lette hierop, zo geconcentreerd waren ze bezig met de afdaling en met het contact met de paarden waarop ze reden.

Met een gevoel van opluchting vingen ze uiteindelijk beneden tussen de bomen een glimp op van de Kinderhookbeek. De afdaling was moeilijker geweest dan ze gedacht hadden, en pas nu konden ze elkaar aankijken en glimlachen.

'Dat was een goeie, hè?' vroeg Judith, terwijl ze Gulliver voorzichtig tot stilstand bracht. Grace lachte.

'Nou!' Ze boog zich voorover en wreef over Pilgrims hals. 'Dat hebben onze jongens toch maar mooi gedaan!'

'Fantastisch, hè?'

'Maar ik kan me niet herinneren dat het zó steil was.'

'Zo steil was het ook niet. Ik denk dat we een ander beekje gevolgd hebben. Volgens mij zitten we een kilometer of twee meer naar het zuiden dan de bedoeling was.'

Ze borstelden de sneeuw van hun kleding en hun caps en probeerden te zien waar ze zich bevonden. Onder het bos strekte zich een maagdelijk wit veld zacht glooiend uit naar de rivier. Aan hun kant van de rivier zagen ze nog net de paaltjes van het hek langs de oude weg naar de papierfabriek. De weg was niet meer in gebruik, aangezien er een kilometer verderop, aan de andere kant van de rivier, een bredere en kortere toegangsweg vanaf de snelweg was aangelegd. De meisjes moesten nu de oude weg in noordwaartse richting volgen om bij het pad te komen waarlangs ze weer terug naar huis wilden.

Zoals hij al gevreesd had, was de weg naar Chatham niet sneeuwvrij gemaakt, maar Wayne Tanner zag dat hij zich geen zorgen had hoeven maken. Anderen hadden vóór hem gebruik gemaakt van de weg en in de achtergelaten sporen vonden de achttien zwaar geprofileerde banden van de Kenworth een stevige grip. Achteraf had hij die rotkettingen niet eens nodig. Er kwam hem een sneeuwruimer tegemoet, en ook al had hij er niet veel profijt van, hij voelde zich zo opgelucht dat hij naar de bestuurder zwaaide en bij wijze van groet claxonneerde. Hij stak een sigaret op en keek op zijn horloge. Hij was wat vroeger dan hij aangekondigd had. Nadat hij door de agenten aangehouden was, had hij naar Atlanta gebeld en gezegd dat ze met de fabriek moesten afspreken dat hij de turbines op zaterdagochtend zou komen afleveren. Niemand hield ervan om op zaterdag te moeten werken en hij had het idee dat hij niet bepaald met open armen ontvangen zou worden. Maar goed, dat was hun probleem. Hij stak een nieuw bandje van Garth Brooks in de cassetterecorder en begon op te letten of hij de ingang naar de fabriek al zag.

Na de rit door het bos leverde de oude weg naar de fabriek geen problemen op. De meisjes en de paarden ontspanden zich, terwijl ze naast elkaar in het zonlicht voortstapten. Links van hen zaten tussen de bomen langs de rivier twee eksters elkaar achterna, en door hun schorre kreten en het ruisen van de bergbeek door dacht Grace het geluid te horen van de sneeuwruimer die de snelweg sneeuwvrij maakte.
'Daar gaan we dan.' Judith knikte in de richting waarin ze reden.
Dit was de plek waar ze naar op zoek waren geweest. Ooit had hier de spoorweg eerst de weg naar de fabriek en vervolgens de rivier gekruist. De lijn was al vele jaren geleden opgeheven. De brug over de rivier was in zijn geheel blijven liggen, maar van de brug over de weg was de bovenkant verwijderd, zodat alleen de grote betonnen zijkanten resteerden, een tunnel zonder bovenkant, waar de weg onderdoor liep, waarna hij een bocht maakte. Vlak daarvoor begon een pad dat steil omhoog liep van de rivier naar waar de spoorweg had gelegen. Via dat pad moesten de meisjes omhoog om op de brug die over de rivier liep te komen.
Judith ging voor en stuurde Gulliver omhoog. Hij deed een paar stappen en bleef toen staan.
'Kom op, jongen. Niks aan de hand.'
Het paard schraapte voorzichtig met een hoef in de sneeuw, alsof hij wilde proberen of het wel veilig was. Nu spoorde Judith hem aan met haar knieën.
'Kom, luiwammes. Naar boven!'
Gulliver liet zich vermurwen en liep door.

Grace wachtte beneden op de weg en keek toe. Ze was zich er vaag van bewust dat het geluid van de sneeuwruimer op de snelweg nu luider klonk. Pilgrim spitste zijn oren. Ze boog zich voorover en klopte op zijn bezwete hals.

'Hoe is het daar?' riep ze omhoog naar Judith.

'Goed hoor. Maar doe wel voorzichtig.'

Het gebeurde toen Gulliver bijna boven was. Grace was hem achterna gegaan en volgde zo precies mogelijk in zijn voetspoor. Ze gaf Pilgrim alle tijd. Ze was ongeveer halverwege toen ze hoorde dat een van Gullivers hoeven over het ijs schraapte en Judith een kreet van schrik slaakte. Als de meisjes hier onlangs nog geweest zouden zijn, zouden ze geweten hebben dat er over het pad waarlangs ze omhooggingen sinds de nazomer water liep dat afkomstig was uit een lekkend riool. Het pak sneeuw bedekte nu een laagje spiegelglad ijs.

Gulliver verloor zijn evenwicht en doordat hij probeerde met zijn achterbenen houvast te vinden, veroorzaakte hij een regen van sneeuw en ijsklonten. Maar omdat hij steeds wegleed, draaide zijn achterzijde naar beneden zodat hij nu dwars op het ijs stond. Een van zijn voorbenen gleed opzij waardoor hij door de knieën ging en verder wegleed. Judith schreeuwde terwijl ze naar voren geworpen werd en de teugels uit haar handen gleden. Ze slaagde er echter in zich aan de hals van het paard vast te houden en in het zadel te blijven. Ze riep naar Grace: 'Ga uit de weg! Uit de weg!'

Grace stond als aan de grond genageld. Ze hoorde haar bloed door haar hoofd razen. Het leek te bevriezen en haar te isoleren van wat zij daarboven zag gebeuren. Bij Judiths tweede uitroep kwam ze echter weer bij haar positieven en probeerde ze Pilgrim naar beneden te sturen. Maar het paard trok wild met zijn hoofd en verzette zich geschrokken tegen haar. Hij deed een aantal pasjes opzij en draaide zijn hoofd naar boven, waardoor ook hij zijn houvast verloor en in paniek begon weg te glijden. Ze bevonden zich nu precies in de baan van de naar beneden glijdende Gulliver. Grace schreeuwde en trok heftig aan de teugels. 'Pilgrim, kom! Vooruit!'

In het merkwaardig stille ogenblik waarop Gulliver hen raakte, besefte Grace dat het geraas dat ze hoorde meer was dan alleen van het bloed in haar hoofd. Die sneeuwruimer reed niet op de snelweg. Daarvoor was het geluid te hard. Hij was dichterbij. Deze gedachte vervloog echter op het ogenblik dat Gullivers achterlijf hen raakte. Hij trof hen voluit en raakte Pilgrims schouder, waardoor deze om zijn as begon te draaien. Grace voelde hoe zij uit het zadel werd getild en omhoog werd geslingerd. Als zij zich met één hand niet had kunnen afzetten tegen het andere paard zou zij ook gevallen zijn, net als Judith. Maar ze bleef zitten en greep met een hand in de zijdeachtige manen van Pilgrim, die verder de helling af gleed.

25

Gulliver en Judith waren haar nu voorbijgegleden. Ze zag dat haar vriendin als een ledepop over het achterlijf van het paard geworpen werd waarna haar voet zich in de stijgbeugel omdraaide en zij weer teruggeslingerd werd. Judith stuiterde en wentelde terwijl haar achterhoofd met harde klappen op het ijs stuiterde. Weer draaide haar voet zich in de stijgbeugel. Nu bleef hij erin vastzitten, zodat zij verder werd voortgesleept. In een wirwar van spartelende ledematen gleden de twee paarden en hun berijders naar beneden, naar de weg toe.

Wayne Tanner zag hen zodra hij de bocht uitkwam. Op de fabriek hadden ze aangenomen dat hij vanuit het zuiden zou aankomen en daarom hadden ze er niet aan gedacht te melden dat hij de iets meer naar het noorden liggende oude weg niet moest nemen. Wayne was die afslag het eerst tegengekomen en was allang blij dat de banden van de Kenworth ook op die weg grip bleken te hebben, hoewel er nog geen wielsporen door de sneeuw liepen. Toen hij de bocht om kwam zag hij een meter of honderd vóór zich de betonnen zijkanten van de brug met daarachter, omlijst door de brug, een dier, een paard of zo, waar iets achter aan sleepte. Wayne kreeg een wee gevoel in zijn maag.

'Verdomme!'

Hij trapte op de rem, maar niet te hard, want hij realiseerde zich dat de wielen zouden blokkeren als hij te abrupt van snelheid zou veranderen. Hij haalde een schakelaar aan het stuur over om zo te proberen de remmen op de achterwielen te activeren. Hij merkte echter geen effect. Hij zou op de motor moeten afremmen, dus schoot zijn hand naar de versnellingshandel. Hij schakelde en gaf tussengas en hoorde de zes cilinders van de Cummings razen. Shit, hij had te hard gereden! Nu stonden er twee paarden, en op een ervan zat iemand. Wat deden ze daar nou, verdomme? Waarom gingen ze niet van de weg af? Zijn hart bonsde in zijn lijf en hij voelde dat het zweet hem aan alle kanten uitbrak terwijl hij afwisselend remde en terugschakelde. Door het ritme van de bewegingen ontstond in zijn hoofd een mantra: remmen, terugschakelen, remmen, terugschakelen. Maar de brug kwam te snel naderbij. In jezusnaam, hoorden ze hem dan niet aankomen? Zagen ze hem dan niet?

Maar ze hadden hem wel gezien. Zelfs Judith, die lag te lijden, zag hem vanuit haar ooghoeken, terwijl ze schreeuwend van de pijn heen en weer geworpen werd in de sneeuw. Op het moment dat ze viel was haar dijbeen gebroken en terwijl ze naar beneden gleed, hadden beide paarden op haar getrapt, waarbij ze haar ribben hadden gebroken en de botten van een van haar onderarmen hadden versplinterd. Gulliver had toen hij uitgleed een knie gebroken en een paar pezen gescheurd en aan het wit van zijn ogen was te zien hoe hij van pijn en angst vervuld was terwijl hij steigerde en zich los probeerde te schudden van het gewicht dat aan zijn zij hing.

Grace had de truck gezien zodra ze op de weg waren. Eén blik was voldoende geweest. Op een of andere manier was zij erin geslaagd niet te vallen en nu was het aan haar om te proberen hen allen van de weg af te krijgen. Als het haar lukte om Gullivers teugels te pakken, zou ze hem in veiligheid kunnen brengen en daarmee ook Judith die achter hem aan sleepte. Maar Pilgrim was net zo buiten zinnen als het andere paard. De twee dieren bleven als gekken om elkaar heen draaien en versterkten elkaars angst.

Met al haar kracht trok Grace haar teugels aan, zodat Pilgrim haar ten slotte leek te gehoorzamen. Ze liet hem achterwaarts naar het andere paard lopen en boog zich gevaarlijk ver uit haar zadel om het hoofdstel van Gulliver te kunnen pakken. Hij ging opzij, maar zij zette door en strekte haar arm zo ver uit dat zij dacht dat hij uit de kom zou schieten. Ze had hem haast te pakken toen de claxon van de truck begon te loeien.

Wayne zag hoe beide paarden opsprongen door het geluid en nu pas realiseerde hij zich wat het was dat daar opzij van het paard zonder berijder hing.

'Verdomme nog aan toe!'

Hij sprak hardop en merkte op hetzelfde ogenblik dat hij niet verder terug kon schakelen. Hij reed in zijn eerste versnelling en de brug en de paarden kwamen zo snel dichterbij dat hij wist dat hij nu niets anders meer kon doen dan voluit remmen. Hij mompelde een schietgebedje en trapte de rem harder in dan hij wist dat verantwoord was. Een ogenblik lang leek het te werken. Hij voelde dat de achterwielen van de truck grip kregen.

'Ja, zo ken ik je weer.'

Toen blokkeerden de wielen en voelde Wayne hoe een gewicht van veertig ton staal ontketend raakte en vanaf dat moment zijn eigen baan volgde. In een sierlijke, steeds snellere slip schoof de Kenworth naar de mond van de brug toe. De wagen reageerde volstrekt niet meer op zijn bewegingen aan het stuur. Wayne was nu niet meer dan een toeschouwer en zag hoe het rechterspatbord van de truck in aanraking kwam met de betonnen muur. Eerst leek het niet meer dan een korte tik waar de vonken vanaf sprongen, maar toen het gewicht van de aanhanger zich deed gelden, weerklonk een schrapend en schurend kabaal dat zelfs de lucht om hem heen in trilling bracht.

Vóór zich zag hij nu dat het zwarte paard zich naar hem toe gekeerd had en dat de berijder een heel jong meisje was dat onder haar donkere ruitercap haar ogen van angst opengesperd had. 'Nee, nee, nee,' riep hij.

Maar het paard vóór hem steigerde woest. Het meisje werd naar achteren geworpen en viel op het wegdek. De voorbenen van het paard kwamen maar heel even neer en voordat de truck hem raakte, zag Wayne dat hij zijn

27

hoofd oprichtte en weer steigerde. Nu sprong hij recht op hem af. Met alle kracht die hij in zijn achterbenen had, sprong hij over de grille van de radiateur heen, alsof het gewoon een hindernis was bij een springoefening, en wierp hij zich op de voorkant van de cabine. De hoefijzers van zijn voorbenen raakten de motorkap en gleden er te midden van een vonkenregen overheen. Toen een van de hoeven de voorruit raakte, klonk er een luide knal en werd Wayne door het barstende glas ieder zicht ontnomen. Waar was het meisje? Goede God, ze moest daar vóór hem op de weg liggen. Wayne sloeg met zijn vuist en onderarm tegen de voorruit en toen hij er een gat in geslagen had, zag hij dat het paard zich nog op de motorkap bevond. Zijn rechtervoorbeen zat geklemd tussen de V-vormige beugel van de zijspiegel. Het dier zat onder het glas en hinnikte naar hem, het schuim stond hem op de bebloede lippen. Achter hem zag Wayne het andere paard langs de weg staan; het probeerde weg te hinken, terwijl de berijder nog aan één been aan de stijgbeugel hing.

En nog was de truck aan het schuiven. De oplegger raakte los van de muur, en nu niets meer een zijwaartse beweging in de weg stond, begon de oplegger onbeheersbaar te scharen. Het hek brak af alsof het van lucifershoutjes gemaakt was, en het schuivende gevaarte wierp als een zeeschip een booggolf van sneeuw op.

Terwijl de scharende oplegger aan snelheid won en de truck afremde, deed het paard vóór hem een laatste poging zich los te rukken. De beugel van de spiegel brak af en het dier rolde van de motorkap en verdween uit Waynes gezichtsveld. Een ogenblik lang hing er een broeierige stilte, als in het oog van een wervelstorm. Wayne zag hoe de oplegger inmiddels weer van het hek af bewoog en langzaam naar hem toe draaide. Ook zag hij dat binnen de zich in stilte sluitende schaar het andere dier stond, niet meer wetend welke kant het uit moest vluchten. Wayne dacht even dat hij de opzij van het paard bungelende berijdster haar hoofd zag optillen om hem aan te kijken, zich niet bewust van wat er achter haar gebeurde. Toen verdween ze. De oplegger schoof over haar heen, schepte het paard en verpletterde het met een donderende metalige klap toen het gevaarte tegen de truck aan sloeg.

'Hé Gracie, ben je daar?' Robert Maclean bleef met twee grote tassen met boodschappen stilstaan in het gangetje bij de achterdeur. Geen antwoord. Hij liep door naar de keuken en zette de tassen op tafel.

Hij probeerde altijd de boodschappen in huis te hebben voor Annie er was. Als hij dat niet deed, zouden ze samen naar de supermarkt moeten en zouden ze er minstens een uur aan kwijt zijn omdat Annie nooit kon kiezen als er van een produkt meer dan één merk voorradig was. Hij bleef zich erover verbazen dat iemand die in haar werk voortdurend beslissingen moest nemen waar duizenden, zo niet miljoenen dollars mee gemoeid waren, in het weekend soms tien minuten na kon denken over welk merk pestosaus ze moest kopen. Bovendien kostte alles ook een stuk meer dan wanneer hij alleen boodschappen deed, want Annie slaagde er meestal niet in de knoop door te hakken, zodat ze dan maar alle drie de aanwezige merken kochten. De schaduwzijde van het alleen naar de winkel gaan was natuurlijk dat hij zich onvermijdelijk blootstelde aan kritiek op de aanschaf van de verkeerde artikelen. Maar met de benadering van de advocaat, die Robert op alle gebieden in zijn leven graag toepaste, had hij de twee kanten van de zaak tegen elkaar afgewogen en was hij tot de slotsom gekomen dat boodschappen doen zonder zijn vrouw duidelijk de voorkeur verdiende.

Het briefje van Grace lag nog bij de telefoon waar zij het had achtergelaten. Het was net na tienen en hij kon goed begrijpen dat de meisjes op een ochtend als deze wat langer buiten wilden zijn. Hij drukte de knop van het antwoordapparaat in om te horen of er berichten waren. Hij deed zijn parka uit en begon de boodschappen op te bergen. Er waren twee berichten. Het eerste was van Annie, en daar moest hij om glimlachen. Ze moest gebeld hebben vlak nadat hij naar de supermarkt was gegaan. Tijd om op te staan, zeker. De tweede boodschap was van mevrouw Dyer van de manege. Ze vroeg alleen maar of hij haar wilde terugbellen. Maar er klonk iets in haar stem waar Robert een koude rilling van kreeg.

De helikopter bleef een tijdje boven de rivier hangen om de situatie in ogenschouw te nemen, dook toen omlaag en scheerde over de bomen, het dal vullend met het diepe, overal weerkaatsende geluid van de rotorbladen. De piloot keek omlaag terwijl hij nog een rondje maakte. Er stonden ambulances, politieauto's en wagens van de ongevallendienst, met hun zwaailichten aan, alle in een waaier naast de gigantische geschaarde truck met oplegger geparkeerd. Ze hadden aangegeven waar ze wilden dat de helikopter zou landen en een agent stond brede, overbodige armbewegingen naar hem te maken.

Hij had er maar tien minuten voor nodig gehad om vanuit Albany hiernaartoe te vliegen. De verplegers hadden tijdens de vlucht gewerkt en hun uitrusting gecontroleerd. Daar waren ze mee klaar en nu keken ze zwijgend over de schouder van de piloot, terwijl hij rondcirkelde en aanstalten maakte om te gaan landen. De zon weerkaatste even in de rivier terwijl de helikopter achter zijn eigen schaduw aan vloog, over de plaats waar de politie de weg had afgezet en over een rode auto met vierwielaandrijving die ook op weg was naar de plaats van het ongeluk.

Uit het raampje van de politieauto keek Wayne hoe de helikopter boven de

29

landingsplaats hing en zich langzaam liet zakken. De machine veroorzaakte een sneeuwstorm om het hoofd van de politieman die aanwijzingen stond te geven voor de landing.

Wayne zat rechts voor in de auto met een deken om zijn schouders en een kopje in zijn hand waaruit hij nog niets gedronken had. Hij begreep niet wat er buiten allemaal gebeurde, net zomin als hij kon verstaan wat er allemaal gezegd werd op de af en toe op scherpe toon ratelende politieradio naast hem. Hij had pijn aan zijn schouder en hij had een klein sneetje in zijn rechterhand, waar de verpleegster van de ziekenauto per se een overdreven dik verband omheen had willen doen. Dat was niet nodig, maar het leek wel of zij bang was dat hij zich, te midden van zo'n slachting, buitengesloten zou voelen.

Wayne zag Koopman – de jonge assistent-sheriff, in wiens auto hij zat – bij de truck staan praten met de mensen van de ongevallendienst. Daar vlak bij, leunend op de motorkap van een oude, lichtblauwe pick-up, stond de kleine jager met de bontmuts die de hulp had ingeroepen. Hij was in het bos toen hij de klap hoorde en was meteen de heuvel afgelopen naar de fabriek, waar ze het bureau van de sheriff hadden gebeld. Toen Koopman aankwam, had hij Wayne zittend in de sneeuw op het veld aangetroffen. De assistent-sheriff was nog maar een jongen en had duidelijk niet eerder met zo'n ernstig ongeluk te maken gehad, maar hij had de zaken wel goed aangepakt. Hij had zelfs even teleurgesteld gekeken toen Wayne hem vertelde dat hij al alarm had geslagen op kanaal negen van zijn boordradio. Dat was het kanaal voor noodmeldingen van de politie van de staat New York, waarvan dan ook enkele minuten later agenten waren gearriveerd. Nu zwermden ze overal rond en liep Koopman een beetje sip te kijken omdat hij de leiding niet meer had.

Op de sneeuw onder de truck zag Wayne de weerkaatsing van de gloed van de acetyleenbranders, die de ongevallendienst gebruikte om de verwrongen hoop metaal van de oplegger en de turbines los te snijden. Hij keek weg en vocht tegen de herinnering aan die ontzettend lang durende minuten toen de schaarbeweging ten einde was.

Hij had het geluid niet meteen gehoord. Garth Brooks was onverstoorbaar door blijven zingen op de cassetterecorder en Wayne was zo verbaasd dat hij het er levend af had gebracht dat hij niet zeker wist of hij het zelf was of zijn geest die de cabine uitklom. In de bomen zaten eksters te krassen en eerst had hij gedacht dat het andere geluid ook van de vogels afkomstig was. Maar het klonk te klagend, te doordringend; het was een lang aangehouden, gekweld huilen. Wayne had zich gerealiseerd dat het het paard was dat in de schaar terechtgekomen was en dat nu stervende was. Hij had zijn oren met zijn handen bedekt en was het veld ingelopen.

Ze hadden hem al verteld dat een van de meisjes nog leefde en hij zag ook de verplegers om haar brancard heen staan, bezig haar klaar te maken voor de helikoptervlucht. Een van hen drukte een gasmasker op haar gezicht en een ander hield een hand omhoog waarin hij twee plastic houders met vloeistof hield die via slangetjes verbonden waren met haar armen. Het lichaam van het andere meisje was al met een andere helikopter weggebracht.

Een rode auto met vierwielaandrijving was net aan komen rijden en Wayne zag dat er een forse man met een baard uitstapte die achter uit de auto een grote zwarte tas pakte die hij aan zijn schouder hing, waarna hij naar Koopman toe liep. Deze draaide zich om en begroette hem. Ze bleven een paar minuten staan praten, waarna Koopman met hem uit het gezicht van Wayne verdween en naar de andere kant van de truck liep, waar de mannen met de branders aan het werk waren. Toen ze terugkwamen, keek de man ernstig. Ze liepen naar de jager en spraken tegen hem. Hij luisterde, knikte en pakte iets uit de cabine van zijn pick-up wat eruitzag als een geweer in een foedraal. Nu liepen ze met zijn drieën in Waynes richting. Koopman opende het portier van de auto.

'Gaat het een beetje?'

'Ja, het gaat wel.'

Koopman knikte in de richting van de man met de baard.

'Meneer Logan hier is dierenarts. We moeten dat andere paard zien te vinden.'

Nu het portier openstond, kon Wayne het geraas van de branders horen. Hij werd er misselijk van.

'Enig idee welke kant hij is opgegaan?'

'Nee, agent. Maar ver kan hij niet gekomen zijn, volgens mij.'

'Oké.' Koopman legde een hand op Waynes schouder. 'We zullen ervoor zorgen dat je hier zo snel mogelijk wegkomt, oké?'

Wayne knikte. Koopman deed het portier dicht. Ze bleven buiten de auto staan praten, maar Wayne kon niet verstaan wat ze zeiden. Achter hem verhief zich de helikopter, die het meisje wegbracht. Iemand verloor zijn hoofddeksel in de sneeuwstorm die de machine veroorzaakte. Maar Wayne zag dat allemaal niet. Het enige wat hij zag was het bloederige schuim op de mond van het paard en de ogen die hem aanstaarden over de verbrokkelde rand van de voorruit. Die ogen die hem nog lang daarna in zijn dromen zouden aanstaren.

'We hebben hem, hè?'

Annie stond bij haar bureau en keek over Don Farlows schouder mee terwijl hij het contract las. Hij antwoordde niet, maar trok slechts een rossige wenkbrauw op en las de bladzijde uit.

'We hebben hem,' zei Annie. 'Dat kan niet missen.'
Farlow legde het contract op zijn schoot.
'Ja, ik denk van wel.'
'Ha!' zei Annie. Ze hief een vuist en liep haar kantoor door om zich nog een kop koffie in te schenken.

Ze waren er ongeveer een halfuur. Zij had een taxi genomen naar de hoek van 43rd Street en Seventh Avenue, was vast komen te zitten in het verkeer en had het laatste stuk gelopen. De Newyorkse automobilisten pakten de problemen van de plotselinge sneeuwval op hun eigen manier aan: ze toeterden en schreeuwden naar elkaar. Toen ze aankwam zat Farlow al in haar kantoor en had hij koffie gezet. Ze apprecieerde de manier waarop hij zich overal thuisvoelde.

'Hij zal natuurlijk ontkennen dat hij hen ooit gesproken heeft,' zei hij.

'Maar hij wordt letterlijk geciteerd, Don. En kijk eens hoeveel details erbij staan. Hij kan er niet onderuit, hij moet erkennen dat hij het gezegd heeft.'

Annie liep terug met haar kopje koffie en ging aan haar bureau zitten, een gigantisch meubel van iepe- en walnotehout dat een vriend in Engeland vier jaar geleden voor haar gemaakt had toen ze – tot ieders verrassing – het schrijven eraan had gegeven en manager was geworden. Het bureau was met haar meegegaan van haar eerste tijdschrift naar het huidige, veel grotere blad, waar het onmiddellijk afgekeurd was door de binnenhuisarchitect die tegen hoge kosten was ingehuurd om de werkkamer van de afgezette hoofdredacteur naar Annies smaak opnieuw in te richten. Hij had op een slimme manier wraak genomen door erop te staan dat, aangezien het bureau zo enorm lelijk was, ook alle andere dingen maar met elkaar moesten vloeken. Het resultaat was een kakofonie van vormen en kleuren, die door de ontwerper zonder merkbare ironie 'eclectisch deconstructionisme' werd genoemd.

Het enige dat echt indruk maakte waren enkele abstracte schilderingen die Grace op haar derde had gemaakt en die Annie trots had laten inlijsten, aanvankelijk tot genoegen van haar dochter, maar later was die zich ervoor gaan schamen. Deze hingen aan de muren tussen alle prijzen en foto's waarop Annie glimlachend tussen allerlei beroemdheden stond. Wat achteraf op haar bureau, zodat zij er alleen zicht op had, stonden de foto's van degenen waar ze werkelijk om gaf: Grace, Robert en haar vader.

Over deze foto's heen keek Annie nu naar Farlow. Het was vreemd hem zo zonder pak te zien. Dat hij een oud spijkerjasje en wandelschoenen droeg had haar verbaasd. Ze had zich hem eerder voorgesteld als een Brooks-Brotherstype, met een sportbroek, mocassins en een gele kasjmieren trui. Hij glimlachte.

'Dus je wilt hem een proces aandoen?'

Annie lachte. 'Natuurlijk wil ik hem een proces aandoen. Hij heeft een overeenkomst getekend waarin staat dat hij niet met de pers zou praten en nu belastert hij mij door te zeggen dat ik lieg over de oplagecijfers.'

'Maar dat is een belastering die nog minstens honderd keer herhaald zal worden als we hem voor de rechter slepen. Dan wordt er veel meer aandacht aan besteed.'

Annie fronste haar voorhoofd.

'Don, je laat me toch niet in de steek, hè? Die Fenimore Fiske is een verbitterde, talentloze, rancuneuze, oude kwal.'

Farlow stak grijnzend zijn handen omhoog. 'Laat je maar lekker gaan, Annie. Zeg maar eens wat je echt denkt.'

'Toen hij hier nog zat, wist hij niets anders te doen dan moeilijkheden maken en nu hij weg is, probeert hij dat nog steeds, die stomme oude geit.'

'Nou, wat je wilt. Jij bent uiteindelijk de baas.'

'Reken maar!'

Een van de telefoons op Annies bureau begon te rinkelen. Zij pakte de hoorn op. Het was Robert, die met vlakke stem zei dat Grace een ongeluk had gehad en naar een ziekenhuis in Albany was gebracht, waar ze nog buiten bewustzijn op de Intensive Care lag. Annie moest pas in Albany uit de trein stappen. Hij zou daar op haar staan wachten.

2

Annie en Robert hadden elkaar ontmoet toen zij nog maar achttien was. Het was in de zomer van 1968 geweest. In plaats van direct van school naar Oxford te gaan, waar haar een studieplaats was toegewezen, had Annie besloten er een jaar tussenuit te gaan. Ze had zich aangemeld bij een organisatie die Overzeese Vrijwilligers Service heette en had daar in een spoedcursus van twee weken geleerd hoe je aan buitenlanders Engels moest onderwijzen, hoe je malaria kon voorkomen en hoe je de avances van de mannen daar moest afwijzen (duidelijk en hartgrondig nee zeggen). Aldus voorbereid vloog ze naar Senegal in West-Afrika, en na een kort verblijf in de hoofdstad Dakar ondernam zij de stoffige reis van achthonderd kilometer naar het zuiden, in een bus zonder ramen die volgepropt was met mensen, kippen en geiten, naar het plaatsje dat voor de komende twaalf maanden haar thuis zou zijn. Op de tweede dag kwamen ze tegen het vallen van de avond bij een brede rivier aan.

33

De avondlucht was heet en vochtig en het gonsde van de vele insekten. Annie zag in de verte de lichtjes van de stad twinkelen, aan de andere kant van het water. De pont zou echter pas de volgende ochtend weer varen en de buschauffeur en de andere passagiers, met wie ze inmiddels vriendschap had gesloten, vroegen zich af waar zij de nacht zou moeten doorbrengen. Er was geen hotel en hoewel zij zelf geen moeite hadden een plek te vinden waar zij zich ter ruste zouden kunnen leggen, vonden ze kennelijk dat de jonge Engelse iets beters moest hebben.

Ze vertelden haar dat er een 'tubab' in de buurt woonde, die haar zeker onderdak zou verlenen. Annie had geen flauw idee wat een tubab zou kunnen zijn, maar ze werd op sleeptouw genomen door een grote groep die haar koffers droeg en haar langs kronkelende paden door de jungle naar een klein lemen hutje bracht dat tussen baobab- en papayabomen stond. De tubab die opendeed – pas later begreep ze dat het woord 'blanke man' betekende – was Robert.

Hij maakte als vrijwilliger deel uit van het Peace Corps en was daar al een jaar bezig Engels te onderwijzen en waterputten te slaan. Hij was vierentwintig, afgestudeerd aan de universiteit van Harvard en de intelligentste persoon die Annie ooit had ontmoet. Die avond kookte hij voor haar een heerlijk maal van gekruide vis met rijst dat ze wegspoelden met flesjes inheems bier. Ze hadden tot drie uur 's ochtends bij kaarslicht met elkaar zitten praten. Robert vertelde dat hij uit de staat Connecticut kwam en advocaat wilde worden. Het was erfelijk, verontschuldigde hij zich. Achter zijn goudomrande brilleglazen glommen pretlichtjes in zijn ogen. Iedereen in de familie was advocaat, ze wisten niet hoeveel generaties lang al. Het was de Vloek van de Macleans.

En zoals je van een advocaat kunt verwachten, ondervroeg hij Annie over haar leven. Hij dwong haar er een beschrijving en een analyse van te geven. Daardoor kreeg zij er net zo'n frisse kijk op als hij. Ze vertelde hem dat haar vader diplomaat was geweest en dat ze de eerste tien jaar van haar leven steeds maar weer moesten verhuizen als hij een nieuwe post kreeg. Zij en haar jongere broer waren in Egypte geboren en hadden daarna in Maleisië en op Jamaica gewoond. Toen was haar vader plotseling aan een zwaar hartinfarct overleden. Annie had nog maar sinds kort een manier gevonden om dit te vertellen zonder dat het gesprek stokte en de mensen naar hun schoenen gingen staren. Haar moeder was weer teruggegaan naar Engeland en daar al snel hertrouwd en zij en haar broertje waren naar kostschool gestuurd. Annie vertelde maar heel oppervlakkig over deze episode, maar ze zag dat Robert aanvoelde hoeveel onverwerkte pijn ze er nog over voelde.

De volgende ochtend nam Robert haar in zijn jeep mee op de pont en zette

haar veilig af bij het rooms-katholieke klooster waar ze het daaropvolgende jaar zou wonen en les zou geven onder het af en toe afkeurende oog
van de moeder-overste, een vriendelijke en bijziende Frans-Canadese. In
de volgende drie maanden ontmoette Annie Robert elke woensdag, als hij
in de stad boodschappen kwam doen. Hij sprak vloeiend Jola, de taal die
daar werd gesproken, en gaf haar elke week les. Ze raakten bevriend,
maar werden geen minnaars. Daarentegen verloor Annie haar maagde-
lijkheid aan een prachtige Senegalees die Xavier heette en op wiens
avances ze volgens het boekje een duidelijk en hartgrondig ja had laten
horen.

Toen werd Robert overgeplaatst naar Dakar en de avond voor zijn vertrek
stak Annie de rivier over voor een afscheidsetentje. In de Verenigde Staten
werden die dag presidentsverkiezingen gehouden en samen luisterden ze
in toenemende somberheid naar de krakende radio en hoorden ze hoe Ni-
xon staat na staat veroverde. Het leek wel alsof er iemand overleden was
die Robert heel na had gestaan. Annie was ontroerd toen hij met een brok
in zijn keel vertelde wat dit betekende voor zijn land en voor de oorlog in
Azië, waarin veel van zijn vrienden vochten. Ze had haar armen om hem
heen geslagen en toen voelde ze zich voor het eerst in haar leven geen
meisje meer, maar een vrouw.

Pas toen hij weg was en ze andere vrijwilligers van het Peace Corps ontmoette, besefte ze hoe bijzonder hij was. De meeste anderen waren aan de
drugs of waren zeurpieten of allebei. Er was er eentje met glazige rode
oogjes en een haarband die beweerde dat hij een jaar lang high geweest
was.

Ze zag Robert nog een keer, toen ze in juli weer terugging naar Dakar om
naar huis te gaan. Daar spraken de mensen weer een andere taal, Wolof
geheten, en die sprak hij inmiddels ook vloeiend. Hij woonde vlak bij het
vliegveld, zo dichtbij zelfs dat je het gesprek moest onderbreken als er een
vliegtuig overvloog. Om van de situatie toch maar het beste te maken, had
hij een enorme tabel van aankomst- en vertrektijden in Dakar te pakken
weten te krijgen, die hij na twee avonden uit zijn hoofd kende. Als er een
vliegtuig over kwam, riep hij de naam van de luchtvaartmaatschappij, de
plaats van vertrek, de route en de bestemming. Annie had een beetje sip
gelachen. Ze vloog terug naar huis op de avond dat er een maanwandeling
gemaakt werd.

Ze zagen elkaar zeven jaar lang niet. Annie vierde grote triomfen in Oxford. Ze richtte een radicaal blaadje op met veel seks erin en stak haar
vrienden de ogen uit door met lof in het vak Engels af te studeren zonder
dat ze ooit de indruk had gewekt er iets voor te doen. Journalistiek was het
vak waaraan ze het minst een hekel had en ze ging werken bij een dagblad

in het uiterste noordoosten van Engeland. Haar moeder kwam haar er maar één keer opzoeken en raakte zo gedeprimeerd door het landschap en het donkere krot waarin haar dochter woonde dat ze de hele terugweg naar Londen had zitten huilen. Ze bleek het goed gezien te hebben. Annie hield het er een jaar uit en pakte toen haar boeltje bij elkaar. Ze vloog naar New York en verbaasde ook zichzelf door brutaalweg een baan te versieren bij het popblad *Rolling Stone*.

Ze specialiseerde zich in hippe, denigrerende artikelen over beroemdheden die over het algemeen door iedereen opgehemeld werden. Degenen die haar graag in het stof zagen bijten – en dat waren er velen – zeiden dat ze al snel geen slachtoffers meer zou kunnen vinden. Maar zo liep het niet. Ze bleven komen. Het werd een soort masochistisch statussymbool om door Annie Graves ondergespit te worden.

Op een dag belde Robert haar op kantoor. Even kon ze zijn naam niet thuisbrengen. 'De tubab die jou een keer onderdak heeft verleend in het oerwoud,' hielp hij. Ze spraken af samen wat te gaan drinken. Hij bleek er veel leuker uit te zien dan Annie zich herinnerde. Hij zei dat hij haar carrière gevolgd had en hij scheen inderdaad praktisch elk stuk dat ze had geschreven beter te kennen dan zij zelf. Hij was officier van justitie en deed vrijwilligerswerk voor de verkiezingscampagne van Carter, voor zover zijn baan dat mogelijk maakte. Hij was idealistisch, liep over van enthousiasme en – het belangrijkste van alles – hij maakte haar aan het lachen. Daarbij was hij burgerlijker en had hij korter haar dan alle andere mannen met wie ze in de voorafgaande vijf jaar iets gehad had.

Annies garderobe bestond voornamelijk uit zwartleren kledingstukken met veiligheidsspelden, die van hem uit keurige overhemden en corduroy. Als ze uitgingen, was het L.L. Bean tegen de Sex Pistols. En het ongewone van hun relatie wond hen allebei zeer op.

In bed, een onderdeel van hun relatie dat lang onbetreden gebied was gebleven, en waar zij, als ze eerlijk was, in het geheim een beetje bang voor was, bleek Robert verrassend weinig last te hebben van de remmingen die zij bij hem verwacht had. Hij was zelfs veel inventiever dan de meeste hippe, drugsgebruikende, snelle jongens waarmee ze naar bed geweest was sinds ze in New York woonde. Toen ze daar enkele weken later een opmerking over maakte, dacht Robert even na, net zoals hij gedaan had voor hij de details van een vlucht uit Dakar declameerde, en antwoordde volkomen serieus dat hij altijd van mening was geweest dat je je op seks, net als op de wet, met de grootst mogelijke toewijding moest instellen.

Het volgende voorjaar trouwden ze en Grace, hun enige kind, werd drie jaar later geboren.

Annie had werk meegenomen in de trein, niet zozeer uit gewoonte, maar in de hoop dat ze er afleiding in zou vinden. Ze had ze op een stapel voor zich neergelegd, de drukproeven van wat zij hoopte dat een in aanleg diepgravend artikel was, dat zij tegen een gigantisch honorarium had weten los te krijgen van een befaamde grijze lastpak. Een van haar beroemde schrijvers, zoals Grace zou zeggen. Annie had de eerste alinea al drie keer gelezen, maar er was geen woord tot haar doorgedrongen.

Toen belde Robert haar op de draagbare telefoon. Hij was in het ziekenhuis. Er was geen verandering opgetreden in haar toestand. Grace was nog buiten bewustzijn.

'In coma, bedoel je,' zei Annie. Ze daagde hem uit er voor haar geen doekjes om te winden.

'Zo noemen ze het hier niet, maar ja... dat zal het wel zijn.'

'En verder?' Er viel een stilte. 'Toe nou, Robert. In godsnaam.'

'Met een van haar benen is het niet best. De truck schijnt er overheen gereden te zijn.' Annie hapte even naar adem.

'Ze zijn er op dit ogenblik mee bezig. Luister Annie, ik kan maar beter weer naar binnen gaan. Ik haal je wel op van het station.'

'Nee, doe dat maar niet. Blijf bij haar. Ik neem wel een taxi.'

'Oké. Ik bel wel weer als er nieuws is.' Hij zweeg even. 'Het komt allemaal wel weer goed.'

'Ja, weet ik.' Ze drukte een knop op de telefoon in en legde hem neer. Buiten schoten de smetteloos witte velden aan de trein voorbij. Annie zocht in haar tas naar haar zonnebril, zette die op en legde haar hoofd tegen de rugleuning.

Het schuldgevoel had meteen na Roberts eerste telefoontje de kop opgestoken. Ze had er moeten zijn. Dat was ook het eerste wat ze tegen Don Farlow had gezegd nadat ze opgehangen had. Hij was heel lief geweest, was naar haar toe gekomen, had zijn armen om haar heen geslagen en precies de juiste woorden weten te vinden.

'Het zou geen verschil gemaakt hebben, Annie. Je zou er niets aan hebben kunnen doen.'

'Jawel. Ik had haar kunnen verbieden te gaan. Had Robert daar dan niet aan kunnen denken. Hij had haar niet uit rijden moeten laten gaan op een dag als deze.'

'Het is een prachtige dag. Jij zou haar ook niet tegengehouden hebben.'

Farlow had natuurlijk gelijk gehad, maar het schuldgevoel bleef knagen. En ze wist natuurlijk best dat het er niet om ging dat ze de avond tevoren niet met hen meegegaan was. Het was niet meer dan een los eindje van een heel langdurig schuldgevoel, dat al dertien jaar bestond, sinds de geboorte van haar dochter.

Annie had zes weken vrij genomen toen Grace geboren was, en had van iedere minuut genoten, al had ze op de minder aangename ogenblikken vaak Elsa ingeschakeld, het Jamaicaans kindermeisje dat tot op de huidige dag de spil was waar hun huiselijk leven om draaide.

Zoals veel ambitieuze vrouwen van haar generatie was Annie vastbesloten geweest om aan te tonen dat moederschap en een carrière wel degelijk te combineren waren. Maar waar andere moeders in de wereld van de media hun werk gebruikten om deze overtuiging te propageren, weigerde Annie om met haar dochter te pronken en wees zij zo vaak verzoeken om fotosessies met haar en haar dochter van de hand dat de vrouwenbladen het al gauw opgaven. Nog niet zo lang geleden had ze Grace een keer aangetroffen met zo'n artikel voor zich over een trotse televisiepersoonlijkheid met haar nieuwe baby.

'Waarom hebben wij nooit zoiets gedaan?' had Grace zonder op te kijken gevraagd. Annie had iets te scherp geantwoord dat zij dat onfatsoenlijk vond, eigenlijk een soort reclame. Grace had nadenkend geknikt, nog steeds zonder haar aan te kijken. 'Ja, ja,' had ze emotieloos gezegd, voordat ze op een ander onderwerp overging. 'En de mensen zullen ook wel denken dat je jonger bent als je doet alsof je geen kinderen hebt.'

Dit commentaar en het feit dat ze het zonder een spoor van rancune had uitgesproken, hadden Annie zo geraakt dat ze een paar weken lang aan weinig anders had kunnen denken dan aan haar relatie met Grace of, zoals zij het toen zag, het ontbreken daarvan.

Maar zo was het niet altijd geweest. Voordat Annie vier jaar geleden haar eerste hoofdredacteurschap was aangegaan, was ze er zelfs trots op geweest dat zij en Grace een hechtere relatie hadden dan alle andere moeders en dochters die zij kende. Als gevierd journaliste – ze was zelfs bekender dan veel van de mensen over wie ze schreef – had ze tot dan toe over haar eigen tijd kunnen beschikken. Als het haar uitkwam, kon ze werk mee naar huis nemen en ze kon vrij nemen wanneer ze maar wilde. Als ze op reis moest, nam ze Grace vaak mee. Eens hadden ze met hun tweeën bijna een week doorgebracht in een beroemd, deftig hotel in Parijs, terwijl ze wachtte tot het een bij de wereldtop behorende modeontwerpster behaagde haar een van tevoren beloofd interview toe te staan. Iedere dag liepen ze kilometers door de stad, bekeken ze winkels en musea, en 's avonds genoten ze voor de televisie van wat de *room service* van het hotel allemaal te bieden had terwijl ze als een stel stoute zusjes gezellig in een verguld bed van gigantische afmetingen lagen.

Het leven van een manager was heel anders. Maar ondanks de spanning en euforie die hoorden bij haar taak om een saai en weinig gelezen blaadje om te vormen tot het meestgelezen blad van New York, had Annie aanvankelijk geweigerd te erkennen dat zij daarvoor in haar gezinsleven een prijs moest betalen. Zij maakte nu wat zij noemde speciaal tijd vrij voor Grace. Maar zoals ze nu inzag, was het enige speciale eraan de onderdrukking.

's Ochtends brachten ze één uur bij elkaar door en moest het kind van haar piano-oefeningen doen en 's avonds twee uur, tijdens welke ze het meisje dwong haar huiswerk te maken. En alles wat zij als moederlijke raad bedoeld had, bleek steeds vaker opgevat te worden als kritiek.

In het weekend was het allemaal wat aangenamer en het paardrijden hielp bij het instandhouden van de wankele relatie die zij nog hadden. Annie reed zelf weliswaar niet meer, maar had, in tegenstelling tot Robert en door haar eigen ervaringen als kind, wel begrip voor dat merkwaardige, primitieve groepsgebeuren dat zich bij paardrijden en dressuur voordeed. Ze vond het heerlijk om Grace en haar paard naar dat soort evenementen te rijden. Maar zelfs op hun meest intieme momenten was hun relatie toch niet te vergelijken met het vanzelfsprekende vertrouwen dat Grace en Robert bij elkaar voelden.

Op ontelbaar veel manieren wendde het meisje zich in de eerste plaats tot haar vader. En Annie had zich er inmiddels bij neergelegd dat de geschiedenis zich op dit punt onafwendbaar herhaalde. Zij was zelf ook een vaderskind geweest en haar moeder had zich altijd blindgestaard op het gouden aureool dat Annies broer omgaf. Annie, die zo'n excuus niet had, voelde zich op haar beurt door erfelijke aanleg gedwongen tot eenzelfde houding ten opzichte van Grace.

In een langgerekte bocht ging de trein langzamer rijden, waarna hij in Hudson tot stilstand kwam. Ze bleef stil zitten en keek naar buiten, naar de gerestaureerde overkapping van het perron, met de gietijzeren pilaren. Er stond een man precies op de plaats waar Robert haar altijd opwachtte. Hij deed een stap naar voren en opende zijn armen voor een vrouw en twee kleine kinderen die net uit de trein waren gestapt. Annie keek toe hoe hij hen een voor een omhelsde en vervolgens meenam naar de parkeerplaats. De jongen stond erop de zwaarste tas te dragen. De man moest lachen en liet hem zijn gang gaan. Annie wendde haar blik af en was blij dat de trein zich weer in beweging zette. Over vijfentwintig minuten zou ze in Albany zijn.

Een eind terug langs de weg ontdekten ze de sporen van Pilgrim. Tussen de afdrukken van de paardehoeven waren in de sneeuw bloedvlekken te zien die nog rood van kleur waren. De jager zag ze het eerst. Hij volgde het spoor tussen de bomen door naar de rivier, met Logan en Koopman in zijn kielzog.

Harry Logan kende het paard wel dat ze zochten, hoewel niet zo goed als het andere, wiens gekraakte kadaver hij zojuist uit de geschaarde vrachtauto gehaald had zien worden. Gulliver was een van de paarden uit de stal van mevrouw Dyer die hij onder zijn hoede had. De Macleans waren echter bevriend met een andere dierenarts uit de buurt en riepen altijd haar hulp in. Logan had hun opvallende jonge Morgan een paar keer in de stal zien staan. Aan de hoeveelheid bloed in het spoor te zien, moest hij tamelijk ernstig gewond zijn. Hij was geschokt door wat hij gezien had en wilde dat hij er eerder was geweest, zodat hij Gulliver uit zijn lijden had kunnen verlossen. Maar dan had hij er misschien ook getuige van moeten zijn dat ze het lichaam van Judith weghaalden, en dat zou hem zwaar gevallen zijn. Het was zo'n aardig meisje. Het gewonde meisje van de Macleans was al erg genoeg geweest, en haar kende hij maar nauwelijks.

Het ruisen van de rivier was luider gaan klinken en nu zag hij de stroom ook, door de bomen heen. De jager was stil blijven staan en wachtte op hen. Logan struikelde over een dode tak en viel zowat. De jager keek naar hem met nauw verholen minachting. Stomme klein macho, dacht Logan. Hij had de man meteen al niet gemogen, zoals hij dat bij alle jagers had. Hij had er spijt van dat hij hem niet gezegd had dat hij dat rotgeweer terug in de auto moest leggen.

Het water stroomde snel, het liep in stroomversnellinkjes over stenen heen en over een zilverberk die erin was gevallen. De drie mannen bleven staan op het punt waar de sporen in het water verdwenen.

'Hij zal wel geprobeerd hebben over te steken of zo,' zei Koopman, om maar iets positiefs te laten horen. Maar de jager schudde het hoofd. Aan de andere zijde liep de oever steil omhoog en daar waren geen sporen te zien. Ze liepen langs het water verder. Niemand zei een woord. Plotseling hield de jager stil en gebaarde dat zij hetzelfde moesten doen. 'Daar,' zei hij zachtjes, en knikte voor zich uit.

Ze stonden ongeveer twintig meter van de oude spoorbrug. Logan tuurde in de aangegeven richting en hield zijn hand boven zijn ogen tegen het zonlicht. Hij zag niets. Toen bewoog er iets onder de brug, en ten slotte zag Logan hem. Het paard stond aan de andere kant, in de schaduw, en keek hen rechtstreeks aan. Zijn snuit was nat en vanaf zijn borst drupte gestaag een donkere vloeistof het water in. Er leek iets aan zijn borst te zitten, net onder zijn nek, maar van waar hij stond kon Logan niet zien wat het was. Met regelmatige tussenpozen liet het paard zijn hoofd naar beneden en opzij zakken en blies hij wat roze schuim weg, dat snel op de stroom wegdreef en erin oploste. De jager slingerde de tas met het geweer van zijn schouder en begon hem open te ritsen.

'Het spijt me, beste man, maar het jachtseizoen is gesloten voor deze beesten,' zei Logan zo ontspannen mogelijk, terwijl hij langs hem heen liep. De jager keurde hem geen blik waardig, maar haalde zijn geweer te voorschijn. Het was een fraai gevormde Duitse .308 met een telescopisch vizier ter grootte van een fles. Koopman keek er bewonderend naar. De jager pakte een paar kogels uit een van zijn zakken en begon rustig het geweer te laden.

'Het beest is aan het doodbloeden,' zei hij.

'O ja?' zei Logan. 'Bent u ook dierenarts?'

De man lachte minachtend. Hij laadde het geweer door en wachtte af met de tergende houding van iemand die weet dat hij gelijk zal krijgen. Logan kon hem wel wurgen. Hij draaide zich weer in de richting van de brug en deed voorzichtig een stap naar voren. Onmiddellijk stapte het paard naar achteren. Hij stond nu achter de brug in het zonlicht en Logan zag dat er niet een of ander voorwerp aan zijn borst hing, maar dat het een roze stuk huid was dat als bij een winkelhaak los hing naast een afschuwelijke wond van ongeveer een halve meter lengte. Het bloed liep uit de open wond over zijn borst het water in. Logan zag nu dat het vocht op de snuit van het paard ook bloed was. Zelfs van waar hij stond kon hij zien dat het neusbeen gebroken was.

Logan voelde hoe de moed hem in de schoenen zonk. Het was een prachtig paard en hij vond het afschuwelijk hem te moeten laten afschieten. Maar zelfs als het paard zich zou laten benaderen en hij het bloeden zou kunnen stelpen, dan nog leken de verwondingen zo ernstig dat het dier weinig kans had te overleven. Hij deed nog een stap naar voren, en weer ging Pilgrim naar achteren. Hij draaide zich om en keek of hij stroomopwaarts weg kon vluchten. Achter hem klonk een scherp geluid; de jager ontgrendelde zijn geweer. Logan keek hem aan. 'Houd daar nou eens mee op!'

De jager antwoordde niet, maar keek alleen even samenzweerderig naar Koopman. Hier was zich een verstandhouding aan het ontwikkelen die Logan maar al te graag wilde doorbreken. Hij zette zijn tas neer en hurkte ernaast om er het een en ander uit te halen. Nu richtte hij zich tot Koopman. 'Ik wil proberen of ik bij hem kan komen. Wilt u omlopen naar de achterkant van de brug en hem daar de pas afsnijden?'

'Jazeker.'

'Misschien helpt het als u met een tak of zo in zijn richting zwaait als hij uw kant op komt. En misschien moet u het water wel in.'

'Oké.' Hij ging op weg en stond al tussen de bomen.

Logan riep hem na: 'Roep maar als u er bent. En kom niet te dicht bij hem!'

Logan vulde een injectiespuit met een kalmerend middel en propte nog wat andere dingen die hij misschien nodig zou hebben in de zakken van zijn parka. Hij voelde dat de jager naar hem keek, maar hij negeerde hem en stond op. Pilgrim hield zijn hoofd omlaag, maar lette scherp op elke

41

beweging die zij maakten. Ze wachtten. Er klonk alleen het geluid van het stromende water om hen heen. Toen hoorden ze Koopman roepen, en toen het paard zich omdraaide om te zien waar het geluid vandaan kwam, stapte Logan voorzichtig de rivier in. Hij hield de injectiespuit zo goed mogelijk achter zijn hand verborgen.

Hier en daar staken rotsblokken uit het water die hij als stapstenen gebruikte. Pilgrim draaide zich weer om en zag hem. Hij wist nu niet meer welke kant hij op moest vluchten en werd zenuwachtig. Hij raakte met een voorbeen even het water aan en blies weer wat bloederig schuim uit zijn mond. Logan zag geen stapstenen meer voor zich en besefte dat hij nu het water in moest. Hij zette een voet in de stroom en voelde hoe het ijskoude water over zijn laars stroomde. Hij huiverde van de kou.

Koopman kwam te voorschijn in de bocht van de rivier, achter de brug. Ook hij stond tot zijn knieën in het water. Hij had een grote tak in zijn hand. Het paard keek van de een naar de ander. Logan zag de angst in de ogen van het dier en ook nog iets anders waar hij van schrok. Maar hij sprak hem zachtjes en kalmerend toe.

'Alles is in orde, jongen. Je hoeft je geen zorgen meer te maken.'

Hij stond nu een meter of zes van het paard af en dacht na over hoe hij het 't beste kon aanpakken. Als hij hem bij de halster zou kunnen pakken, zou het hem misschien lukken de injectie in zijn hals toe te dienen. Voor het geval er iets mis zou gaan, had hij meer van het kalmerende middel in de spuit gedaan dan eigenlijk nodig was. Als hij erin slaagde met de naald in een ader te prikken, hoefde hij minder in te spuiten dan in een spier. In beide gevallen moest hij wel oppassen voor een overdosis. Een paard dat er zo slecht aan toe was mocht niet buiten bewustzijn raken. Hij moest ervoor zorgen dat hij precies zoveel injecteerde dat hij rustig werd zodat ze hem uit de rivier konden halen en naar een veiliger plek brengen.

Nu hij dichter bij het paard was, kon Logan de wond aan zijn borst zien. Die zag er erg slecht uit. Hij wist dat hij niet veel tijd had. Gezien de bloedstroom moest hij toch al een kleine vijf liter verloren hebben.

'Rustig maar, m'n jongen. We zullen je geen pijn doen.'

Pilgrim snoof en deed een paar passen bij hem vandaan, in de richting van Koopman. Hij struikelde en wierp een regen van waterdruppels op waarin het zonlicht een regenboogje veroorzaakte.

'Zwaai met de tak die u in uw hand hebt!' riep Logan.

Dat deed Koopman en Pilgrim bleef stilstaan. Logan maakte gebruik van de consternatie en schoot naar voren. Daarbij stapte hij in een gat, waardoor hij nat werd tot aan zijn kruis. Lieve God, wat was dat water koud.

Uit zijn witomrande ooghoeken had het paard hem zien aankomen en nu deed het weer een paar stappen in de richting van Koopman.

'Nòg een keer!'
Door het zwaaien met de tak bleef hij weer staan. Logan dook naar voren en stak zijn hand uit. Hij pakte de teugels beet en sloeg ze dubbel om zijn hand. Hij voelde hoe het paard zich verzette en eraan rukte. Hij probeerde een stap naar de kant toe te doen, ervoor zorgend dat hij zo ver mogelijk uit de buurt van de achterbenen bleef waarmee het dier hem probeerde te raken. Hij stak zijn hand snel naar boven en slaagde erin de naald in de nek van het paard te steken. Toen hij de naald voelde, ontplofte Pilgrim. Hij steigerde wild en hinnikte luid van schrik. Logan had maar een fractie van een seconde om de spuit toe te dienen. Maar toen hij dat deed, sloeg het paard hem opzij, waardoor Logan zijn evenwicht geheel verloor. Tegen zijn bedoeling in had hij de hele injectiespuit in de hals van Pilgrim geleegd. Het paard wist nu wie van de twee het gevaarlijkst was en maakte een sprong in de richting van Koopman. Logan had de teugels nog om zijn linkerhand en werd kopje-onder getrokken. Hij voelde het ijskoude water door zijn kleding gaan terwijl hij werd voortgetrokken als een waterskiër in moeilijkheden. Hij zag niets anders dan schuimend water. De teugels sneden in het vlees van zijn handen. Met zijn schouder kwam hij tegen een rotsblok aan. Hij schreeuwde het uit van de pijn. Toen raakten de teugels los en kon hij zijn hoofd optillen en weer vrijuit ademhalen. Hij zag hoe Koopman wegdook toen het paard langs hem heen schoot en tegen de wal op klauterde. De injectiespuit hing nog aan zijn hals. Logan stond op en zag hoe het paard tussen de bomen verdween.
'Shit!' zei hij.
'Alles oké?' vroeg Koopman.
Logan knikte alleen en begon zijn parka uit te wringen. Uit een ooghoek bemerkte hij iets op de brug en toen hij omhoogkeek zag hij daar de jager tegen de balustrade geleund staan. Hij had staan kijken en grijnsde nu breeduit.
'Nu moet je heel snel opsodemieteren!' zei Logan.

Meteen nadat ze de klapdeuren door was, zag ze Robert staan. Aan het eind van de gang was een wachtruimte met lichtgrijze banken en een laag tafeltje waar bloemen op stonden. Daar stond hij in het volle zonlicht uit een groot raam te kijken. Hij draaide zich om toen hij haar voetstappen hoorde. Hij moest zijn ogen toeknijpen om in de verhoudingsgewijs donkere gang iets te kunnen zien. Het ontroerde Annie om te zien hoe kwetsbaar hij eruitzag op dit moment, nu hij haar nog niet opgemerkt had, en met het zonlicht op de ene helft van zijn gezicht. Zijn huid was zo bleek, haast doorschijnend. Toen zag hij haar en liep hij op haar af met een gepijnigd lachje. Ze omarmden elkaar en bleven zonder iets te zeggen even zo staan.

43

'Waar is ze?' vroeg Annie ten slotte.

Hij pakte haar bij de armen en hield haar een eindje van zich af zodat hij haar goed kon zien. 'Ze hebben haar naar beneden gebracht en nu zijn ze haar aan het opereren.' Hij zag haar fronsen en praatte snel door, voordat zij iets kon zeggen. 'Ze zeggen dat ze het zal halen. Ze is nog buiten bewustzijn, maar ze hebben allerlei onderzoeken gedaan en scans gemaakt en het ziet er niet naar uit dat er hersenletsel is.'

Hij zweeg en slikte. Annie wachtte en keek naar zijn gezicht. Door de moeite die het hem kostte zijn stem in bedwang te houden, wist ze dat er nog iets was.

'Ga door.'

Maar dat kon hij niet. Hij begon te huilen. Hij liet zijn hoofd hangen en stond daar te schokschouderen. Hij had Annies armen nog in zijn handen. Zij maakte zich langzaam los en pakte hem op dezelfde manier vast.

'Ga door. Vertel het me maar.'

Hij haalde diep adem, deed zijn hoofd achterover en keek langdurig naar het plafond voordat hij haar weer aan durfde kijken. Hij probeerde het een keer vergeefs, maar slaagde er vervolgens in de woorden uit te spreken.

'Ze gaan haar een been afzetten.'

Later zou Annie zowel verwonderd als beschaamd zijn over hoe zij die middag gereageerd had. Ze had zichzelf nooit erg flink gevonden op crisismomenten, behalve op haar werk, waar ze ervan genoot. Ook vond ze het in het algemeen niet erg moeilijk om haar emoties te tonen. Misschien lag het er gewoon aan dat Robert voor haar de keuze gemaakt had door zo in te storten. Hij huilde, dus huilde zij niet. Iemand moest het hoofd koel houden, anders waren ze allemaal verloren.

Maar Annie twijfelde er niet aan dat het net zo goed andersom had kunnen zijn. Nu echter reageerde ze ijzig op het nieuws over wat er op datzelfde moment in dat gebouw met haar dochter werd gedaan. Afgezien van een snel onderdrukte neiging om te gaan schreeuwen, kwam er slechts een serie vragen bij haar boven die stuk voor stuk zo objectief en praktisch waren dat ze haast harteloos leken.

'Van waar af?'

Hij fronste zijn voorhoofd. Hij wist niet waar ze het over had. 'Wat?'

'Haar been. Van waar af gaan ze het afzetten?'

'Van boven...' Hij brak zijn zin af en moest zich vermannen. Het detail leek te schokkend. 'Van boven de knie.'

'Welk been?'

'Het rechter.'

'Hoe ver boven de knie?'

'Jezus, Annie! Wat maakt dat verdomme nou uit?'

Hij maakte zich van haar los, stapte achteruit en veegde zijn natte gezicht af met de rug van zijn hand.

'Nou, dat maakt een heleboel uit, zou ik denken.' Ze stond er zelf verbaasd over. Hij had gelijk; natuurlijk maakte het niets uit. Het sloeg nergens op, en eigenlijk was het walgelijk om hiermee door te gaan, maar ze wist van geen ophouden. 'Is het vlak boven de knie of raakt ze haar dijbeen ook kwijt?'

'Vlak boven de knie. Ik weet niet precies hoeveel centimeter, maar waarom ga je niet naar beneden; dan laten ze je vast wel even kijken.'

Hij draaide zich van haar af naar het raam. Annie keek hoe hij een zakdoek pakte en snot en tranen afdroogde. Hij was nu kwaad op zichzelf dat hij zich zo had laten gaan. Achter hen in de gang klonken voetstappen.

'Mevrouw Maclean?'

Annie draaide zich om. Een jonge verpleegster, geheel in het wit gekleed, wierp een snelle blik op Robert en besloot dat ze zich beter tot Annie kon richten.

'Er is telefoon voor u.'

De verpleegster ging haar voor met korte, snelle pasjes. Haar witte schoenen maakten geen geluid op de glimmende betegelde vloer van de gang, waardoor Annie de indruk had dat ze zich glijdend voortbewoog. Ze wees Annie een telefoontoestel bij de ontvangstbalie en schakelde vanuit het kantoortje het gesprek door.

Het was Joan Dyer van de manege. Ze verontschuldigde zich dat ze belde en informeerde zenuwachtig hoe het met Grace was. Annie zei dat ze nog in coma was. Ze zei niets over het been. Mevrouw Dyer wond er verder geen doekjes om. Ze belde voor Pilgrim. Ze hadden hem gevonden en Harry Logan had gebeld om te vragen wat ze moesten doen.

'Hoe bedoelt u?' vroeg Annie.

'Het paard is er slecht aan toe. Hij heeft botbreuken, diepe vleeswonden en hij heeft veel bloed verloren. Zelfs al doen ze al het mogelijke om hem te redden en overleeft hij het uiteindelijk, dan nog wordt hij nooit meer de oude.'

'Waar is Liz? Kunnen we haar niet laten komen?'

Liz Hammond was de dierenarts die Pilgrim verzorgde en daarbij was ze ook een vriendin van de familie. Zij was de vorige zomer voor hen naar Kentucky gegaan om te kijken wat Pilgrim voor een paard was voordat zij hem zouden kopen. Ook zij was helemaal lyrisch van hem geweest.

'Ze is naar een of ander congres,' zei mevrouw Dyer. 'En ze is pas volgend weekend weer terug.'

'En Logan wil hem afmaken?'

'Ja, helaas, Annie. Pilgrim is nu onder verdoving en Harry zegt dat hij misschien niet eens meer bijkomt. Hij vraagt toestemming om hem af te maken.'

'Doodschieten, bedoel je?' Ze hoorde zelf dat ze het weer deed, dat voortborduren op onbetekenende details, precies zoals ze kort daarvoor bij Robert had gedaan. Wat maakte het in godsnaam uit hoe ze het paard afmaakten?

'Met een injectie, denk ik.'

'En als ik nee zeg?'

Aan de andere kant was het even stil.

'Nou, ik denk dat ze hem dan ergens heen moeten brengen waar hij geopereerd kan worden. Misschien naar Cornell University.' Weer zweeg ze even. 'Maar los daarvan, Annie; het gaat je dan waarschijnlijk veel meer kosten dan het bedrag waarvoor hij verzekerd is.'

Dat het financiële aspect werd aangevoerd, gaf voor Annie de doorslag, want de gedachte was nog niet bij haar opgekomen dat er misschien een verband bestond tussen het leven van dit paard en het leven van haar dochter.

'Het kan me geen moer schelen wat het kost,' bitste ze, en ze voelde hoe de oude mevrouw Dyer schrok. 'Zeg maar tegen Logan dat ik hem voor de rechter sleep als hij dat paard dood maakt.'

Toen hing ze op.

'Ja, kom maar. Het gaat best.'

Koopman liep achteruit de helling af en gebaarde met beide armen naar de truck dat hij door kon rijden. De achteruitrijdende takelwagen volgde hem langzaam tussen de bomen door naar omlaag; de kettingen aan de hijskraan achterop rammelden. Het was de wagen die ze bij de fabriek klaar hadden staan om de nieuwe turbines van de dieplader af te tillen. Koopman had hem gevorderd en het bedienend personeel opdracht gegeven dit te doen. Vlak erachter reed een grote Ford pick-up, waaraan een open aanhangwagen hing. Koopman keek over zijn schouder naar de plek waar Logan en een klein groepje helpers rond het paard geknield waren. Pilgrim lag op zijn zij in een reusachtige plas bloed, die zich door de sneeuw heen nog verder uitbreidde, tussen de knieën door van degenen die hem probeerden te redden. Op deze plek was het kalmerende middel begonnen te werken en had hij niet meer verder gekund. Hij was door zijn voorbenen gezakt en had nog even gesparteld, maar toen Logan en Koopman bij hem kwamen, was hij al buiten westen.

Logan had Koopman gevraagd Joan Dyer te bellen op zijn draagbare telefoon; hij was blij dat de jager niet in de buurt was en dus niet kon horen dat hij van haar wilde dat ze de eigenaar toestemming vroeg om het paard af te maken. Vervolgens had hij Koopman weggestuurd om zo snel mogelijk hulp te gaan halen en was toen bij het paard neergeknield en aan de slag gegaan om het bloeden te stelpen. Hij stak zijn hand diep in de pulserende borstwond en bewoog zich door verschillende lagen gescheurd onderhuids weefsel tot hij tot aan zijn elleboog onder het bloed zat. Hij probeerde de bron van de bloeding te vinden en voelde even later de gescheurde slagader. God zij dank was het een kleine. Hij voelde het warme bloed langs zijn hand stromen. Hij herinnerde zich dat hij klemmetjes in zijn zak had gestoken en tastte daar met zijn andere hand naar. Hij bevestigde ze en voelde het pompen onmiddellijk ophouden. Maar uit de honderden gescheurde adertjes bleef het doorstromen. Hij trok zijn doorweekte parka uit, ledigde de zakken en perste er zo veel mogelijk water en bloed uit. Vervolgens rolde hij hem op en propte hem zo voorzichtig mogelijk in de wond. Hij vloekte luid. Nu had hij dringend bloedplasma nodig. De tas waar het Plasmalyte in zat stond nog bij de rivier. Hij sprong op en rende er struikelend naartoe om hem op te halen.

Toen hij terugkwam waren de verplegers van de ongevallendienst gearriveerd. Zij bedekten Pilgrim met dekens. Een van hen hield hem een telefoon voor.

'Mevrouw Dyer voor u,' zei hij.

'Ik kan haar nu godsonmogelijk te woord staan,' zei Logan.

Hij knielde neer, bevestigde het vijfliterpak aan Pilgrims hals en gaf hem een steroïdeninjectie om de shocktoestand tegen te gaan. De ademhaling van het paard was oppervlakkig en onregelmatig en zijn ledematen koelden snel af. Logan riep dat ze meer dekens om de benen van het dier moesten leggen nadat ze de bloedende wonden verbonden hadden.

Een verpleger van de ongevallendienst kwam aandragen met groene doeken uit een van de ambulances en Logan begon voorzichtig zijn met bloed doordrenkte parka uit de wond te halen, waarna hij de doeken ervoor in de plaats propte. Hij ging op zijn hielen zitten. Hij was buiten adem. Vervolgens begon hij een injectiespuit te vullen met penicilline. Zijn overhemd was donkerrood en doorweekt en het bloed drupte van zijn ellebogen toen hij de spuit omhoog hield om de luchtbellen eruit te laten ontsnappen.

'Het is krankzinnig waar we mee bezig zijn,' zei hij.

Hij spoot de penicilline in Pilgrims hals. Het paard was praktisch dood. De borstwond was op zich al reden genoeg om hem af te maken, maar dat was nog lang niet alles. Want ook zijn neusbeen was op een afschuwelijke manier verbrijzeld, er waren duidelijk een aantal ribben gebroken, er was een lelijke wond links van het borstbeen en God mag weten hoeveel andere snijwonden en kneuzingen. Bovendien had hij, uit de manier waarop het paard de helling was opgelopen, afgeleid dat er sprake moest zijn van kreupelheid in het rechterbovenbeen. Het beste zou zijn om het dier maar uit zijn lijden te verlossen. Maar het was zijn eer te na dat hufterige, schietgrage jagertje de voldoening te laten smaken gelijk te hebben gehad. Alleen als het paard uit zichzelf doodging, dan was er niets aan te doen. Inmiddels was Koopman met de truck van de fabriek en de aanhangwagen bij het paard aangekomen. Logan had ergens een singel van canvas weten te versieren. De man van de ongevallendienst stond nog naast hem met de telefoon waarop mevrouw Dyer wachtte om hem te spreken. Logan pakte het toestel aan.

'Ja, hier ben ik,' zei hij, en terwijl hij luisterde, wees hij de anderen hoe ze de singel moesten aanleggen. Toen hij de arme vrouw zo tactvol mogelijk Annies boodschap hoorde herhalen, glimlachte hij alleen even en schudde hij zijn hoofd.

'Geweldig, hoor,' zei hij. 'Fijn om te horen dat je gewaardeerd wordt.'

Hij gaf de telefoon weer terug en hielp de twee riemen van de singel onder Pilgrim door te trekken, die nu in een dikke rode brij lag. Iedereen stond op. Het viel Logan op hoe raar de mensen eruitzagen, met al die rode knieën. Iemand reikte hem een droge jas aan. Voor het eerst sinds hij in het water was gevallen, realiseerde hij zich hoe koud het was.

Koopman en de chauffeur bevestigden de uiteinden van de singel aan de kettingen van de hijskraan en stapten met de anderen achteruit toen Pilgrim langzaam omhooggehesen werd en als een karkas op de aanhangwagen werd gelegd. Logan klom er samen met twee verplegers op en ze legden het paard zo neer dat hij weer op zijn zij lag. Koopman reikte de dierenarts zijn spullen aan, terwijl de anderen het paard bedekten met dekens.

Logan gaf het paard nog een steroïdeninjectie en pakte een nieuw pak Plasmalyte. Plotseling voelde hij zich zeer vermoeid. Hij bedacht dat de kans niet erg groot was dat het paard bij aankomst bij de kliniek nog zou leven.

'We zullen ze bellen,' zei Koopman. 'Dan weten ze wanneer ze u kunnen verwachten.'

'Bedankt.'

'Bent u klaar?'

'Ja, ik dacht van wel.'

Koopman gaf een klap op de achterkant van de grote Ford met vierwielaandrijving waar de aanhangwagen aan gekoppeld was en riep tegen de bestuurder dat hij kon vertrekken. Langzaam begon de auto tegen de heuvel op te rijden.

'Het beste!' riep Koopman hen nog na, maar Logan leek het niet te horen.

De jonge assistent-sheriff keek een beetje sip. Het was allemaal voorbij en iedereen was bezig te vertrekken. Achter zich hoorde hij het geluid van een ritssluiting. Hij draaide zich om. De jager was bezig zijn geweer in de tas op te bergen. 'Bedankt voor uw hulp,' zei Koopman. De jager knikte, wierp de tas over zijn schouder en liep weg.

Robert werd met een schok wakker. Even dacht hij dat hij op zijn kantoor was. Het computerscherm leek ernstig ontregeld te zijn; bevende groene lijnen joegen achter elkaar aan te midden van scherpe pieken. O nee, dacht hij, een virus. Een virus dat bezig was zijn bestanden over de zaak van Dunford Effectenbeheer te vernietigen. Toen zag hij het bed waarop de dekens een keurige tent vormden over de restanten van het been van zijn dochter en wist hij weer waar hij was.

Hij keek op zijn horloge. Het was bijna vijf uur in de ochtend. De kamer was donker, behalve aan het hoofdeinde, waar de verstelbare lamp een kegel van gedempt licht wierp over Grace's hoofd en naakte schouders. Haar ogen waren gesloten en haar gezicht zag er heel vredig uit, alsof ze geen bezwaar had tegen alle plastic slangen die in haar lichaam staken. Vanuit het beademingsapparaat liep een slang naar haar mond. Verder was er nog een naar haar neus en een naar haar maag waardoor ze gevoed werd. Vanuit de flessen en zakken die boven haar hoofd hingen liepen nog een aantal slangen naar beneden die bij haar hals een knoop vormden, alsof ze allemaal als eerste aangesloten wilden worden op de klep die in haar halsslagader was aangebracht. Die klep was afgedekt met een vlees-kleurig stuk tape, evenals de elektroden op haar slapen en haar borst en op het gat dat ze boven een van haar prille borstjes hadden gemaakt voor een glasvezelkabel naar haar hart.

Als ze geen ruitercap had gedragen, was het meisje waarschijnlijk dood geweest, hadden de doktoren gezegd. Toen haar hoofd het wegdek had geraakt, was die ruitercap gebarsten, en niet haar schedel. Maar bij nader onderzoek was toch gebleken dat er sprake was van een diffuse bloeding in de hersenen, dus hadden ze een gaatje in haar schedel geboord en daar iets ingestoken waarmee nu de druk aan de binnenkant in de gaten werd ge-houden. Met de beademing zou de zwelling in de hersenen verdwijnen, hadden ze gezegd. Het ritmische blazen van dat apparaat had Robert in slaap doen vallen. Hij had haar hand vastgehouden en die lag nu nog met de palm naar boven op dezelfde plaats waar hij hem ongemerkt had losge-laten. Hij pakte hem weer met beide handen vast en voelde de bedrieglijk geruststellende warmte van het meisje.

Hij boog zich voorover en drukte voorzichtig een stukje losgeraakt tape aan een van de catheters in haar arm vast. Hij keek omhoog naar de batterij machines. Van elk daarvan had hij per se de werking uitgelegd willen hebben. Nu kon hij zonder zich te bewegen systematisch nagaan of er tijdens zijn dutje iets veranderd was aan een van de schermen, kleppen en vloeistofspiegels. Hij wist dat alles gecomputeriseerd was en dat bij het centrale controlepunt een alarm zou afgaan als er iets misging, maar hij wilde het zelf controleren. Toen hij gerustgesteld was, ging hij weer achterover in zijn stoel zitten, nog steeds met Grace's hand in de zijne. Annie lag te slapen in een kamertje verderop aan de gang dat hun ter beschikking gesteld was. Ze had hem gevraagd haar om middernacht wakker te maken, zodat zij hem met waken kon aflossen, maar nu hij zelf in slaap was gesukkeld, vond Robert dat hij haar maar moest laten slapen.

Hij staarde naar het gezicht van Grace en vond dat ze er te midden van al die brute techniek uitzag alsof ze nog maar half zo oud was als in werkelijkheid. Ze was altijd zo gezond geweest. Behalve die ene keer dat haar knie gehecht moest worden toen ze van haar fiets was gevallen, was ze sinds haar geboorte niet in een ziekenhuis opgenomen geweest, al was er bij die laatste gelegenheid drama genoeg voorgevallen.

Onverwacht had de geboorte via de keizersnee moeten gebeuren. Na twaalf uur barensnood hadden de doktoren Annie epidural gegeven, en omdat het er niet naar uitzag dat er binnen korte tijd iets zou gebeuren, was Robert naar de koffiebar in het ziekenhuis gelopen voor een kop koffie en een broodje. Toen hij een halfuur later terugkwam op haar kamer was de hel losgebroken. Het leek wel of hij aan dek van een oorlogsschip stond. Overal om hem heen renden in het groen geklede mensen rond, werden apparaten versleept en werden bevelen geroepen. Ze vertelden hem dat tijdens zijn afwezigheid de elektronika alarm had geslagen omdat het ongeboren kind in nood was geraakt. De verloskundige was als een oorlogsheld uit een film van de jaren veertig naar voren komen stormen en had verklaard dat hij 'eropaf' ging.

Robert had altijd gedacht dat een keizersnee niet zo veel om het lijf had. Dat er geen gehijg, gepers en geschreeuw bij te pas kwam. Hij stelde zich voor dat er simpelweg een snee werd gemaakt langs een van tevoren uitgezette lijn en dat de baby daar dan moeiteloos uit te voorschijn kwam. Hij was dus absoluut niet voorbereid geweest op de worstelwedstrijd die volgde en die al begonnen was toen hij werd binnengelaten en in een hoek van de kamer werd neergezet. Annie was geheel onder narcose gebracht en hij had toegekeken hoe deze mannen, allen volstrekt onbekenden, in haar hadden zitten graaien, tot aan hun ellebogen onder het bloed. Ze hadden het gat uitgerekt met metalen klemmen en met een hoop gekreun en gedraai had uiteindelijk een van hen, de oorlogsheld, het in zijn handen en waren de anderen plotseling stilgevallen en hadden ze toegekeken hoe hij het kleine, wit-gemarmerde ding omhoog trok uit Annies gapende buik. De man vond zichzelf kennelijk ook heel grappig, want hij had zich half omgedraaid en tegen Robert gezegd: 'Volgende keer meer geluk. Het is een meisje.' Robert kon hem wel vermoorden. Maar toen ze haar snel hadden schoongespoeld en hadden nagekeken of ze wel het juiste aantal vingers en tenen had, gaven ze haar, gewikkeld in een witte deken, aan hem over en, terwijl hij haar in zijn armen hield, vergat hij zijn woede. Toen legde hij haar op Annies kussen, zodat Grace het eerste was dat ze zou zien als ze wakker werd.

Volgende keer meer geluk. Er was nooit een volgende keer gekomen. Ze hadden allebei nog een kind gewild, maar Annie had vier miskramen gehad, waarvan de laatste een gevaarlijke was geweest, na een zwangerschap van geruime tijd. Er was hun te verstaan gegeven dat het onverstandig zou zijn om ermee door te gaan, maar dat was overbodig geweest. Want bij iedere mislukking was de pijn onevenredig veel groter geweest en ten slotte voelden ze zich geen van beiden in staat er nog eens mee geconfronteerd te worden. Na de laatste zwangerschap, vier jaar geleden, had Annie gezegd dat ze zich wilde laten steriliseren. Hij had aangevoeld dat dat was omdat ze zichzelf wilde straffen en had haar gesmeekt het niet te doen. Uiteindelijk had ze daar aarzelend mee ingestemd en een spiraaltje laten inbrengen, waarbij ze nog het wrange grapje had gemaakt dat dat met een beetje geluk hetzelfde effect zou hebben.

Juist in die tijd kreeg Annie haar eerste hoofdredacteurschap aangeboden, dat zij tot Roberts verbazing ook accepteerde. Hij zag hoe zij haar woede en teleurstelling in deze nieuwe rol uitleefde en bedacht dat zij dit deed om zichzelf afleiding te bezorgen of misschien, nog steeds, om zichzelf te straffen. En misschien wel allebei. Maar het verbaasde hem volstrekt niet dat zij zo succesvol was dat bijna ieder groot tijdschrift in het land pogingen in het werk stelde om haar te strikken.

Het mislukken van hun inspanningen om samen nog een kind te krijgen was een verdriet waarover Robert en Annie nu nooit meer spraken. Toch was iedere vezel van hun relatie er stilzwijgend van vervuld.

Ook vanmiddag was dat verdriet er geweest, toen Annie het ziekenhuis was binnengekomen en hij zo stom ingestort was en gehuild had. Hij wist dat Annie het gevoel had dat hij het haar verweet dat ze hem niet nog een kind kon schenken. Misschien had ze wel zo bruut op zijn tranen gereageerd omdat ze daarin een spoor van dat verwijt had gezien. Misschien had ze wel gelijk. Want dit breekbare kind, dat hier lag, mismaakt door het mes van de chirurg, was alles wat ze bezaten. Wat ondoordacht, wat zelfzuchtig van Annie om er maar een gebaard te hebben. Dacht hij dat werkelijk? Nee toch? Maar hoe kwam het dan dat die gedachte zo gemakkelijk bij hem opkwam?

Robert had altijd gevonden dat hij meer van zijn vrouw hield dan zij ooit van hem zou houden. Dát zij van hem hield, betwijfelde hij echter niet. Hun huwelijk was goed, vond hij, vergeleken met vele andere die hij om zich heen zag. Zowel geestelijk als lichamelijk leken ze nog steeds goed bij elkaar te passen. En in al die jaren was er nauwelijks een dag verstreken dat hij zich niet gelukkig prees dat hij het met haar uitgehouden had. Dat iemand zo vol leven met een man als hij had willen trouwen, bleef hem verbazen.

Niet dat Robert zichzelf onderschatte. Objectief gezien – en objectiviteit beschouwde hij, objectief gezien, als een van zijn sterke punten – was hij een van de meest briljante advocaten die hij kende. Daarbij was hij een goede vader, een trouwe vriend voor de enkele goede vrienden die hij had en, ondanks alle grappen over advocaten die je tegenwoordig hoorde, een door en door fatsoenlijk man. Maar al had hij zichzelf nooit een zeurkous gevonden, hij wist wel dat hij Annies levendigheid miste. Nee, niet haar levendigheid, haar vuur. Dat was ook hetgeen hem altijd opwond bij haar, al op die allereerste avond toen hij daar in Afrika de deur voor haar had geopend en haar met haar bagage zag staan.

Hij was zes jaar ouder dan zij, maar het had vaak veel meer geleken. En met al die elegante en krachtige mensen waarmee ze omging, had Robert het niet minder dan een klein wonder gevonden dat zij met hem tevreden was gebleven. En bovendien was hij er zeker van – voor zover een weldenkend man daar tenminste zeker van kàn zijn – dat ze hem nooit ontrouw was geweest.

Maar sinds het afgelopen voorjaar, toen Annie deze nieuwe baan aannam, was de situatie wat gespannen geworden. Door de reorganisatie was ze snel geïrriteerd en veel kritischer geworden. Ook Grace, en zelfs Elsa hadden gemerkt dat zij veranderd was en hielden zich in als Annie in de buurt was. Elsa keek tegenwoordig blij op als hij als eerste thuiskwam uit kantoor. Dan gaf ze hem de achtergelaten boodschappen door, toonde ze hem wat ze voor het avondeten klaargemaakt had en ging ze er snel vandoor, voordat Annie thuiskwam.

Robert voelde een hand op zijn schouder en toen hij opkeek zag hij dat zijn vrouw naast hem stond. Het leek wel alsof hij haar naar zich toe had getrokken door aan haar te denken. Ze had donkere kringen onder haar ogen. Hij pakte haar hand en hield die tegen zijn wang.

'Heb je geslapen?' vroeg hij.

'Als een roos. Ik dacht dat je me zou wekken?'

'Ik ben ook in slaap gevallen.'

Ze glimlachte en keek naar Grace. 'Geen verandering?'

Hij schudde zijn hoofd. Ze spraken op gedempte toon, alsof ze bang waren het meisje wakker te maken. Een tijdje bleven ze naar haar staan kijken. Annie had haar hand niet van zijn schouder gehaald. Het zuigende geluid van het beademingsapparaat gaf reliëf aan de stilte tussen hen allen. Toen huiverde Annie even en haalde haar hand weg. Ze trok haar wollen jasje wat nauwer om zich heen en sloeg haar armen over elkaar.

'Ik had gedacht even naar huis te gaan en wat spullen van haar te gaan halen,' zei ze. 'Weet je, dan heeft ze die bij de hand als ze wakker wordt.'

'Ik ga wel. Je wilt nu toch niet gaan autorijden?'

'Jawel, laat me maar. Echt. Mag ik jouw sleuteltjes?'

Hij haalde ze uit zijn zak en gaf ze aan haar.

'Ik zal voor ons ook het een en ander inpakken. Is er nog iets speciaals wat jij nodig hebt?'

'Alleen kleren. En m'n scheerapparaat ook maar.'

Ze boog zich over hem heen en kuste hem op zijn voorhoofd.

'Wees voorzichtig,' zei hij.

'Ja, doe ik. Ik ben zo snel mogelijk weer terug.'

Hij keek toe hoe ze wegging. Bij de deur bleef ze stilstaan en draaide zich naar hem om. Hij zag dat ze iets wilde zeggen.

'Wat is er?' vroeg hij. Maar ze glimlachte alleen en schudde haar hoofd. Toen draaide ze zich om en was ze verdwenen.

De wegen waren sneeuwvrij gemaakt en er was op dat tijdstip geen verkeer, afgezien van een enkele eenzame strooiwagen. Annie reed over weg nummer zevenentachtig naar het zuiden en vervolgens over de negentig naar het oosten. Ze nam dezelfde afslag die de truck die ochtend genomen had.

Het had niet gedooid en de koplampen van de auto verlichtten de opgehoopte vuile sneeuw aan de zijkant van de weg. Robert had de sneeuwbanden onder de auto gezet en die veroorzaakten een zacht gebrom op het asfalt. Op de radio was een programma waarin luisteraars naar de studio konden opbellen. Een vrouw vertelde hoe bezorgd zij was over haar tienerzoon. Ze had onlangs een nieuwe auto gekocht, een Nissan, en de jongen leek er verliefd op geworden te zijn. Hij zat er uren achter elkaar in en aaide de auto en vandaag was ze de garage in gekomen en had ze hem betrapt terwijl hij bezig was met de uitlaat.

'Nou, dan kun je wel van een fixatie spreken, hè?' zei de presentator, ene Melvin. Al dit soort programma's leken hetzelfde type keiharde snelle jongens als presentator te hebben. Annie begreep niet waarom de mensen toch steeds weer opbelden, terwijl ze best wisten dat ze beledigd zouden worden. Maar misschien was het hen daar juist om te doen. Deze belster leek er geen moeite mee te hebben en ging gewoon door.

'Ja, zo zou je het wel kunnen noemen,' zei ze. 'Maar ik weet niet wat ik eraan moet doen.'

'Gewoon niks doen,' zei Melvin. 'Die jongen zoekt zeker een uitlaatklep. Volgende beller...'

Annie sloeg het weggetje in dat om de heuvel heen naar hun huis liep. Het wegdek was hier bedekt met glinsterende samengepakte sneeuw. Ze reed voorzichtig door de tunnel die de bomen vormden en draaide de oprijlaan van hun huis op die Robert die ochtend schoongemaakt moest hebben. De koplampen draaiden over de houten gevel van het huis. De bovenkant ging schuil achter reusachtige berkebomen. Er brandde binnen geen licht en de muren en het plafond in de hal weerkaatsten een blauwachtig licht toen de koplampen daar even naar binnen schenen. Een buitenlamp ging automatisch aan toen Annie aan de achterkant van het huis kwam en wachtte tot de deur van de garage in het souterrain openging.

De keuken zag er nog zo uit als Robert hem had achtergelaten. De deuren van de kastjes stonden open en op tafel stonden de twee onuitgepakte tassen met boodschappen. In een ervan was ijs gaan smelten en dat drupte nu van tafel en vormde een roze plasje op de vloer daaronder. Op het antwoordapparaat flikkerde het rode lampje ten teken dat er boodschappen ingesproken waren. Annie had echter geen zin om ernaar te luisteren. Ze zag het briefje dat Grace voor Robert had neergelegd en staarde er even naar; ze wilde het niet aanraken. Toen draaide ze zich plotseling om en ging aan de slag om het ijs op te ruimen en de levensmiddelen op te bergen, voor zover die tenminste nog te consumeren waren.

Toen ze boven bezig was een tas met spullen van Robert en haarzelf in te pakken, voelde ze zich een beetje een robot. Ze voelde zich vreemd; het leek wel alsof al haar handelingen voorgeprogrammeerd waren. Ze veronderstelde dat dit verdoofde gevoel iets met de schok te maken had, of misschien was het wel een soort ontkenning.

In ieder geval, toen ze Grace voor het eerst na de operatie gezien had, had ze alles zo vreemd en zo buitenissig gevonden dat ze niet wist wat ze ervan moest denken. Ze was haast jaloers geweest op de pijn die Robert er zo duidelijk van ondervond. Ze had gezien hoe zijn ogen over het lichaam van Grace schoten en hoe elke inbreuk die de medici erop hadden gemaakt hem door zijn ziel sneed. Annie had alleen maar staan staren. Die nieuwe versie die ze van haar dochter gemaakt hadden, betekende op geen enkele manier iets voor haar.

Annies kleding en hoofdhaar roken nog naar het ziekenhuis, dus kleedde ze zich uit en ze nam een douche. Ze liet het water gewoon maar even over haar lichaam stromen en vervolgens stelde ze de straal zo in dat de hitte haast onverdraaglijk was. Toen draaide ze aan de douchekop tot de straal er zo hard mogelijk uitkwam en het water in haar huid prikte als hete naalden. Ze sloot haar ogen en hield haar gezicht in de straal totdat ze schreeuwde van pijn. Maar ze bleef wel zo staan, blij met de pijn die ze voelde. Ja, dit voelde ze wel. Dit tenminste wel.

De badkamer stond vol stoom toen ze uit de douche stapte. Ze veegde met de handdoek een stukje van de spiegel schoon en bleef ervoor staan terwijl ze zich afdroogde. Ze keek naar het vage, nattige beeld van een lichaam dat niet geheel het hare leek. Ze had altijd van haar lichaam gehouden, al was het wat voller en waren haar borsten groter dan het perfecte beeld zoals dat in de moderubriek van haar tijdschrift werd aanbeden, waar de laatste tijd kennelijk alleen nog maar uitgeteerde typjes mochten figureren. Maar de beslagen spiegel gaf een vervormd, roze beeld van haar uiterlijk, een beetje als op een schilderij van Francis Bacon. Annie schrok er zo van dat ze het licht uitdeed en snel de slaapkamer in ging.

De kamer van Grace zag er precies zo uit als ze hem die ochtend moest hebben achtergelaten. Het lange T-shirt dat ze als nachthemd gebruikte, lag aan het voeteneind van het onopgemaakte bed. Er lag een spijkerbroek op de grond. Annie bukte zich om hem op te rapen. Dit was het exemplaar met de gerafelde knieën die aan de binnenkant waren voorzien van stukken van een oude jurk van gebloemde stof van Annie. Ze herinnerde zich hoe zij had aangeboden dat voor haar te doen en hoe gekwetst ze zich gevoeld had toen Grace nonchalant had opgemerkt dat ze liever had dat Elsa het deed. Annie had gereageerd – die truc werkte altijd – door met een gekwetste blik een wenkbrauw op te trekken en er zo voor gezorgd dat Grace zich schuldig voelde.

'Sorry, mam,' had ze gezegd, terwijl ze haar armen om haar heen had geslagen, 'maar je weet dat je niet kunt naaien.'

'O, maar dat kan ik best wel,' had Annie gezegd. Ze probeerde een grapje te maken in een situatie die, zoals zij beiden wisten, helemaal niet leuk was.

'Nou ja, misschien kan je het wel, maar Elsa kan het beter als jij.'

'Beter dàn, bedoel je.' Annie had altijd commentaar op haar manier van spreken, en daarbij liet ze dat altijd zeer Engels klinken. Grace legde er dan altijd juist een schepje bovenop.

'Hé mam, eh... zo kan-ie wel hoor, weet je wel...'

Annie vouwde de spijkerbroek op en legde hem weg. Vervolgens maakte ze het bed op en bleef toen even om zich heen staan kijken terwijl ze bedacht wat er mee moest naar het ziekenhuis. In een soort hangmat die boven het bed was opgehangen, lagen tientallen speelgoedbeesten, een hele dierentuin, variërend van beren tot buffels, haviken en walvissen. Ze waren afkomstig uit alle uithoeken van de aarde en aangevoerd door familie en vrienden. Hier zaten ze allemaal bij elkaar en ze deelden om beurten het bed met Grace. Elke avond selecteerde ze met grote eerlijkheid twee of drie dieren naar grootte en zette die dan bij elkaar op haar kussen. Gisteravond, constateerde Annie, was het kennelijk het stinkdier geweest, samen met een huiveringwekkend draakachtig schepsel dat Robert ooit uit Hong Kong had meegenomen. Annie zette ze terug in de hangmat en ging vervolgens op zoek naar het oudste vriendje van Grace, een pinguïn die luisterde naar de naam Godfrey, die door Roberts collega's naar het ziekenhuis gestuurd was op de dag dat Grace geboren was. Op de plaats van een van de ogen zat nu een knoop, en verder was hij wat uitgezakt en vaal geworden door te veel uitstapjes naar de wasserij. Annie plukte hem er tussenuit en stopte hem in de tas.

Ze ging naar het bureau bij het raam en pakte ook de walkman van Grace in en de doos met bandjes die ze altijd meenam als ze ergens naartoe ging. De dokter had gezegd dat ze moesten proberen haar muziek te laten horen. Er stonden twee ingelijste foto's op het bureau. Op een daarvan zaten ze met hun drieën in een boot. Grace zat in het midden en had haar armen om de schouders van haar ouders geslagen. Ze lachten alle drie. De foto was vijf jaar geleden genomen op Cape Cod, tijdens een van de gelukkigste vakanties die ze ooit samen beleefd hadden. Annie stopte hem in de tas en pakte de andere foto. Dat was er een van Pilgrim. Hij was vorige zomer genomen op het veld boven de stallen, kort nadat ze hem gekocht hadden. Hij had geen zadel en geen halster, niets, en de zon glom op zijn vacht. Zijn lichaam was van de camera afgedraaid, maar hij had zijn hoofd omgedraaid en keek recht in de lens. Annie had de foto nooit eerder goed bekeken, maar nu vond ze de starende blik van het paard verontrustend.

Ze had geen idee of Pilgrim nog in leven was. Het enige wat ze wist was dat mevrouw Dyer gisteravond een boodschap in het ziekenhuis had achtergelaten dat hij naar de praktijk van de dierenarts in Chatham gebracht was en dat hij van daar overgebracht zou worden naar Cornell. Nu ze naar zijn foto keek, voelde Annie zich schuldig. Niet omdat ze niet wist hoe het hem vergaan was, maar om een andere reden, iets wat dieper lag, maar wat ze nog niet begreep. Ze stopte de foto in de tas, knipte het licht uit en ging naar beneden.

Er scheen al een bleek soort licht door de grote ramen in de hal. Annie zette de tas neer en ging de keuken in, zonder het licht aan te doen. Voordat ze de berichten op het antwoordapparaat afluisterde, wilde ze voor zichzelf een kopje koffie zetten. Terwijl ze wachtte tot het water in de oude koperen ketel aan de kook raakte, liep ze naar het raam.

Buiten, niet meer dan een paar meter van de plaats waar ze zich bevond, stond een groepje herten. Ze stonden muisstil en staarden haar aan. Waren ze op voedsel uit? Ze had ze nog nooit zo dicht bij het huis waargenomen, zelfs niet tijdens de strengste winters. Wat betekende dit? Ze telde ze. Het waren er twaalf, nee, dertien. Een voor elk levensjaar van haar dochter. Annie vond dat ze niet zo belachelijk moest doen.

Er klonk een lage, langgerekte fluittoon toen het water in de ketel begon te koken. Ook de herten hadden het gehoord. Ze draaiden zich allemaal tegelijk om en hun staarten hupten wild op en neer toen ze er met waanzinnige sprongen vandoor gingen, langs de vijver het bos in. Lieve God, dacht Annie, het kind is vast dood.

3

Harry Logan parkeerde zijn auto onder een bord waarop te lezen stond: 'Grote huisdierenkliniek'. Vreemd, dacht hij, dat ze bij een universiteit niet een benaming hadden weten te bedenken die duidelijker aangaf of de huisdieren dan wel de kliniek groot waren. Hij stapte uit en baggerde door de sporen in de grijze smurrie, alles wat nog over was van de sneeuwval in het weekend. Er waren drie dagen verstreken sinds het ongeluk plaatsvond en terwijl Logan zich een weg zocht tussen de rijen geparkeerde auto's en aanhangwagens, bedacht hij hoe verbazingwekkend het was dat het paard nog leefde.

Hij had bijna vier uur nodig gehad om de borstwond te dichten, die vol zat met stukken glas en schilfers zwarte verf van de truck, die hij eruit had moeten vissen voordat hij de wond schoon kon spoelen. Vervolgens had hij de uitstekende stukken vlees er met een schaar afgeknipt, de aderen dichtgeniet en een paar afvoerslangetjes ingenaaid. Daarna was hij, terwijl zijn assistenten zich bezighielden met de verdoving, de beademing en de bloedtransfusie die al lang had moeten plaatsvinden, met naald en draad aan het werk gegaan.

Het dichtnaaien moest in drie aparte lagen gebeuren. Eerst het spierweefsel, dan het bindweefsel, en ten slotte de huid. In elke laag zaten ongeveer zeventig hechtingen. Die aan de binnenkant waren van oplosbaar draad. En dat allemaal voor een paard waarvan hij niet geloofde dat het nog bij zou komen. Maar het stomme dier was wèl bijgekomen. Het was niet te geloven. En bovendien had hij nog net zo veel vechtlust als toen bij de rivier. Toen Pilgrim weer overeind probeerde te krabbelen in de ruimte waar hij aan het bijkomen was, bad Logan dat hij de hechtingen niet kapot zou scheuren. Hij moest er niet aan denken dat hij alles weer opnieuw zou moeten doen.

Ze hadden Pilgrim de eerstvolgende vierentwintig uur onder de invloed van kalmerende middelen gehouden. Toen dachten ze dat zijn toestand stabiel genoeg was om de vier uur durende reis naar Cornell te kunnen doorstaan.

Logan kende de universiteit en de diergeneeskundige kliniek goed, al was er veel veranderd sinds hij hier student was aan het eind van de jaren zestig. Hij had er veel goede herinneringen aan, voor het merendeel speelden daarbij vrouwen een rol. Mijn hemel, wat hadden ze het leuk gehad. Speciaal die zomeravonden, als je onder de bomen kon liggen en over het Cayugameer uitkeek. Het was zo'n beetje de mooiste campus die hij kende. Maar vandaag was er weinig moois aan. Het was koud, het was begonnen te regenen en het meer was helemaal niet te zien. Daarbij voelde hij zich ook beroerd. Hij had de hele ochtend lopen niezen, wat ongetwijfeld te wijten was aan het feit dat hij zowat bevroren was in de Kinderhookbeek. Hij haastte zich naar de ontvangstbalie, waar het lekker warm was, en vroeg aan de jonge vrouw die erachter stond of hij Dorothy Chen zou kunnen spreken, de arts die de verantwoordelijkheid had voor Pilgrim.

Aan de overkant van de straat waren ze een nieuwe kliniek aan het bouwen, en Logan voelde zich ietsje beter toen hij zag hoe de bouwvakkers hun gezichten van de kou vertrokken. Hij voelde zelfs even enige opwinding bij de gedachte dat hij Dorothy weer zou zien. En om haar glimlach vond hij het niet erg om elke dag ettelijke honderden kilometers te moeten rijden om Pilgrim te bezoeken. Ze leek een ongerepte prinses uit een van die artistieke Chinese films waar zijn vrouw zo veel van hield. En wat een figuur had ze. Maar eigenlijk was ze veel te jong voor hem. Hij zag haar spiegelbeeld de kamer binnenkomen en hij draaide zich naar haar om.

'Hallo, Dorothy! Hoe gaat het met je?'

'Koud. En met jou ben ik ook niet zo blij.' Ze zwaaide demonstratief met een wijsvinger en keek hem gemaakt streng aan. Logan hief beide handen omhoog.

'Dorothy, ik ben helemaal hier naartoe komen rijden om je glimlach te zien. Wat heb ik misdaan?'

'Je stuurt een monster naar me toe en dan verwacht je ook nog dat ik je toelach?' Maar ze lachte wel. 'Loop maar mee. We hebben de röntgenfoto's.'

Ze ging hem voor door een wirwar van gangen en Logan luisterde naar haar stem terwijl hij probeerde niet te kijken hoe bevallig haar heupen bewogen onder haar witte jas.

Er waren zo veel röntgenopnamen dat er wel een kleine tentoonstelling van ingericht had kunnen worden. Dorothy hing ze voor de lichtbak en samen bekeken ze de foto's. Zoals Logan al gedacht had, had Pilgrim een aantal ribben gebroken, vijf stuks, en ook het neusbeen gebroken was. De ribben zouden uit zichzelf genezen en het verbrijzelde neusbeen was al door Dorothy geopereerd. Ze had het bot naar buiten moeten trekken, er gaten in moeten boren en vervolgens alles weer op zijn plaats moeten vastmaken. Het was goed gelukt, ze moesten alleen nog de proppen uit de voorhoofdsholte van Pilgrim verwijderen.

'Ik weet nu bij wie ik moet zijn als ik mijn neus wil laten verfraaien,' zei Logan. Dorothy moest lachen.

'Wacht maar tot het verband eraf is. Hij krijgt het profiel van een beroepsbokser.'

Logan was bezorgd geweest dat er misschien een breuk in het rechterbovenbeen of de schouder zou zijn, maar dat was niet het geval. De hele rechtervoorhand zat alleen onder de blauwe plekken door de botsing, en het netwerk van zenuwbanen naar het been toe was ernstig beschadigd.

'Hoe is het met de borst?' vroeg Logan.

'Uitstekend. Je hebt het prima gedaan. Hoeveel hechtingen zitten er wel niet in?'

'O, tweehonderd ongeveer.' Hij voelde dat hij bloosde als een schooljongen. 'Zullen we eens naar hem gaan kijken?'

Pilgrim bevond zich in een van de herstelboxen en ze hoorden hem al van veraf. Hij maakte een hels kabaal; zijn gehinnik klonk schor van al het lawaai dat hij gemaakt had sinds de kalmerende middelen waren uitgewerkt. De wanden van de box waren zwaar gecapitonneerd, maar trilden toch doordat hij er voortdurend met zijn hoeven tegenaan schopte. In de box ernaast stonden een paar studenten en de pony waarmee zij bezig waren, was duidelijk nerveus door het gedoe van Pilgrim.

'Komen jullie naar de Minotaurus kijken?' vroeg een van hen.

'Ja,' zei Logan. 'Ik hoop dat jullie hem al gevoederd hebben.'

Dorothy schoof de grendel opzij om de bovendeur te kunnen openen. Zodra ze dat deed, verstomde het lawaai. Ze opende de deur op een kier, zodat ze naar binnen konden kijken. Pilgrim had zich teruggetrokken in de verste hoek; hij hield zijn hoofd omlaag en zijn oren strak naar achteren. Zoals hij naar hen stond te kijken, leek hij wel een figuur uit een griezelfilm. Het leek wel of praktisch zijn hele lichaam verpakt was in bloederig verband. Hij snoof naar hen en trok toen zijn bovenlip op, waardoor zijn tanden zichtbaar werden.

'Het genoegen is geheel wederzijds,' zei Logan.

'Heb je ooit zo'n krankzinnig paard gezien?' vroeg Dorothy. Hij schudde zijn hoofd.

'Ik ook niet.'

Zo bleven ze even naar hem staan kijken. Wat moesten ze in hemelsnaam met hem aan, vroeg hij zich af. Die mevrouw Maclean had hem gisteren voor het eerst gebeld. Ze had heel vriendelijk geklonken. Waarschijnlijk schaamde ze zich een beetje voor de boodschap die mevrouw Dyer namens haar aan hem had overgebracht, dacht hij. Maar Logan was niet haatdragend. Eigenlijk had hij met de vrouw te doen, om wat er met haar dochter gebeurd was. Maar als ze het paard zag, zou ze hem waarschijnlijk voor de rechter willen slepen omdat hij het beklagenswaardige dier in leven had gehouden.

'We zouden hem eigenlijk weer een kalmerende injectie moeten geven,' zei Dorothy. 'Maar de moeilijkheid is dat er maar weinig vrijwilligers voor te vinden zijn. Je moet hem ermee overvallen en je dan pijlsnel uit de voeten maken.'

'Ja. Maar aan de andere kant moet hij toch eens een keer van het spul af. Hij heeft nu zo veel gehad dat we er wel een oorlogsschip mee de grond in hadden kunnen boren. Ik ga maar eens proberen of ik zijn borst kan bekijken.'

Dorothy keek hem aan. 'Je hebt toch wel je testament gemaakt, hè?'

Ze begon de onderdeur te openen. Pilgrim zag hem aankomen en begon nerveus heen en weer te bewegen, met een hoef over de vloer te schrapen en te snuiven. Zodra Logan de box binnenkwam, draaide het paard zich abrupt om. Logan ging tegen de zijmuur staan en probeerde zich zo op te stellen dat hij bij de schouder van het paard kon komen. Maar Pilgrim wilde hier niets van weten. Hij sprong naar voren en opzij en schopte met zijn achterbenen. Logan vluchtte onhandig naar de deur toe, struikelde, en bracht zichzelf in veiligheid. Dorothy sloot de deur snel achter hem. De studenten stonden te grijnzen. Logan floot tussen zijn tanden en veegde zijn jas af.

'Red je iemand het leven, en wat krijg je dan? Stank voor dank.'

Het regende acht dagen zonder ophouden. En het was geen motregen zoals normaal in december, maar een forse stortregen. Een losgeslagen nakomeling van een Caribische cycloon met een lief klinkende naam was naar het noorden getrokken, waar het hem was bevallen en waar hij was blijven rondhangen. Rivieren in het Midden-Westen waren buiten hun oevers getreden en het televisiejournaal vertoonde voortdurend beelden van mensen op daken en opgezwollen koeielijken die als losgelaten luchtbedden ronddobberden op overstroomde weilanden. In Missouri was een heel gezin in de auto verdronken terwijl ze in de rij stonden voor een McDonalds drive-in. En de president was zich persoonlijk op de hoogte komen stellen en had verklaard dat er sprake was van een ramp, hetgeen sommigen die het dak op gevlucht waren al wel vermoed hadden.

Onwetend van dit alles lag Grace Maclean in de beslotenheid van haar coma terwijl haar beschadigde cellen zich in stilte hergroepeerden. Na een week hadden ze de zuurstofslang uit haar keel verwijderd en in plaats daarvan een slangetje ingebracht in een keurig klein gaatje in haar hals. Als voeding kreeg ze een bruine melkachtige vloeistof die uit een plastic zak kwam en via een slang door haar neus naar haar maag liep. En drie keer per dag kwam er een fysiotherapeut die als een poppenspeler haar ledematen op en neer bewoog om te voorkomen dat haar spieren en gewrichten zouden verstijven.

Na de eerste week waakten Annie en Robert om beurten bij haar bed. De een waakte, terwijl de ander terugging naar de stad of probeerde thuis in Chatham wat te werken. Annies moeder bood aan vanuit Londen het vliegtuig te nemen, maar het kostte niet veel moeite haar van dat voornemen af te brengen. In plaats daarvan kwam Elsa hen bemoederen. Zij kookte voor hen, gaf telefonische boodschappen door en reed heen en weer naar het ziekenhuis als dat nodig was. Zij waakte bij Grace toen Annie en Robert tegelijkertijd afwezig waren, op de ochtend van de begrafenis van Judith. Ze hadden daar onder een baldakijn van zwarte paraplu's op de doorweekte grasmat van het dorpskerkhof gestaan, waarna ze zwijgend het hele eind naar het ziekenhuis teruggereden hadden.

Roberts medevennoten op het advocatenkantoor waren als altijd vol begrip geweest en hadden hem zo veel mogelijk werk uit handen genomen. Annies baas, Crawford Gates, de voorzitter van de raad van bestuur van de uitgeversgroep, had haar bij zich laten komen zodra hij het nieuws had gehoord.

'Mijn lieve, lieve Annie,' had hij gezegd, met een stem die hem oprechter deed klinken dan hij in werkelijkheid was, hetgeen ze beiden wisten. 'Je moet je werk maar even helemaal vergeten, totdat die kleine meid van je weer honderd procent in orde is. Doe dat nou maar.'

'Maar, Crawford...'

'Nee, Annie, ik meen het. Grace is nu de enige die telt. Er is niets zo belangrijk als zij. En als zich hier iets voordoet dat we niet aankunnen, dan weten we je heus wel te vinden.'

Annie voelde zich hierdoor verre van gerustgesteld. Integendeel, ze voelde zich zo paranoïde dat ze een plotselinge behoefte om de eerstvolgende trein naar de stad te nemen moest onderdrukken. Ze mocht die oude vos wel – tenslotte had hij haar onder haar kin gestreeld en haar deze baan gegeven – maar ze vertrouwde hem voor geen cent. Gates was een aartsintrigant, hij kon het niet laten.

Annie stond voor de afdeling intensive care in de gang bij het koffieapparaat en keek hoe de regen in grote vlagen over het parkeerterrein striemde. Een oude man had ruzie met een onwillige paraplu. Twee nonnen werden als zeilbootjes naar hun auto gedreven. De grote wolken hingen zo laag en dreigend dat het leek alsof ze hun kappen zouden raken.

Het koffieapparaat gorgelde een laatste keer. Annie haalde het bekertje eruit en nam een slokje. Het smaakte net zo weerzinwekkend als de andere honderd kopjes die ze uit deze machine had gehaald, maar het was tenminste warm en nat, en er zat cafeïne in. Langzaam liep ze terug naar de afdeling. Onderweg groette ze een van de jonge verpleegsters die net klaar was met haar dienst.

'Ze ziet er goed uit, vandaag,' zei de verpleegster in het voorbijgaan.

'Vind je?' Annie keek haar aan. Alle verpleegsters kenden haar inmiddels wel zo goed dat ze wisten dat ze dit soort opmerkingen niet zomaar moesten maken.

'Jazeker.' Ze hield even in bij de deur en even leek het alsof ze nog iets wilde zeggen. Maar ze bedacht zich en duwde de deur open om te vertrekken. 'Maar blijf de spieren masseren!' zei ze.

Annie salueerde. 'Jawel, mevrouw!'

Er goed uitzien. Wat betekende dat, vroeg ze zich af terwijl ze terug liep naar het bed van Grace. Er goed uitzien als je al elf dagen in coma ligt en je ledematen zo slap zijn als dode vissen. Een andere verpleegster was bezig een nieuw verband om Grace's been te leggen. Annie bleef ernaar staan kijken. De verpleegster keek even op, glimlachte, en ging weer door. Dit was het enige karwei waar Annie zich niet toe kon zetten. De staf van het ziekenhuis moedigde ouders en andere familieleden aan mee te helpen bij de behandeling. Zij en Robert waren heel bekwaam geworden in de fysiotherapeutische en andere noodzakelijke handelingen, zoals bijvoorbeeld het schoonmaken van Grace's mond en ogen en het verwisselen van de urinezak die naast het bed hing. Maar Annie verstijfde al van paniek als ze alleen maar dacht aan het beenstompje. Ze kon zich er nauwelijks toe brengen ernaar te kijken, laat staan het aan te raken.

'Het geneest mooi,' zei de verpleegster. Annie knikte en dwong zich ernaar te blijven kijken. Twee dagen geleden hadden ze de hechtingen eruit gehaald en het lange, kromme litteken had een heldere roze kleur. De verpleegster zag de blik in Annies ogen.

'Volgens mij is haar bandje afgelopen,' zei ze, terwijl ze knikte in de richting van de walkman van Grace op het kussen.

De verpleegster gaf haar een mogelijkheid te ontsnappen aan het litteken en Annie maakte daar dankbaar gebruik van. Ze haalde het afgespeelde bandje met suites van Chopin eruit en pakte na enig zoeken uit het kastje een opera van Mozart, *Le nozze di Figaro*. Ze schoof het bandje in de walkman en deed de oordopjes nog eens goed in. Ze wist dat dit niet bepaald de keuze van Grace geweest zou zijn. Ze had altijd gezegd dat ze opera's haatte. Maar Annie paste er voor de onheilspellende bandjes af te spelen waar Grace in de auto altijd naar luisterde. Wie wist wat Nirwana of Alice in Chains voor uitwerking konden hebben op hersenen die zo'n schok moesten verwerken? Hoorde ze eigenlijk wel iets in haar coma? En zo ja, zou ze dan van opera houden als ze bijkwam? Het was waarschijnlijker dat ze de pest aan haar moeder zou hebben omdat zij haar weer iets had opgedrongen, besloot Annie.

Ze veegde een druppel speeksel uit een mondhoek van Grace en schikte een haarlok. Ze trok haar hand niet terug en staarde naar haar. Na een poosje realiseerde ze zich dat de verpleegster klaar was met het verbinden van het been en naar haar zat te kijken. Ze glimlachten naar elkaar. Maar in de blik van de verpleegster zat iets dat gevaarlijk veel op medelijden leek, en Annie leidde snel de aandacht af.

'Tijd voor de oefeningen!' zei ze.

Ze rolde haar mouwen op en trok de stoel dichter naar het bed toe. De verpleegster pakte haar spullen bij elkaar en algauw was Annie weer alleen. Ze begon altijd met Grace's linkerhand en ook nu pakte ze die met haar beide handen vast en begon ze eerst de vingers een voor een te bewegen en daarna alle tegelijk. Naar achteren en naar voren, elk gewricht boog ze en trok ze weer recht, onderwijl voelend hoe de knokkels kraakten. Toen was de duim aan de beurt; ze draaide hem rond en kneedde met haar vingers de muis van de hand. Ze hoorde het blikkerige geluid van de muziek van Mozart uit de oordopjes en paste haar bewegingen aan het ritme van de muziek aan. Ze ging verder met de pols.

Deze nieuwe intimiteit met haar dochter was op een merkwaardige manier heel sensueel. Sinds Grace in de wieg lag, had Annie niet meer het gevoel gehad dat ze dit lijf zo goed kende. Het was een openbaring, net alsof je terugkeerde naar een land waarvan je lang geleden had gehouden. Er waren moedervlekjes, littekentjes en andere kleine beschadigingen waarvan ze het bestaan nooit geweten had. De bovenkant van Grace's linkeronderarm was bezaaid met sproetjes en bedekt met een laagje dons dat zo zacht was dat Annie zin had er met haar wang langs te gaan. Ze draaide de arm om en bestudeerde de doorschijnende huid van Grace's pols en de delta van aderen die eronderdoor liep.

Ze verplaatste haar aandacht naar de elleboog en boog en strekte het gewricht vijftig keer, waarna ze de spieren masseerde. Het was hard werken en Annies handen en armen deden altijd pijn als ze klaar was met de oefeningen. Het werd tijd om aan de andere kant aan de gang te gaan. Ze legde Grace's arm voorzichtig neer op het bed en wilde net opstaan, toen haar iets opviel.

Het was zo'n snelle en geringe beweging geweest dat Annie dacht dat ze het zich ingebeeld had. Toen ze namelijk Grace's hand had neergelegd, dacht ze dat ze een van de vingers even had zien trillen. Annie bleef zitten kijken of het weer zou gebeuren. Maar dat was niet het geval. Toen pakte ze de hand weer op en ze kneep er zachtjes in.

'Grace?' zei ze zachtjes. 'Gracie?'

Niets. Het gezicht van Grace bleef uitdrukkingsloos. Het enige dat bewoog was de bovenkant van haar borst, die in het ritme van het beademingsapparaat op en neer ging. Misschien was wat ze gezien had niet meer geweest dan het inzakken van de hand onder het eigen gewicht. Annie keek op van het gezicht van haar dochter en bestudeerde de batterij machines die alle lichaamsfuncties registreerden. Annie wist nog niet zo goed als Robert wat er op al die schermen af te lezen was. Misschien had zij er wel meer vertrouwen in dan hij dat het systeem op tijd alarm zou slaan als er iets was. Maar toch wist ze wel de belangrijkste functies te onderscheiden, zoals hartslag, bloeddruk en de druk in de hersenen. Het scherm waarop de hartslag zichtbaar was, vertoonde een oranjekleurig elektronisch hartje, een symbool dat Annie opvallend en zelfs een beetje ontroerend vond. De hartslag was al een aantal dagen onveranderd zeventig geweest. Maar nu was die hoger, merkte Annie. Vijfentachtig, vierentachtig nu ze ernaar keek. Annie fronste haar voorhoofd. Ze keek om zich heen. Er was geen verpleegster te zien. Ze wilde niet in paniek raken; het was waarschijnlijk niets bijzonders. Weer keek ze naar Grace.

'Grace?'

Deze keer kneep ze ook even in Grace's hand. Toen ze opkeek, zag ze dat de monitor voor de hartslag veel activiteit vertoonde. Negentig, honderd, honderdtien...

'Gracie?'

Annie stond op en hield Grace's hand stevig met haar beide handen vast. Ze keek haar in het gezicht. Toen draaide ze zich om. Ze wilde iemand roepen, maar dat hoefde niet, want er kwamen al twee mensen aangelopen, een verpleegster en een jonge co-assistent. De verandering was ook bij de centrale bewaking niet onopgemerkt gebleven.

'Ik zag haar bewegen,' zei Annie. 'Haar hand...'

'Blijft u er zachtjes in knijpen,' zei de co-assistent. Hij haalde een staaflampje uit zijn zak en opende een van Grace's ogen. Hij liet de lichtstraal

erin vallen en keek of zij reageerde. De verpleegster bestudeerde de beeldschermen. De hartslag had zich gestabiliseerd op honderdtwintig. De co-assistent haalde de oordoppen van de walkman weg.
'Praat u eens tegen haar.'
Annie slikte. Het was raar, maar even wist ze niet wat ze moest zeggen. De co-assistent keek haar aan.
'Zegt u maar iets, het maakt niet uit wat.'
'Gracie, ik ben het. Lieverd, het is tijd om wakker te worden. Word wakker, alsjeblieft.'
'Kijk,' zei de co-assistent. Hij hield Grace's oog nog steeds open en Annie zag het knipperen. Toen ze dat zag, zoog ze onwillekeurig haar longen vol lucht.
'Haar bloeddruk is nu gestegen tot honderdvijftig,' zei de verpleegster.
'Wat betekent dat?'
'Dat betekent dat ze reageert,' zei de co-assistent. 'Mag ik?'
Hij nam Grace's hand over van Annie, terwijl hij met zijn andere hand haar oog bleef openhouden.
'Grace,' zei hij. 'Ik ga je nu in je hand knijpen en ik wil dat je probeert om terug te knijpen als je dat kunt. Probeer het zo hard mogelijk te doen, oké?'
Hij kneep terwijl hij onafgebroken in haar oog bleef turen.
'Mooi zo,' zei hij. Hij gaf de hand van het meisje weer over aan Annie. 'En nu moet je het nog een keer doen voor je moeder.'
Annie haalde diep adem en kneep... en voelde het. Het leek net de eerste, voorzichtige beet van een vis in het aas. Diep in die donkere, stille wateren glinsterde iets dat naar boven wilde.

Grace bevond zich in een tunnel. Het leek er een beetje op de metro, behalve dan dat het er donkerder was en dat er overal water stond, waarin zij aan het zwemmen was. Maar het water was niet koud. Eigenlijk voelde het helemaal niet aan als water. Het was te warm en te stroperig. In de verte zag ze een lichtschijf, en op een of andere manier wist ze dat ze de keus had tussen doorgaan in die richting of omdraaien en de andere kant op gaan, waar ook een licht te zien was, al was dat zwakker en minder uitnodigend. Ze was niet bang. Ze moest alleen kiezen. En elke keuze was goed.
Toen hoorde ze stemmen. Ze kwamen van de kant waar het licht zwakker was. Ze kon niet zien wie het waren, maar ze wist dat een van de stemmen van haar moeder was. Er was ook een mannenstem. Die was echter niet van haar vader, maar van iemand die ze niet kende. Ze probeerde door de tunnel in hun richting te bewegen, maar het water was te dik. Het leek wel lijm. Ze zwom in lijm en kwam er niet in vooruit. Ze zat vast en probeerde om hulp te roepen, maar ze kon haar stem niet vinden.

Ze schenen niet te weten dat zij daar was. Waarom zagen ze haar niet? Ze klonken heel ver weg, en plotseling was ze bang dat ze weg zouden gaan en haar alleen zouden laten. Maar toen... ja, de man riep haar naam. Ze hadden haar gezien. En al kon zij hen nog niet zien, ze wist dat ze pogingen deden haar te bereiken. Als ze zich nu nog een keer tot het uiterste inspande, zou de lijm haar misschien loslaten en zouden ze haar eruit kunnen trekken.

4

Robert was bij de kwekerij naar binnen gegaan om te betalen. Toen hij weer buiten kwam, waren de jongens bezig de boom met een stuk touw op te binden en achter in het Ford Lariat-busje te leggen dat hij de vorige zomer gekocht had om er Pilgrim mee uit Kentucky te gaan ophalen. Het was een hele verrassing geweest voor Grace en Annie toen hij ermee kwam aanrijden, vroeg op een zaterdagochtend, met de bijbehorende zilverkleurige paardentrailer erachter. Ze waren beiden naar buiten gekomen. Grace had het opwindend gevonden en Annie was woedend geweest. Robert had alleen zijn schouders opgehaald en gezegd dat je een nieuw paard nu eenmaal niet in een oude kar kon stoppen.

Hij bedankte de twee jongens, wenste ze een prettige kerst en reed het modderige en hobbelige parkeerterrein af, de weg op. De voorgaande jaren was hij altijd eerder geweest met het kopen van een kerstboom. Meestal kochten Grace en hij er een in het laatste weekend voor kerst. Dan lieten ze hem buiten staan en haalden ze hem pas op kerstavond binnen, om hem dan te gaan optuigen. Nu zou Grace er in ieder geval bij zijn, bij het optuigen. Morgen was het kerstavond en dan zou ze thuis zijn.

De artsen hadden er niet onverdeeld achter gestaan. Het was nauwelijks twee weken geleden dat ze was bijgekomen uit haar coma. Maar Annie had ze bezworen dat het goed voor haar was en uiteindelijk hadden de gevoelsargumenten de doorslag gegeven en mocht Grace naar huis, al was het maar voor twee dagen. Ze zouden haar morgenmiddag om twaalf uur gaan ophalen.

Hij stopte bij de bakkerij van het dorp en liep naar binnen om brood en muffins te halen. Ontbijt bij de bakker was in het weekend een vaste gewoonte voor hen geworden. De jonge vrouw die achter de toonbank stond, had ook wel eens op Grace gepast.

66

'Hoe is het met die prachtige meid van u?' vroeg ze.

'Ze komt morgen naar huis.'

'Echt? Maar dat is fantastisch!'

Robert zag dat er ook anderen meeluisterden. Iedereen scheen van het ongeluk te weten. Mensen met wie hij nooit eerder een woord had gewisseld, informeerden nu naar Grace. Het viel hem alleen wel op dat niemand een woord zei over het been.

'Nou, doet u haar vooral de hartelijke groeten.'

'Dat zal ik zeker doen. Bedankt. En prettige kerstdagen.'

Robert zag dat ze vanachter het raam toekeken hoe hij in de Ford Lariat stapte. Hij reed langs de veevoederfabriek, hield even in voor hij de spoorweg overstak en reed door de dorpskern naar huis. De etalages van de winkels aan de hoofdstraat waren uitbundig versierd en de smalle, feestelijk verlichte trottoirs waren vol met winkelende mensen. In het voorbijgaan zwaaide Robert af en toe naar een bekende. De kerststal op het dorpsplein zag er fraai uit. Misschien geloofde nog maar een klein deel van de bevolking in de betekenis daarvan, maar wat deed het er toe, het was Kerstmis en dat was feest. Alleen de weergoden leken daar niet van op de hoogte te zijn.

Sinds het was opgehouden met regenen, op de dag dat Grace voor het eerst weer een paar woorden had gesproken, was het idioot warm geweest. De weervoorspellers bij de media waren nog niet uitgepraat over de overstromingen en nu was er weer iets bijzonders; ze hadden waarschijnlijk nog nooit zo'n lucratieve decembermaand gehad. Het broeikaseffect deed zich gelden, in ieder geval stond de wereld op zijn kop.

Toen hij binnenkwam was Annie in de studeerkamer aan het bellen met haar kantoor. Iemand – een van de redactiechefs, veronderstelde hij – kreeg er zoals gewoonlijk weer eens van langs. Uit wat hij hoorde kon Robert opmaken dat de arme man had toegestemd in plaatsing van een beschouwend artikel over een acteur die Annie verafschuwde.

'Een ster?' zei ze verontwaardigd. 'Een ster? Welnee, die man is verdomme een zwart gat!'

Op een ander tijdstip zou Robert hierom hebben geglimlacht, maar de agressie in haar stem deed nu afbreuk aan het kerstgevoel waarmee hij was thuisgekomen. Hij wist hoe frustrerend ze het vond om vanuit een boerderij op het platteland leiding te geven aan het chique, grootsteedse blad. Maar dat was niet het enige. Sinds het ongeluk leek Annie bezeten door een woede die zo intens was dat hij er bijna bang van werd.

'Wat! Heb je met hem afgesproken dat hij er zó veel voor krijgt?' riep ze. 'Ben je wel goed bij je hoofd? Trekt hij er zijn kleren bij uit of zo?'

Robert ging koffie zetten en dekte de tafel voor het ontbijt. Hij had speciaal muffins gekocht die Annie lekker vond.

'Nee, het spijt me, John, ik ga er niet mee akkoord. Je moet hem maar bellen en de opdracht afzeggen... Dat kan me niet schelen... Ja, stuur het me maar per fax. Oké.'

Hij hoorde haar ophangen. Zonder gedag te zeggen. Maar dat deed Annie slechts zelden. Haar voetstappen in de hal klonken meer vastberaden dan kwaad. Hij keek op en glimlachte naar haar toen ze de keuken in kwam.

'Heb je honger?'

'Nee, ik heb al wat cornflakes gehad.'

Hij probeerde zijn teleurstelling te verbergen. Toen zag ze de muffins op tafel liggen.

'O, sorry.'

'Geeft niet. Dan blijven er des te meer voor mij over. Wil je koffie?'

Annie knikte, ging aan tafel zitten en keek zonder veel belangstelling de krant in die hij had gekocht. Het duurde een tijdje voordat er iets gezegd werd.

'Heb je een boom?' vroeg ze.

'Jazeker. Niet zo'n mooie als verleden jaar, maar toch wel aardig.'

Weer volgde een stilte. Hij schonk koffie in voor hen beiden en ging ook aan tafel zitten. De muffins smaakten goed. Het was zo stil dat hij zichzelf hoorde kauwen. Annie zuchtte.

'Nou, dan zullen we hem vanavond maar in orde brengen, hè?' zei ze. Ze nam een slok koffie.

'Wat?'

'De boom. Hem optuigen, bedoel ik.'

Robert fronste zijn voorhoofd. 'Zonder dat Grace erbij is? Waarom? Dat vindt ze vast niet leuk, als we dat doen zonder haar.'

Annie zette met een klap haar kopje neer.

'Doe nou niet zo stom. Hoe moet ze die boom nou optuigen als ze maar één been heeft om op te staan?'

Ze schoof haar stoel luidruchtig naar achteren, stond op en liep naar de deur. Robert staarde haar even geschrokken aan.

'Ik denk dat ze het best redt,' zei hij met vaste stem.

'Welnee, natuurlijk niet. Hoe moet ze dat dan doen? Een beetje rondhippen, zeker? Jezus, ze kan maar net overeind blijven met die krukken.'

Robert rilde. 'Annie, toe nou...'

'Nee, niks toe nou,' zei ze en maakte aanstalten om de kamer uit te gaan. Ze bedacht zich echter en draaide zich om. 'Jij wilt dat alles bij het oude blijft, maar het is niet meer zoals vroeger. Probeer dat nou eens tot je door te laten dringen, alsjeblieft.'

Ze bleef even in de blauwe omlijsting van de deuropening staan. Toen kondigde ze aan dat ze moest werken en verdween. Robert voelde zich beklemd en bedacht dat ze gelijk had. Het zou nooit meer zo worden zoals vroeger.

Knap, hoe ze haar zelf hadden laten ontdekken dat ze een been miste, bedacht Grace. Ze kon namelijk niet precies het moment bepalen waarop ze het ontdekt had. Ze nam aan dat het misschien wel een hele speciale methode was van de artsen en dat ze precies wisten hoeveel verdovende middelen ze je in moesten spuiten om te zorgen dat je niet helemaal van de wereld was. Al voordat ze kon spreken of bewegen was ze zich ervan bewust geweest dat er daar beneden iets aan de hand was. Het voelde vreemd aan en de verpleegsters waren op die plek vaker bezig dan elders. En toen ze haar uit de tunnel met lijm trokken, was de onmiskenbare realiteit als het ware haar bewustzijn binnengeglipt, samen met allerlei andere aspecten van de werkelijkheid.

'Ga je naar huis?'

Ze keek op. Tegen de deurpost geleund stond de vrouw die elke dag kwam vragen wat ze wilde eten. Het was een gigantische, vriendelijke vrouw met een schallende lach die zich door een betonnen muur niet liet tegenhouden. Grace glimlachte en knikte.

'Nou, ik weet niet of je daar wel zo blij om moet zijn,' zei de vrouw. 'Het betekent namelijk dat je mijn lekkere kerstmaaltijd misloopt.'

'O, bewaar maar wat voor me. Overmorgen ben ik weer terug.' Haar stem klonk schor. Er zat nog een pleister op het gaatje dat ze in haar hals hadden gemaakt voor de slang van het beademingsapparaat.

De vrouw knipoogde. 'Ja, schat. Dat zal ik doen.' Toen liep ze door.

Grace keek op haar horloge. Het zou nog twintig minuten duren voordat haar ouders kwamen en ze zat al helemaal aangekleed op haar bed, klaar om te vertrekken. Een week nadat ze was bijgekomen uit haar coma hadden ze haar naar deze kamer overgebracht en haar eindelijk bevrijd van het beademingsapparaat zodat ze weer kon spreken in plaats van alleen keelgeluiden maken. De kamer was klein, maar bood een geweldig uitzicht over het parkeerterrein. De muren waren gesausd met die specifieke groene verf die ze waarschijnlijk speciaal voor ziekenhuizen maakten. Maar er was wel een televisietoestel en overal stonden bloemen, kaarten en cadeautjes, zodat het er toch heel vrolijk uitzag.

Ze keek omlaag naar haar been. De verpleegster had netjes de onderste helft van haar grijze trainingsbroek omgeslagen en vastgespeld. Ze had iemand ooit eens horen zeggen dat als je een arm of een been kwijt was, je daar toch gevoel bleef houden. En dat was zonder meer waar. 's Nachts jeukte het been zo dat ze er helemaal dol van werd. Ook nu voelde ze jeuk. En het gekke was dat ze, zelfs nu ze ernaar keek, niet het gevoel had dat het rare halve beentje dat ze nog over had van haar was. Het was van iemand anders.

Haar krukken stonden tegen de muur bij het nachtkastje, en daarachter stond de foto van Pilgrim. Dat was een van de eerste dingen waar haar oog op gevallen was toen ze bijkwam uit haar coma. Haar vader had haar ernaar zien kijken en tegen haar gezegd dat met het paard alles in orde was, waardoor ze zich een stuk beter voelde.

Judith was dood, en Gulliver ook. Ook dat hadden ze haar verteld. En met dat bericht ging het net als met het nieuws over het been: het leek niet goed tot haar door te dringen. Het ging er niet om dat ze het niet geloofde. Waarom zouden ze haar tenslotte iets vertellen wat niet waar was? Ze had gehuild toen haar vader het haar vertelde, maar voor haar gevoel was het geen echt huilen, misschien ook nu weer door de invloed van de medicijnen. Het leek haast alsof ze zichzelf zag huilen. En vanaf dat moment leek het feit dat Judith dood was iedere keer als ze eraan probeerde te denken – en het verbaasde haar hoe goed ze erin slaagde dat niet te doen – op een of andere manier onbereikbaar in haar hoofd te zijn opgeslagen, alsof er een beschermend laagje omheen zat, waardoor ze er niet te dicht bij kon komen.

Vorige week was er een politieagent langs geweest die haar vragen had gesteld en opgeschreven had wat er gebeurd was. De arme man was heel zenuwachtig geweest en Robert en Annie waren er nerveus bij blijven staan voor het geval ze van streek zou raken. Maar dat was niet nodig geweest. Ze had hem verteld dat ze zich slechts kon herinneren wat er gebeurd was tot het moment dat ze naar beneden was gegleden. Dat was niet waar. Ze wist dat ze zich veel meer zou kunnen herinneren, als ze dat maar wilde. Maar ze wilde niet.

Grace bleef naar de foto van Pilgrim staren. Ze had al besloten wat ze zou doen. Ze wist dat ze zouden proberen haar over te halen weer te gaan paardrijden. Maar dat zou ze niet meer doen, nooit meer. Ze zou tegen haar ouders zeggen dat ze hem maar terug moesten geven aan die mensen in Kentucky. Als ze hem hier in de buurt verkochten, zou ze hem weer tegen kunnen komen met iemand anders op zijn rug, en die gedachte kon ze niet verdragen. Ze zou hem nog een keer gaan opzoeken om afscheid te nemen, en dan moest het maar afgelopen zijn.

Pilgrim was ook thuis met Kerstmis. Hij was er al een week toen Grace kwam. Bij de universiteitskliniek had niemand het erg gevonden om hem te zien vertrekken. Hij had bij verschillende studenten een blijk van zijn waardering achtergelaten; een had haar arm in het gips en een stuk of vijf anderen hadden verwondingen en blauwe plekken. Dorothy Chen, die een soort stierenvechterstechniek had ontwikkeld om hem zijn dagelijkse injecties te geven, was daarvoor beloond met een natuurgetrouwe afdruk van zijn gebit in haar schouder.

'Ik zie het alleen als ik in de badkamerspiegel kijk,' zei ze tegen Harry Logan. 'Alle kleuren van de regenboog zijn er al in te zien geweest. Kun je het je voorstellen?' Logan kon het zich best voorstellen. Hij zag voor zich hoe Dorothy Chen haar naakte schouder bekeek in de badkamerspiegel. Sjongejonge!

Joan Dyer en Liz Hammond waren met hem meegekomen om het paard op te halen. Liz en hij hadden het altijd goed met elkaar kunnen vinden, hoewel ze in hun beroep elkaars concurrenten waren. Zij was een forse, joviale vrouw van ongeveer zijn eigen leeftijd; hij was blij dat ze erbij was, want met Joan Dyer alleen voelde hij zich nooit helemaal op zijn gemak. Joan was een jaar of vijfenvijftig, dacht hij, en ze had zo'n streng, verweerd gezicht dat je steeds het gevoel had dat ze bezig was een oordeel over je te vellen. Zij zat aan het stuur, en zo te zien vond ze het niet bezwaarlijk dat Logan en Liz over hun vak praatten. Toen ze bij de universiteitskliniek aankwamen, parkeerde ze de trailer met een geoefende beweging vlak bij Pilgrims box. Dorothy diende hem een kalmerende injectie toe, maar evengoed waren ze nog een uur bezig hem in de wagen te krijgen.

De afgelopen weken was Liz heel aardig en behulpzaam geweest. Toen ze terug was van het congres was ze op verzoek van de Macleans naar de kliniek gekomen. Het was duidelijk dat zij wilden dat ze het van hem zou overnemen en Logan was maar al te graag bereid geweest om zich daarin te schikken. Maar Liz had hun gezegd dat Logan het uitstekend gedaan had en dat het 't beste was als hij het karwei ook afmaakte. Bij wijze van compromis waren ze toen overeengekomen dat zij de zaak een beetje in de gaten zou houden. Logan vond het absoluut niet vervelend, maar eerder een opluchting dat hij een moeilijk geval als dit met iemand kon bespreken.

Joan Dyer, die Pilgrim niet gezien had na het ongeluk, schrok toen ze hem zag. De littekens aan zijn hoofd en op zijn borst waren op zich al erg, maar ze had bij een paard nog nooit zo'n woeste, primitieve agressie gezien. De hele weg terug, vier uur lang, hoorden ze hem tegen de zijkanten van de trailer schoppen. Ze voelden de wagen heen en weer schudden. Joan keek bezorgd.

'Waar moet ik hem nou zetten?'

'Hoe bedoel je?' vroeg Liz.

'Nou, ik kan hem in deze toestand niet weer op zijn oude plek zetten. Daar komen ongelukken van.'

Toen ze bij de stal aankwamen, lieten ze hem in de trailer staan en gingen

Joan en haar twee zoons aan het werk om een rij kleine boxen achter de stal, die al jaren niet meer in gebruik waren, uit te ruimen. De jongens, Eric en Tim, waren tegen de twintig en hielpen hun moeder bij de exploitatie van de manege. Logan keek hoe ze hun werk deden en constateerde dat ze het ontevreden gezicht en het spaarzame woordgebruik van hun moeder geërfd hadden. Toen de box klaar was, zette Eric, de oudste en meest stuurse van de twee, de trailer er met de achterkant tegenaan. Maar het paard wilde er niet uit.

Ten slotte stuurde Joan de jongens met stokken gewapend door de voordeur de trailer in. Logan zag dat ze hem sloegen. Het paard steigerde; het was net zo bang voor hen als zij voor hem. Het leek Logan niet de juiste aanpak en bovendien was hij bang dat de borstwond weer zou openbarsten, maar hij kon geen alternatief bedenken. Ten slotte liet het paard zich achteruit de box in drijven, waarna de jongens de deur met een klap dichtsloegen.

Toen hij die avond naar huis reed, naar vrouw en kinderen, voelde Harry Logan zich gedeprimeerd. Hij zag weer voor zich hoe de jager, dat kleine ventje met de bontmuts, vanaf de spoorbrug naar hem stond te grijnzen. Het onderkruipertje had gelijk gehad, bedacht hij. Het paard had afgemaakt moeten worden.

Bij de Macleans thuis begon Kerstmis in een nare stemming, en het zou er later niet veel beter op worden. Ze reden vanuit het ziekenhuis naar huis met Grace languit op de achterbank van Roberts auto. Ze waren nog maar halverwege toen Grace over de boom begon.
'Gaan we hem optuigen, zodra we thuis zijn?'
Annie keek strak voor zich uit en liet het aan Robert over om haar te vertellen dat ze dat al gedaan hadden, zonder daarbij echter iets te zeggen over de vreugdeloze, gespannen stilte waarin dat de avond tevoren gebeurd was.
'Lieverd, ik dacht dat je je er niet toe in staat zou voelen,' zei hij. Annie wist dat ze geroerd of dankbaar zou moeten zijn voor het feit dat hij zo onbaatzuchtig de schuld op zich nam, en het hinderde haar dat dat niet het geval was. Ze voelde zich zelfs een beetje geïrriteerd terwijl ze wachtte tot Robert de zaak suste met een van zijn onvermijdelijke grappen.
'En jongedame,' ging hij door, 'er is thuis genoeg voor je te doen, hoor. Er moet hout gehakt worden, de boel moet schoongemaakt worden en er moet eten klaargemaakt worden...'
Grace lachte plichtmatig en Annie negeerde de zijdelingse blik die Robert op haar wierp in de stilte die volgde.
Eenmaal thuisgekomen werden ze niet echt vrolijk. Grace zei dat de boom

in de hal er prachtig uitzag. Ze zat een tijdje alleen op haar kamer, waar ze heel hard muziek van Nirwana draaide om hen ervan te overtuigen dat met haar alles in orde was. Ze kon goed met de krukken overweg, zelfs op de trap, en ze viel maar een keer, toen ze naar beneden probeerde te lopen met een tas cadeautjes die ze de zusters gevraagd had te kopen om aan haar ouders te geven.

'Niets aan de hand,' zei ze toen Robert naar haar toe kwam rennen. Ze was met haar hoofd hard tegen de muur terechtgekomen en Annie, die de keuken uitkwam, zag dat ze pijn had.

'Weet je het zeker?' Robert probeerde met van alles te helpen, maar ze wilde zo veel mogelijk alleen doen.

'Ja pap, er is echt niets aan de hand.'

Annie zag Robert volschieten toen Grace naar de boom ging en de cadeautjes eronder legde. Deze aanblik maakte haar zo boos dat ze niet anders kon dan zich omdraaien en snel weer de keuken ingaan.

Met Kerstmis gaven ze elkaar altijd kousen gevuld met cadeaus. Annie en Robert vulden er altijd met z'n tweeën een voor Grace en vervolgens elk een voor elkaar. 's Ochtends kwam Grace dan bij hen op bed zitten en gingen ze om beurten de cadeaus uitpakken, onderwijl grappen makend, over de kerstman bijvoorbeeld, dat hij toch wel erg slim was geweest of dat hij vergeten had het prijsje van iets af te halen. Nu leek Annie het ritueel bijna onverdraaglijk, net als het optuigen van de boom.

Grace ging vroeg naar bed. Toen hij er zeker van was dat ze sliep, sloop Robert haar kamer in met de kous. Annie kleedde zich uit en luisterde hoe de klok in de hal de stilte weg tikte. Ze stond in de badkamer toen Robert terugkwam en ze hoorde hoe hij haar kous onder haar kant van het bed schoof. Zij had net hetzelfde gedaan met de zijne. Wat een schijnvertoning was het allemaal.

Toen hij binnenkwam was ze haar tanden aan het poetsen. Hij had zijn gestreepte Engelse pyjama aan en glimlachte in de spiegel naar haar. Annie spuugde in de wasbak en spoelde haar mond.

'Je moet eens ophouden met huilen,' zei ze, zonder hem aan te kijken.

'Wat?'

'Ik zag het wel, toen ze viel. Je moet ophouden medelijden met haar te hebben. Daar heeft ze helemaal niets aan.'

Hij keek naar haar, en toen ze zich omdraaide om de slaapkamer weer in te gaan, kruisten hun blikken elkaar. Hij fronste en schudde zijn hoofd.

'Ik begrijp helemaal niks van je, Annie.'

'O, leuk om te horen.'

'Wat is er toch met je?'

Ze gaf geen antwoord, maar liep langs hem heen de slaapkamer in. Ze stapte het bed in en knipte haar lampje uit. Nadat hij klaar was in de badkamer deed hij hetzelfde. Ze lagen met hun ruggen naar elkaar. Annie staarde naar de scherp afgebakende gele lichtvlek die de lamp op de overloop op de slaapkamervloer wierp. Het was niet uit boosheid dat ze geen antwoord had gegeven, ze wist gewoon niet wat ze moest zeggen. Hoe had ze nou zoiets tegen hem kunnen zeggen? Misschien maakten zijn tranen haar wel woedend omdat ze er jaloers op was. Ze had niet één keer gehuild sinds het ongeluk.

Ze draaide zich om, sloeg haar armen schuldbewust om hem heen en schoof tegen zijn rug aan.

'Het spijt me,' mompelde ze en ze kuste hem in zijn hals. Even bleef Robert onbeweeglijk liggen. Toen draaide hij zich langzaam op zijn rug en sloeg hij een arm om haar heen. Zij nestelde zich tegen hem aan en legde haar hoofd op zijn borst. Ze voelde dat hij diep zuchtte. Ze bleven lang stil liggen. Toen schoof ze langzaam haar hand over zijn buik omlaag. Ze pakte voorzichtig zijn lid en voelde hem reageren. Ze kwam overeind, ging schrijlings op hem zitten, trok haar nachthemd over haar hoofd en liet het op de grond vallen. Hij strekte zijn handen uit, zoals hij altijd deed, en legde die op haar borsten, terwijl zij zich op hem liet zakken. Hij had nu een stijve; ze hielp hem naar binnen en voelde hoe hij rilde. Geen van beiden maakte geluid. Toen ze in het donker neerkeek op deze lieve man, die haar al zo lang kende, zag ze in zijn ogen een afschuwelijke, onherstelbare droefheid, die helemaal niet afgezwakt werd door zijn opwinding van het moment.

Op eerste kerstdag werd het kouder. Metaalkleurige wolken schoten over het bos, als in een versneld afgedraaide film. De wind draaide naar het noorden en blies polaire lucht de vallei in. Binnen luisterden ze naar het huilen van de wind in de schoorsteen terwijl ze zaten te scrabbelen bij het grote open-haardvuur.

Ze hadden die ochtend bij het openen van de pakjes onder de boom allemaal hun uiterste best gedaan het leuk te maken. Nooit van haar leven had Grace zoveel cadeaus gehad, zelfs niet toen ze nog klein was. Bijna iedereen die hen kende had haar iets gestuurd en Annie realiseerde zich te laat dat ze misschien beter een gedeelte achter hadden kunnen houden. Grace had het gevoel dat er liefdadigheid achter zat en liet veel pakjes ongeopend.

Annie en Robert hadden niet geweten wat ze voor haar moesten kopen. De afgelopen jaren was het steeds iets geweest wat met paardrijden te maken had en nu kleefde aan alles wat ze konden bedenken de associatie dat het daar juist niets mee van doen had. Ten slotte had Robert een aquarium met tropische vissen voor haar gekocht. Ze wisten dat ze dat wilde hebben, maar Annie was bang geweest dat zelfs daarvan de boodschap uitging: ga daar maar naar zitten kijken, meer kun je niet.

Robert had het aquarium in het achterkamertje geïnstalleerd en feestelijk ingepakt. Ze brachten Grace ernaartoe en zagen haar verrukt kijken toen ze het papier eraf haalde.

'Oh!' zei ze. 'Wat geweldig!'

's Avonds, toen Annie klaar was met het opbergen van de afwas, trof ze Robert en Grace in het donker aan op de bank voor het aquarium. Het was verlicht en bubbelde en vader en dochter waren in elkaars armen in slaap gevallen. De wuivende planten en de voorbijglijdende schaduwen van de vissen wierpen spookachtige schaduwen op hun gezichten.

Bij het ontbijt de volgende ochtend zag Grace heel bleek. Robert legde zijn hand op de hare.

'Gaat het wel, lieverd?'

Ze knikte. Annie kwam aanlopen met een kan sinaasappelsap en Robert trok zijn hand terug. Annie merkte aan Grace dat zij iets moeilijks te berde wilde brengen.

'Ik heb over Pilgrim na zitten denken,' zei ze met vlakke stem. Het was voor het eerst dat er over het paard gesproken werd. Annie en Robert zaten muisstil. Annie schaamde zich dat geen van hen beiden naar hem was wezen kijken sinds het ongeluk, zelfs niet sinds hij weer terug was bij mevrouw Dyer.

'O ja,' zei Robert. 'En?'

'Ik denk dat we hem terug moeten sturen naar Kentucky.'

Er viel een korte stilte.

'Gracie,' begon Robert, 'we hoeven nu op dit moment geen beslissingen te nemen. Misschien...'

Grace onderbrak hem. 'Ik weet wat je gaat zeggen... dat mensen met een handicap als ik heb best wel weer gaan paardrijden. Maar ik...' Ze brak haar zin af om iets weg te slikken. 'Ik heb er geen zin in. Alsjeblieft.'

Annie keek Robert aan. Ze voelde dat hij haar ogen op zich gericht wist, en dat hij begreep dat hij het niet moest wagen ook maar het kleinste traantje te laten zien.

'Ik weet niet of ze hem wel terug zullen nemen,' vervolgde Grace, 'maar ik wil niet dat iemand hier in de buurt hem krijgt.'

Robert knikte langzaam, ten teken dat hij het begreep, ook al was hij het niet met haar eens. Grace haakte daarop in.

'Ik wil afscheid van hem nemen, pap. Zouden we vanmorgen naar hem toe kunnen gaan? Voordat ik terug moet naar het ziekenhuis?'

Annie had maar één enkele keer met Harry Logan gepraat. Het was een moeizaam telefoongesprek geweest. Geen van beiden was teruggekomen op haar dreiging hem voor de rechter te slepen, maar de toon van het gesprek was er wel zeer door bepaald geweest. Logan was heel vriendelijk en het leek er een beetje op dat Annie haar verontschuldigingen aanbood, niet met zoveel woorden, maar wel door haar manier van spreken. Maar daarna had het kleine beetje nieuws over Pilgrim haar via Liz Hammond bereikt. En zij had hen vanwege hun zorgen over Grace willen ontzien en Annie een beeld van het herstel van het paard geschetst dat wel heel geruststellend was, maar niet erg in overeenstemming met de werkelijkheid. De wonden heelden goed, had ze gezegd. De huidtransplantatie op het borstbeen had gehouden. De operatie op het neusbeen was beter gelukt dan ze ooit hadden durven hopen. Hiervan was geen woord gelogen, maar niemand had Annie, Robert en Grace voorbereid op wat ze te zien zouden krijgen toen ze de lange oprijlaan opreden en de auto voor het huis van Joan Dyer parkeerden.

Mevrouw Dyer kwam de stal uit en liep over het erf naar hen toe, onderwijl haar handen afvegend aan het oude, blauwe, gewatteerde jack dat ze altijd droeg. De wind joeg slierten grijs haar over haar gezicht; ze glimlachte terwijl ze de haren wegstreek. Maar die glimlach leek zo vreemd en misplaatst dat Annie niet wist wat ze ervan denken moest. Het leek haar waarschijnlijk dat het kwam omdat ze niet wist hoe ze moest reageren toen ze Grace uit de auto geholpen zag worden door Robert, die haar vervolgens haar krukken aangaf.

'Dag Grace,' zei mevrouw Dyer. 'Hoe is het met je?'

'Het gaat prima met haar. Hè, kindje?' zei Robert. Waarom laat hij haar zelf niet antwoorden, dacht Annie. Grace glimlachte dapper.

'Ja, het gaat prima.'

'Heb je een goede kerst gehad? Veel cadeautjes?'

'Ontelbaar veel,' zei Grace. 'We hebben het geweldig gehad, hè?' Ze keek Annie aan.

'Geweldig,' bevestigde Annie.

Niemand leek te weten hoe het gesprek verder moest en even stonden ze daar in de koude wind verlegen naar elkaar te kijken. De wolken boven hen rolden razendsnel voorbij en de rode muren van de stal werden plotseling fel verlicht door een explosie van zonlicht.

'Grace wil Pilgrim zien,' zei Robert. 'Staat hij in de stal?'

Mevrouw Dyer knipperde met haar ogen. 'Nee, hij staat achter.'

Annie kreeg het gevoel dat er iets niet in orde was en ze zag dat Grace ook zo reageerde.

'Mooi zo,' zei Robert. 'Kunnen we naar hem toe?'

Mevrouw Dyer aarzelde heel even. 'Natuurlijk.'

Ze draaide zich om en liep weg. Ze volgden haar en liepen het erf af, naar de oude rij boxen achter de stal.

'Voorzichtig lopen, hoor. Het is nogal modderig hierachter.' Ze keek over haar schouder naar Grace op haar krukken en keek toen even snel naar Annie. De blik leek een waarschuwing in te houden.

'Ze kan verdomd aardig uit de voeten op die dingen, vind je ook niet, Joan?' vroeg Robert. 'Ik kan haar nauwelijks bijhouden.'

'Ja, ik zie het.' Mevrouw Dyer glimlachte heel even.

'Waarom staat hij niet gewoon in de stal?' vroeg Grace. Mevrouw Dyer antwoordde niet. Ze waren nu bij de boxen aangekomen en ze hield stil voor de enige deur die dicht was. Toen draaide ze zich naar hen om, slikte moeizaam en keek Annie aan.

'Ik weet niet of Harry en Liz jullie alles verteld hebben.' Annie haalde haar schouders op.

'Nou, we hebben gehoord dat hij blij mag zijn dat hij leeft,' zei Robert. Er viel een stilte. Iedereen wachtte tot mevrouw Dyer verder zou gaan. Ze leek op zoek naar de juiste woorden.

'Grace,' zei ze. 'Pilgrim is niet meer zoals vroeger. Hij is erg in de war door wat er is gebeurd.' Grace keek plotseling erg bezorgd en mevrouw Dyer keek steun zoekend naar Annie en Robert. 'Om jullie de waarheid te zeggen, ik denk niet dat het zo'n goed idee is om haar naar hem te laten kijken.'

'Waarom? Wat..?' begon Robert, maar Grace onderbrak hem.

'Ik wil hem zien. Mag de deur open?'

Mevrouw Dyer keek naar Annie om te zien wat zij ervan vond. Annie had het gevoel dat ze nu niet meer terug konden en knikte. Aarzelend opende mevrouw Dyer de grendel van de bovendeur. In de box klonk onmiddellijk een explosie van geluid waarvan ze allemaal schrokken. Toen was het weer stil. Mevrouw Dyer opende langzaam de bovendeur en Grace tuurde naar binnen. Achter haar stonden Annie en Robert.

Het duurde even voordat de ogen van het meisje gewend waren aan het duister. Toen zag ze hem. Toen ze haar mond opende, klonk haar stem zo dun en teer dat de anderen haar haast niet konden horen.

'Pilgrim? Pilgrim?'

Toen gaf ze een gil en draaide zich om. Robert moest snel een stap in haar richting doen om haar op te vangen, anders zou ze zijn gevallen.

'Nee! Papa, nee!'

Hij sloeg zijn armen om haar heen en liep met haar terug naar het erf. Het geluid van haar snikken werd zachter en verdween in dat van de wind.

'Annie,' zei mevrouw Dyer, 'het spijt me heel erg. Ik had haar er niet bij moeten laten.'

Annie keek haar uitdrukkingsloos aan en stapte toen naar de box. Een doordringende urinelucht walmde haar tegemoet. Ze zag dat de vloer onder de stront zat. Pilgrim stond in het donker achteraan, in de verste hoek, en keek haar aan. Hij stond daar met zijn voorbenen uit elkaar en zijn nek zo ver naar beneden dat zijn hoofd maar nauwelijks dertig centimeter van de grond was. Hij stak zijn zwaar gehavende bek in haar richting, alsof hij haar tartte een stap in zijn richting te doen en hij ademde zwaar, met korte, hevige halen. Annie voelde een huivering langs haar ruggegraat gaan. Het paard leek het te merken, want hij legde zijn oren in zijn nek, toonde haar zijn gebit en gluurde naar haar met een spookachtige, haast waanzinnige dreiging in zijn blik.

Annie keek in zijn ogen met het bloeddoorlopen oogwit eromheen en voor het eerst in haar leven kon ze zich voorstellen dat iemand in de duivel kon geloven.

5

De vergadering was al meer dan een uur aan de gang en Annie verveelde zich. Haar kamer zat vol mensen die zich fanatiek bezighielden met de vraag welke kleur roze het beste zou staan op de omslag van het komende nummer. De alternatieven lagen voor iedereen zichtbaar uitgestald. Annie vond ze er allemaal armoedig uitzien.

'Ik geloof absoluut niet dat onze lezers in het algemeen zo van morgenrood houden,' zei een van de aanwezigen. De vormgever, die het daar kennelijk niet mee eens was, voelde zich steeds meer in het defensief gedrongen.

'Het is geen morgenrood,' zei hij. 'Het is zuurstokroze.'

'Oh. Nou, ik geloof ook niet dat ze daar zo dol op zijn. Dat was toch meer iets voor de jaren tachtig.'

'De jaren tachtig? Doe niet zo belachelijk!'

In normale omstandigheden zou Annie de discussie al veel eerder hebben kortgesloten. Ze zou gewoon gezegd hebben wat zij ervan vond en daarmee zou de zaak beslist zijn. Maar nu vond ze het haast onmogelijk zich te concentreren of er enig belang aan te hechten.

Het was al de hele ochtend hetzelfde. Eerst had ze een ontbijtbespreking gehad met een impresario uit Hollywood wiens cliënt, 'het zwarte gat', uit zijn vel was gesprongen toen hij hoorde dat het artikel over hem niet doorging. Toen had ze mensen van de produktieafdeling op haar kamer gehad die twee uur achter elkaar sombere berichten hadden laten horen over de stijgende kosten van papier. Een van hen had een luchtje op gehad dat zo misselijkmakend was blijven hangen dat Annie naderhand alle ramen open had moeten zetten. Het was zelfs nu nog te ruiken.

De afgelopen weken had ze meer dan ooit gesteund op haar vriendin en adjunct Lucy Friedman, die de stijl van het blad steeds nauwlettend in het oog hield. Het omslag waar nu de discussie over ging, had te maken met een bijdrage van Lucy over salonhelden. Daarin speelde een overjarige popster een rol, wiens foto volgens contract elektronisch was bewerkt om de kraaiepootjes te verwijderen.

Lucy had goed aangevoeld dat Annie er met haar gedachten niet bij was, en in feite leidde zij dan ook de vergadering. Ze was een forse, strijdlustige vrouw met een stekelig gevoel voor humor en een stem die klonk als een kapotte uitlaat. Ze hield ervan de dingen om te draaien en nu zette ze de boel op zijn kop door te beweren dat de achtergrond helemaal niet roze diende te zijn, maar lichtgevend limoengroen.

Terwijl de discussie verder woedde, dwaalde Annies aandacht weer af. In een kantoor aan de overkant van de straat was een man met een bril op en een net pak aan voor het raam bezig een soort tai-chi-oefeningen te doen. Annie bestudeerde zijn zorgvuldige, toneelmatige armbewegingen en merkte op hoe stil hij zijn hoofd hield. Ze vroeg zich af hoe hij zich erbij zou voelen.

Haar aandacht werd getrokken door Anthony, haar assistent, die zij door het ruitje naast de kamerdeur naar zijn horloge zag gebaren. Het was bijna twaalf uur en ze had met Robert en Grace afgesproken bij de orthopedische kliniek.

'Wat vind jij ervan, Annie?' vroeg Lucy.

'Sorry, Lucy. Wat zei je?'

'Limoengroen. Met een roze kadertje.'

'Klinkt uitstekend.' De vormgever mompelde iets waaraan Annie geen aandacht wenste te schenken. Ze ging voorover zitten, legde haar handen plat op het bureau, en zei: 'Luister eens. Kunnen we er nu een punt aan draaien? Ik heb een afspraak.'

Er stond een auto op haar te wachten. Ze gaf de chauffeur het adres, ging achteruit zitten en trok haar jas wat dichter om zich heen terwijl de auto zijn weg zocht door de stad. De straten en de mensen die er liepen zagen er grijs en troosteloos uit. Het was het sombere seizoen; het nieuwe jaar had inmiddels al zo lang geduurd dat het voor iedereen duidelijk was dat het net zo beroerd zou worden als het oude. Terwijl ze voor de verkeerslichten stonden te wachten, keek Annie naar twee zwervers die in een portiek beschutting zochten; de ene voerde een breedsprakige monoloog tegen de hemel, terwijl de andere lag te slapen. Haar handen waren koud. Ze stak ze nog wat dieper in de zakken van haar jas.

Ze reden langs Lester, de espressobar aan 84th Street waar Robert soms voor schooltijd met Grace ging ontbijten. Ze hadden het nog niet over school gehad, maar binnenkort zou ze er weer naartoe moeten en dan zou ze geconfronteerd worden met de starende blikken van de andere meisjes. Het zou niet makkelijk zijn, maar hoe langer ze het uitstelden, des te moeilijker zou het haar vallen. Als het nieuwe been zou passen – het been dat ze nu bij de kliniek gingen proberen – zou Grace algauw weer kunnen lopen. Als ze de slag te pakken had, moest ze terug naar school.

Annie was twintig minuten te laat. Robert en Grace zaten al binnen bij Wendy Auerbach, de vrouw die de protheses maakte. De receptioniste wilde haar jas aannemen, maar Annie wees het aanbod af. Ze werd via een smalle gang naar de paskamer gebracht. Ze hoorde hun stemmen al. De deur stond open, maar niemand had haar horen aankomen. Grace zat in haar slipje op het bed. Ze keek omlaag naar haar benen, die Annie echter niet kon zien omdat de vrouw ervoor neergeknield lag om iets aan de prothese te veranderen. Robert stond ernaast en keek ernaar.

'En hoe zit het zo?' vroeg de vrouw. 'Zo beter?' Grace knikte. 'Hartstikke fijn. En probeer nu eens hoe het is als je staat.'

Ze ging rechtop staan. Annie zag Grace geconcentreerd kijken terwijl ze zich langzaam van het bed verhief en haar gewicht naar het kunstbeen verplaatste. Toen keek ze op en zag ze Annie.

'Hoi,' zei ze, terwijl ze haar best deed om te glimlachen. Robert en de vrouw keken op.

'Hoi,' zei Annie. 'Hoe gaat het?'

Grace haalde haar schouders op. Wat ziet ze toch bleek, dacht Annie. En zo kwetsbaar.

'Het kind is een natuurtalent,' zei Wendy Auerbach. 'Het spijt me dat we begonnen zijn voordat u er was, mama.'

Annie hief haar hand op ten teken dat ze het niet erg vond. De nietsontziende opgewektheid van de vrouw irriteerde haar. 'Hartstikke fijn' was tot daar aan toe, maar haar 'mama' noemen was spelen met vuur. Ze merkte dat ze het moeilijk vond niet naar het been te kijken en ook dat Grace zat te kijken hoe zij erop reageerde. Het been was vleeskleurig en het leek, afgezien van het gewricht en het gat in de knie, redelijk goed op het linkerbeen. Maar Annie vond het afgrijselijk, belachelijk. Ze wist niet wat ze moest zeggen. Robert schoot haar te hulp.

'Het sluit nu fantastisch aan van boven.'

Nadat ze de eerste keer gepast hadden, was er een tweede gipsafdruk van het beenstompje van Grace gemaakt en daarvan was nu deze nieuwe en beter passende aansluiting gemaakt. Roberts fascinatie voor de techniek die erbij kwam kijken had alles een stuk makkelijker gemaakt. Hij was met Grace meegegaan naar de werkplaats en had zoveel vragen gesteld dat hij nu waarschijnlijk genoeg wist om het zelf te kunnen. Annie wist dat het hem erom te doen was niet alleen Grace, maar ook zichzelf af te leiden van de verschrikkingen van dit alles. Maar het werkte wel, en Annie was daar dankbaar voor.

Iemand kwam aanlopen met een looprek. Annie en Robert keken hoe Wendy Auerbach Grace toonde hoe ze daar mee om moest gaan. Ze zou het maar een dag of twee nodig hebben, zei ze, totdat Grace de slag te pakken had. Dan moest ze overgaan op de stok en dan zou ze al gauw merken dat ze ook die niet nodig had. Grace ging weer zitten en de vrouw liep met haar een lijstje onderhouds- en schoonmaaktips na. Ze praatte overwegend tegen Grace, maar probeerde de ouders er ook bij te betrekken. Al gauw beperkte ze zich echter tot Robert, aangezien hij de enige was die vragen stelde; bovendien leek ze Annies antipathie aan te voelen.

'Hartstikke fijn,' zei ze na een tijdje, terwijl ze in haar handen klapte. 'Volgens mij zijn we rond.'

Ze liep met hen mee naar de uitgang. Grace hield het been aan, maar gebruikte haar krukken. Robert droeg het looprek en een zak met toebehoren bij het been die ze van Wendy Auerbach hadden gekregen. Hij bedankte haar en terwijl ze stonden te wachten tot zij de deur zou openen, gaf ze Grace nog een laatste raad.

'Onthoud goed dat bijna niets van wat je vroeger deed nu niet meer mogelijk is. Dus, jongedame, klim zo gauw als je kunt weer op de rug van die knol van je.'

Grace keek naar de grond. Robert legde zijn hand op haar schouder. Annie loodste hen voor zich uit de deur door.

'Dat wil ze niet,' siste ze tussen haar tanden. 'En die knol ook niet. Hartstikke fijn, toch?'

Pilgrim ging achteruit. De gebroken botten en de littekens op zijn lichaam waren geheeld, maar door de beschadigingen aan de zenuwen in zijn schouder was hij kreupel geworden. Alleen door een combinatie van rust en fysiotherapie zou zijn toestand kunnen verbeteren. Maar hij reageerde altijd met zo'n extreem geweld op iedere toenadering dat iedereen die het probeerde het risico liep ernstig gewond te raken. Alleen afzondering was dan ook zijn deel. En in de donkere, stinkende box, achter de stal waar hij gelukkiger dagen had gekend, werd Pilgrim almaar magerder.

Harry Logan bezat de moed noch de handigheid van Dorothy Chen in het toedienen van injecties. Daarom hadden de zoons van mevrouw Dyer een sluwe techniek bedacht om hem daarmee te helpen. Ze hadden een luikje in de onderdeur gezaagd, waardoor ze Pilgrims eten en drinken naar binnen konden schuiven. Als hij nu een injectie moest hebben, hongerden ze hem eerst uit. Vervolgens ging Logan klaarstaan met zijn injectienaald, en dan zetten de jongens voedsel en drinken voor het geopende luik neer. Ze zaten vaak te giechelen terwijl ze zich ernaast verscholen en wachtten tot Pilgrims honger en dorst sterker waren dan zijn angst. Als hij dan voorzichtig aan het voer begon te snuffelen, sloegen ze het luik dicht en hielden ze zijn hoofd net zolang vast dat Logan de injectie in zijn hals kon toedienen. Logan vond het vreselijk. En het gelach van de jongens vond hij helemaal verschrikkelijk.

Begin februari belde hij Liz Hammond en maakten ze een afspraak om elkaar bij de stal te ontmoeten. Ze observeerden Pilgrim door de kier van de deur en gingen toen in de auto van Liz zitten. Daar zaten ze een tijdje zwijgend te kijken hoe Tim en Eric het erf met water bespoten en met elkaar dolden.

'Ik heb er genoeg van, Liz,' zei Logan. 'Ik geef alles graag aan jou over.'

'Heb je het er met Annie over gehad?'

'Ik heb haar wel tien keer gebeld. Een maand geleden heb ik al tegen haar gezegd dat het paard afgemaakt zou moeten worden, maar ze wil gewoon niet luisteren. En nu kan ik het niet meer aan, moet ik zeggen. Die twee etters van jongens maken me helemaal dol. Ik ben dierenarts, Liz. Het is mijn taak om het lijden van dieren op te heffen, niet om het te vergroten. Ik kap ermee.'

Ze zwegen allebei. Eric wilde een sigaret aansteken, maar Tim probeerde hem steeds nat te spuiten.

'Ze heeft mij gevraagd of er paardenpsychiaters bestaan,' zei Liz.

Logan lachte. 'Dat paard is zo krankzinnig dat hij geen psychiater moet hebben, maar een hersenoperatie.' Hij dacht even na. 'In Pittsfield zit wel een chiropractor speciaal voor paarden, maar dit soort gevallen behandelt hij niet. En ik kan niemand bedenken die het wel doet. Jij?'

Liz schudde haar hoofd.

Er was niemand. Logan zuchtte. Al vanaf het begin was deze hele godvergeten zaak hopeloos geweest, bedacht hij. En hij zag geen tekenen die erop wezen dat het er beter op zou worden.

Deel 2

6

Paarden kwamen het eerst voor op het Amerikaanse continent. Een miljoen jaar voor het ontstaan van de mens begraasden zij de uitgestrekte grasvlakten en staken ze over naar andere werelddelen via smalle landtongen die al spoedig daarna vernietigd raakten door schuivende ijskappen. Ze leerden de mens aanvankelijk kennen zoals het wild de jager kent, want lang voordat hij hem ontdekte als een hulpmiddel bij het doden van andere dieren, doodde de mens het paard om zijn vlees.

Grotschilderingen laten zien hoe dat gebeurde. Leeuwen en beren gingen het gevecht aan, en dat was het moment om ze te doorboren met een speer. Het paard is echter een dier dat zich niet verdedigt, maar vlucht voor gevaar. En de primitieve jager gebruikte, met een simpele, maar doeltreffende logica, juist die eigenschap om het paard te doden. Hele kuddes werden hals over kop vanaf de rotsen de dood in gedreven. Er bestaan verzamelingen gebroken botten die daarvan getuigen. En hoewel het later leek alsof er vriendschap was gesloten, zou de band altijd breekbaar blijven, want de angst die de mens in het hart van het dier had veroorzaakt, zat te diep om ongedaan gemaakt te kunnen worden.

Sinds dat tijdstip in de nieuwe steentijd, toen voor het eerst een paard getemd werd, zijn er mensen geweest die dat begrepen. Mensen die in de ziel van het schepsel konden zien, en die de wonden konden verzachten die ze daar aantroffen. Vaak werden deze mensen gezien als tovenaars of heksen, en misschien waren ze dat ook wel. Sommigen gebruikten bij hun tovenarij de gebleekte botten van bij volle maan gevangen padden. Anderen, zo werd verteld, konden met één blik de hoeven van een ploegend span paarden wortel laten schieten in de aarde. Je had gitanes en showbinken, sjamanen en charlatans. En wie echt iets kon, zorgde er wel voor dat zijn geheim goed bewaard bleef, want het was een oude volkswijsheid dat wie een duivel kon uitdrijven, hem ook kon aanroepen. Als je een paard had gekalmeerd, was het heel goed mogelijk dat de eigenaar nadat hij je de hand had geschud, een rondedansje ging maken om het vuur op het dorpsplein waar ze jou verbrandden.

En de mensen die op zachte toon geheime woorden in opgestoken en verwarde oren wisten te fluisteren, heetten paardenfluisteraars.

Het waren bijna allemaal mannen, zo leek het, en dit feit verbaasde Annie toen ze zat te lezen in de holle, donkere leeszaal van de bibliotheek. Ze had eigenlijk gedacht dat vrouwen meer verstand van dit soort zaken zouden hebben dan mannen. Vele uren achter elkaar zat ze daar aan een van de lange, glimmende, mahoniehouten tafels, afgeschermd door de stapels boeken die ze gevonden had. Ze bleef zitten tot sluitingstijd.

Ze las iets over een Ier die Sullivan heette, die tweehonderd jaar geleden leefde en voor de ogen van velen razende paarden tot bedaren had gebracht. Hij ging met de dieren een donkere stal binnen en niemand wist wat er daar gebeurde nadat hij de deur gesloten had. Hij beweerde dat hij niets anders deed dan een Indiaanse toverspreuk reciteren, die hij ooit in ruil voor een maaltijd had gekregen van een hongerige reiziger. Niemand heeft ooit geweten of dit waar was, want hij heeft zijn geheim mee in het graf genomen. Het enige wat de getuigen wel zeker wisten, was dat wanneer Sullivan met de paarden weer naar buiten kwam, alle razernij verdwenen was. Sommigen zeiden dat het wel leek alsof ze door angst gehypnotiseerd waren.

En dan was er ene John Solomon Rarey, uit Groveport in de staat Ohio, die op twaalfjarige leeftijd zijn eerste paard temde. Zijn roem verspreidde zich al gauw en in 1858 werd hem gevraagd naar Windsor Castle in Engeland te komen om een paard van koningin Victoria te kalmeren. De koningin en haar gevolg keken verbijsterd toe hoe Rarey het dier de handen oplegde en het paard wist te bewegen voor het gezelschap op de grond te gaan liggen. Toen ging hij er zelf naast liggen en legde zijn hoofd op de hoeven. De koningin had er plezier in gehad en Rarey honderd dollar gegeven. Hij was een rustige, bescheiden man, maar nu was hij beroemd en de pers wilde meer. Men ging op zoek naar het wildste paard dat in heel Engeland te vinden was.

En na enige tijd werd dat gevonden.

Het was een hengst die Cruiser heette, en die ooit het snelste renpaard van het land was geweest. Maar nu was hij, meldde het verslag dat Annie aan het lezen was, een 'vleesgeworden duivel' en droeg hij een acht pond zware ijzeren muilkorf om te voorkomen dat hij al te veel staljongens zou doodbijten. De eigenaar hield hem alleen in leven om met hem door te kunnen blijven fokken, en om dit veilig te kunnen doen, was hij van plan hem blind te maken. Tegen alle raadgevingen in ging Rarey de stal binnen waar niemand anders in durfde en sloot de deur. Drie uur later kwam hij naar buiten met Cruiser achter zich aan, zo mak als een lammetje. De eigenaar was zo onder de indruk dat hij hem het paard cadeau deed. Rarey nam hem mee terug naar Ohio, waar Cruiser overleed op 6 juli 1875. Het paard had toen zijn nieuwe eigenaar ruim negen jaar overleefd.

Annie verliet de bibliotheek en liep tussen de enorme stenen leeuwen door die de trappen van het instituut bewaakten. Het verkeer gonsde om haar heen en de ijskoude wind gierde tussen de hoge gebouwen door. Ze moest nog een uur of drie, vier werken op kantoor, maar ze had geen zin om een taxi te nemen. Ze wilde liever lopen. Dan konden de verhalen die haar nu door het hoofd spookten misschien wat meer uitkristalliseren in de kou. Hoe ze ook heetten, en waar of wanneer ze ook geleefd hadden, de paarden waarover ze gelezen had, hadden allemaal maar één gezicht. Namelijk dat van Pilgrim. In Pilgrims oren had de Ier zijn spreuk gezegd en het waren Pilgrims ogen achter de muilkorf.

Er gebeurde iets met Annie dat ze nog niet kon verklaren. Het was iets intuïtiefs. De afgelopen maand had ze haar dochter geobserveerd terwijl ze door de flat liep, eerst met het looprek en toen met de stok. Ze had Grace geholpen – en alle anderen ook – de beestachtig vervelende dagelijkse routine van de fysiotherapie te doorstaan, uur na uur, totdat haar ledematen evenveel pijn leken te doen als de hare. Op het lichamelijke vlak was een gestage vooruitgang waar te nemen, maar Annie zag dat tegelijkertijd iets in het meisje aan het afsterven was.

Grace probeerde het met een soort vasthoudende opgewektheid voor hen te verhullen, voor haar ouders, Elsa, haar vriendinnen, zelfs voor het leger therapeuten die goed betaald werden om dat soort zaken wel te zien. Maar Annie zag het. Ze zag hoe Grace keek als ze zich onbespied waande, en dan zag ze hoe de stilte als een geduldig monster haar dochter in de armen sloot.

Wat precies de reden was dat het leven van een wild paard, opgesloten in een smerige stal op het platteland, nu zo nauw verbonden leek met de achteruitgang van haar dochter, bleef voor Annie onduidelijk. Er was geen logica in te ontdekken. Ze respecteerde de beslissing van Grace om met paardrijden te stoppen, ze was het er zelfs hartgrondig mee eens. En toen Harry Logan en Liz haar keer op keer verzekerden dat het humaner was om Pilgrim te laten afmaken en dat zijn leven voor alle betrokkenen alleen maar ellende betekende, wist ze dat zij gelijk hadden. Waarom was ze er dan steeds zo op tegen geweest? Waarom had ze, toen de oplagecijfers van het tijdschrift zich leken te stabiliseren, twee hele middagen vrij genomen om boeken te gaan lezen over mafketels die dieren dingen in het oor fluisterden? Omdat ze niet goed snik was, zei ze bij zichzelf.

Toen ze bij haar kantoor aankwam, was iedereen bezig naar huis te gaan. Ze zette zich achter haar bureau. Anthony gaf haar een lijstje namen van mensen die gebeld hadden en herinnerde haar aan een ontbijtafspraak waar ze eigenlijk geen zin in had. Toen wenste hij haar goedenavond en liet haar alleen. Annie pleegde een paar telefoontjes die volgens hem urgent waren en belde vervolgens naar huis.

Robert vertelde haar dat Grace haar oefeningen aan het doen was. Het ging prima, zei hij. Dat zei hij altijd. Annie vertelde hem dat ze laat thuis zou zijn en dat ze maar niet op haar moesten wachten met eten.

'Je klinkt vermoeid,' zei hij. 'Zware dag gehad?'

'Nee. Ik heb zitten lezen over fluisteraars.'

'Waarover?'

'Ik leg het je later wel uit.'

Ze begon aan de stapel brieven en stukken die Anthony voor haar neer had gelegd, maar ze verzonk steeds in vreemde fantasieën over wat ze in de bibliotheek gelezen had. Misschien had John Rarey wel ergens een achterachterkleinzoon die zijn gave geërfd had en die Pilgrim zou kunnen behandelen. Misschien moest ze een advertentie zetten in de *New York Times* om hem op te sporen. Fluisteraar gevraagd.

Hoe lang ze zo had zitten dromen voor ze in slaap gevallen was wist ze niet, maar ze werd met een schok wakker toen de man van de bewaking de deur opendeed. Hij was aan zijn ronde bezig en verontschuldigde zich dat hij haar had gestoord. Annie vroeg hem hoe laat het was en schrok toen ze hoorde dat het al over elven was.

Ze belde een taxi en zat somber op de achterbank terwijl de auto helemaal naar Central Park West reed. De groene luifel boven de deur van het flatgebouw leek kleurloos in het natriumlicht van de straatlantaarns.

Robert en Grace waren allebei naar bed gegaan. Annie ging in de deuropening van Grace's kamer staan en liet haar ogen wennen aan het donker. Het kunstbeen stond in een hoek als een speelgoedschildwacht. Grace bewoog in haar slaap en mompelde iets. En toen viel Annie plotseling in dat die behoefte om Pilgrim in leven te houden, om iemand te vinden die zijn gestoorde ziel tot rust kon brengen, helemaal niets met Grace te maken had. Misschien had het veel meer met haarzelf te maken.

Annie trok zachtjes het dekbed over Grace's schouders en liep door de gang naar de keuken. Robert had een notitie achtergelaten op het gele schrijfbloc op tafel. Liz Hammond heeft gebeld, stond erop. Zij wist iemand die misschien zou kunnen helpen.

7

Tom Booker werd om zes uur wakker en luisterde onder het scheren naar de nieuwsberichten op de televisie. Een man uit Oakland had zijn auto midden op Golden Gate Bridge stilgezet, zijn vrouw en kinderen doodgeschoten en was toen van de brug gesprongen. Het verkeer in beide richtingen stond stil. Achter haar huis, in de heuvels bij een van de oostelijke voorsteden, was een joggende vrouw door een poema gedood.

In het licht van het lampje boven de spiegel leek zijn gebruinde hoofd groen af te steken tegen het scheerschuim. De badkamer was groezelig en klein. Tom moest bukken om onder de douche te kunnen staan die boven de badkuip gemonteerd was. Het leek altijd of dit soort motels speciaal gebouwd was voor een dwerggras dat je in het gewone leven nooit ergens zag, voor mensen met dunne vingertjes en een speciale voorkeur voor ingepakte stukjes zeep ter grootte van een credit card.

Hij kleedde zich aan en ging op het bed zitten om zijn laarzen aan te trekken. Hij keek uit over de kleine parkeerplaats die vol stond met pick-ups en terreinauto's van bezoekers van de paardencursus. Volgens de laatste stand van gisteravond zouden er twintig deelnemers zijn in de beginnersklas en een ongeveer gelijk aantal gevorderden. Het waren er te veel, maar hij hield er niet van mensen weg te sturen. Meer vanwege hun paarden, dan om henzelf. Hij trok zijn groene wollen jack aan, pakte zijn hoed en liep de nauwe gang in die naar de receptie leidde.

De jonge Chinese bedrijfsleider zette net een blad met onsmakelijk uitziende versnaperingen neer naast de koffieautomaat. Hij verwelkomde Tom met een stralende glimlach.

'Goedemorgen, meneer Booker! Hoe is het met u?'

'Goed, dank u,' zei Tom. Hij legde zijn sleutel op het bureau. 'En met u?'

'Uitstekend. Wilt u een koekje, van het huis?'

'Nee, dank u.'

'Bent u klaar om aan het werk te gaan?'

'Ja, dat lukt allemaal wel. Tot straks.'

'Dag, meneer Booker.'

De ochtendlucht voelde vochtig en koel aan terwijl hij naar zijn pick-up liep, maar de wolken hingen hoog in de lucht en Tom wist dat die over enkele uren opgelost zouden zijn. Thuis in Montana lag het land nog onder een pak sneeuw van minstens een halve meter, maar toen ze gisteravond in Marin County, ten noorden van San Francisco aankwamen, leek het wel voorjaar. Nou ja, dat was Californië, dacht hij. Ze hadden hier alles toch maar mooi voor elkaar, zelfs het weer. Hij stond te popelen om weer naar huis te gaan.

Hij reed in de oude Chevrolet de weg op en draaide terug over snelweg 101 heen. Het paardrijcentrum was gevestigd in een beboste, zacht glooiende vallei een paar kilometer buiten de stad. Gisteravond, voordat hij naar het motel was gegaan, had hij de paardentrailer hier neergezet en Rimrock in de wei gelaten. Tom constateerde dat iemand al bezig was geweest pijlen langs de route aan te brengen met het opschrift PAARDENCURSUS BOOKER. Hij had liever gewild dat dat niet gebeurd was. Als de plek moeilijk te vinden was, zouden een paar minder slimme deelnemers misschien niet komen opdagen.

Hij reed het hek door en parkeerde zijn auto op het gras naast de grote piste. Het zand was besproeid en netjes aangeharkt. Er was niemand te zien. Rimrock had hem vanaf de andere kant van de wei zien aankomen en toen Tom over het hek klom, stond hij hem al op te wachten. Het was een achtjarig bruin renpaard met een bles en vier keurige witte sokken, waardoor hij het verzorgde uiterlijk had van iemand die een partijtje ging tennissen. Tom had hem zelf gefokt en opgevoed. Hij wreef over de hals van het paard en liet hem de zijkant van zijn gezicht besnuffelen.

'Jouw taak is duidelijk vandaag, ouwe jongen,' zei Tom. Eigenlijk werkte hij op de cursus het liefst met twee paarden; dan kon hij het werk verdelen. Maar Bronty, zijn merrie, stond op het punt om te bevallen en daarom had hij haar in Montana moeten achterlaten. Dat was een van de redenen dat hij graag naar huis wilde.

Tom draaide zich om en leunde tegen het hek. Samen bekeken ze de lege piste die de komende vijf dagen gevuld zou zijn met nerveuze paarden en hun nog nerveuzere eigenaren. Als ze klaar waren, gingen de meesten een beetje minder nerveus naar huis, en dat maakte het allemaal de moeite waard. Maar dit was nu al de vierde cursus in bijna evenzoveel weken en het was vermoeiend om steeds maar weer dezelfde stomme problemen te zien optreden.

Voor het eerst in twintig jaar zou hij dit voorjaar en de zomer vrij nemen. Geen cursussen, geen gereis. Gewoon op de ranch blijven, een paar eigen veulens trainen, zijn broer een beetje helpen. Meer niet. Misschien werd hij er langzamerhand te oud voor. Hij was vijfenveertig, verdomme al bijna zesenveertig. Toen hij pas met die rondreizende cursus begon, kon hij wel het hele jaar door met het grootste plezier een cursus per week doen. Het zou een boel schelen als de mensen net zo slim waren als de paarden.

Rona Williams, de eigenares van het centrum waar hij elk jaar deze cursus gaf, had hem gezien en kwam aanlopen vanaf de stallen. Zij was een kleine, pezige vrouw met felle oogjes en, hoewel ze al tegen de veertig liep, twee lange vlechten. Het meisjesachtige hiervan werd weersproken door haar mannelijke manier van lopen; ze liep alsof ze gewend was gehoorzaamd te worden. Tom mocht haar wel. Ze deed haar best om de cursus tot een succes te maken. Hij groette haar door aan zijn hoed te tikken. Ze glimlachte en keek vervolgens naar de lucht.

'Wordt weer een mooie dag,' zei ze.

'Ik denk het ook.' Tom knikte in de richting van de weg. 'Ik zie dat je mooie nieuwe bordjes hebt opgehangen buiten. Was je bang dat een van die veertig krankzinnige paarden zou verdwalen?'

'Negenendertig.'

'O ja? Is er eentje afgevallen?'

'Nee. Negenendertig paarden en een ezel.' Ze grijnsde. 'De eigenaar daarvan is acteur of zo, uit Los Angeles.'

Hij zuchtte en keek haar aan.

'Je bent wel een harde, Rona. Straks kom je nog aanzetten met agressieve beren.'

'Ja, lijkt me geen gek idee.'

Ze liepen samen naar de piste en bespraken het programma. Hij zou die ochtend beginnen met de jonge paarden en ze een voor een behandelen. Aangezien het er twintig waren, zou dat zowat de hele dag in beslag nemen. Morgen was er dan de cursus voor gevorderde ruiters, eventueel later aangevuld met les in veedrijven voor degenen die daar prijs op stelden.

Tom had nieuwe luidsprekers gekocht en wilde even een geluidstest doen. Rona hielp hem de spullen uit de auto halen. Ze zetten de luidsprekers vlak bij de onoverdekte tribune, waar de toeschouwers zouden zitten. Toen hij de installatie aanzette, klonk een luide fluittoon, gevolgd door een dreigend gezoem. Tom liep over het maagdelijke zand van de piste en sprak in de microfoon die hij bij zich had.

'Beste mensen,' begon hij. Zijn stem dreunde door tot boven de bomen, die roerloos in de stilstaande lucht in de vallei stonden. 'Dit is de Rona Williams Show en mijn naam is Tom Booker, begenadigd temmer van ezels.'

Toen ze de apparatuur getest hadden, reden ze het dorp in, naar de zaak waar ze altijd ontbeten. Smoky en TJ, de jongens die Tom uit Montana had meegenomen om te helpen bij deze serie van vier cursussen, zaten al te eten. Rona bestelde geroosterde muesli en Tom nam roereieren met toost en een groot glas sinaasappelsap.

'Heb je dat bericht gehoord van die vrouw die door een poema gedood is tijdens het joggen?' vroeg Smoky.

'Was die poema dan ook aan het joggen?' vroeg Tom met een onschuldig gezicht. Iedereen lachte.

91

'Waarom ook niet?' zei Rona. 'Jongens, we zitten hier wel in Californië, hoor!'

'Ja precies,' zei TJ. 'Ze zeggen dat hij een trainingspak aan had en een walkman op.'

'O? En pasten die kleine oordopjes dan wel?' vroeg Tom. Smoky wachtte tot ze klaar waren met dollen; hij stoorde zich er niet al te veel aan. Het was een soort ritueel geworden om hem 's morgens een beetje te plagen. Tom mocht hem graag. Hij had het zwarte garen niet uitgevonden, maar met paarden was hij heel geschikt. Als hij een beetje zijn best deed, zou hij later een vakman worden. Tom stak zijn hand uit en streek hem door zijn haar. 'Je bent een beste jongen, Smoky,' zei hij.

Een paar buizerds cirkelden traag tegen de achtergrond van de blauwe middaghemel. Ze dreven steeds verder omhoog op de thermiek vanuit de vallei. Af en toe weerklonk tussen de bomen hun onheilspellend gekrijs. Honderdvijftig meter lager speelde zich een van de twintig drama's van die dag af. Door het mooie weer en misschien ook wel door de bordjes langs de weg waren er meer mensen aanwezig dan Tom hier ooit bij elkaar had gezien. De tribune zat vol en er kwamen nog steeds mensen binnen die tien dollar per persoon betaalden aan de jongens die Rona bij het toegangshek had neergezet. De vrouwen die het stalletje met versnaperingen beheerden, deden goede zaken en er hing een lucht van geroosterd vlees. Midden in de piste was een kleine kraal gebouwd met een doorsnee van een meter of tien. Hierin waren Tom en Rimrock aan het werk. Zweet en stof hadden vuile strepen op Toms gezicht veroorzaakt. Hij veegde met de mouw van zijn overhemd langs zijn gezicht. Zijn benen voelden warm aan onder de oude leren beenkappen die hij over zijn spijkerbroek droeg. Hij had elf jonge paarden gedaan en was nu met de twaalfde bezig, een prachtige zwarte volbloed.

Tom maakte eerst altijd een praatje met de eigenaar om iets te weten te komen over de levensgeschiedenis – zoals hij het altijd noemde – van het paard. Was hij al eens bereden? Waren er speciale problemen? Die waren er altijd wel, maar meestal was het het paard dat je daarover inlichtte, niet de eigenaar.

Dit volbloedje was daar een mooi voorbeeld van. De vrouw van wie hij was zei dat hij steeds de neiging had om te bokken en dat hij zich moeilijk liet aansporen. Hij was lui, zei ze, sikkeneurig zelfs. Maar nu hij bij Tom en Rimrock in de kraal rondjes aan het lopen was, gaf het paard iets heel anders te kennen. Tom gaf via de microfoon altijd lopend commentaar, zodat de aanwezigen konden volgen wat hij aan het doen was. Hij deed dan altijd zijn best de eigenaar niet al te stom te laten lijken.

'Uit wat we nu zien blijkt een iets ander verhaal,' zei hij. 'Het is altijd interessant te kijken hoe de andere kant van het verhaal is, die van het paard. Als hij echt sikkeneurig of lui was, zoals u zegt, dan zou hij met zijn staart schudden of misschien zijn oren in zijn nek leggen. Maar dit is geen sikkeneurig paard. Het is een bang paard. Ziet u hoe hij zich schrap zet?' De vrouw keek toe van buiten de kraal. Ze knikte. Tom liet Rimrock in het midden om zijn as draaien, met keurige pasjes op zijn witte sokken, zodat hij steeds het oog gericht had op de rondjes lopende volbloed.

'En hoe hij steeds zijn achterhand mijn kant op richt? Ik zou zeggen dat hij zich moeilijk laat aansporen omdat hij dan in de problemen raakt.'

'Zijn overgangen zijn niet goed,' zei de vrouw. 'Begrijpt u? Bijvoorbeeld als ik wil dat hij van draf overgaat in galop.'

Tom moest zich inhouden bij dit soort gepraat. 'Nee, nee, ik zie het anders. U denkt misschien dat u hem vraagt te gaan galopperen, maar uw lichaam geeft iets anders te kennen. U geeft tegenstrijdige opdrachten. U spoort hem aan, maar houdt tegelijkertijd in. Hij voelt dat aan. Uw lichaam liegt niet. Geeft u hem wel eens een schop om hem aan te sporen?'

'Dat is de enige manier.'

'En dan doet hij het en krijgt u het gevoel dat hij te snel gaat, dus dan houdt u hem in?'

'Ja, soms wel, ja.'

'Ja, ja, soms hè? En dan bokt hij.' Ze knikte.

Hij zweeg een tijdje. De vrouw had begrepen wat hij bedoelde en voelde zich zichtbaar in de verdediging gedrongen. Ze was duidelijk iemand die goed voor de dag wilde komen, echt een dame. Haar hoed alleen al moest minstens driehonderd dollar gekost hebben. En God mag weten wat het paard gekost had. Tom probeerde de volbloed ertoe te bewegen zich op hem te concentreren. Hij had een lasso met een lengte van twintig meter, en deze gooide hij tegen de benen van het paard aan, waardoor hij overging in galop. Hij haalde de lasso naar zich toe en deed het nog eens. En nog eens, en nog eens, steeds het paard tot galop aansporend en hem dan weer afremmend.

'Ik wil het hem een beetje leren, zodat het misschien wat makkelijker gaat,' zei hij. 'En hij pakt het al aardig op. Hij is lang niet meer zo gespannen als in het begin. Let maar eens op die achterhand. Het gaat allemaal veel losser. En die staart houdt hij ook lang niet meer zo stijf als eerst. Hij ontdekt langzamerhand dat hij zich best kan laten gaan.' Hij gooide de lasso nog eens, en nu was de overgang naar galop soepel.

'Gezien? Dat is een verandering. Het gaat nu al een stuk beter. Als u een beetje met hem oefent aan een lang touw, zal het niet lang duren voor u alle overgangen soepel krijgt.'

En de varkens vleugeltjes krijgen, dacht hij bij zichzelf. Ze neemt het arme dier mee naar huis en dan berijdt ze hem waarschijnlijk precies zoals ze altijd gedaan heeft en heb ik alles voor niets gedaan. Deze gedachte activeerde hem, als altijd. Als hij het paard nu extra goed onderhanden nam, misschien kon hij hem dan ongevoelig maken voor haar stompzinnigheid en angst. De volbloed bewoog zich nu lekker, maar Tom had hem steeds dezelfde kant op laten lopen, dus besloot hij nu in omgekeerde richting hetzelfde met hem te gaan doen.

Het duurde bijna een uur. Toen hij klaar was, zweette het paard hevig, maar toen Tom hem langzamer liet lopen en tot stilstand bracht, keek hij een beetje teleurgesteld.

'Hij zou de hele dag wel kunnen spelen,' zei Tom. 'Hé meneer, mag ik mijn bal terug?' Het publiek lachte. 'Hij redt het wel, zolang u maar niet aan hem gaat sjorren.' Hij keek de vrouw aan. Ze knikte en probeerde te glimlachen, maar Tom zag dat ze beteuterd keek en plotseling had hij medelijden met haar. Hij reed met Rimrock naar haar toe en schakelde de microfoon uit, zodat zij de enige was die hem kon horen.

'Het heeft allemaal te maken met zelfbescherming,' zei hij zacht. 'Weet u, deze dieren hebben zo'n groot hart dat ze niets liever willen dan doen wat wij van ze vragen. Maar als de opdrachten tegenstrijdig zijn, kunnen ze niet anders dan voor zichzelf opkomen.'

Hij glimlachte even naar haar en zei toen: 'Waarom zadelt u hem niet even op om het te proberen?'

De vrouw was bijna in tranen. Ze klom over het hek en liep naar het paard toe. De kleine volbloed bleef naar haar kijken. Hij stond toe dat zij vlak bij hem kwam en zijn hals aaide. Tom keek toe.

'Het verleden heeft afgedaan voor hem als dat voor u ook het geval is,' zei hij. 'Het zijn de meest vergevensgezinde schepselen die er bestaan.'

Ze leidde het paard naar buiten en Tom bracht Rimrock langzaam weer terug naar het midden van de kraal. Hij liet de stilte even voortduren. Hij nam zijn hoed af, kneep zijn ogen half dicht tegen het felle licht, en veegde het zweet van zijn voorhoofd. De twee buizerds hingen nog in de lucht. Tom bedacht hoe klagend hun gekrijs klonk. Hij zette zijn hoed weer op en zette de schakelaar op de microfoon weer om.

'Oké, mensen. Wie is de volgende?'

Het was de man met de ezel.

8

Het was meer dan honderd jaar geleden dat Joseph en Alice Booker, de overgrootouders van Tom, de lange reis naar het westen van Montana hadden gemaakt, als duizenden anderen aangetrokken door het vooruitzicht daar land te kunnen krijgen. De reis kostte hun het leven van twee van hun kinderen – een stierf ten gevolge van roodvonk, de ander verdronk – maar uiteindelijk kwamen ze bij Clark's Fork River en daar namen ze een stuk vruchtbaar land van meer dan zestig hectare in bezit. Toen Tom geboren werd, was de ranch inmiddels uitgegroeid tot ruim achtduizend hectare. Dat het de familie zo voor de wind was gegaan en dat ze de onvermijdelijke droogtes, overstromingen en andere ellende hadden overleefd, was voornamelijk te danken aan Toms grootvader John. Daarom was het niet geheel onlogisch dat hij het ook was die verantwoordelijk was voor de ondergang van het bedrijf.

John Booker was een man met een grote lichaamskracht en een nog grotere tederheid en hij had twee zoons. Achter de ranch, die al lang in de plaats was gekomen van de zwartgeteerde pioniershut, bevond zich een steile rots, waarop de jongens verstoppertje speelden en speerpunten gingen zoeken. Vanaf de top kon je de rivier er als een slotgracht omheen zien liggen en in de verte zag je de besneeuwde toppen van de Pryor en Beartooth Mountains. Soms zaten de jongens daar zonder te praten naast elkaar over hun vaders land uit te kijken. Voor de jongste van de twee was daar alles wat belangrijk was in het leven. Daniel, de vader van Tom, hield van de ranch met heel zijn hart, en zelfs als zijn gedachten afdwaalden naar wat erbuiten lag, betekende dat alleen maar een bevestiging van het gevoel dat alles wat hij wenste daar aanwezig was. Voor hem waren de bergen in de verte veilige muren, die alles wat hij van waarde achtte beschermden tegen de onrust erachter. Voor Ned, die drie jaar ouder was dan hij, waren het gevangenismuren. Hij wilde weg. Hoe eerder, hoe liever. En toen hij zestien was, ging hij er dan ook prompt vandoor. Hij zocht zijn fortuin in Californië en versleet daar een hele serie lichtgelovige zakenpartners.

Daniel bleef op de ranch bij zijn vader. Hij trouwde met een meisje uit Bridger dat Ellen Hooper heette en ze kregen drie kinderen, Tom, Rosie en Frank. Veel van het land dat John had toegevoegd aan het oorspronkelijke bezit bij de rivier, bestond uit minder vruchtbaar grasland en onbebouwde, met bosjes begroeide heuvels met stukken zwart vulkanisch gesteente. Het drijven van het vee gebeurde met paarden, en Tom leerde bijna eerder paardrijden dan lopen. Zijn moeder vond het altijd leuk om te vertellen dat ze hem ooit eens als jongetje van twee slapend hadden aangetroffen tussen de hoeven van een hengst. Het leek wel of het paard over hem waakte, zei ze er dan bij.

Als de veulens een jaar oud waren, kregen ze in het voorjaar een halster om en dan observeerde hij vanaf de omheining hoe dat toeging. Zijn vader en zijn grootvader waren allebei vriendelijk in hun omgang met paarden, en hij ontdekte pas later dat het ook anders kon.

'Het is net alsof je een dame ten dans vraagt,' zei de oude man altijd. 'Als je geen zelfvertrouwen hebt en je bang bent dat zij je zal afwijzen en je in je schulp kruipt en naar de punten van je laarzen gaat staan kijken, dan kun je er donder op zeggen dat zij je ook inderdaad afwijst. En dan kun je natuurlijk proberen haar vast te pakken en haar met geweld de dansvloer op te slepen, maar dan zul je er geen van beiden veel plezier aan beleven.'

Zijn grootvader was een goede danser geweest. Tom herinnerde zich hoe hij met zijn grootmoeder rondzwierde onder de gekleurde lampjes op een dansavond op de vierde juli, Onafhankelijkheidsdag. Hun voeten leken wel door de lucht te zweven. En zo'n gevoel had hij ook bij het paardrijden.

'Dansen en paardrijden, da's hetzelfde,' zei hij altijd. 'Het is allebei gebaseerd op vertrouwen en instemming. Je hebt elkaar vast. De man leidt, maar hij sleept de vrouw niet over de vloer, hij biedt haar zijn intuïtie aan, zij voelt die aan en volgt hem. Je bent in harmonie en je beweegt op elkaars ritme. Je volgt allebei dat gevoel.'

Deze dingen wist Tom al, al wist hij niet hoe hij erbij kwam. Hij begreep de taal van paarden op dezelfde manier als hij het verschil tussen kleuren of geuren begreep. Altijd wist hij wat er in ze omging, en hij wist dat dit wederzijds was. Hij begon met zijn eerste veulen (hij gebruikte in dit verband nooit het woord temmen) toen hij nog maar zeven jaar oud was.

Toen Tom twaalf was, stierven zijn grootouders, kort na elkaar, in dezelfde winter. John liet de ranch in zijn geheel na aan de vader van Tom. Ned kwam per vliegtuig over vanuit Los Angeles voor de opening van het testament. Hij was sporadisch wel eens op bezoek geweest, maar Tom herinnerde zich hem alleen door zijn elegante tweekleurige schoenen en de gejaagde blik in zijn ogen. Hij noemde hem altijd 'maatje' en bracht altijd een nutteloos cadeautje mee, een of ander prul dat toevallig in de mode was bij stadskinderen. Deze keer vertrok hij zonder een woord te zeggen. In plaats daarvan liet zijn advocaat van zich horen.

Het juridisch touwtrekken duurde drie jaar. 's Nachts hoorde Tom zijn moeder huilen, en het leek wel alsof er in de keuken altijd advocaten en makelaars stonden, en buren die geld roken. Tom bemoeide zich niet met dit alles en ging helemaal op in zijn paarden. Hij spijbelde van school om bij hen te kunnen zijn en zijn ouders waren te zeer in beslag genomen om het te merken of zich er druk over te maken.

De enige keer dat hij zich herinnerde dat zijn vader in deze periode gelukkig was, was toen ze een keer in het voorjaar drie dagen onderweg waren om het vee naar de zomerweiden te brengen. Zijn moeder en Frank en Rosie waren er ook bij geweest. Met hun vijven reden ze de hele dag en 's nachts sliepen ze onder de sterrenhemel.

'Als we dit moment nou eens eeuwig konden laten duren,' had Frank op een van die avonden gezegd, toen ze op hun rug lagen te kijken hoe een enorme halve maan tussen de donkere berghellingen door omhoog schoot. Frank was elf jaar oud en eigenlijk helemaal niet zo filosofisch aangelegd. Ze waren stil blijven liggen, ieder voor zich nadenkend over wat hij had gezegd. Ergens ver weg blafte een coyote.

'Ik denk dat de eeuwigheid niet veel anders is,' had zijn vader geantwoord. 'Niet meer dan een aaneenrijging van momenten. En ik denk dat je niet veel anders kunt doen dan steeds per keer maar één moment beleven, zonder je al te druk te maken over het vorige moment of het volgende.'

Tom vond het de beste leefregel die hij ooit gehoord had.

Na drie jaar procederen was zijn vader een gebroken man. De ranch werd verkocht aan een oliemaatschappij en het geld dat overbleef nadat de advocaten en de belastingen hun deel hadden geclaimd, werd tussen de beide broers verdeeld. Van Ned werd nooit meer iets vernomen. Daniel en Ellen verhuisden met Tom, Rosie en Frank naar het westen. Ze kochten drieduizend hectare grond met een rommelige ranch erop aan de rand van de Rocky Mountains, daar waar de hoogvlakte uitkwam op een honderd miljoen jaar oude muur van kalksteen, een omgeving van een ongerepte, harde schoonheid, waarvan Tom later zou gaan houden. Maar toen was hij er niet klaar voor. Zijn echte huis was hij kwijt, en nu wilde hij op zichzelf zijn. Nadat hij zijn ouders had geholpen de nieuwe ranch op te zetten, was hij hem gesmeerd.

Hij was naar Wyoming gegaan en had daar gewerkt als knecht. En daar zag hij dingen die hij niet voor mogelijk had gehouden. Cowboys die hun paarden tot bloedens toe sloegen en aanspoorden. Op een ranch in de buurt van Sheridan zag hij eindelijk wat ze bedoelden als ze het hadden over het 'breken' van een paard. Hij zag hoe een man een paard met een touw om zijn hals strak vastbond aan een hek, een van de achterbenen vastmaakte, en vervolgens het dier met een loden pijp begon te slaan. Tom zou nooit de angst in de ogen van het beest vergeten, noch de stompzinnige blik van triomf in die van de man toen het paard vele uren later het vege lijf probeerde te redden en zich liet zadelen. Tom zei tegen de man dat hij hem een idioot vond, waarop hij met hem slaags raakte en op staande voet werd ontslagen.

97

Hij verhuisde naar Nevada en werkte daar op een paar grote ranches. En waar hij ook kwam te werken, overal zocht hij de moeilijkste paarden uit en stelde hij voor dat hij die zou berijden. Veel van zijn collega's hadden al paard gereden toen hij nog geboren moest worden en gniffelden achter hun hand als ze hem een krankzinnig paard zagen bestijgen dat de beste ruiters al tientallen keren afgeworpen had. Maar daar hielden ze al snel mee op als ze zagen hoe de jongen zich redde en hoe het paard veranderde. Tom raakte de tel kwijt van de paarden die hij tegengekomen was die ernstig gestoord waren door de stompzinnigheid of de wreedheid van mensen, maar er was er niet één bij die hij niet kon helpen.

Vijf jaar lang leefde hij dit leven. Hij ging zo vaak mogelijk terug naar huis en probeerde er altijd te zijn in de perioden dat zijn vader het meest hulp nodig had. Voor Ellen waren zijn bezoeken als een reeks kiekjes waarop te zien was hoe haar zoon langzamerhand van jongen tot man werd. Hij was lang en mager geworden, en van haar drie kinderen veruit de aantrekkelijkste. Zijn door de zon gebleekte haar was langer dan vroeger. Ze plaagde hem ermee, maar vond het in haar hart wel leuk staan. Zelfs 's winters was zijn huid gebronsd, waardoor de heldere blauwe ogen nog duidelijker uitkwamen.

Het was een eenzaam leven zoals hij dat wel eens aan zijn moeder beschreef. Hij noemde wel een paar namen van kennissen, maar echte vrienden had hij niet. Hij ging wel met meisjes uit, maar met geen van hen werd het echt serieus. Hij vertelde dat hij een groot deel van de tijd waarin hij niet met paarden bezig was besteedde aan een cursus correspondentie waarvoor hij zich had opgegeven. Ellen merkte dat hij stiller was geworden; hij sprak alleen nog maar als hij echt iets te zeggen had. Maar anders dan bij zijn vader had zijn zwijgzaamheid niets treurigs. Het was meer een aandachtige rust.

Op den duur deed het nieuws over die jongen van Booker de ronde en werd hij op zijn werkplek opgezocht door mensen die vroegen of hij naar een paard wilde kijken waarmee ze problemen hadden.

'Hoeveel vraag je er eigenlijk voor?' had zijn broer Frank hem eens tijdens de maaltijd gevraagd. Het was april en Tom was thuis om te helpen met brandmerken. Rosie studeerde en Frank, die nu negentien was, had een volledige dagtaak op de ranch. Hij was een goed zakenman en voerde eigenlijk het beheer over de ranch, aangezien hun vader steeds verder wegzakte in zijn somberheid die veroorzaakt was door de processen.

'O, dat doe ik voor niets,' zei Tom.

Frank legde zijn vork neer en keek hem aan. 'Je vraagt er helemaal niets voor? Nooit?'

'Nee.' Hij nam nog een hap.

'Maar waarom in godsnaam niet? Die mensen hebben toch wel geld?'
Tom dacht even na. Zijn ouders keken hem aan. Dit punt scheen hen allemaal wel te interesseren.
'Nou, weet je, ik doe het niet voor de mensen. Ik doe het voor de paarden.'
Er viel een stilte. Frank glimlachte en schudde zijn hoofd. En het was duidelijk dat Toms vader hem ook een beetje mal vond. Ellen stond op en begon demonstratief borden op elkaar te stapelen.
'Nou, ik vind het wel goed dat hij het zo doet,' zei ze.
Maar Tom was erdoor aan het denken gezet, al zou het nog een paar jaar duren voor het idee van de rondreizende cursus vorm kreeg bij hem. Ondertussen verbaasde hij iedereen door aan te kondigen dat hij zich wilde inschrijven aan de universiteit van Chicago.
Hij wilde sociale wetenschappen studeren en hij hield het er achttien maanden uit. Dat hij niet eerder afhaakte, kwam doordat hij verliefd werd op een prachtig meisje uit New Jersey dat cello speelde in een strijkkwartet van studenten. Tom woonde vijf concerten van haar bij voordat ze een woord met elkaar wisselden. Ze had lang, dik, zwart, glimmend haar, dat ze steeds over haar schouder gooide, en ze droeg zilveren oorringen, als een folkzangeres. Tom keek hoe ze bewoog onder het spelen. De muziek leek door haar lichaam te zwemmen. Hij had nog nooit zoiets opwindends gezien.
Tijdens het zesde concert bleef ze hem onafgebroken aankijken. Na afloop wachtte hij haar buiten op. Ze liep op hem af en nam hem zonder iets te zeggen bij de arm. Ze heette Rachel Feinerman en later die avond, op haar kamer, had Tom het gevoel dat hij dood was en in de hemel. Hij keek toe hoe zij kaarsen aanstak, zich naar hem omdraaide en uit haar jurk stapte. Hij vond het eerst raar dat ze haar oorringen inhield, maar was er naderhand blij om omdat het kaarslicht erin weerkaatste terwijl ze aan het vrijen waren. Ze deed haar ogen niet dicht terwijl ze zich over hem heen boog en keek hoe hij zijn handen in stille verbazing over haar lichaam liet gaan. Ze had grote, chocoladebruine tepels en de zwaar behaarde driehoek op haar buik glinsterde als de veren van een raaf.
Hij nam haar eind november, op Thanksgiving Day, mee naar huis. Ze zei dat ze het nooit zo koud had gehad. Ze kon met iedereen goed opschieten, zelfs met de paarden, en ze vond het de mooiste plek die ze ooit had gezien. Tom hoefde zijn moeder maar even aan te kijken om precies te weten wat zij van haar dacht. Namelijk dat deze jonge vrouw, met haar afwijkende kleding en godsdienst, beslist niet geschikt was voor een leven op de ranch. Niet lang daarna, toen hij Rachel had verteld dat hij genoeg had van de sociale wetenschappen en van Chicago en dat hij terugging naar Montana, werd ze woest.

'Wil je terug daarnaar toe en cowboy worden?' vroeg ze bits. Tom zei van ja, dat hij dat ongeveer in zijn hoofd had. Ze zaten in zijn kamer en Rachel wees met brede armgebaren om zich heen op de boeken die er stonden. 'En dit dan?' vroeg ze. 'Kan dit je dan allemaal niks meer schelen?' Hij dacht even na en knikte toen. 'Jawel, het kan me wel wat schelen,' zei hij. 'Dat is juist een van de redenen dat ik ermee op wil houden. Toen ik als knecht werkte, kon ik gewoon niet wachten tot ik 's avonds binnen was om weer te gaan lezen. Boeken hadden iets betoverends. Maar die leraren hier, met al hun gepraat, nou, ik weet het niet. Ik heb het gevoel dat het betoverende eraf gaat als je er te veel over praat. Alleen het gepraat blijft over. Sommige dingen in het leven... tja, die zíjn er gewoon, zonder meer.' Vanuit de hoogte keek ze hem even aan. Toen sloeg ze hem hard op zijn wang. 'Jij stomme zak,' zei ze. 'Vraag je me dan niet eens om met je te trouwen?'

Dat deed hij dan maar. De week daarop gingen ze naar Nevada, waar ze trouwden. Beiden dachten dat het waarschijnlijk wel een vergissing zou zijn. Haar ouders waren woedend, de zijne reageerden alleen versuft. Tom en Rachel woonden een klein jaar lang samen met de anderen op de ranch. Ondertussen knapten ze een vervallen huisje met uitzicht op de beek op. Er was ook een waterbron met een oude, gietijzeren pomp, die Tom weer aan de praat kreeg, waarna hij hem opnieuw inmetselde en zijn en Rachels initialen in het natte cement schreef. Het huis was net op tijd af voor de bevalling van hun zoon. Ze noemden hem Hal.

Tom werkte op de ranch bij zijn vader en Frank, en zag dat zijn vrouw steeds depressiever werd. Ze telefoneerde uren achter elkaar met haar moeder en dan huilde ze de hele nacht en vertelde ze hem hoe eenzaam ze zich voelde en dat ze dat zo stom vond van zichzelf omdat ze erg veel van hem en van Hal hield, zodat ze eigenlijk niets anders nodig zou moeten hebben. Ze vroeg hem keer op keer of hij van haar hield – ze maakte hem zelfs af en toe 's nachts wakker om hem dat te vragen – en dan hield hij haar in zijn armen en zei hij dat hij best wel van haar hield.

Toms moeder zei dat dat wel vaker gebeurde als een vrouw een kind had gebaard, en dat ze er misschien even uit moesten, even een korte vakantie. Dus lieten ze Hal achter bij haar en vlogen naar San Francisco. Ook al hing er de hele week dat ze daar waren een koude mist, toch begon Rachel weer te glimlachen. Ze gingen naar concerten en films en naar luxe restaurants en ze bezochten ook alle bezienswaardigheden. Toen ze weer thuis waren, was alles nog veel erger.

Het werd winter, de koudste sinds mensenheugenis in hun omgeving. In de vallei lag een dik pak sneeuw waarin de reusachtige populieren langs de rivier eruitzagen als dwergboompjes. Tijdens een felle sneeuwstorm verloren ze op een nacht dertig stuks vee. Een week later hakten ze de beesten uit het ijs, alsof het overblijfselen waren van prehistorische dieren. Rachels cellokoffer stond ergens in een hoekje stoffig te worden. Toen hij haar vroeg waarom ze niet meer speelde, zei ze hem dat muziek hier niet paste. Het verwaaide gewoon, zei ze, het loste op in al die lucht. Een paar dagen later, toen Tom 's ochtends de open haard schoonmaakte, vond hij een stuk van een beroete snaar en toen hij verder zocht, vond hij ook nog de verkoolde resten van de krul van de cello. Hij keek in de koffer en trof daarin alleen de strijkstok aan.

Toen de sneeuw gesmolten was, zei Rachel dat ze met Hal terugging naar New Jersey. Tom knikte alleen en kuste en omhelsde haar. Ze kwam uit een wereld die te anders was, zei ze, wat ze beiden ook altijd wel geweten hadden, maar nooit hadden willen toegeven. Ze kon hier niet leven, met al die winderige ruimte om zich heen, net zomin als ze dat op de maan zou kunnen. Ze voelden geen bitterheid, alleen een hol gevoel van droefheid. Ze waren het erover eens dat het kind met haar mee zou gaan.

Het was op de ochtend van de donderdag voor Pasen dat hij haar spullen achter op de pick-up laadde om haar naar het vliegveld te brengen. Om de bergen hingen wolken en van boven de hoogvlakte daalde een koude motregen op hen neer. Tom hield zijn in een deken gewikkelde zoon vast, die hij maar nauwelijks kende en nooit meer beter zou leren kennen, en keek toe hoe Frank en zijn ouders zich ongemakkelijk voor de ranch opstelden om afscheid te nemen. Rachel omhelsde hen om beurten, zijn moeder als laatste. Beide vrouwen huilden.

'Het spijt me,' zei Rachel.

Ellen hield haar vast en aaide haar over haar hoofd. 'Nee, lieverd, het spijt míj. Het spijt ons allemaal.'

Tom gaf het volgende voorjaar zijn eerste paardencursus in Elko, in Nevada. En iedereen was het erover eens dat het een groot succes was.

9

Nadat ze het bericht had ontvangen belde Annie Liz Hammond meteen de volgende ochtend vanaf haar kantoor.

'Ik hoor dat je een fluisteraar voor me hebt gevonden,' zei ze.
'Wàt heb ik gevonden?'
Annie lachte. 'Je hoeft niet zo te schrikken. Ik heb gisteren wat zitten lezen. Zo noemden ze die mensen vroeger.'
'Fluisteraars. Hmm, wel een goed woord. Maar deze lijkt me meer een soort cowboy. Hij woont ergens in Montana.'
Ze vertelde Annie hoe ze aan zijn naam gekomen was. Het was allemaal via-via gegaan, een vriendin van haar kende weer iemand die zich herinnerde dat weer iemand anders iets gezegd had over een man die een problematisch paard had en die ermee naar een man in Nevada was geweest... Liz had er veel moeite voor moeten doen.
'Maar Liz, dat moet je een fortuin gekost hebben! Laat mij je in ieder geval de telefoonkosten vergoeden.'
'Nou, laat maar zitten. Kennelijk zijn er nog wel een paar mensen daar in het westen die dit soort dingen doen, maar ze zeggen dat hij de beste is. In ieder geval heb ik hier zijn nummer voor je.'
Annie noteerde het en bedankte haar.
'Graag gedaan. Maar als het Clint Eastwood blijkt te zijn, dan wil ik hem hebben, hoor!'
Annie bedankte haar nogmaals en hing op. Ze bleef naar het telefoonnummer op het gele vel papier vóór haar zitten staren. Ze wist niet waarom, maar ze voelde zich plotseling ongerust. Maar ze vermande zich en zei tegen zichzelf dat ze niet zo raar moest doen, pakte de telefoon weer op en draaide het nummer.

Op de avond van de eerste dag van de cursus bij Rona was er altijd een barbecue. Daar werd dan nog een beetje extra op verdiend en het eten was goed, dus Tom vond het niet erg om erbij te blijven, al verlangde hij ernaar zijn vieze, bezwete kleren uit te kunnen trekken en een heet bad te nemen. Ze zaten aan lange tafels op het terras voor Rona's witgepleisterde imitatie-antieke ranch en Tom zat naast de eigenares van de kleine volbloed. Hij wist wel dat het geen toeval was, want ze probeerde de hele avond al indruk op hem te maken. Haar hoed had ze afgezet en ze had haar haar losgemaakt. Ze was begin dertig en ze zag er goed uit, vond hij. En dat vond ze zelf ook. Ze zat hem met grote, donkere ogen aan te kijken, maar ze overdreef wel een beetje. Ze stelde hem allerlei vragen en luisterde dan naar hem alsof hij de interessantste man was die ze ooit had ontmoet. Ze had hem al verteld dat ze Dale heette, dat ze in de makelaardij zat en in Santa Barbara een huis bezat aan de kust. O ja, en dat ze gescheiden was.
'Ik kan er gewoon niet over uit hoe anders hij aanvoelde nadat je klaar was met hem,' zei ze nog eens.

'Het leek wel alsof alles... nou ja, gewoon losser was of zo.'
Tom knikte en haalde even zijn schouders op. 'Ja, dat is precies wat er gebeurd is,' zei hij. 'Hij moest even weten dat het goed is wat hij doet, en daarvoor moest jij even een beetje naar de achtergrond.'
Er klonk een luid gelach van de tafel naast hen en ze draaiden zich allebei om. De man van de ezel zat een roddelverhaal uit Hollywood te vertellen over twee filmsterren van wie Tom nog nooit gehoord had die betrapt waren in een auto terwijl ze iets aan het doen waren wat hij zich niet helemaal kon voorstellen.
'Waar heb je dit allemaal geleerd, Tom?' hoorde hij Dale vragen. Hij draaide zich weer naar haar toe.
'Wat allemaal?'
'Nou, dat gedoe met die paarden. Heb je een soort goeroe gehad, iemand van wie je het allemaal geleerd hebt?'
Hij keek haar ernstig aan, alsof hij een zeer wijze uitspraak ging doen.
'Nou, Dale, weet je, het gaat steeds om grondbeginselen.'
Ze fronste haar voorhoofd. 'Wat bedoel je?'
'Nou, als je je niet aan de beginselen houdt, lig je gauw op de grond.'
Ze lachte, iets te enthousiast, en legde haar hand op zijn arm. Nou zeg, dacht hij, zo'n goede grap was het nu ook weer niet.
'Nee,' pruilde ze. 'Even serieus. Vertel het me eens.'
'Veel kun je iemand niet echt leren. Het enige wat je kunt doen, is een situatie creëren waarin mensen iets kùnnen leren als ze dat willen. Het meeste heb ik altijd geleerd van de paarden zelf. Je ziet steeds weer dat de mensen over alles een mening hebben, maar als het je om de feiten gaat, kun je je beter tot de paarden wenden.'
Ze keek hem aan met een haast religieuze verering voor zijn grote diepgang, maar ook met iets dat meer op het lichamelijke niveau lag. Hij vond dat het tijd was om te gaan.
Hij stond op en verdween met de flauwe smoes dat hij zich met Rimrock bezig moest houden, die echter al lang in de wei stond. Toen hij Dale welterusten wenste, was ze duidelijk teleurgesteld dat ze voor niets zo veel energie aan hem had besteed.
Terwijl hij die avond terugreed naar het motel, bedacht hij dat het geen toeval was dat Californië altijd het land was geweest waar sekten naartoe trokken die seks en religie combineerden. De mensen lieten zich door iedereen overtuigen. Misschien zou die club met die oranje broeken die een man met negentig Rolls-Royces aanbad nu nog aanhang hebben als ze zich hier gevestigd hadden in plaats van in Oregon.
Tom had tientallen, honderden vrouwen als Dale ontmoet in de jaren dat hij zijn cursussen gaf. En allemaal waren ze naar iets op zoek. Bij velen

scheen het op een rare manier te maken te hebben met angst. Ze kochten zo'n vurig, duur paard en dan waren ze er vervolgens doodsbang voor. Ze zochten iets waarmee ze die specifieke angst konden bedwingen, of misschien wel angst in het algemeen. Het zou ook niet veel uitgemaakt hebben als ze met deltavliegen, bergbeklimmen of de haaienjacht bezig waren geweest. Toevallig hadden ze voor paardrijden gekozen.

Ze kwamen naar zijn cursus in de hoop verlicht en op hun gemak gesteld te worden. Tom wist niet in hoeverre ze verlicht waren geraakt, maar af en toe had hij wel iemand op haar gemak weten te stellen, en dat was dan wederzijds geweest. Tien jaar geleden zou een blik als die van Dale tot gevolg hebben gehad dat ze naar het motel geraasd en al uit de kleren geweest waren voordat de deur dicht was.

Het was niet zo dat hij tegenwoordig dat soort dingen uit de weg ging, maar vaak leek het hem de moeite niet meer zo waard. Want meestal kwamen er wel problemen uit voort. Mensen hebben maar zelden gelijke verwachtingen bij dat soort ontmoetingen. En hij had al zo'n tijd nodig gehad om te ontdekken wat zijn eigen verwachtingen waren.

Na het vertrek van Rachel had hij zichzelf een tijd lang de schuld gegeven voor het gebeurde. Hij wist dat het niet alleen lag aan de plek waar ze woonden. Het leek alsof ze iets van hem wilde dat hij niet had kunnen geven. Toen hij zei dat hij van haar hield, had hij het wel degelijk gemeend. En toen zij en Hal vertrokken, lieten zij bij hem een leegte achter die hij, hoe hard hij het ook probeerde, nooit helemaal kon vullen met zijn werk. Hij was altijd graag in het gezelschap van vrouwen en hij had ontdekt dat seks hem overkwam zonder dat hij ernaar op zoek hoefde. Toen hij meer cursussen ging geven en soms maanden achter elkaar door het hele land op reis was, gaf dat hem wel enige voldoening. Meestal waren het korte verhoudingen, al waren er een paar vrouwen die er even gemakkelijk als hij over dachten en in wier bed hij zelfs nu nog welkom was als hij in de buurt was.

Maar het schuldgevoel om Rachel was gebleven. Totdat hij ten slotte beseft had dat wat zij van hèm wilde, was dat hij háár wilde. Dat hij haar nodig had zoals zij hem. En Tom wist dat dit onmogelijk was. Hij zou zo'n behoefte nooit kunnen voelen, niet voor Rachel en niet voor iemand anders. Want zonder dat hij het met zoveel woorden tegenover zichzelf erkende, wist hij dat hij een soort ingeboren evenwicht had in zijn leven, iets waar anderen het grootste deel van hun leven naar leken te streven. Hij vond het helemaal niet iets bijzonders; hij voelde zich gewoon deel van een patroon, van een samenspel van levende en levenloze elementen, waarmee hij met lichaam en ziel verbonden was.

Hij draaide de Chevrolet de parkeerplaats van het motel op en ontdekte dat er pal voor zijn kamer een parkeerplaats vrij was.

De badkuip bleek wat te kort te zijn om er lekker lang in te liggen. Je moest kiezen of je je schouders of je knieën koud wilde laten worden. Hij klom eruit en droogde zich af voor de televisie. Het verhaal over de poema had nog alle aandacht. Ze waren van plan om hem op te sporen en te doden. Mannen met geweren en lichtgevende gele jacks kamden een heuvel uit. Tom vond het een beetje vertederend. Een poema zou die jacks op een afstand van honderd kilometer al zien aankomen. Hij kroop in bed, zette de televisie uit en belde naar huis.

Zijn neefje Joe, de oudste van Franks drie jongens, nam de telefoon aan.

'Hai Joe, hoe is het met je?'

'Prima. Waar bent u?'

'O, in een godverlaten motel, in een bed dat ongeveer een meter te kort is. Ik denk dat ik mijn hoed maar af moet zetten en mijn laarzen uittrekken.'

Joe lachte. Hij was twaalf jaar en leek erg op Tom toen hij zo oud was. Hij kon ook goed met paarden overweg.

'Hoe is het met onze oude brontosaurus?'

'Het gaat goed met haar. Ze wordt echt heel dik. Papa denkt dat ze over een paar dagen zal bevallen.'

'Nou, zorg maar dat je erbij bent, zodat jij je vader kunt vertellen wat hij moet doen.'

'Ja, dat doe ik zeker. Wilt u hem spreken?'

'Jazeker, als hij in de buurt is.'

Hij hoorde Joe zijn vader roepen. In de huiskamer stond de televisie aan en zoals gewoonlijk was Franks vrouw Diane aan het schreeuwen tegen een van de tweeling. Hij was er nog steeds niet aan gewend dat zij op de grote ranch woonden. Tom bleef het gevoel houden dat het 't huis van zijn ouders was, ook al was het inmiddels drie jaar geleden dat zijn vader overleed en zijn moeder bij Rosie in Great Falls was gaan wonen.

Toen Frank met Diane getrouwd was, hadden zij het huis bij de beek, waar Tom en Rachel korte tijd gewoond hadden, overgenomen en verbouwd. Maar met drie opgroeiende zoons was het al gauw te krap, en toen hun moeder vertrok, had Tom erop gestaan dat zij de ranch gingen bewonen. Hij was zo vaak op pad met zijn cursus en als hij wel thuis was, had hij het gevoel dat het er te groot en te leeg was. Hij had best gewoon willen ruilen en zelf weer in het huis bij de beek willen gaan wonen, maar Diane had gezegd dat ze alleen wilden verhuizen als hij gewoon bleef zitten; er was ruimte genoeg voor hen allen. Dus had Tom zijn oude kamer aangehouden en nu woonden ze er met hun allen. Het huis bij de beek werd wel gebruikt door bezoekers, zowel familie als vrienden, maar het grootste deel van de tijd stond het leeg.

Tom hoorde Frank naar het telefoontoestel toe komen.

'Dag broer, hoe is het met jou?'

'Prima. Rona probeert mijn wereldrecord te breken wat betreft het aantal paarden, en het motel hier is gebouwd voor dwergen, maar afgezien daarvan is alles pico bello.'

Ze praatten een tijdje over wat er zoal op de ranch gebeurde. Ze zaten midden in de kalvertijd, zodat ze om de haverklap midden in de nacht hun bed uit moesten om in de wei naar de koeien te gaan kijken. Het was hard werken, maar tot dan toe hadden ze geen misgeboorten gehad. Frank klonk opgewekt. Hij vertelde dat er veel telefoontjes geweest waren van mensen die gevraagd hadden of hij er niet nog eens over wilde denken om van de zomer toch cursussen te gaan geven.

'En wat heb je tegen ze gezegd?'

'O, gewoon dat je oud aan het worden was en dat je min of meer opgebrand bent.'

'Nou, dan word je bedankt!'

'En er was een telefoontje van een Engelse uit New York. Ze wilde niet zeggen waar het om ging, alleen dat het dringend was. Ze werd heel lastig toen ik haar jouw nummer daar niet wilde geven. Ik heb tegen haar gezegd dat ik je zou vragen haar te bellen.'

Tom pakte de kleine blocnote van het nachtkastje en noteerde Annies naam en de vier telefoonnummers die zij had achtergelaten, waaronder die van haar draagbare telefoon.

'Is dat het? Alleen deze vier? Geen nummer van de villa in Zuid-Frankrijk?'

'Nee, dit is alles.'

Ze praatten nog even over Bronty en namen toen afscheid. Tom keek naar de blocnote. Hij kende niet zo veel mensen in New York, alleen Rachel en Hal. Misschien ging het over hen, maar dan zou deze hem onbekende vrouw er toch wel iets over gezegd hebben. Hij keek op zijn horloge. Het was half elf, wat betekende dat het half twee was in New York. Hij legde de blocnote terug op het nachtkastje en knipte het licht uit. Morgenochtend zou hij haar bellen.

Maar daarvoor kreeg hij de kans niet. Het was nog donker toen hij door de rinkelende telefoon gewekt werd. Voordat hij opnam, knipte hij het licht aan en zag dat het pas kwart over vijf was.

'Spreek ik met Tom Booker?' Aan het accent hoorde hij onmiddellijk dat het de Engelse moest zijn.

'Ik denk het wel,' zei hij. 'Maar het is een beetje te vroeg om er helemaal zeker van te zijn.'

'Ik weet het. Het spijt me. Ik dacht dat u waarschijnlijk vroeg op zou zijn

en ik wilde u niet mislopen. Mijn naam is Annie Graves. Ik heb gisteren met uw broer gebeld; ik weet niet of u dat hebt doorgekregen?'
'Jawel. Hij heeft het me verteld. Ik wilde u bellen. Hij zei dat hij u mijn nummer niet gegeven had.'
'Heeft hij ook niet. Ik heb het van iemand anders weten te krijgen. In ieder geval, de reden dat ik bel is dat ik gehoord heb dat u mensen helpt die problemen hebben met paarden.'
'Nee mevrouw, dat doe ik niet.'
Aan de andere kant van de lijn viel een stilte. Tom voelde dat hij haar uit haar evenwicht had gebracht.
'O,' zei ze. 'Het spijt me, ik...'
'Het is eigenlijk andersom. Ik help paarden die problemen hebben met mensen.'
Het was geen leuk begin van een gesprek. Tom had er spijt van dat hij zo gevat had willen zijn. Hij vroeg haar wat het probleem was en zweeg terwijl zij hem precies vertelde wat er gebeurd was met haar dochter en het paard. Het verhaal maakte een diepe indruk op hem, des te meer door de afgemeten, bijna emotieloze manier waarop ze het vertelde. Hij voelde dat er wel emotie achter zat, maar dat die diep verborgen was en goed onder controle gehouden werd.
'Wat verschrikkelijk,' zei hij toen Annie klaar was. 'Heel erg afschuwelijk.'
Hij hoorde dat zij diep ademhaalde.
'Ja. Wilt u naar hem komen kijken?'
'Wat bedoelt u? In New York?'
'Ja.'
'Nou, mevrouw, ik ben bang dat...'
'Ik betaal uw reis natuurlijk.'
'Wat ik wilde zeggen is dat ik dit soort dingen niet doe. Ook al was het minder ver uit de buurt, dan nog. Ik geef cursussen. En ook daarmee houd ik even op. Die ik nu geef is de laatste tot het najaar.'
'Dus u zou wel tijd hebben, als u wilde.'
Het was geen vraag geweest. Ze drong behoorlijk aan. Of lag het alleen aan het accent?
'Wanneer is uw cursus afgelopen?'
'Woensdag. Maar...'
'Zou u donderdag kunnen komen?'
Het lag niet aan het accent. Ze had een kleine aarzeling bij hem gehoord en die greep ze nu met overtuiging aan. Het leek op wat je met een paard doet, je kiest de weg van de minste weerstand en daarop bouw je verder.
'Het spijt me, mevrouw,' zei hij gedecideerd. 'En ik vind het echt heel erg

wat er gebeurd is. Maar ik heb van alles te doen op de ranch en ik kan u niet helpen.'
'Zegt u dat nou niet, alstublieft. Denkt u er in ieder geval even over na.'
Weer was het geen vraag.
'Mevrouw...'
'Ik kan nu beter ophangen. Het spijt me dat ik u gewekt heb.' Ze hing op zonder hem nog de gelegenheid te geven iets te zeggen.

Toen Tom de volgende ochtend bij de receptie kwam, overhandigde de beheerder van het motel hem een pakketje dat door de Federal Express was bezorgd. Er zat een foto in van een meisje op een prachtige Morgan en een open retourticket naar New York.

10

Tom legde zijn arm over de rugleuning van de met plastic overtrokken bank en keek hoe zijn zoon hamburgers bakte achter de bar van het eethuisje. De jongen deed alsof hij zijn hele leven niets anders had gedaan, zo ontspannen stond hij bij de bakplaat de hamburgers om te draaien en met een van de kelners te praten en te lachen. Het was, zo had Hal hem verzekerd, een van de populairste nieuwe lunchgelegenheden van Greenwich Village.
Hij werkte hier drie of vier dagen per week, in ruil waarvoor hij een etage mocht bewonen in een pakhuis dat toebehoorde aan de eigenaar, die een vriend was van Rachel. Als hij niet werkte, zat Hal op de filmacademie. Hij had Tom al verteld over een korte film die hij aan het maken was.
'Het gaat over een man die de motorfiets van zijn vriendin opeet, onderdeel voor onderdeel.'
'Lijkt me geen pretje.'
'Nee, is het ook niet. Het is een soort reisfilm, maar alles gebeurt op één plek.' Tom was er vrijwel zeker van dat dit als grap bedoeld was; dat hoopte hij tenminste. Hal ging door. 'En als hij klaar is met de motorfiets, gaat hij verder met het meisje.'
Tom knikte en dacht erover na. 'Ja ja, jongen ontmoet meisje, jongen eet meisje op.'
Hal lachte. Hij had net zulk dik zwart haar en net zo'n knap gezicht als zijn

moeder. Maar zijn ogen waren blauw. Tom mocht hem bijzonder graag. Ze zagen elkaar niet erg vaak, maar ze schreven elkaar wel, en als ze elkaar zagen, konden ze het samen uitstekend vinden. Hal was in de stad opgegroeid, maar af en toe kwam hij naar Montana en dan vond hij het daar heerlijk. Hij kon zelfs redelijk paardrijden, voor een stadskind tenminste.

Het was al een aantal jaren geleden dat Tom de moeder van de jongen gezien had, maar ze belden regelmatig met elkaar en dan hadden ze het erover hoe het met Hal ging, en ook dat ging altijd zonder problemen. Rachel was hertrouwd met een kunsthandelaar die Leo heette en zij hadden samen nog drie kinderen gekregen, die nu in de middelbare-schoolleeftijd waren. Hal was twintig en leek probleemloos te zijn opgegroeid. De gelegenheid om hem te zien had voor Tom de doorslag gegeven bij zijn besluit om naar de oostkust te vliegen en het paard van de Engelse te gaan bekijken. Daar zou hij vanmiddag heen gaan.

'Alsjeblieft, een cheeseburger met bacon.'

Hal zette het bord voor hem neer en ging met een brede glimlach tegenover hem zitten. Hij dronk koffie.

'Eet jij niets?' vroeg Tom.

'Nee, ik neem later wel wat. Probeer 'm eens.'

Tom nam een hap en knikte goedkeurend.

'Hij is lekker.'

'Sommigen laten ze gewoon doorbakken, maar je moet ze een speciale behandeling geven. Je moet ze dichtschroeien, zodat het sap erin blijft zitten.'

'Mag je van je baas wel zomaar hier komen zitten?'

'O, jawel hoor. Ik ga wel helpen als het druk wordt.'

Het was nog geen lunchtijd en er waren nog niet veel klanten. Tom at meestal niet veel 's middags en hij at tegenwoordig haast geen vlees meer, maar Hal wilde zo graag een hamburger voor hem klaarmaken dat hij had gedaan alsof hij er veel trek in had. Aan het tafeltje naast hen zaten vier mannen met pakken aan en veel goud om de polsen luid te praten over de zaken die ze gedaan hadden. Dat was niet het gebruikelijke soort klanten, had Hal hem discreet laten weten, maar Tom had het prettig gevonden hen te observeren. Hij was altijd onder de indruk van de energie van New York. Maar hij was wel blij dat hij er niet hoefde te wonen.

'Hoe gaat het met je moeder?' vroeg hij.

'Uitstekend. Ze speelt weer. Leo heeft geregeld dat ze zondag een concert geeft in een galerie hier pal om de hoek.'

'O, mooi zo.'

'Ze wilde vandaag langskomen om je te zien, maar gisteravond had ze enorme bonje en is de pianist weggelopen. Nu is er paniek en moeten ze iemand anders zien te vinden. Je moet de hartelijke groeten hebben.'

'Nou, doe haar in ieder geval de hartelijke groeten terug.'
Ze praatten verder over Hals opleiding en over zijn plannen voor de zomer. Hij zei dat hij best zin had om een paar weken naar Montana te komen. Tom had de indruk dat hij het serieus meende en het niet alleen zei om hem te plezieren. Hij vertelde hem dat hij van plan was te gaan trainen met de jonge paarden en een aantal veulens die hij gefokt had. Nu hij erover praatte, kreeg hij zin om meteen al te beginnen. Het was de eerste zomer sinds jaren dat hij geen cursussen had en niet hoefde te reizen. Gewoon alleen maar in de bergen zijn en kijken hoe het land weer tot leven kwam. Het werd langzamerhand drukker in het eethuis, zodat Hal weer aan het werk moest. Tom mocht niet betalen van hem. Hij liep met hem mee naar buiten. Tom zette zijn hoed op en merkte dat Hal er even naar keek. Hij hoopte dat hij de jongen niet al te veel in verlegenheid bracht met zijn cowboy-uiterlijk. Ze wisten nooit goed hoe ze afscheid van elkaar moesten nemen; Tom dacht dat hij de jongen misschien even moest omarmen, maar ze hadden de gewoonte ontwikkeld elkaar alleen een hand te geven, dus beperkten ze zich daar nu ook maar toe.
'Veel geluk met dat paard,' zei Hal.
'Dank je. En jij met die film.'
'Bedankt. Ik stuur je wel een kopie op video.'
'Ja, dat is leuk. Nou, tot ziens dan, Hal.'
'Dag.'
Tom besloot eerst een eindje te gaan lopen voordat hij een taxi nam. Het was koud en grijs weer en er kwamen stoomwolken uit de mangaten in de straat. Op een hoek stond een jonge man te bedelen. Hij had een vies en verwaarloosd rastakapsel en zijn huid had de kleur van verweerd perkament. Zijn vingers staken door gerafelde wollen handschoenen heen en omdat hij geen jas aan had, sprong hij heen en weer van het ene been op het andere om warm te blijven. Tom gaf hem een vijf-dollarbiljet.
Hij werd om een uur of vier bij de manege verwacht, maar toen hij bij Penn Station aankwam, ontdekte hij dat er al eerder een trein ging, dus besloot hij die maar te nemen. Hoe meer daglicht er was bij het bekijken van het paard, des te beter het was, bedacht hij. En bovendien had hij zo de kans in zijn eentje een blik op het dier te kunnen werpen. Dat was altijd beter dan wanneer de eigenaar in je nek stond te blazen, want dan namen de paarden die spanning over. Hij dacht niet dat de vrouw er bezwaar tegen zou hebben.

Annie had zich afgevraagd of ze Grace iets moest vertellen over Tom Booker. Pilgrims naam was nauwelijks meer gevallen sinds de dag dat ze hem in de stal had zien staan. Annie en Robert hadden een keer geprobeerd er met haar over te praten, omdat ze het beter vonden haar te confronteren met de vraag wat er met hem gedaan moest worden. Maar Grace was heel geagiteerd geworden en had Annie de mond gesnoerd. 'Ik wil er geen woord meer over horen,' had ze gezegd. 'Ik heb je verteld wat ik wil. Ik wil dat hij teruggaat naar Kentucky. Maar jij wilt het altijd beter weten, dus beslis jij maar.'

Robert had geprobeerd haar te kalmeren door een hand op haar schouder te leggen, maar die had ze woedend afgeschud terwijl ze uitriep: 'Nee, papa!' Daar hadden ze het toen maar bij gelaten.

Uiteindelijk hadden ze besloten haar toch maar te vertellen van de man uit Montana. Het enige dat Grace gezegd had was dat ze niet in Chatham wilde zijn als hij kwam. Dus hadden ze besloten dat Annie er alleen heen zou gaan. Ze was er de dag tevoren per trein heen gegaan en had de ochtend in het huis doorgebracht met het plegen van telefoontjes en het bestuderen van de kopij die vanaf het kantoor per modem naar haar tekstverwerker was overgezonden.

Maar het ging niet. Het langzame tikken van de klok in de hal dat ze in normale omstandigheden rustgevend vond, was vandaag haast ondraaglijk. En met het traag verstrijken van de tijd werd ze steeds nerveuzer. Ze brak zich het hoofd over de reden ervoor, maar ze kon geen antwoord bedenken dat haar bevredigde. De beste verklaring was misschien het irrationele gevoel dat zich aan haar opdrong dat op een of andere onbegrijpelijke manier het niet alleen het lot was van Pilgrim waarover vandaag door deze vreemdeling beslist zou worden, maar het lot van hen allen, van Grace, van Robert, en van haarzelf.

Er stonden geen taxi's bij het station van Hudson toen de trein aankwam. Het was begonnen te miezeren en Tom moest vijf minuten onder de druipende antieke stationsoverkapping wachten tot er een arriveerde. Hij ging met zijn tas op de achterbank zitten en gaf de bestuurder het adres van de manege.

Hudson zag eruit alsof het eens een aardig plaatsje was geweest, maar nu was het er tamelijk treurig mee gesteld. Gebouwen in een grootse koloniale stijl stonden weg te rotten. Veel winkels langs wat Tom veronderstelde dat de hoofdstraat was, waren dichtgespijkerd en die het niet waren leken voornamelijk rotzooi te verkopen. Op de trottoirs liepen de mensen diep in hun jassen gedoken vanwege de regen.

Het was even na drieën toen de taxi de oprijlaan van mevrouw Dyer in draaide en de heuvel opreed naar de manege. Tom keek naar de paarden die in de regen aan de andere kant van het modderige terrein stonden. Ze staken hun oren op en volgden met hun ogen de taxi. De toegang tot het erf

111

was geblokkeerd door een paardentrailer. Tom vroeg de taxichauffeur te wachten en stapte uit.

Terwijl hij zich tussen de trailer en de muur door wurmde, hoorde hij stemmen en het geluid van paardehoeven vanaf het erf.

'Naar binnen! Verdomme, ga naar binnen!'

Joan Dyers zoons probeerden twee bange veulens de openstaande trailer in te krijgen. Tim stond op de loopplank en probeerde een van de veulens aan zijn halster naar binnen te trekken. Deze krachtmeting zou hij zonder meer hebben verloren als niet Eric achter het dier had gestaan om het met een zweep naar voren te drijven, onderwijl zijn hoeven ontwijkend. In zijn andere hand hield hij een touw waaraan het andere veulen vastzat, dat nu net zo bang was geworden als het eerste. Dit alles zag Tom in een oogopslag toen hij om de trailer heen het erf op stapte.

'Hé jongens, wat is hier aan de hand?' vroeg hij. De twee jongens draaiden zich om en keken hem even aan. Geen van beiden antwoordde. Alsof hij niet bestond, draaiden ze zich weer om en gingen door met waarmee ze bezig waren.

'Zo gaat het verdomme niet,' zei Tim. 'Laten we die andere eerst proberen.' Hij rukte het voorste veulen weg van de trailer, zodat Tom snel een stap naar de muur toe moest doen. Ten slotte keek Eric hem weer aan.

'Kan ik iets voor u doen?' De jongen toonde zoveel minachting, zowel in zijn stem als in de manier waarop hij hem van top tot teen bekeek, dat Tom alleen maar kon glimlachen.

'Ja, alsjeblieft. Ik ben op zoek naar een paard dat Pilgrim heet. Het is van een mevrouw Annie Graves.'

'Wie bent u?'

'Mijn naam is Booker.'

Eric knikte in de richting van de stallen. 'Dan moet u maar naar mijn moeder gaan.'

Tom bedankte hem en liep naar de stallen. Hij hoorde een van hen lachen en iets zeggen over Old Shatterhand, maar hij keek niet om. Toen hij bij de stal aankwam, kwam mevrouw Dyer net naar buiten. Hij stelde zich voor en ze gaven elkaar een hand nadat zij de hare had afgeveegd aan haar jack. Ze keek over haar schouder naar de jongens bij de trailer en schudde haar hoofd.

'Er zijn wel betere manieren om dat te doen,' zei Tom.

'Ja, weet ik,' zei ze vermoeid. Ze wilde er duidelijk niet op ingaan. 'U bent vroeg. Annie is er nog niet.'

'Ja, het spijt me. Ik had een trein eerder genomen. Ik had u eigenlijk even moeten bellen. Maar vindt u het goed als ik even naar hem kijk voordat zij er is?'

Ze aarzelde. Hij glimlachte samenzweerderig naar haar, gaf haar nog net geen knipoog, implicerend dat zij, die verstand had van paarden, wel zou begrijpen wat hij bedoelde.

'U kent dat wel, soms krijg je bij dit soort zaken een beter inzicht als de eigenaar er niet met zijn neus bovenop staat.'

Ze hapte. 'Hij staat hier achter.'

Tom volgde haar naar de achterkant van de stal, naar de rij oude stallen. Toen ze bij Pilgrims deur aankwamen, draaide ze zich naar hem om. Ze maakte plotseling een geagiteerde indruk.

'Ik moet u wel zeggen dat deze hele zaak een ramp is, vanaf het begin al. Ik weet niet wat zij u verteld heeft, maar de waarheid is dat volgens iedereen, op haar na, dit paard al lang uit zijn ellende verlost had moeten worden. Waarom de dierenartsen gedaan hebben wat zij wilde is mij een raadsel. Als u het mij vraagt, is het dom en gemeen om het dier langer in leven te houden.'

De intensiteit waarmee ze gesproken had, verraste Tom. Hij knikte langzaam en keek naar de vergrendelde deur. De geligbruine vloeistof die eronderdoor sijpelde en de stank die erachter vandaan kwam had hij al opgemerkt.

'Staat hij hierin?'

'Ja. Maar weest u voorzichtig.'

Tom schoof de bovenste grendel open en hoorde onmiddellijk een geschuifel. De stank was walgelijk.

'Mijn God, wordt er hier nooit schoongemaakt?'

'We zijn allemaal veel te bang voor hem,' zei mevrouw Dyer bedeesd.

Tom opende langzaam de bovendeur en boog zich naar binnen. In het duister zag hij Pilgrim staan. Het keek hem aan met ontblote tanden en met de oren in zijn nek. Plotseling sprong het op, draaide zich om en schopte naar hem. Tom ging snel iets naar achteren; de hoeven misten hem op een afstand van een paar centimeter en sloegen tegen de onderdeur aan. Tom sloot de bovendeur en ramde de grendel dicht.

'Als een inspecteur dit zou zien, dan zou hij de hele manege hier sluiten,' zei hij. De rustige, beheerste woede in zijn stem deed mevrouw Dyer naar de grond kijken.

'Ik weet het. Ik heb al geprobeerd...'

Hij onderbrak haar. 'U moest zich schamen.'

Hij draaide zich om en liep weer terug naar het erf. Hij hoorde hoe iemand in een auto ongeduldig gas zat te geven. Een paard hinnikte zenuwachtig toen er geclaxonneerd werd. Toen hij aan de voorkant van de stal kwam, zag hij dat een van de veulens al vastgebonden in de trailer stond. Er zat bloed op een van zijn achterbenen. Eric probeerde het andere veulen naar

113

binnen te trekken terwijl hij hem met de zweep bewerkte. Zijn broer zat achter het stuur van een oude pick-up die erachter stond op de claxon te drukken. Tom liep naar de auto, rukte de deur open en sleepte de jongen er aan zijn nekvel uit.

'Wie denkt u verdomme wel dat u bent?' vroeg de jongen met een hoog stemmetje, nadat Tom hem op de grond gegooid had.

'Old Shatterhand,' antwoordde Tom, die onmiddellijk doorliep naar Eric, die terugweek.

'Hé, wacht even, cowboy...' zei hij. Tom pakte hem bij zijn kraag, maakte het veulen los en greep de zweep uit de handen van de jongen. Hij schreeuwde van pijn. Het veulen rende het erf over en bracht zichzelf in veiligheid. Tom hield de zweep in zijn ene hand, terwijl hij met de andere Erics keel dichtkneep, zodat de ogen van de knaap bolden in hun kassen. Zo bleef hij hem even vasthouden en aankijken.

'Als ik dacht dat het zin had,' zei Tom, 'dan gàf ik je toch een aframme-ling...'

Hij duwde hem opzij. De jongen kwam met zo'n klap tegen de muur aan dat hij naar adem snakte. Tom keek achterom en zag mevrouw Dyer het erf op komen. Hij draaide zich om en liep om de trailer heen.

Toen hij tussen de trailer en de muur door liep, zag hij een vrouw uit een zilverkleurige Ford Lariat stappen die naast de wachtende taxi geparkeerd stond. Even stonden hij en Annie Graves oog in oog met elkaar.

'Bent u meneer Booker?' vroeg ze. Tom ademde zwaar. Het enige wat hij zich daarna nog van die ontmoeting herinnerde was het kastanjebruine haar en de gekweld kijkende groene ogen. Hij knikte. 'Ik ben Annie Graves. U bent vroeg.'

'Nee mevrouw, integendeel, ik ben veel te laat.'

Hij stapte de taxi in, sloot het portier en vroeg de chauffeur te vertrekken. Toen ze onder aan de oprijlaan gekomen waren, merkte hij dat hij de zweep nog in zijn handen had. Hij draaide het raampje omlaag en gooide hem in de greppel langs de weg.

II

Het was Robert die uiteindelijk voorstelde dat ze bij Lester zouden gaan ontbijten. Twee weken lang had hij tegen de beslissing opgezien. Ze waren er niet meer geweest sinds Grace weer naar school ging en de kwestie begon pijnlijk te worden, ook al omdat niemand er een woord over had gezegd. De reden dat niemand erover sprak was dat lekker ontbijten bij Lester slechts een deel van de gewoonte was. Het andere deel, minstens zo belangrijk, was de rit erheen per bus, door de hele stad heen.
Ze waren ermee begonnen toen Grace een stuk jonger was. Soms ging Annie ook mee, maar doorgaans waren Robert en Grace met hun tweeën. Ze deden altijd alsof het een groot avontuur was; ze gingen achter in de bus zitten fluisteren en fantaseerden om beurten allerlei verhalen over hun medepassagiers. De chauffeur was in werkelijkheid een mensachtige van een andere planeet en die oude dametjes waren vermomde popsterren. De laatste tijd hadden ze alleen met elkaar zitten kletsen. Maar tot het ongeluk was het bij geen van beiden opgekomen niet de bus te nemen. Nu waren ze er allebei niet zeker van of Grace er wel in zou kunnen komen.
Tot nu toe was ze eerst twee, daarna drie dagen per week naar school gegaan, alleen 's ochtends. Robert bracht haar per taxi en Elsa haalde haar tussen de middag per taxi weer af. Hij en Annie probeerden zo gewoon mogelijk te doen als ze haar vroegen hoe het ging. Uitstekend, antwoordde ze altijd, het ging uitstekend. En hoe was het met Becky en mevrouw Shaw? Met hen ging het ook allemaal uitstekend. Hij dacht dat ze heel goed wist wat ze eigenlijk wilden vragen maar niet over hun lippen konden krijgen. Stonden ze niet te staren naar haar been? Wilden ze er van alles over weten? Praatten ze soms over haar?
'Zullen we gaan ontbijten bij Lester?' vroeg Robert die ochtend zo onbevangen mogelijk. Annie was de deur al uit voor een vroege vergadering. Grace haalde haar schouders op en zei: 'Ja, goed hoor. Als je per se wilt.'
Ze namen de lift naar beneden en groetten Ramon, de portier.
'Zal ik een taxi voor u bellen?' vroeg hij.
Robert aarzelde, heel even maar.
'Nee. We nemen de bus.'
Terwijl ze naar de bushalte liepen, twee straten verder, babbelde Robert luchtig en probeerde hij te doen alsof het de gewoonste zaak van de wereld was dat ze zo langzaam liepen. Hij wist dat Grace niet naar hem luisterde. Ze staarde naar het trottoir, speurend naar oneffenheden, en ze concentreerde zich op de manier waarop ze de kruk neerzette en haar been er-

langs zwaaide. Toen ze bij de bushalte waren, transpireerde ze, ondanks de kou.

Toen de bus er was, klom ze erin alsof ze dat al jaren zo deed. Het was druk, en even bleven ze voorin staan. Een oude man zag Grace met haar stok en bood haar zijn zitplaats aan. Ze bedankte hem en wilde het aanbod afwijzen, maar dat accepteerde hij niet. Robert had wel tegen hem willen schreeuwen dat hij haar moest laten begaan, maar hij deed het niet. Grace kreeg een kleur en ging toen toch zitten. Ze keek op naar Robert en glimlachte beschaamd naar hem. Het sneed hem door zijn ziel.

Toen ze de espressobar binnengingen, overviel Robert een plotselinge paniek. Hij bedacht ineens dat hij Lester had moeten bellen om te waarschuwen dat niemand zich zenuwachtig moest maken of moeilijke vragen stellen. Hij had zich niet druk hoeven maken. Misschien had iemand van haar school hen al ingelicht. Lester en de anderen die er werkten deden normaal en waren energiek als altijd.

Ze gingen aan hun gewone tafeltje bij het raam zitten en bestelden wat ze altijd bestelden, een broodje met smeerkaas en een met gerookte zalm. Terwijl ze op hun bestelling wachtten, deed Robert zijn best het gesprek op gang te houden. Dat was nieuw voor hem, de behoefte te proberen de stiltes in hun conversatie op te vullen. Praten met Grace had hij altijd makkelijk gevonden. Nu merkte hij dat haar ogen steeds afdwaalden naar de mensen die buiten langsliepen op weg naar hun werk. Lester, een verzorgd uitziende man met een dun snorretje, had de radio aanstaan en, anders dan normaal, was Robert blij met het voortdurende gebabbel over het verkeer en de deuntjes ertussendoor. Toen de broodjes voor hen stonden, raakte Grace het hare nauwelijks aan.

'Heb je zin om deze zomer naar Europa te gaan?' vroeg hij.

'Hoe bedoel je, op vakantie?'

'Ja. Ik dacht misschien naar Italië. Dan huren we een huis in Toscane of zo. Wat vind je ervan?'

Ze haalde haar schouders op. 'Oké.'

'Nou, het hóeft niet, hoor.'

'Nee, het lijkt me leuk.'

'En als het je niet te veel is, kunnen we misschien naar Engeland gaan om je grootmoeder op te zoeken.'

Grace reageerde onmiddellijk met een glimlach. Het was een oude grap in het gezin om te dreigen haar naar Annies moeder te sturen. Grace keek even uit het raam en toen weer naar haar vader.

'Pap, ik ga nu maar, geloof ik.'

'Heb je geen honger?'

Ze schudde haar hoofd. Hij begreep het wel. Ze wilde vroeg op school zijn, voordat de gangen vol stonden met starende meiden. Hij schoof zijn kopje naar achteren en betaalde de rekening.

Grace nam op de hoek van de straat afscheid van hem. Dat deed ze liever daar dan pal voor de deur van de school. Hij zoende haar en liep weg, zich verzettend tegen de neiging zich om te draaien om haar de school in te zien lopen. Hij wist dat ze zijn bezorgdheid misschien zou aanzien voor medelijden als ze zag dat hij haar nakeek. Hij liep terug naar Third Avenue en sloeg de hoek om, op weg naar zijn kantoor.

Terwijl ze binnen zaten was de lucht opgeklaard. Het beloofde zo'n typisch Newyorkse, heldere, koude dag te worden waar Robert zo van hield. Het was perfect weer om te wandelen. Hij liep door met stevige pas en probeerde de gedachte aan het eenzame figuurtje dat de school in hinkte uit te bannen door te denken aan wat hem zo meteen op kantoor te doen stond.

Om te beginnen zou hij de letselschadejurist bellen die hij had ingehuurd om de ingewikkelde juridische procedure te begeleiden die de afwikkeling van het ongeluk van Grace beloofde te worden.

Alleen een verstandig mens zou dom genoeg zijn om te denken dat het er in deze zaak om ging of de meisjes aansprakelijk waren omdat ze die ochtend op de weg hadden gereden of dat de vrachtwagenchauffeur aansprakelijk was omdat hij hen had aangereden. In plaats daarvan klaagden alle betrokken partijen elkaar aan: de ziektekostenverzekeringsmaatschappijen van de meisjes, de vrachtwagenchauffeur, zijn verzekeraar, de transportfirma uit Atlanta, de verzekeraar van die firma, de maatschappij waarvan het bedrijf de vrachtwagen had geleasd, de verzekeraar van dat bedrijf, de fabrikant van de vrachtwagen, de fabrikant van de banden van de vrachtwagen, de provincie, de papierfabriek, de spoorwegmaatschappij. Tot nog toe had niemand God aangeklaagd omdat hij het had laten sneeuwen, maar daar was nog alle tijd voor. Het was een paradijs voor advocaten en voor Robert was het een vreemde gewaarwording het eens van de andere kant mee te maken.

Godzijdank waren ze er wel in geslaagd Grace er zo weinig mogelijk bij te betrekken. Afgezien van het proces-verbaal in het ziekenhuis had ze alleen voor hun eigen advocaat een verklaring onder ede moeten afleggen. Grace had de vrouw wel eens eerder ontmoet en leek er geen bezwaar tegen gehad te hebben nog eens over het ongeluk te vertellen. Weer had ze verteld dat ze zich niets kon herinneren van wat er gebeurd was nadat ze van de helling was afgegleden.

Aan het begin van het nieuwe jaar had de vrachtwagenchauffeur hun een brief gestuurd waarin hij schreef dat het hem speet. Robert en Annie hadden het er uitgebreid over gehad of ze de brief aan Grace moesten laten zien of niet. Ten slotte hadden ze besloten dat zij er recht op had. Ze had hem gelezen en weer aan hen teruggegeven met de mededeling dat ze het heel aardig van hem vond. Voor Robert was de vraag of hij de brief aan hun advocaat moest laten zien minstens zo belangrijk. Die zou er natuurlijk meteen een erkenning van schuld in zien en daar zonder meer gebruik van maken. De jurist in Robert was ervóór om de brief te laten zien, een wat menselijker kant in hem was ertegen. Hij had nog geen beslissing genomen en hield hem voorlopig nog achter.

In de verte zag hij het koude zonlicht glinsteren in de ramen van zijn kantoor. Verlies van een van je ledematen leverde tegenwoordig zo'n drie miljoen dollar aan schadevergoeding op, had hij onlangs ergens in een vaktijdschrift gelezen. Voor zich zag hij het bleke gezicht van zijn dochter die uit het raam van de espressobar keek. Wat moesten ze deskundig zijn, dacht hij, dat ze deze ellende zo goed in geldbedragen wisten te vertalen.

In de hal van de school was het drukker dan normaal. Grace keek even vluchtig naar de gezichten. Ze hoopte dat ze geen van haar klasgenoten zou tegenkomen. De moeder van Becky zag ze wel; ze stond te praten met mevrouw Shaw. Maar geen van beiden keek haar kant op en van Becky zelf was geen spoor te bekennen. Ze was waarschijnlijk al in de bibliotheek op een van de computers bezig. Vroeger zou Grace daar ook heen zijn gegaan. Dan zouden ze tot de bel ging een beetje zitten ginnegappen en elkaar rare berichtjes sturen via de E-mail, waarna ze met hun allen de trap op zouden racen en elkaar lachend verdringen voor de deur van de klas. Maar nu Grace de trap niet meer op kon, zouden ze zich allemaal verplicht voelen samen met haar de oude trage lift te nemen. Om hen die verlegenheid te besparen ging Grace nu in haar eentje direct naar het klaslokaal, zodat ze al op haar plaats zou zitten als ze boven kwamen.

Ze ging naar de lift toe en drukte op de knop om hem naar beneden te halen. Ze bleef naar de knop kijken, zodat eventueel passerende vriendinnen de kans hadden haar te ontwijken.

Sinds ze terug was op school was iedereen erg aardig tegen haar geweest. En dat was nu juist het probleem. Ze wilde niets liever dan dat ze gewoon tegen haar deden. En er waren ook allerlei andere dingen veranderd. Tijdens haar afwezigheid scheen de verstandhouding tussen haar vriendinnen enigszins veranderd te zijn. Becky en Cathy, haar twee beste vriendinnen, waren nu erg met elkaar bevriend, terwijl zij vroeger met hun drieën onafscheidelijk waren geweest. Ze plaagden elkaar en kletsten en zeurden altijd over elkaar, en dan maakten ze het 's avond aan de telefoon weer goed. Er was altijd een perfect evenwicht geweest tussen hen. En nu deden ze wel hun best haar er weer bij te betrekken, maar het was niet meer zoals vroeger. Hoe kwam dat nou?

De lift kwam en Grace stapte erin, blij dat zij nog steeds de enige was die er gebruik van wilde maken. Maar net toen de deuren al dichtgingen glipten er twee jongere meisjes kletsend en lachend naar binnen. Zodra ze Grace zagen, hielden ze daar echter plotseling mee op.

Grace glimlachte en zei: 'Hoi.'

'Hoi,' zeiden ze allebei tegelijk. Maar daarna zeiden ze niets meer. De drie meisjes stonden ongemakkelijk bij elkaar in de lift die zuchtend en steunend omhoogging. Grace zag hoe de meisjes de kale muren en het plafond van de lift inspecteerden. Ze keken overal naar, behalve naar het enige waarvan Grace wist dat ze daar juist graag naar wilden kijken, haar been. Altijd ging het zo.

Ze had het er met de 'traumatherapeut' over gehad, ook zo'n expert bij wie ze van haar ouders een keer per week op bezoek moest. De vrouw bedoelde het goed en was waarschijnlijk heel goed in haar vak, maar Grace vond deze bezoeken volstrekte tijdverspilling. Hoe kon deze buitenstaander, hoe kon iemand, wie dan ook, weten hoe het echt was?

'Je moet tegen hen zeggen dat ze best mogen kijken,' had de vrouw gezegd. 'Zeg maar dat ze er best over mogen praten.'

Maar daar ging het nu juist om. Grace wilde niet dat ze keken, ze wilde niet dat ze erover praatten. Praten, praten, praten. Al die 'gogen' en 'logen' dachten maar dat je met praten alles kon oplossen. En dat was gewoon niet waar.

Gisteren had de vrouw geprobeerd haar over Judith te laten vertellen, maar dat was wel zo'n beetje het laatste wat Grace wilde.

'Hoe voel je je als je aan Judith denkt?'

Grace had het wel uit kunnen schreeuwen. In plaats daarvan had ze koeltjes gezegd: 'Ze is dood. Hoe denkt u dat ik me daarbij voel?' Ten slotte had de vrouw het begrepen en had ze het onderwerp laten rusten. Een paar weken geleden was het net zo gegaan, toen ze Grace probeerde over te halen over Pilgrim te praten. Hij was mismaakt en nutteloos, net als Grace, en iedere keer als ze aan hem dacht waren die afschuwelijke, starende ogen in die stinkende box van mevrouw Dyer het enige wat ze zag. Hoe in hemelsnaam zou praten of denken erover kunnen helpen?

De lift stopte op de verdieping onder die waar Grace moest zijn en de twee meisjes stapten uit. Ze hoorde hoe ze onmiddellijk hun gesprek voortzetten toen ze de gang in liepen.

Toen ze bij haar eigen klaslokaal aankwam, was het zoals ze had gehoopt: er was nog niemand. Ze haalde haar boeken uit haar tas, legde haar stok zorgvuldig uit het zicht onder haar tafeltje en liet zich toen voorzichtig op de harde houten zitting zakken. De stoel was zelfs zo hard dat haar beenstompje aan het eind van de ochtend ongetwijfeld pijn zou doen. Maar dat vond ze niet erg. Dàt soort pijn was makkelijk te verdragen.

Het duurde drie dagen voor Annie erin slaagde Tom Booker te spreken te krijgen. Ze had al een duidelijk beeld van wat er die dag bij de manege gebeurd was. Nadat ze de wegrijdende taxi had nagekeken, was ze het erf opgelopen, waar ze de essentie van het gebeurde al van de gezichten van de twee jongens had kunnen aflezen. Hun moeder had Annie koeltjes gezegd dat ze wilde dat Pilgrim de volgende maandag weg zou zijn.

Annie had Liz Hammond gebeld, en samen waren ze bij Harry Logan langsgegaan. Hij was net klaar met de sterilisatie van een Chihuahua toen ze aankwamen. Hij kwam naar buiten in zijn chirurgenpak. Hij reageerde zogenaamd geschrokken toen hij de twee vrouwen zag en deed alsof hij zich wilde verstoppen. Achter zijn praktijk had hij een paar boxen voor herstellende dieren, en na een hoop gezucht en geklaag stemde hij erin toe dat Annie Pilgrim in een daarvan zou neerzetten.

'Maar niet langer dan een week,' zei hij, met opgeheven wijsvinger.

'Twee,' zei Annie.

Hij keek Liz aan en grijnsde wat ongelukkig.

'Kent u die dame soms? Oké, twee dan. Maar absoluut niet langer. Tot je iets anders vindt.'

'Harry, je bent een schat,' zei Liz.

Hij hief zijn handen omhoog. 'Ik ben een idioot. Dat paard bijt me, schopt me en sleept me door een ijskoude rivier. En wat doe ik? Ik haal hem in huis, als gast!'

'Bedankt, Harry,' zei Annie.

Met zijn drieën gingen ze de volgende ochtend naar de manege. De jongens waren er niet en Annie zag Joan Dyer maar even, toen ze vanuit een bovenraam van haar huis naar buiten keek. Na een twee uur durende pijnlijke worsteling en drie keer de hoeveelheid kalmerende middelen die Harry maximaal had willen toedienen, hadden ze Pilgrim in de trailer weten te krijgen en hem naar de praktijk van Harry Logan gereden.

De dag na Tom Bookers bezoek had Annie geprobeerd hem te bereiken in Montana. De vrouw die de telefoon aannam – Bookers vrouw, veronderstelde Annie – vertelde haar dat hij de volgende avond thuis werd verwacht. De vrouw klonk absoluut niet vriendelijk en Annie dacht dat ze waarschijnlijk wel gehoord zou hebben wat er gebeurd was. Ze beloofde tegen Tom te zullen zeggen dat Annie gebeld had. Annie wachtte twee lange dagen, maar werd niet teruggebeld. Op de tweede avond, toen Robert in bed lag te lezen en ze zeker wist dat Grace sliep, belde ze weer. En weer was het die vrouw die opnam.

'Hij zit net te eten,' zei ze.

Annie hoorde een mannenstem vragen wie er belde, waarna een hand over de hoorn werd gelegd. Toch hoorde ze haar zeggen: 'Het is die Engelse vrouw weer.' Toen een hele tijd niets. Annie realiseerde zich dat ze haar adem inhield en dwong zichzelf rustig te worden.

'Mevrouw Graves, dit is Tom Booker.'

'Meneer Booker. Ik wilde mijn verontschuldigingen aanbieden voor wat er gebeurd is bij de manege.' Aan de andere kant bleef het stil, dus ging ze door. 'Ik had moeten weten hoe het er daar aan toe ging, maar ik heb me er waarschijnlijk gewoon voor afgesloten.'

'Dat begrijp ik.' Ze verwachtte dat hij door zou praten, maar dat deed hij niet.

'In ieder geval hebben we hem nu op een andere plek gezet, waar het een stuk beter is. En nu vroeg ik me af of u...' Ze besefte hoe onzinnig en nutteloos het was wat ze wilde gaan zeggen. '...of u weer terug zou willen komen om naar hem te kijken.'

'Het spijt me. Dat zal niet gaan. En zelfs als ik de tijd had, dan nog weet ik niet of ik wel iets zou kunnen uitrichten.'

'Kunt u niet een dag of twee missen? Het kan me niet schelen wat het kost.' Ze hoorde hem even lachen. Ze had spijt dat ze dat gezegd had.

'Mevrouw, ik hoop dat u het niet erg vindt dat ik er geen doekjes om wind, maar u moet begrijpen dat er een grens is aan de pijn die een dier kan verdragen. En ik denk dat dit paard van u al te lang in duisternis heeft geleefd.'

'Dus u denkt dat ik hem het beste kan laten afmaken? Wat iedereen zegt.' Er viel een stilte. 'Als het uw eigen paard was, meneer Booker, zou u hem dan laten afmaken?'

'Nou mevrouw, het is mijn paard niet en ik ben blij dat ik de beslissing niet hoef te nemen. Maar als ik in uw schoenen stond, ja, dan zou ik dat laten doen.'

Ze probeerde nog een keer hem te bewegen om te komen, maar ze wist dat het geen zin had. Hij was heel hoffelijk en kalm, maar onverzettelijk. Ze bedankte hem en hing op. Toen liep ze de gang door en de huiskamer in. De lampen waren al uit. In het donker was een zwakke weerschijn te zien in de bovenkant van de piano. Langzaam liep ze naar het raam, waar ze lang bleef staan. Ze keek over de bomen heen naar de hoge flatgebouwen aan de oostzijde van Central Park. Het leek wel een decor, tienduizend raampjes, speldeprikken van licht afstekend tegen een halfdonkere nachthemel. Het was onmogelijk te geloven dat zich in elk daarvan een ander leven afspeelde, met eigen kwellingen en een eigen bestemming.

Robert was in slaap gevallen. Ze nam hem het boek uit zijn handen, knipte het bedlampje uit en kleedde zich in het donker uit. Ze bleef nog lang wakker liggen, op haar rug naast hem. Ze luisterde naar zijn ademhaling en keek naar de oranje lichtvlekken die de straatverlichting langs de zijkanten van de jaloezieën op het plafond wierp. Ze had al besloten wat ze zou gaan doen. Maar ze was niet van plan Robert of Grace ervan op de hoogte te stellen tot ze alles geregeld had.

12

Vanwege het talent dat hij bezat om zijn machtige rijk te laten besturen door jonge en meedogenloze vazallen was 'Heer van de Duizend Blaaskaken' een van de bijnamen van Crawford Gates, en niet eens de meest ongunstige. Annie vond het om die reden nooit een onverdeeld genoegen samen met hem in het openbaar te gezien te worden.

Hij zat tegenover haar keurig netjes van zijn zwaardvis te eten, zonder zijn ogen van haar af te wenden. Terwijl hij zat te praten, keek Annie geïntrigeerd toe hoe hij steeds weer het volgende stukje aan zijn vork wist te prikken, feilloos, alsof zijn hand er door een magneet naartoe werd getrokken. Het was hetzelfde restaurant waar hij haar een jaar daarvoor ook mee naartoe had genomen, toen hij haar het hoofdredacteurschap had aangeboden. Het was een gigantische, zielloze zaak, uitgevoerd in een minimalistische stijl met veel matzwart en een witmarmeren vloer, die Annie op een of andere manier altijd deed denken aan een abattoir.

Ze besefte dat een maand een hele tijd was, maar ze had het gevoel dat ze er recht op had. Tot aan het ongeluk had ze nauwelijks een dag vrij genomen, en daarna ook niet vaak. 'Ik heb daar een telefoon, een fax, een modem, alles,' zei ze. 'Je zult niet eens merken dat ik niet hier ben.'

Ze vloekte bij zichzelf. Ze was nu een kwartier aan het woord en alles wat ze zei klonk op een of andere manier verkeerd. Het klonk alsof ze iets van hem gedaan wilde krijgen, terwijl ze het juist vanuit een krachtige positie had willen zeggen en hem gewoon recht voor zijn raap zou moeten meedelen wat ze van plan was te gaan doen. Tot nu toe was er in zijn gedrag niets te merken dat wees op afkeuring. Hij zat gewoon te wachten tot ze klaar was met haar verhaal, terwijl hij ondertussen die zwaardvis naar binnen zat te werken. Als ze zenuwachtig was had ze altijd de vervelende neiging om zich verplicht te voelen stiltes in een gesprek te vullen. Ze besloot daarmee op te houden en een reactie van zijn kant af te wachten. Crawford Gates hield op met kauwen, knikte en nam traag een slok van zijn Perrier. 'Neem je Robert en Grace ook mee?'

'Alleen Grace. Robert heeft het te druk. Maar Grace moet er nodig uit.

Sinds ze weer op school zit, gaat het wat minder goed met haar. Even eruit zal goed voor haar zijn.'

Wat ze er niet bij zei, was dat zelfs op dit moment Grace noch Robert ook maar het flauwste vermoeden had wat ze van plan was. Eigenlijk was dat het enige wat nog moest gebeuren: het hun vertellen. Verder had ze alles geregeld vanuit haar kantoor, met de hulp van Anthony.

Het huurhuis dat ze gevonden had, stond in Choteau, het dichtstbijzijnde plaatsje van enige omvang in de omgeving van de ranch van Tom Booker. Er was niet veel keus geweest, maar het huis was gemeubileerd en afgaande op de specificaties die de makelaar haar had gestuurd, leek het aan haar doel te beantwoorden. Ze had in de buurt een fysiotherapeut weten te vinden voor Grace en een paar maneges die bereid bleken Pilgrim te huisvesten, al was Annie niet volledig openhartig geweest over de toestand van het paard. Het moeilijkste zou zijn het paard in de trailer over een afstand van driekwart van het continent te vervoeren. Maar Liz Hammond en Harry Logan hadden een aantal telefoontjes gepleegd en afspraken gemaakt zodat er een keten van adressen was waar ze op hun route konden overnachten.

Crawford Gates veegde zijn lippen af. 'Annie, mijn kind, ik heb het al eens eerder gezegd, en ik zeg het nu weer. Neem alle tijd die je nodig hebt. Onze kinderen zijn kostbare wezens, die ons door God gegeven zijn. En als er iets verkeerd gaat, dan moeten we achter hen staan en doen wat het beste voor hen is.'

Voor iemand die vier echtgenotes in de steek had gelaten en een dubbel zo groot aantal kinderen was dit een sterke tekst, bedacht Annie. Hij klonk als een tweederangs acteur die een slechte dag had, maar bij de Hollywood-achtige oprechtheid van haar baas stak haar eigen gehakkel nog eens extra zwak af. De oude smeerlap zou waarschijnlijk morgen aan dit zelfde tafeltje zitten lunchen met haar opvolger. Ze had eigenlijk een beetje gehoopt dat hij haar zonder meer zou ontslaan.

Terwijl ze in zijn belachelijk lange zwarte Cadillac terugzoefden naar kantoor besloot Annie dat ze het die avond aan Robert en Grace zou vertellen. Grace zou woedend op haar zijn en Robert zou zeggen dat ze gek was, maar uiteindelijk zouden ze doen wat zij had besloten. Dat deden ze immers altijd.

De enige andere persoon die nog ingelicht moest worden, was degene om wie alles draaide, Tom Booker. Voor anderen leek het misschien vreemd, bedacht ze, dat ze zich hierover het minst van alles zorgen maakte. Maar Annie had als journalist de dingen vaak zo aangepakt. Ze had zich zelfs gespecialiseerd in mensen die altijd nee zeiden. Ooit had ze eens achtduizend kilometer gereisd naar een eiland in de Stille Oceaan en zich aangediend bij een beroemde schrijver die nooit interviews gaf. Het resultaat was geweest dat ze twee weken bij hem mocht logeren en dat het stuk dat ze schreef bekroond en aan bladen over de hele wereld verkocht werd. Het was, zo geloofde ze, een simpele en onomstotelijke waarheid dat als een vrouw zich met hart en ziel overleverde aan de barmhartigheid van een man, deze man haar niet zou weigeren, haar niet kòn weigeren.

13

De snelweg strekte zich tussen de convergerende afrasteringen vóór hen uit over een onafzienbaar aantal kilometers, tot aan de zwarte donderwolken aan de horizon. Op dat verste punt, waar de weg de hemel in leek te lopen, schoten regelmatig bliksemflitsen door de lucht. Het leek alsof het asfalt er geïoniseerd werd en in de wolken overging. Achter de afrasteringen strekte aan weerszijden van de weg de prairie van Iowa zich uit, vlak en zonder iets waaraan het oog zich zou kunnen hechten, van nergens naar nergens, met een steeds wisselende belichting onder de voortjagende wolken en af en toe een strook zonlicht, waardoor het leek of een reus op zoek was naar zijn prooi.

In zo'n landschap raak je makkelijk je oriëntatie in ruimte en tijd kwijt en Annie voelde dan ook het begin van iets dat zou kunnen uitgroeien tot paniek als ze er niet iets tegenover stelde. Ze speurde de horizon af, op zoek naar iets waarop ze zich zou kunnen oriënteren, een graansilo, een boom, een enkele vogel, het gaf niet wat. En toen ze niets kon vinden, begon ze maar de paaltjes langs de weg te tellen en de strepen op het midden van de weg, die vanaf de horizon op haar af kwamen alsof ze uitgespuwd waren door het onweer. Ze stelde zich voor hoe de zilverkleurige Lariat er van boven uitzag, hoe de auto de strepen een voor een verzwolg.

In twee dagen tijd hadden ze bijna tweeduizend kilometer gereden en al die tijd had Grace nauwelijks een woord gesproken. Meestal lag ze op de achterbank te slapen, zoals nu ook. Als ze wakker werd, bleef ze daar met haar walkman op naar buiten zitten staren met een lege blik in haar ogen. Eén keer maar had Annie haar dochter via de achteruitkijkspiegel naar haar zien kijken. Toen hun blikken elkaar kruisten, had Annie geglimlacht, maar Grace had onmiddellijk weer weggekeken.

Ze had op haar moeders plan gereageerd zoals Annie had voorspeld. Ze had geschreeuwd en geroepen dat ze niet van plan was mee te gaan, dat ze haar niet konden dwingen en daarmee basta. Ze was van tafel opgestaan en had de deur dichtgesmeten. Annie en Robert waren zwijgend blijven zitten. Annie had hem al eerder op de hoogte gebracht en iedere tegenwerping van zijn kant in de kiem gesmoord.

'Ze zal de werkelijkheid toch eens onder ogen moeten zien,' zei ze. 'Het is tenslotte toch haar paard. Ze kan niet blijven doen alsof het haar niet aangaat.'

'Maar Annie, bedenk toch wat het kind allemaal heeft meegemaakt.'

'Jawel, maar ervoor weglopen is niet de oplossing, dat maakt de dingen alleen maar erger. Je weet hoeveel ze van hem hield. Je hebt gezien hoe ze reageerde bij de manege. Dan kun je je toch wel voorstellen wat een spookbeeld hij voor haar moet zijn?'

Hij gaf geen antwoord, maar keek naar de grond en schudde zijn hoofd. Annie nam zijn hand in de hare.

'We kunnen er iets aan doen, Robert,' zei ze zacht. 'Ik weet dat we het kunnen. Pilgrim komt er weer bovenop. Deze man kan hem beter maken. En dan knapt Grace ook op.'

Robert keek haar aan. 'Denkt hij echt dat hij er iets aan kan doen?'

Annie aarzelde heel even. Hij merkte het niet. 'Ja,' zei ze.

Het was voor het eerst dat ze er echt over loog. Robert dacht natuurlijk dat Tom Booker geraadpleegd was over Pilgrims reis naar Montana. Ook tegenover Grace had Annie het zo voorgesteld.

Toen Grace geen steun vond bij haar vader was ze gezwicht, zoals Annie al had verwacht. Maar de wraakzuchtige stilte waarin haar woede was uitgegroeid, duurde veel langer dan Annie had verwacht. Vroeger, voor het ongeluk, slaagde Annie er meestal wel in zo'n stemming te verdrijven door haar een beetje te plagen of er gewoon geen aandacht aan te besteden. Maar deze stilte was duidelijk van een andere orde. Dit zwijgen was even heroïsch en onverzettelijk als de onderneming waartoe het meisje gedwongen was. Annie kon haar doorzettingsvermogen alleen maar bewonderen.

Robert had hen geholpen met inpakken en was op de ochtend van hun vertrek met hen meegegaan naar Harry Logan. In de ogen van Grace maakte hij zich hierdoor tot een medeplichtige in het komplot. Terwijl ze bezig waren Pilgrim in de trailer te krijgen, was zij onbeweeglijk in de auto blijven zitten met haar walkman op, terwijl ze deed alsof ze een tijdschrift aan het lezen was. Het gehinnik van het paard en het geluid van zijn geschop tegen de zijkanten van de trailer weerkaatste over het erf, maar Grace keek geen moment op.

Harry gaf Pilgrim een zware dosis van het kalmerende middel en gaf Annie een doos mee met het spul en een aantal naalden, voor noodgevallen. Hij kwam naar de auto om Grace gedag te zeggen en begon haar instructies te geven over het voederen van Pilgrim tijdens de reis. Maar zij onderbrak hem.

'Dat kunt u beter aan mijn moeder vertellen,' zei ze.

Toen het tijdstip van vertrek aangebroken was, kuste ze Robert maar heel vluchtig.

De eerste nacht hadden ze bij vrienden van Harry Logan overnacht, die aan de rand van een klein plaatsje woonden, net ten zuiden van Cleveland. De man, Elliott, was een studiegenoot van Harry geweest en had nu samen met anderen een grote groepspraktijk van dierenartsen. Het was al donker toen ze aankwamen en Elliott drong erop aan dat Annie en Grace vast naar binnen zouden gaan terwijl hij zich om het paard bekommerde. Hij zei dat zij zelf vroeger paarden hadden gehad en dat hij een box in de stal had klaargemaakt voor Pilgrim.

'Harry heeft gezegd dat we hem in de trailer moesten laten staan,' zei Annie.

'Wat? De hele reis?'

'Dat zei hij.'

Hij trok een wenkbrauw op en keek haar aan met een blik van iemand die wel weet waarover hij praat. 'Gaan jullie maar naar binnen. Laat mij dit maar afhandelen.'

Het was begonnen te regenen en Annie had geen zin om met hem in discussie te gaan. De vrouw des huizes heette Connie. Het was een klein, stil vrouwtje met een stekelig permanentje; zo te zien was ze die middag nog naar de kapper geweest. Ze ging met hen naar binnen en ging hen voor naar hun kamers. Het huis was groot en op een of andere manier was aan de stilte nog te horen dat er kinderen waren opgegroeid die inmiddels vertrokken waren. Hun gezichten staarden hen aan vanaf de muren, waar ze te zien waren op foto's van overwinningen op het sportveld en zonovergoten eindexamenfeestjes.

Grace sliep in de oude kamer van hun dochter en Annie in de logeerkamer aan het einde van de gang. Connie toonde Annie waar de badkamer was en liet hen alleen nadat ze gezegd had dat ze konden eten wanneer ze wilden. Annie bedankte haar en liep de gang door om te kijken hoe het met Grace was.

Connies dochter was met een tandarts getrouwd en naar Michigan verhuisd, maar haar oude kamer zag eruit alsof ze er nog steeds woonde. Er stonden boeken en prijzen die ze met zwemmen gewonnen had en er hingen planken vol met kristallen beestjes. Tussen deze achtergebleven herinneringen aan de schooltijd van een onbekende stond Grace naast het bed in haar tas naar haar toiletspullen te zoeken. Ze keek niet op toen Annie binnenkwam.

'Alles oké?'

Grace haalde haar schouders op en bleef in de tas turen. Annie probeerde te doen alsof er niets aan de hand was en veinsde belangstelling voor de plaatjes aan de muur. Ze rekte zich uit en kreunde.

'Sjonge, ik ben helemaal stijf.'

'Waarom zijn we hier?'

De stem klonk koud en vijandig en toen Annie zich omdraaide, stond Grace haar met de handen op haar heupen aan te staren.

'Hoe bedoel je?'

Grace wees met een minachtend gebaar om zich heen. 'Dit alles. Wat doen we hier in godsnaam?'

Annie zuchtte, maar voor ze iets had kunnen zeggen, zei Grace dat ze het maar moest laten zitten, dat het niet uitmaakte. Ze pakte met een ruw gebaar haar stok en toilettas en liep naar de deur. Annie zag hoe woedend het meisje was dat ze niet met meer vertoon de kamer uit kon stormen.

'Grace, alsjeblieft.'

'Ik zei toch, laat maar zitten!' En weg was ze.

Annie stond in de keuken met Connie te praten toen Elliott binnenkwam. Hij zag bleek en was aan een kant helemaal bemodderd. Ook leek het alsof hij probeerde niet te hinken.

'Ik heb hem in de trailer gelaten,' zei hij.

Tijdens de maaltijd zat Grace met haar eten te knoeien en zei alleen iets als haar iets gevraagd werd. De drie volwassenen deden hun best de conversatie op gang te houden, maar er vielen lange stiltes, waarin slechts het geluid van het bestek te horen was. Ze spraken over Harry Logan en over Chatham en de nieuwe epidemie van de ziekte van Lyme, waarover iedereen zich zorgen maakte. Elliott vertelde dat ze een meisje van Grace's leeftijd kenden die het had gekregen en wiens leven erdoor getekend was. Connie keek hem even aan, waarop hij begon te blozen en gauw op een ander onderwerp overging.

Zodra de maaltijd achter de rug was, zei Grace dat ze moe was en vroeg of het goed was als ze naar bed ging. Annie zei dat ze mee zou gaan, maar dat mocht niet van Grace. Ze wenste Elliott en Connie beleefd goedenacht. Toen ze naar de deur liep, maakte haar stok een hard tikkend geluid op de houten vloer. Annie zag hoe het echtpaar strak voor zich uit keek.

De dag daarop, gisteren, waren ze vroeg op weg gegaan en hadden ze met maar een paar tussenstops het hele stuk Indiana en Illinois achter zich gelaten. Tot in Iowa waren ze gekomen. En terwijl het uitgestrekte continent zich voor hen ontvouwde, had Grace de hele dag gezwegen.

127

De afgelopen nacht hadden ze doorgebracht bij een verre nicht van Liz Hammond, die met een boer getrouwd was en in de buurt van Des Moines woonde. De boerderij lag geïsoleerd aan het eind van een acht kilometer lange oprijlaan en leek wel een planeet op zich, met de zich in alle windrichtingen uitstrekkende, ononderbroken voren in de bruine aarde. Het waren stille, godvruchtige mensen – doopsgezinden, dacht Annie – die volstrekt niet op Liz leken. De man zei dat Liz hun alles verteld had over Pilgrim, maar Annie zag dat hij toch nog geschokt was door wat hij had gezien. Hij hielp haar het paard te voederen en te drenken en mestte vervolgens de wagen uit, waarbij hij zo veel mogelijk van het natte, vuile stro van onder Pilgrims stampende hoeven weghaalde.

Ze aten aan een lange, houten tafel, samen met de zes kinderen van het echtpaar. Ze hadden allemaal hun vaders blonde haar en grote blauwe ogen en ze bekeken Annie en Grace met een beleefd soort verbazing. Het eten was eenvoudig en voedzaam en er was alleen volle melk te drinken, nog warm van de melkschuur, die werd geserveerd in tot de rand gevulde glazen kannen.

Vanochtend had de vrouw eieren met opgebakken aardappelen en zelfgemaakte ham voor hen klaargemaakt, en net voordat ze weg wilden rijden had de boer Annie nog iets overhandigd.

'Dit wilden we je graag geven,' zei hij.

Het was een oud boek met een versleten omslag. De man en de vrouw keken samen toe hoe Annie het opensloeg. Het was *The Pilgrim's Progress, De pelgrimsreis van deze wereld naar de komende* van John Bunyan, een zeventiende-eeuwse schrijver. Annie herinnerde zich nog wel dat er op haar school wel uit voorgelezen werd toen zij een jaar of acht was.

'Het leek ons wel toepasselijk,' zei de boer.

Annie slikte en bedankte hem.

'We zullen voor jullie bidden,' zei de vrouw.

Het boek lag nu nog op de stoel naast haar. En iedere keer als haar oog erop viel, schoten Annie weer de laatste woorden van de boerin door het hoofd.

Annie had zelf lang op het platteland gewoond, maar dit soort religieuze openhartigheid riep in haar Engelse gemoed nog steeds een diepgewortelde weerstand op waardoor ze zich ongemakkelijk voelde. En wat haar nog meer in verwarring bracht, was het feit dat deze volstrekte onbekenden er zo duidelijk van overtuigd waren geweest dat zij hun gebeden nodig hadden. De vrouw had hen gezien als slachtoffers, niet alleen Pilgrim en Grace – daar kon ze inkomen – maar ook Annie. En niemand, echt niemand had Annie ooit in die rol gezien.

Op dat moment werd haar aandacht getrokken door iets wat zij pal onder de bliksem aan de horizon gewaar werd. Het begon als niet meer dan een oplichtend vlekje, maar terwijl zij ernaar keek, werd het langzaam groter en nam het steeds meer de vorm aan van een vrachtwagen. Daarachter zag ze graansilo's opdoemen en algauw ook de lagere gebouwen daaromheen. Ze naderden een stadje. Een zwerm bruine vogeltjes vloog op uit de berm; ze lieten zich wegdrijven op de wind. De vrachtwagen was nu vlak bij hen en Annie zag het glinsterende chroom van de grille steeds groter worden, totdat het gevaarte hen voorbijschoot en de auto en de trailer door de luchtverplaatsing heen en weer geschud werden. Achter haar bewoog Grace zich.

'Wat was dat?'

'Niets. Gewoon een vrachtwagen.'

Annie zag haar in de achteruitkijkspiegel. Ze wreef de slaap uit haar ogen. 'We komen zo bij een stadje. Daar gaan we even tanken. Heb je honger?'

'Een beetje.'

De afrit slingerde zich om een witte houten kerk, die daar afgezonderd op een verdord grasveld stond. Ervoor stond een jongetje met een fiets te kijken hoe zij naderbij kwamen. Plotseling werd de kerk omgeven door uitbundig stralend zonlicht. Annie zou niet vreemd hebben opgekeken als er tussen de wolken een omlaag wijzende hand was verschenen.

Naast het benzinestation was een eetgelegenheid waar ze na het tanken zwijgend een paar broodjes eiersalade aten, omgeven door mannen met honkbalpetjes waarop merknamen van landbouwmachines stonden, die op gedempte toon spraken over wintertarwe en de marktprijs van sojabonen. Annie begreep niet waar zij het over hadden; ze hadden net zo goed een vreemde taal kunnen spreken. Nadat ze had afgerekend liep ze terug naar de tafel om Grace te zeggen dat ze even naar het toilet ging en dat ze daarna naar de auto zou komen.

'Wil jij even kijken of Pilgrim water nodig heeft?' vroeg ze. Grace antwoordde niet.

'Grace? Heb je me gehoord?'

Annie stond naast haar en bemerkte plotseling dat de boeren om hen heen hun gesprekken hadden gestaakt. Ze had Grace opzettelijk de opdracht gegeven, maar nu had ze er spijt van dat de confrontatie zich zo in het openbaar afspeelde. Grace keek niet op. Ze dronk haar cola op. Het geluid waarmee ze het glas neerzette benadrukte de stilte nog eens extra.

'Doe het zelf maar,' zei ze.

De eerste keer dat Grace aan zelfmoord had gedacht, was in de taxi op weg naar huis geweest na het bezoek aan de kliniek waar de prothese was gemaakt. De holte van het kunstbeen sloot niet goed aan op haar dijbeen, maar ze had gedaan alsof alles prima zat en zich aangepast aan haar vaders vastberaden opgewektheid, terwijl zij zich zat af te vragen hoe ze zich het beste van kant zou kunnen maken.

Twee jaar daarvoor had een meisje uit een andere klas zich voor de ondergrondse gegooid. Niemand had er een verklaring voor waarom ze het gedaan had en Grace was net zo geschokt geweest als de anderen. Maar ook was ze heimelijk wel onder de indruk. Wat een moed was ervoor nodig geweest op dat laatste, beslissende moment, dacht ze. Grace herinnerde zich dat ze nog bij zichzelf gedacht had dat ze dat nooit zou kunnen opbrengen en dat ze, zelfs als dat wel zou lukken, haar spieren waarschijnlijk niet zou kunnen bewegen bij die allerlaatste sprong.

Maar nu zag ze dit alles in een heel ander licht en kon ze met enige onthechtheid nadenken over de mogelijkheid van zelfmoord, ook al wist ze nog niet hoe ze het wilde doen. Dat haar leven verwoest was, was een ding dat zeker was en nog extra benadrukt werd door de manier waarop iedereen om haar heen probeerde aan te tonen dat het niet het geval was. Ze wenste van ganser harte dat ze op die bewuste dag samen met Judith en Gulliver was doodgegaan, daar in de sneeuw. Maar naarmate de tijd verstreek, besefte ze – haast tot haar teleurstelling – dat ze misschien niet het type was om zelfmoord te plegen.

Wat haar tegenhield was haar onvermogen om alleen vanuit haar eigen standpunt te denken. Het leek zo melodramatisch, zo buitensporig, het was een soort buitenissigheid die beter bij haar moeder paste. Het kwam niet bij Grace op dat het misschien aan de Maclean in haar lag, aan die juristengenen, dat zij de neiging had zo objectief over haar eigen afscheid van het leven te denken. Want de beschuldigingen gingen altijd in dezelfde richting in het gezin waartoe zij behoorde. Alles was altijd de schuld van Annie.

Grace hield veel van haar moeder en zij verafschuwde haar in dezelfde mate, vaak ook om dezelfde reden. Om haar zekerheid bijvoorbeeld, en om de manier waarop ze altijd gelijk wist te krijgen. En het meest van alles omdat ze Grace zo goed kende. Ze wist hoe ze zou reageren, wat ze prettig vond en wat niet, wat haar mening was over iets. Misschien voelden alle moeders hun dochters wel zo goed aan. Vaak was het ook wel heerlijk om zo begrepen te worden, maar veel vaker nog, zeker de laatste tijd, had ze het gevoel dat het een monsterachtige bedreiging van haar persoonlijkheid was.

Hiervoor, en voor honderden minder duidelijke fouten van haar moeder, nam Grace nu wraak. Eindelijk bleek ze in haar donderende stilzwijgen een wapen gevonden te hebben dat effect had. Ze merkte het aan haar moeder en dat vond ze prettig. Annies tirannieke gedrag ging gewoonlijk niet gepaard met enige twijfel of enig schuldgevoel, maar nu voelde Grace aan dat deze gevoelens er wel waren. Het leek alsof Annie stilzwijgend erkende dat het verkeerd was geweest om Grace tot deze onderneming te dwingen, en Grace had het idee dat ze daarmee iets kon doen. Vanaf de achterbank van de auto leek haar moeder een soort gokker, die het leven zelf inzette bij een laatste wanhopige omwenteling van het rad van fortuin.

Ze reden pal naar het westen, tot aan de Missouri, waarna ze de breed meanderende rivier links lieten liggen en verder naar het noorden gingen. Bij Sioux City staken ze over naar Zuid-Dakota, waar ze weer verder westwaarts trokken langs snelweg nummer negentig, die ze verder moesten volgen tot in Montana. Ze reden een stuk door de woestijn en zagen de zon in een bloedrode hemel boven de Black Hills ondergaan. Ze zwegen, en de broeierige pijn die tussen hen in zweefde, leek zich als een olievlek uit te breiden en alle miljoenen andere pijnen te omvatten die rondwaarden in dit uitgestrekte en barre landschap.

Liz noch Harry kende mensen in deze streek, dus had Annie een kamer besproken in een hotelletje in de buurt van Mount Rushmore. Ze had de vier gigantische, in de rotsen uitgehouwen hoofden van Amerikaanse presidenten nog nooit gezien en ze verheugde zich erop het monument samen met Grace te gaan bekijken. Maar toen ze het verlaten parkeerterrein van het hotel opreden was het al donker en regende het. Annie bedacht dat het enige positieve aan de situatie was dat ze geen beleefde conversatie hoefde te voeren met mensen die ze nooit had gezien en ook nooit meer zou zien. De kamers waren genoemd naar de verschillende presidenten. Die van hen heette Abraham Lincoln. Vanaf alle muren staarde zijn gezicht hen aan. Boven de televisie hing een stukje van zijn beroemde redevoering uit de Amerikaanse Burgeroorlog, gedeeltelijk bedekt door een glimmend kartonnen bord waarop videofilms werden aangeprezen. Er stonden twee tweepersoonsbedden naast elkaar. Grace liet zich op het bed vallen dat het verst van de deur was, terwijl Annie weer de regen in ging om Pilgrim te gaan verzorgen.

Het paard leek te wennen aan de routine tijdens de reis. Hij vertoonde niet meer zo'n woest gedrag als Annie de deur van de smalle trailer openmaakte om naar binnen te gaan. Hij trok zich stilletjes terug naar achteren en keek alleen maar. Ze voelde zijn ogen in haar rug terwijl ze een nieuw net met hooi ophing en voorzichtig de emmers voedsel en water naar hem toe schoof. Hij raakte er nooit iets van aan voordat ze weg was. Ze voelde zijn onderhuidse vijandigheid en deze beangstigde haar en wond haar tegelijkertijd op. Haar hart bonsde toen ze de deur sloot.

Toen ze terugkwam in de kamer had Grace zich al uitgekleed en lag ze in bed. Ze had haar rug naar haar toegekeerd. Het was onduidelijk of ze sliep of niet.

'Grace?' zei ze zachtjes. 'Wil je niet eten?'

Er kwam geen antwoord. Annie dacht erover om alleen beneden te gaan eten, maar daar had ze geen zin in. Ze maakte een warm bad klaar en bleef er lang in zitten, in de hoop dat het haar tot rust zou brengen. Maar ze voelde slechts een knagende twijfel, die vermengd met de stoom in de badkamer om haar heen bleef hangen. Waar was ze nu eigenlijk mee bezig? Waarom sleepte ze deze twee gewonde zielen het continent over in een afschuwelijk soort herhaling van de waanzin van de pioniers uit de vorige eeuw? Het zwijgen van Grace en de meedogenloze leegheid van de landschappen die ze doorkruisten, maakten dat Annie zich plotseling vreselijk eenzaam voelde. Om haar aandacht af te leiden, deed ze haar hand tussen haar benen. Zonder acht te slaan op het aanvankelijke gebrek aan gevoel begon ze te masturberen tot ten slotte haar onderlijf los leek te raken en ze zichzelf verloor.

Ze droomde die nacht dat ze met haar vader over een besneeuwde bergkam liep. Ze zaten met touwen aan elkaar vast als echte alpinisten, al hadden ze dat in werkelijkheid nooit gedaan. Aan weerszijden verdwenen de beijsde bergwanden loodrecht naar beneden in peilloze diepten. Ze liepen op een dunne overhangende sneeuwmassa. Haar vader had gezegd dat die veilig was. Hij liep voor haar, draaide zich naar haar om en glimlachte zoals hij deed op haar lievelingsfoto van hem; een glimlach vol vertrouwen, die uitstraalde dat hij bij haar was en dat alles in orde was. Maar terwijl hij dat deed, zag ze een barst in de sneeuw naar hen toe zigzaggen. De sneeuwmassa brokkelde af en stortte aan de duistere kant van de berg naar omlaag. Ze wilde roepen, maar het lukte haar niet. Op het moment dat de scheur hen bereikte, draaide haar vader zich om en zag hij hem. Het volgende ogenblik was hij verdwenen. Annie zag het touw dat hen verbond achter hem aan de afgrond in schieten en besefte dat de enige manier om hem te redden was door de andere kant op te springen. Dus wierp zij zich aan de andere kant van de bergkam naar beneden. Maar in plaats van dat het touw strak kwam te staan en zij stil kwam te hangen, bleef ze maar vallen, een vrije val in de leegte.

Toen ze wakker werd was het ochtend. Ze hadden lang geslapen. Buiten regende het nu nog harder dan gisteren. Mount Rushmore en de stenen gezichten gingen schuil in dikke wolken die volgens de vrouw van de receptie voorlopig niet zouden verdwijnen. Niet al te ver uit de buurt, vertelde ze, was een gigantische Crazy Horse-figuur in de rotsen uitgehouwen. Misschien was die wel te bezichtigen, zei ze.

Maar Annie voelde er niet veel voor; dat was een beetje te veel gevraagd, vond ze.

Ze ontbeten, betaalden de rekening en reden terug naar de snelweg. Ze staken de grens met de staat Wyoming over, reden zuidwaarts om Devil's Tower en Thunder Basin heen, vervolgens staken ze Powder River over en gingen ze verder in de richting van Sheridan, waar het uiteindelijk ophield met regenen.

Steeds vaker zagen ze mannen met cowboyhoeden achter het stuur van de pick-ups en vrachtwagens die ze tegenkwamen. Af en toe tikten ze aan de rand van hun hoed of groetten ze door hun hand op te steken. Als ze voorbijschoten veroorzaakte het zonlicht regenbogen in het opspattende water.

Het was al laat in de middag toen ze Montana binnenreden. Annie had echter geen opgelucht gevoel of het idee dat het reisdoel naderbij kwam. Ze had erg veel moeite gedaan zich niet door Grace's zwijgen te laten beïnvloeden. De hele dag had ze aan de autoradio zitten draaien. Ze had predikanten gehoord die het ene bijbelcitaat na het andere voordroegen, berichten over de veehandel, en meer soorten country-en-western-muziek dan ze ooit voor mogelijk had gehouden. Maar het had allemaal niet geholpen. Ze voelde zich steeds meer klem zitten tussen de druk van haar dochters depressie en haar eigen stijgende woede. Ten slotte kon ze er niet meer tegen, en nadat ze een kilometer of veertig door Montana gereden hadden, nam ze een willekeurige afslag. Ze had niet gekeken waar die heen leidde en het kon haar ook niet schelen.

Ze wilde de auto ergens neerzetten, maar ze leek geen geschikte plek te kunnen vinden. Ergens stond een gigantisch groot casino, zonder andere gebouwen eromheen. Terwijl ze er langs reed, flikkerde de neonverlichting op, een spookachtig rood schijnsel tegen de avondschemering. Ze reed een heuvel op, langs een café en een paar winkels met een onverhard parkeerterrein ervoor. Twee Indianen met lang zwart haar en veren in hun hoge cowboyhoeden stonden naast een gedeukte pick-up en keken hoe de Ford Lariat met de trailer naderbij kwam. Iets in hun blik bracht haar in verwarring, dus reed ze verder de heuvel op, sloeg ergens rechtsaf en stopte. Ze zette de motor af en bleef een tijdje doodstil zitten. Ze voelde hoe Grace achter haar naar haar zat te kijken. Toen het meisje uiteindelijk iets zei, klonk haar stem onzeker.

'Wat is er aan de hand?'

'Hoezo?' zei Annie scherp.

'Het is dicht. Kijk maar.'

Er stond een bord langs de weg waarop stond dat zich daarachter het nationaal monument van het slagveld van Little Big Horn bevond, waar ooit generaal Custer het onderspit had gedolven tegen de Sioux en Cheyenne Indianen. Grace had gelijk. Volgens het opschrift was het monument een uur daarvoor gesloten. Annie werd nog kwader dan ze al was omdat Grace kennelijk dacht dat ze daar als een soort toerist naartoe was gereden. Ze was zo boos dat ze haar niet eens durfde aankijken, dus keek ze maar voor zich uit en haalde diep adem.

'Hoe lang denk je hier nog mee door te gaan, Grace?'

'Waarmee?'

'Je weet best wat ik bedoel. Hoe lang duurt het nog?'

Er viel een lange stilte. Annie keek hoe een door de wind voortgeblazen kluwen onkruid zijn eigen schaduw najoeg en langs de weg op hen af kwam. In het voorbijgaan schuurde het geval langs de auto. Ze draaide zich om en keek Grace aan, maar het meisje wendde haar hoofd af en haalde haar schouders op.

'Nou, hoe zit het?' ging Annie door. 'We hebben meer dan drieduizend kilometer gereden en je zit daar maar en zegt geen woord. Dus ik dacht, ik vraag het maar eens, dan weet ik waar ik aan toe ben. Moet ik ervan uitgaan dat het verder zo blijft tussen ons?'

Grace liet haar hoofd hangen en prutste wat aan haar walkman. Weer haalde ze haar schouders op.

'Ik weet niet.'

'Wil je dat we omkeren en weer naar huis gaan?'

Grace lachte even sarcastisch. 'Wil jíj dat?' Ze keek op en blikte opzij uit het raam. Ze probeerde onverschillig te doen, maar Annie zag dat ze tegen haar tranen vocht. Er klonk gebons uit de trailer toen Pilgrim zich bewoog.

'Want als je dàt wilt...'

Plotseling viel Grace tegen haar uit. Haar gezicht was helemaal vertrokken van woede. De tranen stroomden haar over de wangen en het feit dat ze daar niets aan kon doen, verdubbelde haar razernij nog.

'Wat kan het jou verdomme schelen!' schreeuwde ze. 'Jij beslist alles! Altijd doe je dat! Je doet alsof je je iets aantrekt van andere mensen, maar dat is helemaal niet waar!'

'Grace,' zei Annie zachtjes, terwijl ze een hand naar haar uitstak, die echter woedend door haar dochter werd weggeslagen.

'Niet doen! Laat me met rust, alsjeblieft!'

Annie keek haar even aan, opende toen het portier en stapte uit. Ze stak haar neus in de wind en begon maar in het wilde weg te lopen. De weg liep langs een dennenbos naar een parkeerplaats waaraan een laag gebouwtje stond. Er was niemand te zien. Ze liep door en volgde het pad dat verder de heuvel op ging totdat ze bij een door een zwart ijzeren hek omgeven begraafplaats aankwam. Op de top van de heuvel stond een eenvoudige gedenksteen. Daar hield Annie stil. Op deze heuvel waren op een zomerdag in 1876 generaal George Armstrong Custer en meer dan tweehonderd soldaten in de pan gehakt door degenen die zij hadden willen afslachten. Hun namen waren in de steen gebeiteld. Annie draaide zich om en keek langs de helling omlaag naar de verspreid staande witte grafstenen, die lange schaduwen veroorzaakten in het laatste restje bleek zonlicht. Ze bleef daar staan en keek uit over de verre, licht golvende vlakte met het door de wind platgewaaide hoge gras, die zich van deze droevige plek uitstrekte naar de horizon, waar de droefheid oneindig groot was. Toen begon ze te huilen. Later bedacht ze dat het toch wel heel vreemd was dat ze hier min of meer per ongeluk terecht was gekomen. Nooit zou ze weten of een willekeurige andere plek die tranenvloed zou hebben losgemaakt die ze zo lang binnen had gehouden. Het gedenkteken was eigenlijk barbaars: de plegers van volkerenmoord werden er geëerd, terwijl de ontelbare graven van degenen die elders waren afgeslacht voor eeuwig onvindbaar waren. Maar het besef van lijden en de aanwezigheid van zoveel historische spookbeelden overschaduwden al dit soort overwegingen. De plek nodigde gewoon uit tot huilen. Annie boog het hoofd en liet haar tranen de vrije loop. Ze huilde om Grace en om Pilgrim, en om de verloren zielen van de kinderen die in haar baarmoeder het leven hadden gelaten. Maar bovenal huilde ze om zichzelf en om wat er van haar geworden was.

Haar hele leven lang had ze op plekken geleefd waar ze niet thuishoorde. In de Verenigde Staten hoorde ze niet thuis. Maar ook in Engeland, waar ze af en toe nog wel eens kwam, hoorde ze niet meer thuis. In beide landen werd ze behandeld alsof ze uit het andere land kwam. Maar de waarheid was dat ze nergens thuishoorde. Ze had geen thuis. Niet sinds haar vader was overleden. Ze zwierf, ze was ontworteld, er was geen volk waartoe ze behoorde.

Ooit had haar dit haar grootste kracht geleken. Ze wist hoe ze contact moest maken, ze kon zich perfect aanpassen, zich indringen in iedere groep, iedere cultuur, iedere situatie. Ze wist altijd instinctief wat er van haar gevraagd werd, wie je moest kennen, wat je moest weten, wat je moest doen om te slagen. En in haar werk, dat zo lang een obsessie voor haar geweest was, had dit talent haar geholpen alles te bereiken wat er maar te bereiken was. Maar nu, na het ongeluk van Grace, leek dit alles geen waarde te hebben.

In de afgelopen drie maanden was zij de sterkste geweest. Ze had zichzelf ook voorgespiegeld dat Grace dat nodig had. De waarheid was dat ze niet wist hoe ze anders moest reageren. Omdat ze van zichzelf vervreemd was, was ze nu ook het contact met haar kind kwijt, en daarom werd ze verteerd door schuldgevoel. Handelen was in de plaats gekomen van voelen, of in ieder geval voor het uiten van gevoelens. En om die reden was ze dit krankzinnige avontuur met Pilgrim aangegaan, realiseerde ze zich nu.

Annie snikte tot haar lichaam er pijn van deed. Toen liet ze zich langs de koude steen van het monument omlaag zakken en ging ze met haar hoofd in haar handen zitten. Zo bleef ze zitten tot de bleke, waterige zon verdween achter de besneeuwde kammen van de Bighorn Mountains en de bossen bij de rivier samen leken te vloeien tot een enkele zwarte vlek. Toen ze weer opkeek, was het nacht en was ze omgeven door het uitspansel.

'Mevrouw?'

Het was een boswachter. Hij had een zaklantaarn in zijn hand, maar was zo tactvol de lichtstraal niet op haar gezicht te richten.

'Alles in orde met u, mevrouw?'

Annie veegde haar gezicht af en slikte.

'Ja. Dank u,' zei ze. 'Alles is in orde.' Ze stond op.

'Uw dochter was een beetje bezorgd om u.'

'O, ja. Dat spijt me. Ik ga nu naar haar toe.'

Hij tikte aan de rand van zijn hoed en vertrok. 'Goedenacht, mevrouw. Past u goed op, alstublieft.'

Ze liep terug naar de auto. Ze voelde dat hij haar nakeek. Grace lag achterin te slapen. Annie startte de motor, knipte de lichten aan en draaide de weg op. Ze ging terug naar de snelweg en reed verder door de nacht, helemaal naar Choteau.

Deel 3

14

Er liepen twee kreken door het land van de gebroeders Booker, en daaraan ontleende de ranch zijn naam: *de Twee Stromen*. Ze stroomden door twee naast elkaar gelegen bergdalen. Aan hun bovenlopen leken ze haast identiek. De afscheiding tussen de beken was niet erg hoog, en op één punt zelfs zo gering dat het leek of ze elkaar zouden raken, maar vervolgens ging deze over in een hoge rug van aaneengesloten rotspartijen, waardoor de kreken uit elkaar gedwongen werden. En waar ze elk hun eigen weg omlaag zochten, kregen ze ook een verschillend karakter. De noordelijke beek was snel en ondiep en liep door een brede, open vallei naar beneden. De boorden waren hier en daar wel steil, maar over het algemeen kon het vee er makkelijk doorheen waden. Forellen verscholen zich in stroomversnellingen met hun koppen tegen de stroom in en reigers stapten rond op de kiezelstrandjes. De weg omlaag van de zuidelijker gelegen beek was ongelijkmatiger en vol obstakels en bomen die in de weg stonden. Het water zocht zijn weg door dikke bosschages en langs wilde pruimebomen en de beek als zodanig verdween ook tijdelijk in een soort moeras. Wat verder naar beneden meanderde hij door een veld dat zo vlak was dat de bochten elkaar haast raakten. Hier vormde het water een web van donkere, stilstaande plassen, afgewisseld met eilandjes van grasland waarvan de vormen voortdurend veranderden door de activiteiten van bevers.

Ellen Booker zei altijd dat de twee kreken leken op haar twee zoons, de noordelijke op Frank, de andere op Tom. Dat zei ze tenminste tot Frank, die toen zeventien was, een keer 's avonds aan tafel opmerkte dat het niet eerlijk was, omdat hij ook van pruimen hield. Zijn vader had hem onmiddellijk gezegd zijn mond te gaan spoelen en hem naar bed gestuurd. Tom wist niet zeker of zijn moeder de woordspeling begrepen had. Hij veronderstelde van wel, want ze maakte de vergelijking daarna nooit meer.

Het huis bij de beek, waar eerst Tom en Rachel en later Frank en Diane hadden gewoond en dat nu leegstond, stond op een rots boven een bocht in de noordelijke beek. Van daaruit kon je de vallei door kijken, over de toppen van de bomen heen, tot aan de ranch, een kilometer verder, die omgeven was door witgeverfde schuren, stallen en andere bijgebouwen. Tussen de twee huizen liep een onverharde weg die verder doorliep naar de weidegronden waar het vee de winter doorbracht. Maar nu was het april en was de meeste sneeuw op dit lager gelegen deel van het terrein verdwenen. Alleen in de ravijnen waar de zon niet kon komen en tussen de dennebomen aan de noordkant van de bergkam lag nog sneeuw.

Tom keek vanaf de passagiersplaats van de oude Chevrolet naar het huis aan de beek en dacht erover na, zoals hij wel vaker deed, hoe het zou zijn om daar weer in te trekken. Hij en Joe hadden net het vee gevoederd en de jongen ontweek behendig de gaten in de weg. Joe was klein voor zijn leeftijd en moest op het puntje van de bank zitten om over het dashboard heen te kunnen kijken. Op doordeweekse dagen zorgde Frank voor het voederen, maar in het weekend deed Joe het graag en Tom vond het leuk om hem daarbij te helpen. Ze hadden samen de plakken veevoer uitgeladen en allebei waren ze blijven kijken hoe de koeien met hun kalveren aan kwamen lopen om ervan te eten.

'Mogen we naar het veulen van Bronty gaan kijken?' vroeg Joe.

'Jazeker.'

'Op school zit een jongen die zegt dat we hem meteen na de geboorte met mensen hadden moeten laten kennismaken.'

'O ja?'

'Hij zegt dat als je dat meteen na de geboorte doet, ze later veel makkelijker in de omgang zijn.'

'Tja, dat zeggen er wel meer.'

'Op de televisie was eens een keer een man die dat deed met ganzen. Hij had een vliegtuigje en al die ganzen dachten dat dat hun moeder was. Hij ging in het vliegtuigje zitten en toen vlogen ze gewoon achter hem aan.'

'Ja, dat verhaal heb ik ook wel eens gehoord.'

'En wat vindt u ervan?'

'Nou Joe, ik weet niet zo veel van ganzen. Misschien is het niet zo erg dat ze opgroeien met het idee dat ze vliegtuigen zijn.' Joe lachte. 'Maar een paard? Volgens mij moet je hem eerst leren paard te zijn.'

Ze reden terug naar de ranch en parkeerden de auto voor de grote stal waarin Tom een aantal van zijn paarden had staan. Joe's broertjes, de tweeling Scott en Craig, kwamen het huis uit rennen. Tom zag Joe's gezicht betrekken. De tweeling was negen jaar en vanwege de blonde hoofdjes en omdat ze alles samen deden, kregen ze altijd meer aandacht dan hun oudere broer.

'Gaan jullie naar het veulen kijken?' schreeuwden ze. 'Mogen wij mee?' Tom legde op elk van de hoofdjes een van zijn zware handen. 'Ja, als jullie rustig zijn,' zei hij.

Hij liep met hen mee de stal in en bleef met de tweeling voor Bronty's box staan, terwijl Joe naar binnen ging. Bronty was een groot tienjarig renpaard, een rossige vos. Ze stak haar snuit naar Joe uit. Hij legde zijn hand erop en klopte haar zachtjes op de hals. Tom vond het altijd leuk om te zien hoe de jongen met paarden omging. Hij deed het op een aardige, vriendelijke manier. Het veulen, een slag donkerder dan de moeder, lag in een hoek van de box en probeerde nu overeind te komen. Het was een komisch gezicht om hem op zijn lange benen naar de veilige kant van de merrie te zien waggelen, waarna hij van daaruit naar Joe ging staan gluren. De tweeling moest lachen.

'Wat ziet hij er gek uit,' zei Scott.

'Ik heb thuis een foto van jullie waarop jullie net zo oud zijn,' zei Tom. 'En weten jullie wat me daaraan opvalt?'

'Dat ze eruitzien als vette kikkers,' zei Joe.

De twee jongens begonnen zich algauw te vervelen en na een tijdje gingen ze weg. Tom en Joe lieten de andere paarden los in de manege achter de stal. Na het ontbijt zouden ze wat oefeningen gaan doen met de jonge paarden. Toen ze terugliepen naar het huis begonnen de honden te blaffen en renden ze langs hen heen. Tom draaide zich om en zag een zilverkleurige Ford Lariat vanachter de rots te voorschijn komen en over de oprijlaan hun kant op komen. Er zat maar één persoon in. Toen de auto dichterbij kwam, zag hij dat het een vrouw was.

'Verwacht je moeder bezoek?' vroeg Tom. Joe haalde zijn schouders op. Pas toen de auto vlakbij was en de honden er blaffend omheen stonden, zag Tom wie de vrouw achter het stuur was. Hij kon het haast niet geloven. Joe zag hem kijken.

'Kent u haar?'

'Ja, ik denk het wel. Maar ik kan me niet voorstellen dat zij het is.'

Hij maande de honden tot rust en liep naar de auto. Annie stapte uit en kwam zenuwachtig op hem af. Ze droeg een spijkerbroek, wandelschoenen en een crèmekleurige pullover die tot halverwege haar bovenbenen reikte. De zon achter haar gaf aan haar haren een rossige glans. Tom bedacht hoe duidelijk hij zich die groene ogen herinnerde van die eerste keer, bij de manege. Ze knikte hem toe zonder echt te glimlachen, een beetje schaapachtig.

'Goedemorgen, meneer Booker.'

'Ook goedemorgen.' Ze stonden even zwijgend tegenover elkaar. 'Joe, dit is mevrouw Graves. Dit is Joe, mijn neef.' Annie stak haar hand uit naar de jongen.

'Dag, Joe. Hoe maak je het?'

'Goed.'

Ze keek de vallei in, in de richting van de bergen. Daarna keek ze Tom weer aan.

'Wat een prachtige plek om te wonen.'

'Ja, mooi hè?'

Hij vroeg zich af wanneer ze iets zou gaan zeggen over waarom ze hier was, al had hij daar al wel een vermoeden van. Ze haalde diep adem.

'Meneer Booker, u zult het vast krankzinnig vinden, maar u kunt waarschijnlijk wel raden waarom ik hier naartoe ben gekomen.'

'Nou, ik had al gedacht dat u waarschijnlijk niet toevallig hier langskwam.'

Ze glimlachte haast. 'Het spijt me dat ik u zo overval, maar ik wist wat u zou zeggen als ik van tevoren gebeld had. Het gaat om het paard van mijn dochter.'

'Pilgrim.'

'Ja. Ik ben ervan overtuigd dat u hem kunt helpen en ik ben hier gekomen om u te vragen, te smeken, om nog een keer naar hem te kijken.'

'Mevrouw Graves...'

'Alstublieft. Alleen maar even kijken. Het hoeft u niet veel tijd te kosten.'

Tom lachte. 'Niet veel tijd? Helemaal naar New York vliegen?' Hij knikte in de richting van de auto. 'Of was u van plan me ernaartoe te rijden?'

'Nee. Hij is hier, in Choteau.'

Tom staarde haar een ogenblik ongelovig aan.

'Hebt u hem hier helemaal naartoe gebracht?' Ze knikte. Joe keek van de een naar de ander en probeerde te begrijpen waarover het ging. Diane kwam de deur uit lopen en bleef met de hordeur in de hand naar hen staan kijken.

'Helemaal alleen?' vroeg Tom.

'Met Grace, mijn dochter.'

'Alleen maar om mij even naar hem te laten kijken?'

'Ja.'

'Komen jullie eten?' riep Diane. Wie is die vrouw, bedoelde ze eigenlijk. Tom legde zijn hand op Joe's schouder. 'Zeg maar tegen je moeder dat ik eraan kom,' zei hij. Terwijl de jongen naar binnen ging, wendde hij zich weer tot Annie. Een ogenblik stonden ze elkaar aan te kijken. Toen haalde ze even haar schouders op en glimlachte ze eindelijk. Het viel hem op dat haar mondhoeken daarbij omlaaggingen maar dat de gekwelde blik in haar ogen niet verdween. Hij voelde dat ze bezig was hem in te palmen en hij vroeg zich af waarom hij daar geen bezwaar tegen had.

'U moet me niet kwalijk nemen dat ik het zeg,' zei hij, 'maar u bent bepaald niet voor één gat te vangen, hè?'

'Nee,' zei Annie. 'Waarschijnlijk niet.'

Grace lag op haar rug op de vloer van de muffe slaapkamer haar oefeningen te doen en te luisteren naar het elektronische klokkenspel van de methodistenkerk aan de overkant van de straat. Niet alleen het aantal uren werd geslagen, er volgde zelfs een heel deuntje. Ze kon het geluid wel waarderen, te meer daar haar moeder er absoluut niet tegen kon. Annie stond beneden in de hal te telefoneren met de makelaar en had het er juist over.

'Weten ze dan niet dat er wetten zijn die dit soort dingen verbieden,' zei ze. 'Het is gewoon een soort milieuvervuiling.'

Het was al de vijfde keer in twee dagen dat ze hem belde. De arme man was zo onverstandig geweest haar zijn privé-nummer te geven, en nu was Annie bezig zijn weekend te verpesten. Ze bombardeerde hem met klachten: de verwarming deed het niet, de slaapkamers waren vochtig, de extra telefoonlijn die ze besteld had, was niet aangelegd, de verwarming deed het nog steeds niet. En nu ging het over dat klokkenspel.

'Het zou nog niet zo erg zijn als ze iets fatsoenlijks speelden,' zei ze. 'Belachelijk is het. De methodisten hebben toch wel wat beters in huis.'

Gisteren was Annie naar de ranch geweest. Grace had geweigerd mee te gaan. Nadat Annie was vertrokken, was ze op onderzoek uitgegaan, al was er niet veel te onderzoeken geweest. Choteau was eigenlijk niet meer dan een lange hoofdstraat met een spoorweg aan de ene kant en een paar blokken woonhuizen aan de andere kant. Er was een dierenwinkel, een videowinkel, een restaurantje en een bioscoop waar een film draaide die Grace een jaar daarvoor al had gezien. Het enige bijzondere aan het plaatsje was dat er een museum was waar dinosauruseieren te bezichtigen waren. Ze ging een paar winkels binnen. De mensen waren er niet onvriendelijk, maar wel gereserveerd. Ze was zich ervan bewust dat ze nagekeken werd toen ze langzaam weer naar het huis toe liep met haar stok. Toen ze weer binnen was, voelde ze zich zo triest dat ze in huilen uitbarstte.

Annie was opgetogen teruggekomen en had Grace verteld dat Tom Booker erin had toegestemd om de volgende ochtend naar Pilgrim te komen kijken. Grace had alleen gezegd: 'Hoe lang moeten we hier blijven, in deze troep?'

Het was een groot, rommelig huis met bleekblauwe dakspanen. Het hele vloeroppervlak was bedekt met vlekkerig, geelbruin, ruwharig tapijt. Het schaarse meubilair zag eruit alsof het van een uitdragerij afkomstig was. Annie was ontzet geweest toen ze het huis voor het eerst zag. Grace daarentegen was opgelucht. De overduidelijke lelijkheid ervan versterkte haar gelijk, ze voelde zich erdoor gerechtvaardigd en gesteund. Diep in haar hart was ze echter niet zo gekant tegen haar moeders onderneming als ze wel voorgaf te zijn. Ze vond het namelijk best een opluchting om weg te zijn van school en ontslagen te zijn van de vermoeiende verplichting steeds maar een vrolijk gezicht te trekken. Maar haar gevoelens over Pilgrim waren verward en joegen haar angst aan. Het beste was om hem maar uit haar gedachten te bannen. Maar haar moeder maakte dat onmogelijk. Alles wat zij deed leek erop gericht te zijn Grace met hem te confronteren. Ze had de hele kwestie aangepakt alsof Pilgrim van haar was, en dat was hij niet, hij was van Grace. En natuurlijk wilde Grace wel dat hij beter zou worden, het enige was dat... Op dat moment bekroop haar voor het eerst het gevoel dat het misschien niet waar was dat zij wilde dat hij beter werd. Gaf zij hem dan de schuld voor wat er gebeurd was? Nee, dat was belachelijk. Wilde zij dan dat hij bleef zoals hij was, voor eeuwig mismaakt? Waarom moest hij genezen, en zij niet? Het was niet eerlijk. Houd ermee op, houd ermee op, zei ze tegen zichzelf. Al die gekke ideeën waren de schuld van haar moeder, en Grace was niet van plan ze wortel te laten schieten in haar hoofd.

Met verdubbelde energie begon ze aan haar oefeningen, totdat het zweet tappelings langs haar hals liep. Keer op keer hief ze haar beenstompje hoog de lucht in; haar rechter bilspier en de spieren in haar dijbeen deden er pijn van. Nu pas kon ze naar haar been kijken en accepteren dat het van haar was. Het litteken was een keurige rechte streep en het had niet meer zo'n enge roze kleur. Haar spieren hadden weer de oude omvang, zelfs zo dat de aansluiting van haar kunstbeen wat strak begon aan te voelen. Ze hoorde Annie de telefoon ophangen.

'Grace? Ben je klaar? Want hij komt zo.'

Grace gaf geen antwoord. Ze liet Annies woorden als het ware in de lucht hangen.

'Grace?'

'Ja. Wat kan mij dat schelen.'

Ze voelde Annies reactie. Ze zag voor zich hoe ze keek: eerst geërgerd, maar uiteindelijk toch berustend. Ze hoorde haar zuchten en weer de saaie huiskamer in gaan, die Annie natuurlijk meteen na hun aankomst had omgebouwd tot kantoor.

15

Het enige dat Tom haar beloofd had was dat hij nog een keer naar het paard zou gaan kijken. Nadat zij die hele reis gemaakt had, was dat wel het minste wat hij kon doen. Hij had er echter op gestaan dat in zijn eentje te doen. Hij wilde niet dat zij over zijn schouder zou meekijken en hem op een of andere manier onder druk zou zetten. Want dat kon ze behoorlijk goed, had hij al ontdekt. Ze had hem laten beloven dat hij daarna bij haar zou langskomen om haar zijn oordeel te geven.

Hij kende de Petersens wel, waar ze Pilgrim op stal hadden staan. Ze woonden net buiten Choteau. Het waren best aardige mensen, maar als het paard er nog zo aan toe was als de eerste keer dat Tom hem gezien had, zouden ze er gauw genoeg van krijgen.

De oude Petersen had een vreselijke boeventronie, een drie dagen oude, grijze baard en tanden die net zo zwart waren als de tabak die hij altijd kauwde. Hij toonde zijn hele gebit in de valse glimlach die op zijn gezicht verscheen toen Tom aan kwam rijden in zijn Chevrolet.

'Hoe zeggen ze dat ook weer? Als je moeilijkheden zoekt, moet je hier wezen. Het beest heeft me zowat doodgeschopt toen ik hem uit de wagen probeerde te halen. En sindsdien doet hij niks anders als schoppen en hinniken als een wezen uit de onderwereld.'

Hij liep met Tom over een modderig karrespoor langs roestige karkassen van auto's naar een oude stal met aan weerszijden paardeboxen. De andere paarden liepen in de wei. Tom hoorde Pilgrim al van veraf.

'Verleden jaar zomer heb ik er nog een nieuwe deur in gezet. Maar goed ook, want die oude zou hij er nou al uitgeramd hebben. Die vrouw zei dat jij hem gaat behandelen, klopt dat?'

'O ja, zei ze dat?'

'Ja, ja. Nou, het enige wat ik kan zeggen is dat je je het beste eerst maar kunt laten opmeten door Bill Larson.' Bulderend van het lachen sloeg hij Tom op de schouders. Bill Larson was de plaatselijke begrafenisondernemer.

Het paard was er zelfs nog slechter aan toe dan de laatste keer dat Tom hem gezien had. Zijn voorbeen was zo slap dat Tom zich afvroeg hoe hij erin slaagde erop te staan, om over het schoppen maar te zwijgen.

'Moet vroeger wel een mooi paard geweest zijn,' zei Petersen.

'Ja, zal wel.' Tom draaide zich om. Hij had genoeg gezien.

Hij reed terug naar Choteau en keek op het papiertje waarop Annie haar adres had genoteerd. Toen hij stopte bij het huis en naar de voordeur toeliep, hoorde hij het klokkenspel een deuntje spelen dat hij sinds hij als kind op zondagsschool zat niet meer had gehoord. Hij belde aan en wachtte. Hij schrok van het gezicht dat hij te zien kreeg toen de deur geopend werd. Het kwam niet doordat hij had verwacht de moeder te zien, maar door de onomwonden vijandige uitdrukking op het bleke, sproetige gezicht van het meisje. Hij herkende het gezicht van de foto die Annie hem gestuurd had van het gelukkige meisje met haar paard. Het was schokkend om het verschil te zien. Hij glimlachte.

'Jij bent vast Grace.'

Zij glimlachte niet, maar knikte alleen en deed een stap opzij om hem binnen te laten. Hij zette zijn hoed af en wachtte terwijl zij de deur sloot. Hij hoorde Annie praten in de kamer die op de hal uitkwam.

'Ze is aan het bellen. U kunt hier wel even wachten.'

Ze bracht hem naar de kale, L-vormige huiskamer. Terwijl hij achter haar aan liep keek Tom naar haar been en haar stok. Dat moest hij niet meer doen, bedacht hij. De kamer zag er somber uit en het rook er vochtig. Er stonden een paar oude leunstoelen en een doorgezakte bank. Op de televisie werd een oude zwart-witfilm vertoond. Grace ging weer zitten kijken. Tom ging op de armleuning van een van de stoelen zitten. De deur aan de andere kant van de gang stond half open. Hij zag een faxapparaat, een computerscherm en een wirwar van snoeren. Van Annie zag hij slechts haar over elkaar geslagen benen en een ongeduldig op en neer wippende laars. Ze scheen zich ergens behoorlijk over op te winden.

'Wat! Wat heeft hij gezegd? Het is toch niet te geloven... Lucy... Lucy, het kan me niet schelen. Crawford heeft er niets mee te maken. Ik ben verdomme de hoofdredacteur, en ik bepaal dat we die omslag voeren.'

Tom zag hoe Grace haar ogen ten hemel sloeg. Hij vroeg zich af of het gebaar voor hem bedoeld was. Op de televisie was een actrice wier naam hij nooit kon onthouden op haar knieën bezig James Cagney te smeken niet weg te gaan. Zo ging het nou altijd, en Tom kon maar niet begrijpen waarom ze daar zo'n punt van maakten.

'Grace, schenk jij meneer Booker even koffie in?' riep Annie vanuit de andere kamer. 'En ik wil zelf ook een kopje.' Ze ging weer door met haar telefoongesprek. Grace knipte de televisie uit en stond zichtbaar geïrriteerd op.

'Het hoeft niet, hoor,' zei Tom.

'Ze heeft net gezet.' Ze keek hem aan alsof hij iets onfatsoenlijks had gezegd.

'Nou, graag dan, alsjeblieft. Maar blijf jij dan kijken, dan haal ik het wel.'

'Ik ken hem al, het is een rotfilm.'

Ze pakte haar stok en verdween naar de keuken. Tom wachtte even en liep toen achter haar aan. Ze keek hem even aan toen hij de keuken binnenkwam en ze rammelde harder met de kopjes dan nodig was. Hij liep naar het raam.

'Wat doet je moeder precies?'

'Hoezo?'

'Nou, ik vroeg me af wat voor werk ze doet.'

'Ze is hoofdredactrice van een tijdschrift.' Ze reikte hem een kop koffie aan. 'Melk en suiker?'

'Nee, bedankt. Het is vast een beroep met veel spanningen.'

Grace lachte. Tom verbaasde zich erover hoe bitter die lach klonk.

'Ja, dat kun je wel zeggen, ja.'

Er viel een gespannen stilte. Grace draaide zich om en maakte aanstalten om nog een kopje in te schenken, maar in plaats daarvan keek ze hem aan. Aan het trillen van de koffie in de glazen pot zag hij hoe zenuwachtig ze was. Het was duidelijk dat ze hem iets belangrijks wilde meedelen.

'Voor het geval zij het u niet gezegd heeft: ik wil met deze hele zaak niets te maken hebben, begrijpt u?'

Tom knikte langzaam en wachtte tot ze verder zou gaan. Ze had de woorden haast uitgespuwd en was nu een beetje verbouwereerd door zijn kalme reactie. Ze schonk het kopje snel vol, maar deed het te wild, zodat ze morste. Ze zette de pot met een klap op tafel en pakte het kopje. Zonder hem nog aan te kijken, ging ze door.

'Het was haar idee, maar ik vind het allemaal krankzinnig. Ze moeten hem gewoon laten afmaken.'

Ze hinkte langs hem heen de kamer uit. Tom keek haar na en wierp toen een blik op het verwaarloosde achtertuintje. Bij een omgevallen vuilnisbak zat een kat iets pezigs te eten.

Hij was hiernaar toe gekomen om de moeder van het meisje voor de laatste keer te vertellen dat het paard niet meer te helpen was. Het zou moeilijk te verteren zijn voor haar, nadat ze er zo'n eind voor gereden hadden. Hij had er veel over nagedacht sinds Annies bezoek aan de ranch. Om het nauwkeuriger te zeggen: hij had veel nagedacht over Annie en de droefheid in haar ogen. Het was ook even bij hem opgekomen dat àls hij zou zeggen dat hij het paard zou behandelen, hij dat misschien niet voor het paard zou doen, maar voor haar. Maar dat deed hij nooit. Dan zou hij het doen om de verkeerde redenen.

'Het spijt me. Het was een belangrijk telefoontje.'

Hij draaide zich om en zag Annie de kamer in komen. Ze droeg een overmaats denim hemd en had haar haar achterover gekamd. Het was nog nat van het douchen. Het gaf haar een beetje een jongensachtig uiterlijk.

'Dat geeft niet.'

Ze pakte de koffiekan en schonk zichzelf bij. Toen kwam ze naar hem toe en deed zonder te vragen bij hem hetzelfde.

'Bent u naar hem wezen kijken?'

Ze zette de koffiekan neer en bleef voor hem staan. Ze rook naar zeep of shampoo, in ieder geval iets van een duur merk.

'Ja, ik kom er net vandaan.'

'En?'

Nog wist Tom niet hoe hij het haar moest vertellen, zelfs niet toen hij begon te spreken.

'Nou, hij is er wel heel erg aan toe.'

Hij wachtte even en zag de gespannen blik in haar ogen. Toen viel zijn oog op Grace, die achter haar in de deuropening stond. Ze probeerde te doen alsof het haar niets kon schelen, maar daar slaagde ze absoluut niet in. De ontmoeting met het meisje, daarnet, had een beetje geleken op het aanschouwen van de laatste afbeelding van een drieluik. Het geheel was ineens duidelijk geworden. Alle drie – moeder, dochter en paard – waren onverbrekelijk met elkaar verbonden in hun pijn. Als hij erin slaagde het paard te helpen, al was het maar een klein beetje, dan hielp hij hen misschien allemaal. Daarmee kon toch niets mis zijn? En daarbij kwam nog, hij kon dit grote lijden toch niet zomaar de rug toekeren?

Hij hoorde zichzelf zeggen: 'Maar misschien is er iets aan te doen.'

Hij zag een golf van opluchting over Annies gezicht trekken.

'Wacht even alstublieft, mevrouw. Ik zei, misschien. Maar voor ik er zelfs maar over wil denken, wil ik iets weten. En dat is meer een vraag aan Grace hier.'

Hij zag het meisje verstijven.

'Je moet goed begrijpen: als ik met een paard aan de gang ga, dan heeft het geen zin als ik dat in mijn eentje doe. Zo werkt het niet. De eigenaar moet er ook bij betrokken zijn, degene die hem gaat berijden. Dus zo wil ik het afspreken: ik weet niet zeker of ik iets kan bereiken bij Pilgrim, maar als jij me erbij helpt, wil ik het proberen.'

Grace lachte weer even bitter en keek opzij, alsof ze niet kon geloven dat hij zoiets doms kon voorstellen. Annie keek naar de grond.

'Is dat een probleem voor je, Grace?' vroeg Tom. Ze keek hem aan met een blik die ongetwijfeld bedoeld was als verachtend, maar haar stem trilde toen ze sprak.

'Is dat dan niet duidelijk?'

Tom dacht hier even over na en schudde toen zijn hoofd. 'Nee, ik denk van niet. In ieder geval zijn dat mijn voorwaarden. Bedankt voor de koffie.' Hij zette zijn kopje neer en liep naar de deur. Annie keek naar Grace, die zich terugtrok in de huiskamer. Toen haastte ze zich achter hem aan de hal in.

'Wat zou ze dan moeten doen?'
'Alleen aanwezig zijn. Helpen. Erbij betrokken zijn.'
Om een of andere reden wilde hij niet zeggen: het paard berijden. Hij zette
zijn hoed op en opende de buitendeur. Hij zag de wanhoop in Annies ogen.
'Het is koud hier,' zei hij. 'U zou de verwarming eens moeten laten nakijken.'
Hij wilde net naar buiten stappen toen Grace in de deuropening van de
huiskamer verscheen. Ze keek hem niet aan. Ze zei iets, maar ze sprak zo
zachtjes dat hij het niet had verstaan.
'Sorry, Grace. Wat zei je?'
Ze wiebelde ongemakkelijk heen en weer. Ze keek opzij.
'Ik zei dat ik het zou doen.'
Toen draaide ze zich om en ging de kamer weer in.

Diane had een kalkoen klaargemaakt en was het beest nu aan het aansnijden, op zo'n manier dat het leek alsof het zijn verdiende loon was. Een van
de jongens probeerde een stukje van het bord te pakken, maar kreeg een
tik op zijn hand. Hij moest de borden van het dressoir pakken en op tafel
zetten, waar de anderen allemaal al zaten.
'En je eigen paarden dan?' vroeg ze. 'Ik dacht dat je juist met die cursussen
was opgehouden zodat je voor de verandering eens iets aan je eigen paarden kon doen.'
'Daar is toch tijd genoeg voor,' zei Tom. Hij begreep niet waarom Diane zo
van streek leek.
'Wie denkt ze eigenlijk dat ze is, dat ze zomaar hiernaar toe komt? En dan
denken dat ze jou zomaar kan dwingen om dit te doen? Dat noem ik lef
hebben, zeg. Hoepel op!' Ze probeerde haar zoontje weer een klap te geven, maar deze keer ontsnapte hij met het stukje vlees dat hij gepakt had.
Diane hief het vleesmes omhoog. 'De volgende keer gebruik ik dit, denk je
er wel om! Frank, zeg jij eens iets. Vind jij niet dat ze hondsbrutaal is?'
'O, nou, dat weet ik niet, hoor. Dat moet Tom maar bepalen, vind ik.
Craig, geef me de maïs even door, wil je?'
Diane schepte het laatste bord voor zichzelf op en ging toen ook aan tafel
zitten. Ze zwegen allemaal terwijl Frank bad.
'In ieder geval,' zei Tom na het bidden, 'gaat Joe me helpen met mijn paarden, hè Joe?'
'Jazeker.'
'Maar niet terwijl je nog school hebt, denk erom,' zei Diane. Tom en Joe
wisselden een blik. Even zwegen ze, terwijl iedereen bezig was groenten en
veenbessensaus op te scheppen. Tom hoopte dat Diane er niet verder op
door zou gaan, maar ze was vasthoudend als een hond met zijn bot.

'En dan moeten ze zeker ook eten en drinken hebben, en zo, als ze de hele dag hier zijn?'

'Nou, ik denk niet dat ze daarop rekenen,' zei Tom.

'O nee? Rijden ze dan zestig kilometer naar Choteau, iedere keer als ze trek hebben in een kopje koffie?'

'Thee,' zei Frank.

Diane keek hem verstoord aan. 'Hè?'

'Thee. Ze komt uit Engeland. Daar drinken ze thee. Kom nou, Diane, laat die man nou eens met rust.'

'Ziet het been van dat meisje er vreemd uit?' vroeg Scott met zijn mond vol vlees.

'Stel toch niet van die stomme vragen!' Joe schudde zijn hoofd. 'Wat ben je toch een rare jongen.'

'Nee, ik bedoel, is het van hout of zo?'

'Eet jij nou maar gewoon door, Scott,' zei Frank.

Zwijgend aten ze verder. Tom zag nog steeds de zwarte donderwolk boven Dianes hoofd hangen. Ze was een forse, krachtige vrouw. Haar gezicht en haar karakter waren gehard door het leven dat ze hier leidde. Ze was een jaar of vijfenveertig en naarmate ze ouder werd, straalde ze steeds meer het gevoel uit kansen gemist te hebben. Ze was opgegroeid op een boerderij in de buurt van Great Falls en het was Tom die het eerst kennis met haar had gemaakt. Ze waren een paar keer samen uit geweest, maar hij had duidelijk gemaakt dat hij er niet aan toe was om een geregeld leven te gaan leiden en bovendien was hij maar zo zelden in de buurt dat de relatie gewoon was doodgebloed. Toen was Diane met zijn jongere broer getrouwd. Tom mocht haar graag, maar vond haar, speciaal sinds zijn moeder naar Great Falls was verhuisd, een tikkeltje te zorgzaam tegenover hem. Af en toe was hij bang dat ze meer aandacht aan hem besteedde dan aan Frank, al leek Frank dat zelf niet zo te merken.

'Wanneer was je van plan te gaan brandmerken?' vroeg hij aan zijn broer.

'Volgend weekend. Als het weer tenminste meezit.'

Op veel ranches deden ze het pas later, maar Frank deed het brandmerken in april omdat de jongens er graag bij hielpen en de kalveren dan nog zo klein waren dat zij ze aankonden. Ze maakten er altijd een feestelijke gebeurtenis van. Er kwamen vrienden helpen en na afloop had Diane dan een maaltijd klaar voor het hele gezelschap. Het was een van de tradities die Toms vader had ingesteld en Frank hield ook deze oude gewoonte in ere. Een andere was dat zij nog steeds paarden gebruikten voor werk dat andere veeboeren allang met gemotoriseerde voertuigen deden. Maar vee bijeendrijven op een motorfiets was toch niet het echte werk.

Tom en Frank hadden altijd dezelfde opvattingen over dit soort onderwerpen. Ze verschilden nooit van mening over de bedrijfsvoering van de ranch, en trouwens ook niet over andere zaken. Dit kwam voor een deel doordat de ranch in Toms opvatting meer van Frank was dan van hem. Frank was tenslotte degene die hier al die jaren gebleven was, terwijl hij rondreisde en zijn cursussen gaf. Bovendien was Frank altijd een beter zakenman geweest en wist hij meer van de veehouderij dan Tom ooit zou weten. De twee mannen stonden elkaar na en gingen probleemloos met elkaar om. Frank was ook echt enthousiast over Toms plannen om zich meer toe te leggen op het fokken van paarden, want dat betekende dat hij er vaker zou zijn. Hoewel het vee meer de afdeling van Frank was en de paarden van Tom, bespraken ze hun zaken toch met elkaar en hielpen ze elkaar wanneer ze maar konden. Verleden jaar, toen Tom op reis was voor een serie cursussen, had Frank bijvoorbeeld de scepter gezwaaid bij de aanleg van een manege en een oefenbad die Tom voor de paarden had ontworpen.

Tom merkte plotseling dat een van de jongens hem een vraag had gesteld. 'Sorry, wie vroeg daar wat?'

'Is ze beroemd?' Het was Scott.

'Wie bedoel je in godsnaam? Wie is beroemd?' bitste Diane.

'Die vrouw uit New York.'

Diane gaf Tom niet de gelegenheid te antwoorden.

'Heb jij ooit haar naam gehoord?' vroeg ze de jongen. Hij schudde zijn hoofd. 'Nou dan, dan is ze toch zeker niet beroemd! En eet nou je bord leeg.'

16

De noordkant van Choteau werd bewaakt door een vier meter hoge dinosaurus. Deskundigen wisten dat het een Albertasaurus was, voor de anderen zag hij eruit als een gewone Tyrannosaurus Rex. Hij hield de wacht op het parkeerterrein van het streekmuseum en je zag hem meteen nadat je het bord langs de grote weg gepasseerd was waarop stond te lezen: 'Welkom in Choteau – aardige mensen, prachtig landschap'. Misschien was de ontwerper van het monster zich wel bewust geweest van de mogelijke domper na deze hartelijke uitnodiging; in ieder geval had hij de enge bek van het beest voorzien van een soort glimlach. Het effect was verwarrend:

je twijfelde eraan of hij je meteen op wilde eten of je eerst dood wilde likken.

Twee weken lang was Annie nu vier keer per dag de starende blik van het monster gepasseerd, op weg naar en van de ranch. Ze reden er 's middags heen, nadat Grace thuis voor school bezig was geweest of een vermoeiende ochtend bij de fysiotherapeut achter de rug had. Annie zette haar dan af bij de ranch, waarna ze weer naar huis ging om met behulp van telefoon en fax weer aan het werk te gaan. En om een uur of zes ging ze haar dan weer ophalen, zoals nu.

Het was ongeveer veertig minuten rijden, en ze genoot ervan. Speciaal van de avondrit sinds het weer was omgeslagen. Sinds vijf dagen was de lucht namelijk opgeklaard en de hemel zag er nu uitgestrekter en blauwer uit dan ze ooit voor mogelijk had gehouden. Na de drukte van het getelefoneer met New York 's middags was een rit door dit landschap te vergelijken met een duik in een enorm, rustgevend bad.

De route zag er op de kaart uit als een langgerekte letter L. Eerst reed ze ongeveer dertig kilometer via de snelweg. Annie was dan vaak de enige op de weg. De vlakte strekte zich rechts van haar eindeloos uit en terwijl de zon aan haar linkerhand laag boven de Rocky Mountains stond, kreeg het gras dat de winter doorstaan had een lichtgouden kleur in het zonlicht. Ze sloeg linksaf en reed een niet op de kaart aangegeven onverharde weg op, waarlangs ze, in een rechte lijn, de resterende vijfentwintig kilometer naar de ranch en de bergen erachter aflegde. Waar de auto had gereden bleef een stofwolk achter die maar langzaam verwaaide in het zachte briesje dat er stond. Op de weg voor haar liepen wulpen, die pas op het laatste moment wegzeilden over de weide. Annie deed de zonneklep omlaag om niet verblind te worden door de ondergaande zon en voelde haar hart sneller kloppen.

De laatste paar dagen was ze steeds een beetje vroeger naar de ranch gekomen om Tom Booker aan het werk te zien, al was het trainen van Pilgrim nog niet echt begonnen. Het was tot nu toe alleen een beetje fysiotherapie wat hij deed. Hij probeerde de geslonken spieren van de schouder en het been wat te ontwikkelen in het zwembad. Het paard zwom rondje na rondje en keek alsof hij door krokodillen achterna werd gezeten. Hij was nu onafgebroken op de ranch, in een box vlak bij het bad, en het enige nauwe contact dat Tom met hem had, vond plaats als hij hem het water in of uit liet lopen. Dat was al gevaarlijk genoeg.

Gisteren had Annie naast Grace staan kijken hoe hij Pilgrim uit het water haalde. Het paard was bang in een val te lopen en wilde er niet uit, waarop Tom het water in was gelopen tot hij er tot zijn middel in stond. Pilgrim had wild om zich heen geslagen en hem doornat gemaakt en had zelfs vlak voor hem staan steigeren. Tom deed echter alsof er niets aan de hand was. Annie begreep niet dat iemand zo kalm kon blijven in het aangezicht van de dood. Hoe kon hij zo zeker weten dat het goed zou aflopen? Ook Pilgrim leek verbijsterd door dit gebrek aan angst en strompelde al gauw het bad uit, waarna hij zich gewillig naar zijn box liet voeren.

Tom kwam naar Grace en Annie toe en bleef druipend voor hen staan. Hij nam zijn hoed af en liet het water uit de rand lopen. Grace begon te lachen. Hij keek haar een beetje zuur aan, waardoor ze nog harder begon te lachen. Toen draaide hij zich naar Annie en schudde zijn hoofd.

'Een harteloos type, die dochter van u,' zei hij. 'Maar ze weet nog niet dat zíj er de volgende keer in moet.'

Het lachen van Grace bleef Annie nog lang bij. Op de terugweg naar Choteau beschreef Grace haar wat ze allemaal met Pilgrim hadden gedaan en vertelde ze wat Tom allemaal over hem had willen weten. Ze vertelde over het veulen van Bronty, over Frank en Diane en de jongens, dat de tweeling heel vervelend kon zijn, maar dat Joe aardig was. Het was voor het eerst sinds ze weg waren uit New York dat ze vrijuit en opgewekt praatte en Annie had haar best moeten doen om niet al te enthousiast te reageren en te doen alsof het de gewoonste zaak van de wereld was. De omslag was echter niet blijvend. Toen ze langs de dinosaurus reden, was Grace weer stil geworden, alsof ze door het beest eraan herinnerd was hoe ze tegenwoordig met haar moeder omging. Maar het was in ieder geval een begin, dacht Annie.

De banden van de auto knerpten op de steentjes toen ze de hoek om kwam en onder de letters TS door reed die aangaven dat daar de oprijlaan van de ranch begon. Annie zag paarden rondrennen in de grote, open piste bij de stallen, en toen ze naderbij kwam, zag ze Tom ertussen rijden. In één hand had hij een lange stok met een oranje vlag eraan. Hij wapperde ermee naar de paarden, waardoor ze van hem weg renden. Er liepen minstens tien jonge paarden in de piste, die steeds dicht bij elkaar bleven. Maar er was één paard bij dat steeds maar alleen bleef. Ineens zag Annie dat het Pilgrim was.

Grace stond naast Joe en de tweeling over het hek geleund en met hun vieren stonden ze ernaar te kijken. Annie parkeerde de auto en liep naar hen toe, onderwijl de honden aaiend, die nu niet meer blaften als ze aan kwam rijden. Joe glimlachte naar haar; hij was de enige die haar begroette.

'Wat is hij aan het doen?' vroeg Annie.

'O, hij laat ze gewoon wat rondjes lopen.'

Annie leunde naast hem over het hek en keek. De paarden bokten en vlogen van de ene kant van de piste naar de andere. Ze wierpen grote stofwolken op, die hun lange schaduwen in de ondergaande zon verduisterden.

Tom reed op Rimrock moeiteloos achter hen aan en deed af en toe een stapje opzij of achteruit om ze de pas af te snijden of ze uiteen te drijven. Annie had hem niet eerder te paard gezien. Het paard maakte met zijn witgesokte voeten zonder zichtbare aansturing ingewikkelde pasjes. Het leek wel of het dier rechtstreeks gestuurd werd door Toms gedachten, vond Annie. Man en paard leken één. Ze kon haar ogen niet van hem af houden. In het voorbijgaan tikte hij tegen zijn hoed en glimlachte.

'Dag Annie.'

Het was voor het eerst dat hij haar niet mevrouw Graves of gewoon mevrouw noemde. Annie vond het heel plezierig dat hij dat deed zonder het eerst gevraagd te hebben; ze voelde zich er meer door geaccepteerd. Ze keek hoe hij naar Pilgrim reed, die evenals de andere paarden aan de andere kant van de piste was blijven staan. Het paard stond apart van de andere; het was het enige dat stond te zweten. De littekens op zijn borst en aan zijn hoofd puilden uit in het zonlicht. Hij wierp zijn hoofd heen en weer en snoof. Hij leek net zo bang te zijn voor de andere paarden als voor Tom.

'Wat we aan het doen zijn, Annie, is het volgende. We proberen hem te leren weer paard te zijn. Alle andere weten het al, heb je het gemerkt? Zo zijn ze in het wild, kuddedieren. Als er iets is wat ze niet begrijpen, zoals nu met mij en die vlag, dan oriënteren ze zich op elkaar. Alleen die oude Pilgrim is het helemaal vergeten. Hij denkt dat hij moet kiezen of hij door de kat of door de hond gebeten wordt en dat hij op de hele wereld geen enkele vriend heeft. Als je ze allemaal loslaat in de bergen, dan redden deze jongens hier zich uitstekend, alleen die arme Pilgrim zou een makkelijke prooi zijn voor de beren. Het is niet dat hij zo graag alleen is, hij weet gewoon niet hoe hij zich moet gedragen.'

Hij reed met Rimrock naar de paarden toe en stak ineens de vlag recht omhoog, zodat hij een klappend geluid maakte. De jonge paarden renden allemaal naar rechts, en deze keer ging Pilgrim hen achterna, in plaats van naar links te gaan zoals de vorige keren. Maar zodra hij bij Tom uit de buurt was, zonderde hij zich af en ging hij weer apart staan. Tom grijnsde.

'Hij komt er wel.'

Toen ze Pilgrim eindelijk weer in zijn box hadden, was de zon al lang onder en was het koud aan het worden. Diane riep de jongens binnen voor het avondeten. Grace liep met hen mee om haar jas te pakken, die ze binnen had laten liggen. Tom en Annie liepen langzaam naar haar auto toe. Annie was zich ineens scherp bewust van het feit dat ze met hun tweeën alleen waren. Een tijdlang zwegen ze. Een uil scheerde rakelings over hun hoofden, op weg naar de beek. Annie zag de nachtvogel versmelten met het duister van de populieren. Ze voelde dat Tom naar haar keek en keerde zich naar hem om. Hij glimlachte kalm en zonder enige verlegenheid naar haar. Hij keek niet naar haar als iemand die haar nog maar net had ontmoet, maar integendeel als iemand die haar al heel lang kende. Annie slaagde erin zijn glimlach te beantwoorden, maar voelde zich opgelucht toen ze zag dat Grace vanuit het huis naar hen toe kwam.

'Morgen gaan we hier brandmerken,' zei Tom. 'Als jullie zin hebben, kom ons dan helpen.'

Annie lachte. 'Ik denk dat we jullie alleen maar voor de voeten zullen lopen,' zei ze.

Hij haalde zijn schouders op. 'Kan zijn. Maar zolang je niet voor het merkijzer gaat staan, is dat niet zo'n ramp. En al doe je dat wel: het is helemaal niet zo'n lelijk merk. Als je weer in de stad bent, ben je er misschien wel trots op.'

Annie keek Grace aan. Ze zag dat ze er wel zin in had, maar het niet wilde laten blijken. Toen keek ze weer naar Tom.

'Oké. Waarom ook niet?' zei ze.

Hij zei dat ze om een uur of negen de volgende ochtend zouden beginnen, maar dat ze konden komen wanneer ze wilden. Daarna namen ze afscheid.

Toen Annie optrok, keek ze in de achteruitkijkspiegel. Ze zag dat hij was blijven staan en hen nakeek.

17

Tom reed aan de ene kant van de vallei, Joe aan de andere kant. De bedoeling was om zo de achterblijvers op te jutten, maar de koeien hadden weinig aansporing nodig. Ze zagen de oude Chevrolet al in de wei staan, waar hij tegen voedertijd altijd stond, en ze hoorden Frank en de tweeling roepen en met de zak met veevoer op de grond slaan om hun aandacht te trekken. Ze kwamen loeiend vanuit de heuvels aangelopen, hun kalveren repten zich achter hen aan, ook loeiend, bang om alleen achtergelaten te worden.

Toms vader had vroeger zuivere Herefords gefokt, maar een aantal jaren geleden was Frank overgegaan op een kruising van Hereford en Black Angus. De Angus-koeien waren goede moeders en waren beter bestand tegen het klimaat omdat hun uiers zwart waren en niet roze zoals bij de Herefords. Daardoor hadden ze geen last van de eventuele zon als ze door de sneeuw liepen. Tom bleef even staan kijken hoe ze van hem wegliepen, de heuvel af. Toen stuurde hij Rimrock naar links en reed hij naar de beschaduwde bedding van de beek toe.

De damp boven het wateroppervlak condenseerde, waardoor het leek alsof er stoomwolken vanaf kwamen. Een waterspreeuw sprong op en vloog stroomopwaarts voor hem uit. Hij vloog zo laag dat zijn vleugels zowat het water raakten. Hier klonk het loeien van de koeien nog maar gedempt. Het enige andere geluid was het zachte geplons van de paardehoeven terwijl ze naar het hogergelegen deel van de wei toe liepen. Soms kwam hier wel eens een kalf vast te zitten in de dichte wilgenbosjes. Maar vandaag was dat niet het geval, zodat Tom Rimrock weer naar de kant stuurde en weer met hem in het zonlicht reed. Boven op de bergkam hielden ze halt.

Hij zag Joe op zijn bruin-met-witte pony helemaal aan de andere kant van de vallei rijden. De jongen zwaaide naar hem en Tom zwaaide terug. Onder hen liepen de koeien naar de Chevrolet toe en gingen eromheen staan. Van veraf leek de auto een boot op een kolkend zwart meer. De tweeling wierp een paar koeken naar de koeien toe om ze te lokken, terwijl Frank achter het stuur ging zitten en langzaam door de wei naar beneden begon te rijden. Aangelokt door de koeken sjokte het vee achter de auto aan.

Vanaf deze positie kon je helemaal tot aan de ranch de vallei in kijken. Daarnaast lagen de omheinde terreinen waar het vee nu naar binnen werd geleid. Terwijl Tom stond te kijken, zag hij waar hij heimelijk al de hele ochtend naar uitgekeken had. Annies auto kwam aanrijden, met een grijze stofwolk erachter. Toen ze de bocht naar de ranch maakte, weerkaatste het zonlicht in de voorruit.

Een afstand van bijna twee kilometer scheidde hem van de twee figuurtjes die uit de auto stapten. Ze waren zo ver weg dat ze niet goed te herkennen waren. Maar Tom zag Annies gezicht zo duidelijk voor zich alsof ze naast hem stond. Hij zag haar zoals ze er de vorige avond had uitgezien, toen ze de overvliegende uil nakeek, voordat ze aanvoelde dat hij naar haar stond te kijken. Ze had er zo mooi en verloren uitgezien dat hij haar in zijn armen had willen sluiten. Maar zij hoort bij een ander, had hij bij zichzelf gezegd toen hij de achterlichten van de Ford Lariat langzaam kleiner zag worden. Ondanks die gedachte was hij aan haar blijven denken. Hij dreef Rimrock naar voren en reed de heuvel af, het vee achterna.

Er hingen grote stofwolken boven het veld en het rook er naar geschroeid vlees. De kalveren werden er, gescheiden van hun loeiende moeders, door een aantal met elkaar in verbinding staande hokken geleid, waarna ze in een nauwe gang kwamen waarin ze maar één kant op konden. Als ze hier uit kwamen, werden ze een voor een vastgepakt en op hun zij op een soort tafelblad gelegd, waarna vier paar handen aan het werk togen. Voordat ze in de gaten hadden wat er gebeurde, hadden ze een injectie te pakken, een gele insektenwerende knoop in het ene oor en een vitaminepreparaat in het andere en ten slotte een schroeiplek van het brandijzer op hun achterwerk. Vervolgens klapte het tafelblad weer omlaag, waarna ze plotseling weer hun vrijheid herkregen. Dan wankelden ze verdoofd in de richting van hun loeiende moeders en zochten ze troost aan hun uiers.

Dit gedoe werd met luie en superieure onverschilligheid gadegeslagen door de vaders van de beesten, vijf enorme Hereford-stieren, die in het hok ernaast lagen te kauwen. Annie bezag het geheel met toenemende afschuw. Ze zag dat Grace er ook zo over dacht. De kalveren schreeuwden moord en brand en konden alleen een beetje wraak nemen door stront in de laarzen van hun belagers te laten vallen of tegen een toevallig onbeschermd scheenbeen aan te trappen. Enkele buren die waren komen helpen hadden hun kinderen meegebracht en deze probeerden de kleinere kalveren te vangen met lasso's en ze vervolgens op de grond te dwingen. Annie zag Grace naar hen kijken en bedacht wat een grote vergissing het was geweest om hiernaar toe te komen. Het was allemaal zo ontzettend lichamelijk wat er gebeurde. En de handicap van haar eigen kind leek er alleen maar door benadrukt te worden.

Tom moest Annies gedachten geraden hebben, want hij kwam naar haar toe en bedacht snel iets te doen voor haar. Hij zette haar in het hok voor de fuik aan het werk, naast een grijnzende reus met een spiegelende zonnebril. Hij stelde zich voor als Hank en gaf Annie zo'n stevige hand dat ze haar middenhandsbeentjes hoorde kraken. Hij zei dat hij de buurman was van de volgende ranch in de vallei.

'Hij is onze dorpsgek,' zei Tom.

'Wees maar niet bang hoor, ik zal je niet opeten,' vertrouwde Hank Annie toe.

Terwijl zij zich op het werk concentreerde, zag Annie hoe Tom naar Grace toe liep, een arm om haar heen sloeg en samen met haar wegliep. Ze had geen gelegenheid om te zien waarnaar toe, want er ging een kalf op haar voet staan die vervolgens hard tegen haar scheen schopte. Ze gaf een gil, maar Hank lachte en liet haar zien hoe je ze in de nauwe gang kon drijven zonder al te veel blauwe plekken of strontvlekken op te lopen. Het was hard werken. Ze moest zich erop concentreren en algauw voelde ze zich een stuk beter, ook al door de grappen van Hank en de warme voorjaarszon.

Later, toen ze even tijd had om om zich heen te kijken, zag ze dat Tom Grace naar voren had gehaald en dat ze het merkijzer in haar handen had.

157

Eerst hield ze steeds haar ogen dicht, maar hij zette haar zo aan het denken over haar techniek dat ze haar teergevoeligheid vergat. 'Niet te hard drukken,' hoorde Annie hem zeggen. Hij stond achter Grace en hield zijn handen voorzichtig op haar bovenarmen. 'Gewoon rustig laten zakken.' De vlammen sloegen van de huid van het kalf toen ze het gloeiendhete ijzer erop drukte. 'Ja, zo is het goed. Stevig, maar niet ruw. Het doet wel even pijn, maar daar komt hij wel overheen. Nu moet je hem even heen en weer bewegen. Mooi zo. Nu optillen. Dat is een perfect brandmerk, Grace. Het mooiste van vandaag.' Iedereen juichte. Het meisje bloosde, haar ogen glansden. Ze lachte en maakte een klein buiginkje. Tom zag Annie kijken, grijnsde en wees naar haar. 'Nu ben jij aan de beurt, Annie.'

Tegen het einde van de middag waren alle kalveren gebrandmerkt, op de allerkleinste na. Frank kondigde aan dat het etenstijd was. Iedereen ging op weg naar het huis, de jongste kinderen voorop, luid kwetterend. Annie keek om zich heen of ze Grace zag. Niemand had hen uitgenodigd en Annie had het gevoel dat het tijd was om te vertrekken. Voor zich zag ze Grace babbelend met Joe in de richting van het huis lopen. Annie riep haar en Grace draaide zich om.
'We moeten weg, hoor,' zei Annie.
'Wat? Waarom?'
'Ja, waarom? Je mag niet eens weg.' Dat was Tom. Hij was naast haar komen lopen en samen liepen ze langs het hok waar de stieren zaten. Ze hadden de hele dag praktisch nog geen woord met elkaar gewisseld. Annie haalde haar schouders op. 'Nou ja, het wordt al laat, weet je.'
'Ja, dat weet ik. En je moet vast naar huis om allerlei faxen te versturen en telefoontjes te plegen, hè?'
De zon stond achter hem, waardoor Annie haar hoofd scheef moest houden om hem te kunnen zien. Ze was het niet gewend dat mannen haar op zo'n manier plaagden. Ze vond het eigenlijk wel leuk.
'Maar je moet weten,' ging hij verder, 'dat we hier de traditie kennen dat degene die het mooiste brandmerk maakt, na het eten een toespraakje houdt.'
'Wat?' zei Grace.
'Jazeker. Of anders tien grote glazen bier opdrinkt. Dus Grace, je moet je er maar een beetje op voorbereiden.' Grace keek Tom aan om erachter te komen of het een grap was. Tom knikte met een uitgestreken gezicht in de richting van het huis. 'Joe, je moet haar maar even de weg wijzen.' Joe ging haar voor. Hij moest zijn best doen niet in lachen uit te barsten.

'Nou ja, als je ons uitnodigt...' zei Annie.

'Ik nodig je uit.'

'Bedankt.'

'Graag gedaan.'

Ze glimlachten naar elkaar en de stilte tussen hen werd even opgevuld door het loeien van het vee. Ze loeiden niet meer zo hard, nu de opwinding van de dag achter de rug was. Het was Annie die het als eerste nodig vond iets te zeggen. Ze keek naar de stieren die lagen te luieren in het licht van de ondergaande zon.

'Wie wil er nu een koe zijn, als je ook de hele dag een beetje rond kunt lummelen zoals deze jongens hier,' zei ze.

Tom keek haar aan en knikte. 'Tja. 's Zomers lopen ze de hele tijd achter de vrouwtjes aan en 's winters liggen ze maar een beetje te vreten.' Hij zweeg even, hij moest kennelijk ergens aan denken toen hij naar ze keek. 'Maar aan de andere kant, het zijn er niet zo veel die het halen. Want als je als stier geboren wordt, heb je negenennegentig procent kans om meteen gecastreerd en tot hamburger verwerkt te worden. Alles in aanmerking nemend, zou ik er toch voor kiezen om koe te zijn.'

Ze zaten aan een lange tafel met een gesteven wit tafellaken, waarop hammen, een kalkoen en dampende schotels maïs, bonen en aardappelen stonden. De kamer was duidelijk de huiskamer van de ranch, maar voor Annie leek het meer op een grote hal die als afscheiding fungeerde tussen de twee vleugels van het huis. Het plafond was hoog en de vloer en de muren waren van een donkere houtsoort. Er hingen schilderijen van Indianen die op buffels jaagden en oude bruine foto's van mannen met lange snorren en eenvoudig geklede vrouwen met ernstige gezichten. Aan de zijkant liep een open trap met een bocht naar boven, waar hij uitkwam op een brede overloop die uitzicht bood over het hele vertrek.

Annie had zich een beetje ongemakkelijk gevoeld toen ze binnenkwamen. Ze realiseerde zich dat de meeste andere vrouwen binnen met de voorbereiding van de maaltijd bezig waren geweest terwijl zij buiten aan het brandmerken waren. Maar niemand leek zich er iets van aan te trekken. Diane, die zich tot dan toe niet overmatig vriendschappelijk tegenover haar had opgesteld, zorgde ervoor dat zij zich op haar gemak voelde en bood haar zelfs aan zich te verkleden. Maar alle mannen zagen er ook bestoft uit, dus bedankte Annie voor het aanbod.

De kinderen zaten allen aan een kant van de tafel en het kabaal dat zij maakten was zo luid dat de volwassenen zich moesten inspannen om elkaar te verstaan. Op gezette tijden riep Diane dat ze wat rustiger moesten zijn, maar dat had niet veel effect en algauw maakte iedereen ongeveer evenveel lawaai. Frank en Hank zaten beiden naast Annie en Grace zat naast Joe. Annie hoorde haar vertellen over New York en over een vriend van haar die in de ondergrondse was overvallen en beroofd van zijn Nikes. Joe hoorde haar met stijgende verbazing aan. Tom zat tegenover Annie, tussen zijn zuster Rosie en hun moeder. Zij waren die middag vanuit Great Falls hiernaar toe komen rijden met de twee dochters van Rosie, die respectievelijk vijf en zes jaar waren. Ellen Booker was een vriendelijke, fijngebouwde vrouw met spierwit haar en net zulke levendige, blauwe ogen als Tom. Ze zei niet veel, maar luisterde en glimlachte om wat er om haar heen gebeurde. Het viel Annie op hoe Tom voor haar zorgde en op rustige toon met haar sprak over de ranch en de paarden. Uit de manier waarop Ellen naar hem keek, kon ze opmaken dat hij haar oogappel was.

'Wat hoor ik, Annie? Ga je een groot stuk over ons maken voor je blad?' vroeg Hank.

'Reken maar van wel, Hank. Met een mooie foto van jou op de uitvouwbare middenpagina.'

Hij bulderde van het lachen.

Frank zei: 'Hé Hank, dan mag je eerst wel een paar pondjes afvallen.'

Annie wilde van Frank van alles weten over de ranch. Hij vertelde haar hoe ze erheen verhuisd waren toen hij en Tom nog jongens waren. Hij ging samen met haar foto's bekijken en legde uit wie daar allemaal op stonden. Iets in deze eerbiedwaardige verzameling gezichten ontroerde Annie. Het was alsof het feit dat ze in dit angstaanjagende landschap hadden weten te overleven op zich al een grootse triomf was. Terwijl Frank haar vertelde over zijn grootvader, keek Annie toevallig om naar de tafel en zag ze hoe Tom opkeek en naar haar glimlachte.

Toen zij en Frank terugliepen en weer gingen zitten, was Joe Grace aan het vertellen dat er verderop in de bergen een vrouw woonde, een soort hippie, die enkele jaren geleden een paar Pryor Mountain-mustangs had gekocht en die gewoon in het wild liet rondlopen. Ze hadden zich voortgeplant en inmiddels was er een hele kudde ontstaan.

'En dan heeft ze nog een heel aantal kinderen ook, en die lopen daar in hun blootje rond. Papa noemt haar Cornflakes Connie. Ze komt uit Los Angeles.'

'Ja ja, wat je ver haalt is lekker,' riep Hank. Iedereen lachte.

'Hank, hou je een beetje in,' zei Diane.

Later, tijdens het dessert van pompoentaart met zelfgemaakt kersenijs, zei Frank: 'Weet je wat, Tom? Terwijl jij met dat paard van hen bezig bent, zouden Annie en Grace best in het huis bij de beek kunnen gaan zitten. Dan hoeven ze niet steeds maar dat rotstuk heen en weer te rijden.'

Annie zag uit haar ooghoeken dat Diane haar man scherp aankeek. Dit was duidelijk iets dat ze niet van tevoren samen hadden besproken. Tom keek naar Annie.

'Ja, inderdaad,' zei hij. 'Da's een goed idee.'

'Nou, dat is wel heel aardig van jullie, maar...'

'Ach, ik ken dat oude huis in Choteau wel, waar jullie zitten. Je hoeft er maar naar te kijken of het stort zowat in elkaar.'

'Maar Frank, in godsnaam, het huis bij de beek is nou niet bepaald een paleis,' zei Diane. 'En bovendien denk ik dat Annie liever op zichzelf is.'

Voordat Annie iets kon zeggen, boog Frank zich naar voren en keek over de tafel heen naar Grace. 'Grace, wat vind jij ervan?'

Grace keek naar Annie, maar haar gezicht sprak boekdelen.

Meer had Frank niet nodig. 'Nou, dat is dan geregeld.'

Diane stond op. 'Ik ga koffie zetten,' kondigde ze aan.

18

Toen Tom de hordeur opendeed en door de voordeur naar buiten stapte, stond er nog een gespikkelde, bleke maansikkel in de ochtendschemering. Hij bleef staan, trok zijn handschoenen aan en voelde de koude lucht op zijn gezicht. Hij stond in een witte, knisperende wereld en zijn adem condenseerde en bleef hangen in de doodstille lucht. De honden kwamen naar hem toe om hem te begroeten. Hun lijven schudden ongeveer even hard als hun staarten. Hij aaide ze even over hun kop en stuurde ze met nauwelijks meer dan een hoofdknik in de richting van het omheinde veld. Ze stoeiden en hapten naar elkaar, hun poten lieten sporen achter in het magnesiumkleurige gras. Tom sloeg de kraag van zijn groene wollen jack omhoog, stapte van de stoep voor het huis af en liep ze achterna.

De gele jaloezieën voor de ramen op de bovenverdieping van het huis bij de beek waren gesloten. Annie en Grace sliepen waarschijnlijk nog. Hij had hen de vorige middag geholpen met verhuizen, nadat hij met Diane het huis had schoongemaakt. Diane had de hele ochtend nauwelijks een woord gezegd, maar hoe ze zich voelde had hij gemerkt aan de manier waarop ze haar kaken op elkaar klemde en de ruwe manier waarop ze de stofzuiger hanteerde en de bedden opmaakte. Annie zou slapen in de grote slaapkamer aan de voorkant, met uitzicht op de beek. Het was de kamer waar Diane en Frank hadden geslapen, en daarvóór hij en Rachel. Grace kreeg Joe's oude slaapkamer aan de achterkant van het huis.

'Hoe lang blijven ze?' had Diane gevraagd toen ze klaar was met het opmaken van Annies bed. Tom stond bij de deur en was aan het controleren of de verwarming het goed deed. Hij draaide zich om, maar ze keek hem niet aan.

'Ik weet het niet. Het hangt er natuurlijk van af hoe het met het paard gaat.'

Diane zei niets, maar schoof met haar knieën het bed weer op zijn oude plaats zodat het hoofdeinde tegen de muur aan klapte.

'Maar als dat voor jou een probleem is, dan...'

'Wie zegt dat het voor mij een probleem is? Wat kan het mij schelen.' Ze bonkte langs hem heen naar de overloop en tilde een stapel handdoeken op die ze daar had neergelegd. 'Ik hoop alleen wel dat het mens kan koken!' Toen liep ze de trap af.

Diane was niet in de buurt toen Annie en Grace later aankwamen. Tom hielp hen met uitladen en bracht hun bagage voor hen naar boven. Hij was opgelucht toen hij zag dat ze twee grote dozen levensmiddelen bij zich hadden. De zon stond schuin op het grote raam in de huiskamer aan de voorkant, en het huis zag er licht en luchtig uit. Annie zei hoe mooi ze het er vond. Ze vroeg of het goed was als ze de lange eettafel voor het raam zette om hem als werktafel te gebruiken, zodat ze over de beek en de piste kon uitkijken terwijl ze aan het werk was. Tom pakte het ene uiteinde en zij het andere. Toen de tafel goed stond, hielp hij haar met het installeren van haar computer en haar faxapparaat en van nog wat elektronische spullen waarvan doel en werking hem volstrekt ontgingen.

Hij had het vreemd gevonden dat dit het eerste was wat Annie deed in haar nieuwe onderkomen, nog voordat zij haar spullen uitpakte, en zelfs nog voordat zij had gezien waar ze zou slapen. Eerst moest de werkplek ingericht zijn. Aan de uitdrukking op het gezicht van Grace kon hij zien dat het voor haar helemaal niet vreemd was, maar de gewoonste zaak van de wereld.

Gisteravond was hij voor het slapen gaan even een ommetje gaan maken om te kijken of alles goed was met de paarden. Op de terugweg had hij even naar het huis bij de beek staan kijken. Hij zag dat de lichten brandden en had zich afgevraagd wat ze aan het doen waren, deze vrouw en haar kind. Waar ze over spraken, als ze dat al deden. Terwijl hij daar naar het huis tegen de heldere avondlucht had staan kijken, had hij weer aan Rachel gedacht en aan de pijn die binnen die muren geleden was, al die jaren geleden. Nu heerste er weer pijn, pijn van de hoogste orde, opgebouwd uit wederzijdse schuldgevoelens en door gewonde zielen gehanteerd om juist hen te straffen die hen het meest na stonden.

162

Tom liep voorbij de piste, het bevroren gras knisperde onder de zolen van zijn laarzen. De takken van de populieren langs de beek waren bedekt met een laagje zilver en boven zijn hoofd zag hij al een roze licht in de oostelijke hemel waar weldra de zon zou doorbreken. De honden stonden met grote ogen voor de deur van de stal op hem te wachten. Ze wisten dat ze nooit met hem mee naar binnen mochten, maar ze vonden het toch altijd de moeite van het proberen waard. Hij duwde ze met zijn voet opzij en ging bij de paarden naar binnen.

Een uur later, toen de zon inmiddels al zwarte dooiplekken op het beijzelde dak van de stal had veroorzaakt, kwam Tom naar buiten met een van de jonge hengsten waarmee hij de vorige week was begonnen te trainen. Hij sprong in het zadel. Het paard reageerde soepel, zoals alle paarden die hij getraind had. Ontspannen reden ze over de onverharde weg naar de wei toe.

Toen ze voorbij het huis aan de beek kwamen, zag Tom dat de jaloezieën van Annies slaapkamer nu wel open waren. Iets verderop zag hij voetsporen naast de weg; hij volgde ze tot waar ze tussen de wilgen verdwenen, bij de plek waar de weg door de beek heen liep. Er lagen stukken rots die als stapstenen gebruikt konden worden en aan de natte plekken erop was te zien dat degene die er gelopen had dat ook gedaan had.

Het paard had haar eerder in de gaten dan hij. Toen het dier zijn oren naar voren stak, keek Tom op en zag hij Annie aan komen rennen vanaf de wei. Ze droeg een lichtgrijze sporttrui, zwarte leggings en van die peperdure schoenen waarvoor ze op de televisie reclame maakten. Ze had hem nog niet gezien. Hij bracht de hengst tot staan aan de rand van de beek en keek hoe ze naderbij kwam. Door het zachte ruisen van het water kon hij haar horen ademen. Ze had haar haar naar achteren gebonden en haar gezicht zag rood van de koude lucht en de inspanning van het hardlopen. Ze keek naar beneden en was zo geconcentreerd bezig haar voeten goed neer te zetten dat ze tegen hen opgelopen zou zijn als het paard niet zachtjes gebriest had. Door het geluid keek ze op en bleef staan, een meter of tien bij hem vandaan.

'Hoi!'

Tom tikte aan de rand van zijn hoed.

'Zo, een jogger op het platteland?'

Ze deed alsof ze beledigd was. 'Dat is geen joggen wat ik doe, meneer Booker, dat is hardlopen.'

'Nou, dan heb je geluk, want de beren hier houden alleen van joggers.'

Ze zette grote ogen op. 'Beren? Meen je het echt?'

'Nou, weet je, we zorgen wel dat ze steeds goed te eten hebben.' Hij merkte dat ze geschrokken was en glimlachte. 'Ik maakte maar een grapje, hoor.'

163

Ze zijn er wel, maar alleen hoger in de bergen. Hier is het heus wel veilig.' Afgezien van de poema's, wilde hij er nog aan toevoegen, maar hij bedacht dat ze die opmerking misschien niet zo grappig zou vinden als ze het bericht over die vrouw in Californië had gehoord.

Ze reageerde met toegeknepen ogen op zijn plagerij en glimlachte toen. Ze kwam een stap dichterbij, waardoor de zon op haar gezicht viel zodat ze haar ogen moest afschermen om hem nog te kunnen zien. Haar borsten en haar schouders bewogen op het ritme van haar ademhaling. Er kwamen kleine wolkjes condenserende waterdamp van haar bezwete lichaam.

'Heb je lekker geslapen daarboven?' vroeg hij.

'Ik slaap nergens lekker.'

'O. En de verwarming? Doet die het goed? Er is een tijdje geen...'

'Ja, uitstekend. Alles is uitstekend. Het is echt heel aardig van je dat we daar mogen logeren.'

'Nou, het is goed dat het huis weer eens bewoond wordt.'

'In ieder geval bedankt.'

Even wisten ze niet wat ze moesten zeggen. Annie stak haar hand uit om het paard aan te raken, maar ze deed het iets te heftig, waardoor het paard schrok, zijn hoofd optrok en een paar stappen naar achteren deed.

'Sorry,' zei Annie. Tom boog zich voorover en klopte het paard in zijn hals. 'Je moet gewoon je hand naar voren steken. Ietsje lager. Ja, daar. Dan kan hij even aan je snuffelen.' De hengst deed zijn snuit omlaag, streek met zijn mondharen over haar hand en snoof eraan. Annie keek toe. Er verscheen een vage glimlach op haar gezicht. Haar mond leek een geheimzinnig eigen leven te leiden, bedacht Tom. Voor iedere gelegenheid bestond een aparte glimlach.

'Prachtig is hij,' zei ze.

'Ja, hij mag er best wezen. Rijd je ook paard?'

'O, dat is heel lang geleden. Toen ik zo oud was als Grace.'

Er was iets in haar uitdrukking veranderd. Hij had meteen spijt dat hij deze vraag gesteld had, en ook voelde hij zich een beetje dom omdat het duidelijk was dat zij zichzelf in zekere zin kwalijk nam wat er met haar dochter was gebeurd.

'Ik moest maar eens doorlopen, want ik krijg het koud.' In het voorbijgaan ging ze iets opzij om het paard de ruimte te geven. Ze keek even naar Tom en zei: 'Ik dacht dat het hier lente zou zijn!'

'O, nou, je kent het gezegde hier in Montana, hè? Als het weer je niet bevalt, dan moet je vijf minuten geduld hebben.'

Hij draaide zich om in zijn zadel en keek hoe ze haar weg zocht over de stapstenen in de beek. Ze gleed uit en vloekte in zichzelf toen een van haar voeten even onderging in het ijskoude water.

'Moet je een lift?'

'Nee, bedankt.'

'Ik kom om een uur of twee Grace ophalen,' riep hij.

'Oké.'

Ze was aan de andere kant van de beek aangekomen, draaide zich om en zwaaide even naar hem. Hij tikte aan de rand van zijn hoed en keek hoe zij verder rende, nog steeds niet vooruit kijkend, maar uitsluitend geconcentreerd op waar ze haar voeten neerzette.

Pilgrim kwam als een kanonskogel de piste binnenstormen. Hij rende meteen door naar de andere kant, waar hij in een wolk van rood zand tot stilstand kwam. Zijn staart lag dicht tegen zijn achterwerk aan en zijn oren bewogen naar achteren en naar voren. Zijn ogen stonden wild en hij keek gespannen naar het open hek waar hij net doorheen was gekomen en waardoor de man hem ongetwijfeld achterna zou komen.

Tom was te voet en had een stok met een oranje vlag en een opgerold stuk touw in zijn handen. Hij kwam binnen, sloot het hek en liep naar het midden van de piste. De wolkjes aan de hemel boven hem dreven snel voorbij, zodat het licht voortdurend veranderde; nu eens was het somber, dan weer stralend. Bijna een minuut lang bleef hij staan, zonder te bewegen: man en paard namen elkaar schattend op. Het was Pilgrim die het eerst bewoog. Hij brieste, deed zijn hoofd omlaag en stapte een paar pasjes naar achteren. Tom bleef als een standbeeld staan, de vlaggestok rustte op het zand.

Toen deed hij eindelijk een stap naar Pilgrim toe, terwijl hij tegelijkertijd de vlag in zijn rechterhand omhoog hief, zodat hij een klappend geluid maakte. Het paard sprong onmiddellijk naar links en rende weg.

Ronde na ronde rende hij door de piste, zand om zich heen schoppend en heftig met zijn hoofd zwaaiend. Zijn gekromde en verwarde staart golfde in de wind achter hem aan. Onder het lopen hield hij zijn achterlijf scheef en zijn hoofd omhoog en ieder spiertje in zijn lijf stond tot het uiterste gespannen. Hij was helemaal gebiologeerd door de man. Hij hield zijn hoofd zo dat hij zijn linkeroog helemaal naar achteren moest richten om hem te kunnen zien. Maar hij liet hem geen moment aan zijn aandacht ontsnappen. Zo hevig was zijn angst dat hij alleen hèm zag; met zijn rechteroog nam hij slechts een ronddraaiende wazige vlek waar.

Al gauw begonnen zijn flanken te glimmen van het zweet en vloog het schuim hem van de lippen. Maar de man hield niet op hem voort te drijven. Iedere keer als hij langzamer ging lopen, ging de vlag weer omhoog en klapte hij er weer mee, zodat hij steeds maar voortgedreven werd.

Grace zag dit alles vanaf de bank die Tom buiten de piste had neergezet. Het was voor het eerst dat ze hem zo te voet aan het werk zag. Hij had vandaag een intensiteit over zich die haar meteen was opgevallen toen hij klokslag twee uur met de Chevrolet langskwam om haar op te halen. Vandaag was de dag dat het echte werk met Pilgrim begon. De beenspieren van het paard waren weer aangesterkt door al het zwemmen dat hij had gedaan, en de littekens op zijn borst en aangezicht zagen er iedere dag beter uit. Nu waren het de littekens ìn zijn hoofd waaraan iets moest gebeuren. Tom had de auto voor de stal geparkeerd en Grace voor laten gaan, langs de stallen naar de grote box waar Pilgrim nu huisde. De bovendeur bestond uit tralies. Ze zagen dat hij hen voortdurend in de gaten hield. Het was nog steeds zo dat hij altijd terugweek naar de verste hoek van de box, zijn hoofd omlaag deed en zijn oren in zijn nek legde als je bij de deur was. Maar hij deed geen uitvallen meer als je binnenkwam en sinds kort liet Tom het aan Grace over om zijn eten en drinken bij hem neer te zetten. Zijn vacht zag er verward uit en zijn manen en staart waren vies en vol klitten. Grace wilde niets liever dan hem eens een goede beurt geven met de borstel.

Aan de andere kant van de box bevond zich een schuifdeur die uitkwam op een kale betonnen ruimte met deuren naar het bad en naar de piste. Om hem van en naar deze ruimten te krijgen, hoefde je alleen maar de juiste deur te openen en op hem af te lopen zodat hij de benen nam. Vandaag leek het alsof hij aangevoeld had dat er iets nieuws stond te gebeuren. Hij wilde niet naar buiten. Tom had helemaal naar hem toe moeten lopen en hem op zijn achterwerk moeten slaan.

Toen Pilgrim voor misschien wel de honderdste keer langsliep, zag Grace dat hij Tom recht aankeek, verbaasd dat hij nu ineens langzamer mocht gaan lopen zonder dat de vlag omhoog ging. Tom stond hem toe steeds langzamer te gaan tot hij stapvoets liep en uiteindelijk stilhield. Het paard bleef staan, keek briesend om zich heen en vroeg zich af wat er aan de hand was. Na een paar seconden begon Tom naar hem toe te lopen. Pilgrim stak zijn oren naar voren, toen naar achteren, en vervolgens weer naar voren. De spieren in zijn flanken trokken zich onwillekeurig ritmisch samen. 'Zie je dat, Grace? Zie je die knopen in zijn spieren? Dit is een verdomd halsstarrig paard. Daar moeten nog heel wat aardappeltjes gekookt worden, hè, ouwe reus?'

Ze wist wat hij bedoelde. Hij had haar een paar dagen terug verteld over een oude man uit Wallowa County in Oregon die Dorrance heette. Volgens Tom kon niemand zo goed met paarden omgaan als hij. Als hij wilde dat een paard zich ontspande, prikte hij met zijn wijsvinger in zijn spieren, volgens zijn zeggen om te kijken of de aardappels al gaar waren. Maar Grace zag dat Pilgrim zo'n actie niet zou toestaan. Hij trok met zijn hoofd en loerde angstig naar de naderende man. Toen Tom een meter of vijf bij hem vandaan was, rende hij weg in dezelfde richting als daarnet. Maar nu deed Tom een stap naar voren en sneed hem de weg af met de vlaggestok. Het paard remde plotseling af en ging naar rechts. Hij draaide zich naar buiten, van Tom af, en toen zijn achterste naar hem toegekeerd was, deed Tom keurig een stapje naar voren en sloeg hij er met de vlag op. Pilgrim sprong vooruit en begon nu met de wijzers van de klok mee rondjes te lopen. Zo begon het hele proces weer van voren af aan.

'Hij wil het graag goed doen,' zei Tom. 'Hij weet alleen niet hoe dat moet.'

Maar als het ooit weer echt goed met hem gaat, dacht Grace, wat dan? Tom had niets gezegd over wat het uiteindelijke resultaat van dit alles zou zijn. Hij leefde zo'n beetje bij de dag en forceerde niets. Hij gaf Pilgrim alle tijd en alle ruimte. Maar hoe moest het dan verder? Als Pilgrim weer beter werd, moest zíj hem dan weer gaan berijden?

Grace wist best dat mensen met ernstiger handicaps dan de hare toch nog paardreden. Sommigen begonnen er dan zelfs pas mee. Ze had die mensen wel gezien bij bepaalde evenementen en ze had zelfs wel eens meegedaan aan een gesponsorde wedstrijd waarvan de opbrengst voor zo'n club bestemd was. Ze vond de mensen die dat deden heel dapper, maar ze had ook een beetje medelijden met hen. En nu kon ze het idee niet verdragen dat men over haar net zo zou denken. Dat wilde ze tot elke prijs verhinderen. Ze had gezegd dat ze nooit meer zou paardrijden, en daar bleef ze bij.

Een uur of twee later, toen Joe en de tweeling thuis waren gekomen uit school, had Tom het hek van de piste geopend en Pilgrim terug naar zijn box laten gaan. Grace had de box inmiddels schoongemaakt en verse spaanders uitgestrooid. Tom hield hem in de gaten terwijl zij een emmer water bij hem neerzette en een net met vers hooi voor hem ophing.

Toen ze door de vallei reden, op weg naar het huis bij de beek, stond de zon al laag en wierpen de rotsen en de dennebomen lange schaduwen op het bleke gras. Ze spraken niet en Grace vroeg zich af waarom zwijgen nooit vervelend was in het gezelschap van deze man, die ze nog maar zo kort kende. Ze voelde dat hem iets dwarszat. Hij reed achterom en stopte bij de achterdeur van het huis. Daar zette hij de motor af, ging achteruitzitten en keek haar recht in de ogen.

'Grace, ik heb een probleem.'

Hij zweeg. Ze wist niet of hij van haar verwachtte dat ze iets zou zeggen. Maar hij ging al door.

'Weet je, als ik met een paard bezig ben, wil ik zijn achtergrond kennen. Meestal vertelt het paard je zelf wel zo'n beetje wat belangrijk is, en vaak een stuk beter dan de eigenaar het doet. Maar soms is hij zo in de war dat je daar niet genoeg aan hebt. Dan moet je weten wat er verkeerd is gegaan. En vaak is dat niet hetgeen voor de hand ligt, maar iets wat net daarvoor misging, misschien iets heel onbenulligs.'

Grace begreep hem niet. Hij zag hoe ze haar voorhoofd fronste.
'Stel ik rij in deze oude Chevy tegen een boom en iemand vraagt me wat er gebeurd is. Dan zou ik niet zeggen, nou, ik ben gewoon tegen die boom aan gereden, maar ik zou zeggen dat ik misschien een paar biertjes te veel op had, of dat er olie op de weg lag of dat de zon net in mijn ogen scheen of zo. Begrijp je wat ik bedoel?'
Ze knikte.
'Nou weet ik niet of je wel zin hebt om erover te praten, en ik kan goed begrijpen dat je daar misschien niets voor voelt. Maar als ik te weten wil komen wat er in Pilgrims hoofd omgaat, zou ik er veel aan hebben als ik wat meer wist over het ongeluk en over wat er die dag precies gebeurd is.'
Grace hoorde zelf hoe zij zuchtte. Ze keek opzij, naar het huis, en het viel haar op dat je door de keuken helemaal tot in de huiskamer kon kijken. Ze zag de blauwgrijze gloed van het computerscherm en haar moeder die erachter zat te telefoneren, omlijst door het grote raam.
Ze had niemand verteld wat ze zich werkelijk herinnerde van die bewuste dag. Tegenover de politie, de advocaten, de artsen, en zelfs tegenover haar ouders had ze volgehouden dat het meeste in haar geheugen uitgewist was. Het centrale punt daarbij was Judith. En ze wist niet of ze het al aankon om over Judith te praten. Zelfs over Gulliver durfde ze eigenlijk nog niet te beginnen. Ze keek Tom Booker weer aan en glimlachte. In zijn ogen zag ze geen spoortje medelijden, en op dat ogenblik wist ze dat ze gewoon door hem geaccepteerd werd, en niet beoordeeld. Misschien kwam dat omdat hij haar alleen kende zoals ze nu was, mismaakt en maar gedeeltelijk aanwezig. De volledig intacte persoon die zij ooit geweest was, kende hij niet.
'Het hoeft niet nu op dit moment,' zei hij zacht. 'Als je er klaar voor bent. En alleen als je het zelf wilt.' Zijn aandacht werd getrokken door iets achter haar. Ze volgde zijn blik en zag haar moeder naar de deur komen.
Grace draaide zich weer naar hem en knikte. 'Ik zal erover denken,' zei ze.

Robert zette zijn bril op zijn voorhoofd, leunde achterover in zijn stoel en wreef een hele tijd in zijn ogen. Hij had zijn hemdsmouwen opgerold en zijn stropdas lag slordig tussen de stapels papier en wetboeken die zijn bureau bedekten. In de gang hoorde hij hoe de schoonmakers de andere kamers van het kantoor een voor een afwerkten. Af en toe spraken ze in het Spaans met elkaar. Al zijn collega's waren vier, vijf uur geleden al vertrokken. Bill Sachs, een van de jongste leden van de maatschap, had geprobeerd hem over te halen met hem en zijn vrouw mee te gaan naar een nieuwe film met Gerard Depardieu waar iedereen het over had. Robert had hem bedankt, maar gezegd dat hij veel werk te doen had en dat hij bovendien toch al iets had tegen de neus van Depardieu.

'Die ziet er een beetje uit als een penis,' had hij gezegd.

Bill, die qua uiterlijk toch al iets van een psychiater had, had hem over de rand van zijn hoornen bril aangekeken en met een Duits accent gevraagd waarom Robert die associatie dan wel zo vervelend vond. Vervolgens had hij Robert aan het lachen gemaakt met een verhaal over een gesprek tussen twee vrouwen dat hij onlangs in de ondergrondse had gehoord.

'Een van hen had een boek gelezen waarin stond wat je dromen betekenen, en zij was aan het vertellen dat als je over slangen droomde, dat betekende dat je in werkelijkheid geobsedeerd was door penissen, waarop de ander gezegd had: 'Pfff, wat een opluchting, want ik droom alleen over penissen.''

Bill was niet de enige die in deze periode moeite deed om hem op te vrolijken. Robert waardeerde dat, maar had toch liever dat ze het niet deden. Dat je een paar weken alleen thuis was, rechtvaardigde niet zo'n groot medeleven, vond hij, en dus verdacht hij zijn collega's ervan dat ze het gevoel hadden dat hij op een of andere manier een veel ingrijpender verlies had geleden. Een van hen had zelfs aangeboden de zaak tegen Dunford Effectenbeheer van hem over te nemen. Lieve hemel, dat was zo'n beetje het enige dat hem aan de gang hield.

De afgelopen drie weken was hij er elke avond tot ruim na twaalven aan bezig geweest. De harde schijf van zijn laptop kon alles nog maar nauwelijks bevatten. Het was een van de ingewikkeldste zaken die hij ooit gehad had; het ging om waardepapieren ter waarde van miljarden dollars die via een netwerk van bedrijven in drie verschillende werelddelen steeds maar heen en weer werden geschoven. Vandaag had hij twee uur lang overlegd met cliënten en advocaten in Hong Kong, Genève, Londen en Sydney. De tijdsverschillen waren een nachtmerrie voor hem, maar zijn nieuwsgierigheid hield hem bij de les, en wat misschien wel belangrijker was, hij had het er zo druk mee dat hij geen tijd had om te bedenken hoe erg hij Grace en Annie miste.

Hij deed zijn prikkende ogen weer open en boog zich voorover om op de herhaaltoets van een van de telefoons voor hem te drukken. Toen ging hij achteruitzitten en staarde hij uit het raam naar de verlichte kroontjes op de spits van het Chrysler Building. Het nummer dat Annie hem had doorgegeven, van hun nieuwe onderkomen, was nog steeds in gesprek.

Hij had tot aan de hoek van Fifth Avenue en 59th Street gelopen voordat hij een taxi aanhield. De koude avondlucht deed hem goed en hij had zelfs even overwogen om door Central Park heen helemaal naar huis te lopen. Hij had dat wel eens eerder gedaan, alleen had hij toen de vergissing gemaakt het aan Annie te vertellen. Ze had tien minuten tegen hem staan schreeuwen dat hij krankzinnig was om daar 's avonds te gaan lopen en hem gevraagd of hij soms zijn strot afgesneden wilde hebben. Hij had zich afgevraagd of hij misschien een krantebericht over dit specifieke gevaar over het hoofd had gezien, maar het had hem niet het juiste moment geleken daar verder naar te informeren.

Van het naambordje van de chauffeur op het dashboard was af te leiden dat hij uit Senegal kwam. Je zag steeds vaker Senegalezen in de stad de laatste tijd, en Robert vond het altijd leuk ze versteld te doen staan door gewoon in het Wolof of het Jola tegen ze te gaan praten. Deze jongeman was zo verbouwereerd dat hij haast tegen een bus aan reed. Ze spraken over Dakar en over plekken die ze allebei kenden. Doordat hij zo afgeleid werd, ging hij echter zo slordig rijden dat Robert zich begon af te vragen of het misschien niet toch veiliger was geweest om gewoon maar het park door te lopen. Toen ze voor het flatgebouw stilhielden, kwam Ramon naar buiten om het portier voor hem te openen. De taxichauffeur bedankte hem voor de royale fooi. Hij beloofde voor hem tot Allah te zullen bidden dat Hij Robert zou zegenen met een groot aantal sterke zoons.

Nadat Ramon hem een kennelijke primeur had meegedeeld over een honkballer die door de New York Mets was gecontracteerd, nam Robert de lift en opende hij de deur van zijn flat. Er brandde geen licht en toen de deur in het slot viel, echode het geluid door het levenloze labyrint van kamers.

Hij liep door naar de keuken en trof daar de avondmaaltijd aan die Elsa voor hem had klaargemaakt, met daarbij een briefje waarop stond wat het was en hoe lang het bord in de magnetron opgewarmd moest worden. Hij deed wat hij altijd deed en schoof het eten niet zonder schuldgevoel in de vuilnisbak. Hij had af en toe wel briefjes achtergelaten om haar te bedanken en mee te delen dat ze geen moeite moest doen om voor hem te koken omdat hij afhaalmaaltijden kon bestellen of zelf wel iets kon klaarmaken, maar toch stond er iedere avond weer een maaltijd. Een goeie ziel was ze toch.

Maar het probleem was natuurlijk dat de kwellende leegte van de flat hem somber maakte en hij er zo weinig mogelijk probeerde te zijn. In de weekends was het 't ergste. Hij was daarom een keer naar Chatham gegaan, maar de eenzaamheid was hem daar nog harder gevallen. En zijn humeur was er ook niet beter op geworden toen hij bij aankomst gemerkt had dat de thermostaat op het aquarium met tropische vissen van Grace kapot was gegaan en dat de vissen van de kou gestorven waren. De aanblik van hun bleke, drijvende lichaampjes had hem zeer aangegrepen. Hij had het Grace niet verteld, en zelfs Annie niet, maar had zich vermand en ijverig een inventarisatie gemaakt, waarna hij bij de dierenwinkel dubbelgangers van de overleden beestjes had besteld.

Sinds Annie en Grace weg waren, was het telefoongesprek met hen het hoogtepunt van de dag voor Robert. En vanavond voelde hij meer dan ooit een sterke behoefte om hun stemmen te horen nadat hij urenlang vergeefs had geprobeerd hen te bereiken.

Hij bond de vuilniszak dicht, zodat Elsa niet zou ontdekken wat er gebeurd was met de maaltijd die zij voor hem klaargemaakt had. Toen hij de zak bij de voordeur van de flat aan het zetten was, hoorde hij de telefoon gaan. Hij rende zo snel als hij kon de gang door. Toen hij bij het toestel kwam, was het antwoordapparaat al in werking en moest hij hard praten om boven zijn eigen stemgeluid op het bandje uit te komen.

'Wacht even. Ik ben er wel, hoor,' riep hij. Hij zette het antwoordapparaat uit. 'Hallo. Ik kom net binnen.'

'Je bent helemaal buiten adem. Waar ben je geweest?'

'O, een beetje de bloemetjes buiten gezet. Je weet wel, een paar deuren opengemaakt. Barretje in, barretje uit. Wel vermoeiend hoor.'

'Ja, ik weet er alles van.'

'Dat wist ik wel. En hoe is het met jullie daar in de *far west*? Ik probeer je al de hele dag te bereiken.'

'Ja, het spijt me. Er is hier maar één lijn en van kantoor uit proberen ze me te bedelven onder de faxen.'

Ze zei dat Grace een halfuur geleden nog geprobeerd had hem op kantoor te bereiken, maar dat hij toen waarschijnlijk net naar huis was. Ze was nu naar bed, maar hij moest wel een kus van haar hebben.

Terwijl Annie vertelde hoe haar dag was geweest, liep Robert in het donker heen en weer door de woonkamer en ging toen op de bank bij het raam zitten. Annie klonk vermoeid en terneergeslagen en hij probeerde zonder veel succes haar op te vrolijken.

'En hoe is het met Gracie?'

Er viel een korte stilte. Toen hoorde hij Annie zuchten.

'Ach, ik weet het niet.' Ze sprak nu heel zachtjes, waarschijnlijk zodat Grace haar niet zou horen. 'Ik zie hoe ze tegenover Tom Booker is en tegenover Joe, je weet wel, die jongen van twaalf hier. Met hen kan ze het uitstekend vinden, en dan lijkt het ook prima met haar te gaan. Maar als wij met ons tweeën zijn, dan weet ik het allemaal niet meer. Het is nu zelfs zo erg dat ze me niet eens meer wil aankijken.' Weer zuchtte ze. 'Nou ja...'

Ze zwegen allebei een tijdje. Van buiten hoorde hij het verre geloei van sirenes, op weg naar weer een andere anonieme tragedie.

'Ik mis je, Annie.'

'Ja,' zei ze. 'Wij missen jou ook.'

19

Annie zette Grace iets voor negen uur af bij de kliniek en reed toen terug naar het benzinestation in het centrum van Choteau. Bij het tanken stond ze naast een kleine man met een hoed die zo breed was dat er wel een paard onder had kunnen schuilen. Hij stond het oliepeil te controleren van een Dodge pick-up, met daarachter een aanhangwagen vol runderen. Ze waren van het Black Angus-ras, net als de kudde op de ranch, en Annie moest zich inhouden om niet te proberen een ter zake kundige opmerking te maken op basis van wat ze van Tom en Frank had geleerd op de dag dat ze aan het brandmerken waren geweest. Ze probeerde zich voor te stellen wat je dan moest zeggen. Ziet er goed uit, dat vee. Nee, je had het niet over vee, dacht ze. Gezonde beesten? Knappe jongens? Ze gaf het op. Eigenlijk had ze er ook geen benul van of ze er goed uitzagen of niet, dus hield ze haar mond maar en knikte ze de man alleen vriendelijk toe.

Toen ze na betaald te hebben weer naar buiten kwam, hoorde ze haar naam roepen. Toen ze om zich heen keek, zag ze Diane uit haar Toyota stappen bij de rij pompen naast haar. Annie zwaaide en liep naar haar toe. 'Dus je maakt je af en toe wèl los van al dat getelefoneer,' zei Diane. 'We vroegen ons al af of je dat kon.'

Annie glimlachte en vertelde dat ze Grace drie ochtenden per week naar het stadje bracht voor haar fysiotherapie. Ze ging nu weer terug naar de ranch om wat te werken en zou rond het middaguur terugrijden om haar weer op te halen.

'O, maar dat kan ik toch wel voor je doen,' zei Diane. 'Ik ben hier nog wel even bezig, want ik heb een hoop te doen. Zit ze in medisch centrum Bellview?'

'Ja, maar ik zou echt niet willen dat...'

'Doe niet zo raar. Het is gekkenwerk om weer helemaal terug te moeten komen.'

Annie protesteerde nog wat, maar Diane liet zich niet overtuigen. Het was helemaal geen probleem, zei ze, en ten slotte gaf Annie toe en bedankte ze haar. Ze bleven nog een paar minuten staan praten over hoe het allemaal ging in het huis bij de beek en of Annie en Grace alles hadden wat ze nodig hadden. Na een tijdje zei Diane dat ze er vandoor moest.

Op de terugweg naar de ranch dacht Annie na over de ontmoeting. Dianes aanbod was op zich heel vriendelijk geweest, maar de manier waarop ze het gedaan had wat minder. Er had een lichte insinuatie bij gezeten dat Annie het toch veel te druk had om een goede moeder te zijn. Of beeldde ze zich dat maar in?

Ze reed noordwaarts en keek naar rechts over de vlakte uit, waar de zwarte vormen van de koeien tegen het lichtgekleurde gras afstaken als buffels uit een ander tijdperk. In de verte veroorzaakte de zon al spiegelingen op het asfalt. Ze draaide het raampje omlaag en liet haar haren in de wind wapperen. Het was de tweede week van mei en eindelijk had ze het gevoel dat het nu echt voorjaar was. Toen ze afsloeg, zag ze de steile wand van de Rocky Mountains voor zich, met erbovenop de wolken. Het leek net alsof ze afkomstig waren uit een reusachtige slagroomspuit. Het enige wat eraan ontbrak, bedacht ze, was een rode kers en een papieren parapluutje. Toen dacht ze weer aan alle faxen en berichten op het antwoordapparaat die ongetwijfeld op haar wachtten. Even later realiseerde ze zich dat ze bij die gedachte het gaspedaal wat omhoog had laten komen.

De maand verlof die ze aan Crawford Gates had gevraagd, was al grotendeels achter de rug. Nu moest ze hem een verlenging gaan vragen en daar zag ze behoorlijk tegenop. Want ondanks al zijn gepraat over hoe vrij ze zich moest voelen en dat ze alle tijd moest nemen die ze nodig had, maakte Annie zich geen illusies. De afgelopen dagen had ze duidelijke signalen ontvangen dat Crawford zenuwachtig aan het worden was. Er waren een paar kleine dingen gebeurd die het ieder op zich niet waard waren om je druk over te maken, maar die bij elkaar opgeteld wel degelijk als waarschuwing opgevat moesten worden.

Hij had kritiek gehad op Lucy Friedmans stuk over de salonhelden, dat Annie juist briljant had gevonden. Hij had de ontwerpafdeling vragen gesteld over twee omslagen, niet op een vervelende manier, maar toch had hij zich laten gelden. En hij had Annie een lang memo gestuurd met de klacht dat hun verslaggeving over Wall Street een beetje achter begon te lopen bij de concurrentie. Dat was op zich niet zo'n probleem, maar hij had vier andere directeuren kopieën van zijn memo gestuurd, nog voordat hij de zaak met haar besproken had. Maar goed, als die oude smeerlap haar te grazen wilde nemen, dan zou ze hem lik op stuk geven. Ze had hem niet gebeld, maar onmiddellijk een krachtig verweer geschreven, voorzien van alle nodige cijfers en grafieken, en dat had ze niet alleen aan dezelfde mensen toegestuurd, maar ook nog aan een paar anderen van wie ze wist dat zij achter haar stonden. Daar kon hij het mee doen. Maar verdomme, wat had het een inspanning gekost.

Toen ze de heuvel gepasseerd was en langs het hek reed, zag ze Toms paarden in de piste rondrennen, maar van Tom was geen spoor te bekennen. Ze voelde zich eerst teleurgesteld en vervolgens moest ze om zichzelf lachen, dat ze dat gevoeld had. Toen ze achterom reed naar het huis aan de beek zag ze daar een auto van de telefoondienst staan. Toen ze uitstapte kwam er net een man in een blauwe overall het huis uit. Hij groette haar en deelde haar mee dat hij twee nieuwe lijnen had aangelegd.

Toen ze binnenkwam trof ze naast haar computer twee nieuwe telefoon-toestellen aan. Zo te zien waren er op het antwoordapparaat vier bood-schappen achtergelaten en er lagen drie faxen, waarvan een van Lucy Friedman. Terwijl ze die las, begon een van de nieuwe telefoons te rinke-len. 'Hoi.' Het was een mannenstem. Ze wist niet wie het was. 'Ik wilde alleen even kijken of hij het deed.'

'Met wie spreek ik?' vroeg Annie.

'O, sorry. Ik ben het, Tom. Tom Booker. Ik zag net die man van de telefoon-dienst wegrijden en ik dacht, ik probeer even of de nieuwe lijnen het doen.'

Annie lachte.

'Zo te horen wel, hè? Een ervan in ieder geval. Ik hoop dat je het niet erg vindt dat hij daar alleen aan het werk is geweest.'

'Natuurlijk niet. Bedankt. Maar dat had je echt niet hoeven doen.'

'O, het was een kleinigheid. Grace vertelde me dat haar vader soms moeite had jullie te bereiken.'

'Nou, ik vind het heel aardig van je.'

Er viel een stilte, en om maar iets te zeggen vertelde Annie dat ze Diane was tegengekomen in Choteau en dat zij zo vriendelijk was geweest aan te bie-den Grace terug te brengen.

'Ze had haar ook wel kunnen brengen, als we het geweten hadden.'

Annie bedankte hem nogmaals voor de extra telefoons en bood aan de aanlegkosten voor haar rekening te nemen, maar daar wilde hij niet van weten. Ze beëindigden het gesprek en Annie begon weer aan de fax van Lucy. Ze merkte echter dat ze zich ineens niet meer kon concentreren en liep de keuken in om koffie te gaan zetten.

Twintig minuten daarna zat ze weer aan tafel en had ze de modem op een van de nieuwe lijnen aangesloten en de fax op de andere. Ze stond net op het punt om Lucy te gaan bellen, die zich weer eens woest maakte op Crawford, toen ze voetstappen hoorde bij de achterdeur, gevolgd door een zacht tikken op de hordeur.

Door het gaas van de hor heen zag ze Tom Booker staan, die begon te glimlachen toen hij haar zag. Hij deed een stapje achteruit toen Annie de deur opende. Ze zag dat hij twee gezadelde paarden bij zich had, Rimrock en een van de jonge hengsten. Ze sloeg haar armen over elkaar, leunde tegen de deurpost en keek hem met een kritisch lachje aan.

'Het antwoord is nee,' zei ze.

'Je weet niet eens wat de vraag is.'

'Maar die kan ik wel raden, denk ik.'

'Denk je?'

'Ja.'

174

'Nou, ik dacht zo bij mezelf dat je net twee keer veertig minuten hebt gewonnen doordat je niet heen en weer naar Choteau hoeft te rijden en dat je misschien een deel daarvan zou willen gebruiken om een luchtje te gaan scheppen.'

'Te paard?'

'Nou... Ja.'

Ze keken elkaar even aan, en glimlachten alleen maar. Hij droeg een lichtroze overhemd en had over zijn spijkerbroek de oude verstelde leren beenstukken aan die hij bij het paardrijden altijd droeg. Misschien kwam het alleen door de kleur van het licht, maar zijn ogen leken even helder en blauw als de hemel achter hem.

'Maar je doet me daarmee ook een plezier, want ik moet steeds die jonge hengsten berijden en daardoor voelt onze oude Rimrock zich een beetje in de steek gelaten. Hij zal je heel dankbaar zijn en goed op je passen.'

'Betaal ik soms op deze manier voor die nieuwe telefoons?'

'Nee mevrouw, dit komt er nog eens bovenop.'

De fysiotherapeute die Grace bezocht was een klein vrouwtje met een dikke bos krullend haar en grote grijze ogen die haar het uiterlijk gaven van iemand die voortdurend verbaasd is. Terri Carlson was eenenvijftig en een Weegschaal. Haar ouders waren allebei dood en ze had drie zoons, die haar man haar een jaar of dertig geleden kort na elkaar had geschonken voordat hij er vandoor ging met een Texaanse schone die hij bij een rodeowedstrijd had ontmoet. Hij had erop gestaan dat de jongens de namen John, Paul en George kregen, en Terri dankte God dat hij weg was voordat er een vierde op komst was. Dit had Grace allemaal te horen gekregen bij haar eerste bezoek en iedere volgende keer was Terri verder gegaan met haar verhaal vanaf het punt waar ze de vorige keer geëindigd was, zodat Grace desgewenst een aantal schriften vol had kunnen pennen met het levensverhaal van de vrouw. Niet dat Grace het vervelend vond. Integendeel, ze hoorde haar graag praten. Het betekende dat ze op de behandeltafel kon blijven liggen en zich niet alleen aan de handen, maar ook aan de woorden van de vrouw kon overgeven.

Grace had bezwaar gemaakt toen Annie haar vertelde dat ze had afgesproken dat ze er drie ochtenden per week naartoe zou gaan. Ze wist dat het na al die maanden meer was dan eigenlijk nodig was. Maar de fysiotherapeut in New York had gezegd dat hoe harder je eraan werkte, des te minder kans je had dat je mank zou blijven lopen.

'Wie kan het wat schelen of ik mank loop of niet?' had Grace gevraagd.

'Mij,' had Annie geantwoord. Daar kon ze het mee doen.

Eigenlijk genoot Grace meer van de behandeling die ze hier kreeg dan van die in New York. Eerst deden ze ontspanningsoefeningen. Terri liet haar gewoon alles doen. En na deze oefeningen bond ze met klitteband een gewicht aan haar beenstompje, liet ze haar zweten aan de armfiets en liet ze haar zelfs discodansen voor de spiegels die overal aan de muren zaten. Op de eerste dag had ze de uitdrukking op het gezicht van Grace gezien toen ze de muziek aanzette. 'Houd je niet van Tina Turner?'

Grace had gezegd dat Tina Turner prima was, alleen een beetje...

'Oud? Ga nou gauw! Ze is van mijn leeftijd.'

Grace had gebloosd, ze hadden samen gelachen en vanaf dat moment was het ijs gebroken. Terri had gezegd dat ze maar een paar eigen bandjes mee moest nemen, en die waren een voortdurende bron van vermaak gebleken voor hen beiden. Iedere keer als Grace met een nieuwe aankwam, bekeek Terri hem en schudde ze haar hoofd. 'Nog meer kommer en kwel uit de hel.'

Na de oefeningen rustte Grace even, waarna ze in haar eentje in het zwembad aan de gang moest. En dan moest ze minstens een uur voor de spiegel loopoefeningen doen, hekoefeningen noemde Terri ze. Grace had zich nog nooit zo goed in conditie gevoeld.

Vandaag had Terri haar levensverhaal even onderbroken en haar verteld over een Indiaanse jongen die ze een keer per week bezocht in het reservaat van de Zwartvoetindianen. Hij was twintig jaar en mooi en trots, vertelde ze, zo iemand die weggelopen lijkt uit een schilderij van Charley Russell. Tot de afgelopen zomer. Toen was hij met vrienden gaan zwemmen en bij het duiken met zijn hoofd op een stuk rots onder water terechtgekomen. Daarbij had hij zijn nek gebroken en nu was hij van daaraf verlamd.

'De eerste keer dat ik die jongen bezocht, was hij kwaad,' vertelde ze. Ze trok aan het been van Grace alsof het een zwengel was. 'Hij zei dat hij niets met me te maken wilde hebben, en dat hij weg zou gaan als ik niet wegging. Hij was niet van plan om door mij vernederd te worden, zei hij. Hij zei niet echt "door een vrouw", maar dat was wel wat hij bedoelde. Ik dacht bij mezelf, wat bedoelt hij met weggaan? Hij kon nergens heen, het enige wat hij kon was gewoon blijven liggen. Maar weet je wat er gebeurde? Hij ging wèl weg. Ik begon aan hem te werken, en toen ik even later naar zijn gezicht keek... zag ik dat hij weg was.'

Grace antwoordde niet, viel haar op

'Zijn geest, zijn ziel, hoe je het wil noemen, was weg. Gewoon verdwenen. En hij deed niet maar alsof, dat was duidelijk. Hij was echt weg. En toen ik klaar was, kwam hij min of meer gewoon weer terug. Nu doet hij dat iedere keer als ik bij hem ben. En nu omdraaien, liefje. We doen nu even alsof je Jane Fonda bent.'

Grace draaide zich op haar linkerzij en begon schaarbewegingen met haar been te maken. 'Zegt hij ook waar hij naartoe gaat?' vroeg ze.

Terri lachte. 'Weet je, dat heb ik hem gevraagd, en toen zei hij dat hij me dat niet wilde vertellen, want dan zou ik maar achter hem aan komen met mijn druktemakerij. Zo noemt hij me, een druktemaker. Hij doet alsof hij me niet mag, maar ik weet wel beter. Zo houdt hij gewoon zijn trots overeind. Ik denk dat we dat allemaal wel doen, op een of andere manier. Ja, goed zo, meisje. Nog ietsje hoger. Ja, goed zo!'

Terri ging met haar naar de ruimte waar het zwembad was en liet haar daar alleen. Het was er rustig, vandaag was er niemand anders. Het rook er een beetje naar chloor. Ze deed haar badpak aan en liet zich in het bubbelbad zakken om even uit te rusten. De zon scheen schuin door het dakraam naar binnen op het wateroppervlak. Het gaf een flikkering op het plafond, terwijl het restant van de lichtstralen naar de bodem van het bad refracteerde, waar het golvende patronen veroorzaakte, alsof een kolonie lichtblauwe slangen verwikkeld was in een proces van voortdurend geboren worden en afsterven.

Het kolkende water had een weldadige uitwerking op haar beenstompje. Ze ging achterover liggen en dacht aan de Indiaanse jongen. Wat goed als je dat kon, je lichaam verlaten wanneer je daar behoefte aan had, en dan gewoon ergens anders heen gaan. Het deed haar denken aan de tijd dat ze in coma had gelegen. Misschien was dat toen ook met haar gebeurd. Maar waar was ze dan geweest? Wat had ze gezien? Ze kon zich er niets van herinneren, zelfs geen droombeeld. Ze wist alleen nog hoe ze eruit was gekomen, zwemmend door die tunnel met lijm, naar haar moeders stem toe.

Ze had zich altijd haar dromen kunnen herinneren. Dat was niet moeilijk, je moest ze alleen aan iemand vertellen als je wakker werd, desnoods aan jezelf. Toen ze nog klein was, klom ze 's morgens altijd bij haar ouders in bed en kroop ze tegen haar vader aan om hem te vertellen wat ze gedroomd had. Dan vroeg hij haar allerlei bijzonderheden en moest ze soms dingen verzinnen als ze zich iets niet herinnerde. Het was altijd alleen bij haar vader, want tegen die tijd was Annie altijd al op of stond ze onder de douche tegen Grace te roepen dat ze zich moest gaan aankleden en haar piano-oefeningen moest gaan doen. Robert zei altijd tegen haar dat ze al haar dromen op moest schrijven, omdat het later als ze volwassen was leuk zou zijn ze terug te lezen, maar dat kon Grace niet zo veel schelen.

Na het ongeluk had ze verwacht dat ze vreselijke, bloederige dromen zou krijgen, maar dat was niet gebeurd. En de enige droom die over Pilgrim ging, had ze twee nachten geleden gehad. Hij stond aan de overkant van een grote, bruine rivier. Het was heel raar, maar hij was jonger dan in werkelijkheid, nog maar een veulen. Maar het was wel Pilgrim, dat wist ze zeker. Ze had hem geroepen en hij had met een hoef het water geprobeerd en was er toen ingelopen en naar haar toe komen zwemmen. Hij was echter niet sterk genoeg geweest voor de stroom en was erdoor meegevoerd. Ze zag zijn hoofd kleiner en kleiner worden en ze had zich vreselijk machteloos en angstig gevoeld omdat ze niets anders kon doen dan alleen steeds maar zijn naam roepen. Toen merkte ze dat er iemand naast haar stond, en toen ze zich omdraaide, zag ze dat het Tom Booker was. Hij zei haar dat ze zich geen zorgen moest maken, dat alles in orde zou komen met Pilgrim omdat de rivier stroomafwaarts minder diep was en hij daar vast wel een plek zou vinden waar hij kon oversteken.

Grace had Annie niet verteld dat Tom Booker haar gevraagd had over het ongeluk te vertellen. Ze was bang dat Annie er moeilijk over zou gaan doen of het hem kwalijk zou nemen of in haar plaats een beslissing zou willen nemen. Maar Annie had er niets mee te maken. Het was iets tussen Tom en haarzelf, en het ging over haar en haar paard. Zíj moest erover beslissen. En nu besefte ze dat ze de beslissing al genomen had. Ook al beangstigde het vooruitzicht haar, ze zou met hem gaan praten. Misschien zou ze het Annie achteraf vertellen.

De deur ging open en Terri kwam weer binnen om te vragen hoe het ging. Ze zei dat Grace's moeder net had gebeld om te zeggen dat Diane Booker haar om twaalf uur af zou halen.

Ze reden langs de beek en staken over bij de doorwaadbare plaats waar ze elkaar die ochtend waren tegengekomen. Toen ze omhoogliepen naar de wei, gingen de koeien langzaam opzij om hen door te laten. De wolk had zich van de besneeuwde bergtop losgemaakt. De lucht rook fris, naar verse aarde. Er groeiden al krokussen en narcissen tussen het gras en er hing een groen waas van beginnend blad over de populieren.

Hij liet haar een tijdje voor zich uit rijden en keek hoe de wind met haar haren speelde. Ze had gezegd dat het zadel aanvoelde als een leunstoel. Voordat ze vertrokken, had ze hem gevraagd Rimrocks stijgbeugels wat in te korten, zodat ze nu meer de lengte hadden die bij een renpaard gebruikelijk is, maar ze zei dat ze het gevoel had zo meer controle over het paard te hebben. Aan haar houding en aan de ontspannen manier waarop haar lichaam bewoog op het ritme van het paard kon hij zien dat ze goed kon rijden.

Toen hij ervan overtuigd was dat ze de slag te pakken had, kwam hij naast haar rijden en samen reden ze verder. Geen van beiden sprak een woord, alleen vroeg ze hem zo nu en dan naar de naam van een boom, een plant of een vogel. En dan keek ze hem met haar ernstige, groene ogen doordringend aan terwijl hij haar vertelde wat ze weten wilde. Ze reden langs espebomen waarvan hij vertelde dat de bijnaam 'fluisterende esp' was vanwege het fluisterende geluid dat de wind in de bladeren maakte. Ook liet hij haar de kale stammen zien waar herten op zoek naar voedsel in de winter de bast hadden verwijderd.

Ze reden over een lange, schuin omhoog lopende bergkam, die begroeid was met dennebomen en ganzerik, tot aan de rand van een hoge rots, vanwaar je de twee bergdalen door kon kijken waaraan de ranch zijn naam ontleende. Daar hielden ze stil en bleven ze een poos staan kijken.

'Wat een prachtig uitzicht,' zei Annie.

Hij knikte. 'Toen mijn vader ons gezin hier net naartoe verhuisd had, gingen Frank en ik hier soms heen en deden we wie het snelst weer beneden was, om tien cent, of soms wel vijfentwintig cent, als we ons rijk voelden. Hij langs de ene beek, en ik langs de andere.'

'En wie won er dan?'

'Nou, hij was de jongste en meestal ging hij zo ontzettend snel dat hij viel. Dan moest ik een beetje rondhangen in het bos tot het ongeveer tijd was, om dan ongeveer gelijk met hem te eindigen. Hij was altijd dolblij als hij won, dus meestal gebeurde dat dan ook.'

Ze glimlachte naar hem.

'Je rijdt behoorlijk goed,' zei hij.

Ze trok een gezicht. 'Op dit paard van jou rijdt iedereen goed.'

Ze boog zich voorover en wreef Rimrock in zijn hals. Eventjes was het enige geluid dat je hoorde het zachte snuiven van de paardeneuzen. Ze ging ontspannen zitten en keek nog eens door het dal omlaag. Boven de bomen was net de dakpunt van het huis bij de beek te zien.

'Wie is R.B.?' vroeg ze.

Hij fronste zijn voorhoofd. 'R.B.?'

'Staat op de waterput bij het huis. Daar staan een paar initialen. T.B., dat ben jij, neem ik aan. En R.B.'

Hij lachte. 'Dat is Rachel, mijn vrouw.'

'Ik wist niet dat je getrouwd was.'

'Ben ik ook niet. Ze is mijn ex-vrouw. We zijn gescheiden. Lang geleden al.'

'Heb je kinderen?'

'Ja, een. Hij is twintig en hij woont met zijn moeder en stiefvader in New York.'

'Hoe heet hij?'

Ze vroeg wel veel. Maar dat zou wel een beroepsdeformatie zijn, bedacht hij. Het kon hem trouwens absoluut niets schelen. Eigenlijk vond hij het zelfs wel leuk dat ze zo direct was. Ze keek je gewoon aan en vroeg wat ze weten wilde. Hij glimlachte.

'Hal heet hij.'

179

'Hal Booker. Leuke naam.'

'Nou, het is ook een leuke jongen. Het schijnt je te verbazen.' Meteen had hij spijt van deze opmerking, want aan de manier waarop ze een kleur kreeg, merkte hij dat hij haar in verlegenheid had gebracht.

'Nee, helemaal niet. Ik dacht alleen...'

'Hij is hier geboren, in het huis bij de beek.'

'Woonden jullie daar dan ook?'

'Ja. Maar het is Rachel niet goed bevallen hier. De winters zijn moeilijk door te komen als je er niet aan gewend bent.'

Er trok een schaduw over de paardehoofden. Hij keek omhoog, en zij deed hetzelfde. Daar vloog een tweetal adelaars. Hij legde haar uit hoe je dat kon zien, aan hun afmetingen en de vorm en kleur van hun vleugels. Zwijgend keken ze samen hoe ze het dal door gleden totdat ze verdwenen achter de massieve grijze muur van de bergen aan het eind.

'Ben je daar al in geweest?' vroeg Diane, terwijl de Albertasaurus keek hoe ze langs het museum de stad uit reden. Grace zei van niet. Diane reed ruw; ze behandelde de auto alsof hij nodig een lesje moest hebben.

'Joe is er dol op, maar de tweeling heeft ze liever in de speelgoeduitvoering.'

Grace lachte. Ze mocht Diane wel. Ze was een beetje stekelig, maar tegen haar was ze vanaf het begin aardig geweest. Dat waren ze allemaal wel, maar de manier waarop Diane met haar sprak had iets bijzonders, iets vertrouwelijks, haast alsof ze zusjes waren. Grace had bedacht dat het misschien kwam omdat ze alleen zoons had.

'Ze zeggen dat dinosaurussen overal in deze streek gebroed hebben,' ging ze verder. 'En zal ik je eens wat vertellen, Grace? Ze lopen hier nog rond. Moet je maar eens op sommige mannen letten.'

Ze praatten over school en Grace vertelde haar dat ze, op de ochtenden dat ze niet naar de kliniek hoefde, van Annie huiswerk voor school moest maken. Diane geloofde haar meteen toen ze zei dat het niet meeviel.

'Wat vindt je vader ervan dat jullie allebei hier zitten?'

'Hij is af en toe wel een beetje eenzaam.'

'Ja, dat kan ik me voorstellen.'

'Maar hij is met een grote, belangrijke zaak bezig op het moment, dus ik zou hem waarschijnlijk toch niet al te vaak zien.'

'Het zijn wel sjieke mensen, die ouders van jou, hè? Allebei zo'n flitsende carrière.'

'O, papa is heel anders, hoor.' Het was eruit voor ze er erg in had, en de stilte die volgde maakte alles nog erger. Grace had haar moeder niet willen bekritiseren, maar uit de manier waarop Diane haar aankeek, begreep ze dat zij het wel zo had opgevat.

'Gaat ze ooit wel eens met vakantie?'
Ze klonk alsof ze alles begreep en met haar meevoelde. Grace voelde zich
ineens een verraadster, alsof ze Diane een wapen in handen had gegeven.
Ze wilde eigenlijk alles ontkennen, zeggen dat ze het verkeerd begrepen
had, maar in plaats daarvan haalde ze alleen haar schouders op en zei: 'O,
jawel hoor, soms.'
Grace keek opzij, en een poosje reden ze zwijgend door. Er waren van die
dingen die anderen toch nooit konden begrijpen, dacht ze bij zichzelf. Het
moest altijd òf het een òf het ander zijn, maar soms was het veel ingewik-
kelder.
Ze was toch verdomme trots op haar moeder. Ze piekerde er niet over het
aan haar te laten merken, maar Annie was zoals zíj wilde worden als ze
volwassen was. Misschien niet helemaal exact, maar in haar ogen was het
volkomen normaal en terecht dat vrouwen zo'n carrière maakten. Ze
vond het ook prettig dat al haar vriendinnen wisten wat haar moeder
deed, dat ze maatschappelijk geslaagd was en zo. Ze zou niet willen dat het
anders was. En al maakte ze het Annie wel eens moeilijk omdat ze niet
zoveel aandacht aan haar besteedde als andere moeders, als ze eerlijk was,
moest ze zeggen dat ze nooit het gevoel had te kort te komen. Ze was wel
vaak alleen met haar vader, maar daar was niets mis mee. Integendeel,
soms vond ze dat zelfs wel de beste oplossing. Het was alleen dat Annie
altijd zo zeker was van alles. Zo uitgesproken en doelgericht. Dan had je
de neiging tegen haar in gaan, ook al was je het met haar eens.
'Het is hier mooi, hè?' zei Diane.
'Ja.' Grace zat over de vlakte uit te staren, maar ze had eigenlijk niets in
zich opgenomen, en nu ze dat wel deed, leek 'mooi' haar niet helemaal het
juiste woord. Ze vond het eerder een landschap waar verlatenheid uit
sprak.
'Je zou toch niet kunnen vermoeden dat daar voldoende kernwapens zijn
opgeslagen om de hele planeet mee te vernietigen, hè?'
Grace keek haar aan. 'Echt waar?'
'Reken maar.' Ze grijnsde. 'Overal staan ondergrondse lanceerinrichtin-
gen voor intercontinentale raketten. Er wonen dan misschien maar weinig
mensen hier, maar wat bommen en biefstukken betreft staan we ons mannetje!'

Annie hield de hoorn van de telefoon in haar hals en luisterde met een half
oor naar Don Farlow, terwijl ze op het toetsenbord een zin die ze net had
ingetypt probeerde te fatsoeneren. Ze was bezig een hoofdartikel te schrijven, de enige echt journalistieke arbeid waar ze tegenwoordig nog aan toe-
kwam. Nu was ze een kersvers plan van de burgemeester van New York

voor de bestrijding van kleine criminaliteit in de grond aan het boren, maar het lukte haar niet zo goed die mengvorm te vinden van geestigheid en venijn waarin ze vroeger altijd op haar best was.

Farlow probeerde haar op te porren een aantal zaken waaraan hij en zijn assistenten gewerkt hadden nu te gaan uitvoeren, maar Annie had er nauwelijks belangstelling voor. Ze liet de zin voor wat hij was en keek uit het raam. De zon was aan het ondergaan en bij de piste zag ze Tom over het hek geleund staan praten met Grace en Joe. Ze zag hoe hij zijn hoofd naar achteren gooide en ergens om lachte. Achter hem wierp de stal een langwerpige schaduw op het rode zand.

Ze waren de hele middag met Pilgrim aan de gang geweest, en hij stond nu glimmend van het zweet op zijn rug vanaf de andere kant van de piste naar hen te kijken. Joe was nog maar net thuis van school en was zoals gewoonlijk meteen naar hen toe gegaan. De afgelopen uren had Annie af en toe naar Tom en Grace gekeken, en daarbij had ze steeds iets gevoeld dat ze, als ze zichzelf niet zo goed gekend had, misschien voor jaloezie zou hebben aangezien.

Haar dijen deden nog zeer van de rit van die ochtend. Spieren die ze dertig jaar lang niet gebruikt had protesteerden, maar Annie beschouwde de pijn als een goede herinnering. Het was jaren geleden dat ze zich zo uitgelaten had gevoeld als vanmorgen. Het was alsof ze bevrijd was uit een kooi. Ze was er nog opgewonden van geweest toen ze Grace alles vertelde, zodra Diane haar thuis had afgezet. Het meisje had even een beetje mismoedig gekeken voordat ze weer de onverschilligheid tentoonspreidde waarmee ze de laatste tijd reageerde op alles wat haar moeder zei. Annie vervloekte zichzelf dat ze het eruit geflapt had. Dat was niet erg fijngevoelig van haar, vond ze, al was ze er bij nader inzien niet helemaal zeker van waarom.

'En toen zei hij dat we ermee moesten stoppen,' hoorde ze Farlow zeggen.

'Wat zei je? Sorry, Don, kun je dat nog een keer zeggen?'

'Hij zei dat we de zaak moesten laten vallen.'

'Wie zei dat?'

'Annie! Ben je wel in orde?'

'Het spijt me, Don. Maar ik zit mijn aandacht een beetje te verdelen hier.'

'Crawford Gates heeft me opgedragen de zaak Fiske te laten rusten. Weet je nog? Fenimore Fiske? Die niet wist wie Martin Scorsese was?'

Dat was een van Fiskes onsterfelijke blunders geweest. Een paar jaar later had hij het zelfs nog erger gemaakt door *Taxi Driver* een onbetekenend filmpje van een te verwaarlozen talent te noemen.

'Jazeker, Don, ik herinner me hem heel goed. Zei Crawford echt dat je de zaak moest laten vallen?'

'Ja. Hij zei dat het proces te veel zou kosten en dat het jouw naam en de naam van het blad meer kwaad dan goed zou doen.'

'Wat een hufter is hij toch! Hoe haalt hij het in zin hoofd dat te beslissen zonder met mij te overleggen. Jezus!'

'Zeg hem in godsnaam niet dat je het van mij hebt.'

'Jezus.'

Annie draaide zich om in haar stoel en stootte met een elleboog een kop koffie van het bureau.

'Shit!'

'Is er iets?'

'Nee. Luister, Don. Ik moet hier even over nadenken. Ik bel je wel terug, oké?'

'Oké.'

Ze legde de hoorn neer en bleef even kijken naar het gebroken kopje en de koffievlek die almaar groter werd.

'Shit!'

Toen liep ze naar de keuken om een doekje te pakken.

20

'Ik dacht dus dat het de sneeuwruimer was, begrijp je? Zo te horen was hij heel ver weg. We hadden ruim de tijd. Als we geweten hadden wat het was, hadden we de paarden van de weg kunnen halen en met ze het weiland in kunnen lopen of iets dergelijks. Ik had er iets over tegen Judith moeten zeggen, maar ik dacht gewoon niet na. In ieder geval, zij was altijd de baas als we samen naar buiten gingen met de paarden. Als er bijvoorbeeld een beslissing over iets genomen moest worden, dan deed zij dat. En zo was het ook tussen Gulliver en Pilgrim. Gully was de baas, de verstandigste.'

Ze beet op haar lip en keek opzij, zodat haar gezicht van opzij beschenen werd door het licht achter in de stal. Het werd donker en een koel briesje waaide naar binnen vanaf de beek. Ze hadden met z'n drieën Pilgrim in zijn box gezet en toen had Joe zich na een blik van Tom uit de voeten gemaakt met de mededeling dat hij zijn huiswerk nog moest doen. Tom en Grace waren naar achteren gelopen, waar de jonge paarden stonden. Even was ze met de voet van haar kunstbeen in een goot vast blijven zitten en leek het of ze zou vallen. Tom had al aanstalten gemaakt om haar op te vangen, maar ze had haar evenwicht hervonden en hij was blij dat het haar op eigen kracht gelukt was. Nu stonden ze over het hek geleund naar de paarden te kijken.

Ze had hem stap voor stap door de besneeuwde ochtend van het ongeluk gevoerd. Ze had verteld hoe ze door de bossen naar boven waren gegaan en hoe gek Pilgrim gedaan had door met de sneeuw te gaan spelen, hoe ze het spoor bijster waren geraakt en langs de beek steil naar beneden hadden gemoeten. Ze praatte zonder hem aan te kijken, en hield haar blik gericht op de paarden. Maar hij wist heel goed dat ze voor zich zag wat ze op die bewuste dag had gezien, een ander paard en een vriendin, die nu allebei dood waren. Tom keek naar haar terwijl ze praatte en voelde met haar mee, met heel zijn hart.

'En toen kwamen we bij de plek waarnaar we op zoek waren geweest, een steil pad naar de spoorbrug toe. We waren er al eens eerder omhoog gegaan, dus we wisten hoe het pad liep. In ieder geval ging Judith voorop, en weet je wat het rare was? Het leek alsof Gully wist dat er iets niet in orde was, want hij wilde niet naar boven en zoiets doet hij anders nooit.'

Ze hoorde zelf dat ze zich vergist had en de tegenwoordige tijd gebruikt had. Ze keek Tom even aan, en hij glimlachte naar haar.

'Dus ging hij naar boven, en ik vroeg haar of alles in orde was. Ze zei van wel, maar waarschuwde dat we voorzichtig moesten zijn, dus ging ik achter haar aan.'

'Moest je Pilgrim daartoe dwingen?'

'Nee, helemaal niet. Hij was heel anders dan Gully. Hij wilde juist graag naar boven.'

Ze keek naar beneden en zweeg even. Een van de paarden hinnikte zachtjes aan het andere eind van het hok. Tom legde een hand op haar schouder.

'Gaat het?'

Ze knikte. 'Toen begon Gully te glijden.' Ze keek hem aan, plotseling heel ernstig. 'Weet je dat ze later hebben ontdekt dat het ijslaagje zich alleen aan de ene kant van het pad bevond? Als hij misschien maar een paar centimeter meer naar links had gelopen, zou het niet gebeurd zijn. Maar hij moet één van zijn hoeven erop gezet hebben en daarmee heeft hij zijn lot bezegeld.'

Weer keek ze opzij. Hij kon aan haar schouders zien dat ze een strijd moest voeren om haar ademhaling te reguleren.

'En toen begon hij weg te glijden. Hij deed zijn uiterste best, dat kon je zien. Hij probeerde steeds maar vaste grond onder zijn hoeven te krijgen, maar hoe heftiger hij het probeerde, des te erger werd het. Hij kreeg gewoon geen houvast meer. Ze schoven recht op ons af en Judith schreeuwde naar ons dat we uit de weg moesten gaan. Ze hing zo'n beetje om Gully's hals en ik probeerde Pilgrim zich om te laten draaien. Ik wist dat ik het te ruw deed. Ik trok veel te hard, weet je. Als ik nou maar mijn hoofd koel had gehouden en voorzichtiger had gedaan, dan had hij wel gehoor-

zaamd. Maar ik denk dat ik hem nog banger gemaakt heb dan hij al was. Hij wilde... hij wilde gewoon niet van zijn plaats!'
Ze stopte even en slikte.
'En toen raakten ze ons. Hoe ik in het zadel ben gebleven, weet ik niet.' Ze lachte even. 'Het zou veel beter zijn geweest als het me niet gelukt was. Tenzij ik vast was komen te zitten, zoals Judith. Nadat ze uit het zadel gevlogen was, leek ze zo slap als een vaatdoek. Ze draaide zo'n beetje om toen ze viel, in ieder geval raakte haar voet bekneld in de stijgbeugel, en zo schoven we met elkaar de heuvel af naar beneden. Het leek wel een eeuwigheid te duren. En weet je wat het raarste was? Dat ik terwijl we zo naar beneden gingen, met die blauwe lucht en die zon en al die sneeuw om ons heen, ik alleen maar dacht, wat een mooie dag is het toch.' Ze draaide haar gezicht naar hem toe. 'Krankzinnig, hè?'
Maar Tom vond het helemaal niet krankzinnig. Je had soms van die momenten, wist hij, waarin de wereld zich zo aan ons openbaarde, niet zoals je misschien zou denken om ons te bespotten om ons lot of onze onbeduidendheid, maar om ons en alle leven op het Zijn zelf te wijzen. Hij glimlachte naar haar en knikte.
'Ik weet niet of Judith hem meteen zag, de vrachtwagen bedoel ik. Ze moet haar hoofd vreselijk hard gestoten hebben, en Gully was helemaal wild geworden en terwijl hij haar achter zich aan sleepte, sloeg ze links en rechts overal tegenaan. Maar zodra ik hem zag aankomen, door die opening waar vroeger de brug overheen had gelegen, dacht ik, hij kan met geen mogelijkheid meer stoppen, en toen dacht ik ook, als ik Gully kan vastpakken, dan kan ik ons allemaal nog weg krijgen. Wat dom van me, hè? God, wat was ik dom!'
Ze klemde haar hoofd tussen haar handen en kneep haar ogen dicht. Maar dat duurde slechts even. 'Wat ik natuurlijk had moeten doen, was afstappen. Dan had ik hem veel makkelijker kunnen pakken. Ik bedoel, hij was al door het dolle heen, maar hij had zijn been bezeerd en hij wilde zich niet laten opjutten. Ik zou Pilgrim een klap op zijn kont gegeven hebben. Dan was hij weggelopen. En dan had ik Gully in veiligheid kunnen brengen. Maar zo heb ik het niet gedaan.'
Ze snoof even en vermande zich.
'Pilgrim was ongelofelijk. Ik bedoel, hij was ook behoorlijk geschrokken, maar hij was meteen weer bij zijn positieven. Hij leek te weten wat ik wilde. Ik bedoel, hij had makkelijk op Judith kunnen trappen, maar dat deed hij niet. Hij wist het. En als die man niet op zijn claxon had gedrukt, dan zou het gelukt zijn, want we waren er zo dichtbij. Ik was er maar zo'n afstandje vandaan... maar zo'n afstandje!'
Grace keek hem aan. Haar gezicht was helemaal vertrokken van de pijn

om wat misschien mogelijk geweest was, en uiteindelijk kwamen daar de tranen. Tom sloeg zijn armen om haar heen en zij legde haar hoofd tegen zijn borst en snikte het uit.

'Ik zag hoe ze naar me opkeek, daar beneden bij Gully's hoeven, vlak voordat de claxon klonk. Ze was zo klein, zo bang. Ik had haar kunnen redden. Ik had ons allemaal kunnen redden.'

Hij zei niets, want hij wist hoe nutteloos woorden waren als het erom ging dit soort meningen te veranderen. Hij wist ook dat deze zekerheden soms na jaren nog recht overeind stonden. Een hele poos bleven ze zo staan. De nacht vouwde zich om hen heen. Hij legde de palm van zijn hand op haar achterhoofd en rook de frisse geur van haar meisjeshaar. Toen ze opgehouden was met huilen en hij voelde dat haar lichaam zich ontspande, vroeg hij zachtjes of ze nog door wilde gaan. Ze knikte en haalde diep adem.

'Toen die claxon klonk, was er niets meer aan te doen. Pilgrim draaide zich zo'n beetje om zodat hij recht voor die vrachtauto stond. Het was krankzinnig, maar het leek alsof hij niet wilde dat het zou gebeuren. Hij wilde niet dat dit grote monster ons pijn zou doen, hij wilde zich verzetten. Tegen een veertigtonstruck, moet je je indenken! Haast niet te geloven, hè? Maar dat was wat hij wilde, ik voelde het. En toen hij vlak bij ons was, steigerde hij. Toen ben ik gevallen en heb ik mijn hoofd gestoten. Dat is alles wat ik me herinner.'

De rest wist Tom al, althans de hoofdzaken. Annie had hem Harry Logans nummer gegeven en zojuist had hij hem gebeld en geluisterd naar zijn verslag van het gebeurde. Logan had hem verteld hoe Judith en Gulliver aan hun einde waren gekomen en hoe Pilgrim weggerend was en zij hem later bij de beek gevonden hadden met dat enorme gat in zijn borst. Tom had ook allerlei bijzonderheden gevraagd waar Logan eigenlijk zeer verbaasd over was geweest. Maar kennelijk had hij gevonden dat de vragen van de man oprecht klonken en hij had hem geduldig uitgelegd welke verwondingen het paard precies had gehad en hoe hij ze had behandeld. Hij had Tom verteld hoe ze hem naar Cornell University hadden gebracht, waarvan Tom de goede reputatie wel kende, en wat ze daar allemaal voor hem gedaan hadden.

Toen Tom in alle oprechtheid zei dat hij nog nooit gehoord had dat een dierenarts het leven van een paard dat zo zwaar gewond was had kunnen redden, had Logan gelachen en gezegd dat hij veel liever wilde dat hij het niet gedaan had. Hij vertelde hoe alles helemaal verkeerd was gegaan bij de manege van Dyer en dat alleen Onze-Lieve-Heer wist wat die twee jongens met het arme dier gedaan hadden. Hij had hem ook verteld dat hij het zichzelf kwalijk nam dat hij aan enkele van hun praktijken had meegedaan, zoals bijvoorbeeld het vastklemmen van het hoofd van het paard om hem zijn injecties te kunnen geven.

Grace begon het koud te krijgen. Het was al laat en haar moeder zou zich wel afvragen waar ze bleef. Ze liepen langzaam terug naar de stal en door de lege, echoënde ruimte naar de andere kant en vervolgens naar de auto. De lichtstralen van de koplampen gingen omhoog en omlaag toen ze over de hobbelige weg naar het huis bij de beek reden. Een tijdje lang renden de honden voor hen uit, puntige schaduwen werpend op de weg. Als ze zich omdraaiden om naar de auto te kijken, weerkaatsten hun ogen een spookachtig groen licht.

Grace vroeg hem of wat hij nu te weten was gekomen hem kon helpen Pilgrim te genezen. Hij antwoordde dat hij erover na moest denken, maar dat hij hoopte van wel. Toen ze wegreden was hij blij dat het niet meer te zien was dat ze gehuild had. Toen ze uitstapte, glimlachte ze naar hem. Hij wist dat ze hem wilde bedanken, maar dat ze daar te verlegen voor was. Hij keek naar het huis, in de hoop een glimp van Annie op te vangen, maar er was geen spoor van haar te bekennen. Hij glimlachte naar Grace en tikte aan zijn hoed.

'Ik zie je morgen weer.'

'Oké,' zei ze, en deed de deur dicht.

Toen hij binnenkwam, hadden de anderen al gegeten. Aan de grote tafel in de huiskamer was Frank Joe aan het helpen met een wiskundesom, nadat hij de tweeling voor het laatst gewaarschuwd had dat ze het geluid van de televisie zachter moesten zetten, want dat hij hem anders helemaal uit zou doen. Zonder een woord te zeggen pakte Diane de maaltijd die ze voor hem bewaard had en zette die in de magnetron. Tom liep naar de badkamer beneden om zijn handen te wassen.

'En, was ze ingenomen met haar nieuwe telefoons?' Via de open deur zag hij hoe ze weer in de keuken was gaan zitten met haar breiwerk.

'Ja, ze was er heel blij mee.'

Hij droogde zijn handen en liep weer naar binnen. Het belletje van de magnetron ging, hij pakte zijn eten eruit en liep ermee naar de tafel. Het was een stoofschotel met kip, sperziebonen en een enorme aardappel. Diane dacht dat het zijn lievelingsgerecht was en hij had nooit de moed op kunnen brengen haar die illusie te ontnemen. Hij had helemaal geen honger, maar hij wilde haar niet teleurstellen en ging dus zitten en at.

'Ik kan maar niet bedenken wat ze met dat derde toestel wil,' zei Diane zonder op te kijken.

'Hoe bedoel je?'

'Nou, ze heeft toch maar twee oren.'

'O, maar ze heeft een fax en andere apparaten die op aparte lijnen aangesloten moeten worden, zodat ze een lijn vrij heeft om met mensen te spreken, wat ze de hele tijd doet. Daarom was het. Ze heeft trouwens aangeboden te betalen voor de aanleg van de extra lijnen.'

'En jij hebt vast gezegd dat dat niet hoefde, durf ik te wedden.'

Hij ontkende het niet en zag Diane bij zichzelf glimlachen. Hij wist dat hij beter niet met haar in discussie kon gaan als ze in zo'n stemming was. Ze had er van het begin af aan geen geheim van gemaakt dat ze niet blij was dat Annie daar zat en Tom was niet tegen haar in gegaan. Hij at door en een tijdje lang zei geen van beiden een woord. Frank en Joe konden het er ondertussen niet over eens worden of twee bepaalde getallen nu op elkaar gedeeld of met elkaar vermenigvuldigd moest worden.

'Ik heb van Frank gehoord dat ze vanmorgen met jou uit rijden is geweest, op Rimrock,' zei Diane.

'Dat klopt. Het was voor het eerst sinds haar kinderjaren dat ze weer gereden heeft. Ze rijdt goed.'

'En dan die dochter van haar. Wat een vreselijk ongeluk, hè?'

'Nou!'

'Ze maakt een heel eenzame indruk. Volgens mij kan ze beter op school zitten.'

'Och, dat weet ik niet. Volgens mij gaat het wel met 'r.'

Nadat hij gegeten had en nog even naar de paarden was wezen kijken, zei hij tegen Frank en Diane dat hij nog wat wilde lezen en wenste hij hen en de jongens welterusten.

Toms kamer besloeg de hele noordwesthoek van het huis, en vanuit het raam aan de zijkant kon je door het hele dal heen kijken. Het was een ruime kamer, en die indruk werd nog versterkt doordat er maar zo weinig in stond. Het bed was dat waarin zijn ouders geslapen hadden; het was hoog en smal en het hoofdeinde was van gedraaid esdoornhout. Erop lag een gewatteerde houthakkersdeken die zijn grootmoeder ooit eens had gemaakt en die vroeger rood-wit was geweest. Het rood was verbleekt tot een lichtroze kleur en hier en daar was de stof zo dun geworden dat de voering zichtbaar was. Er stond een vurehouten tafeltje met een gewone rechte stoel, een ladenkast, en onder een schemerlamp, bij een zwarte, ijzeren houtkachel, een oude, met een koeiehuid bedekte leunstoel.

Op de vloer lagen een paar Mexicaanse kleedjes die Tom een paar jaar geleden in Santa Fe op de kop had getikt, maar ze waren te klein om de kamer een gezellig aanzien te geven, waardoor ze uiteindelijk een tegengesteld effect bewerkstelligden, namelijk dat ze eruitzagen als verdwaalde eilandjes op een donkere, vlekkerige zee van hardboard. In de achtermuur bevonden zich twee deuren, een ervan was van de kast waarin hij zijn kleren opborg, en de andere gaf toegang tot een kleine badkamer. Boven op de ladenkast stonden een paar eenvoudige lijstjes met foto's van zijn familie. Er was een foto waar Rachel op stond met Hal, toen hij nog een baby was. De kleuren waren inmiddels dieper en donkerder geworden. Daarnaast stond een recentere foto van Hal, met haast dezelfde glimlach als Rachel op de andere foto had. Als deze foto's en de kasten met boeken en ingebonden tijdschriften over paarden er niet geweest waren, zou een onbekende zich hebben afgevraagd hoe iemand het voor elkaar kreeg om maar zo weinig te bezitten.

Tom ging aan het tafeltje zitten met een stapel oude nummers van *Quarter Horse Journal*, op zoek naar een stuk waarvan hij zich herinnerde dat hij het een paar jaar geleden gelezen had. Het was geschreven door een paardentrainer uit Californië die hij wel eens ontmoet had. Het artikel ging over een jonge merrie die een ernstig ongeluk had gehad. Ze had in een trailer gestaan waarin ze met zes andere paarden vanuit Kentucky was gehaald. Ergens in Arizona was de chauffeur in slaap gevallen en was de trailer ondersteboven in de berm terechtgekomen zodat ze hem open hadden moeten zagen. De paarden bleken vastgebonden te hebben gezeten en hingen nu met de touwen om hun nek in de lucht. Ze waren allemaal dood, op deze ene merrie na.

Tom wist dat de man die het stuk geschreven had de theorie aanhing dat je de natuurlijke reactie van een paard op pijn kon gebruiken om hem eroverheen te helpen. Het zat ingewikkeld in elkaar en Tom wist niet helemaal zeker of hij het wel goed begreep. De theorie leek gebaseerd te zijn op het idee dat, hoewel het de eerste reactie van een paard was om te vluchten, het dier als het pijn voelde wel de confrontatie ermee aanging.

De schrijver maakte zijn verhaal duidelijk aan de hand van voorbeelden hoe paarden in het wild wel wegrenden van een groep wolven, maar zich teweerstelden als ze eenmaal aangevallen werden en echt pijn voelden. Volgens hem was het hetzelfde mechanisme als bij een baby die tandjes krijgt; hij gaat de pijn niet uit de weg, maar gaat bijten. Hij beweerde dat zijn theorie hem geholpen had de merrie te genezen die bij dat ongeluk zo zwaar gewond was.

Tom vond het nummer waarin het artikel stond en las het nog eens door, in de hoop een idee te krijgen voor de behandeling van Pilgrim. Er stonden niet veel bijzonderheden in, maar waar het op neer leek te komen was dat de man de merrie vanaf het begin allerlei dingen had geleerd, haar geholpen had zichzelf helemaal opnieuw te hervinden, waarbij hij consequent het goede makkelijk had gemaakt en het verkeerde moeilijk. Dat was natuurlijk allemaal prachtig, maar voor Tom niets nieuws. Dat deed hij al. En die confrontatie met pijn, daar kon hij nog maar weinig mee. Maar waar was hij nu eigenlijk mee bezig? Was hij op zoek naar nieuwe handigheidjes? Handigheidjes bestonden niet, dat zou hij nu toch langzamerhand wel mogen weten. Het ging uitsluitend tussen jou en het paard en om begrip van wat er gebeurde in die beide hoofden. Hij schoof het tijdschrift van zich af, ging achterover zitten en zuchtte.

Toen hij naar Grace luisterde, en eerder op de avond naar Logan, had hij steeds goed opgelet of er misschien aanknopingspunten voor hem waren. Hij was steeds op zoek geweest naar een sleutel, een handvat, iets wat hij kon gebruiken. Maar hij had niets gevonden. En nu begreep hij ten slotte wat hij steeds maar in Pilgrims ogen had gezien. De absolute instorting. Het vertrouwen van het dier in zichzelf en in alles om hem heen was vernietigd. Degenen van wie hij had gehouden en in wie hij vertrouwen had gehad, hadden hem in de steek gelaten. Grace, Gulliver, iedereen. Ze hadden hem tegen dat talud op laten lopen en gedaan alsof het daar veilig zou zijn, en ze hadden tegen hem geschreeuwd en hem pijn gedaan toen dat niet het geval bleek te zijn.

Misschien verweet Pilgrim zichzelf ook wel wat er gebeurd was. Want waarom zouden alleen mensen schuldgevoel kunnen hebben? Tom had zo vaak gezien dat paarden hun berijders – kinderen in het bijzonder – probeerden te beschermen tegen de gevaren waar ze uit onervarenheid mee te maken kregen. Pilgrim had Grace in de steek gelaten. En nadat hij geprobeerd had haar te beschermen tegen de vrachtauto, had hij er alleen maar pijn en straf voor terug ontvangen. En toen waren er nog al die onbekenden geweest die hem bedrogen en gevangen en bezeerd hadden met naalden in zijn hals, en hem opgesloten hadden in een smerig, stinkend hok.

Later, toen hij in het donker met open ogen in zijn bed lag en het huis al lang tot rust was gekomen, voelde Tom iets zwaar op zijn hart drukken. Hij had willen weten wat er gebeurd was en hij was het te weten gekomen; in ieder geval moest hij er niet op rekenen dat hij nog meer informatie zou krijgen. Maar het beeld dat hij zich nu gevormd had, was wel heel donker en hopeloos.

Er was geen spoor van waanzin, absoluut geen lichtzinnigheid of onverschilligheid in de manier waarop Pilgrim de verschrikkingen die hem overkomen waren tegemoet was getreden. Hij had volstrekt logisch gedacht en gehandeld, en dat was nu juist wat het zo moeilijk maakte om hem te helpen. En Tom wilde hem per se helpen, zowel voor zichzelf als voor het meisje. Maar hij wist ook – en tegelijkertijd wist hij dat dat verkeerd was – dat hij het in de eerste plaats wilde voor de vrouw met wie hij die ochtend uit rijden was geweest en wier ogen en mond hij zo helder voor zich zag dat het leek alsof ze naast hem lag.

21

In de nacht van het overlijden van Matthew Graves logeerden Annie en haar broer bij vriendjes in de Blue Mountains op Jamaica. Het was aan het eind van de kerstvakantie. Haar ouders waren teruggegaan naar Kingston en hadden hen in de bergen achtergelaten omdat ze het daar zo naar hun zin hadden. Annie en haar broer George deelden een tweepersoonsbed waar een gigantisch muskietennet omheen hing. Midden in de nacht was de moeder van hun vriendjes hen in haar nachtjapon komen wekken. Ze had het bedlampje aangedaan en was op het voeteneind van het bed gaan zitten wachten tot Annie en George de slaap uit hun ogen hadden gewreven. Door het muskietennet heen had Annie vaag op de achtergrond de echtgenoot van de vrouw zien lopen in zijn gestreepte pyjama.

Annie zou zich altijd de vreemde glimlach op het gezicht van de vrouw herinneren. Later had ze begrepen dat die glimlach te maken had met de angst voor wat ze moest gaan zeggen, maar op dat ogenblik, tussen slapen en waken, had Annie gedacht dat de vrouw iets leuks wilde vertellen, dus toen ze zei dat hun vader dood was, had ze dat opgevat als een grap. Weliswaar geen goede grap, maar toch een grap.

Vele jaren later, toen Annie weer eens vond dat ze iets moest doen aan haar slapeloosheid (een gevoel dat ze om de vier tot vijf jaar had, en waar ze dan veel geld aan uitgaf, met als enig resultaat dat ze dingen te horen kreeg die ze al wist), was ze naar een hypnotherapeut gestapt. De vrouw had een techniek die ze 'gebeurtenisgericht' noemde, wat kennelijk betekende dat ze er prijs op stelde dat de cliënt met een gebeurtenis op de proppen kwam die verband hield met het probleem waarvoor hij of zij een oplossing zocht. Dan bracht ze je in trance, ging ze met je mee terug naar die gebeurtenis en loste ze die op.

Na het eerste consult van honderd dollar was de vrouw duidelijk teleurgesteld geweest dat Annie geen bijzondere gebeurtenis had weten te bedenken, dus pijnigde Annie een week lang haar hersens om er een te vinden. Ze besprak het met Robert en hij wist er wel een: de avond dat Annie als meisje van tien gewekt werd om te horen te krijgen dat haar vader dood was.

De therapeute viel zowat van haar stoel van enthousiasme. En ook Annie was blij, ze voelde zich net zo'n meisje dat steeds maar met haar vinger in de lucht zat te zwaaien, waar ze op school altijd zo'n hekel aan had gehad. Niet gaan slapen, want dan sterft er misschien iemand van wie je houdt, was de boodschap kennelijk. Mooier kon het niet. Het feit dat Annie na deze gebeurtenis de volgende twintig jaar iedere nacht had geslapen als een blok, leek voor de vrouw geen bezwaar te zijn.

Ze vroeg Annie wat ze voor haar vader voelde en vervolgens wat ze voor haar moeder voelde, en toen vroeg ze Annie wat ze dacht van een oefening in afscheid nemen. Annie had gezegd dat het haar prima leek. Toen had de vrouw geprobeerd haar te hypnotiseren, maar ze was zo opgewonden dat ze het te snel deed, waardoor niets meer lukte. Annie had haar niet teleur willen stellen en gedaan alsof ze in trance was, maar ze had het niet makkelijk gevonden haar gezicht in de plooi te houden toen de vrouw haar ouders op ronddraaiende zilveren schijven plaatste en ze een voor een met een plechtige afscheidsgroet het heelal in bonjourde.

Maar al hield de dood van haar vader volgens Annie geen verband met haar slapeloosheid, de invloed van die gebeurtenis op zowat haar hele leven daarna was niet makkelijk te overschatten.

Binnen een maand na zijn begrafenis had haar moeder het huis in Kingston verkocht en de dingen waar het leven van haar kinderen om draaide van de hand gedaan. Ze had het bootje verkocht waarin haar vader hen had leren zeilen en mee naar onbewoonde eilanden had genomen om tussen de koraalriffen naar kreeften te duiken en naakt rond te rennen op witte palmenstranden. Hun hond, een zwarte bastaard-labrador die Bella heette, had ze aan buren gegeven die ze maar nauwelijks kenden. Ze hadden de hond nog bij het hek zien staan kijken toen de taxi hen afhaalde om hen naar het vliegveld te brengen.

Ze waren naar Engeland gevlogen, wat een vreemd, nat en koud oord was, waar niemand ooit lachte, en waar hun moeder hen bij haar ouders in Devon achterliet terwijl zij zelf naar Londen ging, zogenaamd om de zaken van haar overleden man snel af te handelen. Ze verloor echter evenmin tijd met het regelen van haar eigen zaken, want binnen zes maanden zou ze opnieuw trouwen.

Annies grootvader was een lieve, onhandige man die pijp rookte en kruiswoordraadsels oploste en wiens grootste zorg het was de woede en zelfs de mildere uitingen van ongenoegen van zijn vrouw te vermijden. Annies grootmoeder was een klein, kwaadaardig vrouwtje met een wit permanentje waar het roze van haar schedel doorheen scheen als een waarschuwingslicht. Haar afkeer van kinderen was niet kleiner of groter dan haar afkeer van praktisch alle andere zaken in het leven. Deze andere dingen waren over het algemeen echter abstract of levenloos of zich gewoon niet bewust van haar afkeer, terwijl haar twee kleinkinderen op een voor haar zeer bevredigende manier bleken te reageren. Geen moeite was haar daarom te veel om te zorgen dat hun verblijf de daaropvolgende maanden zo onaangenaam mogelijk was.

Ze had een voorkeur voor George, niet omdat ze van hem een mindere afkeer had, maar uitsluitend om verdeeldheid tussen hen te zaaien en zodoende Annie, in wier ogen ze algauw weerstand zag rijzen, des te ongelukkiger te maken. Ze zei tegen Annie dat zij zich door haar leven in 'de koloniën' vulgair en slordig was gaan gedragen, wat zij dacht te kunnen veranderen door haar zonder eten naar bed te sturen en haar bij de meest onbenullige overtredingen met een lange pollepel op haar benen te slaan. Hun moeder, die elk weekend per trein overkwam om hen te zien, luisterde met een onpartijdig oor naar wat haar kinderen haar vertelden. Deze objectiviteit was vaak verbijsterend, en zo merkte Annie voor het eerst hoe feiten zo subtiel kunnen worden gemanipuleerd dat er hele andere waarheden ontstaan.

'Het kind heeft toch zo'n levendige verbeelding!' zei haar grootmoeder dan.

Toen haar niets anders restte dan zwijgzame verachting en kleine wraakoefeningen begon Annie sigaretten te stelen uit het tasje van de heks om ze op te roken achter de rododendrons, met een misselijk gevoel overdenkend hoe onverstandig het was om van iemand te houden, want de mensen van wie je houdt gaan toch dood en laten je in de steek.

Haar vader was een vrolijke, uitbundige man geweest. De enige die haar ooit naar waarde had weten te schatten. En sinds zijn dood was haar leven een onafgebroken zoektocht geweest naar bevestiging van wat hij van haar gevonden had. Op school, tijdens haar studietijd en in haar loopbaan was ze steeds gedreven geweest door die ene wens: iedereen te laten zien wat ze waard was.

Nadat ze Grace had gekregen, had ze even gedacht dat ze er was. Met dat samengeknepen, roze gezichtje, dat zo blind en hulpbehoevend aan haar tepel zoog, kwam er een rust over haar alsof ze op haar bestemming was. Nu was het tijd om het leven te ordenen. Nu, zo zei ze tegen zichzelf, kan ik zijn wie ik ben, en hoef ik niet meer samen te vallen met wat ik doe. Maar daarna kwam de miskraam. En toen nog een, en nog een, mislukking stapelde zich op mislukking, en algauw was Annie weer dat bleke, bange meisje achter de rododendrons. Ze had zich al eens bewezen, en ze zou zich weer bewijzen.

Maar het ging anders dan vroeger. Vanaf de tijd dat ze begon bij *Rolling Stone* had het deel van de pers dat dat soort ontwikkelingen volgde, haar 'briljant' en 'onstuimig' genoemd. Nu, in haar nieuwe leven als hoofdredacteur van een eigen blad – een baan die ze gezworen had nooit te zullen nemen – nu ze meer verdiende dan ooit, bleef die eerste benaming van toepassing, maar in overeenstemming met het koudere vuur dat haar nu dreef, was 'onstuimig' langzamerhand veranderd in 'meedogenloos'. Annie had eigenlijk ook zichzelf verbaasd met het gemak en de brutaliteit waarmee ze aan deze laatste betrekking was begonnen.

Het vorig najaar was ze een oude vriendin uit Engeland tegengekomen, iemand met wie ze op hetzelfde internaat had gezeten. Toen Annie haar vertelde hoe op de redactie de een na de ander werd afgemaakt, had zij gelachen en gevraagd of Annie zich niet herinnerde dat zij de rol van Lady Macbeth had gespeeld in een schoolvoorstelling. Annie kon het zich herinneren. En tamelijk goed ook, al zei ze dat niet.

'Weet je nog dat je je armen in die emmer met namaakbloed stak voor die ene scène? Je armen waren helemaal rood!'

Annie lachte ook, maar nadat ze uit elkaar waren gegaan had ze zich de hele middag zorgen gemaakt over dit beeld van haar. Ten slotte besloot ze echter dat het niet op haar sloeg omdat Lady Macbeth het allemaal gedaan had voor de carrière van haar man en niet voor die van haarzelf. De volgende dag had ze Fenimore Fiske ontslagen, misschien ook om zichzelf in haar eigen ogen te bewijzen.

Nu, vanuit de vrijheid van haar kantoor op het platteland, kon Annie met wat meer afstand over dit soort zaken nadenken, en ook over haar innerlijke kwetsuren die er de aanleiding voor geweest waren. Een paar daarvan waren die avond bij Little Bighorn bij haar bovengekomen, toen ze bij de steen met de namen van de doden had zitten huilen. Hier, onder deze uitgestrekte hemel, kon ze alles nu duidelijker zien, het was alsof deze geheimen makkelijker aan het licht kwamen nu het lente werd. Met het gevoel van rouw dat met dit soort ontdekkingen gepaard gaat, zag ze hoe de wereld buiten met het vorderen van de meimaand langzaam groen en warm werd. En alleen als ze met hem was voelde ze zich deel uitmaken van dat alles. Hij was nog drie keer bij haar langs geweest met de paarden en samen waren ze naar allerlei andere plekjes geweest die hij haar had willen laten zien. Het was inmiddels de gewoonte geworden dat Diane Grace op woensdag van de kliniek afhaalde, en op andere dagen brachten zij of Frank haar er soms ook wel naartoe, als ze naar de stad moesten. Op die ochtenden merkte Annie dat ze zat te wachten tot Tom langskwam om te vragen of ze mee ging rijden. En als hij dan kwam, deed ze haar best niet al te enthousiast over te komen.

De vorige keer zat ze midden in een telefonische vergadering toen ze uit het raam keek en hem met Rimrock en een ander gezadeld paard de stal uit zag komen. Ze was meteen de draad van het gesprek kwijt en plotseling besefte ze dat iedereen in New York zijn mond hield.

'Annie?' hoorde ze een van de redactiechefs vragen.

'Ja, het spijt me,' zei Annie. 'Er is nogal veel storing hier. Het laatste heb ik niet verstaan.'

Toen Tom arriveerde was de vergadering nog aan de gang. Ze gebaarde naar hem dat hij binnen moest komen. Hij zette zijn hoed af en Annie mompelde stemloos naar hem dat het haar speet en dat hij zelf even koffie in moest schenken. Dat deed hij en vervolgens ging hij op de armleuning van de bank zitten wachten.

Er lagen een paar recente exemplaren van haar blad. Hij pakte er een op en bladerde het door. Hij ontdekte haar naam bovenaan de bladzijde waar alle medewerkers vermeld stonden en hij trok een gezicht alsof hij geïmponeerd was. Daarna zag ze dat hij moest glimlachen om een van Lucy Friedmans vondsten, een fotoreportage met de titel 'Het nieuwe conservatieve Zuiden'. De fotograaf was met een paar fotomodellen naar een of ander achterafplaatsje in Arkansas gereisd, waar hij hen samen met mensen uit de omgeving had gefotografeerd, mannen met norse gezichten en bierbuiken, met tatoeages en geweren die zichtbaar waren door de raampjes van hun pick-ups. Annie vroeg zich af hoe de fotograaf, een briljante, krankzinnige man, die tegenwoordig mascara droeg en iedereen graag de ringetjes door zijn tepels liet zien, het er levend af had weten te brengen.

De vergadering zou nog tien minuten duren en Annie, die zich ervan bewust was dat Tom meeluisterde, voelde zich steeds geremder. Ze wilde indruk op hem maken door veel deftiger dan anders te spreken en voelde zich daardoor onmiddellijk belachelijk. De anderen, die in New York rondom haar luidsprekende telefoontoestel geschaard zaten, zouden zich wel afgevraagd hebben wat er aan de hand was. Toen ze klaar was, hing ze op en keek hem aan.

'Het spijt me.'

'Geeft niet. Ik vind het wel leuk om te horen hoe je werkt. En nu weet ik wat ik aan moet trekken als ik naar Arkansas ga.' Hij gooide het blad op de bank. 'Leuk hoor.'

'Nou, het is voornamelijk veel gezeur.'

Ze had haar rijkleding al aan, dus ze konden meteen naar buiten. Ze zei dat ze het wilde proberen met iets lagere stijgbeugels. Hij liet haar zien hoe je de riemen verlengde, want het zat anders dan ze gewend was. Ze kwam dicht bij hem staan om te zien hoe hij het deed en voor het eerst werd ze zich bewust van zijn geur. Het was een warme, schone geur van leer en van gewone huishoudzeep. De hele tijd dat ze zo stonden, raakten hun bovenarmen elkaar, maar geen van beiden trok zich terug.

Die ochtend staken ze over naar de zuidelijke beek, waarlangs ze langzaam naar boven gingen naar een plek waarvan hij dacht dat er misschien bevers te zien zouden zijn. Maar de bevers zagen ze niet, alleen twee kunstige nieuwe eilandjes die ze aangelegd hadden. Ze stegen af en gingen zitten op de grijs uitgeslagen stam van een omgevallen populier, terwijl de paarden zich naar hun spiegelbeelden in de plas bogen om te drinken.

Een vis of een kikker sprong voor het jonge paard uit het water en hij deinsde geschrokken achteruit, als een stripfiguur. Rimrock keek wat blasé en ging door met drinken. Tom lachte. Hij stond op, liep naar het dier toe, legde zijn ene hand op de hals van het paard en de andere op zijn neus, en bleef een poosje zo staan. Annie kon niet horen of hij iets zei, maar ze zag wel dat het paard leek te luisteren. Toen ging hij zonder aanmoediging weer terug naar het water en na een paar keer achterdochtig snuiven, ging hij verder met drinken alsof er niets gebeurd was. Tom kwam weer terug en zag dat zij glimlachte en haar hoofd schudde.

'Wat is er?'

'Hoe doe je dat?'

'Wat?'

'Hem op zijn gemak stellen.'

'O, dat was hij al.' Ze wachtte tot hij door zou gaan. 'Hij doet alleen soms een beetje theatraal.'

'O? Hoe weet je dat dan?'

Hij keek haar met dezelfde geamuseerde blik aan als die keer dat ze hem had uitgevraagd over zijn vrouw en zijn zoon.

'Dat merk je op een gegeven moment.' Hij zweeg, maar iets in haar gezicht gaf hem kennelijk het idee dat ze zich afgewezen voelde, want hij glimlachte en ging door.

'Het komt neer op het verschil tussen kijken en zien. Als je maar lang genoeg op de goede manier kijkt, dan zíe je op een gegeven moment. Het is hetzelfde met jouw baan. Jij weet hoe een goed artikel voor jouw blad eruitziet omdat je er tijd en aandacht aan besteed hebt om dat te weten te komen.'

Annie lachte. 'Ja, bijvoorbeeld een reportage over hele sjieke conservatieve boeren?'

'Ja, precies. Ik zou er nooit op gekomen zijn dat mensen in zo'n onderwerp geïnteresseerd zouden zijn.'

'Dat zijn ze ook niet.'

'Ja hoor, het is best grappig.'

'Het is dom.'

Ze zei het op zo'n harde en overtuigde manier dat ze er allebei even stil van waren. Hij keek naar haar. Ze ontspande zich en lachte een beetje verontschuldigend naar hem.

'Het is dom en arrogant en onecht.'

'Maar er staan ook wel serieuze stukken in.'

'Ja, zeker wel. Maar daar zit niemand op te wachten.'

Hij haalde zijn schouders op. Annie keek naar de paarden. Ze hadden genoeg gedronken en knabbelden aan het verse gras aan de waterkant.

'Wat jij doet is wel echt,' zei ze.

Terwijl ze terugreden, vertelde Annie hem over de boeken die ze in de bibliotheek had gevonden, over fluisteraars en hekserij en meer van dat soort dingen. Hij moest lachen en vertelde dat hij natuurlijk ook dat soort boeken had gelezen en soms ook wel eens een heks had willen zijn. Ook kende hij Sullivan en J.S. Rarey.

'Sommige van die figuren – Rarey niet, dat was een echte paardenman – maar sommige anderen deden dingen die eruitzagen als tovenarij, maar die in werkelijkheid gewoon gemeen waren. Bijvoorbeeld een geweer bij het oor van een paard afschieten zodat hij verlamd raakt door het geluid, waarna de mensen dan zeiden, goh, kijk eens, hij heeft dat krankzinnige paard getemd! Wat ze niet wisten was dat zo'n man dan waarschijnlijk ook verantwoordelijk was voor de dood van het dier.'

Hij vertelde dat het met een verward paard eerst vaak slechter moest gaan voordat hij beter kon worden, en dat dat ook goed was. Je moest hem laten gaan tot aan de rand van de waanzin, tot aan de poorten van de hel en hem dan weer terug leiden. Ze zei niets, want ze wist dat hij het niet alleen over Pilgrim had, maar over iets groters, waarvan ze allen deel uitmaakten.

Ze wist dat Grace met Tom gesproken had over het ongeluk. Dat had ze niet van hem, maar ze had meegeluisterd toen Grace het een paar dagen later over de telefoon aan Robert vertelde. Het was de laatste tijd een van de lievelingskunstjes van Grace om Annie via een omweg van dingen op de hoogte te brengen, zodat ze nog eens extra doordrongen zou zijn van de afstand tussen hen. Op die bewuste avond lag Annie boven in het bad en luisterde ze door de openstaande deuren mee, hetgeen Grace geweten moest hebben, want ze deed geen moeite haar stem te dempen.

Ze was niet in details getreden, maar had Robert alleen verteld dat ze zich meer van het gebeurde had herinnerd dan ze verwacht had en dat ze zich beter voelde nadat ze erover gepraat had. Later had Annie gewacht tot ze het ook haar zou vertellen, maar ze wist dat dat er niet in zat.

Even was ze boos geweest op Tom, omdat ze vond dat hij op een of andere manier hun leven was binnengedrongen. De volgende dag was ze dan ook wat kortaf tegen hem geweest.

'Ik heb gehoord dat Grace je alles heeft verteld over het ongeluk.'

'Ja, dat klopt,' had hij geantwoord, op een haast zakelijke toon. Meer niet. Het was duidelijk dat hij het zag als iets tussen hemzelf en Grace, en toen Annies boosheid gezakt was, waardeerde ze dat ook in hem en bedacht ze dat niet hij hun leven was binnengedrongen, maar zij het zijne.

Tom sprak zelden over Grace tegen haar, en als hij het deed, ging het over neutrale en feitelijke kwesties. Maar Annie wist dat hij zag hoe het was tussen hen. Wie zag dat immers niet?

22

De kalveren stonden op een kluitje achter op het veld. Ze probeerden zich achter elkaar te verschuilen en duwden elkaar naar voren met hun natte zwarte neuzen. Als er eentje helemaal vooraan was komen te staan, zag je hem in paniek raken, en als het hem dan te veel werd, liep hij om naar achteren en begon alles weer opnieuw.

Het was de ochtend van de laatste zaterdag in mei, het begin van een lang weekend. De maandag daarop was namelijk Memorial Day, de nationale herdenkingsdag voor de gevallenen uit alle oorlogen van de Verenigde Staten. De tweeling was bezig Joe en Grace te tonen hoe goed ze met de lasso overweg konden. Scott, die aan de beurt was, had gloednieuwe beenkappen aan en een hoed die een maatje te groot voor hem was. Hij had hem al een paar keer van zijn hoofd geslagen tijdens het zwaaien met de lasso, en elke keer lagen Joe en Craig dubbel van het lachen, waarna Scott niets beters wist te bedenken dan doen alsof hij het ook wel grappig vond. Hij stond nu al zo lang met de lasso te zwaaien dat Grace van de aanblik alleen al duizelig werd.

'Zullen we volgende week terugkomen?' vroeg Joe.

'Nou, het is mijn beurt. Wacht maar, hoor!'

'Ze staan daar, zie je ze? Ze zijn zwart, ze hebben vier poten en een staart.'

'Houd nou eens op, zeg!'

'Verdomme, gooi dan!'

'Oké, oké!'

Joe schudde zijn hoofd en grijnsde naar Grace. Ze zaten naast elkaar boven op het hek. Grace was trots dat ze daar zonder hulp op had kunnen klimmen. Ze had het gedaan alsof het een fluitje van een cent was, en zelfs nu haar beenstompje behoorlijk pijn deed op de plek waar de balk erin gedrukt werd, peinsde ze er niet over te gaan verzitten.

Ze droeg een nieuwe Wrangler, die ze na lang zoeken samen met Diane in Great Falls had gekocht. Ze wist dat hij haar goed stond, want ze had er die ochtend in de badkamer een halfuur aan besteed om zich daarvan te overtuigen. Dankzij Terri waren ook de spieren in haar rechterbil zo goed ontwikkeld dat haar achterste er gevuld uitzag. Het was raar, thuis in New York zou ze voor geen goud iets anders hebben gedragen dan Levi's, maar hier droeg iedereen een Wrangler. De man in de winkel had gezegd dat dat kwam doordat de zomen aan de binnenkant van de pijpen ze beter geschikt maakten voor het paardrijden.

'Ik kan het toch beter dan jij,' riep Scott.

'Nou, je zwaait in ieder geval wel langer.'
Joe sprong van het hek en liep door de modder naar de kalveren toe.
'Joe, ga uit de weg, alsjeblieft!'
'Maak je niet druk, ik zal ze een beetje uiteendrijven, dan is het makkelijker voor je.'
Toen hij ze naderde, weken de kalveren achteruit totdat ze dicht op elkaar in een hoek stonden. De enige manier waarop ze nu nog konden ontsnappen was door uit elkaar te gaan, en Grace zag de spanning onder de beesten toenemen tot het punt dat er echt iets moest gebeuren. Joe stopte. Nog één stap en dan zouden ze uitbreken.
'Ben je klaar?' riep hij.
Scott beet op zijn onderlip en liet de lasso iets sneller ronddraaien waardoor hij een fluitend geluid maakte in de lucht. Hij knikte. Joe deed een stap naar voren. Onmiddellijk schoten de kalveren naar de andere hoek. Scott uitte onwillekeurig een kreet toen hij gooide. Het touw schoot als een slang door de lucht en de lasso belandde keurig netjes om de hals van het kalf dat voorop liep.
'Jaaa!' riep hij, en trok het touw aan.
De triomf duurde echter maar een seconde, want zodra het kalf het touw voelde spannen, schoot hij weg, Scott achter zich aan slepend. Zijn hoed leek even in de lucht te hangen terwijl hij met zijn hoofd voorover in de modder viel, alsof hij een duik in het zwembad nam.
'Laat los! Laat los!' riep Joe steeds, maar misschien hoorde Scott hem niet of stond zijn eergevoel hem niet toe dat te doen, want terwijl hij over de grond gesleept werd, bleef hij het touw vasthouden, alsof het met lijm aan zijn handen vastzat. Wat het kalf qua omvang miste, werd ruimschoots gecompenseerd door zijn felheid. Hij sprong en bokte en schopte als een stier in een rodeovoorstelling en hij sleepte Scott door de modder achter zich aan als een sleetje door de sneeuw.
Grace sloeg haar handen voor haar gezicht en viel zowat achterover van het hek. Maar toen ze eenmaal zagen dat hij geheel vrijwillig vast bleef houden, begonnen Joe en Craig te lachen. En nog liet Scott niet los. Het kalf trok hem van het ene eind van het terrein naar het andere en weer terug. De andere kalveren stonden er een beetje verwonderd naar te kijken.
Door het lawaai gewaarschuwd, kwam Diane het huis uit rennen, maar Tom en Frank, die uit de stal kwamen, waren er eerder. Toen ze bij het hek aankwamen waar Grace zat, liet Scott net los. Hij bleef doodstil liggen, met zijn gezicht in de modder. Iedereen was muisstil. O nee, dacht Grace, o nee! Op dat moment arriveerde Diane, die een kreet van schrik slaakte.
Toen maakte een hand zich uit de modder los om naar de omstanders te

zwaaien. En vervolgens kwam Scott langzaam overeind. Hij stond in het midden van het veld en liet gewillig om zich lachen. En toen Grace de parelwitte tanden van de verder met modder bedekte knaap zag, lachte ze met de anderen mee. Het hele gezelschap lachte lang en luid, een en al goedmoedigheid. Grace voelde zich bij hen horen en bedacht dat het leven misschien toch niet zo slecht was.

Een halfuur later was iedereen weer met zijn eigen dingen bezig. Diane had Scott mee naar binnen genomen om hem te wassen en Frank, die Toms mening wilde horen over een kalf waarover hij zich zorgen maakte, was met hem en Craig naar de wei gereden. Annie was naar Great Falls gegaan om inkopen te doen voor wat zij tot verdriet van Grace per se graag 'het dineetje' wilde noemen, waarvoor zij de familie Booker die avond had uitgenodigd. Nu was ze dus met Joe alleen. En hij stelde voor dat ze naar Pilgrim zouden gaan kijken.

Pilgrim had nu een eigen terrein, naast dat van de jonge paarden die Tom aan het trainen was, en wier belangstelling voor hem hij beantwoordde met een mengeling van achterdocht en minachting. Hij zag Grace en Joe al van verre aankomen en begon te blazen en te hinniken en heen en weer te lopen door het spoor dat hij met zijn neurotische gedrag had uitgesleten aan de achterzijde van het terrein.

Het lopen op het ongelijkmatige grasland viel niet mee, maar Grace concentreerde zich op het naar voren verplaatsen van haar goede been. Ze wist wel dat Joe langzamer liep dan normaal, maar daar maakte ze zich niet druk om. Ze voelde zich bij hem net zo op haar gemak als bij Tom. Ze kwamen bij het hek van het landje waar Pilgrim stond en leunden eroverheen om naar hem te kijken.

'Het was toch zo'n prachtig paard,' zei ze.

'Dat is hij nog steeds.'

Grace knikte. Ze vertelde hem over de dag, nu bijna een jaar geleden, dat ze naar Kentucky gegaan waren. En terwijl ze aan het vertellen was, leek Pilgrim aan de andere kant van het terrein een afschuwelijk soort parodie op te voeren van de gebeurtenissen die zij beschreef. Hij draafde met zijn staart hoog opgeheven heen en weer langs het hek, maar Grace wist dat het angst was die hij uitstraalde, en geen trots.

Joe luisterde, en ze zag in zijn ogen dezelfde beheerste rust die Tom uitstraalde. Soms verbaasde ze zich erover hoeveel hij op zijn oom leek, zowel in zijn uiterlijk als in zijn manier van doen. Die ontspannen glimlach en de manier waarop hij zijn hoed afnam en zijn haar naar achteren streek, bijvoorbeeld. Af en toe betrapte Grace zich erop dat ze wilde dat hij een jaartje of twee ouder zou zijn, al zou hij natuurlijk geen belangstelling voor haar hebben. Niet op die manier in ieder geval, niet nu ze dat been miste. Maar goed, het was al prachtig dat ze zo'n goede vriendschap hadden.

Ze leerde veel van Joe's manier van omgaan met de paarden, in het bijzonder met het veulen van Bronty. Hij drong zich nooit op, maar liet ze vrij om naar hem toe te komen, en dan accepteerde hij ze met zo'n gemak dat ze zich aanvaard en ook veilig voelden. Hij speelde wel met ze, maar als ze onzeker werden, trok hij zich terug en liet hij ze tot zichzelf komen.

'Tom zegt dat je ze moet sturen,' had hij haar eens gezegd, toen ze bij het veulen stonden. 'Maar als je te veel kracht uitoefent, gaan ze zich ongemakkelijk voelen. Je moet ze de kans geven zelf te kiezen. Hij zegt dat het alles te maken heeft met zelfbescherming.'

Pilgrim was stil blijven staan en stond hen aan te kijken vanaf het verst mogelijke punt op het veld.

'Dus jij gaat hem berijden?' vroeg Joe.

Grace keek hem aan en fronste haar wenkbrauwen. 'Wat bedoel je?'

'Als Tom hem opgelapt heeft.'

Ze lachte iets te hard. Dat hoorde ze zelf ook.

'O nee, ik zal nooit meer op een paard zitten.'

Joe haalde zijn schouders op en knikte. Er klonk hoefgetrappel van het veld ernaast. Ze keken beiden hoe de jonge paarden een soort tikkertje aan het spelen waren. Joe bukte zich en plukte een lange grasspriet waaraan hij een tijdlang bleef sabbelen.

'Jammer,' zei hij.

'Hoezo?'

'Nou, over een paar weken gaat pa het vee naar boven brengen, naar de zomerweiden, en dan gaan we met ons allen. Dat is altijd heel leuk. En het is daar prachtig, weet je.'

Ze liepen naar de paarden en gaven ze wat van de snoepjes die Joe in zijn zak had. Terwijl ze weer terugliepen naar de stal bleef Joe aan zijn grasspriet knabbelen. Grace vroeg zich af waarom ze doorging te doen alsof ze nooit meer paard wilde rijden. Op een of andere manier had ze het gevoel dat ze zichzelf klem gezet had. En, zoals met veel van die dingen, dacht ze dat ook dit wel iets met haar moeder te maken had.

Annie had haar verrast door achter haar beslissing te staan, waardoor Grace achterdochtig geworden was. Op de achtergrond speelde natuurlijk gewoon de ouderwetse Engelse moraal: als je ergens af valt, dan geef je geen krimp en klim je er gewoon weer op. Maar hoewel wat gebeurd was duidelijk meer was dan zomaar een val, verdacht Grace Annie ervan een soort dubbelrol te spelen: dat ze alleen maar deed alsof ze het met Grace eens was om uiteindelijk het tegendeel voor elkaar te krijgen. De enige reden waarom ze hier nog aan twijfelde was dat Annie zelf, na al die jaren, weer was gaan paardrijden. Eigenlijk benijdde Grace haar die ochtendritten met Tom Booker. Maar het rare was dat Annie toch zou moeten weten dat het voor Grace haast zeker een reden zou zijn om zelf niet meer te willen rijden.

Maar wat leverden al deze raadseltjes haar nu uiteindelijk op, vroeg Grace zich af. Waarom zou ze haar moeder een mogelijke overwinning misgunnen als ze zichzelf daarmee iets ontzegde wat ze maar al te graag wilde? Ze wist zeker dat ze nooit meer op Pilgrim zou rijden. Zelfs als hij genezen was, zou er toch nooit meer zo'n vertrouwen tussen hen kunnen zijn en zou hij ongetwijfeld haar verborgen angsten aanvoelen. Maar misschien zou ze wel op een ander paard kunnen rijden. Als er dan maar niet al te veel van haar verwacht werd, zodat een mislukking niet vreselijk stom zou lijken.

Ze kwamen bij de stal. Joe deed de deur open en ging haar voor. Nu het beter weer was, stonden alle paarden buiten, en Grace begreep dus niet waarom hij haar hier mee naar binnen nam. Het getik van haar stok op de betonnen vloer echode in de lege ruimte. Joe sloeg linksaf en ging de kamer binnen waar de zadels en de hoofdstellen bewaard werden. Grace bleef in de deuropening staan, nieuwsgierig naar wat hij van plan was.

De kamer rook naar de nieuwe houten muurbekleding en naar leer. Ze keek hoe hij naar de zadels liep die aan pennen in de muur hingen. Hij draaide zich half om en zei, met de grasspriet nog in zijn mond, alsof het gewoon maar een terloopse opmerking was: 'Mijn paard of Rimrock?'

Annie had meteen al spijt gehad dat ze het etentje georganiseerd had. De keuken van het huis bij de beek was niet bepaald ingericht voor de *haute cuisine*, en haar kookkunst was ook niet bepaald 'hoog'. Ze ging bij het koken eerder uit van haar intuïtie dan van een recept, voor een deel omdat ze liever zogenaamd creatief wilde zijn, maar eigenlijk omdat ze gewoon te ongeduldig was. Afgezien van drie of vier standaardmaaltijden die ze met haar ogen dicht kon klaarmaken, was de kans altijd *fifty-fifty* of een gerecht zeer smakelijk of ronduit smerig zou blijken te zijn. En vanavond, zo voelde ze aankomen, zou het wel eens het laatste kunnen worden.

Ze had, dacht ze, een veilig gerecht gekozen: pasta. Een schotel die ze het afgelopen jaar tientallen keren gemaakt had. Stijlvol eten, maar toch gemakkelijk klaar te maken. De kinderen zouden het lekker vinden en er was ook een kans dat Diane ervan onder de indruk zou zijn. Het was haar ook opgevallen dat Tom het liefst zo weinig mogelijk vlees at en ze wilde hem graag plezieren, meer dan ze zichzelf wilde toegeven. Er zaten geen bijzondere dingen in. Het enige dat ze nodig had was penne rigate, mozzarella en wat verse basilicum en zongedroogde tomaten, wat ze allemaal wel in Choteau dacht te kunnen krijgen. De man in de winkel had haar echter aangekeken alsof ze Chinees sprak. Ze had naar de grote supermarkt in Great Falls moeten rijden en zelfs daar kon ze niet alles krijgen wat ze nodig had. Het was hopeloos. Ze had ter plaatse iets anders moeten bedenken en geërgerd had ze tussen de stellingen door gelopen, niet van zins om zich aan te passen en gewoon maar een paar mooie biefstukken op tafel te zetten. Ze had besloten pasta te maken en pasta moest het dan ook worden, en daarmee basta! Uiteindelijk ging ze de deur uit met gedroogde spaghetti, bolognesesaus in een potje en nog een paar potjes met kruiden om het geheel wat op smaak te brengen. Ze nam ook nog twee flessen lekkere Italiaanse rode wijn mee. Haar zelfvertrouwen was tenminste niet geheel geknakt.

Toen ze weer bij de ranch kwam, voelde ze zich ietsje beter. Ze wilde dit dineetje graag geven, het was wel het minste wat ze voor de familie kon doen. Ze waren allemaal zo aardig geweest, ook al leek Dianes vriendelijkheid altijd een scherpe ondertoon te hebben. Iedere keer als Annie over betaling begon, voor het huis en voor zijn werk met Pilgrim, had Tom haar weggewuifd. Dat kwam later wel, zei hij. En van Frank en Diane had ze steeds hetzelfde te horen gekregen. Dus het dineetje was een soort tussentijds bewijs van haar dankbaarheid.

Ze zette het eten weg en liep met de stapel kranten en tijdschriften die ze in Great Falls had gekocht naar de tafel, waar al een stapeltje leesvoer lag. Ze had al gekeken of er boodschappen waren binnengekomen op haar apparaten. Er was alleen een E-mailbericht, van Robert.

Hij had gehoopt het vliegtuig te kunnen nemen om het lange weekend van Memorial Day bij hen door te brengen, maar had op het laatste moment bericht ontvangen dat hij in Londen een vergadering moest bijwonen en van daaruit door moest naar Genève. Hij had gisteravond gebeld en was toen een halfuur bezig geweest zich tegenover Grace te verontschuldigen. Hij had beloofd gauw te zullen komen. Het E-mailbericht was een grap die hij verstuurd had vlak voor hij naar Kennedy Airport was vertrokken. Het bericht was geschreven in een soort geheimtaal die hij en Grace cybertaal noemden en die Annie maar half begreep. Onderaan de bladzijde stond een met de computer gemaakte tekening van een paard met een brede glimlach op zijn gezicht. Annie drukte het bericht af zonder het te lezen. Toen Robert haar de vorige avond had verteld dat hij niet zou komen, was haar eerste reactie er een van opluchting geweest. Maar daarna had het haar dwars gezeten dat ze dat zo voelde, en sindsdien was ze er moeite voor blijven doen haar gevoelens niet verder te analyseren.

Ze ging zitten en vroeg zich af waar Grace zou zijn. Ze had niemand gezien bij de ranch toen ze erlangs kwam. Ze veronderstelde dat ze allemaal wel binnen zouden zijn of anders ergens achter de stallen. Ze zou straks eens gaan kijken, als ze klaar was met het doorbladeren van de weekbladen. Dit ritueel van de zaterdag had ze onveranderd voortgezet, ook al leek het haar hier aanzienlijk meer inspanning te kosten. Ze sloeg de *Time* open en nam een hap uit de appel die ze in haar hand had.

Grace had er ongeveer tien minuten voor nodig gehad om achter het hek langs door het populierenbos naar de plek te komen die Joe haar had aangeduid. Ze was daar niet eerder geweest, maar toen ze het bos uit kwam, zag ze waarom hij die plek had uitgekozen.

Onder haar lag een bijna volmaakt ellipsvormige weide, aan de overzijde begrensd door een aftakking van de beek. Het was een natuurlijke piste, van alles afgeschermd behalve van de lucht en de bomen. Er stond weelderig, blauwgroen gras en er groeiden wilde bloemen die Grace nog nooit had gezien.

Ze luisterde en wachtte tot hij eraan kwam. Er stond nagenoeg geen wind en de bladeren van de achter haar oprijzende populieren hingen bijna stil. Het enige wat ze hoorde was het gezoem van insekten en het bonzen van haar eigen hart. Niemand mocht het weten. Zo hadden ze het afgesproken. Ze hadden Annies auto gehoord en haar voorbij zien rijden door een barst in de staldeur. Scott zou gauw weer naar buiten komen, dus had Joe haar gezegd maar vast vooruit te gaan, dan zou hij haar paard wel zadelen, kijken of de kust veilig was en achter haar aan komen.

Joe had gezegd dat hij er zeker van was dat Tom het niet erg zou vinden als zij op Rimrock reed, maar Grace was daar niet zo van overtuigd, dus had ze Gonzo uitgekozen, Joe's paardje. Zoals alle andere paarden hier was ook dit dier lief en rustig en voelde Grace zich meteen vertrouwd met hem. Hij was wat grootte betreft ook beter geschikt voor haar. Ze hoorde een tak breken en het zachte snuiven van een paard. Ze keek op en zag hem door het bos aan komen rijden.

'Heeft iemand je gezien?' vroeg ze.

'Nee.'

Hij reed langs haar heen en leidde Gonzo voorzichtig naar beneden, de wei op. Grace kwam hem achterna, maar de helling was steil, en ongeveer een meter voordat ze beneden was, raakte ze met haar been in iets vast en viel ze. Toen ze op de grond lag, zag de situatie er ernstiger uit dan hij in werkelijkheid was. Joe stapte af en liep naar haar toe.

'Alles in orde met je?'

'Shit!'

Hij hielp haar overeind. 'Heb je je bezeerd?'

'Nee. Ik heb niks. Shit! Shit! Shit!'
Hij liet haar uitrazen en borstelde zonder een woord te zeggen haar rug schoon. Ze constateerde dat haar nieuwe spijkerbroek aan een kant onder de modder zat. Maar wat kon haar dat eigenlijk schelen?
'Is je been in orde?'
'Ja. Sorry, maar ik kan hier zo kwaad om worden.'
Hij knikte. Even zeiden ze niets tegen elkaar en in die tijd kwam ze weer tot rust.
'Heb je nog zin om het te proberen?'
'Tuurlijk.'
Joe pakte Gonzo bij zijn teugels en gedrieën liepen ze de wei in. Vlinders vlogen voor hen uit terwijl zij door het zonnige, warme, kniehoge gras liepen. Het rook zoet. De beek was hier ondiep en toen ze erbij in de buurt kwamen, hoorde Grace het water over de steentjes kabbelen. Een reiger verhief zich en vloog traag weg terwijl hij zijn poten naar achteren strekte. Ze kwamen bij een begroeide stronk van een populier. Joe stopte ernaast en leidde Gonzo erlangs zodat Grace een opstapje had om op het paard te komen.
'Gaat het zo, denk je?'
'Jawel, als ik erop kan komen.'
Hij stond naast de voorbenen van het paard en hield hem met een hand stevig vast, terwijl hij met zijn andere hand Grace vasthield. Gonzo deed een stapje opzij en Joe aaide hem in zijn hals en stelde hem gerust. Grace legde een hand op Joe's schouder en hees zich omhoog, zodat ze haar voet op de boomstronk kon zetten.
'Oké zo?'
'Ja, ik geloof van wel.'
'Hangen de stijgbeugels niet te hoog?'
'Nee, da's prima zo.'
Ze had haar linkerhand nog op zijn schouder. Ze vroeg zich af of hij kon voelen hoe snel haar bloed stroomde.
'Oké. Houd me maar vast, en als je er klaar voor bent, pak dan met je rechterhand de zadelknop.'
Grace haalde diep adem en deed wat hij had gezegd. Gonzo bewoog een beetje met zijn hoofd, maar tilde zijn voeten niet op. Toen hij voelde dat ze stevig stond, haalde Joe zijn hand van haar af, bukte zich en pakte de stijgbeugel.
Dit was het moeilijkste. Om haar linkervoet in de stijgbeugel te kunnen zetten, moest ze al haar gewicht verplaatsen naar haar kunstbeen. Ze dacht even dat ze weg zou glijden, maar ze voelde dat Joe zich schrap zette en haar op zich liet steunen. Snel schoof ze haar voet in de stijgbeugel, alsof

ze dit samen al vaak hadden gedaan. Het enige wat er gebeurde was dat Gonzo weer een stapje deed. Joe kalmeerde hem en hield hem wat steviger vast, zodat hij weer stil bleef staan.

Het enige wat ze nu nog moest doen, was haar kunstbeen over het paard heen tillen, maar het was een rare gewaarwording voor haar dat ze er helemaal geen gevoel in had. Ineens schoot het haar te binnen dat de laatste keer dat ze dit gedaan had, geweest was op de ochtend van het ongeluk.

'Oké?' vroeg Joe.

'Ja.'

'Ga door dan.'

Ze strekte haar linkerbeen en verplaatste haar gewicht naar die kant en probeerde toen haar rechterbeen over de achterhand van het paard heen te tillen.

'Ik kan mijn been niet hoog genoeg optillen.'

'Nou, steun dan maar wat meer op mij. Buig maar een beetje mijn kant op, dan is de hoek wat makkelijker.'

Dat deed ze. Uit alle macht, alsof haar leven ervan afhing tilde ze haar been op. Terwijl ze dat deed, draaide ze en trok ze zich aan de zadelknop op. Ze voelde dat Joe meehielp. Ze tilde haar been hoger op, strekte het naar opzij, en hup, daar ging ze. Ze ging recht op het zadel zitten en was verbaasd dat het niet vreemder aanvoelde. Joe zag haar zoeken naar de andere stijgbeugel en liep snel om het paard heen om haar te helpen. Ze voelde de binnenkant van haar beenstompje over het zadel schuiven, en al was het wat pijnlijk, het was moeilijk uit te maken waar het gevoel ophield en het kunstbeen begon.

Joe stapte opzij terwijl hij naar haar bleef kijken, voor het geval er iets zou gebeuren. Ze was echter te veel met zichzelf bezig om het te merken. Ze pakte de teugels en dreef Gonzo naar voren. Hij reageerde gewoon en ze liep zonder om te kijken in een grote boog langs de beek. Ze merkte dat ze met haar kunstbeen meer druk kon uitoefenen dan ze voor mogelijk had gehouden, al moest ze dat zonder dijspieren natuurlijk vanuit het stompje doen en moest ze het effect van haar inspanning opmaken uit de reactie van het paard. Hij bewoog zich voort alsof hij van alles op de hoogte was en toen ze bij de rand van de wei waren aangekomen en waren omgedraaid, vormden mens en dier een eenheid.

Toen Grace voor het eerst opkeek, zag ze Joe tussen de bloemen op haar staan wachten. Ze reed in een ruime s-bocht terug en hield voor hem stil. Hij stond naar haar te grijnzen. De zon scheen hem in zijn ogen en achter hem strekte de wei zich uit. Grace kreeg plotseling het gevoel dat ze moest huilen. Maar ze beet hard op de binnenkant van haar onderlip en glimlachte naar hem.

'Een fluitje van een cent, hè?' zei hij.

Grace knikte en zodra ze haar stem voldoende vertrouwde, zei ze: 'Ja, een fluitje van een cent.'

23

De keuken van het huis bij de beek was Spartaans ingericht en werd slechts verlicht door kille tl-buizen, waarvan de armaturen in de loop der tijd massagraven waren geworden van allerlei insekten. Toen Frank en Diane naar de ranch verhuisden, hadden ze de beste keukenspullen meegenomen. De aanwezige potten en pannen waren allemaal losse exemplaren en de vaatwasmachine moest je op een bepaald moment altijd een klap geven om hem zijn werk te laten afmaken. Het enige waar Annie nog niet goed mee overweg kon was de oven, die nogal eigenzinnig was. De sluiting was versleten en de instelknop zat los, zodat je bij gebruik van het ding moest beschikken over een scherpe geest, een dosis waakzaamheid en veel geluk. Maar dat was niet het enige. De Franse appeltaart bijvoorbeeld, die ze als toetje wilde serveren, zou, zoals Annie te laat ontdekte, niet gezamenlijk opgegeten kunnen worden aangezien er te weinig serviesgoed en bestek was, en zelfs niet eens voldoende stoelen. Gegeneerd (omdat haar hele plan in duigen leek vallen) had ze Diane gebeld en het een en ander van haar geleend. En toen had ze zich gerealiseerd dat de tafel die ze als bureau in gebruik had de enige was die groot genoeg was, dus had ze die afgeruimd, zodat nu al haar apparaten, stapels papier en tijdschriften op de grond lagen.

De avond begon in een paniekstemming. Annie was gewend mensen te ontvangen die het interessant vonden staan om te laat te komen en ze was er niet op verdacht dat haar gasten van vanavond precies op tijd zouden zijn. Dus had ze zich nog niet eens omgekleed toen ze hen allen, op Tom na, om zeven uur de heuvel op zag komen lopen. Ze waarschuwde Grace, vloog naar boven en plukte razendsnel een jurk uit de kast. Toen ze hun stemmen bij de voordeur hoorde, had ze inmiddels haar lippen en ogen opgemaakt, haar haar geborsteld, wat parfum op gedaan en stond ze beneden in de hal klaar om hen welkom te heten.

Toen ze het hele gezelschap daar zag staan, dacht Annie bij zichzelf wat een raar idee het was om deze mensen te ontvangen in hun eigen huis.

Niemand scheen zich op zijn gemak te voelen. Frank zei dat Tom was opgehouden door problemen met een van zijn paarden, maar dat hij onder de douche had gestaan toen zij het huis verlieten en dat hij er gauw zou zijn. Ze vroeg hun wat ze wilden drinken, en bedacht terwijl ze het vroeg dat ze vergeten was bier in huis te halen.

'Geef mij maar een biertje,' zei Frank.

Maar uiteindelijk viel het allemaal wel mee. Annnie trok een fles wijn open, terwijl Grace met Joe en de tweeling op de grond voor haar moeders computer ging zitten, waar ze hen al snel wegwijs had gemaakt in Internet. Annie, Frank en Diane sleepten een paar stoelen naar de veranda en raakten aan de praat in het langzaam minder wordende avondlicht. Ze lachten over wat Scott had meegemaakt met het kalf, ervan uitgaande dat Grace het haar allemaal wel verteld zou hebben. Annie deed alsof dat het geval was. Toen vertelde Frank een lang verhaal over een rampzalig verlopen rodeo op zijn middelbare school, waarbij hij zich belachelijk had gemaakt tegenover het meisje waarop hij indruk had willen maken.

Annie hoorde alles aan met gespeelde aandacht, terwijl ze met spanning op het moment wachtte dat Tom de hoek om zou komen. En toen hij eindelijk arriveerde, was alles precies zoals ze het zich van tevoren had voorgesteld, zijn glimlach, de manier waarop hij zijn hoed afzette en zei dat het hem speet dat hij te laat was.

Ze liep voor hem uit naar binnen en verontschuldigde zich al bij voorbaat dat er geen bier was. Tom zei dat wijn ook prima was en bleef staan kijken terwijl zij een glas voor hem inschonk. Ze overhandigde het hem en keek hem toen pas recht in de ogen. Wat ze van tevoren bedacht had dat ze wilde zeggen, ontschoot haar op dat moment totaal. Er viel een gênante stilte, maar hij kwam haar te hulp.

'Het ruikt goed hier.'

'Het is niets bijzonders, hoor. Is het nog goed afgelopen met dat paard van je?'

'O, jawel. Ze had een beetje verhoging, maar het komt allemaal wel weer goed. Hoe was jouw dag?'

Voordat ze antwoord had kunnen geven, kwam Craig de keuken binnen rennen om Tom te zeggen dat hij snel moest komen kijken naar iets op de computer.

'Hé, wacht even, ik sta hier met de moeder van Grace te praten.'

Annie lachte en zei dat hij maar moest gaan, de moeder van Grace moest toch nodig naar het eten kijken. Diane kwam binnen om te helpen en terwijl ze met het eten bezig waren, kletsten ze samen over de kinderen. Af en toe keek Annie even de huiskamer in naar Tom, die in zijn lichtblauwe overhemd gehurkt tussen de kinderen zat, die om zijn aandacht streden.

De spaghetti was een groot succes. Diane vroeg zelfs om het recept van de saus, en Annie zou best wel de waarheid gezegd hebben als Grace haar niet voor was geweest en vertelde dat die uit een potje kwam. De tafel stond midden in de huiskamer en Annie had kaarsen neergezet die ze in Great Falls had gekocht. Grace had het overdreven gevonden, maar Annie was blij dat ze had doorgezet, want de kaarsen verspreidden een warm licht in de kamer en veroorzaakten schaduwen op de muren.

Ze bedacht hoe goed het was om de stilte van dit huis gevuld te horen worden met gepraat en gelach. De kinderen zaten aan het ene eind van de tafel en de vier volwassenen aan het andere eind. Zij en Frank zaten tegenover Tom en Diane. Iemand die hen niet kende, bedacht Annie, zou denken dat zij stellen waren.

Grace legde uit waar je allemaal toegang toe had op Internet, zoals bijvoorbeeld informatie over de Onzichtbare Man, een moordenaar uit Texas die terechtgesteld was en die zijn lichaam aan de wetenschap geschonken had.

'Ze hebben hem ingevroren en in tweeduizend stukjes gezaagd. En ieder stukje hebben ze gefotografeerd,' vertelde ze.

'Walgelijk!' zei Scott.

'Vind je het nodig om daarover te praten terwijl we zitten te eten?' vroeg Annie. Ze bedoelde het niet vervelend, maar Grace vatte Annies opmerking als een ernstige terechtwijzing op en keek haar moeder vernietigend aan.

'Het gaat om het Nationaal Instituut voor Geneeskunde, hoor, mam, het is niet een of ander stom agressief spelletje.'

'O, maar ik vind het wel interessant, Grace. Vertel eens wat meer,' zei Diane.

'Nou, dat is het eigenlijk wel zo'n beetje,' zei Grace. Haar enthousiasme was ineens een stuk minder, waarmee ze de aanwezigen wilde tonen dat haar moeder de sfeer weer eens verpest had. 'Ze hebben hem weer in elkaar gezet en nu kun je hem op je scherm krijgen en ontleden, in drie dimensies nog wel.'

'En dat kan allemaal op dit kleine scherm?' vroeg Frank.

'Ja.'

Dit laatste klonk zo vlak en het was zo duidelijk dat ze er niets meer over wilde zeggen, dat er niets anders dan stilte kon volgen. Deze duurde slechts even, maar voor Annie leek het een eeuwigheid. Tom moest de wanhoop in haar ogen gezien hebben, dacht zij, want hij knikte ironisch naar Frank en zei: 'Niks voor jou, broertje? Een kans op onsterfelijkheid?'

'God beware ons,' zei Diane. 'Frank Bookers lichaam voor iedereen zichtbaar op de buis!'

'O, wat is er mis met mijn lichaam als ik vragen mag?'

'Tja, waarmee zullen we beginnen?' vroeg Joe. Iedereen lachte.

'Maar,' zei Tom, 'als je hem in tweeduizend stukjes hebt, dan kun je hem misschien op een andere manier weer in elkaar zetten, zodat het resultaat wat beter is.'

De sfeer raakte weer wat meer ontspannen. Toen Annie dat merkte, keek ze Tom opgelucht en dankbaar aan. Hij reageerde door haar heel even liefdevol aan te kijken. Ze vond het heel bijzonder dat een man die toch nooit zelf een kind had opgevoed, zoveel begrip kon opbrengen voor de strijd die zich afspeelde tussen haar en Grace.

De appeltaart bleek niet zo lekker te zijn. Annie was vergeten kaneel te kopen en al bij de eerste hap proefde ze dat hij wel een kwartiertje langer in de oven had mogen staan. Maar niemand leek het erg te vinden, zeker de kinderen niet, want die aten ijs. Ze vertrokken al snel weer naar de computer, terwijl de ouderen aan tafel koffie dronken.

Frank klaagde over milieuactivisten, de groentjes zoals hij ze noemde, en zei dat ze geen bal wisten van het boerenbedrijf. Hij keek daarbij naar Annie; de anderen hadden zijn verhaal kennelijk al tientallen keren gehoord. Die maniakken lieten wolven los die ze verdomme helemaal uit Canada haalden, zodat die samen met de beren het vee konden oppeuzelen. Een paar weken terug, vertelde hij, was een boer in de buurt van Augusta twee vaarzen kwijtgeraakt aan zo'n beest.

'En al die groentjes met hun zuivere geweten kwamen met helikopters aangevlogen vanuit Missoula en zeiden, jammer voor jou, maatje, we zullen hem voor je vangen, maar waag het niet op hem te gaan jagen, want anders slepen we je voor de rechter. Het beest zit nu waarschijnlijk te luieren bij het zwembad van een vijfsterrenhotel, op kosten van de belastingbetaler.'

Tom zat naar Annie te grijnzen. Frank zag het en wees naar hem.

'Hij hier is er een van, Annie, ik zweer het je. In hart en nieren een boer, maar zo groen als een zeezieke kikker op een biljartlaken. Maar moet je eens kijken wat er gebeurt als meneer wolf een van zijn veulens te grazen neemt. Dan is het huis te klein.'

Tom lachte en zag dat Annie haar voorhoofd fronste.

'Schieten, schoffelen en schamperen,' zei hij. 'Zo staat de boer tegenover de natuur.'

Annie moest lachen. Plotseling merkte ze dat Diane naar haar zat te kijken. Toen ze haar aankeek, glimlachte Diane op zo'n manier dat het ineens duidelijk was dat ze dat daarnet niet had gedaan.

'Wat vind jij daarvan, Annie?' vroeg ze.

'Nou, het is nogal ver van mijn bed.'

'Maar je hebt er toch wel een mening over?'

'Niet echt, nee.'

'O, vast wel. Je zult er toch wel regelmatig discussies over hebben in je blad.'

Annie was verbaasd dat ze zo aandrong. Ze haalde haar schouders op.

'Ach, volgens mij heeft ieder wezen er recht op om te leven.'

'O ja? Zelfs ratten en malariamuggen?'

Diane glimlachte nog steeds en ze sprak op een luchtige toon, maar daaronder klonk iets dat Annie op haar hoede deed zijn.

'Je hebt gelijk,' zei ze even later. 'Het hangt er natuurlijk van af wie ze bijten.'

Frank bulderde van het lachen. Annie keek tersluiks even naar Tom. Hij glimlachte naar haar, evenals Diane, die ten slotte bereid leek het onderwerp te laten vallen. Of dat ook echt zo was zouden ze nooit weten, want plotseling klonk er een schreeuw en stond Scott achter haar met hoogrode konen van woede.

'Joe wil me niet op de computer laten!'

'Je bent niet aan de beurt,' riep Joe vanuit het groepje kinderen rond het scherm.

'Wel waar!'

'Nee, het is jouw beurt niet, Scott!'

Diane riep Joe en probeerde te bemiddelen. Maar ze gingen alleen maar harder schreeuwen en algauw moest Frank zich er ook mee bemoeien.

'Ik kom nooit eens aan de beurt,' zei Scott, bijna in tranen.

'Doe niet zo kinderachtig,' zei Joe.

'Jongens, jongens.' Frank had zijn handen op hun schouders gelegd.

'Je denkt heel wat van jezelf, jij...'

'Ach, schei uit.'

'...met je paardrijlessen aan Grace.'

Iedereen viel stil, op een raar vogeltje op het computerscherm na, dat maar door bleef tjilpen. Annie keek Grace aan, die onmiddellijk een andere kant op keek. Niemand leek te weten wat hij moest zeggen. Scott leek een beetje geschrokken door de uitwerking die zijn onthulling bleek te hebben.

'Ik heb je wel gezien, hoor!' Zijn stem klonk nu wel uitdagender, maar minder zelfverzekerd. 'Met Gonzo, daar bij de beek!'

'Jij kleine etter!' siste Joe, en hij sprong op hetzelfde moment op hem af. Iedereen begon te roepen. Scott sloeg tegen de tafel aan. De koffiekopjes en de glazen vlogen door de lucht. De twee jongens lagen op de vloer als bezetenen met elkaar te vechten, terwijl Frank en Diane ernaast stonden te roepen en probeerden ze uit elkaar te halen. Craig kwam aanrennen, kennelijk met het idee dat hij er ook op een of andere manier bij betrokken moest zijn, maar Tom stak zijn arm uit en hield hem voorzichtig vast. Annie en Grace konden niet anders dan kijken wat er gebeurde.

211

Even later liep Frank met de jongens het huis uit. Scott was luidkeels aan het huilen, Craig huilde uit sympathie mee en Joe zweeg met zo'n woede dat hij de beide anderen leek te overstemmen. Tom liep tot aan de keuken met hen mee.

'Annie, het spijt me vreselijk,' zei Diane.

Ze stonden bij de puinhoop naast de tafel als verdoofde overlevenden van een wervelstorm. Grace stond bleekjes aan het andere eind van de kamer. Terwijl Annie naar haar keek, zag ze op het gezicht van het meisje iets dat geen angst was en ook geen pijn, maar een soort tussenvorm van deze beide gevoelens. Tom, die net uit de keuken kwam, zag het ook. Hij liep naar haar toe en legde een hand op haar schouder.

'Gaat het?'

Ze knikte zonder hem aan te kijken.

'Ik ga naar boven.'

Ze pakte haar stok en haastte zich moeizaam de kamer door.

'Grace...' zei Annie zacht.

'Nee, mama!'

Ze ging de kamer uit en met hun drieën luisterden ze naar haar ongelijkmatige tred op de trap. Annie zag aan Dianes gezicht hoe verlegen zij met de hele situatie was. Op Toms gezicht was zo'n medeleven te zien dat ze wel had kunnen janken. Ze haalde diep adem en glimlachte.

'Wisten jullie hiervan?' vroeg ze. 'Wist iedereen ervan, behalve ik?'

Tom schudde zijn hoofd. 'Ik denk dat niemand van ons het wist.'

'Misschien wilde ze dat het een verrassing zou zijn,' opperde Diane.

Annie lachte.

'Nou, het zou toch kunnen.'

Ze wilde niets liever dan dat ze weg zouden gaan, maar Diane stond erop dat ze zou blijven om de boel op te ruimen, dus zetten ze de vaat in de afwasmachine en verwijderden ze het gebroken glas van de tafel. Toen stroopte Diane haar mouwen op en begon ze aan de potten en pannen. Ze had kennelijk besloten dat het maar het beste was om spraakzaam te zijn en terwijl ze afwaste babbelde ze honderduit over het dansfeest van Hank op Memorial Day, de komende maandag, waarvoor iedereen uitgenodigd was.

Tom sprak nauwelijks een woord. Hij hielp Annie de tafel weer naar het raam te slepen en bleef staan terwijl zij de computer uitzette. Toen begonnen ze samen al haar spullen weer op de tafel te zetten.

Hoe ze erbij kwam, wist ze niet, maar plotseling vroeg Annie hoe het met Pilgrim was. Hij gaf niet meteen antwoord, maar ging door met aansluiten van de kabels. Hij keek haar niet aan terwijl hij nadacht over haar vraag. Toen hij uiteindelijk antwoordde, klonk zijn stem haast zakelijk.

'O, volgens mij haalt hij het wel.'
'Denk je?'
'Ja.'
'Weet je het zeker?'
'Nee. Maar je moet begrijpen, Annie, waar pijn heerst, bestaat nog gevoel. En waar gevoel is, bestaat hoop.'
Hij sloot de laatste kabel aan.
'Zo... klaar.' Hij draaide zich om en keek haar aan. Ze keken elkaar in de ogen.
'Bedankt,' zei Annie zacht.
'Graag gedaan hoor. En geef haar niet de gelegenheid je af te wijzen.'
Toen ze terugkwamen in de keuken was Diane klaar met de afwas en had ze alles weggezet, behalve de dingen die zij aan Annie had uitgeleend. Zij wist zo te zien ook beter dan Annie waar alles hoorde. En nadat Diane Annies bedankje had weggewuifd en zich nog eens verontschuldigd had voor het gedrag van de jongens, namen zij en Tom afscheid en gingen ze de deur uit.
Annie stond onder de lamp bij de voordeur en keek hen na. Terwijl ze opgeslokt werden door de duisternis voelde Annie de behoefte hem na te roepen dat hij moest blijven en haar vast moest houden en beschutten tegen de kou die nu weer over het huis neerdaalde.

Tom wenste Diane voor de stal welterusten en ging naar binnen om nog even naar het zieke merrieveulen te kijken. Terwijl ze terugliepen van het huis aan de beek had Diane gezegd hoe dom ze het van Joe vond om met het meisje uit rijden te gaan zonder iemand er iets over te vertellen. Tom zei dat hij het helemaal niet zo dom vond en dat hij best kon begrijpen waarom Grace het geheim had willen houden. En van Joe was het gewoon een vriendschappelijke daad, meer niet. Diane vond dat de jongen zich er niet mee moest bemoeien en zei dat ze eerlijk gezegd blij zou zijn wanneer Annie haar boeltje bij elkaar zou pakken en met het arme kind weer terug zou gaan naar New York.
De toestand van het veulen was niet verergerd, al ademde ze nog wat hijgerig. De lichaamstemperatuur was gezakt tot 39°. Tom wreef haar over de hals en praatte zachtjes tegen haar, terwijl hij met zijn andere hand de hartslag voelde, achter de elleboog. Hij telde gedurende twintig seconden het aantal slagen en vermenigvuldigde dat met drie. Tweeënveertig slagen per minuut, nog steeds meer dan normaal. Ze had duidelijk koorts. Misschien moest hij de dierenarts morgenochtend laten komen als er geen verandering optrad.
Op Annies slaapkamer brandde het licht toen hij de stal uit kwam, en het

brandde nog steeds toen hij zijn boek weglegde en het licht in zijn eigen slaapkamer uitdeed. Het was inmiddels een gewoonte van hem geworden om nog even naar het huis bij de beek te kijken, waar de verlichte gele jaloezieën afstaken tegen de donkere nacht. Soms zag hij haar schaduw erlangs glijden terwijl ze bezig was met haar voor hem onbekende vaste gewoontes bij het naar bed gaan. Een keer had hij haar silhouet zich zien uitkleden, maar toen had hij zich een gluurder gevoeld en zich omgedraaid.

Nu waren de jaloezieën niet dicht en hij wist dat dat betekende dat er iets gebeurd was, of misschien was er op dit moment wel iets mis. Maar hij wist ook dat het iets moest zijn wat zij alleen samen konden oplossen. Misschien was het een rare gedachte, maar even had hij het idee dat de jaloezieën niet openstonden om het duister binnen te laten, maar juist om het naar buiten te laten.

Sinds hij voor het eerst Rachel ontmoette, had hij nooit meer zo naar een vrouw verlangd als nu naar haar. Vanavond had hij haar voor het eerst in een jurk gezien. Het was een eenvoudig katoenen ding geweest met een opdruk van roze bloemetjes met zwarte stippen en met aan de voorkant parelmoeren knoopjes over de hele lengte. De jurk kwam tot onder de knie en had korte mouwtjes, waardoor haar bovenarmen zichtbaar waren.

Toen hij vanavond aankwam en zij hem gevraagd had naar de keuken te komen om iets voor hem in te schenken, had hij zijn ogen niet van haar af kunnen houden. Hij was achter haar aan de keuken in gelopen en had de geur van haar parfum opgesnoven. Terwijl zij de wijn inschonk was hij naar haar blijven kijken en had hij gezien hoe ze het puntje van haar tong tussen haar tanden hield terwijl ze zich concentreerde. Ook was hem een stukje van een satijnen bandje aan haar schouder opgevallen; hij had de rest van de avond vergeefs moeite gedaan er niet naar te kijken. Ze had hem zijn glas overhandigd met een glimlach waarvan hij wenste dat die uitsluitend voor hem bestemd zou zijn.

En tijdens het eten was hij bijna gaan geloven dat dat inderdaad het geval was, want de manier waarop ze naar Frank en Diane en de kinderen glimlachte leek er helemaal niet op. En misschien verbeeldde hij het zich, maar als ze praatte, leek ze het altijd tegen hem te hebben, ook al sprak ze niemand in het bijzonder aan. Hij had haar ook nooit met mascara op gezien en hij had zitten kijken hoe haar ogen groen oplichtten in het kaarslicht als ze lachte.

Toen de bijeenkomst uit elkaar gespat was en Grace de kamer uitliep, was het alleen de aanwezigheid van Diane die verhinderde dat hij Annie in zijn armen nam om haar uit te laten huilen, wat ze naar zijn gevoel graag wilde. Maar hij hield zichzelf niet voor de gek door te denken dat hij haar slechts wilde troosten. Hij wilde haar vasthouden en van heel nabij meemaken hoe ze aanvoelde en hoe haar vormen waren en haar geur.

Hij vond dit absoluut niet iets om zich voor te schamen, al wist hij dat niet iedereen er zo over dacht. De pijn van deze vrouw om haar kind en de pijn van het kind maakten toch evenzeer deel van haar uit? En welke man leek zo op God dat hij onderscheid kon maken tussen de gevoelens die bij ieder van deze delen hoorde?

Al het bestaande vormde een eenheid, en het beste wat een mens kon doen was, als een ruiter in harmonie met zijn paard, proberen de essentie van dit gevoel te herkennen en zich erin mee laten gaan, zo ver als zijn ziel het hem maar toestond.

Ze knipte alle lichten beneden uit. Toen ze naar boven ging, zag ze dat de deur van de slaapkamer van Grace dicht was. Er scheen ook geen licht onder de deur door. Annie ging naar haar eigen slaapkamer en deed het licht aan. Ze hield even in voor ze de drempel over ging. Ze besefte dat die stap op een of andere manier iets betekende. Kon ze dit allemaal laten passeren? Toestaan dat in de nacht die tussen hen bestond zich zomaar nog een extra laag nestelde, alsof er een of ander onstuitbaar geologisch proces aan de gang was? Zo hoefde het toch niet te zijn?

Grace's deur kraakte toen Annie hem opendeed. Het licht van de overloop scheen de kamer in. Ze dacht even dat ze het beddegoed zag bewegen, maar ze was er niet zeker van. Het bed bevond zich net buiten de lichtkegel en Annies ogen hadden ook even de tijd nodig om aan het donker te wennen.

'Grace?'

Grace lag met haar gezicht naar de muur. Haar schouders onder het laken straalden een weloverwogen onbeweeglijkheid uit.

'Grace?'

'Wat is er?' Ze bewoog zich niet.

'Kunnen we even praten?'

'Ik wil slapen.'

'Ik ook, maar ik denk dat het goed is als we even praten.'

'Waarover?'

Annie liep naar het bed toe en ging erop zitten. Het kunstbeen stond naast het nachtkastje tegen de muur aan. Grace zuchtte, ging op haar rug liggen en staarde naar het plafond. Annie haalde diep adem. Pak het alsjeblieft goed aan, probeerde ze zichzelf in te prenten. Doe niet alsof je gekwetst bent, ga niet moeilijk doen, wees aardig.

'Dus je rijdt weer paard?'

'Ik heb het geprobeerd.'

'En hoe ging het?'
Grace haalde haar schouders op. 'Ging wel.' Ze staarde nog steeds naar het plafond en probeerde verveeld te kijken.
'Maar dat is toch geweldig.'
'O ja?'
'Nou, vind je van niet, dan?'
'Ik weet het niet. Zeg jij het maar.'
Annie probeerde het bonzen van haar hart te onderdrukken en zei tegen zichzelf dat ze rustig moest blijven. Gewoon doorgaan, incasseer het maar. Maar in plaats daarvan hoorde ze zichzelf zeggen: 'Had je het mij niet kunnen vertellen?'
Grace keek haar aan. Annies adem stokte in haar keel toen ze de haat en de gekwetstheid in haar ogen zag.
'Waarom zou ik het jou vertellen?'
'Grace...'
'Nou, waarom? Zeg me dat eens? Omdat je je bezorgd maakt? Of omdat je gewoon alles moet weten en altijd de baas wil zijn en nooit iemand iets kan laten doen zonder jouw toestemming! Is dat het?'
'O Grace.' Annie kreeg plotseling het gevoel dat ze licht nodig had en strekte haar hand uit naar de lamp op het nachtkastje.
Maar Grace haalde uit. 'Niet doen! Ik wil niet dat die lamp aan gaat!'
Hun twee handen raakten elkaar onzacht en de lamp viel op de grond. De aardewerken voet was in drie grote stukken gebarsten.
'Jij doet maar alsof het je wat kan schelen, maar het enige waar jij je druk over maakt is wat de mensen van je denken. En je baan en die belangrijke vrienden van je.'
Ze leunde op haar ellebogen alsof ze haar woede onder controle probeerde te houden, wat al niet gelukt was door de huilbui die haar gezicht ver-vormde.
'In ieder geval had je gezegd dat je niet wilde dat ik nog zou paardrijden, dus waarom zou ik het je in godsnaam vertellen? Waarom zou ik je wat dan ook vertellen? Ik haat je!'
Annie probeerde haar te omarmen, maar Grace duwde haar weg.
'Ga weg! Laat me alsjeblieft alleen! Ga weg!'
Annie stond op en voelde zich zo duizelig dat ze even bang was dat ze zou vallen. Op de tast vond ze haar weg naar het licht dat haar een indicatie gaf waar de deur was. Maar ze had geen idee wat ze zou doen als ze daar was, ze gaf alleen gehoor aan een neiging zich los te maken. Toen ze bij de deur was, hoorde ze Grace iets zeggen. Ze draaide zich om en keek naar het bed. Ze zag dat Grace weer met haar gezicht naar de muur lag en dat haar schouders schokten.

'Wat?' vroeg Annie.

Ze wachtte. Het was niet duidelijk of het haar eigen verdriet was of dat van Grace dat de woorden ook de tweede keer dat ze uitgesproken werden onhoorbaar maakte, maar er had iets in doorgeklonken dat maakte dat zij naar het bed terug liep. Ze bleef vlak bij het bed staan, maar raakte haar niet aan, uit angst dat ze weer zou uithalen.

'Grace? Ik heb niet gehoord wat je zei?'

'Ik zei... dat het begonnen is.'

Ze zei het tussen haar snikken door. Annie begreep het niet meteen.

'Hoe bedoel je... begonnen?'

'Ik ben ongesteld geworden.'

'Wat? Vanavond?'

Grace knikte.

'Ik voelde het gebeuren toen ik beneden stond. En toen ik boven kwam zat er bloed in mijn broekje. Ik heb het gewassen in de badkamer, maar het gaat er niet uit.'

'Ach, Gracie.'

Annie boog zich over haar heen en legde een hand op haar schouder. Grace draaide zich om. Nu was er geen woede meer in haar gezicht te zien, alleen pijn en verdriet. Annie ging op het bed zitten en nam haar dochter in haar armen. Grace klampte zich aan haar vast. Annie had het gevoel dat ze samen zo heftig schokten door haar snikken dat het leek alsof ze een enkel lichaam waren.

'Wie zal mij nou ooit willen hebben?'

'Wat lieverd?'

'Wie wil mij nou? Niemand toch!'

'Ach Gracie, dat is niet zo...'

'Waarom zou iemand mij willen?'

'Om jouzelf. Je bent heel bijzonder. Je bent prachtig en sterk. En je bent de moedigste persoon die ik in mijn hele leven heb ontmoet.'

Ze hielden elkaar vast en huilden. Toen ze weer tot spreken in staat waren, zei Grace dat ze die afschuwelijke dingen die ze tegen Annie had gezegd niet zo bedoeld had, en Annie zei dat ze dat wist, maar dat ze ook wel gelijk had gehad en dat ze heel veel dingen verkeerd had gedaan. Zo zaten ze daar met hun hoofden tegen elkaar en lieten ze woorden en zinnen vanuit hun hart naar boven komen die ze nauwelijks tegen zichzelf durfden zeggen.

'En al die jaren dat pap en jij geprobeerd hebben nog een kind te krijgen? Iedere avond heb ik zitten bidden dat het deze keer wel goed zou gaan. En dat was niet voor jou of omdat ik per se een broertje of een zusje wilde hebben of zo. Maar gewoon omdat ik dan niet meer zo... ach, ik weet niet hoe ik het zeggen moet.'

'Probeer eens.'

'Nou... dat ik dan niet meer zo bijzonder hoefde te zijn. Omdat ik jullie enige kind was, had ik het gevoel dat jullie van mij verwachtten dat ik in alles goed zou zijn, helemaal perfect, en dat was ik niet. Ik was gewoon maar wie ik ben. En nu is alles voorgoed verknald.'

Annie pakte haar nog steviger vast en aaide haar over haar hoofd en zei dat dat niet zo was. En ondertussen bedacht ze – maar sprak ze niet uit – wat een kostbaar iets liefde toch was en dat het opmaken van een balans ervan veel te ingewikkeld was voor gewone stervelingen.

Hoe lang ze zo bij elkaar zaten kon Annie niet zeggen, maar het duurde nog lang nadat het huilen was opgehouden. De natte plekken van de tranen op haar jurk voelden al koud aan. Grace viel in haar armen in slaap en werd niet eens wakker toen Annie haar neerlegde en zich vervolgens naast haar uitstrekte.

Ze luisterde naar haar dochters regelmatige en geruste ademhaling en keek even hoe de nachtlucht de lichtgekleurde gordijnen beroerde. Toen viel ook Annie in een diepe, droomloze slaap. Buiten rolde ondertussen de gigantische wereldbol door, volstrekt geluidloos onder het uitspansel.

24

Robert keek door het beregende raampje van de Londense taxi naar de vrouw op het reclamebord, die al tien minuten op dezelfde manier naar hem stond te zwaaien. Het was zo'n elektronisch gestuurd reclamebord waarop de arm ook echt bewoog. Ze droeg een zonnebril van een duur merk en een felroze badpak en in haar andere hand had ze iets wat waarschijnlijk een glas pina colada moest voorstellen. Ze deed haar best om Robert en enkele honderden andere doorweekte reizigers in de file ervan te overtuigen dat ze er beter aan zouden doen om een reis naar Florida te boeken.

Dat was nog maar de vraag. En ook moeilijker te verkopen dan het leek, wist Robert, want de Engelse kranten publiceerden regelmatig berichten over Britse toeristen die in Florida beroofd, verkracht en vermoord waren. Terwijl de taxi langzaam vorderde, zag Robert dat een grappenmaker naast de voeten van de vrouw 'vergeet je UZI niet' had geschreven.

Hij had te laat bedacht dat hij de ondergrondse had moeten nemen. Iedere keer dat hij in de afgelopen tien jaar in Londen was geweest, had een gedeelte van de weg naar het vliegveld opengelegen, en hij was er redelijk zeker van dat dat niet alleen het geval was als hij in het land was. De vlucht naar Genève zou volgens schema over vijfendertig minuten vertrekken, maar op deze manier zou hij ongeveer twee jaar te laat komen. De taxichauffeur had hem al gewaarschuwd dat er rondom het vliegveld sprake was van een dikke mist.

En zo was het. Hij miste zijn vlucht niet, aangezien die afgelast was. Hij zat een paar uur lang in de lounge te midden van een als gevolg van de noodsituatie tamelijk kameraadschappelijk groepje managers, elk op zijn eigen gewichtige manier op weg naar een hartinfarct. Hij probeerde Annie te bellen, maar kreeg het antwoordapparaat en vroeg zich af waar ze waren. Hij was vergeten te informeren naar hun plannen voor het lange weekend. Hij sprak een boodschap in en zong een melodietje voor Grace. Toen keek hij voor de laatste keer nog eens zijn aantekeningen door van de vergadering van vandaag (die goed was verlopen) en zijn voorbereidingen voor die van morgen (die misschien ook succesvol zou zijn, als hij daar tenminste zou kunnen komen) en borg toen alles op, waarna hij nog een ommetje ging maken door de vertrekhal.

Terwijl hij een beetje verstrooid stond te kijken bij een stelling met kasjmieren golftruien waar hij zijn ergste vijand nog niet in gekleed zou willen zien, hoorde hij iemand groeten. Toen hij opkeek, zag hij dat het iemand was die niet eens zo heel ver buiten die categorie viel.

Freddie Kane was iets middelmatigs in de uitgeversbranche, zo iemand aan wie je nooit al te specifieke vragen stelt over de precieze aard van zijn bezigheden, niet omdat je bang bent hèm daarmee in verlegenheid te brengen, maar eerder jezelf. Hij trachtte zijn tekortkomingen op dat halfduistere gebied te compenseren door duidelijk te maken dat hij over geld van zichzelf beschikte en bovendien wist hij alle roddels over iedereen in New York die het waard was te kennen. En doordat hij bij elk van de vier of vijf keren dat hij Robert had ontmoet zich zijn naam niet meer had kunnen herinneren, had hij ook duidelijk gemaakt dat de man van Annie Graves voor hem niet tot deze selecte groep behoorde. Annie zelf daarentegen maar al te zeer.

'Hallo! Ik dacht al dat jij het was! Hoe is het met je?'

Hij sloeg Robert op zijn schouder en schudde hem uitgebreid de hand op een manier die zowel agressief als verveeld was. Robert glimlachte en constateerde dat de man zo'n bril op had die filmsterren tegenwoordig droegen in de hoop dat ze er daarmee wat intellectueler uitzagen. Het was zonneklaar dat hij Roberts naam weer vergeten was.

Ze kletsten een tijdje over golftruien, over hun reisdoelen, geschatte aankomsttijden en de eigenschappen van mist. Robert deed vaag en gereserveerd over de reden dat hij in Europa was, niet omdat niemand dat mocht weten, maar omdat hij merkte hoe Freddie daarvan baalde. Misschien was wraak dan ook het motief voor de laatste opmerkingen van de man. 'Ik hoor dat Annie problemen heeft met Crawford Gates,' zei hij.

'O ja?'

Hij legde zijn hand op zijn mond en trok het gezicht van een schooljongen die zich schuldig voelt.

'O jee. Misschien mocht ik het helemaal niet weten.'

'Het spijt me, Freddie, ik weet niet waar je het over hebt'

'Ach, laten we zeggen dat een vogeltje me heeft ingefluisterd dat Crawford Gates weer aan het *headhunten* is. Maar waarschijnlijk zijn dat maar kletspraatjes.'

'Wat bedoel je, *headhunten?*'

'Nou, op zoek naar een nieuwe hoofdredacteur. Je weet hoe het daar altijd toegaat. Het is een soort stoelendans. En ik hoorde dat hij het Annie de laatste tijd moeilijk zit te maken, meer niet.'

'Nou, het is voor het eerst dat ik...'

'Allemaal roddels. Ik had er niet over moeten beginnen.'

Hij glimlachte tevreden, geslaagd als hij was in misschien wel de enige bedoeling die hij had toen hij Robert aansprak, en zei dat hij weer eens naar de incheckbalie moest om nog wat te klagen over de vertraging van zijn vlucht.

Weer terug in de lounge nam Robert nog een flesje bier en keek hij een nummer van The Economist door, onderwijl nadenkend over wat Freddie had gezegd. Hij had wel gedaan alsof hij van niets wist, maar hij had meteen begrepen waar de man op gedoeld had. Het was de tweede keer deze week dat hij dit hoorde.

Afgelopen dinsdag was hij op een receptie van een van zijn grote cliënten geweest. Meestal bedacht hij uitvluchten om niet naar dit soort gelegenheden te hoeven gaan, maar nu Annie en Grace weg waren, merkte hij dat hij zich er zelfs op verheugde. De receptie werd gehouden in een gigantisch, weelderig ingericht kantoor vlak bij Rockefeller Center, met bergen kaviaar zo hoog dat je er wel op kon skiën.

Robert wist niet wat de laatste grappig bedoelde omschrijving van een bijeenkomst van advocaten was (iedere week was er wel weer een nieuwe, nog vernederender dan de vorige), maar wel dat dit er zonder twijfel een was. Hij herkende veel gezichten van andere advocatenkantoren en hij veronderstelde dat de gastheer hen had uitgenodigd om zijn eigen kantoor een beetje op te jutten. Een van de andere aanwezige advocaten was Don Farlow. Ze hadden elkaar maar één keer eerder ontmoet, maar Robert mocht hem wel en wist dat Annie hem ook sympathiek vond en waardeerde.

Farlow begroette hem vriendelijk en Robert merkte tijdens hun gesprek tot zijn genoegen dat ze niet alleen een aan gulzigheid grenzende trek in kaviaar deelden, maar ook een gezonde cynische houding ten opzichte van degenen die voor deze lekkernij gezorgd hadden. Ze reserveerden voor zichzelf een plekje naast de oefenpiste en Farlow luisterde geïnteresseerd toen Robert vertelde hoe de afwikkeling van de schadeclaims over het ongeluk van Grace vorderden, of liever gezegd niet vorderden, want het werd langzamerhand zo ingewikkeld dat het waarschijnlijk jaren zou gaan duren. Toen veranderden ze van gesprekonderwerp. Farlow informeerde naar Annie en naar hoe het ging daar in het Westen.

'Annie is echt geweldig,' zei Farlow. 'Zij is echt de beste. En het krankzinnige is dat die klootzak van een Gates daar ook rekening mee moet houden.'

Robert vroeg wat hij bedoelde. Farlow keek eerst verbaasd en leek toen verlegen met de situatie. Hij ging gauw op en ander onderwerp over. Voordat ze afscheid namen zei hij alleen nog dat Robert tegen Annie moest zeggen dat ze snel terug moest komen.

Robert was meteen naar huis gegaan en had Annie gebeld, maar zij was niet erg onder de indruk. 'Ach, het is daar één grote paranoia,' zei ze. Ja, natuurlijk, Gates maakte het haar wel moeilijk, maar niet meer dan anders. 'De oude smeerlap weet dat hij mij meer nodig heeft dan ik hem.'

Robert had het onderwerp laten vallen, ook al had hij het gevoel dat haar stoerheid meer diende ter overtuiging van haarzelf dan van hem. Maar nu Freddie Kane op de hoogte bleek te zijn, kon je er donder op zeggen dat praktisch de hele stad het wist of in ieder geval binnen korte tijd zou weten. En hoewel het niet Roberts wereld was, had hij er genoeg van gezien om te weten wat van de twee belangrijker was: wat er gezegd werd of wat waar was.

25

Hank en Darlene hielden meestal hun jaarlijkse feestje op Onafhankelijkheidsdag, de vierde juli. Maar dit jaar had Hank afgesproken om eind juni zijn spataderen te laten behandelen, en hij had er geen zin in om dan op het feest als een invalide rond te hobbelen, dus hadden ze het ruim een maand vervroegd naar Memorial Day, de laatste maandag in mei.

Helemaal zonder risico was dit niet. Een paar jaar daarvoor was er in dat weekend nog een halve meter sneeuw gevallen. Bovendien vonden sommigen een dag die speciaal gewijd was aan hen die voor hun vaderland gevallen waren ongeschikt voor een feest. Hank vond dat Onafhankelijkheidsdag dan ook niet geschikt was, als je in aanmerking nam hoe lang hij en Darlene nu al getrouwd waren. En bovendien: alle jongens die hij gekend had die naar Vietnam moesten, hadden van feesten gehouden, dus waar zeurden ze dan over.

Maar het was alsof de duivel ermee speelde. Het regende.

Het stroomde van de op en neer golvende overkappingen van zeildoek af en siste tussen de hamburgers, worsten en biefstukken op de barbecues. Een zekeringenkastje knalde met een flits uit elkaar, waardoor alle gekleurde lampjes, die aan een lang snoer door de hele tuin heen waren opgehangen, uitgingen. Niemand scheen zich er veel van aan te trekken, ze gingen gewoon met zijn allen de schuur in. Iemand gaf Hank een T-shirt cadeau dat hij onmiddellijk aantrok. Met grote zwarte letters stond op de voorkant: IK HAD HET TOCH GEZEGD.

Tom zou later naar het feest gaan omdat de dierenarts pas na zes uur naar hem toe kon komen. Hij had de jonge merrie nog een injectie gegeven en dacht dat dat wel voldoende zou zijn om haar op te laten knappen. Ze waren nog met haar bezig toen de anderen vertrokken. Door de openstaande deuren van de stal had hij toegekeken hoe alle kinderen bij Annie en Grace in de Ford Lariat stapten. Annie had naar hem gezwaaid en gevraagd of hij niet ging. Hij had haar gezegd dat hij later zou komen. Tot zijn genoegen had hij geconstateerd dat ze dezelfde jurk droeg als twee avonden daarvoor.

Grace en Annie hadden geen woord gezegd over wat er die avond gebeurd was. Zondag was hij voor dag en dauw opgestaan en had hij zich in het donker aangekleed. De jaloezieën voor Annies raam waren nog open en het licht brandde nog. Hij wilde er naartoe gaan om te kijken of alles in orde was, maar besloot er even mee te wachten om niet bemoeiziek over te komen. Toen hij de paarden verzorgd had en weer het huis binnenkwam, zei Diane dat Annie net had gebeld om te vragen of het goed was als zij en Grace met hen meegingen naar de kerk.

'Waarschijnlijk wil ze er alleen maar een artikel over schrijven voor haar blad,' had Diane gezegd. Tom had haar gezegd dat hij vond dat ze haar daarmee te kort deed en dat ze niet zo op Annie moest katten. Diane had de rest van de dag niets tegen hem gezegd.

In twee auto's was het gezelschap naar de kerk gereden. Het was onmid-

222

dellijk duidelijk, voor Tom in ieder geval, dat er iets veranderd was tussen Annie en Grace. Er was rust over hen gekomen. Het viel hem op dat als Annie iets zei, Grace haar nu in de ogen keek, en dat ze nadat ze uitgestapt waren elkaar een arm gaven en samen de kerk in liepen.

Ze konden niet allemaal naast elkaar zitten, dus namen Annie en Grace op de bank voor de anderen plaats. Een reep zonlicht scheen door het raam naar binnen en maakte daar de langzaam omhoog dwarrelende stofdeeltjes zichtbaar. Tom zag hoe de andere kerkgangers de nieuwelingen bekeken, de vrouwen niet minder dan de mannen. En zijn eigen ogen keerden steeds terug naar Annies nek als ze opstond om te zingen of haar hoofd boog om te bidden.

Toen ze naderhand weer terug waren op de ranch had Grace weer op Gonzo gereden, maar deze keer in de grote piste terwijl iedereen stond te kijken. Ze reed eerst een tijdje stapvoets en ging over in draf toen Tom haar dat vroeg. Ze reed in het begin wat gespannen, maar toen ze eenmaal de slag weer te pakken had en zich ontspande, zag Tom dat ze heel goed reed. Hij maakte een paar opmerkingen over wat ze met haar been deed en toen alles goed ging, zei hij dat ze in galop moest gaan.

'In galop?'

'Waarom niet?'

Dus deed ze het maar. Het ging prima. Toen ze haar heupen begon te bewegen in harmonie met de bewegingen van het paard, zag hij een glimlach op haar gezicht verschijnen.

'Moet ze eigenlijk niet een cap op?' had Annie hem zachtjes gevraagd. Ze bedoelde zo'n verharde ruitercap die de mensen in Engeland en in het oosten van het land droegen. 'Welnee,' had hij gezegd. 'Alleen als ze van plan is eraf te vallen.' Hij wist dat hij haar vraag eigenlijk serieus had moeten opvatten, maar Annie leek hem te vertrouwen, dus liet hij het maar zo.

Grace had perfect gereden. Ze had Gonzo langzaam voor hen tot stilstand gebracht en iedereen had geklapt en gejuicht. Het paardje had gekeken alsof het zojuist de Derby van Kentucky gewonnen had. Grace had breed en stralend als de ochtendhemel geglimlacht.

Nadat de dierenarts vertrokken was, nam Tom een douche, deed een schoon overhemd aan en reed door de regen naar het huis van Hank. Het regende zo hard dat de ruitewissers van de oude Chevy het nauwelijks konden bolwerken. Tom moest zich helemaal naar voren buigen om zijn weg te zoeken tussen de diepe plassen op de oude onverharde weg. Toen hij arriveerde stonden er zoveel auto's dat hij de zijne op de oprijlaan moest neerzetten. Als hij zijn oliejas niet had gedragen, zou hij kletsnat geregend zijn op weg naar de schuur.

Hank zag hem zodra hij binnenkwam en liep naar hem toe met een biertje.

Tom moest lachen om het T-shirt, maar toen hij zijn oliejas uitdeed, betrapte hij zichzelf erop dat hij al om zich heen keek of hij Annie zag. De schuur was wel groot, maar toch nog te klein voor het grote aantal aanwezigen. Er werd country-muziek gedraaid, die echter bijna overstemd werd door het gepraat en gelach. Overal waren nog mensen aan het eten. Af en toe blies de wind een rookwolk van de barbecue door de openstaande deuren. De meesten aten staand, aangezien de van buiten gehaalde tafeltjes nog nat waren.

Terwijl hij stond te praten met Hank en een paar andere mannen liet Tom zijn blik door de ruimte gaan. Een van de lege boxen aan de andere kant was omgetoverd tot bar, en daarachter zag hij Frank helpen met inschenken. Enkele van de oudere kinderen, waaronder Grace en Joe, stonden bij de geluidsinstallatie te kijken wat voor bandjes er allemaal waren. Ze kreunden bij het vooruitzicht hun ouders te moeten zien dansen op muziek van The Eagles en Fleetwood Mac. Vlak bij hem stond Diane de tweeling voor de laatste keer te waarschuwen dat het nu afgelopen moest zijn met dat gegooi met eten, of ze zou ze meteen naar huis brengen. Er waren veel voor Tom bekende gezichten en velen groetten hem. Maar er was er maar een waarnaar hij op zoek was, en ten slotte zag hij haar.

Ze stond in de verste hoek met een leeg glas in haar hand te praten met Smoky, die net uit New Mexico was aangekomen, waar hij had gewerkt na Toms laatste cursus. Het leek wel alsof Smoky het meest aan het woord was. Af en toe keek Annie de kamer door. Tom vroeg zich af of ze op zoek was naar iemand in het bijzonder, en als dat het geval was, of hij dat dan misschien zou zijn. Toen zei hij tegen zichzelf dat hij zich niet zo moest aanstellen en ging hij wat te eten halen.

Meteen nadat ze aan elkaar voorgesteld waren, wist Smoky wie Annie was. 'U was degene die hem belde toen we bezig waren met die cursus bij San Francisco!' zei hij.

Annie glimlachte. 'Dat klopt.'

'Verdorie zeg, ik weet nog dat hij me belde toen hij net terug was uit New York en dat hij zei dat hij er niet over piekerde om met dat paard iets te gaan doen. En nu zijn jullie hier.'

'Ja, hij is van gedachten veranderd.'

'Ja, dat moet wel. Want ik heb Tom nog nooit iets zien doen waar hij geen zin in had.'

Annie stelde hem vragen over hoe het was om met Tom die cursussen te doen. Uit de manier waarop Smoky over hem vertelde, was het duidelijk dat hij Tom adoreerde. Hij vertelde dat er tegenwoordig behoorlijk wat mensen waren die dat soort cursussen gaven, maar dat geen van hen ook maar kon tippen aan de manier waarop Tom het deed. Hij vertelde over de dingen die hij Tom had zien doen, paarden die hij had geholpen, die de meeste mensen al lang afgeschreven zouden hebben.

'Als hij hen de handen oplegt, zie je alle ellende zo'n beetje van ze afglijden.'

Annie zei dat hij dit nog niet had gedaan met Pilgrim, waarop Smoky antwoordde dat dit wel zou zijn omdat het paard er nog niet klaar voor was.

'Het lijkt wel tovenarij,' zei ze.

'Nee mevrouw, het is meer dan tovenarij. Tovenarij bestaat alleen maar uit trucjes.'

Wat het ook was, Annie had het gevoeld. Ze voelde het als ze Tom zag werken en als ze met hem paardreed. Eigenlijk voelde ze het op ieder moment als ze bij hem was.

Hierover had ze gisterochtend nagedacht, toen ze wakker werd terwijl Grace nog naast haar lag te slapen en ze keek hoe het licht van de nieuwe dag de kamer binnen stroomde door de gordijnen, die nu niet meer bewogen. Een hele tijd was ze doodstil blijven liggen, als het ware opgenomen in de rust van haar dochters ademhaling. Even had Grace iets gemompeld, uit een verre droom, wat Annie met geen mogelijkheid had kunnen ontcijferen.

Op dat moment had ze gezien dat tussen de stapel boeken en tijdschriften naast het bed het boek lag dat de nicht van Liz Hammond en haar man haar gegeven hadden, *De pelgrimsreis van deze wereld naar de komende*. Ze had er helemaal niet meer aan gedacht en was zich er ook niet van bewust geweest dat Grace het naar haar kamer had meegenomen. Annie gleed voorzichtig het bed uit en ging in de stoel bij het raam zitten, waar net voldoende licht was om te lezen.

Ze herinnerde zich dat ze als kind met wijd open oren naar het verhaal geluisterd had, gebiologeerd door het verslag van de heldhaftige reis van een kleine christen naar de Hemelse Stad. Nu leek haar de allegorie er wat erg dik bovenop te liggen, maar tegen het einde was er een passage die haar tot nadenken stemde.

'Nu zag ik in mijn droom dat de pelgrims inmiddels voorbij het Betoverde Veld waren en het land van Beulah binnengingen, waar de lucht welriekend en aangenaam was. De weg leidde er dwars doorheen en zij vermeiden zich er een seizoen lang. Want hier hoorden zij onafgebroken de vogels zingen, zagen zij iedere dag de bloemen uit de aarde ontluiken en hoorden zij het geroep van de tortelduif op het land. In dit land schijnt de zon dag en nacht. Het ligt voorbij de Vallei van de Schaduw des Doods en ook buiten het bereik van Reus Wanhoop. Van hieruit was ook het Kasteel van de Twijfel niet zichtbaar. Hier bevonden zij zich in het zicht van de Stad waar-

heen zij op weg waren, en hier ook ontmoetten zij enkele inwoners daarvan. In dit land waren de Verlichten geen vreemdelingen, want het was het grensgebied van de hemel.'

Annie herlas de passage twee keer en las daarna niet verder. Wat zij gelezen had was de aanleiding dat ze Diane had gebeld en gevraagd had of zij en Grace mee naar de kerk mochten. Deze wens – die zo volstrekt niet bij haar paste dat ze er haast zelf om moest lachen – had echter weinig of niets met godsdienst te maken, maar alles met Tom Booker.

Annie wist dat hij op een of andere manier verantwoordelijk was voor wat er gebeurd was. Hij had de deur geopend waardoor zij en Grace elkaar hadden kunnen vinden. 'Geef haar niet de gelegenheid je af te wijzen,' had hij haar gezegd. En dat had ze ook niet gedaan. Nu wilde ze gewoon dank je wel zeggen, maar dan in een geritualiseerde vorm waar niemand aanstoot aan zou kunnen nemen. Grace had haar geplaagd toen ze het haar vertelde en gevraagd of zij ooit wel eens een kerk van binnen had gezien. Ze had het echter niet zonder sympathie gezegd en ze had ook duidelijk graag mee gewild.

Annie richtte haar aandacht weer op het feestje. Smoky scheen haar gedachtenvlucht niet opgemerkt te hebben. Hij was bezig aan een lang en ingewikkeld verhaal over een man die eigenaar was van de ranch in New Mexico waarop hij werkte. Terwijl Annie naar hem luisterde ging zij verder met waar ze het grootste deel van de avond al mee bezig was, kijken of Tom er nog niet aankwam. Misschien kwam hij wel helemaal niet.

Hank en de andere mannen zetten de tafeltjes weer buiten in de regen, waarna het dansen begon. De muziek was harder gezet, het was nog steeds country. De kinderen hadden dus nog steeds reden om kritisch te kijken, al waren ze waarschijnlijk stiekem blij dat ze zelf de dansvloer niet op hoefden. Je ouders uitlachen was immers veel leuker dan door hen uitgelachen te worden. Een paar oudere meisjes hadden echter wel de stoute schoenen aangetrokken en zich op de dansvloer begeven. Annie bedacht ineens dat ze zo dom was geweest niet te bedenken dat Grace het misschien vreselijk vond om anderen te zien dansen. Ze excuseerde zich tegenover Smoky en ging naar haar op zoek.

Grace zat met Joe bij de paardenboxen. Ze zagen haar aankomen. Grace fluisterde hem iets in het oor waarom hij moest glimlachen. Toen Annie bij hen kwam, was de glimlach van zijn gezicht verdwenen. Hij stond op om haar te begroeten.

'Heeft u zin om te dansen, mevrouw?'

Grace barstte in lachen uit. Annie keek haar achterdochtig aan.

'Dat vraag je natuurlijk helemaal uit vrije wil, mag ik aannemen, hè?' vroeg ze.

'Natuurlijk, mevrouw.'

'En je bent er ook niet toevallig toe uitgedaagd, hè?'

'Mam! Doe toch niet zo vreselijk onbeleefd!' zei Grace. 'Wat een afschuwelijke insinuatie!'

Joe hield zijn gezicht in de plooi. 'Nee mevrouw, absoluut niet.'

Annie keek weer naar Grace, die precies wist wat haar moeder dacht.

'Mam, als je denkt dat ik met hem ga dansen op deze muziek, dan heb je het mis.'

'Nou, graag dan, Joe. Dat lijkt me leuk.'

Dus begonnen ze te dansen. Joe danste goed en al werd hij door de andere kinderen uitgejouwd, hij vertrok geen spier. Terwijl zij aan het dansen waren, zag ze Tom. Hij stond bij de bar naar haar te kijken en zwaaide. Toen ze hem zag, voelde ze zich zo opgewonden als een bakvis en ze was doodsbang dat het aan haar te zien zou zijn.

Toen de muziek ophield maakte Joe een hoffelijk buiginkje, waarna hij haar terugbracht naar Grace, die steeds had zitten lachen terwijl ze op de dansvloer was. Annie voelde dat iemand haar schouder aanraakte. Het was Hank. Hij wilde de volgende dans en accepteerde geen weigering. Hij maakte Annie voortdurend aan het lachen en toen ze uitgedanst waren had ze er pijn van in haar zij. Maar er werd haar geen rust gegund. Frank was de volgende, en daarna kwam Smoky.

Terwijl ze danste, keek ze om en zag ze dat Grace en Joe samen met de tweeling en een paar andere kinderen een soort schertsdans aan het doen waren. Schertsend genoeg in ieder geval om Grace en Joe de illusie te geven dat zij niet echt met elkaar dansten.

Ze zag hoe Tom met Darlene danste, en toen met Diane, en daarna wat inniger met een leuke jonge vrouw die Annie niet kende en ook niet wilde kennen. Misschien was het een vriendin over wie hij tegenover haar had gezwegen. En iedere keer als de muziek ophield, keek Annie zijn kant op en vroeg ze zich af waarom hij niet naar haar toe kwam om haar ten dans te vragen.

Hij zag dat ze naar de bar toe kwam lopen nadat ze met Smoky gedanst had en zodra hij zich met goed fatsoen van zijn danspartner kon losmaken deed hij dat en liep hij haar achterna. Het was de derde keer dat hij contact met haar wilde zoeken, maar steeds was een ander hem voor geweest.

Hij baande zich een weg tussen de verhitte dansers door en zag dat ze het zweet van haar voorhoofd met beide handen naar achteren veegde, net zoals ze gedaan had toen hij haar bij het hardlopen was tegengekomen. Op de rug van haar jurk zat een natte plek en plakte de stof tegen haar huid. Toen hij dichterbij kwam, rook hij haar parfum vermengd met een andere geur die subtieler en krachtiger was en helemaal van haarzelf.

Frank stond weer achter de bar te helpen en toen hij Annie zag staan, vroeg hij over de hoofden van de anderen heen wat ze wilde hebben. Ze vroeg om een glas water. Frank zei dat het hem speet, maar dat ze geen gewoon water hadden, alleen mineraalwater. Hij reikte haar een flesje aan. Zij bedankte hem en toen ze zich omdraaide keek ze Tom recht in zijn gezicht.

'Hoi!' zei ze.

'Hoi. Zo, dus Annie Graves is kennelijk een danstype.'

'Eigenlijk vind ik het vreselijk. Alleen kom je er hier niet onderuit.'

Hij lachte en besloot haar dan maar niet ten dans te vragen, al had hij zich er de hele avond op verheugd. Iemand duwde tegen hem aan, waardoor ze even van elkaar gescheiden werden. De muziek was weer begonnen, dus moesten ze hard praten om elkaar te kunnen verstaan.

'Maar jij houdt er zo te zien wel van,' zei ze.

'Waarvan?'

'Van dansen. Dacht ik gezien te hebben.'

'Ja, gaat wel. Maar ik heb ook op jou gelet en volgens mij houd je er meer van dan je laat blijken.'

'Ach, soms wel, ja. Als ik ervoor in de stemming ben.'

'Wil je wat drinken?'

'Ja, ik zou een moord doen voor een glas gewoon water.'

Tom riep naar Frank of hij hem nog een schoon glas wilde aanreiken en gaf hem het mineraalwaterflesje terug. Toen legde hij zijn hand losjes op Annies rug en leidde hij haar door de drukte heen. Hij voelde haar lichaamswarmte door haar vochtige jurk heen.

'Kom mee.'

Hij loodste haar tussen de mensen door en terwijl hij dat deed, kon zij aan niets anders denken dan aan zijn hand op haar rug, net onder haar schouderbladen en de sluiting van haar beha.

Toen ze langs de dansvloer liepen, was ze even boos op zichzelf dat ze hem gezegd had dat ze niet van dansen hield. Anders zou hij haar zeker gevraagd hebben en eigenlijk wilde ze niets liever dan dat.

De grote deuren van de schuur stonden open en de discolampen verlichtten de regen buiten zodat de druppels een voortdurend van kleur veranderend kralengordijn leken te vormen. Er stond geen wind meer, maar de regen gutste met zo'n kracht omlaag dat daardoor een luchtstroom ontstond. Ook anderen waren bij de deur gaan staan ter wille van de koelte die Annie nu op haar gezicht voelde.

Ze bleven naast elkaar bij de rand van de overkapping staan kijken naar de regen, die zoveel geluid maakte dat de muziek vanuit de schuur overstemd werd. Er was nu geen reden meer om zijn hand nog op haar rug te laten rusten, dus haalde hij hem weg, al had zij gehoopt dat hij dat niet zou doen. Aan de andere kant van het erf zag ze vaag de lichten van het woonhuis; het leek wel een schip in nood. Ze veronderstelde dat ze daarheen op weg waren voor haar glaasje water.

'Zo worden we drijfnat,' zei ze. 'Zo'n dorst heb ik nou ook weer niet.'

'Ik dacht dat je een moord zou doen voor water?'

'Ja, maar niet om erin te verdrinken. Al zeggen ze dat dat niet zo'n nare manier van doodgaan is. Ik heb me altijd afgevraagd hoe ze dat in godsnaam weten.'

Hij lachte. 'Je denkt wel veel na hè, jij?'

'Ja, die machine hierboven houdt nooit op. Er zit geen knop aan.'

'En soms verstoort die de boel, hè?'

'Ja.'

'Zoals nu ook.' Hij zag dat ze hem niet begreep. Hij wees naar het huis. 'Hier staan we nu, in de regen, en jij denkt, nou ja, jammer, water.'

Annie keek hem laconiek aan en nam hem het glas uit de hand. 'Vanwege de bomen het bos niet meer zien, bedoel je.'

Hij knikte en glimlachte, terwijl zij het glas voor zich uit stak. Ze schrok van het prikkende gevoel dat de regen op haar arm veroorzaakte; het deed haast pijn. Het geluid van de plenzende regen sloot alle andere aanwezigen buiten. Terwijl het glas langzaam volliep, keken zij elkaar diep in de ogen. En het grappige was maar een oppervlakkig aspect van wat ze met elkaar uitwisselden. Het glas was gauwer gevuld dan ze gedacht en ook allebei wel gehoopt hadden.

Annie hield het hem voor om er als eerste uit te drinken, maar hij schudde zijn hoofd en bleef haar aankijken. Terwijl ze dronk, keek zij hem over de rand van het glas aan. Het water was koel en puur, en het smaakte helemaal nergens naar. Ze kreeg zin om te huilen.

26

Meteen toen Grace in de Chevrolet naast hem ging zitten, merkte ze dat er iets aan de hand was. Zijn glimlach verraadde hem. Hij leek wel een kind dat de pot met snoepjes verstopt heeft. Ze sloeg de deur dicht. Tom trok op en reed van de achterkant van het huis bij de beek naar het oefenveld. Ze was nog maar net terug van haar afspraak met Terri in Choteau en zat nog een boterham te eten.

'Wat is er aan de hand?' vroeg ze.

'Hoezo?'

Ze keek hem onderzoekend aan, maar hij keek alsof hij de onschuld zelf was.

'Nou, ten eerste ben je te vroeg.'

'O ja?' Hij tikte tegen zijn horloge. 'Rotding.'

Ze zag dat hij niet van plan was te reageren en ging achterover zitten om op haar gemak haar boterham op te eten. Tom keek haar nog eens geheimzinnig glimlachend aan en reed door.

De tweede aanwijzing was dat hij, voordat ze naar Pilgrim liepen, in de schuur een stuk touw pakte dat veel korter en dunner was dan het touw dat hij als lasso gebruikt had. Het was een ingewikkeld vlechtwerk van paarse en groene strengen.

'Wat is dat?'

'Da's een touw. Mooi hè?'

'Waar dient het voor, bedoelde ik.'

'Och Grace, zo'n stuk touw heeft duizend-en-een toepassingen.'

'Ja ja... aan een boomtak vastmaken en jezelf opknopen, bijvoorbeeld.'

'Ja, van alles kun je ermee doen.'

Toen ze bij het veld aankwamen waar Pilgrim stond, leunde Grace over het hek op de plaats waar ze dat normaal ook deed, terwijl Tom het terrein op liep met het touw in zijn handen. Pilgrim stond, ook zoals gebruikelijk, in de verste hoek, waar hij begon te snuiven en heen en weer te lopen alsof hij een laatste stukje eigen terrein wilde afperken. Zijn staart, zijn oren en de spieren in zijn flanken leken allemaal aangesloten te zijn op een golvende ritmiek. Hij hield Tom voortdurend in de gaten.

Maar Tom keek niet naar hem. Omdat hij zijn rug naar haar toegekeerd had, kon Grace niet zien wat hij precies deed, maar het was duidelijk dat hij onder het lopen met het touw bezig was. Hij ging ermee door en keek nog steeds niet op toen hij midden op het veld stil bleef staan.

Grace zag dat Pilgrim net zo nieuwsgierig was als zij. Hij was opgehouden met heen en weer lopen en stond nu naar hem te kijken. Af en toe bewoog hij zijn hoofd op en neer en schraapte hij met een hoef over de grond, maar zijn oren waren naar Tom gericht alsof ze met elastiek naar hem toe getrokken werden. Grace liep langzaam langs het hek om een beter zicht te krijgen op wat Tom aan het doen was. Ze hoefde niet ver te lopen, want Tom draaide zich naar haar toe zodat Pilgrim niet kon zien wat hij deed. Hij deed echter niets anders dan een aantal knopen in het touw leggen. Hij keek even op en glimlachte naar haar vanonder zijn hoed.

'Hij is wel nieuwsgierig, hè?'

Grace keek naar Pilgrim. Nieuwsgierig was zwak uitgedrukt. Nu hij niet meer zag wat Tom aan het doen was, deed hij net als Grace en verplaatste zich een paar passen om meer zicht te krijgen. Tom hoorde hem en deed tegelijk een aantal stappen opzij, waarbij hij zich ook een beetje verder afdraaide zodat hij nu met zijn rug naar het paard stond. Pilgrim bleef een poosje staan en keek opzij. Toen keek hij weer naar Tom en deed hij nog een paar voorzichtige stappen in zijn richting. Weer hoorde Tom wat hij deed en ging hij iets opzij, waardoor de afstand tussen hen ongeveer gelijk bleef, maar niet helemaal.

Grace zag dat hij klaar was met het leggen van de knopen, maar hij bleef eraan trekken en prutsen, en plotseling zag ze wat hij had gemaakt. Het was een halster. Ze kon haar ogen niet geloven.

'Ga je proberen hem die om te doen?'

Tom grijnsde naar haar en zei hardop fluisterend: 'Alleen als hij het me heel beleefd vraagt.'

Grace was zo geïnteresseerd in wat er gebeurde dat ze naderhand niet had kunnen zeggen hoe lang het allemaal geduurd had. Tien minuten, een kwartier misschien, niet veel langer. Iedere keer als Pilgrim op hem af kwam, ging Tom een stukje verderop staan; hij wilde hem zijn geheim niet onthullen en maakte hem zo steeds nieuwsgieriger. Maar iedere keer dat Tom stopte, zorgde hij dat de afstand tussen hen iets kleiner werd. Toen ze twee keer om het veld heen waren gelopen en Tom weer in het midden stond, stonden ze nog maar een stuk of tien passen van elkaar.

Tom ging met zijn zij naar het paard staan en ging ondertussen rustig door met het touw. Hij keek een keer glimlachend naar Grace, maar keek het paard nog steeds niet aan. Pilgrim voelde dat hij hem negeerde, brieste even en keek toen naar links en naar rechts. Vervolgens deed hij drie stappen in Toms richting. Grace zag dat hij verwachtte dat de man weer terug zou wijken, maar deze keer deed hij dat niet. Dit verbaasde hem en hij bleef staan en keek om zich heen om te zien of er ergens iemand was die hem kon helpen enige zin in het gebeuren te ontdekken. Grace misschien? Toen zich geen hulp aandiende, deed hij nog een stap dichterbij. Nu hij vlakbij stond, snuffelde hij om te proberen een geur op te vangen van dat mogelijk gevaarlijke ding dat deze man in zijn handen hield. Hij woog dit risico af tegen zijn immense behoefte om te weten wat het was.

Ten slotte stond hij zo dichtbij dat hij met zijn mondharen bijna de rand van Toms hoed raakte. Tom moest zijn snuffelende ademhaling ongetwijfeld in zijn nek voelen.

Toen deed Tom een paar passen achteruit en hoewel hij het niet abrupt gedaan had, sprong Pilgrim op als een geschrokken kat en hinnikte. Maar hij ging niet weg. En toen hij zag dat Tom hem aankeek, werd hij weer rustig. Nu zag hij het touw. Tom hield het met beide handen voor zich uit zodat hij het goed kon zien. Maar kijken was hem niet genoeg, zoals Grace wist. Hij moest er ook even aan ruiken.

Nu pas keek Tom hem aan en zei hij iets tegen hem, al kon Grace niet horen wat het was. Ze beet op haar lip terwijl ze stond te kijken en wilde niets liever dan dat het paard naar voren zou stappen. Ga maar, hij zal je heus geen pijn doen, ga maar. Maar hij hoefde niet aangemoedigd te worden, zijn eigen nieuwsgierigheid was voldoende. Aarzelend, maar met een gevoel van vertrouwen dat met iedere stap groter werd, liep Pilgrim naar Tom toe en snuffelde aan het touw. En nadat hij aan het touw gesnuffeld had, rook hij aan Toms handen. Tom bleef stil staan en liet hem begaan. Op dat ogenblik van aarzelend contact tussen paard en mens voelde Grace dat veel dingen bij elkaar kwamen. Ze zou het niet hebben kunnen uitleggen, niet eens aan zichzelf. Ze wist gewoon dat dit een soort bekrachtiging was van wat er de afgelopen dagen allemaal gebeurd was. Dat ze het contact met haar moeder terug had gevonden, weer paardreed, het vertrouwen dat ze had gevoeld tijdens het feest, op al deze dingen had ze niet volop durven vertrouwen. Het was alsof er ieder moment iemand langs zou kunnen komen die alles weer van haar afnam. Maar dit voorzichtige vertrouwen van Pilgrim straalde zoveel hoop en zo'n belofte voor de toekomst uit dat ze in zichzelf iets voelde opbloeien dat blijvend was.

Met duidelijke instemming van Pilgrim stak Tom nu een hand uit naar de hals van het paard. Hij rilde even en leek te verstijven. Maar dat was slechts behoedzaamheid, want toen hij de hand aan zijn hals voelde en merkte dat die geen pijn veroorzaakte, ontspande hij zich en liet zich door Tom aaien.

Het duurde een hele tijd. Langzaam liet Tom zijn hand steeds verder omhoog gaan, totdat hij de hele hals van het paard had geaaid. Pilgrim liet het allemaal toe. En daarna mocht hij hem ook aaien aan de andere kant van zijn hals en vervolgens ook aan zijn manen, die zo aaneengeklit waren dat ze rechtop bleven staan tussen Toms vingers. En toen, voorzichtig en nog steeds zonder zich te haasten, deed Tom hem de halster om. Pilgrim bewoog nauwelijks zijn hoofd en verzette zich geen moment.

Het enige waarover hij bezorgd was, was dat Grace er misschien te veel waarde aan zou hechten. Er was altijd een groot element van onzekerheid als een paard zo'n stap zette, en bij dit paard was dat des te meer het geval. Niet de schaal van het ei was het meest kwetsbaar, maar het membraan daar binnenin. Hij had het in Pilgrims ogen gezien en het aan het trillen van zijn flanken gevoeld: het had niet veel gescheeld of het paard had hem afgewezen. En als dat gebeurde, zou het de volgende keer nog moeilijker zijn. Tom had hier dagenlang aan gewerkt, 's ochtends, zonder dat Grace het wist. Als zij 's middags stond te kijken deed hij andere dingen, vooral veel oefeningen met de vlag en weer andere om hem aan de lasso te wennen. Het voorbereiden van wat hij nu gedaan had, het aandoen van de halster, had hij in afzondering gedaan. En tot vanochtend had hij niet geweten of het er ooit van zou komen, of het sprankje hoop waarover hij met Annie gesproken had er wel echt was. Toen hij had gezien dat het er wel degelijk was, was hij gestopt omdat hij wilde dat Grace erbij zou zijn als hij de vonk aanblies en probeerde te laten opgloeien.

Hij hoefde haar niet aan te kijken om te weten hoe geroerd ze was. Maar wat ze niet wist, en wat hij haar misschien beter had kunnen vertellen in plaats van zo de bink uit te hangen, was dat het van nu af bepaald niet allemaal rozegeur en maneschijn zou zijn. Er moest nog van alles gebeuren. En daarbij zou het lijken alsof Pilgrim weer terugzakte in zijn waanzin. Maar dat kon wachten. Tom wilde daar nu niet over beginnen want dit was een mooi moment voor Grace, en dat wilde hij niet bederven.

Dus wenkte hij haar om naar hem toe te komen, wel wetend dat ze daarnaar verlangde. Hij keek hoe ze haar stok tegen het hek zette en constateerde dat ze maar een heel klein beetje mank liep. Toen ze vlak bij hem was, zei hij tegen haar dat ze stil moest blijven staan. Het was beter dat het paard naar haar toe kwam dan dat zij naar het paard toe ging. Met een klein rukje aan de halster zette hij het paard in beweging.

Hij zag dat Grace op haar lip beet en probeerde haar handen niet te laten trillen toen zij ze onder de neus van het paard naar voren stak. Aan beide kanten was er angst en het was ongetwijfeld een minder hartelijke begroeting dan Grace vroeger gewend was. Maar in de manier waarop Pilgrim aan haar handen snuffelde en vervolgens aan haar gezicht en haar, dacht Tom even iets gezien te hebben van hoe ze vroeger met elkaar omgegaan waren en hoe het misschien ooit weer zou worden.

'Annie, je spreekt met Lucy... Annie, ben je er, of niet?'
Annie liet de vraag onbeantwoord. Ze was bezig een belangrijke notitie te schrijven voor haar directe ondergeschikten. Het onderwerp was hoe zij zich dienden op te stellen tegenover de bemoeiingen van Crawford Gates. Het kwam er eigenlijk op neer dat ze tegen hem moesten zeggen dat hij de boom in kon. Ze had het antwoordapparaat aangezet om niet gestoord te worden, zodat ze de gelegenheid had deze boodschap op een iets minder grove manier op papier te krijgen.
'Shit. Je zal wel buiten bezig zijn koeien te castreren of wat je daar ook allemaal uitspookt. Luister, ik... Ach, bel míj even, wil je?'
'Stieren bedoel je zeker. Koeien kun je niet castreren.'
'O, moet je het weer beter weten. Dus je zat stiekem af te luisteren, hè?'

233

'Mee te luisteren, Lucy. Meeluisteren heet dat. Wat is er aan de hand?'
'Hij heeft me de zak gegeven.'
'Wat?'
'Die klootzak heeft me ontslagen.'
Annie had het al wekenlang zien aankomen. Lucy was de eerste die ze destijds had aangenomen, haar beste bondgenoot. Door haar te ontslaan, gaf Gates haar het duidelijkst denkbare signaal. Annie luisterde met een zwaar gevoel op haar borst naar hoe het in zijn werk was gegaan. Het voorwendsel was een stuk over vrouwelijke vrachtwagenchauffeurs geweest. Annie had de tekst gelezen en ofschoon er sprake was van een voorspelbare nadruk op de seksuele aspecten, had ze het toch een aardig artikel gevonden. Ook de foto's waren geweldig geweest. Grace had voorgesteld er als kop alleen boven te zetten 'MEISJES LANGS DE WEG', maar Crawford Gates had daar bezwaar tegen gemaakt en gezegd dat Lucy geobsedeerd was door het ranzige. Ze hadden elkaar voor het front van de hele redactie staan afbekken, waarbij Lucy hem ronduit had toegevoegd dat hij moest doen wat Annie nu in nettere bewoordingen op papier probeerde te zetten.
'Dit laat ik niet over mijn kant gaan!' zei Annie.
'Ach kind, het is een voldongen feit. Ik heb het gehad.'
'Nee, dat is niet waar. Dat kan hij niet doen.'
'Jawel hoor, Annie. Je weet dat hij het kan. En verdomme, ik heb er ook genoeg van, eigenlijk. Ik vind er geen bal meer aan.'
Er viel een korte stilte, waarin ze allebei nadachten over wat ze gezegd had. Annie zuchtte.
'Annie?'
'Ja?'
'Je moet nodig weer terugkomen, weet je dat? En snel ook.'

Grace was pas laat thuis en vertelde honderduit over wat er allemaal gebeurd was met Pilgrim. Ze hielp Annie met het avondeten en vertelde onder het eten hoe het was geweest om hem weer aan te raken, en hoe hij had getrild. Zij had hem niet mogen aaien, zoals Tom, en ze had zich een beetje teleurgesteld gevoeld dat hij haar maar zo kort in zijn nabijheid had geduld. Maar Tom had gezegd dat dat later wel goed zou komen, dat het een kwestie was van elke keer een stapje.
'Pilgrim wilde me niet aankijken. Dat was wel vreemd. Alsof hij zich ergens voor schaamde of zo.'
'Over wat er gebeurd is?'
'Nee. Ik weet het niet. Misschien omdat hij er zelf zo slecht aan toe is.'
Ze vertelde Annie hoe ze hem naderhand mee hadden genomen naar de

stal en hem daar een goede wasbeurt hadden gegeven. Hij had goedgevonden dat Tom zijn hoeven vasthield en het vastgekoekte vuil ertussenuit pulkte. Hij wilde niet dat ze zijn manen of staart kamden, maar ze waren er wel in geslaagd zijn vacht te borstelen, een groot deel ervan in ieder geval. Grace hield plotseling op en keek Annie bezorgd aan.

'Is het wel goed met je?'

'Ja hoor. Hoezo?'

'Ik weet niet. Je kijkt een beetje zorgelijk.'

'Alleen een beetje moe, denk ik. Meer niet.'

Toen ze bijna klaar waren met eten, belde Robert. Grace ging aan Annies bureau zitten en vertelde het hele verhaal nog eens, terwijl Annie de tafel afruimde.

Ze stond aan het aanrecht pannen te wassen en te luisteren hoe in de lamp een insekt als een waanzinnige tekeerging. Misschien zag hij daar in het fluorescerende licht wel de lijken van vriendjes liggen. Lucy's telefoontje had haar in een somber soort nadenkendheid gedompeld die niet helemaal was verdwenen door het verhaal van Grace.

Haar stemming was even iets verbeterd toen ze buiten het geknerp hoorde van de banden van de Chevrolet waarmee Grace thuisgebracht werd. Zij en Tom hadden elkaar niet gesproken sinds het feest, maar hij was nauwelijks uit haar gedachten geweest. Ze had snel even in het glazen deurtje van de magnetron gekeken hoe haar spiegelbeeld eruitzag omdat hij misschien wel binnen zou komen, hoopte ze. Maar hij had alleen maar gezwaaid en was doorgereden.

Lucy's telefoontje had haar – op een andere manier dan dat van Robert nu – weer teruggevoerd naar wat zij met een sombere berusting haar echte leven noemde, al was Annie er niet meer zo zeker van wat 'echt' was. Niets was in zekere zin immers echter dan het leven dat zij hier gevonden had. Maar wat was dan het verschil tussen die twee levens?

Het ene, dacht Annie, bestond uit verplichtingen, en het andere uit mogelijkheden. Vandaar misschien dat gevoel van realiteit dat ze ermee verbond. Verplichtingen waren namelijk tastbaar en stevig geworteld in een wederkerigheid met anderen. Mogelijkheden waren daarentegen hersenschimmen, vluchtig en waardeloos, gevaarlijk zelfs. En naarmate je ouder en wijzer werd, ging je dat steeds meer beseffen en sloot je je ervoor af. Zo was het beter. Natuurlijk was het zo beter.

Het insekt in de lamp probeerde een nieuwe tactiek om zich te bevrijden, hij nam lange rustpauzes en wierp zich dan met verdubbelde energie op het plastic omhulsel. Grace was bezig Robert te vertellen dat ze overmorgen mee ging helpen het vee naar de zomerweiden te drijven en dat ze dan allemaal buiten zouden slapen. Ja, zei ze, natuurlijk ging ze te paard, hoe anders?

'Pap, je hoeft je geen zorgen te maken, hoor. Gonzo is een heel lief paard.'
Annie was klaar in de keuken en deed het licht uit om het insekt even rust te gunnen. Langzaam liep ze de huiskamer in. Ze bleef achter de stoel staan waar Grace in zat en streek gedachteloos door het over de schouders van het meisje hangende haar.
'Nee, zij gaat niet mee,' zei Grace. 'Ze zegt dat ze het te druk heeft met haar werk. Ze staat hier achter me, wil je haar spreken? Oké... Ik ook van jou, pap.'
Ze maakte plaats voor Annie en ging naar boven om het bad aan te zetten. Robert zat nog in Genève. Hij zei dat hij waarschijnlijk volgende maandag terug zou vliegen naar New York. Hij had Annie twee dagen daarvoor al verteld wat Freddie Kane had gezegd en nu vertelde ze hem met matte stem dat Crawford Gates Lucy had ontslagen. Robert luisterde zwijgend en vroeg toen wat ze eraan dacht te gaan doen.
Annie zuchtte. 'Ik weet het niet. Wat vind jij dat ik zou moeten doen?'
Er viel een stilte. Annie voelde dat hij zorgvuldig overwoog wat hij zou gaan zeggen.
'Nou, ik denk dat je op de plek waar je nu zit maar weinig kunt uitrichten.'
'Bedoel je dat we terug zouden moeten komen?'
'Nee, dat heb ik niet gezegd.'
'Net nu alles zo goed gaat met Grace en met Pilgrim?'
'Nee, Annie. Dat heb ik niet gezegd.'
'Maar zo klonk het wel.'
Ze hoorde hem diep ademhalen en plotseling voelde ze zich schuldig dat ze zijn woorden zo verdraaid had terwijl ze niet eerlijk was over haar eigen motieven om langer te willen blijven.
Toen hij antwoordde, klonk zijn stem gereserveerd. 'Het spijt me als het zo is overgekomen. Ik vind het geweldig dat het zo goed gaat met Grace en met Pilgrim, en het is belangrijk dat jullie daar zo lang als dat nodig is blijven.'
'Belangrijker dan mijn baan, bedoel je?'
'Verdomme, Annie!'
'Het spijt me.'
Ze praatten nog wat over andere, minder controversiële onderwerpen en toen ze afscheid namen, waren ze weer goede maatjes, al zei hij niet dat hij van haar hield. Annie legde de telefoon neer en bleef even aan tafel zitten. Ze had hem niet zo willen aanvallen. Het was meer dat ze zichzelf wilde straffen voor haar eigen onvermogen – of onwil – om de wirwar van half-bewuste verlangens en ontkenningen die in haar leefden eens goed op een rijtje te zetten.
Grace had de radio in de badkamer aangezet. Er was een programma dat

door de omroeper steevast werd omschreven als een belangrijk retrospec-
tief van The Monkees. Ze hadden net *Daydream Believer* gedraaid en nu
weerklonk *Last Train to Clarksville*. Grace moest in slaap gevallen zijn, of
anders haar oren onder water houden.
En plotseling, zoals een zelfmoordenaar ineens alles helder voor zich ziet,
wist Annie wat ze zou gaan doen. Ze zou Crawford Gates meedelen dat als
hij Lucy Friedman niet weer in dienst nam, zij ontslag zou nemen. Ze zou
hem het ultimatum morgen per fax toesturen. En als de familie Booker het
goed vond, zou ze toch nog meegaan als ze het vee naar boven gingen brengen. En als ze terugkwam, waren er twee mogelijkheden: dan had ze of nog
wel een baan, of niet meer.

27

De kudde kwam om de bergkam heen naar hem toe gelopen. Het leek net
een omhoog stromende zwarte rivier. Hier bepaalde het landschap de richting die de kudde moest nemen. Er waren geen hekken of andere kunstma-
tige belemmeringen, zodat de koeien de natuurlijke, kronkelende route
omhoog volgden. Tom hield ervan hier vooruit te rijden en hoog op de
berg te gaan kijken hoe ze naar boven kwamen.
De andere ruiters, op strategische posities om de kudde heen, kwamen nu
ook naderbij. Joe en Grace reden aan de rechterkant, Frank en de tweeling
links, en Diane en Annie, die nu net zichtbaar werden, reden achteraan.
Achter hen zag hij de zee van wilde bloemen die het plateau bedekte waar
zij net overheen waren getrokken, waarin een spoor van groen te zien was
en waar heel in de verte het meertje lag waar ze onder de middagzon het
vee hadden laten drinken.
Vanaf het punt waar Tom met zijn paard stond, was nu slechts een vage
spiegeling van het meertje zichtbaar, terwijl de vallei daarachter, waarin
de weiden en de dennenbossen en beken rondom de ranch lagen, helemaal
niet meer te zien was. Het leek alsof het plateau naadloos aansloot op de
uitgestrekte vlakten en de oostelijke rand van de hemel.
De kalveren zagen er goed verzorgd en sterk uit en hadden een mooie,
glanzende vacht. Tom moest glimlachen toen hij terugdacht aan de zielig
uitziende beesten die ze het eerste voorjaar naar boven hadden gedreven,
toen zijn vader hen een jaar of dertig geleden hiernaar toe had gebracht.
Sommige waren zo mager geweest dat je hun ribben kon tellen.

Daniel Booker had als veeboer wel een paar strenge winters meegemaakt op de Clark's Fork, hun vorige ranch, maar die waren nog zacht geweest in vergelijking met de winters hier. In die eerste winter was hij praktisch de helft van zijn kalveren kwijtgeraakt, en de kou en de zorgen hadden de rimpels nog verdiept die hij al had door de gedwongen verkoop van zijn huis en land. Maar op de bergkam waar Tom nu stond, had zijn vader geglimlacht toen hij om zich heen keek en had hij voor het eerst gedacht dat zijn gezin op deze plek zou kunnen overleven en het misschien zelfs goed zou kunnen hebben.

Tom had Annie hierover verteld terwijl ze het plateau overstaken. 's Ochtends en ook toen ze gestopt waren om te eten, was er zo veel te doen geweest dat ze niet met elkaar hadden kunnen praten, maar toen het vee en de ruiters vertrouwd waren met de situatie en met elkaar, hadden ze er wel de tijd voor gevonden. Hij was naast haar komen rijden. Zij had hem de namen van allerlei bloemen en planten gevraagd en hij had haar de blauwe leeuwebekjes, het vijfvingerkruid, de balsemien en de hanekam gewezen. Annie had hem met haar ernstige blik aangehoord en alles opgeslagen in haar geheugen, alsof het ooit gevraagd zou kunnen worden.

Het was een van de warmste lentes die Tom zich kon herinneren. Het gras was lang en gaf een schurend geluid tegen de benen van de paarden. Tom had op de bergkam vóór hen gewezen en verteld hoe hij daar die dag, lang geleden, met zijn vader naartoe was gereden om te kijken of ze op de goede weg zaten om bij de hoge weidegronden te komen.

Vandaag reed Tom op een van zijn jonge merries, een mooie roodbruine vos. Annie reed op Rimrock. De hele dag al vond hij dat ze er zo goed uitzag op dat paard. Zij en Grace droegen de laarzen en hoeden die ze gisteren samen waren gaan kopen, nadat Annie gezegd had dat ze meeging. In de winkel hadden moeder en dochter samen voor de spiegel staan giechelen. Annie had gevraagd of ze ook revolvers moesten dragen en hij had geantwoord dat het ervan afhing op wie ze wilde gaan schieten. Zij had gezegd dat haar baas in New York de enige was die daarvoor in aanmerking kwam, dus dat ze dan misschien meer aan een kruisraket had.

Op hun gemak waren ze het plateau overgestoken. Maar toen de koeien de voet van de berg bereikten, leken ze aan te voelen dat het van daaruit één lange klim zou zijn en versnelden ze hun pas en loeiden naar elkaar alsof ze een soort collectieve energie wilden opbouwen. Tom had Annie gevraagd samen met hem vast vooruit te gaan, maar ze had alleen geglimlacht en gezegd dat ze beter even kon wachten om te kijken of Diane nog hulp nodig had. Toen was hij maar alleen naar boven gereden.

Nu was de kudde al bijna op die hoogte aangekomen. Hij keerde zijn paard en reed de bergkam over. Een klein groepje herten sprong haastig weg en bleef op een afstand nieuwsgierig staan kijken. De hinden waren hoogzwanger en stonden hem met spitse oren te bekijken totdat de aanvoerder van de kudde hen weer verder leidde. Achter hun op en neer springende koppen zag Tom de eerste smalle, door dennebomen omzoomde pas die naar de hoge weiden leidde, met daar hoog bovenuit torenend de met sneeuw bedekte bergpieken.

Hij had Annie graag naast zich gehad om haar gezicht te kunnen zien bij dit uitzicht en hij had zich verward gevoeld toen zij omgedraaid was en terugreed naar Diane. Misschien had zij in zijn voorstel een intimiteit geproefd die hij niet bedoeld had, of misschien wel bedoeld had maar niet had willen overbrengen.

Toen ze bij de pas aankwamen, lag die al in de schaduw van de bergen. En terwijl ze langzaam verder reden tussen de steeds donkerder wordende bossen zagen ze, als ze achterom keken, dat deze schaduw zich achter hen als een olievlek in oostelijke richting uitbreidde. Alleen de vlakten in de verte werden nog door de zon beschenen. Boven de bomen rezen aan weerszijden grijze rotsmuren omhoog, die het geroep van de kinderen en het loeien van het vee weerkaatsten.

Frank gooide nog een blok hout op het vuur, waardoor een vonkenregen de nachtlucht in schoot. Het hout was afkomstig van een omgevallen boom die ze gevonden hadden en het was zo uitgedroogd dat het leek te dorsten naar de vlammende tongen die er bezit van namen en in de windstille lucht likten.

Annie keek naar de gezichten van de kinderen, die werden beschenen door het flakkerende licht van het vuur, en ze zag dat hun ogen en hun tanden glinsterden als ze lachten. Ze gaven elkaar raadseltjes op. Op het moment probeerden ze koortsachtig er eentje van Robert op te lossen die door Grace opgegeven was. Grace had haar nieuwe hoed op een zwierige manier opgezet en in haar haar waren allerlei kleuren rood en amber en goud te zien in het licht van het vuur. Nooit had haar dochter er mooier uitgezien, vond Annie.

Ze waren klaar met eten, een eenvoudig op het vuur bereid maal van bonen, karbonades en spek met aardappelen in de schil. Het had heerlijk gesmaakt. Nu was Frank bezig met het vuur terwijl Tom bij de beek aan de andere kant van de wei water aan het halen was voor koffie. Diane deed inmiddels ook mee aan het raadselspelletje. Iedereen dacht dat Annie het antwoord wel zou weten, maar ze was het vergeten. Ze vond het echter niet erg om er buiten te blijven en met haar rug tegen het zadel geleund gewoon maar toe te kijken.

Ze waren hier net voor negen uur aangekomen, toen ook het laatste zonlicht op de vlakten in de verte aan het verdwijnen was. De laatste pas was behoorlijk steil geweest. De bergen naast hen leken wel de muren van een kathedraal. Ten slotte waren ze achter de koeien aan een oeroude doorgang in de rotsen gepasseerd, waarna ze de weidegronden voor hen open hadden zien liggen.

Het gras was dik en donker in het avondlicht en omdat de lente hier pas later gekomen was, waren er minder bloemen – dat veronderstelde Annie tenminste. Boven hen was nog slechts de hoogste piek zichtbaar, met een deel van de westelijke helling waarop een strook sneeuw met een goudachtige roze kleur opgloeide in de voor hen al lang ondergegane zon.

De wei was omgeven door bos, met aan een kant, waar het iets omhoog liep, een kleine blokhut met een eenvoudig hok voor de paarden. De beek liep aan de andere kant tussen de bomen door. Daar hadden ze meteen na aankomst de paarden gedrenkt, naast de elkaar verdringende koeien. Tom had Annie en Grace thuis al gewaarschuwd dat het daarboven 's nachts best zou kunnen vriezen en dat ze dus warme kleding mee moesten nemen. Maar het was zacht gebleven.

'Gaat het een beetje, Annie?' Frank had hout op het vuur gelegd en ging naast Annie zitten. Ze zag Tom uit het donker opdoemen. Achter hem was zo nu en dan geloei van de inmiddels niet meer zichtbare koeien te horen. 'Ja hoor, Frank, afgezien van een pijnlijk achterwerk gaat het prima.'

Hij lachte. Maar het was niet alleen haar achterwerk waar ze last van had. Ook haar dijen deden zo'n zeer dat ze iedere keer als ze bewoog haar gezicht van pijn vertrok. Grace had de laatste tijd minder paardgereden dan zij, maar toen Annie er eerder op de dag naar geïnformeerd had, had ze gezegd dat ze nergens last van had en dat haar been helemaal geen pijn deed. Annie had haar niet geloofd, maar was er niet verder op ingegaan.

'Herinner jij je nog die mensen uit Zwitserland, verleden jaar, Tom?'

Tom was bezig water in de koffiepot te gieten. Hij lachte en zei dat hij zich hen inderdaad herinnerde, zette de pot op het vuur en ging toen naast Diane zitten luisteren.

Frank vertelde dat hij en Tom vorig jaar een keer door de Pryorbergen reden en op een gegeven moment niet verder konden omdat de weg geblokkeerd was door een kudde vee. Daar achteraan kwamen de cowboys, allen tot in de puntjes verzorgd en gekleed in fraaie nieuwe spullen.

'Een van hen had met de hand gemaakte nieuwe beenkappen aan die hem zeker duizend dollar gekost moesten hebben. Maar het rare was, ze zaten niet op hun paarden. Ze liepen allemaal en voerden hun paarden aan de teugels achter zich aan. En ze keken heel ongelukkig. Maar hoe dan ook, Tom en ik draaiden een raampje omlaag en vroegen of alles in orde was, maar ze verstonden geen woord van wat we zeiden.'

Annie keek langs het vuur naar Tom. Hij zat naar zijn broer te kijken en glimlachte op zijn eigen, ontspannen manier. Hij leek haar starende blik gevoeld te hebben, want hij richtte zijn ogen op haar. Er was geen verbazing in zijn blik, alleen een rust, zo alwetend dat haar hart oversloeg. Ze keek hem aan zo lang als ze durfde, glimlachte, en keek toen weer naar Frank.

'Maar wij verstonden ook geen woord van wat zij zeiden, dus hebben we ze maar gegroet en gewoon door laten lopen. Toen kwamen we een eindje verder een oude man tegen die zat te suffen achter het stuur van een gloednieuwe Winnebago kampeerbus, een pracht van een ding met alles erop en eraan. Toen hij zijn hoed afnam, herkende ik de man. Het was Lonnie Harper, een man met veel land daar in de buurt, maar die er toch niet in slaagde zijn hoofd boven water te houden. Om kort te gaan, wij groetten hem en vroegen of die kudde die we net gezien hadden van hem was. Hij beaamde dat en zei dat die cowboys uit Zwitserland kwamen en hier op vakantie waren. Hij vertelde dat hij een vakantieboerderij had laten neerzetten en dat die gasten hem duizend dollar betaalden om dingen te mogen doen waarvoor hij vroeger mensen in loondienst had. Toen wij vroegen waarom ze te voet waren, zei hij dat dat nog het mooiste van alles was, dat ze na één dag zo'n zadelpijn hadden dat zelfs de paarden er niet van sleten.'

'Wat een ellende,' zei Diane.

'Ja. Die arme Zwitsers moesten op de grond slapen en hun eigen eenvoudige maaltje koken op een kampvuur, terwijl hij in zijn kampeerbus sliep, televisie keek en als een vorst dineerde.'

Toen het water kookte, zette Tom koffie. De tweeling wist geen raadsels meer te bedenken en Craig vroeg aan Frank of hij Grace zijn truc met de lucifers wilde laten zien.

'O jee,' zei Diane, 'nou zullen we het krijgen, hoor.'

Frank pakte twee lucifers uit het doosje in zijn vestzakje en legde er een op de palm van zijn rechterhand. Toen boog hij zich met een ernstig gezicht naar voren en wreef de kop van de andere lucifer door het haar van Grace. Ze lachte een beetje onzeker.

'Je hebt toch wel natuurkunde gehad op school, hè Grace?'

'Ja.'

'Nou, dan heb je vast wel gehoord van statische elektriciteit. En daar gaat het hier in wezen om. Ik ben je eigenlijk aan het opladen, zeg maar.'

'Ja, ja,' begon Scott sarcastisch. Joe legde hem meteen het zwijgen op. Terwijl hij de statisch geladen lucifer tussen duim en wijsvinger van zijn linkerhand hield, bewoog hij hem langzaam naar zijn rechterhand toe zodat de koppen van de lucifers naar elkaar gericht waren. Zodra ze elkaar raakten, klonk er een knal en sprong de lucifer van zijn rechterhand af. Grace gaf een gilletje van schrik en iedereen lachte.

Ze vroeg of hij het nog eens wilde doen, en daarna nog eens, en toen probeerde ze het zelf, maar toen lukte het natuurlijk niet. Frank schudde theatraal zijn hoofd en zei dat hij er niets van begreep. De kinderen hadden dolle pret. Diane, die de truc honderden keren gezien moest hebben, keek Annie met een wat vermoeide glimlach aan.

De twee vrouwen konden het goed met elkaar vinden, beter dan Annie verwacht had, al had ze de vorige dag wel gemerkt hoe Diane koeltjes had gereageerd op haar op het laatste moment genomen beslissing om mee te gaan. Terwijl ze vandaag naast elkaar reden, hadden ze op hun gemak over allerlei dingen gepraat. Maar toch, onder Dianes vriendelijkheid voelde Annie iets dat minder sterk was dan afkeer, maar toch ook meer dan wantrouwen. En vooral merkte ze hoe Diane haar in de gaten hield als ze bij Tom in de buurt was. Daarom had Annie ook Toms uitnodiging van die middag afgeslagen om samen met hem de bergkam op te rijden, terwijl ze dat heel graag gewild had.

'Wat denk je, Tom?' zei Frank. 'Zou een beetje water helpen?'

'Ja, ik denk van wel, broertje.' Als een plichtsgetrouwe samenzweerder gaf hij Frank de emmer door die hij in de beek gevuld had. Frank zei tegen Grace dat ze haar mouwen op moest stropen en beide armen tot aan de ellebogen in het water onder moest dompelen. Grace giechelde zo dat ze de halve emmer over zich heen goot.

'Dat helpt om de elektriciteit op te wekken, weet je.'

Tien minuten later was ze bijna geheel doorweekt, maar was het nog steeds niet gelukt en toen gaf Grace het maar op. Ondertussen hadden zowel Tom als Joe met succes geprobeerd de lucifer weg te laten springen. Annie had het ook geprobeerd, maar haar was het evenmin gelukt. Ook de tweeling wilde het niet lukken. Diane vertrouwde Annie toe dat de eerste keer dat Frank het bij haar gedaan had, hij haar zover gekregen had dat ze met al haar kleren aan in een bak met veevoer was gaan zitten.

Toen vroeg Scott aan Tom om zijn truc met het touw te doen.

'Maar dat is geen truc,' zei Joe.

'Jawel hoor.'

'Niet waar, hè Tom?'

Tom glimlachte. 'Nou, het hangt er een beetje van af wat je onder truc verstaat.' Hij haalde iets uit zijn broekzak. Het was een gewoon stuk touw van iets meer dan een halve meter lengte. Hij bond de uiteinden aan elkaar. 'Oké,' zei hij. 'Hierbij heb ik de hulp van Annie nodig.' Hij stond op en liep naar haar toe.

'Niet als het pijn doet of als ik eraan doodga, hoor!' zei Annie.

'Je voelt er niets van.'

Hij knielde naast haar neer en vroeg haar de wijsvinger van haar rechterhand op te steken. Dat deed ze, en hij legde het touw eromheen en vroeg haar er goed op te blijven letten. Terwijl hij het touw strak hield met zijn linkerhand trok hij met de middelvinger van zijn rechterhand het ene uiteinde over het andere heen. Vervolgens draaide hij zijn rechterhand om zodat die aan de onderkant van het touw zat en daarna weer terug eroverheen en zette hij zijn wijsvinger op het topje van die van Annie.

Het leek nu alsof het touw om hun vingertoppen heen zat en dat het alleen weggehaald kon worden door de vingers van elkaar af te halen. Tom wachtte. Zij keek hem aan. Hij glimlachte. De nabijheid van zijn heldere blauwe ogen was haast te veel voor haar. 'Kijk,' zei hij zacht. Ze keek omlaag naar hun vingers die elkaar raakten. Langzaam pakte hij het touw en trok het zonder problemen weg. De knoop zat er nog in en hun vingertoppen waren niet van elkaar geweest.

Hij liet het haar nog een paar keer zien, waarna Annie het zelf probeerde. Na haar probeerde Grace het en daarna de tweeling, maar het lukte ze geen van allen. Joe was de enige die het ook kon, al zag Annie aan de grijns van Frank dat hij ook wist hoe het moest. Of Diane het wist was moeilijk vast te stellen, want zij nam alleen af en toe een slokje koffie en beperkte zich er verder toe het gebeuren met een geamuseerde afstandelijkheid te bekijken.

Toen iedereen het opgegeven had, stond Tom op en draaide het touw om zijn vinger tot een keurig balletje en gaf het vervolgens aan Annie.

'Is dat een cadeautje?' vroeg ze, terwijl ze het aannam.

'Nee,' zei hij. 'Je mag het houden tot je de slag te pakken hebt.'

Ze werd wakker en had even geen idee wat het was dat ze voor zich zag. Toen herinnerde ze zich weer waar ze zich bevond en besefte ze dat ze naar de maan zat te staren. Het leek alsof hij zo dichtbij was dat ze hem aan kon raken en haar vingers in de kraters zou kunnen stoppen. Ze draaide haar hoofd om en zag het slapende hoofd van Grace naast zich. Frank had aangeboden dat ze in de blokhut konden slapen, die ze eigenlijk alleen gebruikten als het regende. Annie had er wel oren naar gehad, maar Grace wilde per se buiten bij de anderen slapen. Annie zag de slaapzakken rondom de zwakker wordende gloed van het vuur.

Ze had dorst en was zo klaarwakker dat het geen zin had om te proberen weer te gaan slapen, dus ging ze overeind zitten en keek om zich heen. Ze zag de emmer met water niet en bedacht dat ze de anderen zeker wakker zou maken als ze ernaar op zoek ging. Aan de andere kant van de wei wierpen de zwarte schaduwen van de koeien nog donkerder schaduwen op het bleke, door de maan verlichte gras. Ze gleed voorzichtig de slaapzak uit en voelde weer hoe ze met het paardrijden een aanslag had gepleegd op haar beenspieren. Ze waren met hun kleren aan gaan slapen en hadden alleen hun laarzen en sokken uitgetrokken. Annie droeg een spijkerbroek en een wit T-shirt. Ze stond op en liep op blote voeten naar de beek.

Het bedauwde gras voelde koel en opwindend aan. Ze lette wel goed op waar ze haar voeten neerzette, voor het geval er iets minder romantisch zou liggen. Ergens hoog in de bomen zat een uil te roepen. Ze vroeg zich af of het de maan was die haar gewekt had of dat het uit gewoonte was. De koeien hieven hun hoofden op toen ze langsliep. Ze fluisterde ze een groet toe, maar vond zichzelf toen toch een beetje raar.

Het gras bij de oever van de beek was vertrapt door de hoeven van het vee. Het water stroomde traag en geluidloos voorbij. Er was geen andere weerkaatsing te zien dan die van het zwart van het bos erachter. Annie liep stroomopwaarts en kwam bij een plek waar de beek rustig om een geïsoleerd op een klein eilandje staande boom heen stroomde. Met twee lange passen stapte ze naar de overkant en van daar liep ze weer stroomafwaarts naar een spits toelopend deel van de oever waar ze kon neerknielen om te drinken.

Van hieruit gezien weerkaatste het water alleen de hemel. En de maan zag er in het water zo prachtig uit dat ze aarzelde om het beeld te verstoren. Toen ze dat uiteindelijk wel deed, stokte haar adem in haar keel. Het water was kouder dan ijs, alsof het rechtstreeks uit het bevroren hart van de berg afkomstig was. Annie schepte het op met haar spookachtig bleke handen en goot het over haar gezicht. Daarna schepte ze water op om te drinken. Het eerste wat ze van hem zag was zijn spiegelbeeld in het water, toen hij tussen de maan en het water in kwam staan. Ze had zo gebiologeerd naar de weerkaatsing van de maan zitten kijken dat ze alle gevoel voor tijd kwijt was. Maar ze schrok niet. Zelfs al voordat ze opkeek, wist ze dat hij het was.

'Is het wel goed met je?' vroeg hij.

De oever aan de overkant, waar hij stond, was hoger, dus moest ze tegen het licht van de maan in kijken om hem te kunnen zien. Ze zag de bezorgdheid op zijn gezicht en ze glimlachte.

'Ja, prima.'

'Ik was wakker geworden en toen zag ik dat je weg was.'

'Ik had dorst.'

'Komt door het spek bij het eten.'

'Ja, dat zal wel.'

'Smaakt het water net zo goed als dat glas regen laatst?'

'Het scheelt niet veel. Proef maar.'

Hij keek naar het water en zag dat hij er makkelijker bij kon op de plek waar zij zat.

'Vind je het goed als ik naar je toe kom, of stoor ik je?'
Annie lachte. 'O nee hoor, helemaal niet. Kom maar.'
Hij liep naar het eilandje met de boom en stak over. Annie wist dat dit meer dan alleen een oversteek over het water was geweest. Hij glimlachte toen hij naderbij kwam en toen hij bij haar was, knielde hij naast haar neer en schepte hij ook met zijn handen wat water op om te drinken. De druppels die door zijn vingers naar beneden vielen parelden in het maanlicht.
Annie had het gevoel – en zo dacht ze er naderhand ook altijd over – dat er bij wat daarna gebeurde geen keuzemogelijkheden aanwezig waren. Sommige dingen waren onafwendbaar en gebeurden gewoon. Ze trilde toen het gebeurde, zoals ze naderhand ook bij de gedachte eraan onrustig werd, al was dat nooit met een gevoel van spijt.
Toen hij klaar was met drinken, draaide hij zich naar haar toe. Hij leek op het punt te staan het water uit zijn gezicht te vegen, maar zij stak haar hand uit en was hem voor. Ze voelde het koude water op de rug van haar hand en zou de kilte misschien als een ontmoediging hebben opgevat als ze niet erdoorheen de uitnodigende warmte gevoeld had van zijn gezicht zelf. Met deze aanraking scheen de wereld plotseling tot stilstand te komen.
Zijn ogen weerkaatsten alleen het alles omvattende bleke maanlicht. Ontdaan van kleur leken ze nu een onbegrensde diepte te hebben waarin zij met verwondering, maar zonder enige terughoudendheid afdaalde. Hij hief voorzichtig zijn hand op naar de hare, die ze nog tegen zijn wang hield. Hij nam hem in de zijne, draaide hem om en drukte de palm van haar hand tegen zijn lippen, alsof hij zo een lang verwacht welkom bezegelde.
Annie keek naar hem en haalde diep en wat schokkerig adem. Toen stak ze ook haar andere hand uit, legde die op zijn andere wang en streek langs zijn ruwe, ongeschoren huid tot aan zijn zachte haar. Ze voelde hoe zijn hand de onderkant van haar arm zachtjes raakte en hoe hij over haar gezicht streek zoals zij over het zijne. Toen hij haar aanraakte, sloot ze haar ogen en liet hem begaan toen zijn vingers teder hun weg zochten van haar slapen tot aan haar mondhoeken. Toen zijn vingers haar lippen aanraakten, opende zij ze en liet ze hem heel zachtjes de omtrekken van haar mond aftasten.
Ze durfde eerst haar ogen niet te openen uit angst dat ze in de zijne misschien terughoudendheid of twijfel zou zien, of misschien zelfs medelijden. Maar toen ze keek, zag ze slechts rust en zekerheid en een behoefte die even duidelijk was als de hare. Hij pakte haar ellebogen vast, schoof haar armen de mouwen van zijn T-shirt in en bleef haar bovenarmen vasthouden. Annie voelde hoe haar huid tintelde. Ze woelde met haar beide handen door zijn haar en trok zachtjes zijn hoofd naar haar toe. Hij op zijn beurt trok haar naar zich toe.

Vlak voordat hun monden elkaar raakten, voelde Annie de neiging om zich te verontschuldigen, om hem te vragen het haar alsjeblieft te vergeven, dat dit niet haar bedoeling was geweest. Hij moest in haar ogen gezien hebben dat deze gedachte zich aan haar opdrong, want voordat ze hem had kunnen uitspreken, suste hij haar al met een minieme beweging van zijn lippen.

Toen ze elkaar kusten, had Annie een gevoel van thuiskomen. Ze had het idee dat ze altijd al had geweten hoe hij smaakte en aanvoelde. En hoewel ze zowat begon te bibberen toen hij haar aanraakte, kon ze niet precies zeggen waar haar eigen huid ophield en de zijne begon.

Hoe lang ze elkaar gekust hadden, kon Tom alleen afleiden uit de veranderde hoek van zijn schaduw op haar gezicht toen ze ermee ophielden en een beetje afstand namen om elkaar beter te kunnen bekijken. Ze glimlachte een beetje bedroefd naar hem en keek toen naar de maan. Hij proefde nog steeds de zoete vochtigheid van haar glinsterende mond en voelde de warmte van haar adem op zijn gezicht. Hij streek met zijn handen langs haar blote armen en voelde hoe zij huiverde.

'Heb je het koud?'

'Nee.'

'Ik heb hierboven nog nooit zo'n warme juninacht meegemaakt.'

Ze keek naar beneden, pakte een van zijn handen in de hare, legde die in haar schoot met de handpalm naar boven en streek met haar vingers langs de groeven erin.

'Jouw huid is zo hard.'

'Ja, wel een zielig handje, hè?'

'Nee hoor, helemaal niet. Voel je dat ik hem aanraak?'

'Ja, zeker wel.'

Ze keek niet op. Onder de donkere schaduw van haar haren zag hij een traan over haar wang lopen.

'Annie?'

Ze schudde haar hoofd en bleef haar blik afgewend houden. Hij pakte haar handen.

'Annie, het is goed. Echt, het is goed.'

'Ja, dat weet ik. Het is alleen... nou ja, het is zó goed dat ik niet weet hoe ik ermee moet omgaan.'

'We zijn gewoon twee mensen, meer niet.'

Ze knikte. 'Twee mensen die elkaar te laat hebben ontmoet.'

Ze keek hem ten slotte aan en glimlachte en veegde haar ogen droog. Tom keek ook haar glimlachend aan, maar antwoordde niet. Misschien was het wel waar wat ze zei, maar hij wilde het niet bevestigen. In plaats daarvan vertelde hij wat zijn broer had gezegd op die avond die zo veel op deze leek, al die jaren geleden. Dat Frank had gewenst dat het nu eeuwig zou duren, waarop hun vader gezegd had dat de eeuwigheid niet meer was dan een aaneenrijging van momenten en dat een mens het beste maar elk moment in alle volheid kon beleven.

Haar ogen lieten hem niet los terwijl hij sprak, en toen hij klaar was, bleef ze zwijgen zodat hij plotseling bezorgd was dat ze zijn woorden misschien verkeerd begrepen had en er een egoïstische bedoeling in had gehoord. Achter hem begon de uil in het bos weer te roepen, maar nu kreeg hij antwoord van een andere uil, vanuit de verte, aan de andere kant van de wei. Annie boog zich voorover en vond zijn mond opnieuw. Nu voelde hij bij haar een behoefte die er daarnet niet geweest was. Hij proefde het zout van haar tranen in de hoeken van haar lippen, die plekjes die hij al zo lang graag had willen aanraken en waarvan hij niet had durven dromen dat hij die ooit zou kussen. En toen hij haar tegen zich aan hield en zijn handen langs haar lichaam op en neer bewoog en haar borsten tegen zich aan voelde drukken, had hij zelf niet het idee dat het verkeerd was wat ze deden, maar was zijn enige zorg dat zij dat wèl zou denken. Maar hoe dan ook: als dit verkeerd was, wat was er dan nog goed in het leven?

Ten slotte maakte ze zich los en ze leunde achterover. Ze hijgde, alsof ze afgeschrikt werd door haar eigen honger en door dat waar die honger ongetwijfeld toe zou leiden.

'Ik kan maar beter teruggaan,' zei ze.

'Ja, je hebt gelijk.'

Ze kuste hem nog een keer zachtjes en legde toen haar hoofd op zijn schouder, zodat hij haar gezicht niet kon zien. Hij bewoog zijn lippen op en neer in haar hals en ademde haar warme geur in, alsof hij die ergens wilde opslaan, misschien wel voor altijd.

'Dank je wel,' fluisterde ze.

'Waarvoor?'

'Voor wat je allemaal voor ons gedaan hebt.'

'Ik heb niets gedaan.'

'Och Tom, je weet best wat je gedaan hebt.'

Ze maakte zich uit zijn omarming los en bleef voor hem staan met haar armen losjes op zijn schouders. Ze keek naar beneden, glimlachte naar hem en streek door zijn haren. Hij pakte haar hand en kuste die. Toen ging ze bij hem weg, liep naar het eilandje met de boom en stak de beek over. Maar één enkele keer keek ze naar hem om. Aangezien de maan achter haar stond, kon hij slechts raden hoe haar gezicht eruitzag. Hij keek hoe haar witte hemd de wei overstak en hoe haar schaduw voetsporen achterliet in het grijs van de dauw, terwijl de koeien zwart en geluidloos om haar heen bewogen, als schepen in de nacht.

Toen ze terugkwam was het vuur inmiddels helemaal uitgegaan. Diane bewoog zich even, maar Annie dacht dat ze dat in haar slaap deed. Ze gleed met haar natte voeten stilletjes weer terug in haar slaapzak. De uilen hielden al gauw op met roepen en toen was het enige nog hoorbare geluid het zachte snurken van Frank. Later, toen de maan verdwenen was, hoorde ze Tom terugkomen, maar ze durfde niet te kijken. Ze bleef lang liggen kijken naar de sterren die nu beter zichtbaar waren en probeerde zich voor te stellen wat hij over haar zou denken. Dit was ongeveer het tijdstip dat Annie altijd hevig aan alles twijfelde en ze zat er eigenlijk al op te wachten dat ze schaamte zou voelen om wat ze net gedaan had. Maar dat gevoel kreeg ze niet.

's Ochtends, toen ze uiteindelijk de moed bij elkaar geraapt had om hem aan te kijken, merkte ze niets dat zou kunnen verraden wat er tussen hen gebeurd was. Geen tersluikse blikken, geen bijbedoelingen in zijn woorden die alleen voor haar oren bestemd waren. Eigenlijk deed hij, net als de anderen, precies als gisteren, waardoor Annie zich haast teleurgesteld voelde, omdat zij zich wel radicaal anders voelde.

Terwijl ze ontbeten keek ze over de wei naar waar ze samen hadden gezeten, maar in het daglicht zag alles er anders uit en kon ze de plek niet meer terugvinden. Zelfs de voetafdrukken die ze achtergelaten hadden, waren nauwelijks meer zichtbaar door de sporen van de koeien en bovendien zouden ze spoedig voor altijd verdwijnen in de ochtendzon.

Toen ze gegeten hadden, gingen Tom en Frank kijken hoe de weiden verderop eruitzagen terwijl de kinderen bij de beek gingen spelen en Annie en Diane de afwas deden en alle spullen weer inpakten. Diane vertelde haar over de verrassing die zij en Frank voor de kinderen in petto hadden. Volgende week zouden ze met zijn allen naar Los Angeles vliegen.

'Je weet wel, dan gaan we Disneyland bekijken en de filmstudio's en al dat soort dingen.'

'O, wat leuk! En zij weten van niets?'

'Nee. Frank heeft geprobeerd Tom ertoe te bewegen om ook mee te gaan, maar hij heeft beloofd om naar Sheridan te gaan om daar het paard van een of andere oude man te behandelen.'

Ze vertelde dat dit ongeveer de enige periode in het jaar was dat ze het zich konden veroorloven eruit te gaan. Smoky zou een oogje in het zeil houden op de ranch. Verder zou er niemand zijn.

Het nieuws sloeg bij Annie in als een bom, niet alleen omdat Tom er niets over gezegd had – misschien dacht hij dan klaar te zijn met Pilgrim – maar schokkender nog vond ze de onuitgesproken boodschap in de mededeling van Diane, namelijk dat ze het kennelijk tijd vond dat zij met Pilgrim en Grace vertrok. Annie besefte hoe zij nu al een hele tijd opzettelijk de kwestie ontweken had en iedere dag blij was geweest als die niet ter sprake gekomen was, steeds maar hopend dat de tijd in haar voordeel zou werken zodat ze deze dans zou ontspringen.

Om een uur of tien waren ze al afgedaald tot onder de laagstgelegen pas. De hemel was bewolkt geworden. Zonder koeien vorderden ze sneller, al was de afdaling op de steilere stukken moeilijker dan de beklimming en vergde die veel meer van Annies pijnlijke spieren. Er was niets meer over van de opwinding van de vorige dag en zelfs de tweeling moest zich zo concentreren dat ze er stil van werden. Onder het rijden dacht Annie lang na over wat Diane haar had verteld en nog langer over wat Tom de vorige avond had gezegd. Dat zij niet meer waren dan twee mensen en dat nu alleen nu nu was.

Toen ze over de kam reden waar Tom samen met haar naartoe had gewild, wees Joe naar het zuiden en riep hij dat ze moesten kijken. Heel ver weg waren paarden te zien. Tom zei tegen Annie dat het de mustangs waren die vrijgelaten waren door die hippe tante die ze Cornflakes Connie noemden. Dat was zowat het enige dat hij die dag tegen haar zei.

Het was al avond en het was inmiddels begonnen te regenen toen ze bij de ranch aankwamen. Ze waren allemaal te moe om nog iets te zeggen toen ze de zadels van de paarden haalden.

Annie en Grace wensten de Bookers welterusten en stapten in de Ford Lariat. Tom zei dat hij even ging kijken of met Pilgrim alles in orde was. Hij wenste Annie op precies dezelfde manier welterusten als Grace.

Onderweg naar het huis bij de beek zei Grace dat de rand van haar prothese haar pijn deed. Ze besloten dat ze Terri Carlson de volgende dag zouden vragen er even naar te kijken. Terwijl Grace naar boven ging om als eerste in bad te gaan, keek Annie wat er voor boodschappen binnengekomen waren.

Het bandje van het antwoordapparaat was vol, de fax had een hele nieuwe rol papier over de vloer uitgespuwd en ook E-mailberichten waren er in overvloed. In de meeste berichten werd in verschillende mate uiting gegeven aan gevoelens van geschoktheid, woede en medelijden. Twee ervan hadden een ander karakter en dit waren de enige twee die Annie de moeite van het lezen waard vond. Het ene bericht las ze met opluchting, het andere met zodanig gemengde gevoelens dat daar nog geen naam voor bestond.

Het eerste was afkomstig van Crawford Gates; hij meldde dat hij met de grootst mogelijke spijt haar ontslag accepteerde. Het tweede was van Robert, die liet weten dat hij het vliegtuig naar Montana zou nemen om het komende weekend bij hen te zijn. Hij schreef dat hij erg veel van hen beiden hield.

Deel 4

28

Tom Booker keek hoe de Ford Lariat achter de heuvel verdween en vroeg zich af, zoals hij zo vaak had gedaan, wat voor soort man het was die Annie en Grace nu gingen ophalen. Wat hij van hem wist, had hij voor het merendeel van Grace gehoord. Annie had, alsof ze dat stilzwijgend hadden afgesproken, slechts zelden over haar echtgenoot gepraat, en de enkele keren dat ze dat wel had gedaan, was het over onpersoonlijke dingen gegaan, meer over zijn werk dan over zijn karakter.

Ondanks de vele positieve dingen die Grace hem verteld had (of misschien juist wel daardoor) en ondanks de moeite die hij zelf gedaan had om zich het tegendeel voor ogen te houden, kon Tom zich niet geheel losmaken van een vooropgezette antipathie die eigenlijk – vond hij – niet bij hem paste. Hij had wel geprobeerd er rationeel over na te denken, in de hoop een wat aanvaardbaarder reden ervoor te vinden. De man was tenslotte advocaat. En hoeveel van de advocaten die hij ontmoet had, had hij nu echt sympathiek gevonden? Maar daar lag het natuurlijk niet aan. Het simpele feit dat de advocaat in kwestie de echtgenoot was van Annie Graves was op zich al voldoende. En nu zou hij over enkele uren hier zijn en weer openlijk bezit van haar nemen. Tom draaide zich om en liep de stal in.

Pilgrims leidsels hingen nog op dezelfde plek in de zadelkamer waar hij ze opgehangen had toen Annie het paard net naar de ranch gebracht had. Hij haalde de leidsels eraf en legde ze over zijn schouder. Ook het Engelse zadel hing aan dezelfde knop. Er lag een dun laagje stof op van het hooi, dat Tom er met zijn hand afveegde. Hij tilde het zadel eraf, samen met de deken die eronder hoorde en droeg alles langs de lege boxen naar de achterdeur.

Het was nog vroeg op de dag, en buiten was het warm en stil. Enkele paarden in de verst gelegen wei hadden al de schaduw van het dennenbos opgezocht. Toen Tom naar Pilgrims veldje toe liep, keek hij even naar de bergen en zag hij aan de helderheid van de lucht en aan de wolken die zich al begonnen te vormen dat het later zou gaan onweren en regenen.

De hele week had hij haar ontweken, vooral juist op die momenten waarop hij eerst graag alleen met haar had willen zijn. Hij had van Grace gehoord dat Robert zou komen. Maar zelfs daarvóór al, toen ze vanuit de bergen naar beneden reden, had hij besloten dat hij het zo moest doen. Er was geen uur verstreken zonder dat hij terug had gedacht aan hoe ze aanvoelde en smaakte, aan de textuur van haar huid en aan het samensmelten van hun monden. De herinnering was voor hem te levend en te lichamelijk om zich te kunnen voorstellen dat hij het maar gedroomd had, maar zo wilde hij er wel mee omgaan, want wat kon hij anders? Haar man kwam eraan, en al gauw ook, en binnen een paar dagen zou ze vertrokken zijn. Voor hun eigen bestwil en voor iedereen was het het beste dat hij afstand bewaarde en haar alleen zag als Grace erbij was. Alleen dan zou hij zijn besluit kunnen volhouden.

De eerste avond werd hij al danig op de proef gesteld. Toen hij Grace thuis afzette, stond Annie buiten voor de deur te wachten. Hij zwaaide en wilde zonder meer wegrijden, maar terwijl Grace naar binnen ging, kwam ze naar de auto toe om met hem te praten.

'Ik hoor van Diane dat het hele gezin volgende week naar Los Angeles gaat.'

'Ja, dat klopt. Maar het is een groot geheim.'

'En jij gaat naar Wyoming, hè?'

'Ja, klopt ook. Ik heb al een tijdje geleden beloofd dat ik daar langs zou gaan. Een vriend van me heeft een paar jonge paarden die hij wil gaan trainen.'

Ze knikte, en even was er niets anders te horen dan het ongeduldige gebrom van de motor van de Chevrolet. Ze glimlachten naar elkaar. Hij had het gevoel dat zij zich op het terrein dat ze samen betreden hadden net zo onzeker voelde als hij. Tom deed zijn best om niets te laten blijken waardoor hij het haar moeilijk zou kunnen maken. Naar alle waarschijnlijkheid had zij inmiddels spijt van wat er tussen hen gebeurd was. En misschien zou hij dat ooit ook hebben. Ze hoorden de hordeur dichtslaan en Annie draaide zich om.

'Mam? Is het goed als ik papa ga bellen?'

'Natuurlijk.'

Grace ging weer naar binnen. Toen Annie hem weer aankeek, zag hij in haar ogen dat ze iets op haar hart had. Als het spijt was, wilde hij het liever niet horen. Om zelf het heft in handen te houden, begon hij maar te praten.

'Ik heb gehoord dat hij aanstaand weekend hiernaar toe komt.'
'Ja.'
'Grace is helemaal uitgelaten; ze heeft de hele middag over niets anders gepraat.'
Annie knikte. 'Zij mist hem.'
'Dat wil ik graag geloven. We moeten maar eens kijken of we onze oude Pilgrim tegen die tijd in vorm hebben, zodat Grace hem kan berijden.'
'Meen je dat?'
'Ik zou niet weten waarom niet. Er moet nog veel gebeuren, maar als het een beetje meezit, wil ik het wel proberen. Als Grace het zelf wil en als Pilgrim er in mijn ogen klaar voor is, dan mag ze van mij.'
'Dus dan kunnen we hem meenemen naar huis.'
'Ja hoor.'
'Tom...'
'Maar natuurlijk kunnen jullie net zolang blijven als je wilt. Jullie hoeven niet weg omdat wij er toevallig allemaal niet zijn.'
Ze glimlachte dapper. 'Dank je wel.'
'Want je hebt toch zeker ook een week of twee nodig om al je elektronische apparatuur en zo in te pakken.' Ze lachte, en hij moest wegkijken om te verdoezelen dat hij een steek in zijn borst voelde bij de gedachte aan haar vertrek. Hij zette de auto in de versnelling, glimlachte en wenste haar welterusten.

Daarna was Tom er beter in geslaagd te vermijden dat hij met haar alleen zou zijn. Hij besteedde al zijn aandacht aan de oefeningen met Pilgrim. Het was lang geleden dat hij zo veel energie op had kunnen brengen.

's Ochtends oefende hij met hem terwijl hij op Rimrock reed. Hij liet hem ronde na ronde over het veld maken totdat hij net zo soepel overging van stap naar draf en weer terug als hij vroeger waarschijnlijk gedaan had. 's Middags trok Tom het paard zijn halster aan en deed hij de oefeningen te voet. Hij liet hem rondjes maken, waarbij hij dicht bij hem kwam staan en hem zijn achterhand liet draaien.

Soms probeerde Pilgrim zich te verzetten en terug te wijken, maar als hij dat deed, rende Tom gewoon met hem mee en hield hij hem in dezelfde positie, totdat het paard begreep dat het geen zin had om weg te rennen, omdat de man er altijd bij bleef en dat het misschien ook niet zo erg was om te doen wat hij van hem vroeg. Dan kwam hij tot stilstand en stonden ze even tegenover elkaar, doordrenkt van hun eigen zweet en dat van de ander en steunden ze op elkaar als twee boksers die op adem probeerden te komen.

In het begin vond Pilgrim deze nieuwe intensieve aanpak verwarrend, want zelfs Tom had hem niet duidelijk kunnen maken dat het uur van de waarheid nu snel naderde. Niet dat Tom had kunnen uitleggen – ook niet aan zichzelf – waarom hij er zo op gebrand was klaar te zijn met het paard, zeker niet als je in aanmerking nam dat hij op die manier zichzelf voorgoed ontzegde wat hij het liefste wilde. Maar hoe dan ook, Pilgrim leek zich goed aan te passen aan deze vreemde en fanatieke nieuwe aanpak en nam algauw net zo gedreven als Tom deel aan deze onderneming.

En vandaag zou Tom eindelijk eens op hem rijden.

Pilgrim keek hoe hij, met het zadel en de leidsels over zijn schouder, het hek sloot en naar het midden van het veld liep.

'Ja, goed gezien, ouwe jongen, dat is het. Maar blijf goed opletten, hoor.' Tom legde het zadel op het gras en liep een eindje terug. Pilgrim keek even opzij en deed alsof het niets te betekenen had en hij niet geïnteresseerd was. Maar hij kon eigenlijk zijn ogen niet van het zadel afhouden en na een tijdje stapte hij ernaar toe.

Tom keek hoe hij eropaf stapte, maar bewoog zich niet. Het paard bleef ongeveer een meter voor het zadel staan en stak op een haast komische manier zijn hoofd naar voren om de lucht erboven te besnuffelen.

'Wat denk je? Bijt hij je?'

Pilgrim keek hem nors aan en richtte zijn blik toen weer op het zadel. Hij droeg nog steeds de halster van touw die Tom voor hem had gemaakt. Hij schraapte een paar keer met een hoef over de grond, deed toen nog een stap naar voren en raakte het zadel met zijn neus aan. Met een simpele beweging nam Tom de leidsels van zijn schouder en terwijl hij ze voor zich uit hield, ontwarde hij ze. Pilgrim hoorde het geluid dat hij maakte en keek op.

'Doe nou maar niet alsof je zo verbaasd bent, want je had me er al lang mee zien aankomen.'

Tom wachtte. Het was moeilijk je voor te stellen dat dit hetzelfde dier was dat hij in die verschrikkelijke box daar bij New York had gezien, helemaal afgesloten van de wereld en van alles wat hem lief was. Zijn vacht glom weer, zijn ogen stonden weer helder en zijn neus was op zo'n manier geheeld dat hij er haast een edel uiterlijk door gekregen had; hij zag eruit als een Romeinse centurion die op het slagveld zijn littekens had opgelopen. Nooit was een paard zo van gedaante veranderd, dacht Tom bij zichzelf. En nooit waren zo veel levens om een paard heen daardoor zo ingrijpend veranderd.

Pilgrim kwam vervolgens op hem af, wat Tom al verwacht had, en er volgde het ritueel van het besnuffelen van de leidsels, zoals hij dat ook bij het zadel had gedaan. En toen Tom ze om zijn hoofd legde, knipperde hij niet één keer met zijn ogen. Niet al zijn spieren waren helemaal ontspannen; hier en daar trilde hij nog een beetje, maar Tom mocht hem in zijn hals aaien en vervolgens zijn hand over zijn lijf laten gaan naar de plek waar het zadel zou komen. Hij bewoog ook nauwelijks zijn hoofd toen hij het bit in zijn mond voelde. De vertrouwensbasis die Tom had opgebouwd was breekbaar, maar toch stevig.

Tom liet hem aan de leidsels rondlopen, zoals hij dat eerder vaak had gedaan met de halster. Hij liet hem rondjes om het zadel heen lopen en liet hem er na verloop van tijd bij stilhouden. Op zijn gemak en zo dat Pilgrim iedere beweging kon zien, tilde hij het zadel op en legde het op de rug van het paard, terwijl hij hem ondertussen op zijn gemak stelde met zijn stem of met zijn handen of met allebei. Losjes maakte hij de singel vast, waarna hij hem even liet lopen om hem te laten voelen hoe het zat.

Pilgrims oren gingen voortdurend heen en weer, maar het wit van zijn ogen bleef bedekt en hij maakte het zacht briesende geluid dat Joe altijd 'het vrijlaten van de vlinders' noemde. Tom bukte zich en trok de singel stevig aan, waarna hij op het zadel ging liggen en het paard weer een eindje liet lopen om het aan zijn gewicht te laten wennen. Onderwijl sprak hij hem voortdurend toe om hem op zijn gemak te stellen. Toen het paard er ten slotte klaar voor was, schoof hij een been over hem heen en ging op het zadel zitten.

Pilgrim liep door, gewoon rechtuit. En hoewel zijn spieren hier en daar nog trilden door een diepe rudimentaire angst die misschien nooit helemaal zou verdwijnen, liep hij onverschrokken door. Tom wist dat als het paard bij Grace geen spiegelbeelden van zijn eigen angsten zou ontdekken, zij hem ook weer zou kunnen berijden.

En als ze dat gedaan had, hadden zij en haar moeder geen reden meer om nog langer bij hem op de ranch te blijven.

Robert had een reisgids van Montana gekocht bij de boekwinkel op Broadway waar hij vaste klant was en toen het waarschuwingslampje voor het vastmaken van de veiligheidsgordels aanfloepte voor de landing in Butte wist hij waarschijnlijk meer over het stadje dan de 33.336 mensen die er woonden.

Na een paar minuten vlogen ze over 'de duurste heuvel ter wereld', 1754 meter hoog, en de grootste zilvermijn in het land in de jaren tachtig van de vorige eeuw, waarna ze er nog dertig jaar lang koper gedolven hadden. De stad was tegenwoordig geen schim meer van wat zij ooit was geweest, wist Robert, maar 'had niets aan charme ingeboet', al was daarvan niets te zien vanaf Roberts raamplaats in het vliegtuig. Het leek wel of iemand een stapel koffers op een heuvel had neergezet en er verder niet naar omgekeken had.

Hij had eigenlijk naar Great Falls of Helena willen vliegen, maar op het laatste ogenblik was er op zijn werk iets tussen gekomen en had hij een andere vlucht moeten boeken. Butte was toen de dichtstbijzijnde bestemming geweest. Op de kaart leek het een enorme afstand die Annie moest overbruggen, maar toch wilde zij hem per se komen afhalen.

Robert had er geen duidelijke voorstelling van hoe zij het verlies van haar baan had opgevat. De kranten in New York kwijlden al de hele week over het verhaal. GATES GEEFT GRAVES DE ZAK had een blad als kop gevoerd, terwijl andere kranten met een knipoog beweerden dat Annie haar eigen graf had gegraven. Het was raar om te zien hoe Annie als slachtoffer of martelares werd opgevoerd, zoals in de artikelen die haar meer welgezind waren. Maar nog vreemder was haar reactie geweest toe hij haar over de telefoon sprak, nadat ze cowboytje had gespeeld.

'Het kan me geen bal schelen,' had ze gezegd.

'Echt niet?'

'Nee, echt niet. Ik ben blij dat ik er vanaf ben. Ik ga gewoon iets anders doen.'

Robert had zich een ogenblik afgevraagd of hij niet het verkeerde nummer had ingetoetst. Misschien hield ze zich alleen maar groot. Maar ze had gezegd dat ze doodmoe was van alle machtsspelletjes en dat ze eigenlijk weer wilde gaan doen waar ze goed in was, namelijk schrijven. Ze zei dat Grace het geweldig nieuws had gevonden, het beste wat haar had kunnen overkomen. Toen Robert vroeg hoe het veedrijven was geweest, had Annie gezegd dat het fantastisch was, waarna ze de telefoon aan Grace had gegeven zodat die hem het hele verhaal kon vertellen. Ze hadden afgesproken dat ze hem samen zouden afhalen van het vliegveld.

Er stond wel een groepje mensen te wuiven toen hij over het asfalt liep, maar hij zag Annie en Grace er niet tussen staan. Pas toen hij beter keek naar de twee vrouwen met spijkerbroeken aan en cowboyhoeden op die hij al naar hem had zien lachen – nogal brutaal, had hij gevonden – zag hij dat zij het waren.

'Mijn God,' zei hij, terwijl hij naar hen toe liep. 'Pat Garrett en Billy the Kid!'

'Hé daar, vreemdeling,' zei Grace met een namaak-accent. 'Wat voert u naar deze streken?' Ze nam haar hoed af en sloeg haar armen om zijn hals. 'Dag lieverd van me, hoe is het met jou?'

'Prima.' Ze hield Robert zo stevig vast dat Robert een brok in zijn keel voelde.

'Ja, dat zie ik. Laat me eens naar je kijken.'

Hij hield haar op armslengte van zich af en vergeleek haar onwillekeurig met het beeld van het slappe, lusteloze lichaam waar hij in het ziekenhuis naar had zitten kijken. Het was haast niet te geloven. Haar ogen straalden

levenslust uit en de zon had alle sproeten op haar gezicht weer te voor-
schijn getoverd waardoor ze haast leek te gloeien. Annie stond toe te kij-
ken en glimlachte. Het was duidelijk dat ze wist wat hij dacht.
'Zie je niks bijzonders?' vroeg Grace.
'Afgezien van deze totale verandering, bedoel je?'
Ze maakte een klein rondedansje voor hem, en ineens wist hij het.
'Geen stok meer!'
'Nee, geen stok meer.'
'Wat een prijsdier ben je toch!'
Hij zoende haar en stak tegelijkertijd zijn arm uit naar Annie. Ook zij had
inmiddels haar hoed afgezet. Door haar gebruinde huid leken haar ogen
helder en heel groen. Ook zij leek veranderd, mooier dan hij zich herin-
nerde. Ze stapte naar hem toe, legde haar arm om hem heen en zoende
hem. Robert knuffelde haar totdat hij het gevoel kreeg dat hij zichzelf weer
in de hand had zodat hij hen niet in verlegenheid zou brengen.
'Mijn God, wat lijkt het lang geleden,' zei hij ten slotte.
Annie knikte. 'Ja, lang hè.'

De reis terug naar de ranch duurde ongeveer drie uur, maar hoewel ze zat
te popelen om haar vader daar alles te laten zien en hem aan de familie
Booker voor te stellen, genoot Grace van elke minuut ervan. Ze was achter
in de Ford Lariat gaan zitten en had haar hoed op Roberts hoofd gezet. Hij
was hem eigenlijk te klein en stond dus een beetje gek, maar Robert liet
hem gewoon zitten en maakte hen al gauw aan het lachen met het verhaal
over hoe hij had moeten overstappen in Salt Lake City.
Op ongeveer alle stoelen hadden leden gezeten van een mormonenkoor op
tournee en ze hadden de hele reis zitten zingen. Robert had, verdiept in zijn
boekje over Montana, tussen twee dikke alten ingeklemd gezeten terwijl
om hem heen het koor de nabijheid tot God had bezongen, wat op een
hoogte van tien kilometer eigenlijk niet eens zo gek was.
Hij vroeg Grace in zijn koffer te kijken en de cadeautjes te pakken die hij
voor hen beiden in Genève had gekocht. Voor haar was er een grote doos
chocolaatjes en een miniatuur-koekoeksklok met de merkwaardigste koe-
koek die ze ooit gezien had. De roep van het beestje, besloot Robert, leek
meer op die van een papegaai met aambeien. Maar het was echt origineel
Zwitsers, bezwoer hij haar, al wist hij best dat Taiwanese koekoeken, speciaal die met aambeien, er net zo uitzagen en hetzelfde geluid maakten. De
cadeaus voor Annie, die Grace ook uitpakte, waren een fles van haar lieve-
lingsparfum en een zijden sjaal waarvan ze alle drie wisten dat ze die nooit
om zou doen. Annie zei dat ze hem prachtig vond en boog zich voorover
om hem op zijn wang te zoenen.

259

Grace keek naar haar ouders die herenigd naast elkaar op de voorbank zaten, en voelde zich zeer tevreden. Het leek wel alsof de laatste stukjes van de puzzel van haar leven op hun plaats vielen. Het enig oningevulde gebied was nog het berijden van Pilgrim, maar als alles vandaag goed ging op de ranch, zou ook dat spoedig veranderen. Annie en Grace hadden echter afgesproken er niet tegen Robert over te beginnen voordat ze zeker wisten dat het doorging.

Het vooruitzicht wond haar op, maar baarde haar tegelijkertijd ook zorgen. Het was niet zozeer dat ze hem zo graag weer wilde berijden, maar het feit dat ze dat moest. Sinds ze op Gonzo reed, leek niemand eraan te twijfelen dat ze het zou doen, maar natuurlijk alleen als Tom het veilig vond. Zij had echter zo haar twijfels.

En die kwamen niet voort uit angst, in ieder geval niet zonder meer. Ze maakte zich wel zorgen dat ze angst zou voelen als het moment daar was, maar ze was er redelijk zeker van dat ze er in dat geval goed mee zou kunnen omgaan. Nee, ze maakte zich meer zorgen dat ze Pilgrim teleur zou stellen. Dat ze tekort zou schieten.

Haar kunstbeen zat nu zo strak dat ze er voortdurend last van had. Tijdens de laatste paar kilometer van de terugtocht uit de bergen was de pijn haast ondraaglijk geweest. Ze had er echter tegen niemand iets over gezegd. Als Annie wel eens een opmerking maakte over het feit dat ze vaak de prothese af liet als er niemand anders in de buurt was, deed Grace het af met een grapje. Tegenover Terri Carlson was dat echter niet zo makkelijk vol te houden. Terri zag hoe ontstoken het been was en zei dat de prothese nodig aangepast moest worden. Maar het probleem was dat hier in het Westen niemand dit soort protheses maken kon. Dat kon alleen in New York.

Grace was vastbesloten het tot een goed einde te brengen. Meer dan een week of twee zou het niet duren. Ze moest maar hopen dat de pijn haar niet te veel zou afleiden en dat ze er niet door gehinderd zou worden als het eropaan kwam.

Het begon al te schemeren toen ze de grote weg verlieten en naar het westen afsloegen. Voor hen uit lagen de bergen met grote onweerswolken erboven, die hun richting uit leken te komen.

Ze reden door Choteau, waar Grace Robert de bouwval wees waar ze eerst hadden gebivakkeerd en de dinosaurus voor het museum. Op een of andere manier leek hij nu niet meer zo groot en gemeen als toen ze pas aangekomen waren. De laatste tijd zou Grace zelfs niet vreemd hebben opgekeken als hij zou hebben geknipoogd.

Toen ze weer af moesten slaan was de hemel vol zwarte wolken; het leek alsof ze in een ruïne van een kerk zaten waar de zon af en toe naar binnen scheen. Terwijl ze over de rechte, onverharde weg naar de ranch reden, werden ze alle drie stil. Grace was zenuwachtig; ze wilde heel graag dat haar vader onder de indruk van alles zou zijn. En misschien dacht Annie dat ook wel, want toen ze de heuvel over waren, zette ze de auto stil om Robert naar het uitzicht te laten kijken.

Ze werden ingehaald door de stofwolk die ze achter zich hadden opgeworpen, en die nu langzaam voor hen uit dreef. Plotseling weerkaatste het felle, goudkleurige zonlicht erop. De paarden die bij de populieren aan de dichtstbijzijnde bocht van de beek stonden te grazen, hieven hun hoofden op en keken.

'Wauw,' zei Robert. 'Nu begrijp ik waarom jullie geen zin hadden om naar huis te komen.'

29

Annie had op weg naar het vliegveld eten voor het weekend ingeslagen, maar dat had ze natuurlijk eigenlijk beter kunnen doen op de terugweg. Na een verblijf van vijf uur in een warme auto zag de zalm er niet zo heel smakelijk meer uit. De supermarkt in Butte was de beste die ze in Montana ontdekt had. Ze hadden zelfs zongedroogde tomaten en kleine potjes met verse basilicum, die echter behoorlijk verlept was geraakt tijdens de reis. Annie had ze bij thuiskomst in een potje water in de vensterbank gezet. Misschien zouden ze het overleven. Wat niet van de zalm gezegd kon worden, die ze afspoelde onder de kraan, in de hoop dat de ammoniaklucht zou verdwijnen.

Het geluid van het stromende water maakte het verre onweer buiten onhoorbaar. Annie dompelde de vis geheel onder en keek naar de loslatende schubben die rondtolden en met het wegstromende water verdwenen. Vervolgens sneed ze onderbuik open en waste het bloed weg uit het brokkelige vlees totdat het er glinsterend felroze uitzag. De geur was nu wel minder doordringend geworden, maar het slappe visselijf veroorzaakte bij haar zo'n golf van misselijkheid dat ze niet anders kon dan de vis in het vergiet achterlaten en snel door de hordeur naar buiten gaan.

De lucht was heet en zwaar en verfriste haar bepaald niet. Het was bijna donker, al was de zon nog lang niet onder. De wolken waren vuilzwart met gele aderen erdoor en ze hingen zo laag dat ze op de aarde leken te drukken.

Robert en Grace waren al bijna een uur weg. Annie had ermee willen wachten tot de volgende ochtend, maar Grace wilde Robert meteen voorstellen aan de familie Booker en hem gelijk ook Pilgrim laten zien. Ze had hem nauwelijks de gelegenheid gegeven het huis van binnen te bekijken, maar had meteen gevraagd of hij haar naar de ranch wilde rijden. Ze wilde dat Annie ook meeging, maar Annie had geweigerd en gezegd dat ze het avondeten vast klaar zou maken zodat ze konden eten als zij terugkwamen. Bij de kennismaking van Tom en Robert wilde ze liever niet aanwezig zijn; dan zou ze niet weten hoe ze moest kijken. De gedachte alleen al maakte haar nog misselijker dan ze als was.

Ze was in bad gegaan en had een jurk aangetrokken, maar ze voelde zich nu al weer plakkerig. Ze ging verder naar buiten en zoog haar longen vol met nutteloze lucht. Toen liep ze langzaam om het huis heen naar de voorkant, waar ze hen zou kunnen zien aankomen.

Ze had gezien hoe Tom en Robert met alle kinderen in de Chevy gestapt waren en had gekeken hoe de auto naar de weiden toe was gereden. Ze had in het voorbijgaan alleen Tom kunnen zien, maar hij had niet naar boven gekeken; hij had zijn hoofd naar Robert gewend en praatte met hem. Annie vroeg zich af wat hij van hem zou vinden. Het was alsof zijzelf op afstand beoordeeld werd.

Tom had haar de hele week ontweken en al had ze wel een idee waarom hij dat deed, toch had ze het gevoel dat de afstand tussen hen een zich verbredende kloof binnen haar zelf was. Toen Grace bij Terri Carlson in Choteau was, had Annie gewacht tot hij zoals altijd zou aankloppen om te gaan paardrijden, al wist ze in haar hart dat hij niet zou komen. Toen ze met Grace ging kijken hoe hij met Pilgrim opschoot, was hij zo druk bezig dat hij hen nauwelijks had opgemerkt. En naderhand hadden ze maar heel oppervlakkig met elkaar gepraat, beleefd haast.

Ze wilde hem spreken, tegen hem zeggen dat het haar speet wat er gebeurd was, al was dat niet waar. Als ze 's nachts alleen in bed lag, dacht ze steeds aan die tedere wederzijdse ontdekkingstocht en fantaseerde daar op door tot ze zo naar hem verlangde dat haar lichaam er pijn van deed. Ze wilde alleen maar zeggen dat het haar speet voor het geval hij een negatief beeld van haar zou hebben. Maar de enige keer dat die mogelijkheid zich voor had gedaan, was toen hij Grace die eerste avond had thuisgebracht en zij iets wilde gaan zeggen, maar door hem onderbroken was, alsof hij geweten had wat zij wilde zeggen. Nadat ze de blik in zijn ogen had gezien toen hij wegreed, had ze de neiging gehad om luid roepend achter hem aan te gaan rennen.

Annie stond met haar armen over elkaar te kijken naar het weerlichten boven het bewolkte bergmassief. Ze zag ineens de koplampen van de

Chevy tussen de bomen bij de kruising van de weg en de beek. Toen ze die verder de weg zag volgen, voelde ze een zware regendruppel op haar schouder. Ze keek op, en toen viel een volgende druppel midden op haar voorhoofd, die vervolgens langs haar gezicht naar beneden liep. De lucht was plotseling afgekoeld en vervuld van de verse geur van vochtige aarde. Annie zag verderop in de vallei de regenbui als een muur op haar af komen. Ze draaide zich om en haastte zich naar binnen om de zalm te gaan grillen.

Een aardige vent vond hij hem. Maar ja, wat had hij dan van Robert verwacht? Hij vond hem levendig en grappig en hij had ook wat te vertellen en, belangrijker nog, hij was belangstellend. Robert boog zich naar voren en keek door zijn tot spleetjes vernauwde ogen. Ze moesten hard praten om zich verstaanbaar te maken onder het gekletter van de regen op het dak van de auto.
'Als het weer in Montana je niet bevalt, moet je vijf minuten wachten,' had Robert gezegd. Tom moest lachen.
'Heb je dat van Grace?'
'Het stond in mijn reisgids.'
'Papa is de grootste reisboekengek die er bestaat,' riep Grace vanaf de achterbank.
'Nou, bedankt hoor, liefje. Ik vind jou ook heel aardig.'
Tom glimlachte. 'Tja, het lijkt wel alsof het regent.'
Hij was ongeveer zo ver als per auto mogelijk was met hen naar boven gereden. Ze hadden een paar herten gezien, een enkele havik, en toen aan de overkant van de vallei een hele kudde elanden. De kalveren, sommige niet ouder dan een week, schuilden naast hun moeders tegen het onweer. Robert had een verrekijker bij zich en ze bleven zeker tien minuten staan kijken. De kinderen maakten herrie om wie er aan de beurt was. Er was een grote mannetjesland bij met een breed uitwaaierend gewei. Tom probeerde met een lokroep zijn aandacht te trekken, maar hij reageerde niet.
'Wat zou zo'n mannetje nou wegen?' vroeg Robert.
'O, zeker driehonderd kilo, misschien iets meer. In augustus weegt zijn gewei alleen al misschien wel vijfentwintig kilo.'
'Heb je er ooit een geschoten?'
'Mijn broer Frank gaat wel eens jagen. Ikzelf vind het prettiger om hun koppen daarboven rond te zien kijken dan dat ik ze aan de muur zie hangen.'
Hij vroeg nog veel meer toen ze weer terugreden, terwijl Grace hem steeds maar zat te plagen. Tom dacht aan Annie en alle vragen die zij gesteld had toen hij haar de eerste paar keren hier mee naartoe had genomen, en hij vroeg zich af of Robert die gewoonte van haar had overgenomen of zij van

hem, of dat ze misschien allebei van nature zo waren en gewoon bij elkaar pasten. Dat moest het zijn, dacht Tom, ze pasten gewoon goed bij elkaar. Hij deed zijn best om aan iets anders te denken.

Naast de weg stroomde het water wild in de richting van het huis bij de beek. Achter het huis gutste de regen van elke hoek van het dak af. Tom zei dat hij en Joe de Ford Lariat later wel zouden komen brengen. Tom reed zo ver hij kon door naar de achterdeur, zodat Robert en Grace niet nat zouden worden. Robert stapte als eerste uit. Hij sloot het portier achter zich. Vanaf de achterbank vroeg Grace snel aan Tom hoe het met Pilgrim gegaan was. Ze waren eerder al wel naar het paard wezen kijken, maar ze hadden nog geen tijd gehad er met elkaar over te spreken.

'Het ging goed. Het zal je best lukken.'

Ze straalde helemaal. Joe gaf haar een speels klapje op haar arm. Er was geen tijd om verder te vragen, want Robert had het achterportier geopend om haar te laten uitstappen.

Tom had er natuurlijk aan moeten denken dat door de regen de aarde voor de deur glad zou zijn geworden. Maar dat had hij niet, tot het moment dat Grace uitstapte en haar voeten vanonder haar vandaan gleden. Ze gaf een klein gilletje terwijl ze viel. Tom sprong uit de auto en liep eromheen. Robert stond bezorgd over haar gebogen.

'Mijn God, Gracie, is alles goed met je?'

'Ja hoor, prima.' Ze probeerde al op te staan en leek zich meer te generen dan dat ze zich veel pijn had gedaan. 'Echt waar, pap. Er is niets aan de hand.'

Annie kwam aanrennen en viel zelf ook bijna.

'Wat is er gebeurd?'

'Het is oké,' zei Robert. 'Ze is gewoon uitgegleden.'

Joe was inmiddels ook uitgestapt en ook hij keek heel bezorgd. Ze hielpen Grace overeind. Ze vertrok haar gezicht even toen ze weer op haar benen stond. Robert had zijn arm om haar schouders geslagen.

'Weet je zeker dat je niets mankeert, lieverd?'

'Papa, alsjeblieft, maak er nou niet zo'n drukte om. Er is niets aan de hand.'

Terwijl ze haar naar binnen hielpen, hinkte ze een beetje, maar dat probeerde ze te verbergen. Bang om iets van het drama te missen, wilde de tweeling ook al mee naar binnen komen, maar Tom hield hen tegen en stuurde hen met een vriendelijk woord weer terug de auto in. Toen hij het pijnlijk vertrokken gezicht van Grace zag, besloot hij dat het tijd was om te vertrekken.

'Nou, ik zie jullie allemaal morgenochtend, hè?' zei hij.

'Oké,' zei Robert. 'Bedankt voor de rondrit.'

'Graag gedaan, hoor.'

Hij knipoogde naar Grace en zei haar dat ze maar moest zorgen dat ze goed sliep. Ze glimlachte dapper en zei dat ze dat zou doen. Hij loodste Joe naar buiten en draaide zich toen om om afscheid te nemen. Zijn blik kruiste die van Annie. Ze keken elkaar niet langer dan een ogenblik aan, maar in hun blikken lag alles besloten wat er in hun harten leefde. Tom tikte aan zijn hoed en wenste hun goedenacht.

Zodra ze op de grond viel, wist ze dat ze iets gebroken had, en één afschuwelijk ogenblik lang dacht ze dat het haar dijbeen was. Pas toen ze opstond, wist ze dat het dat niet was. Ze was wel erg geschrokken, en ze geneerde zich vreselijk, maar zij zelf had verder niets. Het was veel erger: de bovenkant van haar prothese was helemaal gebarsten.

Grace zat op de rand van de badkuip met haar spijkerbroek om haar linkerenkel en het kunstbeen in haar handen. De binnenkant van de gebarsten prothese was warm en vochtig en rook naar zweet. Misschien kon hij wel gelijmd of getaped worden of zo. Maar dan moest zij haar ouders vertellen wat er gebeurd was en als het dan niet lukte er iets aan te doen, zouden ze haar morgen zeker niet op Pilgrim laten rijden.

Nadat de Bookers vertrokken waren, had ze behoorlijk toneel moeten spelen om de indruk te wekken dat haar val niets om het lijf had. Ze had gelachen en grappen gemaakt en haar vader en moeder zeker nog tien keer verzekerd dat er niets aan de hand was. Ten slotte leken ze haar te geloven, en toen ze dacht dat het wel kon, had ze gezegd dat ze als eerste het bad wilde en was ze naar boven gevlucht om de schade achter gesloten deuren op te nemen. Terwijl ze de huiskamer doorliep voelde ze het rotding over haar beenstompje heen en weer schuiven, en het trappenlopen was behoorlijk lastig. Als ze zelfs dat niet meer kon, hoe wilde ze dan in godsnaam op Pilgrim gaan rijden? Shit! Stom om zo te vallen! Ze had alles weer eens verknoeid.

Ze bleef zitten en dacht lang na. Ze hoorde Robert beneden enthousiast vertellen over de elanden. Hij probeerde de lokroep van Tom na te bootsen, maar het leek er absoluut niet op. Ze hoorde Annie lachen. Wat was het toch fijn dat hij er nu eindelijk was! Als Grace hun nu zou vertellen wat er aan de hand was, zou zij hun hele avond bederven.

Ze had haar besluit genomen. Ze stond op, manoeuvreerde zich naar het bad en haalde een doos verband uit het medicijnkastje. Ze zou de reparatie zo goed mogelijk proberen uit te voeren en dan zou ze morgenochtend kijken hoe het rijden op Gonzo ging. Als dat goed ging, zou ze er verder met niemand over spreken tot ze op Pilgrim gereden had.

Annie deed het badkamerlicht uit en liep stilletjes over de overloop naar de kamer van Grace. De deur stond op een kier en kraakte zachtjes toen ze hem verder opende. Het bedlampje brandde nog. Het was de lamp die ze samen in Great Falls gekocht hadden ter vervanging van de kapotte. Die nacht, waarin die oude lamp kapot gevallen was, leek voor Annie nu te behoren tot een vorig leven.

'Gracie?'

Er kwam geen antwoord. Annie liep naar het bed en knipte het licht uit. Zonder dat ze er verder over nadacht, was het haar opgevallen dat het kunstbeen niet zoals gewoonlijk tegen de muur geleund stond, maar op de grond lag, in de schaduw tussen het bed en de tafel. Grace sliep. Haar ademhaling was zo licht dat Annie moeite moest doen om die te kunnen horen. Haar haren lagen om haar hoofd op het kussen gedrapeerd als de monding van een donkere rivier. Annie bleef een tijdje naar haar staan kijken.

Ze had zich zo dapper gedragen na die val. Annie wist dat het pijn gedaan moest hebben. En daarna, tijdens het eten en de rest van de avond, was ze zo vrolijk en gevat geweest. Wat een bijzonder kind was het toch. Voor het eten, in de keuken, toen Robert een bad aan het nemen was, had ze Annie verteld wat Tom in de auto had gezegd. Ze liep over van enthousiasme en had al helemaal uitgedokterd hoe ze haar vader zou verrassen. Joe zou hem meenemen om naar het veulen van Bronty te gaan kijken en dan zou hij hem weer terugbrengen als zij op Pilgrim reed. Annie had wel haar bedenkingen, en die zou Robert ook wel hebben, dacht zij, maar als Tom het in orde vond, dan was het dat ook.

'Hij lijkt me een heel geschikte vent,' had Robert gezegd, terwijl hij zich nog een stuk van de zalm opschepte, die trouwens verbazingwekkend goed smaakte.

'Hij heeft veel voor ons gedaan,' zei Annie, zo ontspannen mogelijk. Er viel een korte stilte. Het leek alsof haar woorden in de lucht bleven hangen om getoetst te worden. Maar gelukkig begon Grace te vertellen over de dingen die zij Tom de afgelopen week met Pilgrim had zien doen.

Annie boog zich over haar heen en kuste haar dochter zacht op de wang. Van heel veraf mompelde Grace iets terug.

Robert lag al in bed, zonder kleren aan. Toen zij de kamer binnenkwam en zich begon uit te kleden, legde hij het boek weg dat hij aan het lezen was en keek hij naar haar. Hij wachtte op haar. Het was een oude gewoonte van hem en in het verleden had ze het ook vaak fijn gevonden om zich voor hem uit te kleden; het had haar zelfs opgewonden. Maar nu vond ze zijn zwijgende blik vervelend, eigenlijk onverdraaglijk. Ze had er natuurlijk van tevoren wel aan gedacht dat hij vanavond wel zou willen vrijen, na zo'n lange tijd, en ze had er de hele avond tegenop gezien.

Ze deed haar jurk uit en legde die op de stoel, en toen werd ze zich plotseling zo bewust van zijn blik en van de intensiteit van de stilte dat ze naar het raam stapte en de jaloezieën van elkaar trok om naar buiten te kunnen kijken.

'Het is opgehouden met regenen.'

'Ja, het regent al een halfuur niet meer.'

'O.'

Ze keek in de richting van de ranch. Ze was nooit in Toms kamer geweest, maar ze wist welk raam van hem was en ze zag dat het licht er nog brandde. O God, dacht ze, waarom ben jij er niet? Waarom ben ik niet met jou samen? Die gedachte vervulde haar met zo'n verlangen, haast een gevoel van wanhoop, dat ze snel de jaloezieën sloot en zich omdraaide. Haastig deed ze haar beha en broekje uit en wilde het lange T-shirt pakken dat ze altijd aandeed als ze ging slapen.

'Laat dat maar uit,' zei Robert zacht. Ze keek hem aan en glimlachte. 'Kom hier.'

Hij hield zijn armen gespreid. Ze slikte en deed haar best om zijn glimlach te beantwoorden. Ze hoopte maar dat hij niet in haar ogen kon lezen waar ze bang voor was. Ze legde het T-shirt neer en liep naar het bed, zich pijnlijk bewust van haar naaktheid. Ze ging naast hem op het bed zitten en onwillekeurig huiverde ze toen hij een hand in haar nek legde en met de andere haar linkerborst omvatte.

'Heb je het koud?'

'Een klein beetje maar.'

Langzaam trok hij haar hoofd naar zich toe. Hij kuste haar zoals hij haar altijd gekust had. Ze probeerde met iedere vezel die ze in zich had haar geest leeg te maken van iedere mogelijke vergelijking en zich te verliezen in de bekende omtrekken van zijn mond en zijn bekende geur en smaak en het bekende gevoel van zijn hand op haar borst.

Ze sloot haar ogen, maar kon zich niet onttrekken aan het opwellende gevoel van verraad. Ze had haar man, die goed was en van haar hield, niet zozeer bedrogen door wat ze met Tom had gedaan, maar door wat ze verlangd had te doen. Maar sterker nog dan dat was het gevoel dat ze Tom bedroog door wat ze nu aan het doen was, al hield ze zichzelf voor dat dat onzin was.

Robert legde het bed open en schoof op zodat zij naast hem kon komen liggen. Ze zag het vertrouwde roodbruine haar op zijn buik en het roze van zijn stijve lid. Toen ze naast hem ging liggen en zijn mond zocht, voelde het hard aan tegen haar dij.

'O God, Annie, wat heb ik je gemist!'

'Ik heb jou ook gemist.'

'Ja, echt?'

'Jaaa, natuurlijk wel.'

Ze voelde hoe zijn vlakke hand langs haar zij naar beneden ging, en via haar heup naar haar buik, en ze wist dat hij haar tussen haar benen zou voelen en zou merken dat ze helemaal niet opgewonden was. Op het moment dat zijn vingers haar schaamhaar bereikten, schoof ze een stukje omlaag.

'Dit wilde ik eerst even doen,' zei ze. Ze kroop over zijn benen heen en nam zijn lid in haar mond. Het was lang geleden dat ze dat gedaan had; hij zuchtte diep van opwinding.

'O, Annie, ik weet niet of ik dit wel aankan.'

'Het geeft niet. Ik doe het graag.'

Wat een treurige leugenaars worden we toch door de liefde, dacht ze. Wat een donkere en slinkse wegen bewandelen we ervoor. En toen hij klaarkwam, wist ze met grote en droevige zekerheid dat wat er ook gebeurde, het nooit meer hetzelfde zou zijn tussen hen, en dat deze schuldige daad van haar eigenlijk haar afscheidsgeschenk aan hem was.

Later, toen het licht uit was, kwam hij in haar. De nacht was zo donker dat ze elkaars ogen niet konden zien, en onder die dekmantel raakte Annie uiteindelijk ook opgewonden. Ze gaf zichzelf over aan de vloeiende ritmiek van hun paring en vond door de droefenis heen een kort moment van vergetelheid.

30

Robert bracht Grace na het ontbijt naar de stal. De regen had de lucht gezuiverd en afgekoeld en nu was de hemel een vlekkeloze, brede, blauwe boog. Hij had al gemerkt dat Grace vanochtend stiller en ernstiger was dan de vorige dag, en hij vroeg onder het rijden of alles in orde was met haar.

'Pap, je moet nu ophouden me dat steeds te vragen, hoor. Het is prima met me, toe nou...'

'Sorry.'

Ze glimlachte, klopte hem op zijn arm en liet het daarbij. Ze had Joe gebeld voordat ze van huis gingen en toen ze aankwamen had hij Gonzo al uit de wei gehaald. Hij grijnsde breeduit naar hen toen ze uit de auto stapten.

'Goedemorgen, jongeman,' zei Robert.

'Goedemorgen, meneer Maclean.'

'Zeg maar Robert, hoor.'

'Goed, meneer.'

Ze brachten Gonzo de stal in. Robert merkte dat Grace wat meer mank leek te lopen dan de vorige dag. Op een gegeven moment leek ze zelfs even haar evenwicht te verliezen en moest ze zich aan het hek van een van de boxen vasthouden om overeind te blijven. Hij bleef staan kijken hoe ze Gonzo zadelden en vroeg Joe van alles over het paard, hoe oud het was, wat voor karakter het had en nog veel meer. Joe gaf overal uitvoerig en beleefd antwoord op. Grace zei geen woord. Robert zag aan haar gefronste voorhoofd dat ze zich ergens zorgen over maakte. Hij maakte uit Joe's blikken naar haar op dat hij het ook gezien had. Beiden wisten echter wel dat ze er maar liever niet naar moesten vragen.

Ze leidden Gonzo via de achterdeur de stal uit en de piste in. Grace maakte zich klaar om hem te bestijgen.

'Moet je niet iets op je hoofd?' vroeg Robert.

'Als bescherming, bedoel je?'

'Ja, eigenlijk wel.'

'Nee pap, dat wil ik niet.'

Robert haalde zijn schouders op en glimlachte. 'Nou ja, jij zult het wel het beste weten.'

Grace keek hem met toegeknepen ogen aan. Joe keek van de een naar de ander en grijnsde. Toen pakte Grace de teugels en zette met Joe's hulp haar linkervoet in de stijgbeugel. Toen ze haar gewicht naar haar kunstbeen verplaatste, leek er iets te knappen. Robert zag hoe ze haar gezicht vertrok.

'Shit!' zei ze.

'Wat is er?'

'Niets. Het gaat wel.'

Met een gekreun van inspanning zwaaide ze het been over het zadel heen en ging erop zitten. Zelfs voordat ze zat, had hij al gezien dat er iets niet goed was, en toen hij haar vertrokken gezicht zag, besefte hij dat ze huilde.

'Gracie, wat is er nou?'

Ze schudde haar hoofd. Eerst dacht hij dat ze pijn had, maar toen ze begon te praten, begreep hij dat het tranen van woede waren.

'Het lukt me verdomme niet.' Ze spuwde de woorden haast uit. 'Het gaat niet.'

Robert was de rest van de dag bezig te proberen Wendy Auerbach te pakken te krijgen. De kliniek had een antwoordapparaat waarop een nummer gemeld werd dat in noodgevallen gedraaid kon worden maar dat merkwaardig genoeg voortdurend in gesprek leek te zijn. Misschien waren alle protheses in New York gebarsten, uit solidariteit of door een of ander geheimzinnig mankement dat plotseling overal de kop had opgestoken. Toen er uiteindelijk wel werd opgenomen, werd hem door de dienstdoende verpleegster te verstaan gegeven dat het niet de gewoonte van de kliniek was om privé-telefoonnummers door te geven. Maar als het echt zo dringend was als Robert zei, dan zou zij proberen contact op te nemen met dokter Auerbach. Een uur later belde de verpleegster terug. Dokter Auerbach was de deur uit en zou pas laat in de middag terugkomen.

Terwijl ze wachtten, belde Annie met Terri Carlson, wier nummer – anders dan dat van Wendy Auerbach – wel gewoon in het telefoonboek stond. Terri zei dat zij iemand kende in Great Falls die misschien binnen korte tijd een andere prothese kon verzorgen, maar ze adviseerde het niet te doen. Als je eenmaal gewend was aan een bepaald soort prothese, was overschakelen naar een ander type niet zonder risico's en kon het een tijd duren voor je daar weer aan gewend was.

Hoewel de tranen van Grace hem niet onberoerd lieten en hij zich haar frustratie goed kon indenken, voelde Robert zich ook opgelucht dat hem nu de kennelijk speciaal voor hem geënsceneerde verrassing bespaard werd. Te moeten zien hoe Grace op Gonzo klom had hij al zenuwslopend genoeg gevonden. Maar het idee dat ze op Pilgrim zou rijden, wiens rustiger gedrag van de laatste tijd hij niet geheel vertrouwde, vond hij ronduit angstaanjagend.

Hij ging er echter niet tegenin. Hij wist tenslotte niets van paarden af. De enige paarden waarbij hij zich op zijn gemak voelde, waren die kleintjes die je wel in winkelcentra zag staan, waar je een muntje in moest gooien om ze heen en weer te laten wiebelen. Toen het duidelijk was dat het plan niet alleen gesteund werd door Annie, maar zelfs ook door Tom Booker, had Robert gedaan alsof het plan ook zijn volle instemming had.

Tegen zessen wisten ze hoe ze het zouden aanpakken.

Wendy Auerbach had eindelijk opgebeld en had Grace gevraagd om precies te beschrijven waar de barst zat. Toen had ze tegen Robert gezegd dat als Grace naar New York zou kunnen komen om zich maandag een nieuwe vorm te laten aanmeten, ze die woensdag zouden kunnen passen, waarna ze tegen het weekend een nieuwe prothese klaar zouden kunnen hebben.

'Hartstikke fijn toch?'

'Hartstikke fijn,' zei Robert en hij bedankte haar.

Tijdens een plenaire vergadering van het gezin in het huis bij de beek besloten ze wat hun te doen stond. Annie en Grace zouden met Robert terugvliegen naar New York en dan zouden ze het volgende weekend weer hiernaartoe vliegen zodat Grace op Pilgrim kon rijden. Robert kon niet met hen mee terug, want hij moest weer naar Genève. Hij probeerde zo overtuigend mogelijk teleurgesteld te kijken omdat hij de pret niet zou kunnen meebeleven.

Annie belde de familie Booker en kreeg Diane aan de lijn, die eerder op de dag heel lief en begrijpend was geweest toen ze gehoord had wat er gebeurd was. Natuurlijk was het goed als ze Pilgrim hier achterlieten, zei ze. Smoky zou wel op hem passen. Zij en Frank zouden zaterdag aankomen uit Los Angeles, maar ze wist niet wanneer Tom terug zou zijn uit Wyoming. Ze nodigde hen allen uit om die avond te komen barbecuen. Annie zei dat ze dat geweldig zouden vinden.

Toen belde Robert de luchtvaartmaatschappij. En daar bleek zich een moeilijkheid voor te doen. Er was maar één andere plaats over op de vlucht van Salt Lake City naar New York die hij voor zichzelf al besproken had. Hij vroeg hun die in ieder geval vast te houden.

'Dan neem ik wel een volgende vlucht,' zei Annie.

'Waarom?' vroeg Robert. 'Je kunt eigenlijk net zo goed hier blijven.'

'Ze kan toch niet in haar eentje terugvliegen hiernaar toe.'

Grace zei: 'Waarom niet? Kom nou, mam, ik ben in mijn eentje naar Engeland gevlogen toen ik tien was!'

'Dat was anders. Hier moet je overstappen. En ik wil niet dat je in je eentje op een vliegveld rondzwerft.'

'Annie,' zei Robert. 'Dit is Salt Lake City. Er lopen daar meer christenen rond dan in het Vaticaan.'

'Ik ben geen kind meer hoor, mam!'

'Je bent wèl een kind!'

'De luchtvaartmaatschappij zorgt wel voor haar,' zei Robert. 'En als het echt niet anders kan, moet Elsa maar met haar mee vliegen.'

Er viel een stilte. Hij en Grace keken beiden naar Annie en wachtten op haar beslissing. Er was iets nieuws aan haar. Er was een soort ondefinieerbare verandering in haar opgetreden, die hem gisteren voor het eerst was opgevallen toen ze vanuit Butte hiernaar toe reden. Eerst had hij het toegeschreven aan haar uiterlijk, aan haar gezonde gelaatskleur. En tijdens de tocht had ze met een soort geamuseerde kalmte naar het geklets van hem en Grace zitten luisteren. Maar later dacht hij onder die rust even een soort melancholie gezien te hebben. Wat ze in bed met hem gedaan had, was fantastisch, maar ook op een bepaalde manier schokkend. Hij had het idee dat haar wens om dat te doen niet in de eerste plaats uit lustgevoel was voortgekomen, maar uit een dieper liggend en pijnlijker gevoel.

Robert zei tegen zichzelf dat wat de verandering bij Annie ook mocht zijn, die vast en zeker te maken had met het trauma van het verlies van haar

271

baan. Maar nu hij haar aankeek en wachtte tot zij haar beslissing nam, moest hij erkennen dat hij zijn vrouw onpeilbaar vond.

Annie keek uit het raam en zag hoe prachtige de lentemiddag was. Ze keek de anderen weer aan en trok een zogenaamd verdrietig gezicht.

'Dan zit ik hier helemaal in mijn eentje.'

Ze lachten alle drie.

Grace legde haar arm om haar heen. 'Ach, arme kleine mama.'

Robert glimlachte naar haar. 'Hé, gun jezelf eens wat. Geniet ervan. Na dat rotjaar met Crawford Gates. Als er iemand even wat vrije tijd verdient, dan ben jij het wel.'

Hij belde de luchtvaartmaatschappij om de reservering voor Grace te bevestigen.

In een beschut hoekje bij een bocht in de beek, niet al te ver van de kruising met de weg, waar de twee ruwhouten tafels stonden, bouwden ze het vuur voor de barbecue. De tafels stonden daar het hele jaar door en bij beide was het tafelblad kromgetrokken, verweerd en gebleekt door de onafgebroken invloed van de elementen. Annie had ze een keer zien staan toen ze aan het hardlopen was, waarbij ze steeds dezelfde route volgde. Sinds de tocht naar de bergen was ze echter maar één keer gaan hardlopen, en daarna had ze zichzelf verbaasd door tegen Grace te zeggen dat ze gejogd had. Toen had ze tegen zichzelf gezegd dat als ze nu toch een jogger geworden was, ze er maar beter mee kon ophouden.

De mannen waren er al eerder heen gegaan om het vuur aan te leggen. Het was voor Grace, met haar geplakte prothese en weer uit de kast gehaalde stok, veel te ver om te lopen, dus reed zij mee in de Chevy met Joe, die de foeragering verzorgde. Annie en Diane kwamen er te voet achteraan met de tweeling. Ze liepen op hun gemak van de avondzon te genieten. Het uitstapje naar Los Angeles was sinds kort geen geheim meer en de jongens praatten er opgewonden over.

Diane was vriendelijker dan ooit. Ze leek oprecht blij te zijn dat ze een oplossing hadden gevonden voor het probleem van Grace en ze vond het helemaal niet erg dat Annie hier bleef, waar ze eerst bang voor was geweest.

'Om je de waarheid te zeggen, Annie: ik ben blij dat jij hier dan ook bent. Die Smoky is een beste knaap, maar hij is nog een kind en ik weet niet precies wat er allemaal omgaat in die bovenkamer van hem.'

Ze liepen rustig door, terwijl de tweeling voor hen uit rende. Slechts één keer viel er een stilte in hun gesprek, toen een paar zwanen over hen heen vloog. Ze keken hoe de zon op hun witte halzen scheen terwijl ze passeerden en ze luisterden naar het zwiepen van hun vleugels in de stilte van de avond. Toen ze dichter bij de barbecueplaats kwamen, hoorde Annie het kraken van brandhout en zag ze witte rook boven de populieren uit kringelen.

De mannen hadden het vuur aangelegd op een met dik gras begroeid stukje land naast de beek. Frank liet de kinderen zien hoe goed hij platte stenen over het water kon keilen, maar hij oogstte daarmee slechts afkeurende opmerkingen. Robert, die een biertje in de hand had, was met de supervisie over het barbecuen belast. Hij nam zijn taak ernstig op, precies zoals Annie had verwacht, en verdeelde zijn aandacht tussen een gesprek met Tom en het toezicht op het braden. Hij schoof de stukken vlees voortdurend heen en weer, gebruikmakend van een vork met een lange steel. Annie bedacht met vertedering hoe hij afstak bij Tom en hoe buitenissig hij er hier eigenlijk uitzag met zijn Schotse geruite overhemd en zijn schoenen.

Tom zag de vrouwen het eerst. Hij zwaaide naar hen en kwam hun kant op om iets te drinken te pakken uit de koelbox. Diane nam een biertje en Annie een glas witte wijn uit een fles die ze zelf had meegenomen. Ze durfde Tom niet goed aan te kijken toen hij haar het glas overhandigde. Hun vingers raakten elkaar even. Haar hart sloeg over toen het gebeurde.

'Bedankt,' zei ze.

'Zo, dus jij neemt hier de zaken waar, volgende week.'

'Reken maar.'

'In ieder geval is er dan iemand die slim genoeg is om de telefoon te bedienen als er iets is,' zei Diane.

Tom glimlachte en keek Annie vertrouwelijk aan. Hij had geen hoed op en hij streek een lok van zijn blonde haar naar achteren terwijl hij sprak.

'Diane denkt dat Smoky niet tot tien kan tellen.'

Annie glimlachte. 'Ik vind het echt heel aardig van jullie. Eigenlijk hebben we al veel te lang van jullie gastvrijheid gebruik gemaakt.'

Hij antwoordde niet, maar glimlachte weer. Nu slaagde Annie er wel in hem te blijven aankijken. Ze had het gevoel dat, als ze zichzelf zou laten gaan, ze zo in het diepe blauw van zijn ogen weg zou kunnen zwemmen. Op dat moment kwam Craig aanrennen om te zeggen dat Joe hem de beek in had geduwd. Zijn broek was kletsnat tot aan zijn knieën. Diane riep Joe en liep weg om te kijken wat er precies gebeurd was. Toen Annie alleen met Tom achterbleef, voelde ze de paniek opkomen. Er was zo veel dat ze wilde zeggen, maar dat was allemaal zo bijzonder dat dit moment er absoluut niet geschikt voor leek. Ze wist niet of hij dat gevoel ook had, en zelfs niet of hij wel begreep waar ze mee zat.

'Ik vind het echt heel jammer voor Grace,' zei hij.

'Ach, nou ja. We hebben er een oplossing voor bedacht. Ik bedoel, als jij het goed vindt, gaat ze op Pilgrim rijden als je terug bent uit Wyoming.'

'Ik vind het uitstekend.'

'Bedankt. Robert zal er dan niet bij zijn, maar, weet je, nu we eenmaal zover zijn, zou het...'

'Helemaal geen probleem.'

Hij zweeg even. 'Grace heeft me verteld dat je je baan opgezegd hebt.'

'Ja, zo zou je het kunnen stellen.'

'Ze zei dat je er niet erg kapot van was.'

'Neen, ik ben er eigenlijk wel tevreden over.'

'Dat is fijn.'

Annie glimlachte en nam nog een slok wijn in de hoop dat de stilte tussen hen daardoor minder gespannen zou worden. Ze keek naar het vuur. Tom volgde haar blik. Nu hij alleen was, kon Robert al zijn aandacht op het barbecuen richten. Annie was er zeker van dat het vlees perfect gebraden zou worden.

'Hij weet wel hoe je een biefstuk moet bakken, die man van jou.'

'O ja, zeker. Hij geniet ervan.'

'Aardige vent is het.'

'Ja. Zeker.'

'Ik heb geprobeerd te bedenken wie het 't beste getroffen heeft.' Annie keek hem aan. Hij keek nog steeds naar het vuur. De zon scheen vol op zijn gezicht. Hij keek naar haar en glimlachte. 'Jij omdat je hem hebt, of hij omdat hij jou heeft.'

Ze gingen zitten en aten, de kinderen aan de ene tafel, de volwassenen aan de andere. Hun gelach vulde de open plek tussen de populieren. De zon ging onder en Annie keek hoe tussen de silhouetten van de bomen het gesmolten oppervlak van de beek afwisselend een roze, een rode en een gouden gloed kreeg door de weerkaatsing van de langzaam donkerder wordende hemel. Toen het donker genoeg was, staken ze de kaarsen aan, die in hoge glazen houders stonden om ze te beschermen tegen een wind die uitbleef, en keken ze naar het nerveuze gefladder van de nachtvlinders erboven.

Grace leek zich weer gelukkig te voelen nu het vooruitzicht dat ze Pilgrim zou kunnen berijden weer reëel was. Toen iedereen klaar was met eten, vroeg Grace aan Joe of hij Robert de truc met de lucifers wilde laten zien. De kinderen kwamen om de tafel van de volwassenen heen staan om te kijken of het hem zou lukken.

Toen de lucifer de eerste keer opsprong, lachten ze allemaal luid. Robert was geïntrigeerd. Hij vroeg Joe om het nog een keer te doen, maar dan langzamer. Hij zat tegenover Annie, tussen Diane en Tom in. Ze keek hoe het kaarslicht op zijn gezicht danste terwijl hij geconcentreerd toekeek en elke beweging van Joe's vingers volgde, zoekend naar de oplossing. Annie betrapte zich erop dat ze hoopte, en haast bad dat het hem niet zou lukken, of dat hij het in ieder geval niet zou laten blijken als hij er wel achter kwam. Hij probeerde het zelf een paar keer, maar het mislukte steeds. Joe vertelde hem alle onzin over statische elektriciteit en zo en maakte er een hele show van. Robert had zich bijna laten overhalen zijn hand in het water te steken 'om de lading op te wekken' toen Annie hem zag glimlachen. Ze wist dat hij de oplossing gevonden had. Verknoei het nou niet, dacht ze bij zichzelf. Verknoei nou niet alles, alsjeblieft.

'Ik weet het,' zei hij. 'Je tikt hem weg met je nagel, hè? Laat mij het nu nog eens proberen.'

Hij wreef met de lucifer door zijn haar en schoof hem langzaam over de palm van zijn hand naar de andere toe. Toen ze elkaar raakten, vloog die andere met een knal weg. De kinderen juichten en Robert grijnsde als een schooljongen die net de grootste vis heeft gevangen. Joe moest moeite doen om zijn gevoel van teleurstelling te verbergen.

'Die zijn veel te slim voor ons, die advocaten,' zei Frank.

'En nu die truc van Tom!' zei Grace. 'Mam, heb je dat stukje touw nog?'

'Natuurlijk,' zei Annie. Vanaf het moment dat Tom het aan haar gaf, had ze het in haar zak bewaard. Ze beschouwde het als een kostbaar geschenk. Tenslotte was dat het enige aandenken aan hem dat ze had. Zonder erbij na te denken pakte ze het en gaf ze het aan Grace. Maar ze had er onmiddellijk spijt van. Ze kreeg ineens een angstig voorgevoel, zo sterk dat ze de neiging had het uit te schreeuwen. Ze wist dat als ze Robert zijn gang liet gaan, hij ook dit raadsel tot klaarheid zou brengen. En als hij dat deed, zou er iets oneindig kostbaars verloren gaan.

Grace gaf het touw aan Joe, die tegen Robert zei dat hij zijn wijsvinger omhoog moest steken. Iedereen keek toe. Behalve Tom. Hij zat iets naar achteren en keek langs een van de kaarsen naar Annie. Ze wist dat hij haar gedachten kon lezen. Joe had het touw om Roberts vinger heen geslagen.

'Niet doen,' zei Annie plotseling.

Ze keken haar allemaal aan, verbaasd als ze waren door de ondertoon van paniek in haar stem. Ze voelde haar wangen ineens gloeien en ze glimlachte wanhopig, in haar verlegenheid steun zoekend in de gezichten om haar heen. Maar allemaal keken ze afwachtend naar haar.

'Ik... ik wilde eerst nog eens kijken of ik het zelf kan oplossen.'

Joe keek even of ze het echt meende, haalde toen het touw van Roberts vinger en gaf het aan haar terug. Annie dacht in de ogen van de jongen gezien te hebben dat hij het begrepen had, evenals Tom. Uiteindelijk was het Frank die redding bracht.

'Heel goed, Annie,' zei hij. 'Laat je door advocaten niet in je kaart kijken voordat je zelf alles uitgeknobbeld hebt.'

Iedereen moest lachen, zelfs Robert. Maar toen hun blikken elkaar kruisten, zag ze dat hij in verwarring was, misschien zelfs een beetje gekwetst. Even later, toen het gesprek weer in veilige banen verder ging, was Tom de enige die zag hoe zij het touw opwond en weer in haar zak stak.

31

Zondagavond laat controleerde Tom nog een laatste keer of met de paarden alles in orde was. Daarna ging hij naar binnen om te pakken. Scott stond in zijn pyjama op de overloop en kreeg net een laatste waarschuwing van Diane dat zij geen boodschap had aan zijn gezeur dat hij niet kon slapen. Hun vlucht zou de volgende ochtend om zeven uur vertrekken en de jongens waren al uren geleden naar bed gestuurd.

'Als je daar nu niet mee ophoudt, ga je niet mee. Heb je dat begrepen?'

'Laat je me dan hier in mijn eentje achter?'

'Ga daar maar van uit, ja.'

'Dat doe je tòch niet.'

'Ik zou het risico niet nemen als ik jou was.'

Toen Tom de trap op kwam zag hij kleren en een aantal halfvolle koffers op de grond liggen. Hij knipoogde naar Diane en loodste zonder een woord te zeggen Scott naar de kamer van de tweeling. Craig lag al te slapen. Samen gingen ze op Scotts bed zitten en praatten ze zachtjes over Disneyland en alle andere dingen die Scott te zien zou krijgen. Op een gegeven moment werden de oogleden van de jongen zwaar en viel hij in slaap.

Op weg naar zijn eigen kamer passeerde Tom Frank en Diane. Toen zij hem zag bedankte ze hem en wenste ze hem welterusten. Tom pakte alles bij elkaar wat hij de komende week nodig zou hebben, wat niet veel was. Daarna probeerde hij wat te lezen, maar hij kon zich niet concentreren.

Terwijl hij bij de paarden was, had hij Annie in haar auto terug zien komen nadat ze Grace en haar man naar het vliegveld had gebracht. Hij liep naar het raam en keek naar het huis bij de beek. Er brandde licht achter de gele jaloezieën van haar slaapkamerraam. Hij wachtte even, in de hoop haar schaduw te zullen zien, maar tevergeefs.

Hij waste zich, kleedde zich uit en stapte in zijn bed. Weer probeerde hij wat te lezen, maar ook nu lukte het hem niet. Hij knipte het licht uit en bleef met zijn handen achter zijn hoofd op zijn rug liggen. Hij stelde zich voor hoe ze daar helemaal in haar eentje in het huis zat, de hele week lang.

Hij zou morgenochtend om een uur of negen vertrekken naar Sheridan, maar voor hij wegging zou hij even bij haar langs gaan om gedag te zeggen. Hij zuchtte, draaide zich om en dwong zichzelf te gaan slapen. De slaap bracht hem echter geen rust.

Annie werd om een uur of vijf wakker en bleef even kijken naar het lichtgevende geel van de jaloezieën. Er heerste zo'n stilte in het huis dat ze bang werd dat ze die met zelfs de geringste beweging van haar lichaam zou verstoren. Daarna moest ze weer in slaap gevallen zijn, want ze werd weer wakker door het geluid van een auto in de verte. Ze wist dat het het gezin Booker moest zijn, dat naar het vliegveld vertrok. Ze vroeg zich af of hij ook was opgestaan om hen uit te zwaaien. Waarschijnlijk wel. Ze stapte het bed uit en trok de jaloezieën omhoog. Maar de auto was al weg en bij de ranch was niemand te zien.

Ze liep naar beneden in haar T-shirt en zette een kop koffie. Ze ging met het kopje in haar beide handen bij het raam van de huiskamer staan. Bij de beek en aan de overkant van de vallei was het mistig. Misschien was hij al buiten bij de paarden, om nog eens te kijken of alles in orde was voor hij vertrok. Ze zou een eindje kunnen gaan hardlopen om te kijken of ze hem zogenaamd bij toeval tegen zou kunnen komen. Maar stel je voor dat hij dan net langs zou komen om gedag te zeggen, zoals hij beloofd had?

Ze ging naar boven en zette het bad aan. Nu Grace er niet was, leek het huis ontzettend leeg en vond ze de stilte drukkend. Ze zette de kleine radio van Grace aan en vond een station dat redelijke muziek uitzond. Ze ging in het warme water liggen, maar ze had niet de illusie dat ze daar rustiger van zou worden.

Een uur later was ze aangekleed. Een groot deel van dat uur had ze besteed aan het aan- en uittrekken van allerlei kledingstukken, tot ze op een gegeven moment kwaad op zichzelf was geworden dat ze zich zo aanstelde en om zichzelf te straffen ten slotte dezelfde oude spijkerbroek en hetzelfde T-shirt aantrok die ze gisteren ook gedragen had. Wat maakte het verdomme ook allemaal uit! Hij kwam toch alleen maar langs om afscheid te nemen.

Ten slotte, nadat ze wel twintig keer uit het raam gekeken had, zag ze hem het huis uit komen en zijn tas achter in de Chevrolet gooien. Toen hij bij de kruising stopte, was ze even bang dat hij de andere kant op zou gaan en weg zou rijden, maar in plaats daarvan reed hij de richting van het huis bij de beek op. Annie ging de keuken in. Hij moest haar aantreffen terwijl ze bezig was, hij moest zien dat ze doorging met de dingen die ze altijd al deed en dat zijn vertrek niet zo'n geweldig drama was. Ze keek paniekerig rond. Alles was al gebeurd, de vaatwasser was al leeg, de vuilniszak had ze al opgeruimd, ze had zelfs (nota bene) de wasbak blinkend schoongemaakt, en dat alles om de tijd te doden tot hij zou komen. Ze besloot om verse koffie te zetten. Ze hoorde buiten het knerpen van de banden van de Chevy en toen ze opkeek zag ze dat hij zijn auto met de neus naar beneden neerzette, zodat hij straks meteen weg kon rijden. Hij zag haar en zwaaide.

Hij nam zijn hoed af en klopte even op de rand van de deur voor hij binnenkwam.

'Hoi.'

'Hoi.'

Hij bleef staan en draaide zijn hoed rond in zijn handen. 'Waren Grace en Robert op tijd voor hun vlucht?'

'O, ja hoor. Ruim. Ik hoorde Frank en Diane nog weggaan.'

'O ja?'

'Ja.'

Even was er geen ander geluid te horen dan het gegorgel van het koffiezetapparaat. Ze wisten niets te zeggen en durfden elkaar ook niet in de ogen te kijken. Annie stond tegen het aanrecht aan geleund en probeerde er ontspannen uit te zien terwijl ze haar nagels diep in haar handpalmen drukte.

'Heb je trek in koffie?'

'O, nee bedankt. Ik geloof dat ik er maar eens vandoor ga.'

'Oké.'

'Nou dan.' Hij haalde een stukje papier uit het zakje van zijn overhemd en deed een stap in haar richting om het haar te overhandigen. 'Dit is het telefoonnummer waar ik in Sheridan te bereiken ben. Voor als er wat bijzonders is, oké?'

Ze pakte het papiertje aan. 'Oké. Bedankt. Wanneer ben je terug?'

'O, zaterdag. Ik weet nog niet precies hoe laat. Smoky komt morgen om voor de paarden te zorgen en zo. Ik heb hem gezegd dat jij de honden te eten zou geven. En als je zin hebt, mag je altijd op Rimrock rijden.'

'Dank je. Misschien doe ik dat ook wel.' Ze keken elkaar aan. Zij glimlachte even en knikte hem toe.

'Oké,' zei hij. Hij draaide zich om en opende de deur. Ze liep achter hem aan naar buiten toe. Ze had het gevoel alsof een hand haar hart omklemde en er langzaam alle leven uit perste. Hij zette zijn hoed op.

'Nou, dag dan, Annie.'

'Dag.'

Ze bleef bij de deur staan en keek toe hoe hij in de auto stapte. Hij startte de motor, tikte aan de rand van zijn hoed en reed weg.

Hij reed viereneenhalf uur achter elkaar door, maar voor zijn gevoel was het niet de tijd, maar het groeiende aantal kilometers dat de pijn die hij voelde steeds erger maakte. Even ten westen van Billings reed hij zowat tegen een veewagen op terwijl hij over haar zat te dromen. Hij besloot de volgende afslag te nemen, zodat hij via Lovell kon rijden; dat was een wat rustiger route.

Op die weg kwam hij in de buurt van Clark's Fork, door het land dat hij als jongen gekend had, al was er niet veel herkenbaars overgebleven. Er was geen spoor meer van de oude ranch. De oliemaatschappij had zich al lang toegeëigend waar ze op uit was geweest en was vertrokken nadat ze het land opgedeeld en verkocht had in perceeltjes die eigenlijk te klein waren om van te leven. Hij reed langs de kleine afgelegen begraafplaats waar zijn grootouders en overgrootouders begraven waren. Normaal zou hij bloemen gekocht hebben en hier gestopt zijn, maar vandaag deed hij dat niet. Alleen in de bergen zou hij zich misschien wat lekkerder voelen, dus sloeg hij bij Bridger linksaf en reed hij over roodgekleurde onverharde wegen naar de Pryorbergen.

Maar de pijn in zijn borst werd alleen maar erger. Hij draaide het raampje omlaag en voelde de warme, naar salie ruikende lucht tegen zijn gezicht. Hij schold op zichzelf dat hij zo'n liefdesverdriet had; hij leek verdomme wel een schooljongen. Hij ging op zoek naar een plek waar hij zou kunnen stoppen, dan kon hij zichzelf eens even toespreken en weer de oude proberen te worden.

Sinds hij er de laatste keer geweest was, hadden ze een luxueuze nieuwe uitkijkplaats ingericht boven de Bighorn Canyon, met een grote parkeerplaats en kaarten en borden die de geologie van het gebied en meer van dat soort zaken uitlegden. Misschien was het wel een goede ontwikkeling, dacht hij bij zichzelf. Een groep Japanse toeristen liet zich fotograferen en een jong stel vroeg hem een foto van hen te maken, zodat ze er allebei op stonden. Toen hij het gedaan had, glimlachten ze en bedankten ze hem wel vier keer. Toen stapten ze allemaal weer in hun auto's en lieten ze hem alleen met de canyon.

Hij leunde over de metalen balustrade en keek vanaf een hoogte van driehonderd meter naar beneden, langs de geel-en-roze-gestreepte zandstenen wanden van de canyon naar de vuilgroene rivier op de bodem.

Waarom had hij haar niet in zijn armen genomen? Hij had aan haar gezien dat ze dat wilde, maar waarom had hij dat dan niet gedaan? Sinds wanneer was hij zo precies in die dingen? Hij had wat dit aangaat altijd gevonden dat een man en een vrouw maar gewoon moesten doen waar ze zin in hadden als ze er allebei hetzelfde over dachten. Goed, ze was getrouwd. Maar daarvan had hij zich in het verleden ook nooit iets aangetrokken, tenzij de man een vriend van hem was of misschien zelfmoord zou plegen uit ellende. Dus hoe zat het dan nu? Hij zocht naar een verklaring, maar vond die niet. Het enige wat duidelijk was, was dat hij nog nooit in deze situatie was geweest.

Onder hem, misschien wel honderdvijftig meter lager, zag hij zwarte vogels waarvan hij de naam niet kende met uitgestrekte vleugels door de lucht zweven tegen de achtergrond van de groene rivier. En toen vond hij ineens een naam voor wat hij voelde. Verlangen was het. Het was het verlangen dat Rachel al die jaren geleden naar hem had gevoeld en dat hij omgekeerd niet naar haar had gehad. Nog nooit had hij het gevoeld, bij niemand en bij niets. En nu wist hij eindelijk wat het was. Hij was een zelfstandig mens geweest, heel en op zichzelf, en nu was hij dat niet meer. Het leek alsof Annie hem die nacht met de aanraking van haar lippen een vitaal deel van hemzelf had ontstolen. En pas nu viel hem het verlies op.

Het was eigenlijk maar het beste zo, dacht Annie bij zichzelf. Ze was er dankbaar voor dat hij sterker was geweest dan zij. Dat dacht ze tenminste. Na het vertrek van Tom was ze streng voor zichzelf geweest en had ze allerlei voornemens gemaakt voor die dag en voor de dagen die erop volgden. Ze zou ze goed gebruiken. Ze zou al haar vrienden bellen die hun medeleven hadden betuigd en die ze nog niet geantwoord had. Ze zou haar advocaat bellen om alle vervelende details van haar ontslag te regelen en ze zou ook alle andere onafgemaakte zaken van de vorige week alsnog afhandelen. En bovendien was ze van plan om van haar afzondering te gaan genieten. Ze zou gaan wandelen, paardrijden, lezen, misschien zou ze zelfs iets gaan schrijven, al had ze nog geen idee wat. En dan zou tegen de tijd dat Grace terugkwam haar hoofd, en misschien ook haar hart, weer op orde zijn.

Maar zo eenvoudig was het niet. Toen de wolkjes van die ochtend door de warmte van de zon waren opgelost, was het weer een prachtige, heldere, warme dag geworden. Maar hoe ze ook haar best deed zich daar prettig bij te voelen, en ondanks het feit dat ze precies deed wat ze zich had voorgenomen, ze kon toch niet ontsnappen aan de matte leegte die ze in zich voelde. Om een uur of zeven schonk ze zichzelf een glas wijn in en zette dat op de rand van het bad, waarna ze haar lichaam en haar haar waste. Ze had op de radio van Grace een zender weten te vinden die iets van Mozart uitzond en hoewel de ontvangst nogal gestoord was, hielp de muziek wel om iets van het lege gevoel dat haar besloop te verdrijven. Om zichzelf nog wat op te vrolijken trok ze haar mooiste jurk aan, de zwarte met de roze bloemetjes.

Terwijl de zon achter de bergen verdween, stapte ze in de Ford Lariat en reed ze naar de ranch om de honden hun eten te geven. Uit het niets kwamen ze op haar af gerend en alsof zij hun allerbeste vriendin was, liepen ze met haar mee de stal in waar het hondevoer bewaard werd.

Ze had net hun etensbakken gevuld toen ze een auto hoorde aankomen. Het viel haar op dat de honden er geen aandacht aan besteedden. Ze zette de bakjes neer en liep de deur uit.

Zij zag hem een fractie van een seconde eerder dan hij haar.

Hij stond voor zijn auto. Het portier stond open en de koplampen glommen met een zachte gloed in de schemering. Hij draaide zich om en zag haar, net op het moment dat zij stil bleef staan in de deuropening van de stal. Hij nam zijn hoed af, maar ging er niet zenuwachtig mee staan draaien zoals die ochtend. Hij keek ernstig. Ze bleven allebei doodstil staan, misschien maar vijf meter van elkaar, en zwegen.

'Ik dacht...' Hij slikte. 'Ik dacht, ik ga gewoon terug.'

Annie knikte. 'Ja.' Haar stem was nauwelijks te horen. Ze wilde naar hem toe gaan, maar merkte dat ze zich niet kon bewegen. Hij begreep het, legde zijn hoed op de motorkap en liep naar haar toe. Terwijl ze hem op zich af zag komen, vreesde ze dat alle emoties die ze in zich voelde opkomen haar volledig zouden overspoelen en haar mee zouden voeren voordat hij bij haar was. Om dat te voorkomen tastte ze voor zich uit en pakte ze hem beet, als iemand die aan het verdrinken is. Hij kwam binnen haar bereik en zij binnen het zijne. Hij sloot haar in zijn armen. Ze was gered.

Op dat moment overspoelde de golf haar. Ze barstte in snikken uit en ze voelde zelfs haar botten schudden terwijl ze zich aan hem vastklampte. Hij voelde haar schudden en schokken en hield haar extra stevig vast. Hij duwde zijn gezicht tegen het hare aan. Hij voelde de tranen over haar wangen stromen en ving ze op en veegde ze weg met zijn lippen. Toen ze voelde dat ze wat kalmeerde, bewoog ze haar hoofd omhoog en vond ze zijn mond.

Hij kuste haar zoals hij haar in de bergen gekust had, maar nu met een drang waaraan geen van beiden zich nog kon onttrekken. Hij hield haar gezicht in zijn handen zodat hij haar nog beter kon zoenen, en zij streek met haar handen over zijn rug en pakte hem onder zijn armen vast en voelde toen pas dat zijn lijf zo hard en mager was dat ze haar vingers tussen zijn ribben kon leggen. Hij pakte haar op dezelfde manier vast. Ze trilde onder zijn aanraking.

Ze gingen iets achteruit om op adem te komen en elkaar aan te kijken.

'Ik kan maar nauwelijks geloven dat je er bent,' zei ze.

'Ik had nooit weg moeten gaan.'

Hij nam haar bij de hand en leidde haar langs de Chevrolet, waarvan de deur nog open stond en de koplampen nu duidelijker zichtbaar werden in het langzaam minder wordende licht. De hemelkoepel boven hen vertoonde een steeds dieper wordende oranje kleur, die boven het zwart van de bergen overging in een schakering van karmijnrode en vermiljoenkleurige wolken. Annie wachtte bij de voordeur terwijl hij hem opende.

Hij deed geen enkele lamp aan, maar liep met haar door de huiskamer, waar hun voetstappen kraakten en echoden op de houten vloer, terwijl in het halfdonker sepiakleurige gezichten vanaf de foto's aan de muur hen nakeken.

Haar verlangen naar hem was zo hevig dat het tijdens het beklimmen van de brede trap haast aanvoelde als een soort ziekte. Ze kwamen op de overloop en liepen hand in hand langs de kamers waarvan de deuren openstonden. Overal waar ze naar binnen keken lagen losse kledingstukken en speelgoed, alsof ze op een schip waren waar de opvarenden plotseling van boord waren gegaan. Ook de deur van zijn kamer stond open. Hij deed een stapje opzij om haar binnen te laten, liep achter haar aan en sloot de deur.

Het viel haar op hoe groot en kaal de kamer was, helemaal niet in overeenstemming met hoe ze zich al die avonden dat ze het licht achter zijn raam had zien branden de ruimte had voorgesteld. Door datzelfde raam zag ze nu het huis bij de beek afsteken tegen de hemel. De kamer was vervuld van een langzaam minder wordende gloed waarin alles er koraalkleurig en grijs uitzag.

Hij strekte zijn armen uit en trok haar naar zich toe om haar weer te kussen. En toen begon hij zonder een woord te zeggen de lange rij knoopjes aan de voorkant van haar jurk los te maken. Ze keek hoe hij het deed, ze keek naar zijn vingers en naar zijn gezicht, naar de kleine rimpeltjes van concentratie op zijn voorhoofd. Hij keek op en zag haar kijken, maar hij glimlachte niet en keek haar alleen maar aan terwijl hij het laatste knoopje losmaakte. Haar jurk viel open en toen hij zijn hand eronder stak en haar huid aanraakte, zuchtte ze diep en rilde ze. Hij hield haar boven haar heupen vast, zoals daarnet, boog zich voorover en kuste voorzichtig de bovenkant van haar borsten, boven haar beha.

Annie boog haar hoofd naar achteren en sloot haar ogen. Er bestaat niets anders dan dit, dacht ze bij zichzelf. Er bestaat geen andere tijd en geen andere plaats dan hier en nu en hem en ons. En alle dagelijkse dingen, zoals gedachten over de gevolgen of de duurzaamheid of over goed en kwaad, dat alles deed er volstrekt niet toe. Het was onontkoombaar, het moest gebeuren, het was de werkelijkheid.

Tom leidde haar naar het bed. Ze bleven ernaast staan terwijl zij uit haar schoenen stapte en zijn overhemd begon los te knopen. Nu was het zijn beurt om toe te kijken, en hij bezag wat ze deed met een gevoel van verwondering.

Nooit eerder had hij in deze kamer gevrijd. En sinds Rachel zelfs niet meer in zijn eigen huis. Hij had wel bij vrouwen in hun bed gelegen, maar nooit had hij hen naar het zijne laten komen. Hij was seks als iets gewoons gaan zien, had het op een afstand gehouden zodat hij zijn vrijheid kon bewaren en zichzelf kon vrijwaren van het soort verlangen dat hij bij Rachel had gezien en dat hij nu zelf voelde voor Annie. Haar aanwezigheid hier in zijn kamer was dus angstaanjagend en wonderbaarlijk tegelijk.

In het licht dat door het raam naar binnen viel, leek haar huid op te gloeien op de plaats waar haar jurk was opengevallen. Ze maakte zijn riem en het bovenste knoopje van zijn spijkerbroek los en trok zijn overhemd eruit, zodat hij het kon uittrekken.

Op het moment dat hij even niets kon zien omdat hij zijn T-shirt uittrok, voelde hij haar handen op zijn borst. Hij boog zijn hoofd en kuste haar weer tussen haar borsten terwijl hij haar geur opsnoof alsof hij erin wilde verdrinken. Hij schoof haar jurk voorzichtig van haar schouders.

'O, Annie!'

Ze opende haar lippen, maar zei niets. Ze keek hem alleen maar in zijn ogen terwijl ze haar armen naar achteren stak en haar beha losmaakte. Het was een gewone, witte beha met aan de bovenkant een eenvoudig kanten strookje. Ze tilde de bandjes van haar schouder en liet hem vallen. Ze had een prachtig lichaam. Haar huid was bleek, behalve in haar hals en op haar armen, waar de zon goudkleurige sproeten had veroorzaakt. Haar borsten waren voller dan hij gedacht had, en ze waren nog stevig. De tepels waren groot en zaten hoog. Hij legde zijn handen erop en toen zijn mond, waardoor hij ze hard voelde worden. Zij bewoog haar hand naar de rits van zijn broek.

'O, alsjeblieft,' zuchtte ze.

Hij trok de verbleekte deken van het bed en deed de lakens van elkaar. Zij ging liggen en keek toe hoe hij zijn laarzen en sokken uittrok en vervolgens zijn broek en zijn onderbroek. Hij voelde geen enkele schaamte, zoals hij ook bij haar niets van een schaamtegevoel bemerkte. Waarom zouden ze ook schaamte voelen bij iets wat zij niet zelf in de hand hadden, maar wat voortkwam uit een diepere kracht, die niet alleen hun lichamen beroerde, maar ook hun zielen, en waarvoor categorieën als schaamte eenvoudigweg niet bestonden?

Hij knielde naast haar neer op het bed. Zij pakte zijn stijve lid in haar handen. Ze boog haar hoofd en streek er met haar lippen zo subtiel langs dat hij huiverde en zijn ogen sloot om zijn opwinding wat draaglijker te maken.

Toen hij haar weer aankeek stonden haar ogen donker en straalde er net zo'n verlangen uit als hij wist dat ook zijn ogen toonden. Ze liet hem los, ging achterover liggen en tilde haar heupen op zodat hij haar katoenen broekje voorzichtig kon uittrekken.

Haar schaamhaar was dik en heel donker amberkleurig. Het laatste daglicht viel op de krulletjes aan de rand. Vlak daarboven was het verbleekte litteken van een keizersnede zichtbaar. Dit ontroerde hem zo – al wist hij niet waarom – dat hij zich vooroverboog om het over de hele lengte met zijn lippen af te tasten. Hij merkte dat zijn opwinding toenam door het gevoel van haar schaamhaar op zijn gezicht en de warme zoete geur die hij rook. Hij richtte zijn hoofd weer op en ging op zijn hielen zitten om op adem te komen en haar beter te kunnen zien.

Ze bekeken elkaar in hun naaktheid en lieten hun ogen elkaar aftasten met alle lust die in hen was. De lucht was vervuld van de hongerige gelijktijdigheid van hun ademhaling en de kamer scheen als een hen omsluitende long op te zwellen en in te krimpen op dat ritme.

'Ik wil dat je in me komt,' fluisterde ze.

'Maar ik heb geen...'

'Geeft niet. Het is veilig. Kom maar in me.'

Met een verlangend gezicht pakte ze zijn lid weer beet en toen ze haar vingers eromheen sloot, had ze het gevoel dat ze de wortel van zijn bestaan in bezit nam. Hij kwam op zijn knieën weer naar voren en liet zich door haar leiden.

Toen hij Annie zich voor hem zag openen en de zachte aanraking van hun lichamen voelde, zag Tom ineens weer die twee zwarte vogels voor zich die met hun gespreide vleugels onder hem langs gevlogen waren, tegen de achtergrond van het groen van de rivier. Hij had het gevoel dat hij terugkeerde uit een of ander ver verbanningsoord en dat hij hier, en alleen hier, weer een heel mens kon worden.

Toen hij in haar kwam, had Annie het gevoel dat hij een hete en energieke golf in haar lendenen losmaakte die langzaam bezit nam van haar hele lichaam en vervolgens haar hersenen doorploegde. Ze voelde hem in zich, voelde hoe hun twee halve wezens vochtig en glibberig één werden. Ze voelde de liefkozing van zijn handen op haar borsten en toen ze haar ogen opende, zag ze hoe hij zich vooroverboog om ze te kussen. Ze voelde zijn tong rondgaan en hoe hij op een van haar tepels beet.

Zijn huid was bleek, maar niet zo bleek als de hare, en de kruisvormige beharing op zijn door ribben doorploegde borst was donkerder dan zijn door de zon gebleekte hoofdhaar. Hij had een soort soepelheid over zich die overeenstemde met wat ze verwacht had en die ongetwijfeld verband hield met zijn werk. Hij bewoog zich met hetzelfde soort zelfvertrouwen dat zij steeds al bij hem gezien had, alleen was het nu geheel op haar gericht, in alle openheid en intensiteit. Ze vroeg zich af hoe dit lichaam, dat ze nooit eerder gezien had, dit vlees, deze lichaamsdelen van hem die ze nooit eerder had aangeraakt, haar zo bekend konden voorkomen en haar zo goed konden passen.

Zijn mond kleefde aan haar armholte. Ze voelde hoe zijn tong door het haar heen bewoog dat ze sinds ze in Montana was weer had laten groeien tot het lang en zacht was. Ze draaide haar hoofd en zag de ingelijste foto's op de ladenkast staan. Even dreigde deze aanblik haar weer terug te voeren naar die andere wereld, die ze nu aan het veranderen was en die, wist ze, vol schuldgevoel zou zitten als ze er ook maar één blik in zou werpen. Niet nu, zei ze tegen zichzelf, nog niet, en ze pakte zijn hoofd met haar beide handen en ging blindelings op zoek naar de vergetelheid van zijn mond.

Toen hun monden elkaar loslieten, leunde hij naar achteren en keek hij voor het eerst glimlachend op haar neer terwijl hij langzaam op haar heen en weer bewoog op het ritme van hun versmolten ego's.

'Weet je nog, die eerste keer dat we uit rijden gingen?' vroeg ze.

'Ja, ik weet alles nog.'

'Die adelaars? Weet je dat nog?'

'Ja.'

'Dat zijn wij. Nu op dit moment. Dat zijn wij.'

Hij knikte. Hun ogen verloren zich in elkaar. Ze glimlachten niet meer, maar volgden hun steeds sterker wordende drang, totdat ze ten slotte zijn gezicht zag vertrekken en hem voelde trillen, waarna ze hem zich in haar voelde ontladen. Zij boog zich naar hem toe en voelde op hetzelfde ogenblik in haar lendenen een langdurige, schokkende samenballing, die zich eerst naar haar kern voortplantte en vervolgens opsprong en zich in golven uitbreidde naar de verste uithoeken van haar wezen, samen met hem, tot hij iedere vezel van haar vulde en ze één waren en ononderscheidbaar met elkaar vervlochten.

32

Bij het ochtendgloren werd hij wakker. Meteen voelde hij haar warme, nog slapende lijf naast zich. Ze lag languit naast hem, met haar hoofd in de holte van zijn arm. Hij voelde haar adem en het zachte op en neergaan van haar borsten tegen zijn huid. Ze had haar rechterbeen over het zijne heen geslagen en hij voelde haar schaamhaar zachtjes op zijn dij kriebelen. De palm van haar rechterhand lag op zijn borst, net boven zijn hart.

Het was dat uur van de waarheid waarop de man meestal vertrok, terwijl de vrouw wilde dat hij bleef. Hij had het zelf vaak meegemaakt, die neiging om 'm te smeren als een dief in de nacht. De neiging leek niet zozeer voort te komen uit schuldgevoel als wel uit angst, de angst namelijk dat de aangename sfeer en de vriendschap waarop vrouwen prijs leken te stellen na een nacht vol met meer lichamelijke genoegens op een of andere manier te verplichtend zouden zijn. Misschien was hier een soort oerprincipe aan het werk: je zaaide je zaad en dan maakte je dat je wegkwam.

Maar hoewel dat misschien de normale gang van zaken was, voelde Tom van deze neiging nu geen spoor. Hij bleef doodstil liggen om haar niet wakker te maken. Even dacht hij dat dat misschien kwam doordat hij daar bang voor was. Tijdens de lange uren van hun onvermoeibare honger had zij de afgelopen nacht geen moment enig teken van spijt getoond. Maar hij wist dat er bij het wakkerworden dan misschien wel geen spijt zou zijn, maar dat het heel goed mogelijk was dat ze het gebeurde in een nieuw perspectief zou zien. Zo lag hij in het opkomende daglicht te genieten van haar schuldeloze warmte onder zijn arm.

Hij viel weer in slaap en werd weer wakker door het geluid van een auto. Annie had zich omgedraaid en hij lag nu tegen haar rug aan, met zijn gezicht tegen haar geurige nek. Toen hij bij haar wegging, mompelde zij iets, maar ze werd niet wakker. Hij gleed het bed uit en pakte stilletjes zijn kleren.

Het was Smoky. Hij stond naast hun beide auto's met een bezorgd gezicht te kijken naar Toms hoed, die de hele nacht op de motorkap van de Chevrolet had gelegen. Hij begon opgelucht te grijnzen toen hij het geluid van de deur hoorde en Tom zijn kant op zag komen lopen.

'Hai, Smoky.'

'Ik dacht dat je weg was, naar Sheridan?'

'Ja, dat was de bedoeling. Maar het is allemaal anders gelopen. Sorry, ik had je willen bellen.' Hij had de man met de paarden wel gebeld, vanuit een benzinestation in Lovell, maar Smoky was hij helemaal vergeten.

Smoky overhandigde hem zijn hoed. Hij was nat van de dauw. 'Ik dacht even dat je misschien door buitenaardse wezens ontvoerd was of zo.' Hij keek naar Annies auto. Tom zag dat hij probeerde te bedenken hoe het zat. 'Zijn Annie en Grace dan niet terug naar huis?'

'Ja, Grace wel, maar voor haar moeder was er geen plaats meer in het vliegtuig. Zij blijft hier tot Grace volgende week weer terugkomt.'

'Ja, ja.' Smoky knikte traag, maar Tom zag aan zijn gezicht dat hij niet helemaal tevredengesteld was. Tom keek naar het openstaande portier van de Chevy en bedacht ineens dat de verlichting ook de hele nacht aangestaan moest hebben.

'Ik had gisteravond problemen met de accu,' zei hij. 'Misschien kun jij me even op gang helpen?'

Het verklaarde natuurlijk lang niet alles, maar voor Smoky was het voldoende dat hem gevraagd werd iets te doen. Alle twijfels verdwenen van zijn gezicht.

'Natuurlijk,' zei hij. 'Ik heb wel kabels liggen, wacht maar.'

Annie opende haar ogen en had even tijd nodig om te bedenken waar ze was. Ze draaide zich om en verwachtte hem naast zich te zien liggen en voelde een lichte paniek toen ze zag dat ze alleen was. Die paniek nam toe toen ze van buiten het geluid van stemmen en het dichtslaan van een autoportier hoorde. Ze ging rechtop zitten en zwaaide haar benen tussen de lakens vandaan. Ze stond op en liep naar het raam. Ze merkte onderweg dat ze kletsnat was tussen haar benen en daar ook een soort pijn voelde, die echter tegelijkertijd weldadig aandeed.

Door een spleet tussen de gordijnen zag ze Smoky's pick-up wegrijden, terwijl Tom hem stond na te zwaaien. Toen hij weg was, draaide Tom zich om en liep hij weer naar het huis toe. Ze wist dat hij haar niet zou kunnen zien als hij naar boven keek, en terwijl ze naar hem keek, probeerde ze te bedenken op welke manier de afgelopen nacht hen beiden veranderd zou kunnen hebben. Wat zou hij nu van haar denken, nu hij haar zo losbandig en schaamteloos had meegemaakt? En wat vond zij nu van hem?

Hij knipperde met zijn ogen tegen de scherpe lucht waarin de wolken al aan het verdwijnen waren. De honden sprongen om hem heen. Hij aaide ze over hun koppen en praatte onder het lopen tegen ze. Annie bedacht dat er althans voor haar niets veranderd was.

Ze douchte in zijn badkamertje, en verwachtte zo'n beetje overvallen te worden door schuldgevoel en berouw, maar ze voelde geen van beide. Alleen onrust over wat hij zou denken. De aanblik van de weinige toiletspullen boven zijn wasbak ontroerde haar, merkte ze. Ze poetste haar tanden met zijn tandenborstel. Er hing een grote blauwe badhanddoek bij de deur. Toen ze die omsloeg hulde ze zich in zijn geur. Zo liep ze terug naar zijn kamer.

Hij had de gordijnen opengedaan en stond uit het raam te kijken toen ze binnenkwam. Hij hoorde haar aankomen en draaide zich om. Ineens herinnerde zij zich dat hij dat op dezelfde manier had gedaan in het huis in Choteau, toen hij zijn oordeel over Pilgrim zou gaan geven. Er stonden twee kopjes op de tafel naast hem. Ze zag de bezorgdheid in zijn glimlach.

'Ik heb koffie gezet.'

'Lekker.'

Ze liep naar de tafel toe en pakte een kopje. Ze legde er haar beide handen omheen. Nu ze samen zo in de grote, lege kamer stonden, hadden ze de neiging om formeel te gaan doen, alsof ze elkaar niet kenden en allebei te vroeg op een feestje verschenen waren.

Hij wees op de badhanddoek. 'Die staat je goed.'

Ze glimlachte en nam een slokje. Er zat geen melk in en de koffie was sterk en heel heet.

'Er is wel een betere badkamer verderop in de gang. Als je...'

'Die van jou is prima.'

'Dat was Smoky die langs kwam. Ik was vergeten hem te bellen.'

Er viel een stilte. Ergens bij de beek hinnikte een paard. Hij zag er zo bezorgd uit dat ze ineens bang werd dat hij zou gaan zeggen dat het hem speet, dat het allemaal een vergissing was en dat hij het op prijs zou stellen als ze gewoon maar zouden vergeten wat er gebeurd was.

'Annie?'

'Ja?'

Hij slikte. 'Ik wilde je alleen maar zeggen, dat wat je ook voelt, wat je ook denkt... het is goed.'

'En wat voel jij?'

Het enige wat hij zei was: 'Ik houd van je.' Hij glimlachte en haalde op een manier die haar tot tranen toe ontroerde even zijn schouders op. 'Dat is alles.'

Ze zette haar kopje op tafel en liep naar hem toe. Ze omklemden elkaar alsof het leven hen nu al uit elkaar wilde rukken. Ze bedekte zijn gezicht met kussen.

Ze hadden vier dagen de tijd voordat Grace en het gezin Booker weer terug zouden komen. Vier dagen en vier nachten. Niet meer dan één uitgesponnen ogenblik in de keten van momenten. En wat er ook zou gebeuren, hoe zwaar ze ook zouden moeten boeten, dit moment zou nooit verloren gaan. Het was voor eeuwig in hun hoofden en harten gegrift.

Ze vrijden weer terwijl de zon achter het huis vandaan kwam en hen met zijn stralen verwarmde. En na afloop, terwijl ze in elkaars armen lagen, vertelde ze hem wat ze wilde. Namelijk dat zij samen weer eens naar die hoge weiden zouden rijden waar ze elkaar voor het eerst gekust hadden, waar ze nu alleen zouden kunnen zijn en waar slechts de bergen en de hemel over hen zouden kunnen oordelen.

Even voor de middag staken ze de beek over.

Terwijl Tom de paarden zadelde en een pakpaard belaadde met alles wat ze nodig zouden kunnen hebben, was Annie naar het huis bij de beek gereden om andere kleren aan te trekken en de noodzakelijke dingen op te halen. Ze hadden afgesproken allebei voedsel mee te nemen. Ze had er niets over gezegd – en hij had het niet gevraagd – maar hij wist dat ze ook haar man in New York wilde bellen om hem een soort verklaring voor haar komende afwezigheid te geven. Hij had hetzelfde gedaan met Smoky, die langzamerhand de vele veranderingen van plannen niet meer kon volgen.

'O, dus je gaat kijken hoe het met de koeien is, daarboven?'

'Ja.'

'Ga je alleen of...?'

'Nee, Annie gaat ook mee.'

'O, juist ja.' Er viel even een stilte. Tom kon Smoky's hersenen horen kraken toen hij zwijgend de juiste gevolgtrekking maakte.

'En, Smoky, ik zou het op prijs stellen als je dit niet verder vertelde.'

'O, 'tuurlijk, Tom. Daar kun je op rekenen.'

Hij zei dat hij langs zou komen om de paarden te verzorgen, zoals ze eerder al hadden afgesproken. Tom wist dat hij op beide punten op hem kon rekenen.

Voordat ze vertrokken ging Tom naar de paarden toe en zette Pilgrim in het veld waar nog een paar jongere paarden liepen waarmee hij het wel kon vinden. Meestal begon Pilgrim dan meteen met hen rond te rennen, maar vandaag bleef hij bij het hek staan en keek hij Tom na toen hij weer terugliep naar de gezadelde paarden.

Tom reed op dezelfde merrie als tijdens de tocht met het vee, de roodbruine vos. Toen hij naar het huis bij de beek reed, met Rimrock en het kleine pakpaard achter zich aan, keek hij om en zag hij dat Pilgrim nog steeds in zijn eentje bij het hek stond en hem nakeek. Het leek net alsof het paard wist dat er iets veranderd was in hun levens.

Tom wachtte met de paarden op de weg onder het huis bij de beek en keek hoe Annie met lange passen de heuvel af kwam lopen, naar hem toe.

Het gras in de wei achter de kruising van de beek en de weg was lang en weelderig geworden. Algauw zou het tijd zijn voor de hooiers met wie hij een contract had. Het gras sloeg tegen de paardebenen aan toen Tom en Annie er naast elkaar doorheen reden. Verder was er geen ander geluid te horen dan het kraken van hun zadels.

Een tijdlang leek geen van beiden behoefte te hebben om te praten. Zij stelde geen vragen over het land waar ze door reden, en Tom dacht bij zichzelf dat dit niet kwam doordat ze eindelijk de namen kende van alle bomen en planten, maar omdat de namen er niet meer toe deden. Het enige belangrijke was dat ze bestonden.

Ze hielden stil in de middaghitte en drenkten de paarden bij dezelfde plas als de vorige keer. Ze aten wat zij had meegenomen, brood met kaas en sinaasappels. Hij haalde in een lange sliert de schil van de hare eraf. Ze moesten allebei lachen toen zij het bij de zijne ook probeerde maar het niet lukte.

Ze staken het plateau over waar de bloemen al aan het verwelken waren, en deze keer reden ze wel samen de bergkam op. Ze maakten geen herten aan het schrikken, maar wel zagen ze, nog geen kilometer bij hen vandaan, een kleine kudde mustangs lopen. Tom gebaarde naar Annie dat ze moest stoppen. De wind stond hun kant op en de mustangs hadden hen nog niet geroken. Het was een kleine kudde van zeven merries, waarvan er vijf een veulen bij zich hadden. Ook waren er nog een paar jonge hengsten bij die nog niet oud genoeg waren om uit de groep verstoten te worden. De hengst die de kudde aanvoerde, had Tom nooit eerder gezien.

'Wat een prachtig dier,' zei Annie.

'Ja, ongelofelijk hè?'

Hij zag er fantastisch uit. Hij had een brede borst en een stevige achterhand en hij woog misschien wel vijfhonderd kilo. Zijn vacht was prachtig wit. De reden dat hij Tom en Annie nog niet had gezien, was dat hij het op dat moment te druk had met een nog bedreigender indringer. Een jonge hengst, een vos, probeerde zich op te dringen bij de merries.

'Het kan er wel eens heftig aan toe gaan in deze tijd van het jaar,' zei Tom rustig. 'Het is de paartijd en deze knaap vindt het kennelijk tijd worden om eens wat te ondernemen. Vermoedelijk loopt hij al dagenlang achter de kudde aan, waarschijnlijk samen met een paar andere jonge hengsten.'

Tom ging in de stijgbeugels staan om beter om zich heen te kunnen kijken.

'Ja, ik zie ze al.' Hij wees ze Annie aan. Het waren er een stuk of tien en ze stonden een kleine kilometer verderop.

'Dat noemen ze nou een vrijgezellenkudde. Ze hangen een beetje rond, weet je wel, en dan worden ze dronken en gaan ze opscheppen tegen elkaar en een beetje de bink uithangen, tot ze groot genoeg zijn om een ander zijn merries af te pikken.'

'Ja, ja, ik begrijp wat je bedoelt.' De toon waarop ze sprak deed hem beseffen wat hij eigenlijk gezegd had. Ze keek hem op een bepaalde manier aan, maar hij keek niet terug. Hij wist precies hoe ze eruit zou zien, hoe haar mondhoeken zouden staan, en die gedachte deed hem plezier.

'Ja, zo zit het.' Hij bleef strak naar de mustangs kijken.

De twee hengsten stonden neus aan neus en werden gadegeslagen door de merries en de veulens en de vriendjes van de uitdager een eind verderop. Plotseling was er een explosie van activiteit. Beide hengsten hinnikten luid en gooiden hun hoofden in de lucht. Doorgaans bond de zwakste van de twee dan in, maar in dit geval deed de vos dat niet. Hij steigerde en hinnikte luid, maar de witte hengst steigerde ook en hinnikte nog luider en sloeg met zijn hoeven naar zijn tegenstander. Zelfs op deze afstand was het wit van de ontblote tanden te zien en het geluid van de klappen met de hoeven te horen. En toen was het ineens voorbij. De vos vluchtte verslagen weg. De witte hengst keek hem na, waarna hij even een blik op Tom en Annie wierp en vervolgens zijn gezin in veiligheid bracht.

Tom voelde dat zij weer naar hem keek. Hij haalde zijn schouders op en grijnsde naar haar.

'Soms win je in zo'n situatie, maar soms ook niet.'

'Wat denk je, probeert die andere het later nog eens?'

'O, zeker wel. Hij moet eerst nog een tijdje terug naar de sportschool, maar later komt hij beslist een keer terug.'

Ze legden een vuur aan bij de beek, vlak bij de plek waar ze elkaar voor het eerst gekust hadden. Net als de eerste keer stopten ze de aardappelen tussen de gloeiende kooltjes en maakten ze ondertussen hun slaapplaats in orde. Ze legden hun slaapzakken naast elkaar en legden de zadels er als hoofdkussen naast, waarna ze de slaapzakken aan elkaar ritsten. Een nieuwsgierig groepje vaarzen stond aan de overkant van de beek toe te kijken.

Toen de aardappelen klaar waren, aten ze die op, samen met de worsten die ze in een oude ijzeren koekepan hadden gebraden en een paar eieren waarvan Annie niet gedacht had dat die de reis zouden doorstaan. Ze veegden de laatste resten van hun bord met wat er nog over was van het brood. De hemel was ondertussen bewolkt geworden. Ze deden de afwas in de maanloze beek en legden alles te drogen op het gras. Toen trokken ze hun kleren uit en vrijden ze, terwijl het vuur een flakkerend licht op hun huid wierp.

Hun samenzijn had een ernst en een waardigheid die Annie in overeenstemming leken met de plek waar ze zich bevonden. Het was alsof ze de belofte bezegelden die zich hier had aangekondigd.

Daarna zat Tom tegen zijn zadel geleund en lag zij met haar rug en haar hoofd tegen zijn borst in zijn armen. De lucht was behoorlijk afgekoeld. Ergens hoog in de bergen was een gehuil te horen. Coyotes waren dat, vertelde hij. Hij legde een deken om zijn schouders en hulde hen beiden erin, alsof hij haar wilde beschermen tegen de nacht en tegen alle gevaar. Niets vanuit die andere wereld kan ons hier bereiken, dacht Annie, echt niets.

Urenlang praatten ze over hun levens, terwijl ze in het vuur staarden. Zij vertelde hem over haar vader en over alle vreemde landen waar ze gewoond hadden voordat hij stierf. Ze vertelde hem hoe ze Robert ontmoet had en dat ze hem zo intelligent en betrouwbaar had gevonden, zo volwassen en toch zo gevoelig. En dat hij dat allemaal nog steeds was, zo'n voortreffelijke man. Ze hadden een goed huwelijk gehad, en dat was het in veel opzichten nog steeds, maar erop terugkijkend realiseerde ze zich dat wat ze werkelijk van hem wilde datgene was wat ze kwijtgeraakt was bij het overlijden van haar vader, namelijk stabiliteit, veiligheid en onvoorwaardelijke liefde. Dit alles had Robert haar spontaan gegeven, zonder er iets voor terug te verlangen. En zij van haar kant was hem trouw gebleven. 'Ik bedoel niet dat ik niet van hem houd,' zei ze. 'Dat doe ik namelijk wel. Echt. Het is alleen dat het een soort liefde is die – ik weet niet – meer op dankbaarheid of zo lijkt.'

'Omdat hij van jou houdt.'

'Ja. En vanwege Grace... Wat klinkt dat afschuwelijk, hè?'

'Nee, helemaal niet.'

Ze vroeg of het tussen hem en Rachel ook zo geweest was, maar hij vertelde dat dat anders zat. Annie luisterde zwijgend naar zijn verhaal. Met in haar achterhoofd de foto die ze op Toms kamer had gezien, van dat mooi gevormde gezicht met de donkere ogen en het weelderige, glanzende haar, toverde ze een beeld te voorschijn van hoe dat leven geweest zou zijn. De glimlach op het gezicht vond ze moeilijk te combineren met het verdriet waarover Tom nu sprak.

Het was niet de vrouw maar het kind in haar armen waardoor Annie het meest geraakt was. Ze voelde even een hevige jaloezie, al wilde ze dat op dat moment niet als zodanig erkennen. Het was hetzelfde gevoel dat ze had gehad toen ze de initialen van Tom en Rachel in de betonnen muur zag. Merkwaardig genoeg nam de andere foto, die van de volwassen Hal, dat gevoel weer helemaal weg. Hij had donker haar, zoals zijn moeder, maar hij had Toms ogen. Zelfs op dat in de tijd bevroren beeld waren zijn ogen volstrekt ontwapenend.

'Zie je haar nog wel eens?' vroeg Annie toen hij uitgesproken was.

'De laatste keer is al weer een aantal jaren geleden. Af en toe spreken we elkaar telefonisch wel. Meestal gaat het dan over Hal.'

'Ik zag zijn foto op je kamer staan. Een mooie jongen.'

Ze hoorde Tom achter haar glimlachen. 'Ja, hè?' Toen zwegen ze. Een houtblok met een witte aslaag erbovenop viel in het vuur naar beneden, een regen van oranje vonken de nacht in werpend.

Hij vroeg: 'Had jij nog meer kinderen willen hebben?'

'O, jazeker. We hebben het geprobeerd, maar ik raakte het altijd kwijt en uiteindelijk hebben we het maar opgegeven. Het liefst wilde ik het altijd voor Grace. Een broertje of een zusje voor Grace.'

Ze zwegen weer en Annie wist – of dacht te weten – wat er door zijn hoofd speelde. Maar dat was een gedachte die voor beiden te pijnlijk was om uit te spreken, zelfs hier aan deze buitenrand van de wereld.

De coyotes bleven hun gehuil de hele nacht aanhouden. Deze beesten bleven hun partner hun hele leven trouw, vertelde hij haar. Ze waren zelfs zo aan elkaar gehecht dat als er een vastzat in een val, de ander hem eten bracht.

Twee dagen lang reden ze door de bergen en over de pieken. Af en toe lieten ze de paarden achter en liepen ze een stuk. Ze zagen elanden en beren en een keer dacht Tom zelfs een wolf te zien die vanaf een steile rots stond uit te kijken. Hij had zich omgedraaid en was verdwenen voor hij hem goed had kunnen zien. Hij zei er niets over tegen Annie voor het geval zij zich er zorgen over zou maken.

Ze kwamen door verscholen valleien met hoog opgeschoten gras en wilde lelies en liepen door weiden die omgetoverd leken tot helderblauwe meren van kniehoge lupine.

De eerste nacht regende het en zette hij de kleine tent die hij meegenomen had op in een groene wei die bezaaid was met de verbleekte stammen van omgevallen berken. Ze raakten tot op hun huid doorweekt en gingen bij de ingang van de tent lacherig bij elkaar zitten met dekens over hun schouders. Ze dronken gloeiendhete koffie uit tinnen mokken terwijl de paarden buiten in de stromende regen onverstoorbaar doorgraasden. Annies natte gezicht werd van onderaf belicht door de olielamp. Hij vond dat hij nog nooit zo'n mooi schepsel had gezien.

Terwijl zij die nacht in zijn armen sliep, lag hij te luisteren naar het gekletter van de regen op het tentdoek en probeerde hij te doen wat ze volgens haar allebei moesten doen: niet verder te denken dan het huidige moment, alleen dat beleven. Maar het lukte hem niet.

De dag daarop was het helder en warm. Ze kwamen bij een meertje dat gevoed werd door een smalle waterval. Annie zei dat ze zin had om te gaan zwemmen, maar hij moest lachen en zei dat hij daarvoor te oud was, en het water te koud. Maar dat accepteerde ze niet, dus onder de kritische blikken van de paarden ontkleedden ze zich en sprongen het water in. Het was zo ijzig koud dat ze kreten van afschuw slaakten en er onmiddellijk weer uit klauterden en elkaar in hun naaktheid omhelsden en bibberend als een stel idioten probeerden op te warmen.

Die nacht was er noorderlicht te zien en gloeide de hemel groen en blauw en rood. Voor Annie was het de eerste keer dat ze het zag, terwijl hij het nooit zo helder en duidelijk had gezien. Het licht rimpelde en verspreidde zich in de vorm van een grote heldere boog, met slierten van allerlei kleuren erachter. Hij zag de weerkaatsing van de lichtgolven in haar ogen terwijl ze vrijden.

Het was de laatste nacht van hun aan de alledaagse werkelijkheid ontstolen idylle, maar geen van beiden refereerden ze daaraan, behalve dan door hun hartstochtelijke lichamelijkheid. Alsof ze dat stilzwijgend en alleen op fysiek niveau overeengekomen waren, gunden ze elkaar geen rust. Ze mochten hun tijd niet met slapen verdoen. Ze consumeerden elkaar, als wezens die een vreselijke, eindeloze winter te wachten stond. En ze hielden pas op toen zij het door hun blauwe plekken en hun door de vele aanrakingen verschraalde huid van pijn uitschreeuwden. Het geluid dreef door de lichtgevende verstildheid van de nacht, door de beschaduwde dennebomen en verder naar boven, tot het de luisterende bergpieken bereikte.

Een tijdje daarna, toen Annie sliep, hoorde hij, als een verre echo, een hoog klinkende oerschreeuw die alle levende wezens het zwijgen oplegde. Tom wist dat hij gelijk had gehad en dat hij inderdaad een wolf had gezien.

33

Ze schilde de uien en halveerde ze, waarna ze ze in smalle plakjes sneed, onderwijl door haar mond ademend om te voorkomen dat haar ogen zouden gaan tranen. Ze voelde dat hij iedere beweging van haar nauwlettend volgde, wat het merkwaardige effect had dat ze zich daardoor zekerder van zichzelf voelde, alsof hij haar met zijn blik nieuwe vaardigheden gaf die ze daarvoor nooit gedacht had te bezitten. Ze had dat ook gevoeld bij het vrijen. Misschien – ze glimlachte bij het idee – voelden paarden zich ook zo in zijn aanwezigheid.

Hij leunde achterover tegen het muurtje aan de andere kant van de keuken. Hij had het glas wijn dat zij voor hem had ingeschonken niet aangeraakt. In de huiskamer was het muziekprogramma dat ze op de radio van Grace opgezocht had, gevolgd door een diepgaand gesprek over een of andere componist van wie ze nog nooit had gehoord. Sprekers op deze klassieke zender leken allemaal hetzelfde weeïg kalme stemgeluid te hebben.

'Waar zit je naar te kijken?' vroeg ze zachtjes.

Hij haalde zijn schouders op. 'Naar jou. Stoort het je?'

'Nee, ik vind het prettig. Het geeft me het gevoel dat ik weet waar ik mee bezig ben.'

'Je kookt lekker.'

'Ik vind het zelf maar matig, over het algemeen.'

'Nou, ik vind het heerlijk wat je maakt.'

Toen ze die middag op de ranch teruggekomen waren, was ze bang geweest dat ze onmiddellijk weer in de werkelijkheid van alledag terecht zouden komen. Maar vreemd genoeg was dat niet gebeurd. Ze voelde zich als het ware ingesponnen in een soort onverstoorbare rust. Terwijl hij naar de paarden was gaan kijken, had zij gekeken wat er voor berichten binnengekomen waren en geconstateerd dat geen daarvan zorgelijk was. Het belangrijkste bericht was afkomstig van Robert; hij meldde het nummer en de tijd van aankomst van Grace's vlucht naar Great Falls, de volgende dag. Bij Wendy Auerbach was alles 'hartstikke fijn' verlopen, liet hij weten, en Grace was zelfs zo enthousiast over haar nieuwe been dat ze erover dacht zich in te schrijven voor de marathon van New York.

Annies rust werd zelfs niet verstoord toen ze opbelde naar New York en hen ook allebei aan de lijn kreeg. De boodschap die ze dinsdag had ingesproken, dat ze een paar dagen zou gaan doorbrengen in de blokhut van de familie Booker in de bergen, had niet de minste verbazing gewekt. Hun hele huwelijksleven lang al was ze er regelmatig in haar eentje tussenuit geknepen en Robert zou dit waarschijnlijk gewoon opvatten als noodzakelijk in het herstelproces na het verlies van haar baan. Hij vroeg alleen hoe het geweest was, en zij antwoordde gewoon dat het heerlijk was geweest. Ze had eigenlijk niet eens echt hoeven liegen, ze had alleen niet de hele waarheid verteld.

'Ik maak me wel een beetje zorgen over al dat gedoe van terug-naar-de-natuur en lekker-buiten-leven van jou, hoor,' had hij bij wijze van grap gezegd.

'Hoe dat zo?'

'Nou, zo meteen wil je daar definitief gaan wonen en dan moet ik me laten omscholen tot agrarisch jurist of zo.'

Nadat ze opgehangen hadden, had Annie zich afgevraagd waarom het geluid van zijn stem of die van Grace haar niet in die oceaan van schuldgevoel had gestort die haar zeker te wachten stond. Maar dat was gewoon niet gebeurd. Het leek wel alsof dat gevoelige deel van haar persoon tijdelijk opgeschort was, zolang ze zich bewust was van het feit dat ze nog slechts een paar korte uren met Tom samen kon zijn.

Ze was bezig het pastagerecht voor hem klaar te maken dat ze had willen maken toen de hele familie bij haar te eten was. De basilicumplantjes die ze in Butte had gekocht deden het goed. Terwijl ze de blaadjes fijnhakte kwam hij naar haar toe, legde zijn handen op haar heupen en kuste haar in haar hals. Ze raakte al haast buiten adem van zijn aanraking.

'Ruikt goed,' zei hij.

'Wat ruikt goed, ik of de basilicum?'

'Allebei.'

'Weet je, in de oudheid gebruikten ze basilicum om de doden te balsemen.'
'Bij het maken van mummies, bedoel je?'
'Ja. Het voorkomt dat het vlees verhardt.'
'Nou, dan zal ik er maar niet te veel van eten, vind je ook niet?'
Ze lachte, en strooide het kruid in de pan waarin de uien en de tomaten al gaar aan het worden waren. Toen draaide ze zich naar hem om en legde haar handen op zijn gezicht. Met haar voorhoofd raakte ze zijn lippen aan en hij kuste haar zachtjes. Ze keek omlaag en schoof haar duimen in de voorzakken van zijn spijkerbroek. Terwijl ze samen de stilte van het moment proefden, wist Annie dat ze deze man niet los zou kunnen laten.
'O Tom, ik houd zo van je.'
'Ik houd ook van jou.'
Ze stak de kaarsen aan die ze voor het dineetje gekocht had en draaide de neonlampen uit, zodat ze aan het tafeltje in de keuken konden eten. De pastaschotel was perfect. Toen ze klaar waren met eten, vroeg hij haar of ze al bedacht had hoe de truc met het touwtje werkte. Ze zei dat het volgens Joe geen truc was, maar dat ze er in ieder geval nog niet achter was.
'Heb je het nog, het touwtje?'
'Wat dacht je?'
Ze haalde het uit haar zak en gaf het hem. Hij vroeg haar haar middelvinger op te steken en goed te kijken, want hij zou het haar maar één keer laten zien. Ze deed wat hij vroeg en lette goed op elke beweging die hij met zijn hand maakte tot het touw vastzat om hun beider vingers. En toen, net voordat hij het langzaam lostrok, zag ze ineens hoe het werkte.
'Laat mij het eens proberen,' zei ze. Ze merkte dat ze precies de bewegingen van zijn hand had onthouden en die nu spiegelbeeldig zelf kon uitvoeren. En ja hoor, toen ze trok, raakte het touw los.
Hij ging achterover in zijn stoel zitten en keek haar aan met een glimlach die zowel liefdevol als bedroefd was.
'Zie je het nou,' zei hij. 'Nu weet je het.'
'Mag ik het touwtje bewaren?'
'Je hebt het niet meer nodig,' zei hij, en pakte het en stopte het in zijn zak.

Iedereen was er, maar Grace had liever gewild dat ze er niet waren. De aanloop tot dit ogenblik was echter zo geweest dat je moeilijk iets anders had kunnen verwachten. Ze keek naar de gezichten van de mensen die bij het hek van de grote piste afwachtend stonden te kijken. Haar moeder was er, Frank en Diane, Joe, de tweeling, met identieke petjes van de Universal Studio's op, en zelfs Smoky was langsgekomen. En als het nu allemaal eens misging? Het zou niet misgaan, zei ze vastberaden tegen zichzelf. Dat zou ze niet laten gebeuren.

Pilgrim stond gezadeld en wel midden in de piste, terwijl Tom bezig was de stijgbeugels op de juiste hoogte in te stellen. Het paard zag er prachtig uit. Grace had er nooit aan kunnen wennen hem met een cowboyzadel op te zien. Sinds ze op Gonzo reed, had ze een duidelijke voorkeur ontwikkeld voor haar eigen oude Engelse zadel. Daarop voelde ze zich prettiger, dus dat zouden ze vandaag dan ook gebruiken.

Eerder al hadden Tom en zij de laatste klitten uit zijn manen en zijn staart weten te verwijderen en hadden ze hem geborsteld en gekamd totdat hij prachtig glansde. Afgezien van zijn littekens zag hij eruit als een prijswinnaar, vond ze. Altijd al had hij er bij speciale gelegenheden goed uitgezien. Het was bijna op de kop af een jaar geleden, bedacht ze, dat ze de eerste foto van hem had gezien, de foto die ze uit Kentucky opgestuurd hadden. Ze hadden net allemaal gezien hoe Tom hem voorzichtig een paar keer de piste rond gereden had. Grace had naast haar moeder gestaan en geprobeerd door diep ademhalen het zenuwachtige gevoel in haar maag te onderdrukken.

'Stel je voor dat hij zich alleen door Tom laat berijden,' had ze gefluisterd. Annie had even een arm om haar heen geslagen en gezegd: 'Lieverd, Tom zou nooit toestaan dat je op hem reed als het niet veilig was. Dat weet je toch?'

Het was waar. Maar daar werd ze niet minder zenuwachtig door.

Tom had Pilgrim alleen gelaten en liep nu op haar af. Ze liep hem tegemoet. Het nieuwe been zat uitstekend.

'Ben je er klaar voor?' vroeg hij. Ze slikte en knikte hem toe. Ze wist niet of ze haar stem in bedwang kon houden. Hij zag hoe bezorgd ze keek en toen hij bij haar was, zei hij zachtjes, zodat niemand anders het kon horen: 'Weet je, Grace, we hoeven het nu niet te doen, hoor. Om je de waarheid te zeggen, wist ik ook niet dat het een hele voorstelling zou worden.'

'Het geeft niet,' zei ze. 'Ik vind het niet erg.'

'Weet je het zeker?'

'Ik weet het zeker.'

Hij legde zijn arm om haar schouders en samen liepen ze naar de plek waar Pilgrim stond te wachten. Ze zag hem zijn oren opsteken toen ze dichterbij kwamen.

Annies hart bonsde zo hard in haar keel dat ze dacht dat Diane, naast haar, het zeker zou horen. Het was moeilijk te onderscheiden welk deel van de spanning veroorzaakt werd door wat Grace ging doen en welk deel met haarzelf te maken had. Want wat er aan de andere kant van die strook rood zand stond te gebeuren was veelbetekenend. Het was zowel een begin als een einde, al had Annie geen nauw omschreven idee waarvan en

297

voor wie. Het leek alsof alles ronddraaide in een enorme, steeds sneller bewegende emotionele centrifuge, en dat ze pas als die tot stilstand kwam zou kunnen zien wat het resultaat voor ieder van hen zou zijn, en hoe ze dan verder zouden moeten.

'Het is wel een heel dapper kind, die dochter van je,' zei Diane.

'Weet ik.'

Tom hield Grace een paar meter bij Pilgrim vandaan staande om hem niet nerveus te maken. De laatste paar passen deed hij alleen. Hij stond naast hem stil en pakte toen voorzichtig de leidsels. Hij hield zijn hoofd naast het zijne terwijl hij het paard kalmeerde door hem met de vlakke hand zachtjes in zijn hals te kloppen. Pilgrim bleef Grace voortdurend aankijken.

Zelfs van een afstand kon Annie zien dat er iets niet in orde was. Toen Tom probeerde hem naar voren te trekken, zette hij zich schrap. Hij tilde zijn hoofd op en keek op Grace neer, zodat je boven zijn ogen het wit zag. Tom draaide hem om en liep een paar rondjes met hem, zoals zij het hem met de halster om had zien doen. Hij oefende druk op hem uit en liet hem zijn achterhand naar opzij bewegen. Dit leek hem te kalmeren, maar zodra Tom met hem naar Grace toe liep, werd hij weer nerveus.

Grace stond met haar rug naar Annie toe, dus zij kon niet zien hoe ze keek. Maar dat hoefde ze ook niet. Van waar ze stond kon ze duidelijk merken hoe bezorgd en gekwetst het meisje zich moest voelen.

'Ik weet niet of het wel zo'n goed idee is om dit te doen,' zei Diane.

'Het zal best wel lukken.' Annie had het te snel en te nadrukkelijk gezegd.

'Ja, het zal wel,' zei Smoky. Maar ook hij leek niet echt overtuigd.

Tom leidde Pilgrim weer weg en liep nog een paar rondjes met hem, maar toen het daarna weer niet lukte, besteeg hij hem en reed hij een paar keer in galop met hem de piste rond. Grace draaide zich langzaam om en volgde hem met haar ogen. Ze keek Annie even aan en ze wisselden een glimlach, die echter aan weerskanten niet erg overtuigend was.

Tom sprak tegen niemand en bemoeide zich uitsluitend met Pilgrim. Hij had rimpels in zijn voorhoofd, maar Annie kon niet uitmaken of dat door de concentratie kwam of door bezorgdheid, al wist ze dat hij nooit bezorgdheid toonde als hij met paarden in de weer was.

Hij steeg af en liep weer met Pilgrim naar Grace. En weer bokte het paard. Deze keer draaide Grace zich om en viel ze bijna. Terwijl ze door het zand op hen af kwam lopen, trilde haar onderlip. Annie zag dat ze tegen haar tranen vocht.

'Smoky?' riep Tom. Smoky klom over het hek en liep naar hem toe.

Frank zei tegen Grace: 'Het komt wel goed, hoor. Je moet even geduld hebben, Tom heeft hem zo gekalmeerd. Let maar op.'

Grace knikte en probeerde te glimlachen, maar durfde hem noch iemand anders aan te kijken, Annie nog wel het minst. Annie had behoefte om haar armen om haar heen te slaan, maar ze wist zich te beheersen. Ze wist dat Grace zich dan niet in zou kunnen houden en zou gaan huilen, waarna ze zich weer verlegen zou voelen met de situatie en boos zou worden op hen beiden. In plaats daarvan zei ze, toen het meisje in de buurt kwam: 'Frank heeft gelijk. Het komt wel goed.'

'Hij zag dat ik bang was,' zei Grace zacht.

In de piste waren Tom en Smoky verwikkeld in een verhitte maar gedempte discussie, die alleen voor Pilgrim hoorbaar was. Na enige tijd draaide Smoky zich om en rende naar het hek aan de andere kant van de piste. Hij klom eroverheen en verdween de schuur in. Tom liet Pilgrim staan waar hij stond en liep naar de wachtende toeschouwers.

'Oké, Gracie,' zei hij. 'We gaan nu iets doen waarvan ik gehoopt had dat het niet nodig zou zijn. Maar er leeft nog iets in hem waar ik op geen enkele andere manier bij kan komen. Dus Smoky en ik gaan nu proberen hem neer te leggen. Begrijp je?'

Grace knikte. Annie zag dat het meisje net zomin als zij begreep wat hij bedoelde.

'Wat ga je dan precies doen?' vroeg Annie. Hij keek haar aan en ze zag ineens het beeld van hun ineengestrengelde lichamen weer levendig voor zich.

'Nou, eigenlijk niet meer dan wat ik zei. Maar ik moet erbij zeggen dat het niet altijd een leuk gezicht is om naar te kijken. Soms verzetten ze zich er fel tegen. Daarom houd ik er ook niet van om het te doen, tenzij het niet anders kan. En deze knaap heeft ons al eens getoond dat hij de strijd niet uit de weg gaat. Dus als je liever niet wilt kijken, stel ik voor dat je even naar binnen gaat. Dan roepen we je wel als we klaar zijn.'

Grace schudde haar hoofd. 'Nee, ik wil het zien.'

Smoky keerde in de piste terug met de spullen die Tom hem gevraagd had te halen. Ze hadden dit een paar maanden geleden al eens gedaan tijdens een cursus in New Mexico, dus Smoky wist min of meer wat er gebeuren moest. Toch nam Tom samen met hem nog eens zachtjes, buiten het gedrang, door wat er van hem verwacht werd, zodat hij geen fouten zou maken en niemand gewond zou raken.

Smoky luisterde met een ernstig gezicht en knikte zo nu en dan. Toen Tom ervan overtuigd was dat hij alles goed begrepen had, liepen ze samen naar Pilgrim toe. Hij week achteruit naar de andere kant van de piste en je kon aan de bewegingen van zijn oren zien dat hij voorvoelde dat er iets stond te gebeuren dat misschien niet zo leuk zou zijn. Hij liet Tom naderbij komen en zich door hem in zijn hals aaien, maar hij bleef Smoky in de gaten houden die een paar meter verderop stond met stukken touw en andere dingen in zijn handen.

Tom maakte het hoofdstel los en deed hem toen de halster van touw aan die Smoky hem aangaf. Vervolgens gaf Smoky hem een voor een de uiteinden van twee lange stukken touw aan, die hij opgerold aan zijn arm had hangen. Tom maakte een van de touwen vast aan de onderkant van de halster en het andere aan de zadelknop.

Hij ging heel rustig te werk en gaf Pilgrim geen reden om bang te worden. Hij voelde zich schuldig bij de gedachte aan wat er komen ging, hoe hij het vertrouwen dat hij met het paard had opgebouwd weer teniet moest doen voordat hij het opnieuw kon opbouwen. Misschien had hij het daarnet verkeerd gezien, dacht hij. Misschien had hetgeen er tussen hem en Annie was gebeurd hem wel zo veranderd dat Pilgrim het aanvoelde. Het waarschijnlijkst was wel dat het paard de angst van Grace had gevoeld. Maar je kon nooit helemaal zeker zijn, zelfs hij niet, van wat er zich allemaal afspeelde in de geest van zo'n dier. Maar misschien gaf Tom het paard van ergens heel diep in zichzelf ook wel te kennen dat hij niet wilde dat het zou lukken, omdat als het goed ging, dat het einde zou zijn van de training en Annie zou vertrekken.

Hij vroeg Smoky hem de kluister aan te geven. Het ding was gemaakt van een oude jutezak en touw. Hij streek met een hand langs het voorbeen van Pilgrim en tilde zijn hoef op. Het paard bewoog zich nauwelijks. Tom kalmeerde hem voortdurend met zijn handen en zijn stem. Toen het paard tot rust was gekomen, trok hij de kluister over zijn hoef heen en maakte hij hem stevig vast. Met het touw dat aan de kluister vastzat trok hij de hoef omhoog, waarna hij het vastmaakte aan de zadelknop. Pilgrim was nu een driebenig dier geworden. De explosie kon niet uitblijven.

En die kwam, zoals verwacht, zodra Tom wegliep en het touw dat aan de halster vastzat van Smoky overnam. Pilgrim probeerde zich te bewegen en merkte dat hij kreupel was. Hij strompelde en hinkte op zijn rechtervoorbeen en het gevoel dat hij had, joeg hem zo'n angst aan dat hij opsprong, waardoor hij nog banger werd.

Als hij niet kon lopen, dan kon hij misschien galopperen, dus probeerde hij dat, maar zijn ogen weerspiegelden zijn paniek toen hij dat deed. Tom en Smoky zetten zich schrap en trokken hard aan de touwen die ze vasthielden, waardoor hij gedwongen was binnen een cirkel met een straal van misschien vijf meter van hen vandaan te blijven. Rondje na rondje draaide hij, als een op hol geslagen draaimolenpaard met een gebroken been.

Tom keek eens naar de gezichten die hen vanaf het hek gadesloegen. Hij zag dat Grace lijkbleek was geworden en dat Annie haar nu vasthield. Hij nam het zichzelf kwalijk dat hij hun de keus had gelaten en hen niet gewoon naar binnen had gestuurd zodat hun de pijn van dit nare schouwspel bespaard gebleven zou zijn.

Annie had haar handen op de schouders van Grace gelegd. Haar knokkels waren helemaal wit geworden. Bij beiden stond elke spier gespannen en ze maakten beiden onwillekeurige bewegingen bij elke sprong van Pilgrim. 'Waarom doet hij dit nou!' riep Grace uit.

'Ik weet het ook niet,' zei Annie.

'Het komt wel goed, Grace,' zei Frank. 'Ik heb hem dit wel eens eerder zien doen.' Annie keek hem aan en probeerde te glimlachen. Zijn gezicht drukte iets anders uit dan hij met zijn woorden bedoeld had. Joe en de tweeling keken haast net zo bezorgd als Grace.

Diane zei zachtjes: 'Misschien moeten jullie even met haar naar binnen gaan.'

'Nee,' zei Grace. 'Ik wil blijven kijken.'

Pilgrim baadde inmiddels in het zweet, maar hij wist van geen ophouden. Tijdens het rennen sloeg hij met zijn opgebonden voet als met een wilde vin in de lucht. Doordat hij steeds opsprong, wierp hij voortdurend grote wolken rood zand op die als een fijn rood waas om hen heen bleven hangen. Annie had het gevoel dat het zeer verkeerd was en helemaal niet bij Tom hoorde om dit zo aan te pakken. Ze had hem wel eerder streng zien optreden tegen paarden, maar nooit was daarbij zoveel pijn en zoveel lijden aan de orde geweest. Alles wat hij met Pilgrim gedaan had, was gericht geweest op het opbouwen van vertrouwen. En nu deed hij hem pijn. Ze begreep er absoluut niets van.

Ten slotte hield het paard stil. En zodra hij dit deed, knikte Tom naar Smoky en lieten ze de touwen vieren. Toen ging hij er weer vandoor en trokken ze ze weer aan en bleven ze eraan trekken totdat hij weer stopte. Weer lieten ze de touwen slap hangen. Het paard bleef staan en hijgde zwaar. Hij leek wel een zwaar astmatische roker; het geluid dat hij maakte klonk zo vreselijk dat Annie haar oren wel dicht had willen stoppen.

Tom zei iets tegen Smoky. Smoky knikte, gaf Tom het touw dat hij vasthield en ging de opgerolde lasso ophalen die hij in het zand had laten liggen. Hij zwaaide ermee door de lucht en bij de tweede poging slaagde hij erin om de lus over Pilgrims zadelknop te werpen, waarna hij hem stevig aantrok. Met het touw liep hij vervolgens naar de andere kant van de piste, waar hij het uiteinde met een makkelijk los te maken knoop aan de onderkant van het hek vastmaakte. Toen hij terugkwam nam hij de twee andere touwen van Tom over.

Toen ging Tom naar het hek toe en begon druk uit te oefenen op de lasso. Pilgrim voelde het en zette zich schrap. De lasso trok hem naar beneden, waardoor het zadel scheef kwam te staan.

'Wat doet hij nou?' zei Grace met een dun, angstig stemmetje.

Frank zei: 'Hij probeert hem op de knieën te krijgen.'

Pilgrim verzette zich langdurig en fel, en toen hij op het laatst neerknielde, was het maar voor een ogenblik. Toen leek hij al zijn krachten te verzamelen om weer overeind te komen. Nog drie keer ging hij neer en kwam hij weer overeind, als een soort onwillige bekeerling. Maar de druk die Tom op het zadel uitoefende was zo groot en meedogenloos dat het paard uiteindelijk op zijn knieën ging en niet meer overeind kwam.

Annie voelde de ontspanning in de schouders van Grace. Maar het was nog niet ten einde. Tom bleef druk uitoefenen. Hij riep naar Smoky dat hij de andere touwen moest laten schieten en hem moest komen helpen. Nu gingen ze samen aan de lasso trekken.

'Waarom laten ze hem nou niet met rust!' zei Grace. 'Hebben ze hem nou nog niet genoeg pijn gedaan?'

'Hij moet gaan liggen,' zei Frank.

Pilgrim snoof als een gewonde stier. Het schuim stond hem op de mond. Zijn flanken zaten onder het zand dat door het zweet aan hem bleef plakken. Weer verzette hij zich tot het uiterste. Maar weer was de overmacht te groot. En ten slotte liet hij zich langzaam op zijn zij zakken, legde het hoofd op de grond en bleef stil liggen.

Annie had het gevoel dat het een totale en vernederende overgave was. Ze voelde dat Grace begon te schokschouderen van het snikken. Ze voelde ook zichzelf volschieten en was niet bij machte haar tranen tegen te houden. Grace draaide zich om en begroef haar gezicht tegen Annies borst aan.

'Grace!' Het was Tom die riep.

Annie keek op en zag dat hij met Smoky bij het op de grond uitgestrekte lichaam van Pilgrim stond. Ze leken wel twee jagers bij het kadaver van een neergeschoten prooi.

'Grace?' riep hij weer. 'Kom eens hier, alsjeblieft.'

'Nee, ik kom niet!'

Hij liet Smoky alleen en liep naar hen toe. Zijn gezicht stond streng. Hij was bijna onherkenbaar, alsof hij bezeten was van een of andere duistere, wrekende kracht. Annie hield haar armen om Grace heen om haar te beschermen. Tom hield vóór hen stil.

'Grace, ik wil graag dat je met mij mee komt.'

'Nee, dat doe ik niet.'

'Je moet.'

'Nee, dan doe je hem alleen maar nog meer pijn.'

'Hij heeft geen pijn. Er is niets aan de hand met hem.'

'Ja, dat zal wel!'

Annie wilde zich ermee bemoeien en haar dochter beschermen. Maar Toms houding was zo intimiderend dat ze hem haar uit haar omarming liet losmaken. Hij pakte het meisje bij de schouders en dwong haar hem aan te kijken.

'Je moet het doen, Grace. Vertrouw op mij.'

'Maar wat moet ik dan doen?'

'Loop maar met me mee, dan zal ik het je laten zien.'

Aarzelend liet ze zich door hem door de piste meevoeren. Annie voelde nog steeds de neiging haar te beschermen en stapte onuitgenodigd het hek over en volgde hen. Ze bleef op een afstand van een paar meter staan, maar wel dichtbij genoeg voor het geval het nodig mocht zijn. Smoky probeerde naar haar te glimlachen, maar besefte dat dat op dat moment niet zo gepast was. Tom keek naar haar.

'Maak je maar geen zorgen, Annie.' Ze knikte heel even.

'Oké dan, Grace,' zei Tom. 'Ik wil dat je hem aait. Ik wil dat je begint bij zijn achterbenen en van daar af over zijn hele lichaam wrijft.'

'Maar wat heeft dat voor zin? Hij is zo goed als dood.'

'Doe gewoon wat ik je gevraagd heb.'

Grace liep aarzelend naar de achterhand van het paard. Pilgrim tilde zijn hoofd niet van de grond, maar Annie zag dat hij haar met één oog probeerde te volgen.

'Oké zo. En nu moet je hem aaien. Toe maar. Begin maar met dat been. Toe maar. Ja, goed zo.'

Grace riep uit: 'Maar zijn lichaam is helemaal slap! Wat heb je met hem gedaan?'

Annie zag plotseling het beeld van Grace voor zich zoals ze in het ziekenhuis lag.

'Hij knapt wel weer op. Leg nu je hand op zijn heup en wrijf erover. Ja, goed zo.'

Pilgrim bewoog zich niet. Langzamerhand ging Grace steeds verder naar voren en wreef ze hem over zijn hijgende, bezwete en vies geworden flanken, zoals Tom haar opgedragen had. Ten slotte wreef ze hem in zijn hals en over de natte, zijdeachtig aanvoelende zijkant van zijn hoofd.

'Oké. Goed zo. En nu wil ik dat je op hem gaat staan.'

'Nee, dat doe ik absoluut niet!'

'Grace...'

Annie deed een stap naar voren. 'Tom...'

'Houd je erbuiten, Annie.' Hij keek haar niet eens aan. En toen schreeuwde hij haast: 'Grace, doe wat ik je zeg. Ga op hem staan! Nu!'

Het was onmogelijk om hem niet te gehoorzamen. Grace begon te huilen. Hij pakte haar hand en leidde haar naar Pilgrims buik toe.

'Nu op hem gaan staan. Toe maar, ga maar op hem staan.'

Dat deed ze. En met tranen in haar ogen stond ze daar als een treurig klein meisje op de buik van het wezen dat haar het liefste ter wereld was en ze huilde om haar eigen bruutheid.

Tom draaide zich om en zag dat Annie ook stond te huilen, maar hij besteedde er geen aandacht aan en keek weer naar Grace en zei dat ze eraf mocht komen.

'Waarom doe je dit toch?' vroeg Annie haast smekend. 'Het is zo gemeen en vernederend.'

'Nee, je hebt het mis.' Hij hielp Grace naar beneden en keek Annie niet aan.

'Ik begrijp je niet,' zei Annie, vol onbegrip.

'Je ziet het verkeerd. Het is niet gemeen. De keus was aan hem.'

'Waar heb je het in hemelsnaam over?'

Hij draaide zich om en keek haar nu eindelijk wel aan. Grace stond nog naast hem te huilen, maar hij besteedde geen aandacht aan haar. Zelfs in haar verdriet leek het arme kind net zo min als Annie te willen accepteren dat Tom zo hard en meedogenloos kon zijn.

'Hij kon kiezen of hij zich tegen het leven wilde blijven verzetten of dat hij het zou aanvaarden.'

'Hij had helemaal geen keus.'

'Ja, die had hij wel. Het was verdomd moeilijk, maar hij had door kunnen gaan. Hij had zich kunnen blijven verzetten en dan steeds ongelukkiger worden. Maar in plaats daarvan heeft hij gekozen om tot de rand te gaan en te kijken wat daarachter ligt. En hij heeft gezien wat dat was en toen gekozen voor de aanvaarding.'

Hij wendde zich tot Grace en legde zijn arm over haar schouders. 'Wat hem net is overkomen, op de grond gelegd worden, was het ergste wat hij zich kon voorstellen. En weet je wat er gebeurd is? Hij heeft ontdekt dat het helemaal niet erg was. Zelfs dat jij op hem ging staan, was niet erg. Het zwartste uur is dat voordat het licht begint te worden. Dit was Pilgrims zwartste uur, en hij heeft het overleefd. Begrijp je wat ik zeggen wil?'

Grace veegde de tranen van haar gezicht en probeerde te begrijpen wat hij bedoelde. 'Ik weet het niet zeker,' zei ze. 'Maar ik denk het wel.'

Tom draaide zich om en keek Annie aan. Nu zag ze iets zachts en vragends in zijn blik, eindelijk weer iets wat ze kende en waarop ze kon inhaken.

'Annie, begrijp jij het? Het is echt van het grootste belang dat je het begrijpt. Soms lijkt iets op overgave terwijl het dat helemaal niet is. Het draait allemaal om wat zich in ons hart afspeelt. Het gaat erom dat je duidelijk moet zien hoe het leven is en het moet accepteren en trouw zijn aan jezelf, hoeveel pijn het ook doet, want de pijn is veel en veel erger als je niet trouw bent. Annie, ik weet dat je dit begrijpt.'

Ze knikte en veegde haar ogen droog en probeerde te glimlachen. Ze wist dat er nog een andere boodschap in besloten lag, eentje die alleen voor haar oren bestemd was. En die ging niet over Pilgrim, maar over hen en over wat er tussen hen gebeurde. Maar hoewel ze deed alsof ze het begreep, was dat in werkelijkheid niet zo. Ze kon niet anders dan maar hopen dat het op den duur wel het geval zou zijn.

Grace keek toe hoe ze Pilgrims kluister en de touwen aan zijn zadel en halster losmaakten. Hij bleef even liggen en keek hen met één oog aan, zonder zijn hoofd te bewegen. Toen, enigszins onzeker, kwam hij langzaam overeind. Hij schokte wat en hinnikte en deed een paar passen om te zien of alles nog goed functioneerde.

Tom zei tegen Grace dat ze met hem naar de waterbak aan de zijkant van de piste moest gaan en hem daar even flink moest laten drinken. Toen hij daarmee klaar was tilde hij zijn hoofd op en geeuwde, waarop iedereen in lachen uitbarstte.

'Daar gaan de vlinders!' riep Joe.

Tom deed hem het hoofdstel weer aan en zei tegen Grace dat ze haar voet in de stijgbeugel moest zetten. Pilgrim bleef doodstil staan. Tom ondersteunde haar en zij zwaaide haar been over het zadel en ging zitten. Ze voelde geen angst. Ze liep eerst linksom met hem door de piste, en daarna rechtsom. Toen zette ze hem aan tot galop en ook dat verliep perfect en soepel.

Het duurde even voordat ze besefte dat iedereen haar stond toe te juichen, net als die keer toen ze op Gonzo reed.

Maar dit was Pilgrim. Haar eigen Pilgrim. Hij had het gehaald. Ze voelde weer wie hij was, zoals hij altijd geweest was, bereid tot geven, trouw en vol vertrouwen.

34

Het feest was een idee van Frank. Hij zei dat het hem door het paard ingefluisterd was: Pilgrim had hem gezegd dat er een feest moest komen, dus hij kon er niet onderuit. Hij belde Hank en Hank zei dat hij daar altijd voor in was. En daar kwam nog bij, zei hij, dat zijn huis vol zat met neven en nichten uit Helena die op bezoek waren, en dat die er ook wel zin in hadden. En tegen de tijd dat ze iedereen gebeld hadden die ze kenden, was het al geen klein feestje meer, zelfs geen middelgroot, maar gewoon een groot feest en liep Diane zich het hoofd te breken hoe ze in godsnaam genoeg eten voor iedereen klaar zou kunnen krijgen.

'Maar verdorie, Diane,' had Frank gezegd, 'we kunnen Annie en Grace toch niet drieduizend kilometer naar huis laten rijden met die oude knol zonder een mooi afscheidsfeest.'

Diane had haar schouders opgehaald en Tom zag haar denken, waarom eigenlijk niet.

'En dansen,' zei Frank. 'Er moet ook gedanst worden.'

'Dansen? Ach, schei uit!'

Frank vroeg aan Tom wat hij ervan dacht, en Tom had gezegd dat dansen hem een prima idee leek. Toen had Frank Hank weer gebeld en had Hank toegezegd dat hij zijn geluidsinstallatie mee zou nemen en dat hij ook voor de verlichting kon zorgen als ze dat wilden. Hij was er binnen een uur. De mannen en kinderen zetten de apparatuur op bij de stal terwijl Diane, die met goed fatsoen haar slechte humeur niet kon blijven volhouden, met Annie naar Great Falls reed om inkopen te gaan doen.

Om een uur of zeven was alles klaar en ging iedereen zich wassen en omkleden.

Toen hij uit de douche kwam, zag Tom de blauwe badhanddoek bij de deur hangen. Hij voelde een vaag verlangen en dacht dat de handdoek misschien nog naar haar zou ruiken. Maar toen hij eraan snoof, rook hij niets.

Sinds Grace terug was had hij geen kans gezien met Annie alleen te zijn en hij ervoer hun gescheidenheid haast alsof er een deel van zijn lichaam was afgesneden. Toen hij zag dat ze om Pilgrim huilde, had hij naar haar toe willen rennen om haar in zijn armen te sluiten. Dat hij haar niet aan kon raken vond hij bijna onverdraaglijk.

Hij kleedde zich langzaam aan en bleef een beetje treuzelen op zijn kamer. Hij hoorde de auto's aankomen en het gelach en de muziek die inmiddels begonnen was. Toen hij uit het raam keek, zag hij dat er al een flink aantal mensen was. Het was een mooie, heldere avond. De feestverlichting was al duidelijk zichtbaar in de schemering. Rookwolken kwamen omhoog van de barbecue, waar hij eigenlijk al bij had moeten staan om Frank te helpen. Hij speurde langs de gezichten van de aanwezigen en ontdekte haar ten slotte. Ze stond met Hank te praten. Ze had een jurk aan die hij niet eerder gezien had, donkerblauw en zonder mouwen. Terwijl hij naar haar stond te kijken, wierp ze haar hoofd naar achteren en lachte ze om iets wat Hank zei. Wat was ze toch mooi. Tom besefte dat hij nooit zo weinig zin had gehad om te lachen als nu.

Ze zag hem zodra hij de deur uit stapte. Hanks vrouw liep net naar binnen met een dienblad vol glazen. Hij hield de deur voor haar open en lachte om iets wat ze in het voorbijgaan tegen hem zei. Toen keek hij naar buiten, zag haar meteen en glimlachte. Ze realiseerde zich ineens dat Hank haar iets gevraagd had.

'Sorry, Hank, wat zei je?'

'Ik zei, klopt het dat jullie teruggaan naar huis?'

'Ja, helaas wel. Morgen vertrekken we.'

'Kunnen we jullie stadsmeisjes niet op een of andere manier verleiden om te blijven?'

Annie lachte, een beetje te hard zoals ze de hele avond al deed. Weer moest ze zichzelf toespreken en kalmeren. Door de mensenmassa heen zag ze dat Tom staande gehouden was door Smoky, die hem aan een stel van zijn vrienden wilde voorstellen.

'Sjonge, dat eten ruikt wel ontzettend lekker,' zei Hank. 'Wat dacht je ervan, Annie? Zullen we eens wat gaan halen? Loop maar met me mee.'

Ze liet zich leiden, alsof ze geen eigen wil meer had. Hank pakte een bord voor haar, stapelde daar een flinke hoeveelheid geroosterd vlees op en voegde er ten slotte nog een flinke hoop chilibonen aan toe. Annie voelde zich al misselijk worden, maar bleef glimlachen. Ze had al besloten wat ze zou doen.

Ze zou zorgen dat ze Tom onder vier ogen kon spreken – hem desnoods ten dans vragen – en dan zou ze tegen hem zeggen dat ze bij Robert weg zou gaan. Ze was van plan volgende week terug te gaan naar New York om het nieuws te vertellen. Eerst aan Robert en dan aan Grace.

O God, dacht Tom, dit wordt echt een afscheidspartijtje. Er werd al een halfuur gedanst en iedere keer als hij bij haar in de buurt probeerde te komen, werd een van beiden tegengehouden. Net toen hij dacht dat het nu wel zou lukken, voelde hij iemand op zijn schouder tikken. Het was Diane.

'Mag een man tegenwoordig niet meer met zijn schoonzuster dansen?'

'Diane, ik dacht dat je me nooit zou vragen!'

'Dat jij het niet zou doen, wist ik in ieder geval zeker!'

Hij pakte haar beet, maar voelde zich wat ongemakkelijk toen het volgende stuk een langzaam nummer bleek te zijn. Ze had een nieuwe, rode jurk aan die ze in Los Angeles had gekocht en ze had geprobeerd haar lippen een bijpassende kleur te geven, wat niet helemaal gelukt was. Ze rook erg naar parfum, met daar tussendoor een zweem van alcohol. Ook aan haar ogen was te zien dat ze niet helemaal nuchter meer was.

'Je ziet er geweldig uit,' zei hij.

'Dank u zeer, meneer.'

Het was lang geleden dat hij Diane voor het laatst dronken had gezien. Hij wist niet waarom, maar hij werd er droevig van. Ze drukte haar heupen tegen hem aan en boog haar rug zo ver naar achteren dat ze ongetwijfeld om zou vallen als hij haar los zou laten. Ze keek hem aan met een wat plagerige, samenzweerderige blik die hij niet goed begreep en ook niet erg kon waarderen.

'Ik hoorde van Smoky dat je toch niet naar Wyoming bent gegaan.'

'O ja?'

'Ja.'

'Nou, het klopt. Ik ben er niet heen gegaan. Een van de jongens daar was ziek geworden, en nu ga ik er volgende week naartoe.'

'Ja, ja.'

'Hoezo ja, ja? Wat bedoel je, Diane?'

Hij wist natuurlijk heel goed wat ze bedoelde. En hij was kwaad op zichzelf dat hij haar nu de gelegenheid gaf het te zeggen. Hij had het onderwerp gewoon moeten afsluiten.

'Ik hoop alleen dat je geen stoute jongen bent geweest, meer niet.'

'Diane, houd erover op. Je hebt te veel gedronken.'

Dat had hij beter niet kunnen zeggen. Haar ogen schoten vuur.

'O ja? Je denk toch niet dat we het niet gezien hebben, hè?'

'Wat gezien?' Weer een vergissing.

'Je weet best waar ik het over heb. De vlammen slaan zowat van jullie tweeën af.'

Hij schudde alleen zijn hoofd en keek opzij. Hij deed alsof ze gek was, maar zij zag dat ze raak geschoten had want ze grijnsde als een overwinnaar en stak haar wijsvinger omhoog.

'Het is maar goed dat ze naar huis gaat, zwagertje!'

Tijdens de rest van het nummer zeiden ze geen woord meer tegen elkaar en toen het afgelopen was keek ze hem weer samenzweerderig aan, waarna ze heupwiegend als een hoer wegliep. Hij was nog bezig zich te herstellen toen Annie naar de bar kwam lopen en hem aansprak.

'Jammer dat het niet regent,' fluisterde ze.

'Wil je met me dansen?' vroeg hij. Hij pakte haar beet voordat een ander hem weer te snel af zou zijn en leidde haar naar de dansvloer.

Er werd een snel nummer gespeeld en ze dansten los van elkaar. Alleen als het hun te veel werd of als ze bang waren dat er op hen gelet werd, hielden ze op elkaar aan te kijken en sloegen ze hun ogen neer. Het was een soort verfijnde marteling om haar zo dicht bij zich te zien en haar toch niet te kunnen aanraken. Na het tweede nummer probeerde Frank haar aan hem te ontfutselen, maar Tom grapte dat hij de oudste broer was en haar niet liet gaan.

Het volgende nummer was een langzame ballade, waarin een vrouw zong over haar minnaar die ter dood veroordeeld was. Nu konden ze elkaar tenminste met goed fatsoen aanraken. Haar aanraking en de lichte druk van haar lichaam door hun kleren heen deden hem bijna duizelen, zodat hij even zijn ogen moest sluiten. Diane zou vast wel ergens staan kijken, bedacht hij, maar het kon hem niet schelen.

Het was druk op de dansvloer. Annie keek om zich heen naar de gezichten van de andere dansers en zei zacht: 'Ik moet met je praten. Waar kunnen we even praten?'

Hij wilde zeggen dat praten geen zin had, dat ze toch weg zou gaan, maar in plaats daarvan zei hij: 'Bij het oefenbad. Over twintig minuten. Zullen we dat afspreken?'

Ze kon alleen nog maar knikken, want meteen daarna stond Frank weer naast hen en nam haar van hem over.

Grace's hoofd tolde, en dat kwam niet alleen door de twee glazen punch die ze gedronken had. Ze had met bijna iedereen gedanst, met Tom, met Frank, met Hank, met Smoky, en zelfs met Joe, die lieverd, en de gedachte dat ze dat kon wond haar hevig op. De wals ging haar goed af, de shimmy lukte, en zelfs de jive ging goed. Ze was niet één keer uit haar evenwicht geraakt. Alles lukte haar. Ze dacht eraan hoe leuk het zou zijn als Terri Carlson haar zo bezig had kunnen zien. Voor het eerst in haar nieuwe leven – en misschien wel voor het eerst in haar hele leven – voelde ze zich een mooie meid.

Ze moest nodig naar het toilet. Er was er een achter de stal, maar toen ze daar kwam, zag ze dat er een hele rij wachtenden stond. Ze besloot dat niemand er bezwaar tegen zou hebben als ze een van de wc's binnen gebruikte, ze was tenslotte geen vreemde meer hier, en bovendien was het toch een beetje haar eigen feestje. Ze liep naar de achterdeur.

Toen ze binnenkwam hield ze haast automatisch de hordeur tegen zodat die niet achter haar dichtklapte. Ze liep de smalle laarzenkamer door naar de keuken, waar ze stemmen hoorde. Frank en Diane hadden ruzie.

'Je hebt gewoon te veel gedronken,' hoorde ze hem zeggen.

'Ach, hoepel op.'

'Je hebt er toch niets mee te maken, Diane!'

'Vanaf het moment dat ze aankwam heeft ze al een oogje op hem. Kijk maar eens buiten hoe ze dat doet. Het is net een loopse teef.'

'Doe niet zo belachelijk.'

'Verdomme, jullie mannen zijn ook zo stom, jullie zien niets.'

Er klonk een woedend gerammel met borden. Grace was doodstil blijven staan. Maar net toen ze besloot dat ze beter terug kon gaan naar de stal om daar maar in de rij te gaan staan, hoorde ze Frank naar de openstaande deur van de laarzenkamer toe komen. Ze wist dat ze geen tijd meer had om ongezien weg te gaan. En als hij haar zag, zou hij zeker denken dat ze hen had staan afluisteren. Het enige dat ze kon doen was gewoon maar doorlopen en doen alsof ze van niets wist.

Toen Frank in de deuropening verscheen, draaide hij zich weer om naar Diane en zei: 'Je zou haast denken dat je jaloers was of zo.'

'Ach, schei toch uit!'

'Schei jij liever uit en bemoei je er niet mee. Hij is toch een volwassen man, verdomme!'

'Maar zij is een getrouwde vrouw met een kind, verdomme!'

Frank draaide zich weer om en kwam hoofdschuddend de laarzenkamer in.

Grace stapte op hem af. 'Hallo,' zei ze lachend. Hij leek meer dan alleen verrast, maar hij herstelde zich snel en begon te stralen.

'Hé, daar hebben we de prinses van het bal! Hoe gaat het, liever?' Hij legde zijn handen op haar schouders.

'O, ik amuseer me prima. Bedankt dat jullie dit allemaal georganiseerd hebben.'

'Grace, dat hebben we met alle plezier gedaan, geloof me.' Hij kuste haar op haar voorhoofd.

'Is het goed als ik hier naar de wc ga? Buiten staat een hele rij en...'

'Natuurlijk! Ga gerust je gang.'

Toen ze doorliep naar de keuken, was daar niemand. Ze hoorde iemand naar boven lopen. Terwijl ze op het toilet zat, vroeg ze zich af over wie ze ruzie hadden zitten maken. Ze had het verontrustende vermoeden dat ze het misschien wel wist.

Annie was er eerder dan hij en liep langzaam naar de andere kant van het bad. Het rook er naar chloor en haar voetstappen op de betonnen ondergrond echoden in de duistere nacht. Ze leunde tegen de witgekalkte muur van betonblokken en voelde de aangename koelte ervan op haar rug. Vanuit de stal scheen een kegel van licht. Ze keek naar de weerkaatsing in het doodstille water van het bad. In die andere wereld, buiten haar, werd het ene cowboyliedje afgewisseld door het andere, dat er nauwelijks van verschilde.

Het leek een eeuwigheid geleden, maar het was nog maar gisteravond dat ze met hun tweeën in de keuken van het huis bij de beek hadden gestaan, door niemand gestoord en door niemand van elkaar gescheiden. Ze wilde dat ze toen maar gezegd had wat ze nu wilde gaan doen, maar ze had toen niet gedacht dat ze de juiste woorden zou kunnen vinden. Vanmorgen, toen ze wakker geworden was in zijn armen, was ze er nog evenzeer van overtuigd geweest, ook al had ze in datzelfde bed een week daarvoor nog met haar man gelegen. Het enige schaamteloze aan haar was precies dat ze geen schaamte voelde, bedacht ze. Maar toch had iets haar er nog van weerhouden het hem te zeggen. Ze vroeg zich af of het angst was voor zijn reactie.

Het was niet dat ze ook maar een moment twijfelde aan zijn liefde voor haar. Hoe zou ze kunnen? Maar er was iets aan hem, er hing een soort afschaduwing om hem heen die iets onontkoombaars in zich had. Het was haar vandaag opgevallen, toen hij zo vreselijk graag wilde dat zij zou begrijpen wat hij met Pilgrim gedaan had.

Even scheen er wat meer licht aan het einde van de gang die naar de stal liep. Hij stond stil en keek in het donker rond of hij haar zag. Ze deed een stap in zijn richting. Toen zag hij haar en kwam hij op haar af. Annie rende de laatste paar meters naar hem toe, alsof ze bang was dat hij ineens weggegrist zou worden. In zijn omarming voelde ze waar ze de hele avond naar op zoek was geweest. Hun ademhaling was als van een enkel mens, hun bloed leek via in elkaar gevlochten aderen voortgestuwd te worden door één en hetzelfde hart.

Toen ze ten slotte weer tot spreken in staat was, bleef ze in zijn veilige omarming staan en vertelde ze hem dat ze bij Robert weg zou gaan. Ze moest moeite doen om haar stem gewoon te laten klinken. Ze had haar wang tegen zijn borst gedrukt, misschien omdat ze bang was voor wat zijn ogen zouden zeggen als ze naar hem zou kijken. Ze zei dat ze wist hoe vreselijk de pijn zou zijn voor hen allen. Maar met díe pijn kon ze wel leven, dacht ze, niet met de pijn van het verlies van Tom.

Hij luisterde zwijgend en hield haar ondertussen tegen zich aan en streek haar over haar hoofd. Maar toen ze klaar was, zei hij nog steeds niets. Annie voelde de koude vinger van de angst dichterbij komen. Ze tilde haar hoofd op en waagde het ten slotte om hem aan te kijken, maar zag dat hij nog te geëmotioneerd was om een woord te kunnen uitbrengen. Hij keek opzij, over het zwembad heen. Buiten dreunde de muziek door. Hij keek haar weer aan en schudde eventjes zijn hoofd.

'O, Annie.'

'Wat dan? Zeg het me!'

'Dat kun je niet doen.'

'Natuurlijk wel. Ik ga gewoon naar hem toe en dan zeg ik het.'

'En Grace dan? Denk je dat je het ook tegen Grace kunt zeggen?'

Ze keek hem schuin aan, zocht zijn ogen. Waarom deed hij dit? Ze had gehoopt dat hij haar gelijk zou geven, maar het enige wat hij haar leek te bieden was twijfel. En hij had onmiddellijk de zwakke plek in haar weten

311

te raken, het enige waar ze bang voor was. En ineens besefte Annie dat ze in haar inwendige dialoog weer vervallen was in haar oude fout om zichzelf te beschermen en de zaak te rationaliseren. Natuurlijk waren dit soort dingen heel naar voor kinderen, had ze zichzelf voorgehouden, dat was onvermijdelijk, maar als je het op een fatsoenlijke, gevoelige manier deed, hoefden er geen blijvende trauma's uit voort te vloeien. Tenslotte verloor je als kind niet een van je ouders, alleen de plaats waar ze verbleven veranderde iets. Annie wist dat het in theorie zo kon zijn, en bovendien kende ze in haar vriendenkring voorbeelden van mensen die gescheiden waren waar bewezen werd dat het kon. Maar deze theorie in het hier en nu toepassen op Grace en haarzelf, dat was natuurlijk onzin.

'Na alles wat ze geleden heeft...' begon hij.

'Denk je dat ik dat niet weet!'

'Natuurlijk weet je dat wel. Maar eigenlijk wilde ik zeggen dat je het je daarom nooit zult toestaan, zelfs al denk je nu van wel.'

Ze voelde de tranen opkomen en wist dat ze die niet kon tegenhouden.

'Ik heb geen keus.' Ze huilde, en haar weeklagen weerkaatste tegen de kale muren.

'Dat zei je ook over Pilgrim, maar je vergiste je,' zei hij.

'De enig andere mogelijkheid is dat ik jou kwijtraak! Maar dat is geen mogelijkheid, begrijp je dat dan niet? Kun jij ervoor kiezen om mij kwijt te raken?'

'Nee,' zei hij. 'Maar dat hoef ik ook niet.'

'Weet je nog wat je over Pilgrim zei? Je zei dat hij tot aan de rand gegaan was en eroverheen gekeken had en voor aanvaarding gekozen had.'

'Ja. Maar als wat je daar ziet alleen pijn en lijden is, dan zou toch alleen een dwaas daarvoor kiezen?'

'Maar voor ons zou het toch geen pijn en lijden worden?'

Hij schudde zijn hoofd. Annie voelde zich even kwaad worden. Ze was boos op hem omdat hij verwoordde wat zij in haar hart wist dat de waarheid was, en ook op zichzelf omdat ze zo moest huilen.

'Je wilt me gewoon niet,' zei ze, en had onmiddellijk een afkeer van zichzelf om haar sentimentele zelfmedelijden, en meteen daarop des te meer vanwege haar triomfgevoel toen ze zijn ogen vol tranen zag.

'O, Annie. Je zult nooit weten hoe erg ik naar je verlang.'

In zijn armen barstte ze in huilen uit. Ze had geen gevoel meer voor tijd en ze wist niet meer waar ze was. Ze zei tegen hem dat ze niet zonder hem kon leven. De profetische betekenis ontging haar toen hij zei dat dit wel voor hem gold, maar niet voor haar. Hij vertelde haar dat zij op den duur deze dagen met hem niet meer als een mislukking zou zien, maar als een geschenk dat had bijgedragen aan het leven van hen allemaal.

Toen ze geen tranen meer overhad, waste ze haar gezicht in het koele water van het zwembad. Hij reikte haar een handdoek aan en hielp haar de uitgelopen mascara van haar gezicht te vegen. Ze bleven zwijgend wachten tot haar gezicht weer een beetje toonbaar was. Toen ze dachten dat het wel weer kon, gingen ze ieder afzonderlijk terug naar de stal.

35

Annie voelde zich als een beestje dat gedwongen is de wereld vanaf de bodem van een vijver te bekijken. Het was voor het eerst in maanden dat ze weer eens een slaappil had genomen. Het waren van die pillen waarvan in de reclame gezegd werd dat verkeersvliegers ze gebruikten, om je vertrouwen te geven in de pillen, niet om je te laten twijfelen aan de vaardigheden van de piloten. En het was ook niet onwaar dat ze er bij gebruik in het verleden achteraf maar nauwelijks vervelende bijverschijnselen van had gevoeld. Maar deze ochtend leken haar hersens onder een dikke deken te liggen die ze met geen mogelijkheid af kon werpen, al benam die haar niet het zicht op de reden waarom ze de pil genomen had en het gevoel van dankbaarheid ervoor.

Grace was naar haar toe gekomen toen zij en Tom nog niet zo lang terug waren in de stal en had vierkant gezegd dat ze weg wilde. Ze zag er bleek en bezorgd uit, maar toen Annie vroeg wat er was, had ze gezegd dat ze gewoon alleen maar moe was. Ze wilde haar kennelijk ook niet rechtstreeks aankijken. Op de terugweg naar het huis bij de beek, nadat ze iedereen welterusten hadden gewenst, had Annie over het feestje willen praten, maar nauwelijks antwoord gekregen. Ze vroeg nog eens of alles in orde was, maar Grace zei dat ze zich moe voelde en een beetje misselijk.

'Van de punch?'

'Ik weet het niet.'

'Hoeveel glazen heb je gedronken?'

'Ik weet het niet! Niet veel! Niks om je druk over te maken, dus blijf er nou niet zo over doorzeuren!'

Ze ging rechtstreeks door naar haar slaapkamer en toen Annie later naar haar toe ging om haar een nachtzoen te geven, mompelde ze maar wat en bleef ze met haar gezicht naar de muur gekeerd liggen, net als in het begin, toen ze pas in Montana aangekomen waren. Annie was meteen doorgelopen naar de plaats waar het doosje slaappillen lag.

Nu strekte ze haar hand uit naar haar horloge. Ze moest moeite doen om zich erop te concentreren. Het was bijna acht uur. Ze herinnerde zich dat Frank hen bij het weggaan gisteravond nog gevraagd had of ze vanmorgen meegingen naar de kerk. Ze had dat wel een toepasselijke afsluiting gevonden en de vraag bevestigend beantwoord. Ze sleepte zich het bed uit en ging de badkamer in. De deur van Grace's kamer stond op een kier. Annie besloot eerst in bad te gaan en haar dan met een glas sinaasappelsap te gaan wekken.

Ze lag in het gloeiendhete water en probeerde nog voor zover mogelijk de invloed van de slaappil te ondergaan. Desondanks voelde ze hoe de koude omtrekken van de pijn al vorm kregen in haar innerlijk. Daar zou ze voortaan mee moeten leven.

Ze kleedde zich aan en ging naar de keuken om het glaasje sap voor Grace te halen. Het was inmiddels half negen. Nu haar dufheid aan het verdwijnen was, zocht ze afleiding in het bedenken van dingen die nog gedaan moesten worden op deze laatste dag hier in het huis bij de beek. Ze moesten inpakken, het huis schoonmaken, oliepeil en bandenspanning controleren, eten en drinken inslaan voor de reis, afrekenen met de familie Booker...

Toen ze bovenaan de trap kwam, viel het haar op dat de deur van Grace's kamer nog net zo stond. Ze klopte even toen ze naar binnen ging. De gordijnen waren nog dicht, dus liep ze de kamer in om ze een eindje open te schuiven. Het was een prachtige ochtend.

Ze draaide zich om naar het bed en zag dat het leeg was.

Joe ontdekte als eerste dat Pilgrim ook weg was. Toen hadden ze inmiddels alle hoeken en gaten van elk bijgebouwtje op de ranch afgezocht en geen spoor van haar gevonden. Ze hadden zich in kleine groepjes opgesplitst en beide zijden van de beek uitgekamd, de tweeling had voortdurend luid haar naam lopen roepen, maar niets anders gehoord dan wat vogelgeluiden. Toen was Joe luid roepend de stal uitgekomen en was duidelijk geworden dat het paard ook weg was. Ze waren naar de stal gelopen en hadden geconstateerd dat ook het tuig en het zadel weg waren.

'Het zal wel loslopen met haar,' zei Diane. 'Ze is gewoon een eindje met hem gaan rijden.' Tom zag de angst in Annies ogen. Beiden wisten nu eigenlijk al dat er meer aan de hand was.

'Heeft ze zoiets ooit eerder gedaan?' vroeg hij.

'Nee, nooit.'

'Hoe was het met haar toen ze naar bed ging?'

'Ze was wat stilletjes. Ze zei dat ze zich een beetje ziek voelde. Ze leek ergens door van streek te zijn.'

Annie keek zo bang en zag er zo kwetsbaar uit dat Tom haar wilde omarmen en troosten. In de gegeven omstandigheden zou dat ook helemaal niet zo gek geweest zijn, maar in aanwezigheid van Diane durfde hij het niet. Frank deed het in zijn plaats.

'Diane heeft gelijk,' zei Frank. 'Het zal wel loslopen.'

Annie keek nog steeds naar Tom. 'Kan het geen kwaad dat ze op Pilgrim rijdt? Ze heeft pas één keer op hem gezeten.'

'Met Pilgrim zal het wel gaan,' zei Tom. Het was niet echt een leugen: de vraag was natuurlijk of het met Grace zelf wel zou gaan, en dat hing weer af van de geestesgesteldheid waarin ze zich bevond. 'Ik ga haar zoeken, samen met Frank,' zei hij.

Joe zei dat hij ook mee wilde, maar dat mocht niet van Tom. Hij stuurde hem er met de tweeling op uit om Rimrock en hun vaders paard klaar te maken terwijl hij en Frank hun zondagse pakken gingen verwisselen voor hun dagelijkse plunje.

Tom kwam als eerste weer buiten. Annie liet Diane in de keuken achter en liep samen met hem naar de stal. Tot het moment dat ze daar aankwamen hadden ze de gelegenheid om met elkaar te praten.

'Ik denk dat Grace het weet.' Ze sprak zachtjes en keek recht voor zich uit. Ze moest moeite doen om zichzelf in de hand te houden. Tom knikte ernstig.

'Ja, dat zal wel.'

'Het spijt me.'

'Je moet nooit spijt hebben, Annie. Nooit, hoor je me.'

Dat was alles wat hij kon zeggen, want Frank kwam achter hen aan, waarna ze met hun drieën zwijgend verder liepen naar het hek bij de stal, waar Joe met de paarden stond te wachten.

'Daar zie je zijn sporen,' zei Joe. Hij wees de duidelijke sporen in de modder aan. Pilgrims hoefijzers zagen er anders uit dan die van alle andere paarden op de ranch, dus er was geen twijfel mogelijk dat het zijn afdrukken waren.

Tom keek nog een keer achterom terwijl hij en Frank in galop wegreden in de richting van de plaats waar de beek de weg kruiste. Maar Annie stond er niet meer. Diane zou haar zeker al naar binnen hebben geloodst. Alleen de kinderen stonden nog te kijken. Hij zwaaide naar hen.

Pas toen ze de lucifers in haar zak vond, kreeg Grace ineens het idee om het te doen. Ze had ze meegenomen nadat ze samen met haar vader op het vliegveld de truc van Frank had zitten oefenen toen ze zaten te wachten tot haar vlucht werd afgeroepen.

Ze had geen idee hoe lang ze al gereden had. De zon stond al zo hoog dat het een paar uur geweest moest zijn. Ze reed als een duivelin, maar bewust en opzettelijk. Ze omhelsde als het ware de waanzin en wilde dat die weer bezit zou nemen van Pilgrim. Hij voelde het aan en rende maar door, met het schuim op zijn mond, als het paard van een heks. Ze had het gevoel dat hij zelfs zou gaan vliegen als ze het wilde.

Eerst had ze geen vastomlijnd plan, alleen een blinde, destructieve woede die nog geen doel en richting had en die net zo gemakkelijk tegen haarzelf als tegen anderen gericht zou kunnen worden. Terwijl ze Pilgrim zadelde en optuigde in het eerste morgenlicht, wist ze slechts dat ze hen zou straffen. Ze zouden spijt krijgen van wat ze hadden gedaan. Pas toen ze bij de wei aankwam en voluit kon galopperen en de koude lucht aan haar ogen voelde, begon ze te huilen. Ze kon er niets aan doen, de tranen sprongen uit haar ogen en stroomden maar door. Ze boog zich over Pilgrims hals en snikte het uit.

Terwijl hij nu stond te drinken uit de plas op het plateau voelde ze dat haar woede niet minder werd, maar zich langzaam uitkristalliseerde. Ze streek met haar hand over zijn zwetende hals en zag in haar fantasie weer die twee schuldbewuste figuren een voor een de stal uit glippen, als honden uit een slagerij, denkend dat niemand hen zag en dat niemand iets in de gaten had. En dan haar moeder, met haar door al haar lage lusten uitgelopen make-up en nog steeds een hoogrode kleur bovendien, die daar maar rustig achter het stuur zat alsof ze van de prins geen kwaad wist en nota bene aan haar vroeg waarom ze zich niet lekker voelde.

Hoe kon Tom zoiets nu doen? Haar eigen Tom. Na al zijn zorg en vriendelijkheid bleek nu hoe hij in werkelijkheid was. Het was allemaal toneelspel geweest, een slim voorwendsel waar ze zich met hun tweeën achter hadden kunnen verschuilen. Het was nog maar een week geleden – één week, godbetert – dat hij gezellig met haar vader had staan praten. Ziek, was het! Volwassenen waren ziek. En iedereen wist er ook van, echt iedereen. Dat had Diane gezegd. Als een loopse teef, had ze gezegd. Ziek was het allemaal. God, wat ziek was het!

Grace keek het plateau over tot aan de bergkam, waar de eerste pas als een litteken over de berg liep. Daar boven, in de blokhut, waar ze allemaal zo'n pret hadden gehad toen ze de koeien naar boven brachten, daar hadden ze het gedaan! Bezoedeld hadden ze het hutje, voor eeuwig verpest. En dan te bedenken dat haar moeder zo tegen haar gelogen had en gedaan had alsof ze erheen ging om tot rust te komen, godverdomme!

Nou, ze zou hen eens wat laten zien. Ze had lucifers bij zich en ze zouden het weten. Het ging in de hens, als een oude krant. En dan zouden ze haar beroete skelet tussen de asresten vinden en dan zouden ze spijt hebben. O, wat zouden ze dan een spijt hebben!

Het was moeilijk na te gaan hoe groot haar voorsprong was. Tom kende een knaap in het Indianenreservaat die na één blik op een spoor kon vertellen hoe oud het was, haast op de minuut af. Frank had er ook wel een beetje kijk op doordat hij vaak ging jagen. Veel meer dan Tom in ieder geval, maar toch niet voldoende om te weten hoe ver zij hen vooruit was. Wat ze echter wel konden afleiden, was dat ze zo hard mogelijk reed en dat het paard snel uitgeput zou raken als ze dat volhield.

Het was min of meer duidelijk dat ze in de richting van de zomerweiden reed, zelfs al voordat ze zijn hoefafdrukken vonden in de aangekoekte modder bij de plas. Doordat ze regelmatig met Joe uit rijden was geweest, kende ze de lager gelegen stukken van het gebied redelijk goed, maar hier was ze maar één keer eerder geweest, toen ze de koeien wegbrachten. En als ze ergens een schuilplaats zocht, dan was de blokhut de enige plek die ze kende. Tenminste, als ze de weg ernaar toe nog terug kon vinden. Na twee weken zomerweer zou alles er heel anders uitzien en zelfs zonder de storm die zich zo te zien in haar hoofd afspeelde, zou ze makkelijk kunnen verdwalen.

Frank stapte van zijn paard om de hoefafdrukken bij de waterkant beter te kunnen bekijken. Hij zette zijn hoed af en veegde met zijn mouw het zweet van zijn gezicht. Tom stapte ook af en hield de paarden vast zodat ze de sporen in de modder niet zouden vertrappen.

'En, wat denk je?'

'Ik weet het niet. Er zitten al korstjes aan, maar met deze zon zegt dat niet zo veel. Een halfuur, misschien langer.'

Ze drenkten de paarden en veegden het zweet van hun voorhoofd terwijl ze over het plateau uitkeken.

Frank zei: 'Ik dacht dat we hier misschien een glimp van haar zouden kunnen opvangen.'

'Ja, dat was ook mijn idee.'

Ze zwegen allebei een poosje en luisterden alleen naar het geluid van de drinkende paarden.

'Tom?' Tom draaide zich om en zag dat zijn broer wat ongemakkelijk heen en weer zat te schuiven en verlegen glimlachte. 'Het gaat me niets aan, maar gisteravond zei Diane... nou ja, ze had een paar glaasjes op, we stonden in de keuken, en toen zat ze maar te kletsen over jou en Annie en... Nou ja, wat ik zeg, het gaat me niets aan.'

'Dat is oké. Ga maar door.'

'Nou, ze zei zo het een en ander, en ik weet het niet zeker hoor, maar toen kwam Grace binnen, en ik denk dat zij dat misschien gehoord had.'

Tom knikte. Frank vroeg hem of dit alles daarmee te maken had en Tom zei dat hij dacht van wel. Ze keken elkaar aan en iets van de zielepijn die Tom voelde moest op zijn gezicht te lezen zijn geweest.

'Het zit nogal diep, hè?' zei Frank.

'Behoorlijk, ja.'

Daarbij lieten ze het. Ze keerden hun paarden van de plas af en reden verder over het plateau.

Grace wist het dus. De manier waarop ze erachter was gekomen kon hem niet veel schelen. Hij was er al bang voor geweest, gisteravond op het feestje al, dus nog voor Annie vanmorgen haar bezorgdheid had geuit. Toen ze namelijk gisteravond weggingen, had hij Grace gevraagd of ze zich geamuseerd had, en toen had ze hem nauwelijks aangekeken, alleen maar even geknikt met een namaakglimlachje op haar gezicht. Wat moet ze zich rot gevoeld hebben om er nu zo vandoor te zijn gegaan, dacht Tom. En hij had die pijn veroorzaakt. Hij dacht erover na en verinnerlijkte haar pijn, liet haar pijn samenvloeien met de zijne.

Bij de bergkam aangekomen, verwachtten ze haar weer te zien, maar dat bleek niet het geval. Waar haar sporen te zien waren, zagen ze dat ze maar iets langzamer was gaan rijden. Ze was maar één keer gestopt, een meter of vijftig voor de pas. Het leek wel alsof ze Pilgrim kort had gehouden en hem een rondje had laten rijden, misschien om een of andere beslissing te nemen of om ergens naar te kijken. Daarna was ze weer in galop verder gegaan.

Frank hield stil op de plaats waar het dennenbos steil omhoog begon te lopen. Hij wees Tom op de grond iets aan.

'Wat denk je daarvan?'

Er was niet langer één hoefspoor te zien, maar verschillende, al was dat van Pilgrim nog steeds duidelijk zichtbaar vanwege zijn hoefijzers. Het was onmogelijk te zeggen welk van de sporen het meest vers was.

'Zeker een stel van die mustangs van Connie,' zei Frank.

'Ja, dat moet haast wel.'

'Ik heb nog nooit gezien dat ze zo hoog kwamen. Jij wel?'

'Nee.'

Ze hoorden het zodra ze bij de bocht kwamen, ongeveer halverwege de pas. Ze bleven staan om te luisteren. Eerst hoorden ze een soort gerommel. Tom dacht even dat het het geluid was van vallende rotsen, ergens hoog tussen de bomen. En toen hoorden ze het lawaai van geschreeuw en gehinnik en wisten ze dat het het stampen van paarden geweest was.

Ze reden snel maar voorzichtig verder naar de top van de pas. Ze verwachtten elk moment geconfronteerd te zullen worden met een kudde op hol geslagen mustangs, maar afgezien van de omhoog leidende hoefafdrukken was er geen spoor van ze te bekennen. Het was moeilijk te zien met hoeveel ze waren. Een stuk of tien, dacht Tom.

Op het hoogste punt splitste de pas zich als een nauwe broek in twee uit elkaar lopende paden. Om op de hoog gelegen weiden te komen, moest je het rechter pad nemen. Weer hielden ze stil en bestudeerden ze de sporen. Maar het was zo'n chaos van afdrukken dat niet te zien was of die van Pilgrim erbij waren, noch welke richting hij of de andere paarden op gegaan waren.

De broers besloten ieder een kant op te gaan. Tom ging naar rechts en Frank nam het lagere pad, dat naar links ging. Ongeveer twintig meter verder vond Tom de sporen van Pilgrim. Ze gingen echter niet omhoog, maar omlaag. Even verderop was de aarde hevig omgewoeld. Hij wilde er net gaan kijken toen hij Frank hoorde roepen.

Toen hij naast hem tot stilstand kwam, zei Frank dat hij goed moest luisteren. Even hoorde hij niets, maar toen hoorde Tom het ook. Weer een luid gehinnik van paarden.

'Waar gaat dit pad naartoe?'

'Ik zou het niet weten. Ik ben er nooit geweest.'

Tom drukte zijn hielen in Rimrocks buik en reed in galop weg.

Het pad liep eerst naar omhoog, toen naar beneden en toen weer omhoog. Het was smal en kronkelig en de bomen stonden er aan weerszijden pal naast. Hier en daar lag een omgevallen boom over het pad. Soms konden ze er onderdoor, andere keren moesten ze springen. Rimrock vergiste zich geen enkele keer en raakte geen tak. Steeds weer wist hij precies waar hij neer wilde komen.

Na een afstand van misschien achthonderd meter liep de grond schuin naar beneden en daarna weer omhoog in een steile rotsachtige helling. Daaronder liep het steil naar beneden naar een donkere onderwereld van dennen en rotsen, vele honderden meters lager.

Het pad leidde naar wat een enorme oude steengroeve leek te zijn die in het zandsteen was uitgehakt als een soort reusachtige omgevallen kookpot waaruit de inhoud langs de berghelling omlaag was gestort. Van hieruit hoorde Tom, boven het geluid van de hoeven van Rimrock, weer het gehinnik van paarden. En toen hoorde hij een ander soort schreeuw. Hij voelde zich misselijk worden toen hij zich realiseerde dat het Grace was. Maar pas toen hij Rimrock naar de gapende mond van de kookpot had gestuurd, kon hij erin kijken.

Ze zat in elkaar gedoken tegen de achterwand aan, ingesloten door een wirwar van luid hinnikende merries. Het waren er een stuk of zeven, acht, met nog een aantal jonge hengsten en veulens erbij. Ze renden allemaal wild in het rond en brachten elkaar steeds meer in paniek. Het lawaai weerkaatste van de muren naar hen terug, waarna ze het nog eens dubbel zo hard uit hun eigen kelen beantwoordden. En hoe harder ze rondrenden, des te meer stof wierpen ze op waardoor ze steeds minder konden zien, wat ook de paniek alleen maar verergerde. In het midden stonden, steigerend en elkaar met hun hoeven meppend, Pilgrim en de witte hengst die Tom laatst samen met Annie gezien had.

'Jezus Christus!' Frank was naast hem komen staan. Zijn paard bokte bij de aanblik voor hem en Frank moest de teugels kort houden en hem met een boogje weer naast Tom zetten. Rimrock was wel ontdaan, maar bleef op zijn plaats staan. Tom stapte af en gaf Rimrocks teugels aan Frank. 'Blijf hier staan voor het geval ik je nodig heb, maar je moet snel maken dat je weg komt als ze eraan komen,' zei hij. Frank knikte.

Tom liep naar links, met zijn rug naar de muur, en verloor de paarden geen moment uit het oog. Ze renden voor hem rond alsof ze deel uitmaakten van een krankzinnig razende draaimolen. Hij voelde de scherpe smaak van het stof in zijn keel. De stofwolken waren zo dik dat hij, achter de merries, van Pilgrim niet meer zag dan een donkere vlek tegen de achtergrond van de witte hengst.

Grace was niet verder dan twintig meter bij hem vandaan. Eindelijk zag ze hem staan. Ze zag lijkbleek.

'Mankeer je iets?' schreeuwde hij.

Grace schudde haar hoofd en probeerde terug te roepen dat met haar alles in orde was, maar haar stemgeluid was niet krachtig genoeg om boven het kabaal uit te komen. Ze had haar schouder bezeerd en haar enkel verzwikt toen ze viel, maar dat was alles. Maar ze was verlamd van angst, en die angst gold meer Pilgrim dan haarzelf. Ze zag het ontblote tandvlees boven het gebit van de hengst waarmee hij naar Pilgrims hals hapte en waar al een donker bloedspoor te zien was. En het ergst van alles was het geluid dat ze maakten, een geschreeuw dat ze maar een keer eerder gehoord had, ergens anders, in de sneeuw, op een prachtige zonnige ochtend.

Ze zag hoe Tom zijn hoed afzette en er tussen de rondrennende merries mee ging staan zwaaien. Ze probeerden bij hem uit de buurt te blijven waarbij de achter hen lopende paarden tegen hen op botsten. Toen draaiden ze zich allemaal om, waarop hij snel achter hen aan ging en ze voor zich uit dreef, weg van Pilgrim en de hengst. Eentje probeerde naar rechts uit te breken, maar Tom ging opzij en sneed haar de pas af. Door de stofwolken heen zag Grace iemand anders, Frank misschien, met twee paarden bij zich, die snel de weg vrij maakte. De merries, met de jonge hengsten en de veulens in hun voetspoor, raasden voorbij en zochten een goed heenkomen.

Toen draaide Tom zich om en hij liep weer een stuk met zijn rug tegen de muur, daarmee de vechtende paarden de ruimte gevend om ze niet verder naar haar toe te drijven, veronderstelde Grace. Hij bleef ongeveer op dezelfde plaats staan als daarnet en riep weer naar haar.

'Blijf waar je bent, Grace. Daar ben je veilig.'

En toen, zonder een spoor van angst, liep hij naar de vechtende paarden toe. Grace zag zijn lippen bewegen, maar kon door het geschreeuw van de paarden niet horen wat hij zei. Misschien sprak hij ook wel gewoon in zichzelf, of zei hij helemaal niets.

Hij bleef pas staan toen hij vlak bij ze was, en pas toen leken ze zich bewust te worden van zijn aanwezigheid. Ze zag hem zijn hand uitsteken naar Pilgrims leidsels en die vastpakken. Met een resoluut gebaar, maar zonder echt aan het paard te rukken, trok hij hem naar beneden en bij de hengst vandaan. Toen sloeg hij hem hard op zijn romp en stuurde hem weg.

Nu richtte de hengst zijn woede echter op Tom.

Het beeld van wat volgde zou Grace niet vergeten tot de dag van haar dood. En nooit zou ze zeker weten wat er precies gebeurde. Het paard draaide in een kleine cirkel rond. Het bokte met zijn hoofd en wierp grote stofwolken en stukken rots op met zijn hoeven. Nu de andere paarden verdwenen waren, was het alleen zijn woedende gebries dat de ruimte vulde. Het leek bij iedere weerkaatsing in volume toe te nemen. Even leek hij niet te weten wat hij moest denken van de man die zo zonder vrees voor hem stond.

Wat ze echter wel zeker wist, was dat Tom weg had kunnen lopen. Met twee of drie passen zou hij buiten het bereik van de hengst zijn geweest en daarmee buiten gevaar. Het paard zou hem gewoon hebben laten gaan, dacht Grace, en zou achter de andere paarden aan zijn gegaan. Maar in plaats daarvan stapte Tom op hem af.

Op het moment dat hij zich bewoog, steigerde de hengst voor hem en schreeuwde hij, hetgeen voor Tom geen verrassing moet zijn geweest. En zelfs op dat ogenblik had Tom nog opzij kunnen stappen. Ze had Pilgrim wel eens voor hem zien steigeren en het was haar toen opgevallen hoe handig Tom toen opzij was gegaan om zichzelf in veiligheid te brengen. Hij wist precies waar de hoeven van een paard zouden neerkomen, welke spier het dier zou bewegen en waarom, zelfs al voordat het paard het zelf wist. Maar die dag ging hij niet opzij en ontweek hij hem niet. Hij vertrok zelfs geen spier van zijn gezicht toen hij nog een stap dichterbij kwam.

Het langzaam neerdwarrelende stof was nog zo dik dat Grace het niet met zekerheid kon zeggen, maar ze dacht gezien te hebben dat Tom zijn armen iets van zich af bewoog en, met een gebaar dat zo subtiel was dat ze het zich misschien maar had ingebeeld, het paard de palmen van zijn handen toonde. Het leek alsof hij hem iets offreerde. Misschien was het wel wat hij altijd aangeboden had, rust en nabijheid. Maar hoewel ze daarna nooit tegen iemand die gedachte zou uiten, had Grace plotseling de overtuigende indruk dat het iets anders was, en dat Tom, volstrekt vrij van angst of wanhoop, deze keer op een of andere manier zichzelf offerde.

Toen kwamen met een enorme klap – waarvan het geluid op zich al dodelijk leek – de hoeven op zijn hoofd terecht en stortte hij als een verpulverde icoon ter aarde.

De hengst steigerde opnieuw, maar deze keer niet zo hoog en eigenlijk alleen om zijn hoeven neer te kunnen zetten op een wat veiliger plek dan het lichaam van de man. Hij leek een ogenblik in de war door zijn snelle overwinning en schraapte een paar keer onzeker met een hoef in het zand bij Toms hoofd. Toen wierp hij zijn hoofd naar achteren en hinnikte hij een laatste keer, voordat hij wegvluchtte en verdween.

Deel 5

36

Het werd het volgende jaar pas laat lente in Chatham. Op een van de laatste nachten van april viel er nog een pak sneeuw van dertig centimeter. Het
was geen mooie, pakkende sneeuw en binnen een dag was er ook niets
meer van over, maar Annie was wel bang geweest dat de knoppen aan
Roberts zes kleine kerseboompjes zouden doodvriezen. Maar toen het in
mei uiteindelijk weer warmer begon te worden, bleken ze toch sterk genoeg te zijn geweest; de bloesems waren vol en ongerept.

De bloesems waren nu inmiddels niet meer op hun mooist. De roze kleur
was al aan het verbleken en de randjes werden al wat bruin. Ieder zuchtje
wind veroorzaakte weer een nieuwe werveling en het gras lag in de wijde
omgeving bezaaid met bloesems. Wat spontaan naar beneden was gevallen, was voor het grootste deel tussen het lange gras gevallen dat rondom
de wortels van de boompjes groeide. Enkele echter leken hun bestemming
gevonden te hebben op het witte gaas van een wieg die, nu het zachter weer
was geworden, iedere dag in de schaduw van de boompjes werd neergezet.
De wieg was oud en gemaakt van wilgetenen. Het was een familiestuk dat
hun bij de geboorte van Grace gegeven was door een tante van Robert.
Daarvóór had het de lijfjes geherbergd van verschillende in hun latere leven redelijk tot zeer verdienstelijke juristen. Het gaas, waarover nu de
schaduw van Annie viel, was wel nieuw. Ze had gemerkt dat het kind het
fijn vond om te kijken hoe de bloesemblaadjes erop vielen en die er al op
lagen liet ze dan ook onaangeroerd. Ze keek in de wieg en zag dat hij lag te
slapen.

Hij was nog zo jong dat het nog niet te zeggen was op wie hij het meeste
leek. Zijn huid was licht van kleur en zijn haar was blond, al leek het in het
zonlicht een beetje rossig; dat moest hij in ieder geval van Annie hebben.

Vanaf de dag van zijn geboorte, nu bijna drie maanden geleden, waren zijn ogen onveranderlijk blauw geweest.

Annies dokter had haar aangeraden een proces te beginnen tegen de fabrikant van haar spiraaltje, dat ze maar vier jaar in had gehad, een jaar korter dan de aanbevolen maximumduur. Toen hij het ding onderzocht, had hij geconstateerd dat het koper helemaal doorgesleten was. De fabrikant zou uit angst voor nadelige publiciteit zeker akkoord gaan met een schikking, had hij gezegd. Annie had alleen maar gelachen. Ze vond de situatie zo onwennig dat ze in de war was. Nee, had ze gezegd, ze wilde geen rechtszaak aanspannen en evenmin wilde ze het weg laten halen, ondanks al haar nare ervaringen in het verleden en zijn ellenlange opsomming van alle risico's die ze liep.

Annie twijfelde eraan of er wel iemand van hen drieën, zij, Robert en Grace, deze situatie overleefd zou hebben als zij niet zo'n onbezorgde zwangerschap had gehad. Het had allemaal veel erger kunnen zijn. Haar zwangerschap zou bijvoorbeeld een brandpunt hebben kunnen zijn waarop zij in alle bitterheid hun individuele verdriet hadden kunnen projecteren. Maar in plaats daarvan bracht haar zwangerschap, na de aanvankelijke schok, beetje bij beetje en heel langzaam, een soort innerlijke rust en helderheid.

Annie had een gespannen gevoel in haar borsten en dacht er even over om hem wakker te maken en hem te gaan voeden. Hij was zo heel anders dan Grace. Zij was altijd al snel ontevreden geweest als ze aan de borst lag; het leek wel alsof ze niet aan haar behoefte kon voldoen, en op deze leeftijd was ze al overgeschakeld op flesvoeding. Maar hij nam gewoon de tepel in zijn mond en dronk alsof hij het allemaal al eens eerder had gedaan. En als hij genoeg had gehad, viel hij gewoon in slaap.

Ze keek op haar horloge. Het was bijna vier uur. Over een uur zouden Robert en Grace de stad uitrijden. Annie dacht er even over om naar binnen te gaan om nog wat te werken, maar besloot het niet te doen. Het was vandaag goed gelukt en het stuk waaraan ze bezig was schoot lekker op, al leek het wat stijl en inhoud betreft in het geheel niet op wat ze tot dan toe gedaan had. Ze besloot om in plaats daarvan langs de vijver naar het veldje te lopen om even naar de paarden te gaan kijken. Tegen de tijd dat ze terug was, zou de baby waarschijnlijk wel wakker zijn.

Ze hadden Tom Booker naast zijn vader begraven. Annie wist dit via Frank, die haar een brief geschreven had. Hij had hem naar haar adres in Chatham gestuurd en ze had hem eind juli ontvangen, op een woensdagochtend, toen ze alleen was en net had gehoord dat ze zwanger was.

Frank had geschreven dat het de bedoeling was geweest om de begrafenis in kleine kring te houden, eigenlijk alleen met de familie. Maar op die dag waren er wel driehonderd mensen op komen dagen, sommigen vanuit ver weg gelegen plaatsen als Charleston en Santa Fe. In het kerkje was maar voor een paar mensen plaats geweest, dus hadden ze de ramen en deuren wijd open gezet, zodat iedereen buiten in het zonnetje de dienst had kunnen volgen.

Het voornaamste doel van zijn brief, had Frank geschreven, was om Annie van het volgende op de hoogte te stellen. Op de dag van zijn overlijden had Tom kennelijk tegen Joe gezegd dat hij Grace een cadeautje wilde geven. Ze hadden toen samen bedacht dat zij het veulen van Bronty zou moeten krijgen. Frank had willen weten wat Annie hiervan vond. Als ze het een goed idee vond, dan zouden ze het veulen samen met Pilgrim in Annies paardentrailer naar haar toe laten brengen.

Het was Roberts idee geweest om de stal te laten bouwen. Annie kon hem van waar ze nu liep zien liggen, omlijst door de lange laan met hazelnootstruiken die er met een boog vanaf de vijver heen liep. Het bouwsel stak helder en nieuw af tegen een steile helling met populieren en berken die allemaal vers in het blad stonden. Annie keek er iedere keer dat ze erlangs kwam nog met verwondering naar. Het hout was nog nauwelijks verweerd, evenmin als dat van het nieuwe hek en de aangrenzende schutting. De verschillende kleuren groen van de bomen en het gras in de wei waren zo levendig en nieuw en intens dat het haast leek of ze neurieden.

De beide paarden hieven hun hoofden op toen ze aan kwam lopen, maar gingen toen weer rustig door met grazen. Bronty's 'veulen' was inmiddels een potige eenjarige, die in het openbaar door Pilgrim nogal uit de hoogte werd behandeld. Maar dat was maar spel. Al ettelijke keren had Annie hen er nu al op betrapt dat ze aan het spelen waren. Ze legde haar armen over elkaar op het hek en leunde op haar kin om naar ze te kijken.

Grace trainde ieder weekend met het jonge paard. Als ze naar haar dochter keek, vond Annie dat ze duidelijk heel veel van Tom had geleerd. Het was te merken aan haar bewegingen en zelfs aan de manier waarop ze met het paard praatte. Ze drong nooit erg aan, maar hielp hem alleen te ontdekken wie hij zelf was. Hij maakte goede vorderingen. Nu al was het duidelijk dat hij die zelfde zachtheid over zich had die alle paarden van de ranch bezaten. Grace had hem Gully genoemd, maar pas nadat ze aan Annie had gevraagd of ze dacht dat de ouders van Judith daar geen bezwaar tegen zouden hebben. Annie had gezegd dat ze er zeker van was dat dat niet het geval zou zijn.

Ze kon tegenwoordig niet aan Grace denken zonder een gevoel van bewondering en waardering. Het meisje, dat nu bijna vijftien was, manifesteerde zich voortdurend als een mirakel.

De week direct na het overlijden van Tom was nog een vage plek in haar geheugen en het zou misschien voor allebei het beste zijn als dat zo bleef. Ze waren vertrokken zodra Grace de reis aankon en hadden het vliegtuig terug naar New York genomen. Het meisje was dagenlang haast verstijfd geweest van angst.

Pas de aanblik van de paarden op die ochtend in augustus leek een verandering in haar toestand teweeggebracht te hebben. Er was kennelijk een soort sluisdeur bij haar opengegaan, want twee weken lang huilde ze en was ze met niets anders bezig dan haar pijn naar buiten te brengen. Het gevaar was niet denkbeeldig geweest dat ze er allemaal aan onderdoor waren gegaan, maar ten slotte had Grace haar afwegingen gemaakt, net als Pilgrim, en besloten dat ze wilde leven.

Op dat ogenblik was Grace volwassen geworden. Maar soms, als ze niet wist dat er op haar gelet werd, was in haar ogen iets te zien dat meer was dan alleen maar volwassenheid. Twee keer was ze door de hel gegaan en twee keer was ze teruggekomen. Wat ze gezien had, had ze gezien, en beetje bij beetje had ze daaruit een droevige berusting gedistilleerd die zo oud was als het leven zelf.

In het najaar was Grace weer naar school gegaan en de manier waarop ze daar ontvangen was, was wel duizend uren bij haar nieuwe psychotherapeut waard, waar ze evengoed elke week nog steeds wel heen ging. Toen Annie haar ten slotte na langdurig aarzelen verteld had dat ze in verwachting was, was Grace ontzettend blij geweest. En nooit had ze gevraagd wie de vader was.

Robert trouwens ook niet. Er was geen test uitgevoerd waaruit dat duidelijk zou hebben kunnen worden en hij had er ook niet om gevraagd om het wel te laten doen. Annie dacht dat hij de mogelijkheid dat het zijn kind was verkoos boven de zekerheid dat het 't niet was.

Annie had hem alles verteld. En zoals in haar eigen hart en in dat van Grace voor altijd een schuldgevoel van uiteenlopende aard en ingewikkeldheid was ingeëtst, zo werden ook in het zijne kwetsuren aangebracht.

Ter wille van Grace hadden ze iedere beslissing over de toekomst van hun huwelijk opgeschort, als er überhaupt nog sprake was van een toekomst. Annie bewoonde het huis in Chatham, Robert zat in New York, en Grace reisde tussen hen heen en weer, als een soort drager van genezing, die beetje bij beetje de scheuren in hun levens oplapte. Toen de school weer begonnen was, kwam ze elk weekend naar Chatham. Meestal kwam ze per trein, maar af en toe bracht Robert haar.

Aanvankelijk zette hij haar gewoon af, gaf haar een zoen en reed dan na uitwisseling van enkele zakelijke mededelingen met Annie weer helemaal terug naar de stad. Op een vrijdagavond laat in oktober, toen het plensde van de regen, had Grace hem weten over te halen om toch maar te blijven slapen. Ze hadden samen gegeten, waarbij hij tegenover Grace grappig en lief geweest was als altijd. Tegen Annie was hij heel gereserveerd geweest, hoffelijk, maar niet meer en niet minder. Hij had in de logeerkamer geslapen en was de volgende ochtend vroeg weer vertrokken.

Zo was dit stilzwijgend de normale gang van zaken geworden op vrijdag. En hoewel hij uit principe nooit meer dan die ene nacht bleef slapen, stelde hij zijn vertrek de volgende dag wel steeds meer uit.

Op een zaterdag aan het eind van november, vlak voor Thanksgiving Day, waren ze met zijn drieën gaan ontbijten bij de bakker. Het was voor het eerst sinds het ongeluk dat ze daar weer met het hele gezin waren. Voor de deur liepen ze Harry Logan tegen het lijf. Hij besteedde zeer veel aandacht aan Grace en maakte haar aan het blozen door te zeggen hoe volwassen en fantastisch ze eruitzag. Maar hij had geen ongelijk. Hij vroeg of het goed was als hij een keer langskwam om Pilgrim te zien. Dat vonden ze natuurlijk uitstekend.

Voor zover Annie wist, was niemand in Chatham op de hoogte van wat er gebeurd was in Montana, behalve dan dat hun paard er genezen was. Harry keek naar Annies uitpuilende buik, schudde zijn hoofd en glimlachte.

'Als ik zo naar jullie kijk,' zei hij, 'dan ben ik zo blij voor jullie vieren. Ik ben echt heel erg blij dat het zo gelopen is voor jullie!'

Iedereen verbaasde zich erover dat Annie, na al haar miskramen, nu haar zwangerschap tot het einde toe zonder problemen voldroeg. De gynaecoloog zei dat zwangerschappen op latere leeftijd soms raar verliepen. Annie had hem met een spottende blik bedankt voor deze informatie.

De baby kwam begin maart via een keizersnee ter wereld. Ze hadden Annie gevraagd of ze het onder plaatselijke verdoving wilde laten gebeuren zodat ze ernaar kon kijken, maar Annie had gezegd dat ze dat absoluut niet wilde en dat ze haar maar helemaal plat moesten spuiten. Toen ze bijkwam vond ze de baby, net als de eerste keer, naast zich op het kussen. Robert en Grace waren er ook, en samen lachten en huilden ze door elkaar. Ze noemden hem Matthew, naar Annies vader.

Van veraf hoorde Annie de baby huilen. Toen ze van het hek wegging en terug begon te lopen naar de kerseboompjes, keken de paarden niet op. Ze zou hem voeden en hem dan naar binnen brengen en verschonen. Dan zou ze hem in de hoek van de keuken neerzetten zodat hij haar met zijn heldere blauwe ogen kon volgen bij het klaarmaken van het avondeten. Misschien zou ze Robert kunnen overreden deze keer het hele weekend te blijven. Toen ze langs de vijver liep, vlogen een paar wilde eenden op; hun vleugels klapwiekten op het water.

Frank had nog één ander punt genoemd in de brief die hij haar de vorige zomer had gestuurd. Bij het opruimen van Toms kamer, schreef hij, had hij op tafel een envelop gevonden. Annies naam stond erop, en daarom sloot hij hem bij zijn eigen brief bij.

Annie had er lang naar zitten kijken voordat ze hem opende. Ze had eraan gedacht hoe vreemd het was dat ze Toms handschrift nooit eerder had gezien. Er had een opgevouwen vel papier in gezeten met daarin het stukje touw dat hij weer in zijn zak had gestoken op de laatste avond dat ze bij elkaar waren geweest in het huis bij de beek. Op het papier had hij maar één zin geschreven: *Voor het geval dat je het vergeet.*